HEYNE BÜCHER

Tip des Monats

In derselben Reihe erschienen
außerdem als Heyne-Taschenbücher:

Alistair MacLean · Band 23/1
Johannes Mario Simmel · Band 23/2
Sandra Paretti · Band 23/3
Willi Heinrich · Band 23/4
Desmond Bagley · Band 23/5
Victoria Holt · Band 23/6
Michael Burk · Band 23/7
Marie Louise Fischer · Band 23/8
Will Berthold · Band 23/9
Mickey Spillane · Band 23/10
Robert Ludlum · Band 23/11
Susan Howatch · Band 23/12
Hans Hellmut Kirst · Band 23/13
Colin Forbes · Band 23/14
Barbara Cartland · Band 23/15
Louis L'Amour · Band 23/16
Alistair MacLean · Band 23/17
Victoria Holt · Band 23/18
Jack Higgins · Band 23/19
Utta Danella · Band 23/20
Desmond Bagley · Band 23/21
Caroline Courtney · Band 23/22
Robert Ludlum · Band 23/23
Gwen Bristow · Band 23/24
Heinz G. Konsalik · Band 23/25
Leon Uris · Band 23/26
Susan Howatch · Band 23/27
Colin Forbes · Band 23/28
Utta Danella · Band 23/29
Craig Thomas · Band 23/30
Daphne Du Maurier · Band 23/31
Robin Moore · Band 23/32
Marie Louise Fischer · Band 23/33
Johanna Lindsey · Band 23/34
Alistair MacLean · Band 23/35
Philippa Carr · Band 23/36
Joseph Wambaugh · Band 23/37
Mary Stewart · Band 23/38
John D. MacDonald · Band 23/39
Caroline Courtney · Band 23/40
Robert Ludlum · Band 23/41
Utta Danella · Band 23/42
Johanna Lindsey · Band 23/43

3 Romane in einem Band

Stefan Murr

Mord im September
Vorsicht – Jaczek schießt sofort
Der Josephson-Coup

WILHELM HEYNE VERLAG
MÜNCHEN

HEYNE TIP DES MONATS
Nr. 23/44

Der Erzählung „Mord im September"
liegt eine tatsächliche Begebenheit
aus den Akten der französischen Polizeibehörde
zugrunde. Die hier handelnden Personen
sind frei erfunden, der Handlungsort
wurde nach Deutschland verlegt.

Der Verfasser

Alle drei Titel sind als Einzelbände
in der Reihe „Heyne-Krimi" mit den
Band-Nr. 02/1900, 02/2013 und
02/2108 erschienen.

Printed in Germany 1989
Umschlagfoto: Bildagentur Mauritius/T. Beck, Mittenwald
Autorenfoto: Charlotte Horstmann
Umschlaggestaltung: Atelier Ingrid Schütz, München
Satz: Compusatz, München
Gesamtherstellung: Presse-Druck Augsburg

ISBN 3-453-03500-3

Inhalt

Mord im September

9. Oktober

An einem nebligen Morgen, gegen Anfang Oktober, kletterte auf dem Verschiebebahnhof Hamburg-Eidelstedt der Rangierer Matthe Sieverts auf Puffern und Bremsertreppen über mehrere abgestellte Güterzüge, um drüben auf dem Westgleis den 7787 nach Neumünster und Flensburg zusammenzustellen.

Es war um diese Jahreszeit vor Sonnenaufgang noch ziemlich kalt, und der Mann war froh um seine schweren Lederfäustlinge, die ihn die glitschige Frostigkeit der eisernen Treppengeländer nicht so fühlen ließen. Seine lederne Schirmmütze war von einer hauchdünnen Schicht gefrorener Feuchtigkeit überzogen, ebenso wie die gewölbten Dächer der geschlossenen Güterwagen, die sich in langen Reihen in der Dunkelheit verloren. Während er auf einem Bremseraufbau, den er überklettern mußte, wartete, bis die mächtige E-Lok auf dem Nachbargleis, langsam und knirschend und mit dem Stromabnehmer blaue Lichtbögen in den Nebel zaubernd, vorbeigefahren war, fiel sein Blick auf die Ladung des offenen Wagens, auf dem er sich befand. Sie bestand aus Kohle. Aber halb verschüttet von kegelförmig auseinandergerutschtem Anthrazit bemerkte er etwas, das ihm nicht hierherzugehören schien. Es sah aus wie ein Paket. Einige Augenblicke zögerte Matthe Sieverts, dann schwang er sich entschlossen über die Wandung des Waggons und stieg über die unter seinen Tritten wegrutschende Ladung bis hinüber, wo sich der Gegenstand befand.

Wäre der Waggon nicht unmittelbar unter einer der großen, hoch hängenden Bogenlampen zum Stehen gekommen, hätte der Mann das Paket im Schlagschatten der Waggonwandung überhaupt nicht bemerkt. Aber so war es deutlich zu sehen, und Matthe Sieverts zerrte es, nicht ohne Mühe, mit beiden Händen unter der nachrutschenden Kohle hervor, ergriff es bei der Verknotung der Schnüre und trug es zurück zur vorderen Wandung, um es hochkant nah draußen auf die Bremserbrücke zu stellen. Dann schwang er sich selbst wieder von der Ladebühne und überlegte, was nach den geltenden Dienstvorschriften mit dem Fund zu geschehen habe.

Er prüfte das Paket im kalten, unpersönlichen Schein des mächtigen Strahlers weit über ihm in der Dunkelheit. Es war ein rechtekkiger Karton mit einer Aufschrift, die er für französisch hielt. Kekse, Margarine oder etwas Ähnliches. Das Paket war doppelt so groß wie ein normaler Schuhkarton und sorgfältig mit kräftigem Spagat verschnürt. Eine Adresse, ein Absender oder irgendeine andere Aufschrift außer der aufgedruckten französischen Bezeichnung fand sich nirgends.

Der Mann drehte den Gegenstand zwischen den Händen hin und her. Dann ergriff er wieder die Verschnürung und kletterte von der Bremserbrücke. Bis zum Beginn der Rangierarbeiten am 7787 waren noch zehn Minuten Zeit. Sie reichten aus, um das Paket nach vorne zur Zugabfertigung zu bringen. In der Nebenbaracke war auch der Posten des Bahnfahndungsdienstes untergebracht, denn Hamburg-Eidelstedt war ein bedeutender Rangierbahnhof, von dem aus häufig Unregelmäßigkeiten zu ermitteln oder zurückzuverfolgen waren.

Mürrisch stapfte Matthe Sievers mit seinem Fund an endlosen Waggonreihen entlang, stieg über Gleise, Schwellen und Weichen, wich heranklirrenden Rangierlokomotiven aus und betrat dann die rauchige, kahle Baracke der Zugabfertigung. Die Männer hatten übernächtigte Gesichter, und der winzige Kanonenofen qualmte.

Auf einem Tisch, zwischen Begleitpapieren für Güterzüge, leeren Bierflaschen und speckigen Spielkarten, öffneten sie das Paket. Sie fanden darin den Unterarm und die linke Hand einer toten Frau.

Sie wußten genau, was sie in einem solchen Fall zu tun hatten, und von diesem Augenblick an bedienten sie sich ihrer ledernen Rangierhandschuhe, wenn sie das Paket berührten, achteten peinlich darauf, daß die noch ungeöffneten Knoten der Verschnürung unangetastet blieben und machten sich Vorwürfe, daß sie den Karton wie eine Geschenkpackung geöffnet hatten, anstatt ihn sorgfältig aufzuschneiden.

Aber wer hätte schon ahnen können, daß Matthe Sieverts an diesem 9. Oktober, morgens um zehn Minuten vor fünf, inmitten Tausender von Güterwagen, einem Verbrechen auf die Spur kam.

Wie immer in solchen Fällen, entschied man sich bei der Leitung des Bahnfahndungsdienstes für die sofortige Einschaltung der ordentlichen Kriminalpolizei mit ihren erfahrenen Ermittlungsbeamten und ihrem perfektionierten technischen Apparat.«

Schon kurz nach acht stand der Wagen der Abteilung VT neben dem Barackenkomplex der Fahrdienstleitung, und Oberkommissar Zimmermann, der sich seit Jahren mit den Vermißten und den unbekannten Toten dieser Abteilung beschäftigte, versenkte sorgfältig das Paket und seinen Inhalt in einen eigens für solche Zwecke konstruierten Zinkblechbehälter.

Es war zunächst ein jede Intuition ausschließender, genau und präzise festgelegter Weg, der in solchen Fällen einzuschlagen war. Deshalb gingen der Karton, das Füllmaterial und die Verschnürung als erstes hinauf in die Labors der KTU, wo Kommissar Röppke und seine Leute aus den winzigsten Kleinigkeiten genau abgewogene Schlüsse zu ziehen gewohnt waren. Alles andere wanderte auf den Seziertisch der Gerichtsmediziner, und Dr. Stöckel, der Chefpathologe, machte sich bereits im Lauf des Vormittags an seine Arbeit.

Gegen Mittag fand Kommissar Zimmermann Zeit, seinen Kollegen von der Mordkommission anzurufen.

»Wo war das?« fragte Kommissar Gottfried Cäsar Ketterle.

»In Eidelstedt, Ketterle«, sagte Zimmermann.

»Hm«, brummte Ketterle. »Und wo kam der Waggon her?«

»Aus Bous im saarländischen Kohlenrevier.«

»Aha«, sagte Ketterle. »Aus Bous. Ich werde mir doch gelegentlich einen Atlas anschaffen müssen. Ein langer Weg. Saarländisches Kohlenrevier.«

Er schüttelte den Kopf mit den langsam ergrauenden, borstigen Haaren.

»Wann erfahren wir Näheres, Zimmermann?«

»Ich hoffe gegen fünf, halb sechs. Der Chef wollte die Berichte heute noch haben.«

»Na schön«, sagte der Kommissar. »Sollen wir ermitteln?«

»Ich weiß es noch nicht. Es wäre mir recht, wenn sie heute abend dabei sein könnten.«

»Mal sehen«, sagte Kommissar Gottfried Cäsar Ketterle. »Mal sehen, Zimmermann. Sagen Sie mir auf jeden Fall Bescheid.«

Er legte auf und ließ, wie er es häufig tat, die Hand auf dem Hörer liegen.

»Wo war das mit dem rechten Frauenarm, Hornschuh?«

Hornschuh stand am Fenster und hatte dem Gespräch zugehört.

»Auf dem Verschiebebahnhof Freilassing in Bayern. Ich las es vorgestern im »Traunsteiner Tageblatt«. Wenn Sie die Notiz haben wollen? Ich glaube, die Zeitung ist noch da.«

»Natürlich, Hornschuh. Vorgestern. Das war also der 7. Oktober. Es hat doch etwas für sich, im Urlaub Zeitung zu lesen.«

»Ich weiß nicht recht«, sagte Hornschuh. »Wie ich Sie kenne, wird die Sache jetzt an uns hängenbleiben.«

»Na«, sagte der Kommissar und klappte einen Aktendeckel zu, der aufgeschlagen vor ihm auf dem Schreibtisch lag. »Sie sind doch erst seit einem Tag wieder im Dienst.«

Er schwieg einen Augenblick.

»Sehen Sie, Hornschuh«, sagte er dann, »da ist eine Frau gestorben. Nach dem, was Zimmermann sagt, eine junge Frau. Irgendwo in Europa. Niemand weiß, wo das war, wer sie ist und wer ihr das angetan hat. Interessiert es Sie tatsächlich gar nicht, was da vorgefallen sein mag?«

In diesem Augenblick ahnten beide noch nicht, daß sie es wirklich herausfinden würden.

24. September

Vorerst zeigten die Bäume draußen in den Anlagen der Rue Bélaincourt einen kaum merklichen gelblichen Schimmer, und man ahnte den Herbst mehr, als daß man ihn sah. Sie hatte diese Bäume den ganzen Tag vor Augen, wenn sie gerade einmal so viel Zeit hatte, den Blick durch die großen Spiegelglasscheiben hinaus auf die Straße schweifen zu lassen. Meist allerdings war sie von Kunden in Anspruch genommen, beugte sich über Buchungslisten, forschte in den Flugplänen nach komplizierten Verbindungen, gab Auskünfte, nahm Sonderwünsche entgegen und zerstreute Besorgnisse wegen Stürmen über dem Atlantik oder Nebelbildung in Frankfurt, Paris oder Zürich. An diesem Septemberabend waren die Türen bereits versperrt, und die Angestellten ordneten beim Schein des weißlichen Neonlichts, das sich mit der letzten Tageshelligkeit vermischte, ihre Arbeitsplätze. Im Büro des Gruppenleiters stand sie neben dem Schreibtisch und ließ sich eine Fernverbindung geben. Sie setzte sich halb auf den Sessel, als sie die Stimme Corinnes im Hörer vernahm.

»Hier Daniéle«, sagte sie. »Hallo, Corinne. Ich habe dir alles geschrieben. Du weißt schon, nicht wahr? Ich wollte nur noch einmal fragen, ob alles in Ordnung ist. Wie? Ja, morgen früh um zehn Uhr dreißig. Es ist die Kursmaschine der »Swissair« von Brüssel über Frankfurt, Genf, Turin nach Rom. Du darfst keine Spielverderberin sein, Corinne. Du kennst doch Papa.«

Erleichtert hörte sie, daß alles in Ordnung war und daß Corinne nicht die Absicht hatte, eine Spielverderberin zu sein.

»Und für wie lange soll das gelten?« fragte Corinne.

»Ich bin vier Wochen dort«, sagte Daniéle. »Schicke die vorausgeschriebenen Karten regelmäßig zweimal die Woche an meine Eltern ab, und du tust mir einen großen Gefallen.«

Sie waren zusammen im Internat gewesen, und man hatte mit jeder von ihnen Pferde stehlen können. Und sie selbst konnten sich noch jetzt ganz aufeinander verlassen.

»Ich rufe dich von dort aus an«, sagte Daniéle. »Frag mich nicht, wo ich hinfahre. Vorerst ist es noch ein Geheimnis.«

»Gut«, sagte Corinne. »Ich wünsche dir schöne Tage, Daniéle. Und mach keine Dummheiten.«

»Nein«, sagte Daniéle. »Die mache ich nicht. Ich weiß auch nicht, ob es schön wird. Aber es ist notwendig.«

Dann legte sie auf.

Es war der letzte Abend vor ihrem Urlaub. Sie hatte schon am Nachmittag M. Delacombe ihre laufenden Angelegenheiten übergeben und brauchte jetzt nur noch ihre Tasche zusammenzupakken und sich zu verabschieden, wie es sich gehörte. ›Auf Wiedersehen, Mme. Boulanger, leben Sie wohl, Mlle. St. Cy.‹ Man mochte Daniéle gerne. ›Recht schöne Tage, Mlle. Bontoux‹, hieß es deshalb, ›ich wünsche Ihnen schöne Ferien, und schreiben Sie auf alle Fälle mal eine Karte.‹

Die Glastür klirrte, und der kleine Giunot mit seinem gewagten gemusterten neuen Schlips und der Igelfrisur schloß hinter ihr ab. Er gestattete sich durch die Tür hindurch ein schüchternes Winken, als sie sich noch einmal umdrehte.

Das war eine Schwierigkeit, die sie nicht bedacht hatte. Alle ihre Kollegen erwarteten von ihr eine an die gesamte Niederlassung adressierte Ansichtskarte mit einem prachtvollen Farbfoto des tiefblauen Genfer Sees und der majestätischen Gletscherkette des Mont-Blanc im Hintergrund. Sie würden sie an die Wand hinter dem Schreibtisch Mme. Boulangers heften, wo alle bunten Ansichtskarten aller Angestellten, die sie aus ihrem Urlaub schrieben, ihren Platz hatten.

Daniéle Bontoux zerbrach sich, während ihr Bus durch die abendlich gefüllten Straßen steuerte, den Kopf, wie sie es anstellen könnte, die in sie gesetzten Erwartungen doch noch zu erfüllen. Aber bis zu der Haltestelle, an der sie aussteigen mußte, war ihr noch keine Lösung eingefallen. Nachdenklich verließ sie den Bus. Sie schob die Wochenkarte in ihre Handtasche und bog in die stille, nur spärlich erleuchtete Villenstraße ein, in der sie wohnte.

Mme. Bontoux öffnete die Küchentür, als sie den Hausschlüssel klappern hörte.

»Schön, daß du da bist, mein Liebling«, sagte sie.

Daniéle mußte lächeln. Seit ihren Kindertagen hatte sich nichts an der Begrüßung Mamas geändert, obwohl Daniéle inzwischen achtundzwanzig und eine selbständige junge Frau geworden war.

Daniéle betrat das Arbeitszimmer ihres Vaters. Oberst Bontoux saß, wie immer, an seinem Schreibtisch hinter einem Stoß kriegsgeschichtlicher Werke und arbeitete. Er sah hoch und nahm die Brille ab. Hinter ihm auf dem Bücherbord stand die große, gerahmte Fotografie Pierres in der Uniform der königlichen Infanterie. Er war bei der Verteidigung von Bastogne 1940 gefallen.

Zwei Tage darauf hatte die Division, in der sein Vater ein Regiment kommandierte, vor den Deutschen kapituliert. Seit damals stand der Oberst auf dem Standpunkt, er habe seinen Lebenszweck verfehlt, das Land, dem er diente, mit seinem Blut zu verteidigen, und das Opfer seines Sohnes sei nutzlos und verbrecherisch gewesen. Er verachtete sein Vaterland und haßte die Deutschen, bis zur Grausamkeit.

»Es wird still sein, wenn du fort bist, Kind«, sagte er. »Aber ich gönne es dir von Herzen. Es ist nicht leicht für dich, deine schönsten Jahre in einem Haus wie diesem zuzubringen.«

Daniéle war sich des Opfers, das sie brachte, durchaus bewußt, aber sie war der Ansicht, daß das zu den Pflichten ihres Lebens gehörte.

»Du sollst nicht darüber sprechen, Papa«, sagte sie und ließ sich in einem der tiefen Kaminsessel nieder. »Du willst mir nimmer etwas einreden, was gar nicht so ist. Solange ihr mich nicht am Gängelband nehmt, habe ich mich immer am wohlsten zu Hause gefühlt. Und das weißt du auch ganz genau. Du willst es nur immer wieder hören.«

Der Oberst versuchte es mit einem Lächeln, ein Versuch, der ihm seit mehr als zwanzig Jahren nicht mehr recht geglückt war. Aber die Zärtlichkeit, die er dabei empfand, war echt.

»Schon gut, mein Kind«, sagte er. »Ich weiß Bescheid, und es tut mir wohl.«

Er legte gewissenhaft Markierungszeichen in die Bücher, die er zur Arbeit benutzt hatte, und schloß sie. Dann nahm er die Brille ab, steckte sie zusammengeklappt in die äußere Brusttasche seines Jacketts und schob mechanisch mit beiden Händen den Bücherstoß auf seinem Schreibtisch an den Kanten senkrecht.

»Wie lange hast du Corinne eigentlich nicht mehr gesehen?« fragte er, während er seine gestraffte Haltung etwas lockerte und sich in seinen Sessel zurücklehnte.

Daniéle hob unbehaglich berührt die Schultern.

»Zwei Jahre ungefähr. Seit der Weltausstellung. Genau wie ihr. Warum?«

»Nun, ihre Einladung kam doch wie ein Blitz aus heiterem Himmel.«

»Findest du etwas daran, Papa? Solche Freundschaften müssen doch nicht unablässig beteuert und betont werden. Sie halten wahrscheinlich länger als andere. Länger, und sie sind echter.«

Sie lächelte. Es war das Lächeln, das ihr Vater an ihr liebte, denn nur dieses ganz bestimmte Lächeln machte sie wirklich schön. Schade war nur, daß sie es wußte. ›Aber, mein Gott, mit achtundzwanzig‹, dachte der Oberst.

»Ihr könnt mir einen großen Gefallen tun, wenn ihr nicht jeden Tag in Vevey anruft«, sagte Daniéle. »Wir werden viel auf dem Wasser sein. Vielleicht auch mal mehrere Tage. Freunde von Corinne haben eine Kajütjacht. Und außerdem wollen sie mit mir ins Gebirge fahren. Chamonix, der neue Tunnel, das wird doch alles sehr interessant. Ich schreibe euch zweimal die Woche, und wenn etwas Besonderes ist, rufe ich an, abgemacht? Verschwendet nicht euer Telefongeld.«

Der Oberst sah Daniéle aufmerksam an. Ob er spürte, daß sie gerade in diesem Moment zum zweitenmal daran dachte, wie sie ermöglichen konnte, die obligatorische Ansichtskarte an ihr Büro zu senden? Dem Oberst entging ihre kaum merkliche Verlegenheit nicht. Er machte wieder den Ansatz zu einem Lächeln. Aber er sagte nichts, und das war für Daniéle im Augenblick noch schlimmer, als wenn er ihr offen gesagt hätte, daß er ihre Bitte sonderbar fand.

Es traf sich glücklich, daß gerade in diesem Augenblick Daniéles Mutter zum Essen rief, Daniéle und der Oberst gingen durch die behagliche Diele. Beider Augen streiften Daniéles Koffer und die Tasche, die für den Abflug morgen früh gepackt bereitstanden. 25. September, zehn Uhr dreißig, mit der Kursmaschine der ›Swissair‹ von Brüssel über Frankfurt, Genf, Turin nach Rom. Bevor sie zu essen begannen, sprach der Oberst, wie seit fünfunddreißig Jahren bei jeder Mahlzeit, ein Tischgebet.

25. September

Daniéle hatte schon gewußt, daß ihr Vater sie zum Flugzeug bringen würde, noch ehe sie ihm ihren Plan überhaupt unterbreitet hatte. In solchen Dingen war er wie ein Kind. Es handelte sich dabei auch nicht einmal so sehr um sie, als um die Flugzeuge, den Betrieb, das ganze weltmännische Getümmel auf einem internationalen Flughafen. Es war auch seine Idee gewesen, daß sie bei der großen Fluggesellschaft anfing, bei der sie nun schon seit fünf Jahren im Kundendienst als Dolmetscherin für Deutsch, Englisch und Schwedisch arbeitete. »Es ist doch etwas wert, und wenn man nur an die verbilligten Karten denkt«, sagte der Oberst und musterte interessiert durch die riesigen Glasscheiben hindurch den Flugsteig, das Rollfeld und die großen Hangars, unter deren Schutz sich vierstrahlige Atlantikklipper ausnahmen wie Kinderspielzeug.

»Ich reise wirklich durch die Verbilligung nicht viel teurer als mit der Eisenbahn«, sagte Daniéle und sah den Oberst von der Seite an.

»Ein bißchen Ersatz für die Zurückgezogenheit und die Klausur in der Kriegsgeschichte, nicht wahr?« sagte sie dann.

»Was meinst du damit?«

»Es muß doch einen Grund haben, daß du das alles so besonders liebst.«

Der Oberst musterte Daniéle unter dem steifrandigen Homburg heraus amüsiert.

»Gescheit bist du schon immer gewesen. Es stimmt. Aber es ist unbewußt.«

»Natürlich«, sagte Daniéle. »Das ist es ja gerade.«

Dann fiel ihr Blick auf einen der Verkaufsstände, deren erleuchtete Nischen sich an den Seitenwänden der überdimensionalen Halle entlangzogen.

»Willst du einen Moment auf mich warten, Papa? Ich bin sofort wieder hier.«

Der Oberst machte schon mit dem Stock einen Ansatz, um sie zu begleiten.

»Nein, nein, bemühe dich nicht«, sagte Daniéle schnell. »Es dauert wirklich nur eine Sekunde.« Sie legte ihre Hand im schwarzen Wildlederhandschuh fast beschwörend um seinen Oberarm.

Der Oberst hob mit einer Geste bedauernder Entschuldigung die Schultern und sah ihr nach, wie sie auf den Stand mit Zeitschriften, Büchern, Stadtplänen und Ansichtskarten zuging. Sie hatte sich eingebildet, nicht nur Ansichtskarten der Stadt, sondern auch solche mit Konturen von Bergen und Alpenseen entdeckt zu haben. Ihre Erwartung erfüllte sich, als sie vor dem Verkauftisch stand.

»Haben Sie auch Ansichtskarten vom Genfer See?« fragte sie den Mann mit der Halbglatze und der Hasenscharte, der sich, auf einen Stock gestützt über den Tisch beugte.

»Natürlich, Mademoiselle. Was glauben Sie, wie viele Menschen die wichtigsten Grüße aus ihren Ferien einfach vergessen und dann glücklich sind, wenn sie hier die Karten finden. Sehen Sie hier: Lausanne, Montreux, Genève, Vevey...« Er legte die Karten vor ihr zur Ansicht auf den Tisch. »Die von Montreux vielleicht«, sagte er, »mit dem weißen Dampfer im Vordergrund, meinen Sie nicht, Mademoiselle?«

»Nein, die von Vevey. Das ist gerade das, was ich suche.«

Dann suchte sie sich noch eine Modezeitschrift aus. Der Mann reichte ihr das Heft hinüber. Sie rollte es zusammen und klemmte es unter den Arm, nachdem sie die Karte in ihre Handtasche geschoben hatte. Es hätte ihr Unbehagen bereitet, als einzige der zahlreichen Angestellten ihrer Fluggesellschaft keine Urlaubsgrüße zu senden. Denn Daniéle Bontoux war keineswegs eine Außenseiterin.

»Du kannst schon einsteigen«, sagte der Oberst, als sie zu ihm zurückkam. »Sie haben deinen Flug aufgerufen. Du wirst nicht darauf geachtet haben. Da drüben, glaube ich.«

Er zeigte mit seinem Stock durch das Geflimmer der Spiegelglasscheiben und Schwingtüren, hinaus aufs Rollfeld, wo sich auf dem Silber eines Flugzeugrumpfs ein weißes Kreuz im roten Feld abzeichnete.

Sie gingen hinüber. Der Träger mit ihren Koffern war schon da und schob das Gepäck neben ihr her, auf die Stahlblechrampe der Zollabfertigung. Der Beamte warf einen Blick in ihr Gesicht, einen zweiten auf ihren Reisepaß und ließ sie nach einem weiteren Blick in das Gesicht des Obersten passieren. Ihre Koffer verschwanden nach hinten, um zum Flugsteig gebracht zu werden.

Dann war sie hinter der Barriere. Sie ging zu der Stelle, wo ihr Vater stand, um sich von ihm zu verabschieden. Von draußen drang das schrille Pfeifen der Maschine herein, die an den Flugsteig gebracht wurde. Der langgestreckte blaue Kranich der Lufthansa und die schwarz-rot-goldene Gösch am Leitwerk waren deutlich zu erkennen.

»Ein Glück, daß du nicht mit denen fliegst«, schnaufte der Oberst und schwang seinen Stock in Richtung auf das Flugzeug.

»Warum?« fragte Daniéle. »Sie fliegen genauso gut wie andere. Oder hättest du es mir verboten, Papa?«

»Ich kann dir nichts verbieten«, sagte der Oberst rauh. »Aber du weißt genau, was ich von der Tochter eines Soldaten, der bei Hasselt gegen die Deutschen kämpfte, erwarte. Sie sollen ihre Schulden bezahlen, ihre Verbrechen wiedergutmachen und das internationale Auftreten anderen überlassen. Man könnte ja meinen, es sei weiter nichts geschehen, wenn man das sieht.«

Wieder fuchtelte der Stock gefährlich und verbittert in Richtung auf das Flugzeug. Daniéle griff danach und bog ihn nach unten.

»Du weißt, daß ich deine Gefühle verstehe...«, sagte sie. »Aber trotzdem – willst du mir nicht einen Kuß geben? Ich fliege ja mit den Schweizern. Und gegen die hast du nicht gekämpft.«

Sie hielt ihm beide Wangen hin, und er küßte sie. Dann zog er sein Taschentuch und winkte, bis er sie draußen die Gangway hochklettern und im Einstieg des Flugzeugs verschwinden sah. Er warf noch einen verächtlichen Blick auf den Rumpf der deutschen Maschine, wandte sich dann ab und ging, den Stock pedantisch mit jedem Schritt des linken Fußes nach vorne setzend, gerade und hager dem Ausgang zu.

Daniéle hatte einen Sitz am Fenster gebucht. Der Platz zwischen ihrem und dem Mittelkorridor war noch frei. Sie machte es sich bequem und sah zum Fenster hinaus. Wenn sie den Kopf zurückdrehte, konnte sie auch die Gangway sehen und die Passagiere, die nach und nach das Flugzeug bestiegen und dann von einer stereotyp lächelnden, dümmlichen Stewardeß zu ihrem Platz gebracht wurden. Sie merkte nicht einmal, wie der Sessel neben ihrem besetzt wurde und erschrak nur etwas, als sie sich später umwendete, und der Mann, der ihn eingenommen hatte, höflich »Guten Tag« zu ihr sagte. Er lächelte, als er ihren Schreck bemerkte, und deshalb fiel ihr Dank für seinen Gruß mehr als förmlich aus.

Kurz danach wurde ihre Aufmerksamkeit von dem Start der Maschine gefesselt, während ihr Nachbar sich eine Tasse Mokka servieren ließ. Die Zeit, während der das Flugzeug schwerfällig und holpernd zum Abrollpunkt gesteuert wurde, schien ihr endlos. Schließlich wendete es mit einem stoßartigen Losbrüllen der beiden rechten Stahltriebwerke. Ein Mann schwang draußen eine weiße Fahne mit einem diagonalen roten Kreuz darin, und dann wurde sie nach rückwärts in den Sitz gepreßt, während ihr Nachbar eine Zeitung aus der Rocktasche zog und sich in ihren Inhalt vertiefte. Es interessierte Daniéle nicht sonderlich, daß es sich um eine Fachzeitschrift für Eisenbahnwesen handelte.

Unter Daniéles Fenster verschwamm rasch der Beton der Piste zu einer konturlosen Fläche, und blitzartig wischte, etwas weiter weg, ein Schäfer mit seiner Herde vorbei, ein Auto, das am Straßenrand gehalten hatte, der niedrig plumpe Wasserbehälter auf dem Dach einer Fabrik. Schließlich neigte sich der Horizont nach unten, und die Erde stand schief. Sie stiegen.

Bald schwammen einzelne, flockige Wolkengebilde unter ihnen, und durch ihre Zwischenräume konnte man das gelblichgrüne, von den Schatten der gleichen Wolken gefleckte Land sehen. Nur wenige Minuten blickte Daniéle nach unten, dann lehnte sie sich behaglich zurück und merkte nicht im geringsten, wie aufmerksam der Passagier neben ihr ihr Profil musterte, wenn er sicher war, daß es unbeobachtet geschah.

Daniéle zog aus ihrer Handtasche die prachtvolle Ansichtskarte aus Vevey und ihren Füllhalter hervor und begann sie zu schreiben. Sie mußte eine Weile überlegen, um sich nach Vevey zu versetzen und sich auszumalen, was sie von dort ihren Kollegen in Brüssel mitteilen würde. Während sie noch nachdenklich um sich sah, bemerkte sie, daß der Blick ihres Nachbarn auf der Fotografie ruhte. Aber in diesem Moment fiel ihr ein, was sie schreiben mußte, und sie beugte sich nach vorn. Schließlich versah sie die Karte mit der Adresse ihrer Firma, riß aus ihrem Kalender ein leeres Blatt und beschrieb es mit einer erklärenden Notiz für Corinne. Dann dachte sie daran, daß sie für die Karte keinen Umschlag hatte, beugte sich etwas zur Seite und winkte der Stewardeß.

»Haben Sie zufällig einen Briefumschlag an Bord?«

Das Mädchen nickte, verschwand nach rückwärts und kam mit einem hellblauen Luftpostumschlag wieder, dessen Format für eine Ansichtskarte aus Vevey am Genfer See absolut nicht paßte.

»Oh, das tut mir leid...«, sagte Daniéle und hob bedauernd die Karte, »...aber das wird nicht gehen.«

»Aber wir haben nur diese...«

»Kann ich Ihnen vielleicht aushelfen, Madame?« sagte der Mann, der das Gespräch zwangsläufig mit angehört hatte, und griff nach seiner Aktentasche.

»Aber das wollte ich wirklich nicht«, sagte Daniéle reserviert, und ihre Mundwinkel zeigten, daß sie sich über das hilflose Französisch ihres Nachbarn mokierte. Der Mann öffnete unbekümmert um ihre Reserve seine Mappe und entnahm ihr einen weißen Briefumschlag in dem üblichen Format.

»Embecqué«, sagte er.

Daniéle hob die Klappe und sah das Seidenpapier.

»Doublé«, sagte sie. »Sie meinen gefüttert?«

Der Mann lachte. »Ja, wirklich«, sagte er auf deutsch, wie Daniéle. »Was ist der Unterschied?«

Gegen ihren Willen gefiel es ihr, daß er keine Verlegenheit zeigte. Und jetzt, als sie direkt in sein unregelmäßiges Gesicht mit der knolligen Nase und dem Bürstenhaarschnitt sah, konnte sie sich vorstellen, daß man ihn sympathisch fand, aber erst, wenn man zum zweitenmal hinsah.

»Embecquer heißt auf französisch einen Vogel füttern«, sagte sie. »Aber im Deutschen haben Sie für beide Dinge das gleiche Wort.«

»Woher können Sie so gut Deutsch?« fragte der Mann.

Daniéle war damit beschäftigt, den Umschlag zu schließen und ihn mit Corinnes Adresse zu versehen.

»Ich habe es auf einer Dolmetscherschule gelernt«, sagte sie und leckte die Ränder der Umschlagkappe. Dann verschloß sie gewissenhaft den Brief und schrieb als Absender ihre Brüsseler Adresse auf die Rückseite.

»Und woher können Sie so gut Französisch?« fragte sie ernsthaft.

»Ich habe es mir selbst angeeignet«, sagte der Mann. »Ich brauche es hin und wieder.«

»Sind Sie Deutscher oder Schweizer?« fragte Daniéle, während sie die Sendung an Corinne in ihrer Handtasche verwahrte und das Zigarettenetui hervorzog. Der Mann gab ihr Feuer, aber er antwortete nicht.

»Koblenz«, sagte er statt dessen und deutete zum Fenster hinaus.

»Ich weiß«, sagte Daniéle. »Ich bin diese Strecke schon geflogen. Ich habe beruflich mit Flugzeugen zu tun.«

»Und ich mit Eisenbahnen«, sagte der Mann. »Das ist weniger romantisch, nicht wahr?«

Daniéle zuckte mit den Schultern.

»Warum?« sagte sie. »Man kann aus jedem Beruf etwas machen. Das kommt nur auf einen selber an. Ich kenne einen blinden Bürstenverkäufer, dessen größte Freude es ist, wenn er sich nach jedem Umbau, nach jeder Modernisierung der Stadt immer wieder von neuem zurechtfindet. Man möchte es nicht glauben, aber der Mann ist glücklich.«

»Warum nicht? Wahrscheinlich hat er keinen weiteren Ehrgeiz als diesen. Es ist alles nur eine Frage der Erwartungen.«

»Stimmt«, sagte Daniéle und sah den Mann aufmerksamer an. »Das ist sehr wichtig.«

Nachdenklich schwieg sie, während der Mann sich, als er bemerkte, daß sie nicht mehr gestört sein wollte, in seine Zeitschrift vertiefte.

Schon nach kurzer Zeit empfahlen ein aufleuchtendes Transparent und die Stimme der Stewardeß den Passagieren, sich anzuschnallen. Unter ihnen, im dunstigen Kessel der Mainniederung, lag Wiesbaden, und weiter weg konnte man Mainz, die Mainmündung und die Brücken erkennen, die sich über beide Flüsse spannten. Die Maschine verlor spürbar an Höhe, und bald sah man das seelenlose, geometrische Betonkleeblatt des Autobahnkreuzes, das rücksichtslos in eine grüne Landschaft gepreßt war. Die Maschine flog über eine Ackerregion, dann kam Industrie, und schließlich geisterte ihr Schatten niedriger und niedriger über einen ausgedehnten Kiefernwald. Das Ende der Rollbahn mit ihrer kreisförmigen Ringpiste wurde größer. Endlich zeigte ein sanfter, federnder Schlag an, daß das Fahrwerk den Boden berührt hatte. Das Pfeifen der Triebwerke schwoll ab.

»Wir sind da«, sagte der Mann neben Daniéle, löste den Verschluß der Gurte und stemmte sich aus seinem Sessel.

»Das heißt, ich bin da«, fügte er hinzu, während er sich einen Seidenschal um den Hals legte und einen stilisierten Trachtenhut aufsetzte. »Sie werden nach Genf fliegen.«

Dann schlüpfte er in einen knisternden Regenmantel aus bräunlichem Changeant. Daniéle Bontoux sah in sein Gesicht, das jetzt unter der Krempe des Hutes undurchdringlich und verschlossen wirkte, so wie das Gesicht eines Mannes, der entweder viel verbirgt oder viel erlebt hat.

»Warum interessieren Sie sich dafür?« fragte sie, plötzlich beunruhigt. »Nein, ich fliege nicht nach Genf.«

»Wenn Sie hier ausgestiegen wären, hätte ich Sie irgendwo hinbringen können, Madame«, sagte der Mann und bückte sich zum Fenster, um festzustellen, wie weit sich die Maschine bereits den Empfangshallen genähert hatte. Daniéle war der Gedanke an eine Begleitung unangenehm.

»Nein«, sagte sie deshalb entschieden. »Nein, vielen Dank. Ich steige auch hier nicht aus. Und außerdem kennen wir uns doch gar nicht.«

»Verzeihen Sie«, sagte der Mann. »Das können wir sehr rasch ändern. Mein Name ist Sperling. Günther Sperling. Aber ich nehme nicht an, daß Sie das veranlaßt, schließlich doch hier auszusteigen.«

Daniéle war nicht in der Stimmung, auf seinen plumpen Scherz einzugehen.

»Nein«, sagte sie deshalb. »Nein, ganz bestimmt nicht. Sie sind ziemlich aufdringlich, finden Sie nicht?«

Aber dann, als er ihr die Hand hinstreckte, tat ihr ihre Grobheit doch leid.

»Ich wünsche Ihnen eine glückliche Reise, Madame. Veilleicht begegnen wir uns einmal in Brüssel. Ich bin ab und zu dort.«

Widerstrebend legte sie ihre Hand im schwarzen Wildlederhandschuh in seine und spürte einen überraschend kräftigen Druck.

»Nein«, sagte sie. »Das glaube ich sicher nicht. Das glaube ich ganz sicher nicht.«

»Es könnte vielleicht trotzdem sein«, sagte der Mann, wendete sich um und ging rückwärts zum Ausstieg. Daniéle sah ihn mit seiner Dokumentenmappe und seinem weichledernen Vierundzwanzig-Stunden-Koffer die Gangway hinabklettern und wenig später das Flugsteiggatter passieren. Erst als sie ihn nicht mehr sehen konnte, seufzte sie unbewußt einmal auf und erhob sich dann ebenfalls, um sich ihren Mantel anzuziehen und den Hut aufs Haar zu setzen. Sie verließ das Flugzeug als letzter der Passagiere, die in Frankfurt am Main ausstiegen. Sie ging alleine den Flugsteig entlang zum Gatter der Zollabfertigung und sah Koffer und Tasche bereits im Hintergrund stehen.

Während der Beamte sich mit ihrem Gepäck beschäftigte, blickte Daniéle um sich und unterzog den Teil der Zollabfertigung und der Halle, den sie von hier aus sehen konnte, einer eingehenden Musterung. Der Mann, der sich als Günther Sperling vorgestellt hatte, war nirgends zu sehen: Er bestieg in diesem Augenblick vor dem Haupteingang ein Taxi und sagte dem Chauffeur, daß er ihn zum Hauptbahnhof bringen solle.

Daniéle war erleichtert, daß sie ihn nirgends bemerkte, und schrak zusammen, als sie sah, daß ihr der Beamte bereits ihren Paß hinhielt.

»Vielen Dank«, sagte sie hastig, verwahrte den Paß in ihrer Handtasche und winkte einem Gepäckträger. Sie durchschritt die Halle, die vom Gedröhn der Lautsprecher widerhallte und über deren glatten Estrich zahllose Menschen hasteten. Draußen wartete der Träger neben einem Taxi, das er diensteifrig mit Beschlag belegt hatte, auf sein Geld. Daniéle gab es ihm, ließ sich in die Polster fallen und sagte zu dem Fahrer: »Bringen Sie mich bitte zum Hauptbahnhof.«

Während das Taxi die rechts und links von dichtem Wald gesäumte Straße zur Stadt einschlug, überdachte Daniéle noch einmal ihr Vorhaben. Natürlich hätte sie Edmund schreiben können, daß sie ihre gegenseitige Beziehung als aussichtslos ansah, und den Besuch, um den er sie gebeten hatte, als zwecklos. Aber dazu verband sie zu vieles mit ihm. Manchmal allerdings wollte es ihr nicht gelingen, das, was sie mit ihm verband, klar zu fassen und in ihrem Gehirn vor sich auszubreiten, zu betrachten und würdigen. Wahrscheinlich ist es das Wesen der Liebe, daß man gerade das nicht kann, dachte sie dann und schob die Zweifel beiseite.

Seit zwei Jahren ging das nun so. Seit der großen Weltausstellung, wo sie sich in einem Lokal kennengelernt hatten, das sie mit gemeinsamen, flüchtigen Bekannten besuchten. Achtmal war er in der Zwischenzeit in Brüssel gewesen. Sie hatten sich verstohlen getroffen, waren aufs Land gefahren, hatten in verschwiegenen Restaurants gegessen und ihre Beziehungen ihrem Vater strikt verheimlicht. Unzählige Briefe waren gewechselt worden, und jetzt hatte Daniéle ihren Entschluß gefaßt, klare Verhältnisse zu schaffen. Sie konnte nicht warten, bis sie vierzig wurde, um ihren Platz in einem Haus einzunehmen, Kinder zu haben und die ganz gewöhnlichen Pflichten einer Frau und Mutter zu erfüllen. Sie biß sich auf die Lippen, während sie wieder daran dachte, daß er wahrscheinlich nicht im entferntesten ahnte, mit welchen Vorsätzen sie den Besuch vollzog, um den er sie in zahllosen Briefen angefleht hatte.

Das Taxi hatte jetzt die Gegend am Stadion erreicht. Langsam wurde die Bebauung rechts und links der Straße dichter, und dann begannen die häßlichen Straßenzüge von Sachsenhausen. Sie folgten einer Trambahnlinie. Frauen drängten sich in neonerleuchteten Supermärkten, schleppten Taschen, Körbe und Netze und hatten mürrische Gesichter.

Später öffnete sich die Straße zur Auffahrt auf eine breite Brükke. Autos stauten sich, und Daniéle betrachtete den großartigen Anblick der Häuserfronten zum Schaumainkai hin, hinter denen sich in leichtem Dunst die Kuppeln und Türme der Reste der Altstadt und die kubischen Hochhäuser abzeichneten, die nach dem Kriege erbaut worden waren.

Sie öffnete ihre Handtasche und nahm eine Zigarette aus dem ledernen Etui. Sie fand ihr Feuerzeug nicht sofort und dankte, als der Chauffeur ihr den glühenden Anzünder nach hinten reichte. Dann ging es weiter. Ein lebhafter Platz, rechts hinunter der Blick in die benzindurchdunstete Zeil und zur Hauptwache, dann das Theater und schließlich die rußige Bogenwölbung des Hauptbahnhofs, der die Kaiserstraße abschloß. Endlich hielt das Taxi an, und wieder winkte Daniéle einem Gepäckträger.

»Bitte bringen Sie die Sachen zur Aufbewahrung für Handgepäck und warten Sie bei den Fahrkartenschaltern auf mich.«

Sie bezahlte das Taxi und betrat die Haupthalle.

Sie tat es gerade in dem Augenblick, da der Mann, der sich ihr vor noch nicht ganz einer Stunde als Günther Sperling vorgestellt hatte, aus einer Tür trat, die so unauffällig angebracht war, daß man sie, wenn man sie nicht kannte, gar nicht bemerkte. Sie diente auch nicht dem Publikumsverkehr, sondern dort führten ein schachtartiges Treppenhaus und ein Aufzug nach oben zu den Diensträumen und Verwaltungsstockwerken, deren Existenz den zu ihren Zügen und Anschlüssen hastenden Reisenden überhaupt nicht gegenwärtig war. ›Hauptwagenamt, Abteilung Güterwagen‹ war die Aufschrift auf einem unter Glas gesetzten Pappschild innerhalb der Tür. ›II. Stock‹ stand in kleinerer Schrift darunter zu lesen.

Der Mann bemerkte Daniéle sofort. Sie ging, ohne ihn zu sehen, unmittelbar an ihm vorüber. Vielleicht hätte er sie, wenn sie ihm nicht so unvermutet noch einmal begegnet wäre, schon rasch vergessen. Aber jetzt sah er ihr nach, wie sie, suchend um sich blickend, auf den Ausgang Querbahnsteig zuging. Endlich schien sie gefunden zu haben, wonach sie Ausschau hielt, und beschleunigte ihre Schritte.

Was tat sie hier? Nach Genf fliege sie nicht, hatte sie ihm gesagt, und in Frankfurt steige sie ebenfalls nicht aus. Zweifellos hatte er keinen Anspruch darauf, daß sie ihm die Wahrheit sagte, aber vielleicht war es gerade ihre Unwahrheit, die sein Interesse erweckte. Es wäre Daniéle sehr unangenehm gewesen, wenn sie gewußt hätte, daß er ihr jetzt zu den großen geöffneten Flügeltüren folgte und draußen auf dem Querbahnsteig beobachtete, wie sie das Postamt betrat. Er näherte sich dem Eingang und sah durch die Scheiben der Schwingtüren hindurch aufmerksam zu, was sie tat. Und sie tat, was der Mann erwartet hatte. Sie kaufte Briefmarken und zog den nach Vevey am Genfer See adressierten Umschlag, den er selbst ihr im Flugzeug gegeben hatte, aus der Handtasche, der wenig später, mit den Marken frankiert, im Schlitz des Briefkastens für Auslandspost verschwand.

Ihre Handtasche schließend, kam sie dann auf den Eingang zu. Der Mann trat rasch zurück. Er hörte das floppende Saugen der Schwingtür. Sie entfernte sich in der entgegengesetzten Richtung. Er folgte ihr wieder, als sie erneut die Haupthalle betrat und nach links hinüberging, wo die Reihe der Fahrkartenschalter in die Seitenwand eingelassen war. Hinter einer der großen Abfahrtstafeln verborgen, beobachtete er, wie sie einen Gepäckträger traf, ihn bezahlte und einen Schein in ihre Manteltasche schob. Sie suchte nach dem Fahrkartenschalter, vor dem die wenigsten Menschen standen, und wartete geduldig am Ende der Reihe.

Die Geduld des Mannes war weit weniger strapazierfähig. Er schob den Mantel seitlich zurück, zog eine Packung Zigaretten aus der Tasche seiner Hose und steckte sich langsam, während er Daniéle unablässig beobachtete, das Mundstück zwischen die Lippen. Endlich war sie an der Reihe, sprach mit dem Beamten, stellte Fragen, nickte und legte Geld auf den Drehteller, Karte und Wechselgeld kamen zurück und der Mann sah, daß Daniéle die Fahrkarte ebenfalls in die Manteltasche schob. Offenbar ging der Zug, mit dem sie fahren wollte, in nicht allzu langer Zeit.

Wahrscheinlich wußte sie aber noch nicht, von welchem Bahnsteig er fuhr, denn jetzt kam sie unmittelbar auf die Abfahrtstafel zugegangen, hinter der er stand. Er wich zurück und hörte das

Klappern ihrer Schuhe auf dem Steinfußboden, bis es unmittelbar ihm gegenüber auf der anderen Seite der Tafel anhielt. Wenn er etwas nach unten blickte, konnte er ihre zu kräftigen, sympathischen Beine in hellen Strümpfen und dunklen Wildlederpumps sehen. Sie hatte bald gefunden, was sie wissen wollte, und seitlich an der Tafel vorbei sah der Mann sie auf den Ausgang zum Bahnhofsplatz zugehen. Er folgte ihr mit den Blicken, bis sie draußen zwischen anderen Menschen verschwand.

Vor dem Schalter, an dem sie die Karte gelöst hatte, stand jetzt nur noch die ältere Frau, die nach ihr an die Reihe gekommen war. Noch immer wippte die Zigarette unangezündet zwischen den Lippen des Mannes, als er jetzt hinüberging und sich hinter die Frau stellte. Er wartete und hörte zu, wie sie eine komplizierte Verbindung nach Bad Kreuznach auseinandergesetzt bekam. Schließlich ging sie fort, und der Mann näherte sein Gesicht der Sprechöffnung.

»Meine Frau...«, sagte er hastig, wie atemlos, und gab seiner Stimme einen besorgt klingenden Tonfall. »Sie muß vor wenigen Minuten hier gewesen sein. Die in dem olivgrünen Mantel und den schwarzen Handschuhen.«

»Mit einem leicht französischen Akzent?« fragte der Beamte hinter seiner Glasscheibe.

»Ja, die. Ich weiß jetzt nicht, ob sie beide oder nur eine Karte genommen hat. Könnten Sie...? Wie? Nur eine. Ich danke Ihnen sehr. Dann geben Sie mir doch bitte die gleiche Karte noch einmal. Hat sie zweiter oder erster gelöst? Man kann sich ja auf Frauen nie... Wie? Erster. Dann bitte noch eine erster. Gott sei Dank.«

Endlich schob der Beamte, der, nach außen hin unbeteiligt, die Fahrkartenstanze bedient hatte, die Karte auf den Drehteller. Der Mann im Regenmantel aus bräunlichem Changeant, wie er in jedem Kaufhaus auf der Stange hängt, bezahlte sie und verließ den Schalter.

Es entging ihm dabei, daß der Beamte, ohne den Blick, solange er ihn sehen konnte, von ihm zu lassen, den Hörer seines Telefons abhob und eine zweistellige Nummer wählte.

Der Mann bog deshalb auch nur um eine einzige Ecke. Dort blieb er hinter der schützenden Wand eines Zeitschriftenkiosks stehen und las den Aufdruck.

Als er das getan hatte, blickte er nachdenklich hoch und versuchte sich in eine hübsche junge Frau hineinzuversetzen, die einen Ort zum Ziel hatte, den sie von Brüssel aus weit bequemer hätte erreichen können, als mit dem Flugzeug über Frankfurt am Main. Sie hatte im Flugzeug eine Karte mit einer Ansicht von Vevey am Genfer See geschrieben und in einem Umschlag dorthin geschickt. Er war sicher, daß diese Karte von dort aus nach Brüssel gesendet werden sollte, denn aus den Schriftzügen der Adresse hatte er dieses Wort mehr oder weniger deutlich herauslesen können. Jetzt fiel es ihm nicht mehr schwer, sich zusammenzureimen, was diese hübsche junge Frau unter allen Umständen vermeiden wollte, nämlich, daß man wußte, wo sie sich befand. Welches Geheimnis verbarg sich hinter diesem ungewöhnlichen Wunsch? Und plötzlich dachte der Mann daran, wie gefährlich es für eine hübsche, junge Frau sein konnte, einfach verschwunden zu sein, nicht mehr existent für alle, die sich für sie und ihr Leben interessierten.

Außer für ihn.

Als er mit seinen Überlegungen bis hierhin gekommen war, las er mechanisch noch einmal die Fahrkarte in seiner linken Hand. Langsam zog er dann die rechte, die schon seit geraumer Zeit das Feuerzeug umspannt hatte, aus der Manteltasche und zündete sich endlich seine Zigarette an. Als er hochblickte, sah er über die gelbliche Flamme hinweg unmittelbar in das verschlossene Gesicht eines gargantuahaften Bahnpolizisten, der ihn, mit auf dem Rükken verschränkten Händen, aus wenigen Schritten Entfernung unausgesetzt beobachtete.

25. September

Er sah heute nicht einmal Edmunds Haus gerne, das er im Begriff war zu betreten, und ging deshalb langsamer, als es sonst seine Art war, den plattenbelegten Weg entlang. Die Gartentür war offengestanden, und während er den Klingelknopf drückte, sah er mechanisch noch einmal zurück zu seinem Wagen, den er draußen vor dem Gartenzaun hatte stehen lassen.

Edmund hatte sich, weiß Gott, einen hübschen Platz für das

Haus ausgesucht. Es lag an einem sanften, nach Westen zu geneigten Hang, dessen Kamm von alten Buchen gekrönt war, die langsam begannen sich gelblich zu tönen.

Warum der Grund hier so billig gewesen war, daß Edmund sich einen Platz von enormer Ausdehnung hatte kaufen können, wußte niemand. Vielleicht lag er als Siedlungsgelände zu weit abseits der Verkehrswege. Der Boden war auch als Bauplatz noch gar nicht erschlossen gewesen. Wasser, Kanalisation und Elektrizität hatte Edmund bis hinunter zur Straße selbst legen lassen müssen. Und die Straße war dreihundert Meter entfernt. Von dort führte nur der Feldweg herauf, den Dr. Kensy soeben gefahren war und der ein Stück weiter oben als sumpfige Kuhle einige hundert Schritt im Forst endete.

Edmund hatte den eingeschossigen Stil bevorzugt, der mit dem steigenden Wohlstand in Mode kam, und es war wirklich ein hübsches und modernes Haus geworden, wie es heutzutage zu einem Unternehmer der nicht lohnintensiven Mittelindustrie durchaus paßte. Der einzige wirkliche Schönheitsfehler war die große Kiesgrube, die sich mit ihrem weit geöffneten, gelblich bleckenden Gebiß südlich des Hauses in den Hang fraß und von einem verwahrlosten, windschiefen Balkengebilde eingesäumt war, das als Zaun diente.

Wolken schoben sich in Zeilen vor einem unruhigen Westwind her, und manchmal glänzte drunten bei den Häusern an der Straße ein Schieferdach oder ein Tümpel, wenn die Sonne sich für Sekunden zwischen den Wolken hindurchmogelte. Gleich darauf kroch wieder graublauer Schatten über die Landschaft, und der Wind brachte den Lärm von den Bahnanlagen herüber, wo Güterzüge rangiert wurden und in kurzen Abständen die internationalen Eil- und Schnellzüge der Hauptstrecke mit unverminderter Geschwindigkeit die endlosen Reihen der Güterwagen passierten.

Weit entfernt säumte eine starre Reihe von Hochspannungsmasten den Horizont. Die Kabel hingen, überdeutlich sichtbar, in grazilen Bögen zwischen ihnen herunter. Die Kiesgrube leuchtete in einem kränklichen Sonnenfleck plötzlich merkwürdig ockerfarben auf und versank wieder im Schatten. Aber Dr. Kensy wurde in seiner Landschaftsbetrachtung unterbrochen, als jemand die Haustür öffnete.

»Ach, du bist das, Robert«, sagte Edmund Freese und nahm die Zigarette aus dem Mund. »Komm herein. Ich dachte schon, es sei die Kotelecky mit der Post. Entschuldige meinen Aufzug, aber du weißt ja...«.

Sein Hemdkragen stand nach oben, und rechts und links von seinem Nacken baumelten die noch ungebundenen Enden seiner schwarzen Krawatte noch vorne über das schneeweiße Hemd. Edmund Freese trug eine Hose aus schwarzem Tuch und schwarze Lackschuhe.

Er schloß die Haustür hinter seinem Gast, knipste die Wandarme der Dielenbeleuchtung an und band sich vor dem Garderobenspiegel die Krawatte, während der Rechtsanwalt seinen Hut auf die Konsole legte und die Aktentasche unter den anderen Arm klemmte.

»Ich habe gerade mit der Kotelecky gesprochen«, sage er und sah zu, wie Edmund Freese, das Kinn hebend, am Knoten der Krawatte zog und dann den Kragen nach unten schlug. »Sie sagte, du seist zu Hause und wolltest heute auch nicht nicht mehr in die Fabrik kommen.«

»So, sagte sie das? Das hätte sie aber gar nicht sagen sollen, die Kotelecky.« Edmund Freese wendete sich um und legte die Hand um den Oberarm seines Gastes. »Komm herein. Einen Cinzano, Kognak, Whisky, was möchtest du?«

»Hast du eine halbe Stunde Zeit, Edmund?« fragte der Anwalt anstelle einer Antwort und ließ sich unaufgefordert auf die gepolsterte Sitzbank sinken, die dem Kamin gegenüber stand. Edmund Freese setzte vorsichtshalber doch zwei Gläser auf den Tisch, während er Zeitschriften, Bücher und Papiere zur Seite schob. Die Kognakflasche stellte er dazwischen.

»Nicht doch einen, Robert?«

Fragend schwebte der Hals der Flasche über dem Glas.

»Von mir aus«, sagte der Anwalt. Vielleicht ließ sich mit einem oder zwei Kognaks wirklich leichter über die Sache reden. Edmund goß ein und setzte sich dann in einen der beiden tiefen Fauteuils.

»Prost«, sagte er und hob sein Glas.

»Zum Wohl«, sagte der Anwalt und machte mit seinem eigenen Glas eine Bewegung in Richtung auf Edmund. Wohlig fühlte er den scharfen Alkohol durch seine Gurgel brennen. Er stellte das Glas zurück auf den Tisch.

»Seit wann stimmt es eigentlich zwischen dir und Tina nicht mehr, Edmund?«.

Es war vielleicht besser, keine vagen Ausflüchte und Umschreibungen zu machen, sondern das, was ihn bedrückte, ohne Umschweife loszuwerden.

Edmund Freese sah den Anwalt aufmerksam an. Er hatte es schwer gehabt. Zwar hatte die Praxis schon jahrzehntelang bestanden, aber während des Krieges und in den Jahren danach hatte Roberts alternder Vater ihre Dynamik in der kleinen, ländlichen Gewerbestadt nicht mehr aufrechterhalten können, und ihr Umsatz war so rapide gesunken, daß sie, als Robert seine Studien beendet hatte, nur mehr mit ihrem angesehenen Namen existierte. Jüngere, energischere Anwälte, die begriffen hatten, daß der moderne Anwalt in erster Linie ein Geschäftsmann ist wie alle anderen auch, hatten rasch und skrupellos in die Lücken gedrängt, und Robert hatte, als er seinem Vater zuliebe die Praxis übernahm, Talente entwickeln müssen, die ganz tief in ihm geschlummert hatten, um sich nach und nach, nicht zuletzt durch eine unglaubliche Arbeitsleistung, die seinen Kreislauf in Anspruch nahm, wieder in die erste Reihe zu boxen.

»Du weißt doch genau, seit wann es zwischen mir und Tina nicht mehr stimmt«, sagte Edmund Freese und drehte das Kognakglas zwischen den Fingern. »Es hat doch noch nie gestimmt. Es hat von Anfang an nicht gestimmt. Und wir hätten es beide wissen können. Das ist es. Warum fragst du? Bist du deswegen hier herausgefahren? Das ist doch alles nutzlos. Und jetzt betrifft es ja auch nur Tina und mich.«

»Ich habe zwangsläufig wenig Zeit für menschliche Probleme«, sagte der Anwalt. »Und wenn, dann höchstens für die meiner Freunde. Und mit Tina war ich schon befreundet, als sie noch Tina Breisig hieß.«

»Siehst du«, sagte Edmund Freese bitter. »Die Scheidung hast du ja gemacht, nicht wahr? Du kennst doch die Akten. Du weißt doch, was damals alles vorgebracht worden ist. Es war für Tina und für Breisig eine unglückliche Ehe, und es ist für Tina und für mich wieder eine unglückliche Ehe geworden.«

»Ich wollte«, sagte der Anwalt aufatmend, »Tina dazu verhelfen, von Breisig wegzukommen. Ich war damals der Ansicht, daß er sie langsam, aber sicher zugrunde richtete. Ich habe geglaubt, sie sei einfach nur in den falschen Händen.«

»Ich habe manchmal den Gedanken, als ob jeder Mann eine Frau zugrunde richtet. Und jede Frau einen Mann«, murmelte Edmund Freese düster. »Und daß es ein großer Zufall ist, wenn es nicht geschieht.«

Dr. Kensy hob die Schultern.

Eine Weile schwiegen sie.

»Was wirfst du Tina wirklich vor?« fragte der Anwalt dann.

»Ich?« Edmund Freese goß sich einen neuen Kognak ein und hielt die Flasche fragend über das Glas seines Gastes.

»Ich?« sagte er dann noch einmal und korkte sie wieder zu, nachdem Dr. Kensy gedankt hatte.

»Ich werfe ihr gar nichts vor. Es muß in ihrer Natur liegen. Sie ist frigide und von einem quälenden Egoismus. Sie hat nicht das geringste Interesse an meiner Arbeit und an meinen Problemen. Das ist es, Robert. Und das kann man niemand als Schuld ankreiden. Aber bist du eigentlich hier herausgefahren, um mit mir über Tina zu sprechen?«

»Ja«, sagte der Anwalt. »Das bin ich. Sie hat mir nämlich geschrieben.«

»So«, sagte Edmund Freese, unangenehm berührt. »Was hat sie dir geschrieben?«

Robert Kensy rückte sich umständlich auf der bequemen Polsterbank zurecht.

»Sie hat sich bei mir danach erkundigt, wie die Aussichten für eine eventuelle Scheidung stehen.«

»So«, sagte Edmund Freese. »Für eine eventuelle Scheidung. Und warum? Wie kommt sie ausgerechnet auf dem sechsten Kontinent zwischen Abkömmlingen zwangsdeportierter Engländer und halbwilden Papuas auf eine Scheidung?«

Der Anwalt hob die Schultern.

»Ich weiß es nicht. Vielleicht hat Ariane sie in dieser Hinsicht bestärkt. Oder Craig? Oder vielleicht hat sie dort den Mann ihrer Träume gefunden. Ich kann es dir nicht sagen. Sie schreibt nichts darüber.«

»Hör mal zu, Robert«, sagte Edmund Freese, während er aufstand und hinüber zu dem großen, versenkbaren Fenster ging, das zur Terrasse führte. Der Anwalt konnte nur den Strich der schwarzen Krawatte sehen, die das weiße Hemd teilte, als Edmund Freese sich dort umdrehte und mit dem Rücken zum Licht stand. »Hör mal zu: Ariane schreibt mir, daß ihre Mutter ernsthaft erkrankt ist und möglicherweise überhaupt nicht hierher zurückkehren wird.«

Ein paar Sekunden lang war so tiefes Schweigen, daß man das heisere Krächzen einer Krähe hören konnte, die draußen vor dem Terrassenfenster von dem gepflegten Rasen hochstob und sich taumelnd auf der höchsten Spitze einer Blautanne niederließ.

»So«, murmelte der Anwalt. »Das wußte ich nicht. Ihr Brief läßt von einer Krankheit nicht das geringste erkennen. Er klingt recht – wie soll ich sagen – recht vital.«

Edmund Freese kam vom Terrassenfenster wieder auf den Anwalt zugegangen. Noch immer konnte Robert Kensy sein Gesicht nur undeutlich erkennen, weil es im tiefen Schatten lag.

»Tina hat schon vor ihrer Abreise verschiedentlich geäußert, daß sie vielleicht sehr lange in Wellington bleiben würde. Sie hat schon damals angedeutet, daß sie möglicherweise überhaupt nicht wiederkommt. Aber von einer Scheidung war bisher nie die Rede. Gibt sie Gründe an?«

»Natürlich«, sagte der Anwalt. »Sie werden nicht neu für dich sein.«

»Daniéle«, sagte Edmund Freese.

»Natürlich«, sagte der Anwalt noch einmal. »Daniéle verzeiht sie dir nicht.«

»So ein Blödsinn«, sagte Edmund Freese, plötzlich beunruhigt, und setzte sich neben den Anwalt auf die Polsterbank. »Die Geschichte mit Daniéle ist doch längst zu Ende.«

Er starrte, nach vorne gerückt, in die rußige Höhlung des Kamins, als brenne dort ein wärmendes Feuer.

»Mit Daniéle habe ich doch längst gebrochen, hörst du?« Er wendete seinem Gast den Kopf zu, und Robert Kensy konnte die Beunruhigung in diesem männlich geschnittenen Gesicht mit dem verwöhnten Zug sehen, der auf Frauen wirkte. »Das wäre gut für dich«, sagte er seufzend und beugte sich auch nach vorne. »Sie schreibt nämlich, sie könnte die ständige Demütigung eines festen

Verhältnisses mit einer anderen nicht mehr ertragen. Die Sache damals mit der Kotelecky hat sie dir ja noch verziehen. Das lag schließlich noch vor der Ehe. Und sie findet, daß die Kotelecky abgrundtief unter ihr steht. Aber das Gefühl, daß es eine Frau gibt, die ihr menschlich gleichwertig ist, macht sie wahrscheinlich krank vor Eifersucht. Auch wenn sie es dir gegenüber nicht zugibt.«

»Mein Gott im Himmel«, murmelte Edmund Freese, »das ist doch nur der Punkt auf dem ›i‹. Ich möchte wissen, was sie mir eigentlich wirklich vorwirft.«

»Das kann ich dir sagen«, murmelte Robert Kensy. »Sie findet, daß du frigide und von einem quälenden Egoismus bist und für ihre Probleme nicht die geringste Zeit und nicht das geringste Interesse hast. Sie findet, daß du deine gesamte Vitalität in deine Fabrik investierst und daß für deine Frau nichts davon übrigbleibt, als ein gewisser äußerer Wohlstand und eine riesige Langeweile. So hat sie es mir jedenfalls mitgeteilt. Und außerdem ist sie sich durchaus bewußt, daß du ihr diesen Wohlstand gar nicht aus eigener Kraft geschaffen hast, sondern daß sie ihn im Grunde genommen mit in die Ehe brachte. Und das scheint sie zu verbittern.«

Edmund Freese seufzte.

»Wenn man sich wenigstens greifbare Dinge vorzuwerfen hätte. Dann wäre das Ganze nicht so furchtbar kompliziert.« Der Anwalt schwieg.

»Aber das kannst du eben nicht«, sagte er dann. »Sie kann das. Und das macht alles erst wirklich schwierig, nicht wahr? Sie hat dich nie betrogen. Du hast sie betrogen. Und nach den Gründen fragt ein Richter nicht. Die Erfahrung zahlloser Scheidungsprozesse.«

Robert Kensy versuchte ein Lachen, das so klang, als wolle er damit sagen, ich kenne das Leben schon in seiner ganzen abgefeimten Gemeinheit, aber ich bin zu der Einsicht gekommen, daß man nichts, absolut nichts daran ändern kann.

»Immerhin«, fuhr er, wieder sachlich werdend, fort, »scheinen mir die Dinge so zu liegen, daß Tina noch keineswegs entschlossen ist, diesen Schritt wirklich zu tun. Tina ist konservativ. Vor einer zweiten Scheidung hat sie innere Hemmungen. Darauf möchte ich meinen Kopf verwetten. Vielleicht läßt sich alles noch einmal einrenken, wenn ich ihr guten Gewissens mitteilen kann, daß du dich von Daniéle endgültig gelöst hast. Endgültig, sage ich, Edmund. Und auch innerlich.«

Edmund Freese hob den Kopf und sah den Anwalt an.

»Du redest, als ob du verheiratet wärst und nicht ich.«

Er stand auf.

»Was verlangst du eigentlich noch alles von mir?« fragte er, ging wieder hinüber zur Terrassentür und kurbelte sie herunter.

»Ich nehme an, daß du eine Scheidung unter keinen Umständen willst?« sagte der Anwalt und sah seinem Freund nach, der draußen über den Rasen ging und vor der Hundehütte stehenblieb. Er löste den großen, zottigen Schäferhund von seiner Kette und zeigte mit einer merkwürdig stummen und feierlichen Geste auf die offene Verandatür. Das Tier kam in langen Sätzen über das Gras gesprungen, lief ins Zimmer und bellte den Anwalt an, der ebenfalls aufgestanden war.

»Platz, Wulli«, sagte Edmund Freese ruhig und kurbelte das Fenster wieder nach oben. Das Tier legte sich widerstrebend und mit hocherhobenem Kopf in seinen Korb neben dem Kamin. Seine lang ausgelegte Zunge zitterte.

Erst jetzt antwortete Edmund Freese auf die Frage seines Besuchers.

»Nein«, sagte er. »Unter keinen Umständen. Da hast du ganz recht.«

Der Anwalt nickte, ohne etwas zu sagen.

»Wir müssen uns wohl noch einmal über alle diese Dinge unterhalten«, sagte Edmund Freese und drehte unter der weißen Manschette seine Armbanduhr. »Aber jetzt muß ich fahren, sonst komme ich zu spät, und das würde Alfred kränken.«

»Ich habe einen Termin beim Oberlandesgericht, der nicht mehr abzusagen war«, sagte Robert Kensy. »Ich kann nicht hingehen.«

»Nun«, sagte Edmund Freese. »Wenn du es nicht Rickis wegen tust? Dein eigener Schmerz wird ohnehin nicht allzu groß sein.«

Er öffnete die Tür zur Diele. Der Anwalt antwortete nichts und folgte ihm langsam.

Er sah durch eine halb geöffnete Tür in das mit honigfarbenem Velours ausgelegte Schlafzimmer, das Edmund Freese betreten hatte. Während Dr. Robert Kensy wartete, bis Edmund die zu seiner Hose passende schwarze Jacke aus dem Schrank genommen und angezogen hatte, ließ er seinen Blick über die Einrichtung der Diele schweifen. Auf der schönen, mattpatinierten Barockkonsole lag sein Hut zwischen zwei alten, hölzernen Kirchenleuchtern. Ein kleiner, oberitalienischer Schreibsekretär mit kostbaren Intarsien nahm die Mitte der gegenüberliegenden Wand ein. Eine köstliche Perserbrücke in unaufdringlichen Farben lag quer auf dem mit Sandsteinplatten gepflasterten Estrich. Auf dem belgischen Sessel neben der Eingangstür lag Freeses schmale bräunliche Aktentasche. Seine Fahrhandschuhe mit den gestrickten Oberseiten waren achtlos daraufgeworfen. In der Ecke hingen an einem Zapfenbrett aus Schmiedeeisen ein kostbarer Stutzen, ein Drilling und zwei Feldstecher in ledernen Futteralen. Das Gerät nahm sich in dieser kultivierten Umgebung aus wie die Laune eines Snobs, der fand, daß Waffen in einem gepflegten Haus nicht fehlen dürfen. Aber der Anwalt wußte, daß Edmund Freese ein hingebungsvoller Jäger und brillanter Schütze war.

Robert Kensy beobachtete, wie der Wind draußen vor dem vergitterten, viereckigen Vorplatzfenster heftig in dem Gewirr der Efeublätter sauste, und nahm seinen Hut, als Edmund Freese aus dem Schlafzimmer zurück in die Diele kam.

Edmund zerrte aus dem eingebauten Wandschrank einen tief dunkelgrauen Mohairmantel und einen schwarzen Seidenschal. Als er beides angezogen hatte, griff er nach dem steifen schwarzen Hut. Er gab ihm, als er ihn aufsetzte, eine leichte seitliche Neigung und verlieh sich damit genau das Aussehen jener ganz bestimmten Art unternehmungslustiger Manager, die nicht nur wissen, wie man Geld einnimmt, sondern auch, wie man es ausgibt. Gerade trägt man ihn mit über fünfzig und auf der Börse. Er hatte eingehend darüber nachgedacht.

Schwarze Handschuhe erschienen aus der Schublade der Konsole. Edmund Freese warf einen flüchtigen Blick in den Spiegel. Ein vollendeter Gentleman. Fast ein griechischer Gott. »So«, sagte er, zufrieden mit seinem Aussehen. Sein leicht gebräuntes, noch immer faltenloses Gesicht unter der Krempe des Hutes zeigte ihm, daß er durch und durch gesund war. Bevor er die Haustür aufzog, schloß er gewissenhaft die Tür zur Küche. Die peinliche, chromblitzende Ordnung, die in dieser Küche herrschte, ließ deutlich erkennen, daß gegenwärtig niemand das Haus besorgte.

Der Anwalt setzte ebenfalls seinen Hut auf.

»Wo ist eigentlich die Pausch?« fragte er.

»Die Pausch?« sagte Edmund gleichgültig, während er den Schlüssel für die Haustür an seinem Bund heraussuchte, »die Pausch habe ich für zwei Wochen in Urlaub geschickt.«

Dann zog er die Haustür auf und ließ den Anwalt vorangehen.

»Sie hatte ihn dringend nötig, die Pausch.«

Während Edmund Freese von draußen den Schlüssel drehte, mußten sich beide Herren die Hüte festhalten, die ihnen, hätten sie es nicht getan, der heftige Wind einfach vom Kopf gerissen hätte.

Edmund Freese bemerkte ein leichtes Zögern des Anwalts.

»Nun, Robert?« fragte er.

»Was soll ich also Tina antworten?«

Robert Kensy folgte seinem Freund die wenigen Schritte bis hinüber zum Garagentor. Edmund Freese ließ es langsam hochkippen.

»Du kannst ihr mitteilen«, sagte er, während er wieder an seinen Hut griff, um ihn festzuhalten, »du hättest den Eindruck gewonnen, daß ich mich von Daniéle endgültig gelöst hätte.« Er betrat die Garage und zog den Schlag seines Wagens auf. Im Rückspiegel konnte er den Anwalt noch immer draußen im Wind stehen sehen. Er beugte sich hinaus.

»Auch innerlich«, sagte er und fuhr dann den Wagen, vorsichtig rückwärts stoßend ins Freie.

25. September

Die Orte in dieser Gegend bestanden eigentlich nur aus einem Netz drittklassiger Landstraßen, die früher mehr oder weniger gerade die Ebene durchzogen hatten. Nach und nach hatten sich häßliche Siedlungen an diesen Straßen orientiert, Kleingewerbe war dazugekommen, und Gasthäuser waren entstanden. Später waren aus manchen der kleinen Tischlereien Möbelwerke und aus manchen der einstigen Schlosserwerkstätten und Autoreparaturbetriebe Apparatewerke und Vertriebszentralen mit kostspieligen Neonleuchtschriften auf modernen Sheddächern geworden. Viele Leute besaßen trotzdem noch immer eine winzige Landwirtschaft mit ein paar Hühnern, Ziegen oder auch einer Kuh.

So war der Charakter der Gebäudekomplexe, welche die drittklassigen Straßen säumten, uneinheitlich und machten einen unordentlichen und ungeplanten Eindruck. Irgendwo weiter westlich zog sich die Eisenbahnlinie durch die Ebene, die sich unmotiviert zu einem breitgefächerten Gewirr zahlloser Schienenstränge erweiterte. Das war der große Rangierbahnhof. Irgendwo anders, parallel zu den Gleisanlagen, schwang sich die Autobahn durch lockere, trockene Kiefernwälder, aber wer die Gegend nicht kannte, konnte nie ganz genau sagen, wo. Es war am besten, sich einfach nach den blauen Hinweistafeln zu richten, dann kam man zwischen Waldparzellen, kreuz- und querlaufenden Straßenzügen und Reihen grauer, unscheinbarer Häuser mit einiger Sicherheit an eine zu eng und zu kleinlich angelegte Auffahrt.

Sandige Ebene, ein Truppenübungsplatz, irgendwo weiter südlich ein Flughafen. Endlose, schnurgerade Maschendrahtzäune, oben mit Stacheldraht versehen und nach innen gebogen, lehmiggelbliche Böschungen, von den Fahrspuren ungezählter Militärfahrzeuge zerwühlt. Nein, es war wirklich keine schöne Gegend.

Die Kirche wäre in ihrer schmutzfarbenen Unauffälligkeit und mit dem niedrigen Turm überhaupt nicht zu sehen gewesen, wenn nicht die Autos, die vor der Friedhofsmauer parkten, darauf hingewiesen hätten, daß irgend etwas geschah, das jedenfalls nicht jeden Tag geschah. Eine Hochzeit vielleicht, Konfirmation oder ein Begräbnis. In diesem Fall war es ein Begräbnis. Und das Begräbnis war schon beinahe vorüber, als Edmund Freese seinen Wagen zwischen den beiden Reihen zweistöckiger Häuser hindurchsteuerte und nach der Kirche Ausschau hielt.

Eine eingleisige Straßenbahn fuhr entlang dieser Straße, deren Schienen bisweilen völlig unmotiviert auf die Fahrbahn einbogen. Dann kam es zu Stauungen langer Reihen riesiger Lastzüge, die auf der engen Fahrbahn bedrohlich überhingen.

Das zerdrückte Fluchen nützte Edmund Freese gar nichts, und er mußte warten, wie alle anderen auch. Zu allem Unglück senkten sich auch noch, wie durch Geisterhand aus den grauen Häuserzellen hervorgezaubert, Bahnschranken nieder und schnitten, rotweiß gestreift, die Straße auseinander. So war der feierliche Teil des

Begräbnisses von Nora Georgi bereits vorüber, die im Alter von sechsunddreißig Jahren vor drei Tagen an einer heimtückischen Darmblutung plötzlich gestorben war.

Edmund Freese durchschritt rasch das Friedhofstor und konnte bereits aus der Ferne die Kolonne feuchtglänzender schwarzer Regenschirme sehen, die sich um das schon halb zugeworfene Grab sammelten. Er beschleunigte seine Schritte und erreichte die Gruppe der Leidtragenden gerade in dem Augenblick, da Schuppe sein drittes Schäufelchen mit Erde in die Grube geworfen hatte und sich mit traurigem Gesicht umwendete, um das Gerät dem nächsten Wartenden zu übergeben. Edmund ergriff die zierliche Schaufel und stach sie in den Haufen feuchten, glitschigen Erdreichs. Dreimal tat er das, wie alle anderen auch, dann wandte er sich um und trat auf Alfred zu.

Er war bestürzt, wie sehr die vergangenen drei Tage den kleinen, schmächtigen Mann verändert hatten. Alfred war schon immer für dieses Leben viel zu gutmütig gewesen. Er hatte deshalb auch versucht, seinem feinmodellierten Gesicht mit dem allzu sensiblen Zug um die Nasenflügel und dem großzügigen, aber schwachen Mund durch einen dichten, englisch geschnittenen Schnurrbart etwas Drohendes und Undurchsichtiges zu verleihen, ein Versuch, der übrigens den meisten Menschen mißlingt, die gerade dies beabsichtigen.

Jetzt war der Schnurrbart feucht vom Regen und von den Tränen, und Edmund sah, daß er bereits von grauen Strähnen durchzogen war. Die immer etwas unruhigen Augen eines intelligenten Hundes blickten zu ihm hoch.

»Du meinst es ehrlich, Edmund. Ich danke dir«, murmelte der völlig fassungslose Mann. »Ich weiß mir wirklich kaum zu helfen. Ich bin froh, wenn ich endlich zu Hause bin.«

Edmund Freese legte die Hand auf seine Schulter und rüttelte sie wohlwollend und aufmunternd.

»Kopf hoch, Alfred. Es wird schon weitergehen. Auf mich kannst du rechnen, und Ricki wird dir ja zur Seite stehen.«

»Ricki«, murmelte Alfred Georgi, »Ricki hat heute morgen Tennis gespielt. In weißen Sachen...« Er brach ab.

»Das Viertelfinale für die Kreismeisterschaften«, sagte Ricki. Sie stand neben ihrem Vater, die schwarzbestrumpften Beine in hohen

Pumps geschlossen, im schwarzen Wollmantel mit Persianervorstößen. »Ich sehe nicht ein, warum man deswegen nicht Tennis spielen soll. Tennis ist doch kein Tanzvergnügen. Und im Damendoppel rechnet der Klub einfach mit mir.«

»In weißen Sachen«, murmelte Alfred Georgi noch einmal.

»Ich kann mich doch nicht zum Tennis wie ein Kaminkehrer anziehen«, fuhr Ricki ihn unbeherrscht an. »Das wirst du doch einsehen. Ich kann auch nichts dafür, daß der Termin so lag. Das Leben geht weiter, sagst du doch ununterbrochen. Na also, und wenn es dann wirklich weitergeht...«

»Willst du nicht wenigstens Edmund guten Tag sagen, Ricki?«

»Guten Tag, Edmund«, sagte Ricki und schob ihre Hand im schwarzen Wildlederhandschuh unter dem Bügel der Tasche vor.

Edmund Freese lüftete mit der linken Hand den Hut. Das hatte er sich angewöhnt, seitdem Ricki die sechzehn überschritten hatte.

»Es ist für uns alle gleich schlimm, Ricki«, sagte er. »Mach deinem Vater nicht mehr Kummer, als nötig ist.«

»Ist es wahr, daß du dir ein zweites Pferd gekauft hast?« sagte Ricki. »Das finde ich großartig, Edmund.«

Ricki hatte das hübsche, ein wenig harte Gesicht vieler junger Damen von heute. Ihre graublauen Augen waren lebhaft und schienen stets irgend etwas wissen zu wollen. Mund und Kinn waren wie bei einem Karpfen etwas vorgeschoben. Blondes Haar sah unter einer schwarzen Toque hervor. Sie ähnelte sehr ihrer Mutter.

»Ein zweites Pferd«, sagte hinter Edmunds Rücken Schuppe leise zu seiner Frau. »Hast du gehört? Dann scheint er doch noch liquider zu sein, als die Leute reden.«

Schuppe betrieb einen Großhandel in Beleuchtungskörpern und hatte sich soeben sein erstes Pferd gekauft. Seine Frau stieß ihn an.

»Wir sollten vielleicht woanders darüber reden, Ricki«, sagte Edmund Freese. »Hilf deinem Vater, darüber hinwegzukommen.«

»Dann stimmt es also, Edmund. Sag mir doch wenigstens, was für ein Pferd es ist.«

»Später, Ricki«, sagte Edmund streng.

Ricki konnte nicht wissen, wie recht es ihm war, daß sie gerade hier von dem Pferd angefangen hatte, wo so viele Leute es hören konnten. Es war immer besser, sie erfuhren etwas, was sie wissen sollten, aus dritter Hand, als daß man ihnen selber die Nase darauf stieß. Bei Sachen, die sie nicht wissen sollten, verhielt er sich allerdings umgekehrt.

»Gib dich jetzt zufrieden, Ricki«, sagte Edmund. »Wir können nächste Woche mal zusammen in den Stall hinüberfahren. Wir sehen uns morgen?«

Edmund Freese wendete sich dem Ausgang zu, während Alfred und Ricki Georgi die Teilnahmebezeigungen des Ehepaares Schuppe und vieler anderer Ehepaare entgegennahmen, die es für unvereinbar mit ihrer gesellschaftlichen Stellung hielten, dem Apotheker nicht öffentlich am Grabe seiner Frau zu kondolieren.

Edmund zündete sich eine Zigarette an, während er langsam auf den Ausgang zuschritt. Der Kies des Weges knirschte unter seinen schwarzen Lackschuhen. Im Windschatten einer buschigen Taxusgruppe hielt er an, um zu warten. Unaufhörlich mußte er den Hut ziehen, um Leute zu begrüßen, die in dieser Stadt eine kleine oder große Rolle spielten. Er wußte fast von jedem, wie sein Umsatz ging, welche Steuersorgen er hatte und welche persönlichen Probleme ihn bedrängten. Und die anderen wußten das auch von ihm. Und sie wußten es vor allem auch von Alfred Georgi. ›Unsere treusorgende, unermüdliche, liebende Gattin, Mutter, Tante und Schwester‹ hatte es in der Todesanzeige geheißen. Aber der schwelende Streit innerhalb der Familie um Rickis Zukunft hatte sich nicht verheimlichen lassen. Gestorben war eine Frau , die aus ebenso einfachen und soliden Verhältnissen stammte wie Edmund Freese selbst, die energisch und zielbewußt die wirtschaftliche Seite der großen Apotheke drunten an der Jönkenstraße in die Hand genommen und einen Teil ihrer Lebenskraft dafür geopfert hatte, ihre Tochter Ricki davon abzuhalten, mit Dr. Robert Kensy eine verfrühte Ehe einzugehen. Gestorben war seine Schwester Nora. Und einen Teil der Sorgen seines Schwagers hatte er jetzt am Hals.

Nachdenklich zertrat Edmund Freese den Rest seiner Zigarette, als er Alfred und Ricki jetzt den Friedhofsweg herankommen sah. Die meisten anderen Leute hatten den Kirchhof schon verlassen. Edmund Freese sah, wie Alfred etwas zu Ricki sagte und dann die wenigen Schritte zu ihm herüberkam, während Ricki mit ein wenig zu betonter Nonchalance durch das Tor ging und die Steintreppen hinabtändelte.

»Mein Gott, Alfred«, sagte Edmund Freese, »es muß furchtbar für dich sein. Aber es wird wohl keinen Sinn haben, ernsthaft mit dir zu reden.«

»Gar keinen«, murmelte Alfred Georgi. »Ich bin völlig durcheinander.«

Er schluckte, und Edmund hatte sogleich die schreckliche Befürchtung, daß er jetzt vielleicht wieder anfangen würde zu weinen.

»Na ja, das nützt jetzt alles nichts«, sagte er deshalb rasch. »Du mußt einfach den Kopf oben behalten. Fahr nach Hause und trink ein paar Kognaks. Das hilft mir immer, wenn ich in Schwierigkeiten bin«.

»Du weißt doch ganz genau, daß ich nie etwas trinke«, sagte Alfred vorwurfsvoll mit seiner zerdrückten und viel zu leisen Stimme.

»Es gibt Situationen«, sagte Edmund, »in denen man es sich und seiner Umgebung schuldig ist, von seinen Prinzipien abzuweichen«.

Sie fanden beide zur gleichen Zeit, daß Ricki nun Gelegenheit genug gehabt habe, sich außer Hörweite zu begeben, und blickten, als habe ihnen jemand ein geheimes Kommando dazu erteilt, hinüber zum Friedhofstor, wo das Mädchen verschwunden war.

Edmund näherte sein Gesicht dem seines Schwagers.

»Komm gegen halb elf heute abend«, sagte er flüsternd. »In den Betrieb. Ich lasse dich herein. Komm aber zu Fuß und vergiß nicht, ein paar Kognaks zu trinken.«

Alfred nickte stumpf.

»Danke, Edmund«, sagte er. »Es macht es mir leichter.«

Dann traten auch die beiden Herren durch das Tor.

»Stimmt es eigentlich, daß Tina bei ihren Kindern in Neuseeland bleiben will?« fragte Alfred Georgi.

»Hat sich das schon herumgesprochen?« sagte Edmund und sah den anderen an, während er den Verschluß seines Handschuhs ordnete. Es schien einen Moment lang etwas aus seiner Stimme zu klingen, als habe er gar nicht viel dagegen einzuwenden, wenn es sich schon herumgesprochen hätte.

»Na, die Leute reden eben«, sagte der Apotheker. »Du hast es auch nicht gerade einfach.«

Er schien ein gewisse Art tröstender Befriedigung darüber zu empfinden, daß auch der andere seine Frau verloren hatte, wenn auch nicht so plötzlich und nicht so endgültig. Und vor allem, ohne ihm eine Tochter zu hinterlassen wie Ricki, von der Alfred noch nicht im geringsten wußte, wie er jemals mit ihr fertig werden würde.

Von der Friedhofstreppe aus sah Edmund seinem Schwager nach. Er bemerkte, wie der rechte Schlag seines Wagens von innen aufgestoßen wurde und Alfred einstieg. Dann begannen die Blinker zu zucken. Den Wagen fuhr Ricki.

Edmund wendete sich seufzend seinem eigenen Fahrzeug zu. Auf der Uhr am Amaturenbrett sah er, daß es noch gar nicht einmal allzu spät war. Er konnte langsam fahren. Er steuerte den Wagen die schmale, gewölbte Straße entlang, ohne den hektischen Versuch zu machen, zweiundzwanzig Meter lange Lastzüge zu überholen, und stoppte geduldig, als die Straßenbahn erwartungsgemäß in die Fahrbahn einbog und eine Stockung verursachte. Später, als er eine Stelle fand, an der er anhalten konnte, kaufte er in einem kleinen Blumenladen, der auch Hundekuchen, Sämereien und Vogelfutter führte, ein Bukett hübscher Teerosen.

Er ließ es im Fond des Wagens liegen, als er ihn auf dem Bahnhofsplatz absellte. Es war kurz nach drei Uhr, und um diese Zeit herrschte hier wenig Verkehr. Der Bahnhof lag weit von der Stelle des Ortes entfernt, die man gemeinhin, nach eingehendem Abwägen, für das Zentrum halten konnte. Fernzüge hielten an diesem Bahnhof nicht, und Berufsverkehr gab es zu dieser Zeit keinen. Edmund war mutterseelenallein, als er auf den Perron hinausging und hinter dem altmodischen Holzgitter stehenblieb, um über die verzweigten Gleisanlagen hinzublicken.

Sehr weit entfernt verlor sich ein Gewirr von Fahrleitungsmasten, Signalkomplexen und Gitterbrücken in einem unkonturierten, farblosen Dunst. Einsam und nur für ihn allein rückte mit einem leisen Ticken der Zeiger der elektrischen Uhr über seinem Kopf auf fünfzehn Uhr zehn. Wie von selbst lief irgendwo ein Läutwerk ab. Er hatte gar nicht gemerkt, daß es geschah, und dennoch stand plötzlich der Flügel eines der Signale dort draußen im Grau schräg nach oben. Angestrengt suchten seine Augen den Dunst zu durchdringen. Als er endlich die Umrisse einer Lokomotive wahrnehmen konnte, war sie schon wesentlich näher herangekommen, als er gedacht hatte. Sein Herz begann zu klopfen.

Außer ihr stieg an diesem Bahnhof nur noch ein Herr im Regenmantel aus bräunlichem Changeant aus. Er hatte vom letzten Wagen des Zuges bis zum Bahnsteigausgang eine ziemliche Strekke zurückzulegen, und deshalb waren Edmund und Daniéle schon im Innern des Bahnhofgebäudes verschwunden, als er die Sperre erreichte und den hölzernen Kasten sah, der dazu bestimmt war, die Fahrkarten aufzunehmen. Der Mann hielt sie in der Hand, schon im Begriff, seiner Pflicht zu genügen, als er sich plötzlich anders besann und sie wieder in seine Manteltasche zurückgleiten ließ.

Zwei Herren in Hüten und Regenmänteln von nicht ganz neumodischem Schnitt beobachteten ihn hinter der Tür der Fahrdienstleitung heraus.

»Bräunlicher Changeant, stilisierter Trachtenhut, weichlederner Koffer, Dokumentenmappe«, las der eine von einem Fernschreiben ab, das er aus der Manteltasche gezogen hatte. »Das ist er. Aber was, zum Teufel, sucht der Bursche bloß im Fahrkartenkasten?«

Der Mann hatte sich nämlich über den Holzkasten gebeugt und wühlte nach Daniéles Fahrkarte. Er fand sie bald und schob sie zu der anderen in die Manteltasche. Als er seinen Koffer wieder in die Hand nahm, wurde er von den beiden Herren begrüßt. Einer von ihnen griff, um einer unumgänglichen Form zu genügen, flüchtig an die Krempe seines Hutes.

»Bahnfahndungsdienst, Inspektor Schütte«, sagte unterdessen der andere. »Würden Sie so freundlich sein, uns einen Augenblick hier herein zu begleiten?«

Der Mann sah von einem zum anderen und spürte, daß ihm einer von ihnen mit jener Art wohlwollenden Drängens die Hand um den Oberarm legte, wie es sich in solchen Fällen häufig von selbst ergibt. Inspektor Schütte hielt bereits die Tür zum Dienstraum des Fahrdienstleiters offen und zwinkerte.

»Ihre Frau ist wohl mit dem gleichen Zug angekommen, nicht wahr?« sagte drinnen der jüngere der beiden Beamten.

»Nein«, sagte der Mann. »Das ist sie nicht. Ich habe gar keine Frau. Was wollen Sie denn von mir?«

Die beiden Beamten warfen sich einen vielsagenden Blick zu.

»Zunächst Ihre Ausweispapiere, wenn ich bitten darf«, sagte Inspektor Schütte. »Sie kennen die Dame wohl weiter gar nicht?«

Sein Kopf machte eine vage Bewegung in die Richtung, in der Daniéle mit Edmund verschwunden war. Die Mappe mit den Ausweispapieren wurde beiläufig entgegengenommen und landete auf dem Tisch

»Hören Sie«, sagte der Mann im bräunlichen Regenmantel. »Kennen Sie den Herrn, der sie abgeholt hat? Den im schwarzen Homburg?«

Der jüngere der beiden Beamten schüttelte den Kopf.

»Nein. Den kennen wir nicht. Unser Auftrag lautet auch nicht auf einen Mann im schwarzen Homburg, sondern auf einen im stilisiertem Trachtenhut und bräunlichem Regenmantel. Und das sind doch eher Sie, nicht wahr?«

»Wie heißen Sie?« fragte Inspektor Schütte, dem sichtlich daran gelegen war, nunmehr endlich zur Sache zu kommen.

Günther Sperling ergab sich, als er es merkte, seufzend in sein Schicksal.

»Bedienen Sie sich«, sagte er, während er auf seine Papiere deutete. Dann nahm er seinen Hut ab und setzte sich auf einen Stuhl. Das alles geschah ungefähr zu der Zeit, da Edmund Freese und Daniéle in den wartenden Wagen stiegen. Keiner von ihnen hatte bisher ein Wort gesprochen. Erst als sie nebeneinander saßen, griff Edmund nach hinten, zog die Rosen heran, wickelte sie aus und legte sie in ihren Schoß. Ihre Finger im schwarzen Wildlederhandschuh spielten gedankenlos mit den gelben Blüten.

Sie sah zu, wie Edmund den Wagen in Gang brachte. Schon nach kurzer Zeit bog er ab. Sie überquerten die Gleisanlagen und holperten über zehn oder zwölf Schienenstränge. Dann führte eine wenig befahrene Straße über unbebautes Gelände. Dort hielt Edmund den Wagen an, nahm den Hut vom Kopf und zog Daniéle zu sich herüber.

»Daniéle«, sagte er, ehe er begann, sie wie von Sinnen zu küssen, »ich weiß nicht mehr, wie es weitergehen soll, ohne dich, Daniéle.«

Sie hielt seine Küsse lange aus. Als sie sich schließlich befreite, ordnete sie ihren Hut und sah ihn dann an.

»Armer Edmund«, sagte sie. »Das Schlimmste ist, daß du auch

nicht weißt, wie es mit mir weitergehen soll, nicht wahr?« Edmund Freese fingerte am Lenkschloß.

»Warum trägst du Trauer?« hörte er Daniéle neben sich fragen. »Doch nicht etwa...?«

»Meine Schwester«, murmelte Edmund, während der Anlasser winselte und die Unsicherheit in seinem Tonfall überdeckte. Erst als der Motor endlich lief, wurde es Edmund Freese fast schmerzhaft klar, welche nie wiederkehrende Chance er mit dieser Antwort soeben verspielt hatte.

10. Oktober

»Es sieht also doch wohl nach einem Mord aus«, sagte Kriminaldirektor Siebeck und überflog noch einmal die verschiedenen Berichte, die bereits zu einem Vorgang mit Deckel und Aktenzeichen zusammengeheftet waren. »Wer einen Toten zerstückelt, hat etwas zu verbergen. Zum Vergnügen tut das keiner. Haben Sie die Vermißtenmeldungen mitgebracht, Zimmermann?«

Kommissar Zimmermann nickte und reichte den Ordner über den Tisch, der auf übersichtlichen Formblättern alle Vermißtenmeldungen seit Anfang September enthielt, bei denen irgendeines der Landeskriminalämter ein Verbrechen für möglich hielt, und die deshalb allen anderen Landeskriminalämtern und allen untergeordneten Polizeibehörden bekanntgeben wurden.

Diejenigen, die nach dem gerichtsmedizinischen Befund auch nur annähernd in Frage kamen, hatte Zimmermann bereits mit einem Roten Reiter versehen. Es waren nur drei.

»Die Tote war zwischen siebenundzwanzig und fünfunddreißig Jahre alt«, sagte Dr. Siebeck. »Diese drei hier sind Frauen im entsprechenden Alter? Alle Männer haben Sie aussortiert?«

»Alle Männer«, sagte Zimmermann, »alle Jugendlichen unter achtzehn und alle älteren Frauen über vierzig Jahren.«

Die Besprechung fand im Dienstzimmer Kommissar Ketterles statt. Es ging darum, ob die Mordkommission direkt eine Untersuchung einleiten oder zunächst nur die Abteilung VUT die Fahndung nach einem unbekannten Täter durchführen solle. Der Kommissar saß vorgerückt in seinem Sessel, hielt in der Rechten den umgeschlagenen Ordner und rieb sich mit der Linken nachdenklich über das Kinn.

»Hier, das Mädchen aus Ansbach«, sagte er. »Vierundzwanzig Jahre alt. Vermißt seit 3. September. Seit wann soll die Frau tot sein, zu der die Hand und der Arm gehörten?«

»Seit zwischen 22. und 28. September. Genauer wollten sie sich drüben nicht festlegen.«

»Hm, dann wäre aber doch bei dem Mädchen aus Ansbach ein reichlich langer Zwischenraum zwischen Verschwinden und Tod, nicht wahr? Und diese hier? Ah, die Sekretärin aus Lauenburg. Das Mädel wurde gefunden. Wegen Unterschlagungen in die Ostzone ausgewichen. Ich wollte Ihnen das schon hinübergeben.«

Ketterle reichte Zimmermann ein Schreiben und zog dann den roten Reiter von dem Formblatt der Vermißtenmeldung.

»Die fällt in diesem Zusammenhang aus. Und hier die Zahnarztfrau aus Fallingbostel. Fünfundzwanzig Jahre alt. Vermißt seit 23. September.« Er sah hoch. »Das würde passen. Aber nach der Personalbeschreibung ist sie blond, hat helle Hautfarbe und großporige Haut. Und die Tote?«

»Dunkel pigmentiert«, las Zimmermann ab, »wahrscheinlich dunkler Haarwuchs, Haut straff und gesund, ohne sichtbare Porenbildung.«

Zimmermann schwieg einen Moment und sah hoch, als Dr. Siebeck resigniert mit den Schultern zuckte und Ketterle eine dicke blaue Rauchwolke über den mit Papieren bedeckten Tisch blies.

»Nägel gepflegt, gotisch gefeilt, mit sauber geschnittenem Mond«, fügte er dann hinzu. »Im Nagelbett Spuren eines französischen Nagellacks. Wahrscheinlich ›Ivry No. 37‹«

»Was will das schon besagen«, murmelte der Kriminaldirektor. »Französisches Make-up ist seit der EWG auch in Deutschland keine Seltenheit mehr.«

»Dazu kommt aber der französische Karton, Herr Siebeck«, sagte Zimmermann. »Ein Karton, in dem die Margarinefabrik Rôdieux in Limoges ihre Pflanzenfetterzeugnisse an den Großhandel weitergibt.«

Kommissar Ketterle reckte fragend das Kinn.

»Nur für innerfranzösischen Bedarf?«

»Daran habe ich auch gedacht«, sagte Zimmermann. »Zu dieser Frage wird noch ermittelt. Sie ist wichtig.«

»Ein Mörder«, sagte Ketterle nachdenklich, »schickt sein zerstückeltes Opfer aus Frankreich auf Güterwagen verteilt nach Deutschland. Eine tolle Idee, nicht wahr? Kein Mensch kann jemals auf den Tatort kommen. Es kann irgendwo passiert sein und irgendwann. Nur eines macht mich stutzig...«

»Ja«, sagte Zimmermann. »Mich auch.«

»Sie wissen, was ich meine«, sagte Ketterle.

»Natürlich. Der Karton. In Frankreich läßt sich der Verkauf solcher Margarine wahrscheinlich zurückverfolgen. Es gibt da gewisse Absatzwege, Verkaufsbezirke...«

»Es wäre gefährlich, wenn...«

Ketterle räusperte sich.

»...wenn der Mörder wirklich ein Franzose und der Mord in Frankreich begangen worden wäre«, sagte Hornschuh.

»Stimmt, Hornschuh«, sagte Ketterle. »Es wäre viel plausibler, wenn ein französischer Mörder einen deutschen Karton, oder von mir aus einen aus Timbuktu verwendet hätte. Und der Umkehrschluß...«

Alle lächelten auf einmal. Dr. Siebeck hinter der vorgehaltenen Hand und die beiden anderen offen. Der Umkehrschluß war nämlich die Marotte des Kommissars. Er war so versessen auf sein Prinzip von der Stichhaltigkeit des Umkehrschlusses, daß es einen wunderte, daß er fast jedesmal mit ihm Erfolg hatte. Er nannte den Umkehrschluß das künstlerische Element der Polizeiarbeit.

»...der Umkehrschluß sähe so aus, daß ein versierter oder intelligenter Mörder, der einen französischen Karton benützt, irgendwo auf der Welt sitzen könnte, nur nicht in Frankreich. Rufen Sie beim Landeskriminalamt in München an, Hornschuh, worin der rechte Unterarm verpackt war. Es gibt für mich keine Zweifel, daß es sich um die gleiche Frau handelt.«

Während Hornschuh nach nebenan ging, um das Gespräch zu führen, las Zimmermann aus dem Bericht der Kriminaltechnischen Untersuchungsabteilung ab:

»Laienhafte Verpackung, Hohlteile des Kartons mit Sägemehl nicht feststellbaren Ursprungs ausgefüllt, Naturmaterial wahrscheinlich Fichte, sagt aber nichts...« murmelte er. Dann fuhr er fort: »Verschnürung vierfach mit perlonverstärktem Spagat, Herkunft wird noch ermittelt, Verknotung laienhaft, aber nicht simpel, zwei sogenannte Bundknoten mit durchzogener Doppelschleife (Verknotung wird unter Glas asserviert), die Verknotung läßt auf einen Mann von über vierzig Jahre schließen, der diese Art Knoten als Lehrling für gelegentliche Verpackungsarbeiten in den dreißiger Jahren noch gelernt hat, dennoch kein Verpackungsfachmann, die Kartonkanten sind an insgesamt zwölf Stellen von dem Spagat zwei bis drei Millimeter tief gescheuert und eingeschnitten, was vermuten läßt, daß das Paket eine größere Strecke in der Hand getragen worden ist, wobei die Verschnürung als Griff benutzt wurde, Karton von außen durch Anthrazitkohle verstoßen und gescheuert, Aufenthalt des Kartons auf dem Waggon über mindestens fünfhundert Fahrkilometer, wenn nicht mehr...« Dr. Siebeck sah hoch. »Dann fallen unser Mädchen aus Lauenburg und die Zahnarztgattin aus Fallingbostel ohnehin weg. Nach Lauenburg sind es fünfzig Kilometer und nach Fallingbostel knapp hundert. Sehen Sie denn überhaupt schon klar, wie der Waggon eigentlich gelaufen ist?«

»Das ergibt sich aus dem Bericht des Bahnfahndungsdienstes Eidelstedt. Der Waggon lief mit Anthrazitkohle aus dem saarländischen Kohlenrevier zuletzt mit dem Durchgangsgüterzug Nr. 7137 von Hamm nach Hamburg-Eidelstedt. Mehr war vorerst noch nicht festzustellen. Über die Vorverbindungen wird noch ermittelt.«

Alle sahen sich um, als Hornschuh wieder zurückkam.

Ketterle wedelte mit der Hand den in dichten Schwaden wogenden Rauch auseinander, um Hornschuhs Gesicht besser sehen zu können.

»Aha«, murmelte er, noch bevor Hornschuh etwas hatte sagen können. »Margarinekarton aus Limoges, wie?«

»Ja«, sagte Hornschuh kurz. »Verschnürung vierfach mit perlonverstärktem Spagat. Karton an den Kanten eingeschnitten und gescheuert. Alles dasselbe. Auch die übrigen Einzelheiten.«

»Glauben Sie, daß die Tote vielleicht direkt aus der Margarinefabrik Rôdieux in Limoges importiert wurde, meine Herren?«

Der Kommissar sah von einem zum anderen. »Wenn ich mich in einen Mann hineinversetze, der so vorgeht, dann kann ich mir nur vorstellen, daß er von Limoges so weit entfernt sitzt wie nur möglich. Das ist aber auch alles, was wir bisher mit einiger Sicherheit sagen können.«

Er schwieg.

»München gibt noch heute nacht ein Fernschreiben mit sämtlichen Einzelheiten an alle heraus«, sagte Hornschuh in die Stille hinein, die entstanden war.

»Nun«, sagte Dr. Siebeck, »unter diesen Umständen hilft uns das alles vorerst nur wenig...« Er blätterte den gerichtsmedizinischen Befund noch einmal durch. »...Leiche nicht perfekt, aber immerhin geschickt seziert, fachgerechte Geräte wurden verwendet, Operateur mit medizinischen Vor- oder Grundkenntnissen kann nicht ausgeschlossen werden (Sanitäter, Zahnarzt, Krankenhauspersonal), kein Chirurg, kein Sadist, eher sensitives Vorgehen, eine Frau als Täterin nicht unbedingt auszuschließen, Leiche keineswegs zerstückelt wie ein Tier, wahrscheinlich kein brutaler Charakter, kein Fleischer, auch kein Tierarzt.«

Dr. Siebeck ließ den Bericht sinken und stand auf.

»Die weiteren Körperteile der Toten werden unweigerlich nachfolgen«, sagte Gottfried Cäsar Ketterle. »Fragt sich nur, wo sie gefunden werden. Dann ermittelt vielleicht die Kriminalaußenstelle in Stade oder in Wiedenbrück. Wir haben nun mal einen Fund in einer Stadt, deren Kriminalpolizei alle Mittel zur Verfügung stehen...«

»Sie möchten wohl gerne, Ketterle?« sagte Dr. Siebeck.

»Ich halte es einfach für unsere Pflicht«, sagte der Kommissar. »Irgendwer muß es ja tun. Warum nicht wir?«

»Na gut«, sagte Dr. Siebeck. »Wenn Sie wollen...«

»Dann geben Sie morgen an das Bundeskriminalamt in Wiesbaden durch, Hornschuh, daß wir um alle Einzelheiten bei etwaigen weiteren Funden bitten. Eine Fahndung nach Unbekannt wollen wir vorerst unterlassen. Zuerst brauchen wir in diesem Fall einen Tatort. Und davon sind wir noch ziemlich weit entfernt.«

Die Herren verabschiedeten sich.

»Hornschuh«, sagte der Kommissar, als der Beamte den anderen folgen wollte. Hornschuh schloß die schon offene Tür. »Halten Sie es für möglich, daß er unsere Überlegungen auch anstellt und doch in Frankreich sitzt?«

Hornschuh zuckte mit den Schultern.

»Das ist schwer zu sagen. Aber diese Art doppelt gestrickter Raffinesse ist uns eigentlich noch nicht begegnet.«

»Doch«, sagte der Kommissar. »Mir schon. Aber das ist lange her. Und damals habe ich es nicht gemerkt.«

Er schwieg einige Sekunden.

»Ich möchte wissen, wo der Bursche sitzt, Hornschuh. Diese Art kaltschnäuziger Verdunkelung reizt mich bis zum Fanatismus. Können Sie das verstehen?«

Hornschuh konnte es verstehen. Er wußte es seit langem.

»Das kenne ich schon bei Ihnen«, sagte er. »Ihnen geht es ums das Prinzip. Gar nicht einmal so sehr um den Mann.«

Der Kommissar versuchte den winzigen Rest seiner Zigarre noch einmal in Brand zu setzen.

»Wenn ich ehrlich bin, ist es wie eine Krankheit«, sagte er.

»Sie sollten heiraten«, sagte Hornschuh.

»Das sagt meine Schwester auch immer. Aber dazu bin ich zu alt.«

Ohne Licht zu machen ging der Kommissar Gottfried Cäsar Ketterle hinüber ans Fenster, als Hornschuh das Zimmer verlassen hatte. Sein Blick schweifte über die Dächer, Kräne und Hafenbekken, über die eine frühe, schiefergraue Dämmerung hereinbrach. Schließlich blieben seine Augen auf den Schienensträngen haften, die sich anscheinend unentwirrbar verschlangen und doch exakt von Veddel herüber über die Arme der Elbe zogen.

»Eigentlich dürfte es doch gar nicht so schwer sein«, murmelte er vor sich hin.

25. September

»Ist das die Fabrik?« Daniéle deutete mit der behandschuhten Rechten nach vorne, wo ein modernes Flachdach Edmunds Namen feierlich in den grauen Himmel hob. Nachts leuchtete er in einem heiteren, geheimnisvoll vibrierenden Blau.

»Ja«, sagte Edmund. »Natürlich.«

Er bog in den ungepflasterten Weg ab, der rechts an den Fabrikgebäuden entlang auf offenes Land führte. Hier kam nur der

Postbote vorüber, manchmal ein Mann, der mit seinem Fahrrad zu einem winzigen Äckerchen fuhr, oder ein Bauer mit einem schmutzigen Pferdewagen voller Rüben oder Kartoffeln.

»Wo jetzt mein Versand ist, war vor dreißig Jahren, als mein Vater die Klempnerei mechanisierte, noch ein Schuttabladeplatz«, sagte Edmund und deutete hinaus. »Den Gedanken, daß man auf so etwas bauen könne, wagte er gar nicht zu fassen. Er stammt von mir. Den Platz bekam ich von der Stadt fast geschenkt, als er vor zehn Jahren geschlossen wurde. Wir haben mit Betonpfeilern gebaut. Es war ebenso neu wie einfach.«

Edmund Freese öffnete die Wagentür.

»Wartest du ein paar Minuten hier, Daniéle? Ich komme nicht um meine Unterschrift herum, obwohl ich es gerade heute gerne vermieden hätte. Aber die Kotelecky würde mich mit der Mappe bis nach Hause verfolgen. Das ist schon vorgekommen.«

»Natürlich«, sagte Daniéle. »Ich werde warten. Laß dich nicht aufhalten.«

Sie sah ihm nach. Seine gut mittelgroße Gestalt im grauen Mohairmantel verschwand um die Ecke eines Garagengebäudes im Innern des Fabrikhofs. Später sah sie ihn weiter entfernt für einige Sekunden mit jemandem reden, der ihn angesprochen hatte.

Es hätte sie interessiert, mit welcher Art von Geste er sich von dem Mann verabschiedete, aber jemand warf das schwere, graue Eisenblechtor knallend von innen zu und versperrte ihr die Aussicht.

Edmund hatte den Wagen mit Absicht an diese Stelle gefahren, wo es unwahrscheinlich war, daß jemand ihn bemerkte. Daniéle wußte es, öffnete seufzend ihre Handtasche und suchte nach Zigaretten. Dann schaltete sie das Radio ein und öffnete das Fenster einen Spaltbreit, damit der Rauch einen Abzug fand.

Edmund brauchte nicht sehr lange. Als er wiederkam und den Wagen in Gang brachte, verließen sie die Ebene mit ihren unordentlichen und verwirrenden Straßen, Gebäudereihen und Schienensträngen und fuhren bald eine ländliche, gewundene Straße zwischen sanften, bewaldeten Hügeln entlang. Der Bach in seinem buschumstandenen Bett war nur sehr wenig mit Wasser gefüllt und ließ die Nähe einer Talsperre vermuten.

»Wie hast du es deinem Vater begreiflich gemacht?« fragte Edmund, dem es anzumerken war, daß er mit der Erledigung seiner Post für heute den Alltag hinter sich gelassen hatte.

»Papa?« sagte Daniéle. »Überhaupt nicht. Ich bin inkognito hier. Eigentlich bin ich bei Corinne am Genfer See und schreibe wöchentlich zwei Postkarten nach Hause.«

Sie sah eine kleine Weile in die frühherbstliche Landschaft hinaus. Die Rundungen der Hügel begannen sich unmerklich zu verschleiern. In einer oder eineinhalb Stunden würde es dunkel sein. Noch immer ging es tiefer in das Tal hinein. Wie Kulissen schoben sich die sanften, waldigen Hügelflanken vor ihnen ineinander, und stets fand die Straße zwischen ihnen einen Durchlaß, hinter dem sich von neuem die gleiche Szenerie öffnete.

»Dann weiß also praktisch niemand, daß du hier bist. Und Corinne?«

Daniéle Bontoux zupfte nachdenklich an den Fingerspitzen ihrer schwarzen Handschuhe.

»Corinne ist das, was man eine ›gute Freundin‹ nennt, und was nach meiner Ansicht unentbehrlich im Leben einer Frau ist. Aber ich würde ihr nie eine so persönliche Angelegenheit anvertrauen, deren Lösung ich nur alleine finden kann.«

Edmund sah einen Moment lang zu ihr hinüber.

»Dann hat sie also deine Adresse auch nicht? Ist dir dabei ganz wohl, Daniéle? Ich meine ohne jedes Bangemachen, aber...?«

»Du hast sie ja«, sagte Daniéle. »Und ich finde, das genügt für den Notfall.«

Edmund Freese nickte zerstreut.

»Dein Vater hat also seine anachronisistischen Ansichten nicht im geringsten geändert, nicht wahr?«

Daniéle Bontoux lachte. Es war ein leises, fast liebevolles Lachen. Es wollte sagen, daß man dem alten Mann seine Marotten lassen müsse, ja, daß sie gerade diese Marotten bei ihm nicht vermissen wolle.

»Wenn ein Mann schon keine Aufgabe mehr hat, für die er lebt«, sagt sie, »dann braucht er wenigstens ein Vorurteil, von dem er zehren kann. Ich nehme an, er wird mit diesem Groll gegen euch tüchtige Deutsche sterben.«

»Aber eines Tages...? Ich meine... Irgendwann...?«

»Stimmt, Edmund. Das wird ganz von dir abhängen, und davon, zu welchen Entschlüssen wir beide kommen. Sobald ich das sicher weiß, werde ich ihm alles erzählen.«

Daniéle merkte es nicht, aber Edmund spürte selbst, daß ihm ein kalter Kranz winziger Schweißperlen am Haaransatz haftete. Hatte er sich dies alles jemals in seiner ganzen Tragweite klargemacht? Oder hatte er nicht seit zwei Jahren Fragen, die für sie Existenzfragen sein mußten, immer wieder der Zukunft und dem Zufall überlassen? Daniéle sah in sein Profil, aus dem der gewohnte Zug von Entschlußkraft und Energie gewichen war. Es hatte in diesem Augenblick etwas von dem Profil eines Jungen, der nicht weiß, wie er jemals das Abitur bestehen soll. »Wenn du wirklich über etwas nachdenkst, habe ich dich am liebsten, Edmund«, sagte Daniéle. Und sie sagte es mit dieser fraulichen, bewußten, etwas spröden Stimme, die er selbst am meisten an ihr liebte. Er hielt den Wagen an und wendete sich zu ihr hinüber.

»Ihr macht immer Geschäfte, Edmund«, sagte sie. »Großartige Geschäfte, erfolgreiche Geschäfte, lukrative Geschäfte. Aber von den wirklichen Geschäften versteht ihr nichts. Die ganz großen Geschäfte haben mit Geld nichts zu tun. Und die rutschen euch aus den Händen.«

Ihre Finger glitten durch die Rosenblüten. Ein paar der gelben Blätter fielen zu Boden.

»Anscheinend können Männer niemals alle Dinge zur gleichen Zeit in der Hand behalten.«

Er küßte sie.

»Auch wenn sie gerne möchten«, sagte Daniéle atemlos, als er sie wieder freiließ. »Sehr, sehr gerne möchten.«

Sie machte eine kleine Pause.

»Du magst keine Wahrheiten, Edmund, nicht wahr?« sagte sie dann, aber es war keinerlei Vorwurf in ihrer Stimme.

Edmunds Seufzer klang zerdrückt.

»Du täuschst dich, Edmund. Ich bin genau wie sonst. Nur die Dinge haben sich entwickelt. Und gegen diese einfache Wahrheit wehrst du dich. Wo willst du mich eigentlich verstecken? Und du willst mich doch verstecken? Oder?«

»Ich muß schon, Daniéle, ob ich will oder nicht. Ich werde dir alles ausführlich erzählen. Ich habe das hübscheste Hotel in der ganzen Umgebung für dich ausgesucht. Du wirst sicher sehr glücklich dort sein.«

»Glücklich?« sagte sie. »Zufrieden meinst du wahrscheinlich?«

»Mein Gott, Daniéle«, sagte Edmund. »Du setzt einem aber zu.«

Dann brachte er den Wagen wieder in Fahrt.

»Und das passiert dir zum erstenmal, nicht wahr?«

Er lachte ebenso bedrückt, wie er vorher geseufzt hatte.

»Hör, um Himmels willen, jetzt auf damit, Daniéle. Schau, da vorne ist die Staumauer.«

Als graues Segment schloß die Mauer vor ihnen das Tal ab. Sie stieg aus waldigen Flanken steil nach oben. Darüber war Himmel.

»Wir müssen hinauf«, sagte Edmund und schaltete, denn die Straße fing an in kurzatmigen Serpentinen die Hänge links von der Staumauer emporzuklettern. Im Hochwald begann es schon dämmrig zu werden. Oben standen die Stämme weiter auseinander und ließen Licht hindurch. Bald wichen sie ganz zurück. Von hier aus nach Osten war das Tal wie mit Graphit ausgegossen, das sich kalt in die winzigen Einschnitte waldiger Ufer drängte.

»Der Stausee«, sagte Edmund und steuerte den Wagen den kiesbedeckten Parkplatz des aus Granitquadern errichteten Restaurants, das sich mit der Rückseite an den bewaldeten Hang schmiegte. Es war jetzt geschlossen, und graugrüne Läden verbargen abweisend die Fenster. Außer ihrem stand kein Wagen auf dem Parkplatz.

»Laß uns ein bißchen frische Luft schöpfen«, sagte Edmund und öffnete die Wagentür. Er ging um den Kühler und zog ihr den Schlag auf.

»Schön, nicht wahr?« sagte er.

In harten, zackigen Linien zeichneten sich die Konturen eines tannenbewachsenen Mittelgebirges merkwürdig schwarz vor dem eisengrauen Himmel. Dazwischen bildete die unbewegte Oberfläche des Stausees eine verzweigte und in verschwiegene Zungen auslaufenden Masse vom gleichen Grau wie der Himmel. Wo sich die waldigen Hänge darin spiegelten, war sie tiefschwarz. Ganz in der Nähe lag eine Boje, an der ein Segelboot hing, dessen Cockpit mit einer Zeltplane verdeckt war. Zwei oder drei klobige Ruderboote schliefen auf dem Kies einer flachen Bucht. Vollendet symmetrisch drängte der Bogen der Staumauer, nach innen geschwungen, das Wasser in den Talkessel zurück.

Edmund zog ihren Arm durch seinen, und sie begannen langsam über die asphaltierte Straße auf den Staudamm hinauszuschlendern. Er bemerkte, daß sie ganz unbewußt den Rosenstrauß mit aus dem Wagen genommen hatte.

Es war merkwürdig leblos. Nicht einmal das Gekrächz einer Dohle oder Krähe war zu hören. Manchmal platschte es links neben ihnen, und dann bildete sich auf dem bleiernen Wasser ein auseinanderfließender Kreis, wenn ein Fisch geschnappt hatte. Rechts unter ihnen, in der Tiefe, summten leise die Turbinen des Kraftwerks. Weiter unten im Tal wurden Bretter aufeinandergeworfen.

Sie beugten sich über die breite, talseitige Brüstung. Stufenförmig schwang sich die steinerne Muschel der Mauer bis hinunter zur Talsohle, wo sich aus einer geheimen Öffnung ihrer Quader ein kraftloses Rinnsal überschüssigen Wassers herausschlich, das sich weiter unten in einem steinigen Bachbett verlief.

Daniéle sah sich um, denn sie hatte eine Autotür schlagen hören.

»Wo kann man hier etwas essen«, sagte sie, »ich habe Hunger.«

Edmund wurde rot.

»Entschuldige, Daniéle«, sagte er zerknirscht. »Ich hätte daran denken sollen. Ich wollte mit dir im ›Jupphof‹ zu Abend essen und dich dann dir selbst überlassen. Du wirst nicht nur hungrig, sondern auch müde sein, und du wirst sehr gut schlafen.«

»Indessen du...!«

»Indessen ich...«, sagte er. »Nun, ich habe heute fast einen ganzen Tag versäumt, Daniéle. Erst mein Anwalt, dann das Begräbnis, dann...«

»Dann ich...«, sagte sie unfroh.

»Daniéle«, sagte Edmund vorwurfsvoll. »So war es doch nicht im mindesten gemeint. Aber ich mußte eben für elf Uhr heute abend noch eine Besprechung ansetzen. Ich dachte, du seist bestimmt müde und würdest früh schlafen wollen...«

Er stockte.

»Komm, laß uns zum Abendessen fahren«, sagte er dann hastig. »Ich bin jetzt auch hungrig.«

Daniéle blieb seine Verwirrung nicht verborgen. Sie sah ihn forschend an.

»Sag mal, Edmund, wovor hast du eigentlich Angst?« fragte sie. »Du hast doch vor irgendetwas entsetzliche Angst.«

Sie richteten sich von der Brüstung auf, um zurückzugehen. Aber Edmund antwortete auf Daniéles Frage nicht, denn einige Dutzend Schritt von ihnen entfernt stand mitten auf der bogenförmig geschwungenen Straße, die sie gehen mußten, eine Frau.

Eigentlich war es merkwürdig, daß an dieser Frau etwas Besonderes war. Warum sollte nicht eine Frau auf dem Fahrdamm einer Staumauer stehen? Aber Daniéle wußte sofort, daß diese Frau ihretwegen dort stand. Das Gefühl entstand aus der sonderbaren Unbeweglichkeit der Frau, die ihre Hände so vor dem Schoß gefaltet hielt, daß die schwarzlederne Handtasche vor ihren Knien hing. Sie hatte die Beine in schwarzen undurchsichtigen Winterstrümpfen streng geschlossen und starrte, während sie sich ihr näherten, wie eine düstere Heilige unbeirrbar geradeaus an ihnen vorbei.

Sie strahlte gleichsam einen Bannkreis um sich aus, der quer über die ganze Straße reichte, und den zu durchschreiten Überwindung kostete.

Daniéle spürte das leichte Zögern Edmunds an der kaum merklichen Verkrampfung seines Armes unter ihrem. Sie ergriff deshalb die Initiative und führte, ohne daß nach außen hin ein Zögern festzustellen war, Edmund ebenso langsam, wie sie auch bisher gegangen waren, an der Frau vorüber. Dabei sah ihr Daniéle unmittelbar und ohne Scheu direkt ins Gesicht.

Lange, dunkle Haare fielen ihr auf die Schultern. Eine gerade, nicht unschöne Nase war flankiert von vorspringenden Backenknochen. Vielleicht war der große Mund einmal schön und ausdrucksvoll gewesen wie die Münder musikalischer und leidenschaftlicher Slawinnen, jetzt war er eng, verkniffen und verbittert. Es war schwierig festzustellen, ob die langen Wimpern durchwegs echt waren, denn in dem Augenblick, da sie an ihr vorübergingen, schloß sie die Augen.

Sie hatte sie nicht eine Sekunde angesehen.

Daniéle war sicher, daß diese Frau an einem entscheidenden Einschnitt ihres persönlichen Lebens stand.

»Wer war das?« fragte sie nach einigen Sekunden, während denen sie sich bemüht hatte, Edmund ebenso daran zu hindern, seine Schritte zu beschleunigen, wie sie vorher versucht hatte, ihn davon abzuhalten, langsamer zu gehen.

»Ich weiß nicht...«, sagte Edmund Freese mit belegter Stimme. »Ich weiß nicht, was sie hier zu suchen hat«, verbesserte er sich dann rasch.

»Wer war sie?« fragte Daniéle noch einmal.

Edmund Freese sah gerade vor sich hin.

»Die Kotelecky«, sagte er nach einem kurzen Zögern.

Dann schwiegen sie, bis sie den Parkplatz erreicht hatten. Der kleine Wagen der Kotelecky stand unmittelbar neben ihrem.

»Von dieser Frau wirst du mir einiges erzählen müssen, Edmund«, sagte Daniéle, nachdem sie eingestiegen waren, während sie ihre Zigaretten anzündeten.

»Müssen wir über die Mauer, um zum Hotel zu kommen?« fuhr sie fort, als Edmund Freese nicht antwortete.

»Nein«, sagte Edmund, noch immer heiser. »Wir können um die Talsperre herumfahren.«

Daniéle beobachtete, daß Edmunds Finger unruhig waren und einige Sekunden benötigten, um den Zündschlüssel in das Lenkschloß zu bringen.

»Aber es ist ein großer Umweg, nicht wahr?« sagte sie.

Und wieder antwortete Edmund Freese nichts.

Aber sie fuhren auf ihrem Weg zum Hotel ›Schloß Jupphof‹ tatsächlich um den Stausee herum, was einen Umweg von siebzehn Kilometern bedeutete.

Während dieser Zeit wurde es dunkel.

Das Hotel ›Schloß Jupphof‹ zählte zu den Hotels, wie es heute viele in Deutschland gibt, und die überraschenderweise dennoch stets etwas geheimnisvoll Exklusives an sich haben, was gerade jene Klasse von Leuten anlockt, mit deren Besuch sie rechnen. Solche Hotels liegen abseits der großen Hauptverkehrsstraßen in verschwiegenen Talkesseln oder Waldtälern und fern jeder touristischen Attraktion wie Skigebieten oder Seen. Häufig sind es alte Herrensitze, Wasserschlösser, Klöster, oder Gutshöfe, deren ehrenwürdige Tradition einer neuen Klasse noch immer imponiert.

Der ›Jupphof‹ bestand aus einem Komplex von Gebäuden, deren wirklicher Grundriß dem Besucher verborgen bleibt, weil man sie von keiner Stelle aus ganz überschauen kann. Das Gelände war waldig und dennoch zerklüftet, und die Gebäude lagen auf einem Hügel, dessen Flanke aus einer steil abfallenden Wiese bestand, die unten in einen Tümpel mündete, auf dessen anderer Seite schwarzer Wald ebenso steil emporstieg. Auch die Westflanke des Hügels selbst war mit dichtem Tannenwald bewachsen, der sich schon nach wenigen Metern in ein enges, steiles, bogenförmiges Tal hinabzog, durch welches die gewundene, ungeteerte Zufahrtstraße führte.

Edmund war sicher, daß die Kotelecky wußte oder wenigstens ahnte, wo er Daniéle einquartieren wollte, nachdem es ihr schon nicht verborgengeblieben war, daß sie ihn überhaupt besuchte, und es war mehr eine unbestimmte Neugier als eine Vorsichtsmaßnahme, daß er unten in dem bogenförmigen Tal den Wagen anhielt und ihn rückwärts in einen Holzweg zwischen dicht stehende Bäume stieß, von wo aus er die Straße im Auge hatte, ohne daß es sehr wahrscheinlich war, daß man seinen eigenen Wagen in der Dunkelheit bemerkte.

»Glaubst du, daß sie uns nachgefahren ist?« fragte Daniéle.

Edmund hob die Schultern.

»Ich weiß es nicht. Zuzutrauen ist ihr alles.«

»Es ist dir sehr unangenehm, nicht wahr?« fragte Daniéle. »Und ich muß gestehen, mir auch, obwohl ich keinerlei Grund sehe, mir Angst einjagen zu lassen. Aber die Szene, diese Einsamkeit, diese Gestalt wie Lots Frau mitten auf der Straße. Wenn sie wenigstens etwas gesagt hätte. Warum hast du eigentlich nichts gesagt, Edmund?«

Sie schwieg einen Augenblick.

»Du hättest sie zur Rede stellen müssen. Das wäre doch noch besser gewesen als so.«

»Was hätte ich sagen sollen, Daniéle? Alles, was ich hätte sagen können, wäre absolut fehl am Platz gewesen. Sie ist seit mehr als zehn Jahren meine Sekretärin. Ich arbeite Tag für Tag mit ihr zusammen. Wir sind in einer bestimmte Weise sehr miteinander vertraut. Was soll ich sagen, wenn sie plötzlich wie eine schwarze Rachegöttin auf meinem Weg steht und an mir vorbeischaut. Ich konnte gar nichts sagen, und genau das hat sie beabsichtigt.«

Daniéle schwieg ein paar Sekunden.

»Sie sah wirklich so aus«, sagte sie dann, »als hätte sie eine ganz bestimmte Antwort bereit gehabt, wenn wir sie angesprochen hätten.«

Edmund nickte im Dunkeln.

»Was für eine Antwort war das, Edmund?«

»Woher soll ich das wissen, Daniéle?«

»Kannst du sie auch nicht erraten, Edmund?«

Edmund Freese konnte sie erraten. Er wußte sie sogar genau. Aber er zog es vor, das jetzt für den Augenblick von sich zu schieben.

»Nein«, sagte er, heftig aufatmend. »Woher soll ich das erraten können. Wir haben nur sozusagen dienstlich miteinander zu tun. Privat haben wir uns nichts zu sagen. Ich kann mir einfach nicht vorstellen, was das bedeuten sollte.«

Er spürte deutlich, daß Daniéle nachdachte. Und was noch schlimmer war, er spürte ebenso deutlich, daß das, was sie dachte, richtig war.

»Hör mal, Edmund, es ist überhaupt nicht mehr möglich, daß diese Frau morgen früh an ihrem Schreibtisch sitzt und deine Post sortiert und Diktate aufnimmt, als wäre nichts geschehen. Dazu war der Vorfall viel zu einschneidend. Sie kann es auch gar nicht darauf ankommen lassen, von dir zur Rede gestellt zu werden.«

Wieder schwieg sie für ein paar Sekunden.

»Entweder du oder ich werden von ihr eine Antwort auf alle diese Fragen bekommen. Morgen früh muß, von ihr her gesehen, deine Position ihr gegenüber abgesteckt sein. Oder sie kommt gar nicht mehr in die Fabrik. Glaubst du das?«

»Nein«, sagte Edmund. »Das kann ich mir nicht vorstellen.«

»Dann werden wir etwas von ihr hören. Entweder du oder ich. Ich bin nur gespannt darauf, was.«

Edmund Freese hatte genau dieselbe beunruhigende Empfindung wie Daniéle, mehr noch, er wußte, daß sie begründet war.

Aber genau in diesem Augenblick dachte er daran, daß die Kotelecky, wenn sie ahnte, daß er Daniéle auf den ›Jupphof‹ bringen wollte, nur von der Staumauer aus die direkte Straße zu fahren brauchte, um schon längst hier irgendwo in der Gegend zu sein, falls sie das wollte.

Es ging nur noch ein paar enge, unübersichtliche Kehren nach oben, dann sahen sie das wappengeschmückte, steinerne Bogentor, das in den Hofraum führte. Edmund suchte ihn nach dem kleinen Wagen der Kotelecky ab. Aber auf dem ›Jupphof‹ fand, wie das häufig geschah, die Arbeitstagung irgendeiner Wirtschaftsgruppe statt, und die Wagen, die er sah, waren fast alle schwarz und auch durchwegs größer als der seiner Sekretärin.

Aus dem erleuchteten Eingang kam eine distinguierte Dame mittleren Alters mit sehr gepflegten Händen und Clips in den Ohren.

»Herr und Frau Freese?« fragte sie wohlwollend, während Edmund aus dem Wagen stieg.

Edmund zögerte einen winzigen Augenblick. Dann nickte er.

»Ich habe eins unserer schönsten Zimmer reservieren lassen. Nach Süden mit Blick auf den See, und Terrasse. Für drei bis vier Wochen ließen Sie ausrichten, nicht wahr? Unsere schönste Zeit. Sind Sie Jäger? Ja? Oh, um diese Zeit schreien die Hirsche so herrlich, und viele Leute kommen eigens hier herauf, um das zu hören.«

Daniéle war ausgestiegen.

»Ich hoffe, daß es Ihnen bei uns gefällt«, sagte die Frau zu ihr. »Sie werden es ruhig und gemütlich haben. Heute ist ja noch die Fachgruppe Stoffglanz hier. Ganz wichtige Kartellfragen...«

»Glanzstoff«, sagte Edmund Freese trocken.

Die Frau lächelte behende.

»Natürlich. Aber morgen sind die zu Ende, und dann sind Sie fast die einzigen Gäste hier.«

»Wo ist das Zimmer der gnädigen Frau«, fragte Edmund und zwang sich zu einer verzweifelten Freundlichkeit, während die Frau etwas von einem Doppelzimmer murmelte, und sie hätte gedacht...

»Es ist schon in Ordnung«, sagte Edmund. »Ich werde nur zeitweise hier sein. Zeigen Sie der gnädigen Frau jetzt das Zimmer bitte.«

Ein Mädchen in gestreiftem Kittelkleid trug Daniéles Gepäck in die Halle. Die Frau zeigte auf eine schön geschwungene Treppe, und Daniéle folgte ihr.

»In zehn Minuten, Edmund«, rief sie über die Schulter zurück. »Ich habe entsetzlichen Hunger. Oh...«, sagte sie dann zu der Frau, »...haben Sie vielleicht eine Vase?«

Sie hielt den Strauß gelber Teerosen fragend etwas nach oben.

»Aber gewiß, gnädige Frau«, sagte die Direktrice. »Ich werde sofort eine bringen lassen.«

Edmund suchte nach dem Garderobenständer.

Auf einem etwas zu hell versiegelten Parkettboden lagen teure Perserteppiche in etwas zu unruhigen Mustern. Es gab schwere Damastportieren und Sitzgarnituren aus imitiertem Chippendale. Seidentapeten bedeckten die Wände. Alles übrige schien aus dunkelgetöntem Holz und Schmiedeeisen zu bestehen. Es war jene Art etwas lebloser Behaglichkeit, der die persönliche Note fehlt und die auch das obligate Kaminfeuer nur unzulänglich erhöhen kann. In zwei oder drei Eckgarnituren saßen Paare, rotbackige Herren in den besten Jahren mit entschlossenen, etwas zu blonden und zu wohlfrisierten Frauen. Die Herren von der Fachgruppe Glanzstoff waren unschwer zu erkennen. Sie vertraten sich, nachdem das Geschäftliche für heute erledigt war, die Beine. Einige hielten Gläser in der Hand, andere Zigarren. Viele musterten Edmund und folgten mit den Blicken Daniéle, während sie, begleitet von der Frau mit der Blumenvase, in den Oberstock hinaufstieg.

Edmund suchte sich einen Platz in einer etwas versteckten Ecke, um zu warten, bis Daniéle zum Abendessen kam. Während er zerstreut in einer Zeitung blätterte, durchdachte er die neue Lage, die seit dem sonderbaren Auftritt der Kotelecky auf der Staumauer entstanden war. Dunkel empfand er, daß das nur ein Anfang war, und verwünschte sich selbst, daß er am Nachmittag Daniéle in seinem Wagen vor dem Seiteneingang der Fabrik hatte warten lassen. Es war genau das geschehen, was er hatte vermeiden wollen. Er war sicher, daß die Kotelecky sie gesehen hatte.

Daniéle kam nach zehn Minuten die Treppe herunter. Und Daniéle war in dem enganliegenden Kleid aus gerafftem Taft eine Schönheit. Eine der gelben Teerosen steckte in ihrem dunklen, kurzfrisierten Haar. Fast alle Herren sahen unauffällig zur Treppe.

Edmund stand auf und reichte ihr den Arm. Weiter rückwärts lag der Speisesaal, tagsüber terrassenartig mit versenkbaren Fenstern, jetzt am Abend eine Schatulle aus Damast, Seidenportieren und Persern mit viel Silber und behaglichen Tischlampen.

»... spricht sogar französischen Dialekt ...«, hörte Edmund einen Herrn im Vorbeigehen sagen, und der Stimme war zu entnehmen, für welche Art von Qualifikation der Betreffende das zu halten schien.

»Wenn er wüßte, daß du nur belgischen ›Dialekt‹ sprichst«, sagte Edmund sarkastisch.

»Welche Enttäuschung«, sagte Daniéle. »Nehmen wir den am Fenster?«

In der behaglichen Atmosphäre, bei gutem Essen und teurem Wein, schienen die Gespenster der letzten Stunde rasch zu verfliegen. Edmund war in Daniéle verliebt wie am ersten Tag damals vor zwei Jahren in Brüssel, und auch Daniéle bemühte sich, in Edmund wieder das zu sehen, was sie seit damals in ihm sah: Einen charmanten und warmherzigen Kavalier, einen Mann, der Plumpheiten haßte und in einer unglücklichen Ehe um den Rest eines persönlichen Lebenszwecks kämpfte, alles in allem einen angenehmen, liebenswerten und schwachen Menschen.

»Laß dir von den Leuten die Spaziergänge zeigen«, sagte er, als sie gesättigt waren. »Oder schlafe dich aus und pflege dich. Auf jeden Fall rufe ich dich gegen Mittag an. Und morgen habe ich den ganzen Abend für dich frei. Denk dir aus, was du unternehmen willst. Es ist soviel wie perfekt.«

Sie verabschiedeten sich draußen in der Halle. Edmund küßte Daniéle artig die Hand.

»Hast du das gesehen?« fragte eine der entschlossenen, blonden Frauen ihren rotbackigen Gemahl in den besten Jahren und knuffte ihn in die Seite.

Während Daniéle nach oben ging, zog Edmund Freese seinen Mantel an und band den Schal um. Den Hut setzte er erst draußen auf den Kopf. Er war mit seinen Gedanken ganz bei Daniéle und stellte sich vor, wie sie oben die Tür öffnete, das Licht einschaltete und ihr Zimmer betrat. Sicher würde sie zuerst zum Spiegel gehen und mechanisch irgend etwas an ihrem Haar in Ordnung bringen...

Aber während sie das tat, bemerkte sie im Spiegel etwas Sonderbares, das sie veranlaßte, die Rose aus ihrem Haar zu ziehen und sich umzudrehen. Auf ihrem Nachttisch stand die Vase mit den übrigen Rosen. Und um den Strauß war dicht unterhalb der Blüten ein breites schwarzes Chiffonband gewunden, das in einer lang herunterhängenden Schleife auslief.

Nachdenklich starrte Daniéle auf das sonderbare Präsent. Dann schob sie entschlossen die Rose, die sie in der Hand hielt, zwischen die anderen in das Bandelier.

»Das wollen wir doch mal sehen«, murmelte sie, während sie sich aufrichtete und zur Terrassentür ging. Sie zog die Gardine auf und stellte fest, daß der eine Flügel der Tür wirklich nur angelehnt war. Sie öffnete beide Flügel so weit es ging.

»So«, murmelte sie dann und begann sich auszukleiden. Erst als sie behaglich in ihrem Bett lag und die Modezeitschrift zu sich heranzog, die sie heute morgen am Flughafen in Brüssel gekauft hatte, fand sie, daß es Zeit war, ihren Fingernägeln einen neuen Look zu geben. Sie stand noch einmal auf, um sich den Lackentferner zu holen. Dann machte sie es sich von neuem im Bett bequem und begann die Farbe von ihren hübsch geschnittenen Nägeln zu waschen.

Neu lackieren würde sie ihre Finger morgen vor dem Aufstehen.

25. September

Für die Rückfahrt nahm Edmund Freese den direkten Weg über die Talsperre. Als seine Scheinwerfer die gebogene Granitmauer erfaßten, die aus dem unbewegten schwarzen Wasser ragte und deren anderes Ende sich in der Dunkelheit verlor, mußte er wieder daran denken, wie hier noch vor nicht drei Stunden die Kotelecky gestanden hatte, und unwillkürlich nahm er das Gas weg, in der unbewußten, schreckhaften Erwartung, die regungslose, schwarze Gestalt auch dieses Mal vor sich auftauchen zu sehen. Er spürte einen trockenen Geschmack im Mund, als er sich bei dem Gedanken ertappte, daß er, falls sie wirklich dort gestanden hätte, das Gas nicht weggenommen, sondern, die Augen schließend, das Pedal so tief wie möglich hinuntergetreten hätte. Aber es blieb ein Schreckbild, und als er die Staumauer passiert hatte, holte er aus dem Handschuhfach eine Zigarette und setzte sie mit dem rötlich glühenden Anzünder in Brand.

Das kurvige Waldtal war auch dieses Mal fast menschenleer,

und Edmund fuhr seinen Wagen mit reichlich hoher Geschwindigkeit. Vielleicht war es das Erproben der zuverlässigen, spursicheren Schwerkraft auf der glatten Teerdecke, das ihm dabei half, die quälenden Sorgen etwas in den Hintergrund treten zu lassen, die ihn seit heute vormittag bedrängten. Er minderte seine Geschwindigkeit erst herab, als die Straße das Gebirge verließ und die Besiedlung und der Verkehr dichter wurden. Er fuhr wieder durch lange Reihen unscheinbarer, zweistöckiger Häuser.

Die Straßenbahn schaukelte ohne Anhänger hastig und fast leer an ihm vorbei.

Ein Blick auf die Uhr am Armaturenbrett zeigte ihm, daß es sich nicht lohnte, noch einmal nach Hause zu fahren, wenn er Alfred nicht warten lassen wollte. An einer mit einer Ampelanlage versehenen Kreuzung bog er deshalb ab und nahm den Weg zu seiner Fabrik.

Jenseits einer Reihe blendender Peitschenlampen sah er endlich das vertraute, bläuliche Vibrieren der konservativen Antiquaschrift, die er ausgewählt hatte. ›Edmund Freese KG‹ und darunter in etwas kleinerem Satz: ›Feine Fleischkonserven‹.

Er hielt vor dem Gittertor der Haupteinfahrt an und suchte den komplizierten Sicherheitsschlüssel heraus. Nirgends in der ganzen Fabrik war ein Fenster erleuchtet. Nur in der Mitte des Hofraumes brannte der große, dreiarmige Neonstrahler, den Edmund hatte aufstellen lassen, um Sicherheitsvorkehrungen und eine Wach- und Schließgesellschaft sparen zu können. Er parkte den Wagen unter dem seitlichen Schleppdach, wo er stets zu stehen pflegte, wenn Edmund sich in der Fabrik befand.

Durch einen Seiteneingang betrat er das flachgedeckte Verwaltungsgebäude, das, obwohl es erst drei Jahre alt war, etwas zu kleine Dimensionen und etwas zu enge Korridore besaß. Er las die vertrauten Namen seiner kaufmännischen Mitarbeiter in dem schwachen Schein des Lichts, das von draußen hereinfiel. Er stieg die mit Kunststoffbelag versehene Treppe in den Oberstock empor und suchte mit den Fingerspitzen den Schlüssel zu seinem Büro zwischen den anderen Schlüsseln an seinem Bund heraus. Als er die Tür geöffnet hatte, wollte er mechanisch die Deckenbeleuchtung einschalten. Aber er überlegte es sich dann doch anders, ging langsam quer durch das Zimmer und tastete nach dem Schalterknopf seiner Schreibtischlampe. Mit einem leisen Fluchen registrierte er, daß sie nicht funktionierte.

»Gib dir keine Mühe, Edmund. Ich habe die Sicherungen ausgeschaltet.«

Die beherrschte, etwas heisere Stimme der Kotelecky kam aus der Ecke, in der die Sitzgarnitur mit dem flachen Nußbaumtisch und der breiten Couch standen. Edmund Freese drehte sich zunächst gar nicht zu ihr um, sondern registrierte nur, gleichsam unterschwellig, daß die Tür zum Sekretariat einen Spaltbreit offenstand und eine schmale Bahn des schwachen Straßenlichts hereinließ.

»Also doch«, sagte er, noch immer ohne sich umzuwenden, und so kam die Kotelecky um die Wirkung ihres Auftritts, wie sie, die Beine untergezogen, den Kopf mit den langen, unordentlichen Haaren nach rückwärts an die Wand gelegt, auf der Couch kauerte.

»Findest du nicht, daß wir miteinander reden sollten, Edmund?« Ein Feuerzeug flammte auf, und die Kotelecky nahm nach dem ersten Zug die Zigarette mit einer Bewegung aus dem Mund, die er seit über zehn Jahren kannte und verabscheute.

»Nach dem, was du da oben an der Talsperre inszeniert hast, wird es sich tatsächlich nicht vermeiden lassen. Ich habe damit gerechnet. Nur nicht jetzt. Und nicht hier.«

»Wer sollte deine Gewohnheiten schon kennen, wenn nicht ich«, sagte die Kotelecky. »Du hast fast einen ganzen Tag Arbeit versäumt. Ich war ganz sicher, daß du noch einmal in die Fabrik kommen würdest. Keine deiner Frauen kennt dich so genau wie ich. Tina nicht und das Fräulein aus Brüssel auch nicht.«

Edmund drehte sich jetzt endlich zu ihr um.

»Setz dich doch, Edmund. Wir wollen miteinander reden. Und fahre jetzt nicht gleich los, daß du es dir verbittest, wenn ich dir ›nachspioniere‹. Das führt zu gar nichts. Ich bin seit vielen Jahren in einer Stellung, in der du mir, ob du es wolltest oder nicht, nur wenig hast verheimlichen können. Ich weiß alles. Und ich kenne dich genau. Es ist also so weit?«

Es hätte Edmund widerstrebt, ihr und vor allem sich selbst einzugestehen, daß er seiner Knie nicht ganz sicher war, und so setzte er sich endlich ihr gegenüber in den Fauteuil. Aber seine Haltung ließ die gewohnte weltmännische Eleganz vermissen. Er schlug nicht einmal die Beine übereinander.

»Was ist soweit?« fragte er mit belegter Stimme.

»Daß du von Tina fortwillst«, sagte sie. »Auf diesen Augenblick habe ich seit dreizehn Jahren gewartet.«

»Wie kommst du darauf, Ida?«

»Du hast die Nachfolgerin kommen lassen, Edmund. Das ist ein untrügliches Zeichen.«

»Meinst du?« sagte Edmund Freese.

Ida Kotelecky nickte.

»Ja«, sagte sie und stippte die Asche ihrer Zigarette auf die Messingschale, die vor ihr stand.

»Und du glaubst, das Fräulein aus Brüssel zu lieben, und du hättest sie nicht eingeladen, wenn du nicht die Absicht hättest, sie zur Seele deines hübschen Hauses da oben zu machen.«

Sie schwieg ein paar Sekunden.

»Oder lügst du sie an, Edmund?«

Edmund Freese atmete ein- oder zweimal tief auf. Wenn sie nur nicht so statuettenhaft unbeweglich dort drüben säße. Fast wünschte er sich eine Szene, einen hysterischen Ausbruch, einen Anfall, den er mit seinen überlegenen Nerven hätte parieren können. Aber nichts hätte furchtbarer und folgenschwerer sein können, als das, was hier in seinem eigenen, finsteren Arbeitszimmer in einer Atmosphäre vor sich ging, die fast an die Praxis eines Nervenarztes erinnerte.

»Es fällt mir schwer, dir zu sagen, daß ich sie wirklich liebe, Ida.«

Ida Kotelecky lachte. Es war ein etwas überlegenes Lachen. Das Lachen einer älteren Schwester.

»Du bist doch kein Pennäler, Edmund.«

»Was soll das heißen?«

Sie rutschte jetzt endlich doch nach vorne und hockte aufgerichtet mit noch immer untergezogenen Beinen auf der Couch, die rechte Hand mit der Zigarette vor der Brust, die linke wie zur Bestärkung um das zerbrechliche Handgelenk gespannt.

»Du hättest mich«, sagte sie, »schon längst hinausgeworfen, Edmund, wenn du nicht genau wüßtest, was ich dir jetzt sagen werde. Wir sind hier ganz alleine. Niemand hört uns. Es läuft kein Tonband. Wir brauchen auch keine Zeugen, wenn ich dich in diesem Augenblick an ein paar sehr wichtige Tatsachen erinnere.«

Sie schwieg. Und während dieses Schweigens standen in Edmund Freese die Schatten der Vergangenheit auf, die Erinnerungen an den einzigen, wirklichen großen Fehler, den er in seiner gutbürgerlichen Laufbahn jemals begangen hatte.

»Vor dreizehn Jahren«, hörte er wieder ihre beherrschte, zielbewußte Stimme, von der es ihm vorkam, als sei sie schon siegessicher, »vor dreizehn Jahren kam ein sehr junger, ehrgeiziger Mann zu mir und beschwor mich fast auf den Knien, etwas zu tun, wozu ich keinerlei Veranlassung hatte. Damals stand alles am Anfang. Der Wohlstand lag in der Luft, der wirtschaftliche Aufschwung schien jedem offenzustehen, der nur ein paar Ideen hatte und ein bißchen Geld. Hier an dieser Stelle stand die mechanische Klempnerei deines Vaters Edgar Freese, und dahinter lag ein Grundstück, das Edmund Freese als Schuttabladeplatz in wenigen Jahren fast geschenkt bekommen würde. Der Hauspersonalmangel begann zum Tagesgespräch zu werden, das Doppelverdienen, die berufstätige Hausfrau wurde zu einer alltäglichen Erscheinung. Du hattest deine Idee. Du sahst die große Zeit des mühelosen Kochens seherisch voraus. Fleisch in Dosen. Das war der Imperativ der kommenden Jahre. Du warst überzeugt, besessen von der Richtigkeit deiner Gedanken. Du hattest nur kein Geld. Das Geld, das du brauchtest, hatte Tina Breisig. Aber Tina Breisig hatte eben einen anderen Mann.«

»Hör auf, Ida«, sagte Edmund Freese heiser. »Hör endlich auf, du quälst mich mit jedem Wort, das du redest.«

»Das macht nichts, Edmund. Man kann feststehenden Tatsachen nicht Jahr für Jahr entschlüpfen. Einmal kommt der Zahltag. Damals brauchtest du mich, und du hattest keine Skrupel, mich darum zu bitten. Ich schwor den Eid, mit Breisig Ehebruch begangen zu haben, und Tina wurde geschieden. Es war ein Meineid, Edmund, denn damals liebte ich dich genauso, wie ich dich noch heute liebe. Ich konnte ja warten. Ich kannte Tina, und ich kannte dich, und ich konnte mir an den fünf Fingern ausrechnen, wann das schiefgehen würde.«

War es eine erste vage Unsicherheit oder ein unterdrücktes Schluchzen, das ihre Stimme erschütterte.

»Und heute brauche ich dich. Ich kann nicht mehr warten, Edmund. Es ist der Augenblick, auf den ich seit dreizehn endlosen Jahren warte. Und in diesem Augenblick kommst du mit einer anderen, die du zu lieben glaubst, wie du damals geglaubt hast, Tina Breisig zu lieben...«

Sie brach ab. Edmund Freese starrte sie an und kaute nervös an der Haut seines linken Daumens. »Und du meinst, das gibt dir ein Recht, Ida...«, sagte er leise.

»Ein Recht? Ich bin nicht so verrückt, mich auf Rechte dieser Art zu verlassen. Du hast mir damals die Vertrauensstellung in deinem Sekretariat für meinen Meineid angeboten und dachtest, das wäre mehr als genug. Aber mir war es nicht genug. Ihr redet doch immer vom Sog der Konjunktur, von Geschäften, die man am Schopf greifen muß. Auf dem ›quivive‹ sein und den Konkurrenten in die Zähne treten. Aber es gibt keine doppelte Moral für das Private und das Geschäftliche. Und für Frauen ist das Private häufig genug ohnehin das Geschäftliche. Ich habe einen Meineid geschworen, um dir zu helfen, hochzukommen. Du warst fest davon überzeugt, daß derjenige, der eine geniale Idee hat, berechtigt ist, höher zu klettern als andere, die nur arbeiten. Dieser Fanatismus hat mich fasziniert. Ich hielt dich für etwas ganz Besonderes. Ich habe ein Verbrechen begangen, um dir zu helfen, dein Ziel zu erreichen. Wenn ich morgen zum Staatsanwalt gehe und das zu Protokoll gebe...«

Edmund Freese lachte leise.

»Dann kommst du ins Gefängnis, Ida.«

»Ja«, sagte die Kotelecky. »Und du kommst mit. Wegen Anstiftung. Und außerdem, weißt du, was mit einer Ehe geschieht, die aufgrund eines Meineides geschieden wurde?«

Edmund Freese schwieg.

»Sie gilt als weiterbestehend. Und weißt du, was mit einer Ehe geschieht, die trotz des Bestehens einer anderen geschlossen wurde? Nein? Sie wird rückwirkend aufgehoben. Du kannst dich bei deinem Freund Dr. Kensy erkundigen. Ich kann erzwingen, daß geschieht, was ich will. Nur, daß dein Leben, deine Arbeit und deine Position dann genauso zerstört sind wie meine. Wir sollten uns arrangieren, Edmund.«

Ida stand auf und sah jetzt von oben auf Edmund Freese herunter, der wie leblos in seinem Sessel hing.

»Wenn du schon Daniéle Bontoux hierher einlädst, dann mußt du auch einen Weg sehen, von Tina wegzukommen. Und wenn du das vorhast, dann habe ich das ältere Recht. Das siehst du doch ein. Das ist meine Chance, und ich habe während zehn Jahren Tätigkeit in der Erwerbswirtschaft gelernt, daß man seine Chancen nützen muß. Liebe...«, sagte sie plötzlich, »...ihr armen dummen Jungen. Was ist für euch schon Liebe, ehe fünf Jahre vergangen sind. Ein abgenutztes Pedal, ein ausgetrunkenes Glas Wasser.«

Edmund Freese sah plötzlich im halben Dämmer des von draußen hereinfallenden Lichts, daß die Frau vor ihm an der Hüfte den Verschluß ihres Rockes öffnete, bis er zu Boden glitt. In der schwarzen, undurchsichtigen Strumpfhose, die ihre Erscheinung heute abend am Stausee so düster gemacht hatte, und dem weiten, dünnen, schwarzen Pullover zeigte sie einen großartigen Wuchs.

»Oder glaubst du nicht, daß du mit mir noch ein paar Jahre glücklich sein kannst«, sagte sie, plötzlich schluchzend.

»Ida«, sagte Edmund Freese und stand auf. Er schüttelte die Kotelecky begütigend an den schmalen Schultern. »Ida, das sind doch alles Hirngespinste. Du hattest zwar in viele meiner Angelegenheiten Einblick, aber manches ist dir doch verborgen geblieben. Ich kann mich von Tina gar nicht scheiden lassen. Selbst wenn ich einen Weg dazu sähe, dann würde ein Scheidungsurteil Tina dazu berechtigen, ihr Geld aus der Fabrik zu ziehen. Ihr Geld, das sind heute Anlagen, Grund, Maschinen, Rohmaterial, Fahrzeuge. Das Geld, das sie zu beanspruchen hätte, wäre aber bares Geld. Wenn ich Tina heute auszahlen müßte, würde ich mich bis aufs äußerste einschränken müssen, wenn ich nicht sogar mit einem Ruin zu rechnen hätte. Die Konkurrenz lebt auch mit Angebotsbreite und Preisdruck. Es geht mir nicht so gut, wie ich vortäuschen muß.«

Wieder rüttelte Edmund Freese die Schultern der Frau und sah, wie ihr Kopf hin und her schwankte, während sie ihn aus weit geöffneten Augen anstarrte.

»Das ist nicht wahr, Edmund«, stammelte sie tonlos, und ihr Mund bewegte sich dabei kaum. »Ich habe doch Tag für Tag gesehen, wie du gearbeitet hast. Du mußt doch längst erwirtschaftet haben, was Tina eingeschossen hat.«

»Nein«, sagte Edmund. »Das habe ich nicht. Ich muß heute in dieser Stadt teuer leben, sonst bin ich unten durch. Das Haus, die Wagen, die Pferde, die Gesellschaften, das Grundstück in der Schweiz, die Jagd, die Reisen, die Garderoben, das Personal. Tina ist jetzt schon seit einem Vierteljahr in Neuseeland bei ihrer Tochter... Wir haben ein gemeinsames Testament. Wer von uns überlebt, beerbt den anderen. Ich kann mich nicht scheiden lassen, Ida.«

»Aber...«, sagte Ida Kotelecky, »aber...« Sie tastete nach der Lehne des Sessels und setzte sich. Dann tastete sie ebenso unsicher nach den Zigaretten.

»Und ich bin völlig am Ende, wenn Tina erfährt, daß Daniéle Bontoux mich hier besucht hat.«

Im rötlichen Schein der Zigarettenglut leuchteten die Augen der Kotelecky unwirklich groß und hektisch auf.

»Was hast du eben von einem Testament gesagt?« murmelte sie. »Die ganze Stadt spricht davon, daß Tina vielleicht nicht aus Neuseeland zurückkommt, Edmund. Und du hast Daniéle Bontoux hierherkommen lassen, trotz der ungeheuren Gefahr, die nach deinen eigenen Worten für dich damit verbunden wäre, wenn Tina es jemals erführe...«

Die Kotelecky glitt wieder aus dem Sessel und wich langsam Schritt für Schritt in Richtung auf Edmunds Schreibtisch zurück.

»Ich errate plötzlich alle deine Gedanken, Edmund«, sagte sie von dort aus. »Ich habe dir schon immer ins Herz gesehen. Ich weiß, mit was für einem Gedanken zu spielst. Ich weiß es ganz genau, und du kannst mir nichts verheimlichen.«

»Ida«, stammelte Edmund Freese und näherte sich ihr. »Ida...«

Aber sie wich weiter von ihm zurück, hinüber ans Fenster, zur Tür, die sie mit dem Rücken zudrückte.

»Ida«, sagte Edmund noch einmal. Dann keuchte er: »Es sind deine Gedanken Ida, hörst du? Es sind deine eigenen Gedanken, die du da aussprichst, nicht meine. Nie im Leben habe ich an so etwas gedacht. Du bis ja... Du bist ja...«

»Aber jetzt denkst du daran, Edmund«, sagte sie. »Du kannst es nicht mehr verbergen, daß du daran denkst, ob du es willst oder nicht. Du weißt, daß es die beste Lösung für dich wäre. Sie kommt einfach nicht von ihrer Reise zurück. Es wird sich schon irgendeine Möglichkeit ergeben. Du hast die Pausch in Urlaub geschickt. Da brauchst nur dafür zu sorgen, daß niemand Tina sieht, wenn sie ankommt... Es ist vielleicht ganz einfach... Siehst du, ich weiß genau, was du denkst, Edmund.«

Edmund Freese hatte sich ihr genähert. Sie stand jetzt dicht vor ihm, den Kopf gesenkt und spielte nervös mit dem Knopf seines Jacketts.

»Dein Haus liegt weit abseits. Dicht daneben die Kiesgrube. Du weißt, daß es vielleicht ganz einfach ist, Edmund. Laß uns doch einmal darüber...«

Edmund Freese drückte ihr schmerzhaft die Hand auf den Mund. Sie stieß einen unterdrückten Schrei aus.

»Sei still, Ida«, keuchte Edmund Freese. »Sei still und sage kein weiteres Wort mehr...«

»Ich werde schweigen wie ein Grab, Edmund«, flüsterte Ida Kotelecky unter seiner Hand. »Ich schwöre dir, ich werde schweigen, wenn du es nicht für Daniéle tust.«

»Ich würde es nur für Daniéle tun«, sagte Edmund Freese. »Wenn ich es überhaupt jemals... jemals...«

»In diesem Fall würde ich dein Leben zerstören«, sagte sie plötzlich laut und beherrscht und mit ihrer heiseren Stimme genau wie vorher.

»Ich habe nichts zu verlieren. Ich will nicht mein Leben lang eine Frau im Schatten sein. Das steht mir alles auch zu, was ihr da habt. Ich will keine Sonntagsausflüge im Kleinwagen mehr und dann abends Käse aus dem Papier essen und mit dem Gaskocher Nudeln vom Vortag rösten. Ich will meine Rolle spielen, wie ich sie hätte spielen können, wenn nicht alles da drüben kaputt gegangen wäre. Ich kann nichts dafür, daß nachher mein Vater mit seiner Entschädigung und seinem Zigarrenladen Konkurs gemacht hat. Ich bin eine Frau für Pelze, Wagen, Perser, Schmuck und Reisen. Es ist mir egal, ob ich so weitermache wie jetzt oder ob ich Tüten klebe.«

Sie ging hinüber zum Sessel und zog sich den Rock wieder an.

»Darüber mußt du ernsthaft nachdenken, Edmund. Über alles, was ich dir heute gesagt habe. Und vor allem darüber, daß ich in einem verletzlich bin, und das ist Daniéle Bontoux. Nimm sie aus der Schußlinie, Edmund, wenn du dir von mir raten läßt. Das Schicksal hat uns zusammengewürfelt, nicht euch.«

»Du bist außer dir, Ida«, sagte Edmund und sah verstohlen auf seine Armbanduhr. »Du bist überbeansprucht und nervös. Fahr übermorgen nach Bühlerhöhe in deinen Urlaub. Du hast dich doch so darauf gefreut. Wenn du willst, bezahle ich dir die drei Wochen. Ich habe dir die Karten schon besorgt.«

Er ging hinüber zu seinem Schreibtisch.

»Ich habe sie schon«, sagte die Kotelecky kalt und öffnete ihre Handtasche. »Zweiundzwanzig Uhr vierzig, Richtung Basel. Vielen Dank. Aber du kannst nicht von mir verlangen, daß ich ausgerechnet jetzt nach Bühlerhöhe fahre, wo es um den höchsten Einsatz meines Lebens geht.«

»Überlege es dir, Ida«, sagte Edmund Freese. »Vielleicht sprechen wir uns noch bis übermorgen.«

Er drängte sie sanft, aber bestimmt aus dem Zimmer. Sie gingen schweigend durch den Flur, stiegen die Treppen abwärts und verließen das Haus.

Hinter der Seiteneinfahrt, vor der Daniéle am Nachmittag gewartet hatte, wendete sich die Kotelecky noch einmal an Edmund.

»Warum schickst du eigentlich die Pausch und mich zur gleichen Zeit auf Urlaub, Edmund? Ein sonderbares Zusammentreffen, nicht wahr?«

Sie näherte ihm ihr Gesicht.

»Oder soll ich doch fahren?« sagte sie leise. »Denk noch einmal ganz genau darüber nach, Edmund. Und vergiß nicht, daß ich fast alle Hebel für dein und mein zukünftiges Leben in der Hand halte.«

Edmund zog eigenhändig das Eisenblechtor auf. Es quietschte in seinen ungeölten Angeln. Draußen stand Ricki.

»'tschuldigt«, sagte sie, »ich wußte nicht...« Sie sah von einem zum anderen.

»Was willst du hier, Ricki?« fuhr Edmund sie unbeherrscht an.

Ricki sah der Kotelecky nach, die düster und überschlank in der lastenden Dunkelheit verschwand.

»Paps ist endgültig zusammengeklappt«, sagte sie dann. »Das sollte ich dir ausrichten. Er liegt seit fünf mit hohem Fieber und hat Delirien. Er müßte dir unbedingt bei etwas helfen. Freundespflicht und so, hat er dauernd gemurmelt. Ich habe gedacht, vielleicht könnte ich...«

»Warum hast du denn nicht angerufen, Ricki?« schnauzte Edmund.

»Du warst gar nicht zu Hause, Edmund«, sagte Ricki. »Und in der Fabrik war offenbar nicht durchgesteckt. Was ich verstehen kann...« fügte sie nach einer winzigen, aber bedeutungsvollen Pause hinzu.

»Na schön, Ricki«, sagte Edmund, ruhiger geworden. »Geh nach Hause und grüß Papa. Ich werde morgen nach ihm sehen. Und wünsch ihm gute Besserung.«

Dann schloß er das Tor, lehnte sich von innen dagegen, den Hinterkopf an das kalte Eisenblech gestützt, und rieb sich über die Augen. Einmal mit den Fingerspitzen, das nächste Mal mit dem Handrücken. Immer wieder.

Schließlich hörte er es zwölf schlagen.

Als er sein Haus erreichte, war es zehn Minuten vor halb eins. Das Einfahrtstor, das zur Garage führte, stand noch offen, so wie er es heute morgen zurückgelassen hatte. Er kippte das Garagentor nach oben und fuhr den Wagen ins Trockene. Dann verschloß er die Garage und ging nach vorne zur Haustür.

»Wulli«, rief er, noch während er sie öffnete, und schnalzte lockend mit der Zunge, in der Erwartung, daß der Hund schweifwedelnd und bellend auftauchen und ihn begrüßen würde, wie er es jedesmal tat, wenn Edmund zurückkam und sich das Tier nicht im Garten, sondern im Haus befand.

Aber in der Diele und in dem großen Wohnraum blieb es merkwürdig still. Beunruhigt schaltete Edmund Freese sämtliche Lichter in der Halle ein.

Einen Augenblick lang blieb er lauschend stehen, bevor er Mantel und Hut ablegte und über den Stuhl warf. Die Tür zum Wohnraum stand halb offen. Er stieß sie ganz auf und machte auch hier Licht.

Wulli lag in seinem Korb. Aber ein einziger Blick auf die Kopfhaltung des Tieres genügte, um Edmund Freese deutlich genug zu zeigen, daß er tot war. Edmund verzog in einer ganz bestimmten Art den Mund, die für ihn typisch war, wenn er schlechte Nachrichten erhielt, und tastete dann in der Rocktasche mechanisch nach Zigarettenetui und Feuerzeug. Als er sich zu dem Hund hinunterbeugte, stellte er fest, daß sein Körper bereits kalt war.

Edmund Freese gehörte nicht zu den Menschen, die gegenüber ihren Autos, Füllhaltern und Schmucksachen sentimentale Gefühle pflegen. Er hatte auch genügend Kontakt zu seiner Umwelt, um seinen Hund als Ersatz für menschliche Beziehungen empfinden zu müssen. Er war für ihn eine Investition, die der Sicherheit diente, und manchmal bewunderte er seine Rasse und Intelligenz. Es war nicht die Tatsache, daß es Wulli war, sondern die Tatsache, daß er tot war, die ihn bestürzte.

Er zögerte kurz, ehe er nach dem Telefonbuch griff. Dann wählte er eine Nummer. Er mußte lange warten, bis sich der Mann am anderen Ende der Leitung meldete. Er war unfreundlich, wie es für die späte Nachtstunde nicht anders zu erwarten war.

»Freese hier«, sagte Edmund. »Ich muß Sie bitten, auf dem schnellsten Wege hierherzukommen.«

»Es ist dreiviertel eins, Herr Freese«, sagte der Tierarzt. »Hat das denn nicht bis morgen Zeit?«

»Nein«, sagte Edmund Freese, »ich habe hier einen Hund, der mein Haus bewachen soll, weil es sehr einsam liegt. Als ich eben nach Hause kam, war dieser Hund tot. Ich muß wissen, woran er verendet ist, und vor allem wann. Die Situation ist so, daß sie keinen Aufschub duldet. Bitte kommen Sie sofort. Sie wissen, wo ich wohne?«

Der Tierarzt wußte es. Nachdem er versichert hatte, daß er unverzüglich kommen werde, ging Edmund Freese hinaus in die Halle, nahm den Stutzen vom Zapfenbrett und lud ihn sorgfältig durch. Mit dem Gewehr in den Händen inspizierte er jeden einzelnen Raum des Hauses, bis hinunter in die Waschküche und den Kellerraum, in dem der Brenner der Ölfeuerung donnerte. Später nahm er auch draußen die nähere Umgebung des Hauses und den Garten unter Augenschein.

Als der Wagen den Feldweg heraufholperte, trat er mit dem Gewehr in den Händen um die Ecke des Hauses. Geblendet starrte er in die Scheinwerfer, die Einfahrt und Haus in weißes Licht tauchten. Er konnte den Mann, der aus dem Wagen stieg, kaum erkennen.

»Was, um Himmels willen, machst du mitten in der Nacht mit einem Gewehr, Edmund?«

Edmund Freese ließ die Waffe sinken.

»Ach, du bist es, Robert«, sagte er. »Ich erwarte den Tierarzt. Ich glaube, ich fange an, in ernsthafte Schwierigkeiten zu kommen.«

12. Oktober

Bereits am 11. Oktober wurde die Abteilung VUT der Kriminalpolizei Hamburg durch Fernschreiben von dem Fund eines dritten Pakets mit Körperteilen der unbekannten toten Frau unterrichtet. Dieses Mal wären sie um Haaresbreite direkt in die ausgedehnten Kokshalden des Gaswerks in Wolfenbüttel gewandert, wenn nicht das Paket sich quergestellt und beim automatischen Entladen des Trichterwagens eine Stauung verursacht hätte, die dem Mann im Leitstand der Förderanlage auffiel.

»Was wissen wir, wie viele Pakete schon auf diese Weise auf Halden oder direkt in Hochöfen oder Kesselfeuerungen geraten sind, wo sie nie mehr eines Menschen Auge zu sehen bekommt«, sagte Ketterle und überflog die Angaben, die das Landeskriminalamt in Hannover in dem Fernschreiben durchgegeben hatte. »Kein Zweifel, Hornschuh, daß es sich um die gleiche Frau handelt. Alter, Körperstruktur, Hautpigment, Nagelfarbe, alles genau dasselbe. Eintritt des Todes zwischen 22. und 27. September, wie die Pathologen in Hannover schätzen. Und daß es wieder ein Margarinekarton von Rôdieux in Limoges ist, wundert mich nicht im geringsten. In seiner Art ist das Scheusal konsequent. Es möchte unbedingt, daß wir in Limoges ermitteln.«

Ketterle stand auf und begann, wie oft, wenn er intensiv nachdachte, eine Wanderung durch sein Arbeitszimmer.

»Aber wir werden ihm diesen Gefallen nicht tun.«

Er blieb stehen, stützte sich mit beiden Händen auf seinen Schreibtisch und sah Hornschuh, der davorsaß, bedeutungsvoll an.

»Es wäre alles ganz einfach«, sagte Hornschuh, »wenn wir irgendwo eine Vermißte gemeldet hätten, die auch nur annähernd zu den Befunden aus München, Hannover und...«

Er wurde durch das Läuten des Telefons auf dem Schreibtisch des Kommissars unterbrochen. Ketterle nahm den Hörer ans Ohr. Schon nach wenigen Sekunden hielt er die Hand vor die Muschel und flüsterte Hornschuh zu:

»... und aus Düsseldorf. Der vierte Fund war gestern abend in einer Eisengießerei in Aachen.«

Er stellte seinem Kollegen im LKA Düsseldorf, der ihn soeben vorab telefonisch verständigte, noch ein paar Fragen.

»Paket und Berichte«, sagte er dann, »wenn Sie so freundlich wären, direkt mit dem Kurier. Wie? Ja, hierher. Nein, das Material an KTU und Gerichtsmedizin, den Bericht zu mir. Im Lauf des späten Nachmittags? Gut, wenn es gar nicht schneller geht. Wenn wir diese Sache nicht auf ›die Fixe‹ erledigen können, sitzen wir jahrelang darüber. Sie kennen das ja. Wie? Nicht im geringsten. Es ist genauso, als wäre es auf dem Mond passiert. Und dann wüßten wir sogar noch mehr als in diesem Fall. Gut, ich danke Ihnen. Und vergessen Sie nicht, die Waggon- und Zugnummern mit durchzugeben. Ich glaube, das ist unsere einzige Chance.«

Mit ungewohnter Sanftheit legte Kommissar Gottfried Cäsar Ketterle den Telefonhörer in seine Gabel.

»Mit jedem einzelnen Fund steigen unsere Aussichten um genau die gleiche Anzahl von Prozenten, wie es Teile gibt, in die unser Mann sein Opfer zerlegt hat.«

»Aber wo wollen Sie ansetzen, wenn es nirgends eine Vermißte gibt?« gab Hornschuh zu bedenken.

»Genau an dem Punkt, von dem ich eben sprach«, sagte der Kommissar nachdenklich. »Ich bin mir selbst noch nicht ganz klar darüber, ob das, was ich mir vorstelle, technisch möglich ist. Ich muß einen Fachmann fragen. Wenn es keine Vermißte gibt, müssen wir eben den umgekehrten Weg gehen und sie uns suchen.«

»Können Sie sich das überhaupt vorstellen?«

»O ja«, sagte Ketterle und nahm wieder seine Wanderung zwischen Schreibtisch und Fenster auf. »Das kann ich mir sehr gut vorstellen. Es gibt Dutzende von Möglichkeiten, wie ein Mensch verschwinden kann, ohne daß es jemals bemerkt wird. Die Kriminalgeschichte ist reich an solchen Fällen. Denken Sie nur an Mädchen, die aus der Ostzone kommen und hier noch niemand kennen. Warum soll das übrigens nicht auch in Verbindung mit irgendeinem anderen Ausland möglich sein? Theoretisch ist es auch möglich, daß solche Toten schon ganz ordentlich beerdigt waren oder vor der Beerdigung beseitigt wurden, um Spuren zu verwischen. Bei Giftmorden zum Beispiel. Denken Sie an den Fall de la Pommerais in Frankreich. Ich würde als erstes diese Möglichkeit in Betracht ziehen, wenn irgendeiner unserer Berichte auch nur die geringste Gifteinwirkung für möglich hielte...«

Er blätterte den Hefter mit den gerichtsmedizinischen Unterlagen durch und las einige der engbeschriebenen Maschinenseiten genauer.

»Keine Anzeichen von Intoxikation schreibt München nach Prüfung im chromatografischen Verfahren, und Dr. Stöckel will sogar soweit gehen, eine Intoxikation auszuschließen. Auch Hannover findet keine Anhaltspunkte für Gifteinwirkung, und was Düsseldorf herausfindet, werden wir ja hören. Alle Berichte stimmen darin überein, daß die Todesursache auf Rumpf oder Kopf eingewirkt haben muß. Und beides ist bis jetzt noch nicht gefunden worden. Damit entfiele aber auch jeglicher Anlaß, eine bereits beerdigte Tote auf diese Weise verschwinden zu lassen.«

Der Kommissar legte den Hefter wieder auf seinen Platz.

»Schließlich gibt es noch die Möglichkeit, daß es sich um jemanden handelt, dessen Verschwinden oder Tod gar nicht an die Öffentlichkeit dringt, weil es niemand meldet. Es gibt enge, verwandtschaftliche Beziehungen zwischen zwei Personen, bei denen das ohne weiteres möglich ist. Lange Erholungsreisen, Kuraufenthalte, Auswanderungen, die Skala der denkbaren Fälle ist unbegrenzt, Hornschuh. Die Tatsache, daß wir im Gebiet des Bundeskriminalamts nicht mit einer passenden Vermißten aufwarten können, will also gar nichts besagen. Wenn ich mich recht erinnere, hat vor ein paar Jahren ein Mann in Amerika das Opfer eines Verkehrsunfalls auf ähnliche Weise beseitigt, einfach, weil er Angst vor der Bestrafung hatte.«

»Aber die hatten dann wenigstens eine Vermißte, die sie brauchten«, sagte Hornschuh.

»Nein«, sagte Ketterle und klopfte Hornschuh in einer Art humoriger Überlegenheit auf die Schulter. »Es war ein Mann. Und dieser Mann war ein Gelegenheitsarbeiter. Er hatte seine Stellung im Norden aufgegeben und trampte nach Süden, um sich eine neue zu suchen. Und dort kam er niemals an. Aber es vermißte ihn auch keiner. Sie sehen, was es alles gibt. Auf die Vermißtenmasche kommen wir nicht weiter. Aber ich habe eine andere Idee. Schreiben Sie mir doch einmal aus diesem ganzen Papierkram hier...«, er klopfte mit dem Zeigefingerknöchel auf den Stoß der Aktenordner, »...die Nummern der Fundwaggons, die Ladung, den Bestimmungsbahnhof, den Versendebahnhof, die Versandfirma und die Zugnummern zusammen. Ich weiß zwar noch nicht ganz genau, was ich damit will, aber ich glaube, mit Systematik in dieser Hinsicht kommen wir hier am weitesten.«

Am frühen Nachmittag, noch bevor die Unterlagen aus Düsseldorf eingetroffen waren, betrat Kommissar Gottfried Cäsar Ketterle das Verwaltungsgebäude der Bundesbahndirektion Hamburg. In seiner Rocktasche trug er den zusammengefalteten Zettel mit den Angaben, um die er Hornschuh ersucht hatte.

»Ich habe telefoniert«, sagte er zu dem Pförtner. »Ich werde in Zimmer 302 erwartet. Ich weiß Bescheid.«

»Sind Sie der Herr von der Polizei?« fragte der Pförtner, und Ketterle nickte.

»Nehmen Sie den Aufzug. Dritter Stock, dann links halten«, sagte der Pförtner.

Oben brauchte der Kommissar nicht lange zu suchen, bis er die Tür zu Zimmer 302 gefunden hatte. Er klopfte und trat ein. Das Fräulein, das ihn begrüßte, war freundlich.

»Herr Kommissar Ketterle?« fragte sie, während der Besucher seinen Hut abnahm. »Der Herr Oberrat erwartet Sie schon. Er ist nur für ein paar Minuten abgerufen worden. Wenn Sie inzwischen hier warten wollen, er wird sofort wieder da sein.« Sie öffnete die Tür zum Nebenzimmer.

»Nein, nein, lassen Sie nur«, sagte der Kommissar, als sie ihm den Mantel abnehmen wollte. Er wünschte den Zeitpunkt, da ihm junge Damen aus dem Mantel halfen, so lange wie möglich hinausschieben. Manchmal ließ er ihn deshalb sogar lieber an.

»Wie Sie wollen«, sagte das Mädchen und schloß die Tür.

Ketterle setzte sich auf den Stuhl, der vor dem Schreibtisch stand. Die Wand dem Fenster gegenüber war von einer riesigen Karte des Streckennetzes der europäischen Eisenbahnen bedeckt. Auf den Aktenregalen standen etwas verstaubte Modelle zahlreicher Güterwagentypen auf kurzen Gleisstücken montiert. Befriedigt sagte sich Ketterle, daß er sich hier an genau der richtigen Stelle befand. Dieser Eindruck verstärkte sich noch, als er auf dem Schreibtisch einige zusammengeheftete Blätter Papier liegen sah, deren oberstes ein Zeitungsausschnitt war, der über den Fund in Hamburg-Eidelstedt berichtete. Die Notiz war mit einem Rotstift angestrichen.

Als er das Geräusch der Tür hörte, drehte er sich um und erhob sich schwerfällig. Der Oberrat streckte ihm die Hand entgegen. Der Kommissar spürte einen überraschend kräftigen Druck. »Sperling«, sagte der Mann unbefangen. »Freut mich, Sie kennenzulernen. Was kann ich für Sie tun, Herr Kommissar?«

26. September

»Ich muß ganz offen mit dir reden, Robert«, sagte Edmund Freese, nachdem der Tierarzt das Haus verlassen hatte. »Seit heute morgen ist so vieles geschehen, daß der Tod meines Hundes ein ganz anderes Gewicht hat, als er es vielleicht noch gestern gehabt hätte.«

Sie saßen nebeneinander auf der Polsterbank, und Edmund stocherte in dem Feuer, das er im Kamin angezündet hatte, weil ihn fröstelte. »Wenn der Arzt auf Strychnin tippt, dann paßt das ganz in das Bild, das ich mir von allem mache. Und dieses Bild ist erschreckend.«

»Ich würde sagen, jemand hat deinem Hund ein Stück Strychninwurst durch die Sprechöffnung der Haustür geworfen, weil er vielleicht die Absicht hatte, hier einzubrechen. Die Sprechöffnung hattest du doch vergessen zu schließen, oder? An deiner Stelle würde ich mir neue Schlösser anfertigen lassen und die Polizei verständigen.«

Edmund Freese lachte unfroh, und es sah einen Moment lang so aus, als wolle er sich über seinen Besucher lustig machen. Der Anwalt konnte nicht ahnen, daß nichts Edmund Freese ferner lag als dies.

»Ich habe es vergessen«, sagte er. »Aber mit den pingeligen Schlüssen von Kriminalbeamten ist das alles nicht abgetan. Sag mal...«, er goß sich und dem Anwalt aus derselben Kognakflasche wie heute morgen die Gläser voll, »...wenn Tina heute eine Scheidungsklage einreicht und Erfolg hat, was ist dann eigentlich die vermögensrechtliche Folge?«

»Na, das ist es ja eben«, sagte Robert Kensy. »Deshalb habe ich dich doch heute morgen so suggestiv gefragt, ob du eine Scheidung überhaupt in Erwägung ziehen möchtest.«

»Und ich habe dir klipp und klar geantwortet, daß ich das unter keinen Umständen kann, vorausgesetzt...«

Der Anwalt nickte.

»Stimmt«, sagte er. »Eure Vereinbarungen sind so, daß Tina mindestens das von ihr eingebrachte Vermögen aus der Ehe nimmt. Je nach dem Ergebnis der Bilanzprüfung auch noch mehr.«

»Eine Bilanzprüfung findet also auch statt?«

»Natürlich«, sagte der Anwalt. »Wenn ich Tina vertreten sollte, auf jeden Fall.«

Edmund Freese nickte gedankenvoll. Er hatte vor sich auf den Boden gestarrt und hob jetzt den Blick bis zu dem Gesicht des Anwalts.

»Dann wird es also möglicherweise auch nicht geschehen?«

»Wie meinst du das?«

Edmund stand auf und blieb, die Hände in die Taschen seiner schwarzen Hose versenkt, vor Dr. Kensy stehen.

»Weil du Tina nicht vertreten wirst, Robert. Aber das erkläre ich dir später. Sage mir zuerst bitte noch etwas anderes: Welchen Einfluß würde eine Scheidung auf unsere gegenseitigen Testamente haben?«

»Sie würden, so wie sie abgefaßt sind, mit dem Scheidungsurteil ungültig werden. Natürlich würde jeder von euch sein Testament auch ohnedies ändern.«

Wieder nickte Edmund Freese vor sich hin.

»Eine Änderung würde also nur bei einem Scheidungsurteil, frühestens jedoch bei einer freiwilligen Neufassung eintreten? Bis dahin würde alles beim alten bleiben?«

»Natürlich«, sagte der Anwalt konsterniert. »Aber was hat das, zum Teufel, alles mit deinem Hund zu tun?«

»Nur Geduld«, sagte Edmund Freese sarkastisch. »Ich werde dir das, zum Teufel, alles der Reihenfolge nach erklären.«

Er stürzte sich auf die Armlehne der Polsterbank und beugte sich zu dem Anwalt hinunter, der zu ihm hochsah, während er ein wenig starr und mit abgespreiztem, kleinem Finger sein Kognakglas hielt.

»Stimmt es, daß eine aufgrund eines Meineids geschiedene Ehe als weiterbestehend angesehen wird, wenn der Meineid ans Licht kommt?«

»Das ist so kompliziert, daß ich es dir nicht ohne weiters mit ›ja‹ oder ›nein‹ beantworten kann, Edmund. Aber unter gewissen Umständen kann man damit rechnen, und gewisse Richter neigen zu solchen Entscheidungen. Besonders hierzulande.«

»Und stimmt es, daß eine zweite Ehe neben einer solchen weiterbestehenden als von Anfang an unwirksam angesehen wird?«

Der Anwalt nickte.

»Das steht im Gesetz, ja.«

»So«, sagte Edmund Freese und richtete sich auf. »Dann stimmt es also auch, daß meine gesamte Existenz von dem Weiterbestand meiner Ehe mit Tina abhängt, und dann stimmt es, daß von heute an dieser Weiterbestand nicht mehr meinem eigenen Einfluß unterliegt.«

Dr. Robert Kensy verstand, auch ohne daß Edmund ihm nähere Erklärungen zu geben brauchte. Er setzte langsam, ganz langsam das Kognakglas, aus dem er noch gar nicht getrunken hatte, zurück auf die Tischplatte. Dann fuhr er sich ebenso langsam mit dem Handrücken über die Lippen. Sein Teint war ohnehin bleich, aber die scharf umgrenzten, rötlichen Flecken, die jetzt auf seiner Haut erschienen, machten seine plötzliche Blässe gespenstisch.

»Auf diesen Augenblick habe ich seit dreizehn Jahren gewartet«, murmelte er mit zerbröckelnder Stimme.

Edmund Freese richtete sich auf und verschränkte die Arme vor der Brust.

»Genau das gleiche hat sie mir vor zwei Stunden auch gesagt.«

Sie schwiegen und hörten das kurzlebige Aufprasseln, als im Kamin die aneinandergestellten Scheite zusammenstürzten.

»Und jetzt?« fragte Edmund Freese.

Dr. Kensy hob weder die Schultern, noch gab er eine Antwort. Er bewegte sich überhaupt nicht.

»Das fragst du mich?« sagte er schließlich, während er regungslos in das Feuer starrte.

»Wen soll ich sonst fragen?« sagte Edmund Freese. »Du hast das damals in die Hand genommen und durchgeführt. Du mußtest damals besser wissen als ich, was es für Folgen haben konnte. Wen soll ich sonst fragen?«

Dr. Kensy richtete sich auf.

»Viele schleppen ihre Fehler, ihre Irrtümer und ihr Versagen aus der Vergangenheit mit sich herum«, sagte er und atmete tief. »Scheinbar kommt man doch nicht um die Abrechnung herum. Ob es doch so etwas wie ein Prinzip in diesen Dingen gibt?«

»Du sollst keine Monologe halten, Robert«, sagte Edmund Freese. »Du bist daran gewöhnt, präzise zu denken. Tue es. Du hast mir das eingebrockt. Ich kann wenigstens verlangen, daß du jetzt nachdenkst, wenn du es schon damals nicht getan hast.« Er schwieg einige Sekunden und sah auf seinen Besucher herab. »Oder stimmt das nicht? Hast du doch nachgedacht, Robert? Vielleicht sogar ganz genau? Ich schwamm damals wie auf einer Welle, auf meiner fanatischen Idee über alle Bedenken hinweg. Aber du hättest eigentlich nachdenken müssen... ja, ich bin sicher, daß du es auch getan hast, Robert. Ich habe mir nie Gedanken darüber gemacht, warum du eigentlich dieses Risiko eingegangen bist. Dummheit kann es nicht gewesen sein, denn du bist nicht dumm. Aber deine Praxis war damals in den Anfängen. Klein. Fast ärmlich. Es schien selbstverständlich, daß du, nachdem dir die Scheidungssache gelungen war, auch meine übrigen Rechtsangelegenheiten übertragen bekommen würdest. Aber jetzt, in diesem Augenblick weiß ich, daß du damit gerechnet hast. Du hast meiner Idee, meiner Energie und meiner Tatkraft vertraut. Du wußtest, daß ich mit Tinas Kapital etwas aus dem Boden stampfen würde. Und das Pauschalhonorar, das du dir ausbatest, wurde zum Grundstock deiner eigenen Existenz. So haben wir beide angefangen.«

Einige Sekunden lang herrschte tiefes Schweigen.

»Wir haben sie für harmlos gehalten«, fuhr Edmund Freese dann fort. »Für ein verschlamptes, entwurzeltes, aus der Bahn geworfenes Flüchtlingsmädchen aus Oberschlesien, das froh war, einen Halt und eine Bleibe zu finden und niemals den Mut besitzen würde, sich aktiv in die Angelegenheiten seiner Wohltäter einzuschalten. Wir waren zu sorglos, Robert. Und der Vorwurf, den ich dir mache, ist der, daß du als Anwalt hättest voraussehen können, welche Tragweite das alles annehmen konnte.«

»Was will sie denn eigentlich tun?« murmelte Dr. Robert Kensy und wechselte in steigendem Unbehagen die Stellung seiner Beine. »Und warum denn ausgerechnet jetzt? Hast du ihr irgendeinen

Grund gegeben? Warum wartet eine Frau, die erpressen will, dreizehn Jahre, bis sie es tut?«

Die Augen des Anwalts musterten Edmund Freeses Gesicht.

»Bist du oder dein Verhalten in irgendeiner Form der Anlaß, Edmund? Denke genau nach. Es ist wichtig.«

Er bemerkte, daß Edmund Freese einen Augenblick lang die Augen schmal zusammenzog, ehe er antwortete.

»Blödsinn. Genausogut könntest du fragen, was nach den gleichen dreizehn Jahren plötzlich ich für einen Anlaß bieten sollte. Es ist ihr eben jetzt erst eingefallen. Das ist alles. Viel wichtiger ist im übrigen, was es für Folgen hat.«

»Ich weiß«, sagte Dr. Kensy, der sich etwas gefaßt hatte. Seine Stimme klang jetzt kühl und sachlich. »Es bedeutet, daß ich ruiniert bin, wenn sie den Mund aufmacht. Es bedeutet Strafverfahren gegen mich, Disziplinarverfahren vor der Anwaltskammer, Ausschluß aus der Berufsgruppe, Gefängnis und Verlust der Existenz, ganz abgesehen davon, daß ich dann morgen meine Koffer packen und abreisen könnte, weil ich in dieser Stadt kein Bein mehr auf den Boden bringen würde.«

Seine Stimme wurde plötzlich rauh und angestrengt.

»Es bedeutet zwanzig Jahre Lebensarbeit umsonst. Die Opferung meiner Gesundheit umsonst. Verzichte, Einschränkungen, Nervenkraftverschleiß, alles umsonst. Und glaubst du, daß Rikki...? ihr Vater...? Jetzt, nachdem Nora nicht mehr da ist...? Ich fürchte, du hast nicht die geringste Ahnung.«

»Doch«, sagte Edmund Freese. »Deswegen rede ich ja. Nora war die einzige, die wußte, wie Tinas Scheidung zustande gekommen ist. Ich habe sie ins Vertrauen gezogen. Sie hat mich gewarnt. Ich habe nicht auf sie gehört. Jetzt bin ich ein wohlhabender Mann, aber seitdem hat unser Verhältnis nie mehr die alte Herzlichkeit angenommen. Es war nicht nur der Altersunterschied zwischen dir und Ricki, weswegen sie das Kind mit ihrer gesamten Energie von der Ehe mit dir abhalten wollte. Alberts Widerstand war viel schwächer. Für ihn ist der Gedanke, daß Ricki gut versorgt wird, vorherrschend. Aber seine Haltung wird sich ändern, wenn das alles unter die Leute kommt. Und es wird unter die Leute kommen.«

»Edmund«, sagte der Anwalt, »warum stellst du meine Situation denn so in den Vordergrund? Ist deine nicht etwa schlimm genug? Die Ideen stammten von dir, Edmund. Vergiß das nicht. Du hast immer die Ideen gehabt. Ich habe an deine Pläne gedacht. Und an Tina...«

»...und an dich«, fügte Edmund Freese hinzu.

»Jeder denkt an sich«, sagte der Anwalt.

»Aber selten hat es solche Folgen«, murmelte Edmund Freese.

»So kommen wir nicht weiter, Edmund«, sagte Dr. Kensy und stand jetzt ebenfalls auf. »So verschieden unsere Motive gewesen sein mögen, so einheitlich sind jetzt ihre Konsequenzen. Also gut, wir haben sie für harmlos gehalten. Und was gibt uns denn einen Grund, das heute nicht mehr zu tun?«

Edmund Freese stieß ein Lachen hervor.

»Du hättest sie hören sollen, Robert. Dann würdest du diese Frage nicht stellen. Das ist eine Frau, die sich jahrelang auf ihren großen Auftritt vorbereitet hat und die bis ins letzte informiert ist. Das ist eine Frau, die von ihrer Idee und von ihrer Chance hypnotisiert ist.«

»Dafür solltest gerade du Verständnis haben«, sagte der Anwalt in einem Anflug verzweifelten Humors.

Edmund Freese sah ihn an.

»Na ja, lassen wir das, Robert«, sagte er dann. »Wir haben vor dreizehn Jahren den Fehler begangen, uns in das gleiche Boot zu setzen. Und jetzt müssen wir aus diesem Boot aussteigen, ohne daß es umkippt. Hast du eine Idee, frage ich dich?«

»Und ich frage dich«, sagte Robert Kensy, »was sie eigentlich will.«

»Was sie will?« sagte Edmund Freese. »Sie will, daß ich mich von Tina scheiden lasse. Sie meint, ich hätte ja dreizehn Jahre gearbeitet und könnte jetzt Tina ausschalten. Sie meint, daß alles noch so ist wie vor vierzig Jahren, als jeder nur das Geld ausgab, das er auch wirklich hatte. Sie hat noch gar nicht begriffen, daß das alles Schwindel ist, was wir heute wirtschaftlich betreiben, daß wir alle Hasardeure sind, Reiter über den Bodensee, und daß das seine Konsequenzen hat. In meinem Falle die, daß ich nicht von Tina wegkann, ohne mich selbst zu opfern.«

»Geld«, sagte der Anwalt plötzlich. »Hast du mal an Geld gedacht? Eine fünfstellige Zahl. Die Hälfte würde ich...«

Edmund Freese machte eine wegwerfende Handbewegung.

»Du irrst dich«, sagte er trocken. »Ida ist keine Kreatur. Was sie will, ist die Lebensstellung, die Rolle, die wir alle spielen wollen, wenn wir uns selbst nicht genügen, das Podest, das uns ein paar Jahre darüber hinwegtäuscht, daß wir sterblich sind. Und außerdem liebt sie mich. Sie hat seit damals nicht damit aufgehört. Nein, Robert, was die Kotelecky ist, das ist sie ganz.«

Er deutete hinüber auf den leeren Korb, in dem der Hund verendet war.

»Du siehst es ja. Sie warnt unmißverständlich. Sie würde mich auslachen, wenn ich ihr Geld anböte. Geld ist immer der einfachste Ausweg. Wenn dir nichts anderes einfällt...?«

Er zog die Zigaretten aus der Hosentasche und ließ das Etui aufschnappen.

»Sie hat eine Fahrkarte für übermorgen zweiundzwanzig Uhr vierzig nach Bühlerhöhe. Aber ich bin nicht sicher, ob sie fährt.«

Er machte mit dem offenen Etui in der Hand eine zweifelnde Geste. Der Anwalt sagte nichts. Er saß in der Ecke der Sitzbank, die rechte Hand in die Hosentasche geschoben, das Gesicht in die linke gestützt, und starrte ins Feuer.

Fünf Minuten werden zu einer langen Zeit, wenn zwei Männer während einer Unterhaltung schweigen. Edmunds Zigarette war halb geraucht, als Robert Kensy das Gesicht aus der Hand hob und ihn ansah.

»Was willst du damit sagen?« murmelte er.

»Womit?« sagte Edmund Freese.

»Mit dieser Mitteilung, daß sie in Urlaub fährt.«

Edmund Freese hatte sich wieder neben den Anwalt gesetzt und einen Bleistift aus seiner Brusttasche gezogen. Jetzt schlug er eine Zeitung um und begann auf ihren Rand eine mathematische Gleichung zu kritzeln. Robert Kensy sah ihm dabei, ohne sich nach vorn zu beugen, zu. Anstatt mathematischer Ausdrücke standen auf dem Papier Namen. Ohne den Anwalt anzusehen, begann Edmund die Gleichung aufzulösen, indem er auf beiden Seiten gleichlautende Namen strich.

»Eine verdammt gefährliche Gleichung, die du da aufstellst«, sagte Robert Kensy heiser.

Edmund sah ihn jetzt an. Er war sehr bleich.

»Glaubst du, daß sie im geringsten zögert, eine ähnliche Gleichung aufzustellen?«

Der Anwalt antwortete nicht. Er erhob sich und begann im Zimmer umherzuwandern. Endlich blieb er stehen.

»Und welche Konsequenzen willst du daraus ableiten?«

»Ich«, sagte Edmund Freese. »Wie meinst du das? Es ist nicht nur mein Name, der hier auf dem Papier steht.«

Wieder schwiegen sie eine Weile.

»Du glaubst also, daß sie tatsächlich fähig wäre, einen Mord zu begehen?«

»Ich glaube es nicht«, sagte Edmund Freese. »Ich weiß es.«

Robert Kensy atmete ein- oder zweimal tief auf.

»Gut«, sagte er. »Ich werde sie also übermorgen zum Zug bringen. Ich werde versuchen mit ihr zu reden.«

Auch Edmund Freese war aufgestanden und öffnete jetzt seinem Gast die Tür zur Halle.

»Robert«, sagte er, als der Anwalt an ihm vorüberging, und Robert Kensy blieb stehen. »Robert, wir sind beide in einer Situation, die so schwierig ist, daß sie nur wenige Auswege bietet. Hast du das begriffen?«

»Ich hätte meinen Beruf verfehlt, wenn ich das nicht begriffen hätte«, sagte der Anwalt bitter. »Nur besteht ein winziger Unterschied darin, daß ich überhaupt keinen Ausweg sehe.«

»Das stimmt nicht, Robert«, sagte Edmund Freese. »Es gibt einen Ausweg. Du willst ihn bloß nicht sehen. Oder willst du nicht eingestehen, daß du ihn siehst.«

Dr. Robert Kensy wendete sich ab und ging in die Halle, wo er seinen Hut von der Konsole nahm. Edmund Freese folgte ihm.

»Woher weißt du das so genau?« murmelte Robert Kensy undeutlich.

Edmund Freese öffnete ihm die Haustür.

Dr. Robert Kensy sah ihn nicht mehr, während er ins Freie trat. Er wendete sich auch nicht mehr um. Edmund schloß die Tür hinter ihm und sah ihm durch die vergitterte Sprechöffnung nach. Endlich schloß er das Fensterchen und löschte von innen die Gartenbeleuchtung. Neben der Haustür sah er den Stutzen an der Wand lehnen.

Er nahm ihn in die Hand und betrachtete nachdenklich das kühl schimmernde, zuverlässige Metall. Endlich atmete er auf, öffnete den Verschluß und entlud das Gewehr. Dann hängte er es sorgfältig an den Platz, an den es gehörte.

26. September

Edmund Freese verbrachte den folgenden Tag in einem Zustand nachdenklicher Gereiztheit. Er war nur schwer imstande, sich auf die Erfordernisse der täglichen Betriebsführung zu konzentrieren. Wie er es nicht anders erwartet hatte, war der Kotelecky nichts von den Ereignissen des Vortages anzumerken. Wie gewöhnlich war sie damit beschäftigt, die Durchschläge der Auslaufpost zu registrieren, als er gegen halb neun sein Büro betrat. Dann öffnete und sortierte sie die Morgenpost und brachte ihm um zehn Uhr die Mappe.

Das einzige Außergewöhnliche an diesem Morgen schien zu sein, daß sie, soweit er sich erinnern konnte übrigens zum erstenmal, vergessen hatte, seinen Blockkalender abzureißen. Sie holte es, als sie es bemerkte, wortlos nach, und Edmund Freese starrte noch eine Weile nachdenklich auf die fette Zahl des 26. September, ehe er die Mappe aufschlug und damit begann, seine Post zu lesen. Es war etwas vom Finanzamt dabei, von der Baubehörde, die Bank wünschte einen Kredit neu zu ordnen, der Versicherungsmakler, Lieferantenrechnungen, Kundenpost, Wechselindossamente, Skonti, Mängelrügen, es war mit geringen Abweichungen immer dasselbe. Edmund Freese machte auf einige Poststücke Randnotizen, an andere heftete er Merkzettel, einige legte er zur Seite. Es waren Briefe, die von seiner Sekretärin nicht selbständig oder nach kurzen Stichworten beantwortet werden konnten, sondern solche, die ein persönliches Diktat erforderten.

Aber er konnte sich heute nicht entschließen, die Kotelecky kommen zu lassen. Immer wieder versuchte er den Zeitpunkt hinauszuschieben, indem er sich eine neue Zigarette anzündete. Schließlich griff er nach dem Hörer des Telefons und wählte eine Nummer.

»Bitte Zimmer zwölf«, sagte er höflich, als sich jemand am

anderen Ende der Leitung meldete. Offenbar war es die distinguierte blonde Frau, die so gerne dem Schreien der Hirsche lauschte.

»Ich glaube, die Dame schläft noch«, hörte er ihre Stimme, flink und geschäftig wie am Abend vorher. »Sie war noch gar nicht zum Frühstück unten. Kann man ja auch verstehen, am ersten Tag. Und bei uns schläft man so wundervoll. Diese Ruhe...«

»Ja, ja«, sagte Edmund Freese. »Wenn nicht gerade die Hirsche schreien. Könnten Sie nicht jetzt doch bitte nach oben rufen?«

Es dauerte ein paar Sekunden, bis der Summer ertönte. Aber es meldete sich niemand. Nach geraumer Zeit schaltete sich die Dame wieder ein.

»Ich verstehe das gar nicht«, sagte sie. »Ob der Ruf nicht durchgeht?«

Edmund Freese spürte selbst die Anspannung aller Muskeln seines Gesichts. Für Sekunden fuhr ihm der tiefe Schreck, der sich seiner seit gestern bemächtigt hatte, fast körperlich spürbar durch alle Glieder. Gleichzeitig war er sich bewußt, daß er sich davor hüten mußte, sich die teuflischen Verstrickung seiner Situation in ihrem ganzen Umfang klarzumachen, weil es sonst überhaupt keinen Ausweg zu geben schien. Und einen Ausweg mußte es geben, wenn er nicht selbst zur Pistole greifen wollte. Aber dazu lebte Edmund Freese zu gerne. In diesem Augenblick, als er verzweifelt das Geplapper der blonden Frau hörte, vertiefte sich sein Abscheu gegen die Kotelecky bis zum Haß. Wie kam sie dazu, alles das, was er bisher als den Inhalt seines Lebens angesehen hatte, in Frage zu stellen? Wie kam sie dazu, sie, im Grunde eine hergelaufene Schlampe, Schicksal zu spielen?

Während dieser paar Sekunden, in denen er sich fragte, ob Daniéle sich überhaupt noch einmal melden würde, erschien ihm das Gespräch, das er gestern abend mit Robert Kensy geführt hatte, gar nicht mehr so abwegig wie heute morgen nach dem Aufwachen.

»Hallo, sprechen Sie noch«, vernahm er die Stimme im Hörer.

»Das ist doch ausgeschlossen«, sagte er. »Versuchen Sie es noch einmal.«

Er knotete, während er dem penetrant rhythmischen Summerton lauschte, die elegante graue Gummischnur um den Mittelfinger seiner rechten Hand. In der anderen verglimmte die Zigarette.

Endlich knackte es in der Leitung. Edmund glaubte schon, es sei wieder die sorglos aufdringliche Frau, aber dann schoß ihm Wärme durch den ganzen Körper, als er die Stimme Daniéles vernahm.

»Gott sei Dank«, sagte er mit einem tiefen Aufatmen. »Ich fürchtete schon, du seist in der Badewanne ertrunken.«

»Ich war wirklich in der Badewanne«, sagte Daniéle. »Aber wieso hast du deswegen Angst? In der Badewanne ertrinken nur alte Damen. Oder weißt du schon etwas davon?«

»Wovon, Daniéle, um Himmels willen...«

»Nun, ich meine...«, sie zögerte.

»Sag schon, Daniéle«, drängte Edmund.

Sie erzählte ihm, was sie erlebt hatte, nachdem er gestern abend nach Hause gefahren war.

»Ich habe dann die Türen zur Terrasse aufgemacht und mich später auf das Sofa gelegt«, hörte er ihre Stimme und war versucht, sich den Schweiß abzuwischen, der sich bei ihren Worten auf seiner Stirn sammelte. »Aber ich bin wirklich eingeschlafen. Wenn jemand dagewesen ist, habe ich es nicht gehört.«

Daniéles Stimme klang, als halte sie das alles für einen wenig geschmackvollen Scherz.

»So etwas ist doch reichlich kindisch«, hörte er sie seine Vermutung bestätigen. »Wenn deine Sekretärin etwas dagegen hat, daß ich dich besuche, dann soll sie nicht auf Grusel machen. Das ist bei mir sehr schwer. Ich habe kein Organ für so etwas. Ich bin ein mutiges Mädchen. Mein Vater kämpfte bei Hasselt gegen die Deutschen...«

Sie lachte perlend, und dieses Lachen quälte Edmund. Aber woher hätte sie auch wissen können, wie es seit der vergangenen Nacht um ihn stand.

»Und außerdem geht es sie doch gar nichts an«, sprach Daniéle weiter. »Wieso mischt sie sich überhaupt in deine Privatsachen? Oder hast du ein Verhältnis mit ihr?«

»Aber nein«, sagte Edmund, und er war sehr froh, daß er wenigstens das guten Gewissens sagen konnte. Wenn Daniéle wüßte, daß ein Verhältnis mit der Kotelecky bei weitem nicht das Schlimmste gewesen wäre?

»Trotzdem«, sagte er, »nimm es nicht zu leicht.«

»Hast du mit ihr gesprochen, Edmund?« wollte Daniéle wissen.

Edmund zögerte einen Augenblick. »Natürlich«, sagte er dann. »Was man so sprechen nennt. Weißt du, sie glaubt, ihre Vertrauensstellung als meine Sekretärin hätte sie dazu prädestiniert, daß ich sie heirate, wenn die Scheidung von Tina perfekt ist. Aber das ist natürlich völliger Unsinn. Es war niemals davon die Rede. Torschlußpanik einer alternden Jungfer.«

»So«, sagte Daniéle Bontoux nachdenklich. »Weißt du was, Edmund? Du fragtest mich doch gestern, was ich heute abend gerne unternehmen möchte. Ich möchte am liebsten, daß wir uns gemütlich bei dir zu Hause zusammensetzen und uns über unsere Probleme klarwerden. Ist dir das recht? Besuch bis elf darfst du doch sicher haben, ohne daß die ganze Stadt darüber redet, nicht wahr?«

»Das ist ein guter Einfall, Daniéle. Ich wollte dir das gleiche auch schon vorschlagen. Wir machen es so. Ich komme gegen sechs, halb sieben und hole dich ab. Vorher kaufe ich ein bißchen etwas ein, und das machen wir uns dann zurecht. Einverstanden?«

Er hatte das Klopfen überhört, das ohnehin seit vielen Jahren nicht mehr als ein formelles Klopfen war. Jetzt sah er die Kotelekky unter der geöffneten Tür stehen.

»Ich muß jetzt Schluß machen«, sagte er und bemerkte das bittere, hämische Lächeln um den großzügigen, aber verkniffenen Mund seiner Sekretärin. ›Er ist unzufrieden, dieser Mund‹, dachte er, ›und daher kommt das alles.‹

»Es bleibt dabei. Bis heute abend«, sagte er und legte auf. »Ich möchte, daß Sie anklopfen, Fräulein Kotelecky«, sagte er, während seine Hand noch auf dem Bügel des Hörers lag.

»Vor allem, wenn Sie mit Mlle. Bontoux sprechen, nicht wahr?« sagte die Kotelecky. »Aber das konnte ich nicht wissen. Und außerdem habe ich angeklopft.«

Edmund Freese verzog die Mundwinkel.

»Herr Jürgens hat angerufen«, fuhr die Kotelecky fort, »daß Ihr Hund verendet sei und daß Sie einen neuen bräuchten. Wenn Sie sich ein paar Tage gedulden wollten, er hätte ein prachtvolles Exemplar...«

»Ja«, sagte Edmund Freese bitter. »Es stimmt. Mein Hund ist verendet. Schließen Sie doch bitte einen Augenblick die Tür.«

Die Kotelecky drückte, ohne die Hände zu bewegen, genau wie in der vorangegangenen Nacht mit dem Rücken die Tür zum Sekretariat zu.

»Du hast Fräulein Bontoux in kindischer Weise bedroht, Ida«, sagte Edmund. »Und außerdem willst du mir begreiflich machen, daß es Ernst ist und hast gestern abend meinem Hund ein Stück Strychninwurst durch die Sprechöffnung geworfen. Das sind Dinge, die ich nicht dulde...«

Die Kotelecky lächelte.

»Was willst du dagegen tun, Edmund? Nichts. Aber ich kann dich beruhigen. Ich habe deinen Hund nicht angerührt. Ich würde niemals ein Tier umbringen.«

Edmund Freese starrte sie an.

»Sagst du die Wahrheit, Ida?«

Die Kotelecky hob die schmalen Schultern in dem gut sitzenden Twinsetpullover.

»Warum sollte ich es nicht zugeben. Ich gebe ja auch zu, daß ich das Band in Zimmer zwölf um die Rosen gewickelt habe, weil ich finde, daß es besser ist, wenn du ihr keine Rosen mehr schenkst. Das weißt du ja alles. Warum sollte ich lügen? Ihr könnt mir ja alle miteinander nichts tun. Ich, die Kotelecky, ein schäbiges Flüchtlingsmädchen aus Oberschlesien, habe euch alle in der Hand.«

»Ich fürchte, es steigt dir zu Kopf, Ida«, sagte Edmund, den ihre Selbstsicherheit um so mehr erregte, als sie unbestreitbar recht hatte.

»Mach dich nicht lächerlich«, hatte er eigentlich hinzufügen wollen, aber er unterdrückte es, denn er hatte Angst. »Bitte veranlasse, daß mein Wagen aufgetankt wird. Ich muß für zwei Stunden weg. Wenn du dich im übrigen entschlossen hast, doch nach Bühlerhöhe zu fahren, Dr. Kensy hat sich bereit erklärt, dich zum Zug zu bringen. Laß es mich wissen, wenn du darauf reflektierst.«

Er sah, wie sie mit dem Rücken an der geschlossenen Tür lehnte, und es reizte ihn.

»Kannst du dich nicht irgendwo anders hinstellen«, fuhr er sie an. Die Kotelecky antwortete nicht, und sie machte auch keine Bewegung. Ein paar Sekunden sah sie Edmund Freese nachdenklich an, wobei er nicht einmal sagen hätte können, ob sie ihm ins Gesicht gesehen hatte.

»Ich bin im Grunde doch eine anständige Frau, denkt ihr, nicht wahr? Ich werde letzten Endes das alles doch nicht tun, wenn man mir nur ordentlich ins Gewissen redet. Das müssen doch alles Gespenster sein, die man mit ein paar versöhnlichen Worten und einem Appell an die Vernunft verjagen kann...«, sagte sie schließlich. »Aber ich bin nicht gewissenloser als ihr. Der Unterschied zwischen eurer Art, eure Ziele zu erreichen, und meiner ist nur graduell. Na gut...«, sagte sie nach einer kurzen Pause. »Ich will gerne mit ihm sprechen. Ich denke, ich werde ihm klarmachen können, worum es für ihn geht. Wenn er so freundlich sein will, mich zum Zug zu bringen, kannst du ihm ausrichten, er soll mich morgen um neun abholen. Aber nicht später. Ich hetze nicht gerne auf dem Bahnhof.«

Dann war sie verschwunden. Edmund Freese atmete zuerst auf, aber gleich darauf spürte er wieder den Kranz kalter Schweißperlen um seinen Haaransatz und zog sein Taschentuch hervor, um ihn abzutrocknen.

Mit dem zerknüllten Taschentuch in der Hand saß er eine lange Zeit vor seinem Schreibtisch und starrte ins Leere. In diesem Augenblick war ihm die Anspannung, in der er sich befand, deutlich anzusehen. Seine Hand bewegte sich nicht mit der gewohnten zielstrebigen Energie, als er jetzt wieder den Hörer des Telefons ergriff und die Nummer von Dr. Robert Kensy wählte.

»Robert«, sagte er mit gedämpfter Stimme, und dieses Mal hielt er die weiß lackierte Tür zu seinem Sekretariat unablässig und wachsam im Auge. »Robert, sie fährt. Um neun morgen abend. Ich hatte eben wieder einen Auftritt mit ihr. Du wüßtest anscheinend nicht, worum es für dich geht, sagte sie. Da ist etwas Pathologisches dabei. Wir sind ihr vollständig ausgeliefert. Wenn das von gestern nacht noch steigerungsfähig gewesen wäre, dann wäre es mir eben vollständig klargeworden.«

Der Anwalt sagte nur wenig.

»Gut. Morgen um neun. Wir werden sehen. Ich komme zu dir, wenn ich zurück bin.«

»Niemand darf deinen Wagen warten sehen, Robert«, sagte Edmund Freese mit flüsternder, aber fliegender Stimme. »Laß ihn ein paar Straßen weiter stehen. Das ist das Allerwichtigste. Denk daran. Niemand darf deinen Wagen sehen.«

Dr. Robert Kensy ließ nichts weiter als ein Räuspern vernehmen. Dann legte er auf, und die Leitung schwieg.

Kurze Zeit danach verließ Edmund Freese seinen Betrieb. Einige Leute, die zufällig zu diesem Zeitpunkt aus den Fenstern sahen, bemerkten, daß sein graphitgrauer Wagen draußen vor der Einfahrt in die Richtung abbog, in die man fahren mußte, um zum Fluß und an ihm entlang zur nächstgelegenen Großstadt zu gelangen. Es waren weniger als zwanzig Kilometer. Deshalb benützte man auch, wenn man die Verhältnisse kannte, für größere Reisen den dortigen Fernbahnhof. Das würde morgen abend um zweiundzwanzig Uhr vierzig auch die Kotelecky tun.

Edmund Freese mußte unablässig darüber nachdenken, bis der stärker werdende Verkehr an den Brückenauffahrten seine Aufmerksamkeit in Anspruch nahm.

Wenig später fuhr er durch winkelige, enge, mit Autos vollgestopfte Straßen und kam an einen ebenso winkeligen, engen, mit Autos vollgestopften Platz. Vergeblich hielt er nach einer Parklücke Ausschau und steuerte schließlich den großen Wagen in der Mitte des Platzes neben dem Ende einer Parkplatzreihe auf den Bürgersteig.

Die Druckerei lag in einem der neuerrichteten Häuser, die dank der mittelalterlichen Grundstücksverhältnisse und ihren durchaus neuzeitlichen Preisen ebenso schmalbrüstig wiederaufgebaut worden waren, wie sie ehedem zerstört wurden. Er gelangte in den Kundensprechraum mit Kunststoffgarnitur, Kunststoffbodenbelag, Kunststoffdecke und einer Theke. Durch die Glastür kam ein Setzer mit Halbglatze, Brille und Köpermantel.

»Ich möchte gerne eine Todesanzeige drucken lassen«, sagte Edmund Freese, und der Mann griff nach rückwärts, um die Mappe mit den Papier- und Druckmustern heranzuholen.

Edmund Freese entschloß sich rasch zu einem zweifach gefalteten, schwarzgeränderten Bogen und wählte eine gefällige Akzidenz-Grotesk.

»Und den Text bitte«, sagte der Setzer und ließ den Kugelschreiber schnappen. Er sah seinen Kunden erwartungsvoll an.

»Ich habe es mir schon aufnotiert«, sagte Edmund Freese und zog einen zusammengefalteten Zettel aus seiner Brusttasche. »Heute verstarb«, diktierte er langsam dem Mann, »an den Folgen eines tragischen Unglücksfalles Dr. Robert Kensy, Rechtsanwalt. In tiefstem Leid: Elisabeth Kensy, Mutter, zugleich für alle Geschwister, Neffen und Nichten. Die Beisetzung findet in aller Stille statt. Von Teilnahmebezeigungen jeglicher Art bitten wir Abstand zu nehmen.«

Dann folgten Ort und Straße.

»Und das Datum bitte?« sagte der Setzer.

»27. .September«, sagte Edmund Freese und nahm seinen Hut. »Ich hole die Sachen bei Ihnen ab. Bis wann sind sie fertig?«

»Aber«, sagte der Setzer. »27.? Das ist doch erst morgen.«

Edmund Freese warf einen Blick auf den Wandkalender und rieb sich über die Stirn.

»Natürlich«, sagte er. »Entschuldigen Sie. Ich habe mich geirrt. Schreiben Sie das Datum von heute. Schreiben Sie 26. September.«

14. Oktober

Wer Kommissar Gottfried Cäsar Ketterle in diesem Augenblick beobachtet hätte, hätte ihn auf keinen Fall für einen Kriminalisten gehalten, der daran gewöhnt war, sich Tag für Tag bei der Polizeiarbeit der modernsten Erfahrungen von Wissenschaft und Technik zu bedienen.

Er saß nämlich bequem und weit zurückgelehnt in seinem Schreibtischsessel und betrachtete sechs oder acht kleine Stücke eines dünnen Spagats, die alle in ihrer Mitte doppelt verknotet waren und vor ihm auf der spiegelnden Fläche seines Schreibtisches lagen.

»Noch mal«, sagte er zu dem Mann im weißen Leinenmantel, der ihm gegenübersaß. Der Mann schnitt mit der Schreibtischschere des Kommissars ein weiteres Ende der Schnur ab und begann mit geschickten Fingern, aber im Zeitlupentempo, von neuem den Bundknoten mit durchgezogener Doppelschleife zu demonstrieren. Der Kommissar sah ihm aufmerksam dabei zu. »Ich glaube, jetzt kann ich es auch«, sagte er, während der Mann im weißen Mantel das zusammengeknotete Spagatstück vor das Gesicht hielt, und es dann mit der geschickt triumphierenden Geste eines Zauberkünstlers im Kabarett zu den anderen Stücken auf den Tisch fallen ließ.

»Und dieser Knoten hier ist auf genau die gleiche Weise zustande gekommen?«

Ketterle deutete auf einen Glassturz, unter dem in einer Masse Plastilin zwei Stricknadeln steckten, zwischen denen sich ein Stück des Spagats samt Knoten spannte, mit dem das Paket auf dem Rangierbahnhof Eidelstedt verschnürt gewesen war.

»Ja«, sagte der Mann. »Bundknoten mit durchgezogener Doppelschleife. Mann kann ihn nur so machen. Er hat den Vorzug, daß er sich nicht öffnet, wenn man an nur einem Ende der Doppelschleife zieht.«

Der Kommissar nickte.

»Es besteht nämlich gar kein Zweifel, daß die Verschnürung aller fünf bisher gefundenen Pakete auf dieselbe Weise und also mit großer Wahrscheinlichkeit von dem gleichen Mann geknüpft worden sind. Und wenn Sie sagen, daß diese Verknotung...«

»Ja«, sagte der Mann, »es ist eine altmodische Verknotung. Ich kann mir nicht vorstellen, daß heute noch jemand diesen komplizierten Knoten lernt, heute im Zeitalter der Klarsichtpackungen und Klebefolien.«

»Nun«, sagte der Kommissar. »Wir müssen dankbar dafür sein, denn dieser altmodische Knoten schränkt den Täterkreis natürlich bedeutend ein. Anstatt fünfunddreißig Millionen Erwachsener über achtzehn Jahren kommen dann nur noch, na, wieviel...?«

Der Mann lachte und hob die Schultern.

»Das ist schwer zu schätzen«, sagte er. »Ich würde sagen, die Anzahl der Personen, die vor 1920 geboren wurden. Sie wird sich statistisch ermitteln lassen. Aber auch keinen Fall mehr als fünf Millionen.«

»Na, sehen Sie«, sagte der Kommissar. »Ist das nichts? Es gab Fälle, in denen nicht einmal diese schrittweise Einengung des Täterkreises möglich war. Es ist immerhin schon etwas, denn...«, der Kommissar beugte sich zu seinem Besucher vor, der inzwischen aufgestanden war, »... irgendwann werden wir auch den Tatort in einer ähnlichen Weise einengen können, und dann schrumpfen die fünfunddreißig Millionen Erwachsener schon zusammen auf ein paar Hunderttausend oder Zigtausend, und die

Leute, die den Bundknoten mit durchgezogener Doppelschleife beherrschen, auf den siebten Teil davon. Und dann werden wir weitersehen. Ja...?«

Fräulein Kling schob den Kopf zur Tür herein.

»Herr Bundesbahnoberrat Sperling«, sagte sie dann und sprach den Titel, der ihr ungeheuer imponierte, in seiner ganzen Länge aus. Der Knotenexperte verabschiedete sich.

»Er soll hereinkommen«, sagte der Kommissar und sah, wie die beiden Männer sich zunickten, als sie sich draußen im Zimmer von Fräulein Kling begegneten.

Dann betrat der Mann im Regenmantel aus bräunlichem Changeant das Arbeitszimmer des Kommissars, nahm seinen Hut ab und legte die Aktentasche auf einen Sessel der Sitzgruppe. Fräulein Kling half ihm aus dem Mantel und nahm das Kleidungsstück mit hinaus ins Vorzimmer. Bevor sie die Tür schloß, machte der Kommissar ihr ein Zeichen mit Daumen und Zeigefinger der rechten Hand, und das bedeutete, wie das Mädchen wußte, daß sie nicht nur eine, sondern zwei Tassen Kaffee zu bringen hatte, denen häufig noch mehrere folgten, so viele, daß sie selbst die Stunden gar nicht abwarten konnte, die solche Sitzungen dauerten. Sie kannte das und seufzte.

»Setzen Sie sich«, sagte der Kommissar und deutete auf den Stuhl, auf dem Günther Sperling seine Aktentasche deponiert hatte.

»Bleibt es bei fünf?« fragte sein Gast und streckte behaglich die Beine aus, während er sich die Hose an den Knien locker zog.

»Vorläufig ja«, sagte der Kommissar und setzte sich ihm gegenüber. »Und ich möchte jede Wette eingehen, daß wir Rumpf und Kopf der Toten niemals zu Gesicht bekommen werden. Entweder sind sie ohnehin auf unkontrollierbare Weise in Gaswerke oder Hochöfen geraten, oder, was wahrscheinlicher ist, der Bursche war intelligent genug, gerade diese wichtigsten Indizien auf andere Weise zu beseitigen. Der letzte Fund war auf dem Verschiebebahnhof Ehrang bei Trier. Aber das wissen Sie ja schon.«

»Ja«, sagte Günther Sperling. »Das weiß ich schon. Und die Daten habe ich heute mittag durchbekommen. Wir haben also jetzt an Hand der Wagenzettel und Waggonnummern ein verhältnismäßig lückenloses Bild über fünf verschiedene Vorgänge.«

Er öffnete die Aktentasche und entnahm ihr eine Klarsichtmappe, in der sich zahlreiche Papiere befanden sowie das grüngebundene Güterkursbuch der Deutschen Bundesbahn.

»Darf ich?«

»Natürlich«, sagte Ketterle und half seinem Besucher, den langgestreckten, eleganten Couchtisch, an dessen unbequem niedere Höhe er sich nie gewöhnen konnte, abzuräumen. Sperling breitete seine Papiere aus.

»Am besten nehmen wir die Vorgänge der Reihe nach. Der erste Fund war in Freilassing in Bayern am 7. Oktober. Es handelte sich um den Wagen Omm 803704 mit einer Ladung Schrott aus Wanne-Eickel nach Linz an der Donau. Der Wagen lief zuletzt im Durchgangsgüterzug Nr. 9685 von München-Ost nach Freilassing. Der zweite Fund war hier in Eidelstedt, nicht wahr? Und zwar handelte es sich ebenfalls um den Wagentyp Omm Nr. 816401 mit einer Ladung Anthrazitkohle aus dem saarländischen Kohlenrevier nach Neumünster. Letzter Zuglauf Durchgangsgüterzug Nr. 7137 von Hamm nach Eidelstedt...«

»Was bedeuten eigentlich diese Geheimzeichen Omm und so?« fragte der Kommissar.

»Haben Sie noch nie bei einer Eisenbahnfahrt darauf geachtet? Das sind Typenbezeichnungen. Das ›O‹ heißt, daß es sich um einen ungedeckten, zweiachsigen Wagen handelt. Die beiden ›m‹ besagen, daß er bis zu dreißig Tonnen beladen werden darf. Hätte er nur ein ›m‹, wäre seine Nutzlast höchstens einundzwanzig Tonnen.«

Der Kommissar nickte. Fräulein Kling klopfte und balancierte die Kaffeetassen ins Zimmer. Die beiden Männer räumten einen Platz zwischen den ausgebreiteten Papieren.

»Man lernt nie aus«, sagte der Kommissar, während das Mädchen die Tassen niedersetzte. »Und was meinen Sie immer mit ›letzter Zuglauf‹?«

»Nun«, sagte Günther Sperling und zwinkerte schmerzhaft, denn der Kaffee war viel zu heiß. »Bei uns sind die ins Auge fallenden Dinge dekorative Expreßzüge, blitzschnelle Fernverbindungen, neue Luxuszüge. Davon, daß dieser elegante Betrieb nur wenige Prozent des Dienstleistungsaufkommens der Bahn ausmacht, weiß kaum jemand was. Wenn Sie von München nach

Hamburg fahren wollen, dann steigen Sie eben in München in den Zug, und in Hamburg steigen Sie, wenn Sie Ihre Zeitung zu Ende gelesen haben, wieder aus. Beim Güterdienst ist es anders. Wenn Sie einen Waggon Schrott zu verfrachten haben, dann fordern Sie den Wagentyp, den Sie für diese Art von Fracht brauchen, an und lassen ihn beladen. Dann sagen Sie der Güterabfertigung, wo er hin soll, und alles andere ist Sache der Bahn. Planmäßige Güterzüge verkehren nur zwischen verschiedenen, sinnreich ausgedachten Verschiebebahnhöfen, von deren Existenz der Laie oft keine Ahnung hat. Zum Beispiel von Hamburg-Eidelstedt nach Hamm. Soll Ihr Schrott nun nach Dortmund, dann kommt der Waggon in Hamm an einen völlig neu zusammengestellten planmäßigen Güterzug nach Dortmund-Hörde und so fort. Das Ganze geht nach einem ziemlich komplizierten sogenannten Leitungswegsystem und nach Wegkarten vor sich.«

»Dann kann also jeder unserer Waggons in ganz verschiedenen Zugnummern gelaufen sein?«

»Richtig. Und, um auf Ihre Frage zurückzukommen, letzter Zuglauf heiß, daß es sich dabei um den letzten der Güterzüge handelt, an den der Waggon zwischen dem letzten Güterbahnhof und dem Fundort angehängt war. Um die Vorläufe herauszufinden, bedarf es eines ebenfalls nicht unkomplizierten Rückermittlungsverfahrens.«

Wieder nickte der Kommissar und versuchte jetzt auch seinerseits, ob der Kaffee schon trinkbar war.

»Nummer drei«, fuhr der Oberrat fort, »ein OOt Nr. 621394 mit Koks aus Lille für das Gaswerk in Wolfenbüttel...« Er sah hoch. »...OOt ist ein ungedeckter, vierachsiger Trichterwagen, der von unten entladen wird. Letzter Zuglauf, Nahgüterzug Nr. 6414 von Braunschweig nach Salzgitter-Bodenstedt. Fund Nummer vier wieder ein Omm Nr. 898712 mit Rohmetall aus Eisenerz in Österreich für eine Eisengießerei in Aachen. Letzter Zuglauf von Aachen-Rothe Erde nach Aachen-West mit Nahgüterzug Nr. 7212. Und der Fund von gestern noch ein Omm Nr. 844407 mit Grubenholz aus Schweden für das Saarländische Bergbaugebiet, letzter Zuglauf mit Durchgangsgüterzug Nr. 7434 von Koblenz-Lützel nach Ehrang bei Trier. So, das wäre es.«

Günther Sperling hatte sorgfältig alle diese Angaben untereinander auf ein Blatt Papier geschrieben und schob es jetzt dem Kommissar über den Tisch. Ketterle sah sich die nüchternen Notizen aufmerksam durch. Dann richtete er sich hoch und trank aus seiner Tasse einen Schluck Kaffee.

»Sagen Sie«, murmelte er, nachdem er sie zurückgestellt hatte, »alle diese Wagentypenbezeichnungen beginnen mit dem Buchstaben ›o‹. Heißt das, daß es sich bei allen fünf Wagen um ungedeckte, also oben offene Typen handelt?«

»Ja«, sagte Sperling. »In der Tat. Aber was wollen Sie damit sagen?«

Kommissar Gottfried Cäsar Ketterle erhob sich und wanderte ein paar Schritte in seinem Zimmer auf und ab.

»Halten Sie es für möglich«, sagte er, plötzlich stehenbleibend, »daß es sich dabei um einen reinen Zufall handelt?«

Sein Besucher hob die Schultern.

»Das ist schwer zu sagen. Aber sicher dürfte sein, daß so ein Paket am leichtesten auf einen ungedeckten Wagen zu bringen ist. Denken Sie an die schweren Schiebetüren an geschlossenen Waggons, die häufig auch noch versperrt oder plombiert sind, an das Geräusch, an die Mühe und die Umsicht, die der Mann aufbringen muß...«

»Ja, ja«, murmelte der Kommissar. »Das ist es ja eben. Unser Mann hat weder Mühe noch Umsicht walten lassen. Wenigstens nicht in dieser Hinsicht.«

Er näherte sich seinem Gast und beugte sich zu ihm hinunter. »Mir schwebt ein Bild vor, Sperling, ein verführerisches, plausibles Bild. Das Bild, wie ein Mann nachts auf einer Brücke steht, die große Bahnanlagen überspannt, und einfach wartet, bis ein offener Güterwagen unter ihm hindurchrollt, um dann sein Paket fallen zu lassen und wie ein ganz gemütlicher Spaziergänger seinen Weg fortzusetzen. Ich weiß nicht, ob dieses Bild stimmt, verstehen Sie? Ich entferne mich damit ziemlich weit von der Phänomenologie...«

»Phänomenologie?«

»Ja. Das ist die Grundlage unserer Arbeit.«

Der Kommissar nahm von seinem Schreibtisch ein Stück Kreide und machte einen Strich quer über seine mahagonischimmernde Zimmertür.

»Was sehen Sie da?«

»Einen Kreidestrich auf einer Holztür.«

»Falsch. Eine Ansammlung weißer Partikelchen auf einer braunen Fläche. Daß es ein Strich, Kreide und eine Tür ist, entstammt bereits Ihrer Erfahrung, Ihrem Wissen und Ihrer Kombinationsfähigkeit. Nicht mehr Ihrer Wahrnehmung, sondern Ihrem konstruktiven Gehirn. Weiße Partikelchen auf einer braunen Fläche – verschnürte Relikte einer geheimgehaltenen Tat auf offenen Güterwagen. Alles andere ist schon Vorurteil. Und trotzdem... Wäre es nicht ein Hinweis darauf, daß unser Mann seine Pakete vielleicht doch von einer einzigen Stelle aus...?«

»Ich kann mir nur einen einzigen Bahnhof vorstellen«, sagte Günther Sperling plötzlich, »von dem Züge in so viele Richtungen fast ganz Zentraleuropas abgehen.«

»Können wir nicht«, sagte der Kommissar, »die gesamten Laufstrecken aller dieser Waggons rekonstruieren? Vielleicht ergibt das ein klareres Bild, ob meine Vorstellung völlig abwegig ist oder möglicherweise doch etwas für sich hat?«

Der Kommissar sah fragend auf seinen Besucher herunter. Günther Sperling war im Begriff, den Rest seines Kaffees auszutrinken.

Aber plötzlich bemerkte Ketterle, daß er die Tasse, ohne aus ihr getrunken zu haben, absetzte und auf den Tisch zurückstellte. Nachdenklich betrachtete er danach seine gepflegten Fingernägel, und als er anschließend hochblickte, kam dem Kommissar sein Gesicht verändert vor. Härter.

»Was haben Sie denn«, fragte Ketterle konsterniert.

»Einen furchtbaren Gedanken«, sagte Günther Sperling. »Wie lange haben Sie Zeit?«

»Die ganze Nacht, wenn Sie wollen«, sagte der Kommissar.

»Kommen Sie. Wir brauchen Licht.«

Günther Sperling stand auf und schaltete die Deckenbeleuchtung ein. Dann nahm er sich das Jackett von den Schultern und nahm seinen Platz wieder ein. In dem Kursbuch, das er vor sich liegen hatte, befand sich eine riesige Streckenkarte der Eisenbahn. Der Oberrat faltete sie auseinander und breitete sie über den Tisch.

»Wir können es zuerst mit dem Kursbuch versuchen«, sagte er. »Vielleicht kommen wir schon damit darauf. Wenn wir Glück haben und das Leitungswegsystem bei sämtlichen Waggons eingehalten worden ist, müßten wir, falls Sie recht haben, einen Schnittpunkt finden. Wenn das keinen sicheren Anhalt ergibt, brauchen wir jeden einzelnen Frachtbrief. Sie werden bei jedem Zugwechsel gestempelt, so daß eine ganz genaue Rekonstruktion möglich ist. Aber es würde Tage dauern, bevor wir sie bekommen.«

Der Kommissar spürte die fliegende Unruhe, die sich seines Besuchers bemächtigt hatte. Der Gedanke, daß es vielleicht Tage dauern könne, erschreckte ihn offensichtlich.

»Können Sie Ihr Mädchen in mein Büro schicken? Ich brauche den Buchfahrplan, der auf meinem Schreibtisch liegt. Meine Sekretärin weiß Bescheid. Haben Sie Bleistifte? Und Papier? Viel Papier?«

Der Kommissar gab Fräulein Klings die entsprechenden Weisungen. »Und setzen Sie vorher noch Kaffeewasser auf«, rief er ihr nach.

Dann machten sie sich an die Arbeit. Ketterle hatte nichts weiter zu tun, als alle die Zugnummern, Bahnhöfe, Uhrzeiten und Leitungswegziffern, die sein Gast ihm nannte, niederzuschreiben. Für jeden der fünf in Frage stehenden Waggons eine gesonderte Kolonne.

Er hatte dabei den deutlichen Eindruck, daß Bundesbahnoberrat Günther Sperling diese ganze gewissenhafte und exakte Arbeit in der heimlichen Hoffnung tat, ihr Ergebnis möge ein anderes sein, als das, welches er erwartete. Noch um halb elf Uhr nachts sah der abgelöste Pförtner im Zimmer des Kommissars oben im sechsten Stock die Deckenbeleuchtung brennen, ein helles Rechteck auf dem dunklen Quaderbau des Polizeipräsidiums am Berliner Tor.

In diesem Augenblick bemerkte man die Silhouette eines Mannes in weißen Hemdsärmeln, der das Fenster öffnete. Das Zimmer war angefüllt von dem Rauch der zahllosen Zigaretten und der Zigarren, welche die beiden Männer während ihrer nächtlichen Arbeit geraucht hatten. Der Aschenbecher des Kommissars quoll über.

»So viel können wir jedenfalls mit Sicherheit sagen«, murmelte Sperling und drehte sich, nachdem er das Fenster geöffnet hatte, wieder zu Ketterle um. »Wenn bei allen fünf Waggons das Leitungswegsystem eingehalten wurde und keine Abweichungen eingetreten sind, dann haben alle fünf Waggons diesen Bahnhof passiert, und umgekehrt ist dieser Bahnhof der einzige, den alle

Waggons berührt haben. Sehen Sie, es gibt eine Reihe von Bahnhöfen, die zwei oder drei Wagen durchlaufen haben. Koblenz-Lützel zum Beispiel. Oder Hamm. Oder hier Köln-Gereon. Auch durch Ehrang sind zwei Wagen gefahren. Aber Gremberg ist der einzige, auf dem sie alle waren. Ich habe vorhin, als ich den Gedanken aussprach, ich könne mir nur einen einzigen Bahnhof vorstellen, von dem aus Züge nach so vielen Orten Mitteleuropas laufen, sofort an diesen hier gedacht.«

Er war wieder zum Tisch zurückgekehrt und tippte mit dem Kugelschreiber auf den rot unterstrichenen Bahnhofsnamen Gremberg auf dem obersten der zahlreichen Blätter, die mit unabsehbaren Kolonnen von Namen, Ziffern und Abkürzungen bedeckt waren. Es gab auch grün und blau unterstrichene Namen, aber das waren die Namen der Bahnhöfe, die nur von zwei oder drei Waggons berührt worden waren.

»Ich kann mir nur nicht vorstellen«, sagte der Kommissar nachdenklich, »daß unser Mann sich nicht auch überlegt haben sollte, daß das, was wir eben taten, möglich ist.«

»Sehen Sie«, sagte Günther Sperling, »das wundert mich nicht so sehr. Wenn der Mann mit den internen Einzelheiten der Güterbeförderung nicht vertraut ist, dann kann er nicht wissen, daß alle Waggons eines bestimmten Zuges, der jeden Tag zur gleichen Zeit eine bestimmte Stelle passiert, an jedem dieser Tage in ganz verschiedene Richtungen weitergehen. Jeder Laie würde glauben, dieser oder jener Zug führe nach Hamburg oder nach Frankfurt oder München. Und wie soll auf einer einheitlichen und vielleicht noch langen Strecke jemals jemand herausfinden, wo die Pakete auf die Waggons gelangt sind. Nur die Technik unseres Verschiebewesens hat es möglich gemacht, einen Schnittpunkt sämtlicher Laufwege zu ermitteln. Ein Laie kann das nicht ohne weiteres wissen.«

»Ich habe nicht gewagt, es zu hoffen«, sagte der Kommissar und stand ebenfalls auf.

»Und ich habe nicht gewagt, es zu fürchten«, sagte sein Besucher und legte den Kugelschreiber nachdenklich auf die Streckenkarte, so daß die Spitze auf den Namen Gremberg zeigte, der bereits mit einem roten Kreis umgeben war. »Aber ich hatte schon damals die beunruhigende Empfindung, daß irgend etwas nicht ganz stimmte.«

Ketterle stützte sich mit beiden Händen auf die Rückenlehne des Stuhles, auf dem er gesessen hatte.

»Was meinen Sie damit, Sperling?«

Günther Sperling griff hinter sich, wo sein Jackett über der Sessellehne hing, und holte sein Portefeuille aus der Innentasche. Er öffnete es und zog aus einem kleinen Fach zwei Eisenbahnfahrkarten, die er nebeneinander vor sich auf den Tisch legte. Neugierig beugte sich der Kommissar darüber. Es waren zwei Fahrkarten erster Klasse von Frankfurt am Main Hauptbahnhof nach Porz-Urbach.

»Porz-Urbach«, sagte der Kommissar. »Noch nie gehört.«

»Das glaube ich«, sagte Günther Sperling. »Ich hätte diesen Namen vielleicht auch nie gehört, wenn nicht die enorm ausgedehnten Anlagen des Rangierbahnhofs von Gremberg nur drei Kilometer nördlich davon begännen. Wer dorthin will, muß in Porz-Urbach aussteigen.«

»Und Sie wollten dorthin?«

»Ja. Es ist der größte, modernste und wichtigste deutsche Verschiebebahnhof. Ich hatte dort zu tun.«

»Am 25. September?«

»Ja. Am 25. September. Und ich werde dieses Datum in meinem ganzen Leben nicht vergessen.«

»Und wem gehört die zweite Fahrkarte?«

»Das«, sagte Günther Sperling, »werde ich Ihnen auf der Fahrt erzählen.«

Sperling fuhr in sein Jackett. Er tat es mit abgewendetem Kopf, und Ketterle hatte den Eindruck, als wolle sein Besucher ihm den Ausdruck seines Gesichts nur ungern zeigen. Als er sich dem Kommissar wieder zuwendete, hatte er sich tatsächlich verändert.

»Auf welcher Fahrt?« fragte der Kommissar.

»Morgen früh«, sagte Sperling. »Der Zug nach Köln fährt um acht Uhr vierundzwanzig.«

»Aber das geht nicht so schnell, Sperling. Wir haben eine Verwaltung, Dienstwege, Genehmigungsverfahren...«

»Sie müssen«, sagte Günther Sperling und schlüpfte in seinen Regenmantel aus bräunlichem Changeant. »Und wir dürfen nicht eine einzige Minute versäumen.«

26. September

Daniéle musterte, während Edmund ihr den Mantel abnahm, die Einrichtung der behaglichen Halle. Sie trug einen bequemen Hausanzug mit einer enganliegenden, jadegrünen Hose und ein schlauchartiges, dunkelgrünes Oberteil, das sich lang über die Hüften nach unten zog und am Hals mit einem breiten Rollkragen abschloß.

Edmund öffnete die Tür zum Zimmer und legte vertraulich den Arm um Daniéles Schulter, als er sie hineinführte.

»Setz dich«, sagte er und beugte sich zum Kamin hinunter, wo bereits Holz aufgeschichtet war und Papier und Späne bereitlagen. Aber Daniéle folgte seiner Aufforderung nicht, sondern ging im Zimmer umher und begutachtete einzelne Stücke der kostbaren Einrichtung. Edmund, der sie einen Augenblick lang beobachtete, lächelte. Sie hatte keineswegs eine klassische Figur. Ihre Hüften waren breiter als das Mittelmaß, und es war ihm schon manchmal so vorgekommen, als seien ihre etwas zu kräftigen Beine nicht vollkommen gerade. Was ihren Reiz ausmachte, war ihr ausdrucksvolles, jedes Klischee meidende Gesicht, die kunstlose, kurz geschnittene Frisur und die Harmonie ihrer Gestalt, vielleicht gerade deshalb, weil sie von jedem genormten Schema so provozierend abwich.

»Gefällt es dir?« fragte Edmund und schob eines der Holzscheite tiefer in die leise aufknisternde Flamme.

»Es beängstigt mich«, sagte Daniéle. »Ich kann mir nicht vorstellen, daß man in zehn oder zwölf Jahren nur mit Arbeit so reich werden kann. Du mußt das verstehen, Edmund...«, sagte sie nach einer kurzen Pause, während der Edmund sich erhob. »Mein Elternhaus ist ein einfaches Haus. Seit vielen Jahren königliche Offiziere. Mein Vater, mein Großvater, mein Urgroßvater haben alle nur gedient. Von Verdienen war bei uns zu Hause nie die Rede. Ich muß mich erst mit der Mentalität einer Welt vertraut machen, die um beinahe jeden Preis nur verdienen will.«

Edmund Freese schwieg eine lange Weile. Er sah Daniéle nachdenklich und etwas befangen an. Schließlich begann er mit verschränkten Armen im Zimmer hin- und herzuwandern.

»Man kann auch unten bleiben«, sagte er endlich. »Man kann

natürlich auch eine Klempnerei weiterbetreiben und in einer Wohnküche mit kaltem Schlafzimmer hausen. Aber wenn man eine Idee hat, ist es, glaube ich, nicht verwerflich, sie zu verwirklichen, nicht wahr? Mein Vater und mein Großvater waren auch einfache Männer. Viel einfacher als deine. Arm. Vielleicht ist es das.«

»So war es nicht gemeint«, sagte Daniéle und ließ sich jetzt auf der Polsterbank nieder. »Immerhin hast du viel erreicht. Du darfst dich nur nicht davon unterkriegen lassen.«

»Von was?« fragte Edmund Freese. »Zieh doch die Beine unter, Liebling. Mach es dir richtig bequem.«

»Von dem, was du erreicht hast, meine ich. Davor habe ich Angst.«

Edmund holte aus dem Wandschrank Zigaretten.

»Möchtest du Whisky«, fragte er, »oder lieber Kognak, Wermuth, Martini? Nein...«, sagte er dann, »...hier habe ich etwas für dich. Echten Cointreau. Das ist etwas für Frauen, meinst du nicht?«

Er brachte die Flasche, und Daniéle widersprach ihm nicht. Als die Zigaretten brannten und die Gläser gefüllt waren, fragte Daniéle:

»So, Edmund, und nun sage mir doch bitte einmal ganz offen, wie du dir das alles weiterhin vorstellst. Sagtest du nicht heute morgen etwas wie ›wenn die Scheidung von Tina perfekt ist‹? Hast du sie eingereicht?«

»Willst du nicht mehr warten, Daniéle?« sagte Edmund.

Daniéle Bontoux hob die Schultern.

»Mein Gott, Edmund«, sagte sie. »Was heißt ›will‹? Ich bin jetzt achtundzwanzig und berufstätig. Eines Tages möchte ich Kinder haben und du auch. Es ist doch mit ein Grund deiner Entfremdung von Tina, daß keine da sind. Ich kann mir vorstellen, daß ein Mann wie du von einer Frau nicht befriedigt ist, die keine Kinder will und auch keine bekommt.«

»Irgendwer muß das doch alles mal erben hier«, sagte Edmund und hob sein Glas. »Sonst arbeitet man ja in den luftleeren Raum.«

»Ich habe nicht an deine Fabrik gedacht, Edmund«, sagte Daniéle.

»Woran sonst?«

»An dich.«

Sie schwiegen.

Während der entstehenden Pause zündete sich Daniéle eine neue Zigarette an, und Edmund verglich fast zwanghaft die Art, in der sie rauchte, mit der Art, in der die Kotelecky rauchte. Er atmete plötzlich tief und hörbar auf.

»Es fällt dir schwer, Edmund, nicht wahr? Aber sieh mal, ich bin eine durch und durch bürgerliche Frau. Papa ist ein Ehrenmann vom Scheitel bis zur Sohle. Auf der einen Seite brauche ich gesicherte Verhältnisse, menschlich gesicherte Verhältnisse meine ich, und auf der anderen Seite würde ich mit Papa große Schwierigkeiten bekommen, wenn ich ihm eines Tages mitteilen würde, ich hätte die Absicht, einen seiner verhaßten Deutschen zu heiraten. Er würde das nur schwer verstehen. Vielleicht gar nicht.«

Edmund nickte nachdenklich vor sich hin.

»Natürlich«, sagte er. »Und du erwartest eine Gegenleistung von mir. Das ist absolut verständlich.«

Er sah zu ihr hinüber.

»Würdest du mich denn heiraten, Daniéle, wenn ich dir jetzt sagen könnte, die Scheidung ist in wenigen Wochen perfekt, ich bin frei und ich liebe dich.«

»Das tust du doch, Edmund.«

»Ja«, sagte er. »Und das ist das einzige, was ich genau weiß.«

Einige Augenblicke lang war Schweigen.

»Würdest du«, sagte er dann, »würdest du mich auch dann heiraten, wenn ich nichts besäße, ein mittelloser Mann mittleren Alters, mit nichts als einer noch verhältnismäßig ungebrochenen Arbeitskraft?«

»Natürlich«, sagte Daniéle, ohne einen Augenblick zu zögern. »Es könnte sogar sein, daß ich mich dabei wohler und freier fühlte. Das alles belastet mich, weil ich spüre, daß es wie ein Klotz an deinen Füßen hängt.«

Sie machte eine Bewegung mit der Hand, und er wußte, daß sie seine äußeren Lebensumstände meinte. Wieder nickte er vor sich hin.

»Hast du denn mit Tina einmal wirklich offen über alles gesprochen, Edmund?«

Edmund stocherte mit einem Haken, der oben einen schön gekordelten Messinggriff aufwies, ein Geschenk Roberts übrigens, im Feuer.

»Sieh mal«, sagte er. »Tina und ich sind seit dreizehn Jahren verheiratet...«

»Ebenso lange, wie diese düstere Dame deine Sekretärin ist?«

Edmund sah Daniéle aufmerksam an.

»Zufällig«, sagte er. »Ja. Ebenso lange.«

Er machte eine Pause.

»Aber was ich sagen wollte, daß wir eigentlich nicht zusammenpassen, war uns schon nach drei oder vier Jahren klar. Seit damals leben wir mehr oder weniger nebeneinander her. Tina geht ihren sportlichen und gesellschaftlichen Ambitionen nach und reist in der Welt herum, und ich lebe in meiner Arbeit. Wir haben selten Gelegenheit, uns auszusprechen. Wir haben uns wenig zu sagen.«

»Aber was«, wollte Daniéle in der ihr angeborenen Klarsichtigkeit wissen, »was, um Himmels willen, hat euch denn dann so lange zusammengehalten?«

Edmund seufzte und hängte den Schürhaken wieder an den schmiedeeisernen Ständer, an den er gehörte.

»Sie ist natürlich interessiert daran, was aus ihrem Vermögen wird, weißt du?«

»Aus ihrem Vermögen?«

Am liebsten hätte sich Edmund auf die Zunge gebissen. Da das aber geschmerzt hätte, biß er sich auf die Unterlippe, und seine Verwirrung blieb Daniéle nicht verborgen.

»Nun ja«, sagte er nach einigen Sekunden. »Sie hat natürlich ein bißchen etwas eingeschossen. Geld, das jetzt hier in der Gesellschaft arbeitet. Das ist schließlich eine starke Bindung. Die Form der Ehe hat Tina nie sonderlich gestört, und ihr Geld aus einer Fabrik zu ziehen, in der es produktiv arbeitet, liegt ihr nicht. Und so ist es eben geblieben, wie es war.«

»Und dich hat die Form der Ehe auch nicht sonderlich gestört, Edmund, nicht wahr?«

Daniéle stand auf und ging auf dem weichen Teppich hinüber zur Bücherwand, an die sie sich mit auf dem Rücken verschränkten Händen lehnte.

Wie sie dort stand, mit dem fragend und ein wenig nervös

erhobenen, hübschen Kopf und der grazilen Brust, die den Pullover unaufdringlich formte, schien sie Edmund begehrenswerter denn je.

»Bis wir uns damals kennenlernten, nicht, Daniéle. Ich muß es zugeben. Ich habe auch niemals Gelegenheit gehabt, sehr intensiv darüber nachzudenken. Ich fing damit an, als wir uns in Brüssel begegneten...«

»Und seitdem war es dir nicht möglich, mit deiner Frau offen über eure Situation zu sprechen...?«

Sie kam wieder quer durch das Zimmer und kauerte sich wie vorher neben Edmund auf die Polsterbank.

»Ich dachte immer, es sei Schonung für Tina, wenn du es nicht tatest. Ich glaubte, es würde ihr einen unheilbaren Schock versetzen. Aber wenn sie, wie du sagst, die Ehe auch nur noch als ein leeres Gefäß ansah, dann wäre es doch eigentlich selbstverständlich...«

Sie brach ab und fing nachdenklich mit ihren ein kleines bißchen vorstehenden Schneidezähnen die Unterlippe ein. Sie hörten das Feuer knistern.

»Sag mal, Edmund«, sagte sie plötzlich. »Ich möchte das, was du vorhin gesagt hast, einmal umdrehen...«

»Was?« sagte er und sah sie an.

»Warte«, sagte sie, »daß ich es richtig formuliere. Ich möchte so sagen: Würdest du mich auch dann heiraten, wenn du dadurch ein mittelloser Mann mittleren Alters würdest, mit nichts, als einer noch verhältnismäßig ungebrochenen Arbeitskraft? Ich habe dir vorhin, ohne zu zögern, geantwortet. Antworte mir auch, ohne zu zögern, Edmund. Schnell.«

Aber Edmund zögerte. Er zögerte so lange, daß es den Anschein hatte, als würde er ihre Frage gar nicht beantworten. Und jede Sekunde, die das Schweigen anhielt, schien ihm wie ein Jahr, das ihn weiter von der Frau trennte, die da neben ihm saß und das deutlich spürte.

»Das ist es also«, sagte sie plötzlich leise. »Du kannst nicht antworten, weil du weißt, daß jede Antwort in diesem Augenblick für dich absolut verbindlich wäre. Zu dem, was du jetzt sagst, mußt du dich uneingeschränkt bekennen. Und nicht nur zu dem, was du sagst, sondern sogar zu dem, was du jetzt, in diesem Moment, denkst, ohne es zu sagen. Zum erstenmal in deinem Leben sind die Verhältnisse eine unmittelbare Antwort, nicht wahr? Hier sitzt eine Frau neben dir, die du begehrst und vielleicht auch liebst und dort...«

»Hör auf, Daniéle«, sagte Edmund Freese und legte die Hände von beiden Seiten an die Schläfen. »Es ist furchtbar, was du sagst.«

Sie beugte sich nach vorn und zog das eine Handgelenk von seinem Kopf.

»Schau mich an, Edmund. Wahrheiten sehen immer furchtbar für diejenigen aus, die gewöhnt sind, ihnen auszuweichen. Und das tun alle, denen es zu gut geht, weil sie einfach keine Zeit haben, an das zu denken, was wichtig ist. Aber um die Wahrheit der Verhältnisse kommen wir nicht herum, wenn wir uns jetzt klarwerden wollen, was geschehen soll. Das verstehst du doch? Du hast die Fabrik also mit Tinas Vermögen hochgebracht?«

Edmund Freese nickte vor sich hin. Dann blickte er auf.

»Ja, das habe ich.«

»Und dieses Vermögen ist so beträchtlich, daß du es nicht darauf ankommen lassen kannst, daß sie es aus der Fabrik zieht?«

»Ja, das ist es.«

»Du kannst dich also gar nicht von Tina scheiden lassen, selbst wenn du es gerne möchtest?«

Edmund Freese schwieg. Er registrierte schmerzlich berührt, daß aus ihrer Stimme keine Enttäuschung klang, sondern eher die sachliche Neugier eines Menschen, der bestätigt sieht, was er ohnehin schon weiß.

»Wenn ich nicht Gefahr laufen will«, sagte er dann, »den Erfolg meiner bisherigen Lebensarbeit einzubüßen – nein.«

»Und dann würden die Leute in dieser Stadt zu reden anfangen. Dann wäre deine Position vernichtet, dein Leben zerstört, deine Arbeit umsonst. Du hast es mir gestern abend im Auto gesagt.«

Edmund nickte stumpf. Sie sah ihn aufmerksam an.

»Ich weiß nur nicht recht«, sagte sie endlich, »warum du mich dann eigentlich gebeten hast, hierherzukommen. Du mußt dich doch ganz einfach entscheiden, ob du dich dieser Zwangslage beugen willst, oder ob du mich so liebst, daß du bereit bist, meinethalben deine gesellschaftliche Position aufzugeben und mit dem Rest, der dir vielleicht bleibt, und mit mir neu anzufangen.«

Sie hatte ihr Glas in die Hand genommen und drehte es nachdenklich hin und her.

»Und ich könnte mir denken, daß du diese Entscheidung schon längst getroffen hast.«

»Das ist nicht wahr, Daniéle«, sagte der Mann und griff nach ihrer Hand. »Du bist ungerecht.«

»Ich habe eben einen Moment lang gedacht, ich wäre für dich vielleicht nur ein Attribut des Erfolges. Die französische Geliebte. Wie die Jagd. Oder die Pferde.«

»Daniéle!«

»Ich weiß, Edmund. Du hast mehr eingesetzt und dich mehr um mich bemüht, als sich Männer sonst um eine französische Geliebte bemühen. Ich bin überzeugt davon, daß du mich wirklich bei dir haben willst und daß du mich brachst.«

»Ja«, sagte Edmund Freese. »Sonst hat das Ganze nicht den geringsten Sinn.«

Eine lange Weile schwiegen sie. Während dieser Zeit zog Daniéle Bontoux, fast ohne daß Edmund es merkte, zögernd ihre Hand aus seiner. Schließlich registrierte er es doch und stand auf. Daniéle folgte ihm mit den Augen, während er langsam, mit vor der Brust verschränkten Armen, im Zimmer hin und her wanderte. Die Blässe seines Gesichtes und die tiefen Schatten an den Schläfen und unter den Augen fielen ihr jetzt, als das gedämpfte Licht sein Gesicht von unten traf, besonders auf.

»Hör zu«, sagte er nach einer Pause, die ihm selbst die Länge einer Viertelstunde zu haben schien. »Tina ist jetzt schon seit mehr als einem Vierteljahr bei ihrer Tochter in Neuseeland. Sie hat mir gesagt, daß sie vielleicht sogar dort bleiben würde. Ich gebe zu, daß ich mit dem Gedanken gespielt habe, dich zu bitten, zu mir zu ziehen, auch wenn keine formelle Scheidung ausgesprochen ist. Aber jetzt habe ich eine Nachricht erhalten, die das alles von Grund auf ändert. Tina ist schwer erkrankt. Perniziöse Anämie. Eine Krankheit, die auch unter besten klinischen Voraussetzungen nicht heilbar ist. Vielleicht kommt sie wirklich nicht wieder... Daniéle...«

Das Mädchen war ebenfalls aufgestanden.

»Wenn das stimmt, dann können und dürfen wir jetzt überhaupt keinen Entschluß fassen. Willst du, daß dich in ein paar Monaten eine tote Tina im Traum quält? Ich will das jedenfalls nicht. Ich kann keine Entschlüsse fassen, die mit dem Tod eines anderen Menschen rechnen. Aber...«, setzte sie nach einer Pause, in der sie überlegte, hinzu, »...ich will dich dann jetzt auch nicht allein lassen. Ich werde noch warten. Obwohl es mir schwerfällt.«

Sie wendete sich ihm zu, und Edmund Freese legte seine Arme um ihre Schultern.

»Daniéle«, sagte er und näherte ihr sein Gesicht. »Du mußt mir noch einmal sagen, daß du mich liebst. Daß es keinen anderen Mann gibt. Ich könnte das alles nicht ertragen, wenn ich nicht ganz sicher bin.«

»Bist du denn nicht ganz sicher, Edmund?«

Sie hatte das ›du‹ betont, und es war ihm nicht entgangen.

Er bog den Kopf, um sie zu küssen.

»Wir wollen uns jetzt etwas zu essen machen«, sagte sie, anstatt seinen Kuß zu erwidern, und löste sich aus seiner Umarmung.

Er sah ihr nach, als sie die Tür öffnete und draußen in der Halle Licht machte. Dann seufzte er und schob den schweren Vorhang, der die ganze zum Garten führende Fensterfront bedeckte, zurück. Er öffnete die Terrassentür, um frische Luft hereinzulassen. Schließlich folgte er Daniéle hinaus in die Küche.

Ein paar Zehntelsekunden lang hatte Ida Kotelecky eine panische Furcht, daß er sie entdeckte. Aber er kam nicht auf den Gedanken, in die unbeleuchtete Nische zu blicken, die von dem schweren Vorhang und der Mauerkante gebildet wurde, die das Fenster säumte. Sie schob die langen unordentlichen Haare aus der Stirn und hörte die Stimmen aus der Küche hereinfallen. Geschmeidig wand sie sich aus ihrem Versteck und glitt ins Freie. Wieder war sie dunkel angezogen und verschwand wie ein Schatten lautlos draußen in der Tiefe des Gartens. Der Hund, der jeden ihrer Schritte unweigerlich gemeldet hätte, war längst tot.

27. September

Es war alles vorübergegangen, ohne daß es für Edmund noch einmal zu einem Schock mit der Kotelecky gekommen wäre. Sie hatte unauffällig und präzise, wie seit vielen Jahren, ihre Pflichten erfüllt und am Nachmittag ihre Vertreterin eingewiesen und sie auf Edmunds Gewohnheiten aufmerksam gemacht. In einer trägen und langweiligen Bedeutungslosigkeit war der Tag verflossen. Um halb fünf hatte Ida Kotelecky sich von Edmund verabschiedet, um noch ihre Reisevorbereitungen treffen zu können.

»Ich erwarte Herrn Dr. Kensy also um neun Uhr an meiner Wohnung«, hatte sie gesagt, und Edmund hatte geantwortet, daß Robert pünktlich sein werde. Als sie das Zimmer verlassen hatte, hatte er aufgeatmet und hinter dem zugezogenen Store heraus durch das Fenster beobachtet, wie ihr kleiner heller Wagen durch das Fabriktor fuhr. Fast eine ganze Stunde war er dann in seinem Zimmer umhergewandert und hatte sich den Verlauf des Gesprächs mit Daniéle von gestern abend, nachdem sie sich etwas zu essen gemacht hatte, noch einmal durch den Kopf gehen lassen.

Es war ihm nach seiner Lüge über Tinas Gesundheitszustand alles plötzlich sehr einfach vorgekommen. Aber Daniéle hatte nicht mitgespielt.

»Du bist eben von deinen geschäftlichen Gewohnheiten angekränkelt«, hatte sie gesagt. »Alles hat seine Ursache, seine Folge und seine Zweckmäßigkeit. Wie in der Bilanz. Wenn der Kessel kaputt ist, kann ein neuer angeschafft werden, mit dem man schon lange geliebäugelt hat. Ich erschrecke über dich, Edmund. Du setzt die Möglichkeit von Tinas Tod in deine Rechnung ein wie einen beliebigen Faktor. Wenn ich nicht wüßte, daß es im Grunde nicht stimmt, würde ich dich für kalt halten.«

Er hatte ihr geschworen, daß das doch alles gar nicht so sei und daß man vernünftig und sachlich reden müsse. Und das gebe den Dingen eine andere Färbung. Aber der Abend war in einer leichten Mißstimmung ausgeklungen, und kurz nach elf Uhr hatte er sie ins Hotel gebracht.

Jetzt blieb er vor seinem Schreibtisch stehen und entschloß sich soeben, angeekelt von dem Anblick der Kippen seiner zahllosen Zigaretten, nach Hause zu fahren, als das Telefon läutete. Er hob ab und ließ sich noch einmal auf seinen Sessel nieder, als er Daniéles Stimme hörte.

»Ich habe noch einmal genau über alles nachgedacht«, hörte er sie sagen. »Und ich bin mir darüber klargeworden, was wir jetzt als einziges tun können. Wir müssen die beiden letzten Jahre ausschalten. Du wirst für Tina tun, was du kannst. Du wirst dich dafür einsetzen, daß sie zurückkommt, und freundlich zu ihr sein und dich darum kümmern, daß sie gesund wird. Wird sie es wirklich nicht, und du hast dir keinen Vorwurf zu machen, nicht den geringsten kleinen Vorwurf, Edmund, dann schreibe mir zu einem Zeitpunkt, den du für richtig hältst, einen Brief, und dann werde ich zu dir kommen, wenn es noch geht. Und vorher sehen wir uns nicht mehr.«

»Daniéle«, sagte Edmund verzweifelt, »wenn Tina aber nun wirklich drüben bleibt?«

»Ich finde, das ist deine Sache, Edmund. Mir kommt es nur darauf an, daß du dir keine Vorwürfe zu machen hast. Das verstehst du doch. Du wirst dich richtig verhalten und alles tun, was dazu notwendig ist, nicht wahr? Und jetzt Schluß damit. Heute abend möchte ich mit dir ins Konzert. In Köln spielen die Bostoner. Es gibt hier noch Karten. Willst du? Du kannst mich dann gleich an den Zug bringen.«

Daniéle wartete lange auf Edmunds Antwort. Zu lange.

»Ich habe heute abend keine Zeit, Daniéle«, sagte er endlich heiser. »Die Besprechung hat vorgestern nicht stattgefunden. Sie ist heute. Ich kann es nicht ändern, Daniéle, sieh mal...«

»Es macht nichts, Edmund«, hörte er sie sagen.»Es ist auch nicht so wichtig. Ich hätte das Konzert nur gerne gehört. Vielleicht ist es aber auch besser so. Du wirst an alles denken, was ich dir gesagt habe, nicht wahr? Damit kannst du am besten beweisen, daß du mich wirklich liebst. Und jetzt leb wohl.«

Es war alles sehr schnell gegangen. Edmund Freese konnte nicht glauben, daß sie wirklich schon aufgelegt hatte und schüttelte den Hörer. Aber die Leitung schwieg. Edmund hielt ihn noch eine Zeitlang in der Hand und wußte, daß sie an ihm zweifelte. Endlich legte er ihn auf die Gabel, zog sich an und fuhr nach Hause.

Als er den löcherigen Feldweg nach oben fuhr, sah er Rickis Wagen vor seinem Gartentor wenden.

»Ich wollte gerade nach Hause fahren«, rief sie ihm durch das heruntergedrehte Fenster zu. »Kann ich einen Augenblick hereinkommen?«

»Natürlich«, sagte Edmund. »Ich bin ja schließlich dein Patenonkel, nicht wahr? Du hast ein Recht darauf, daß du hereinkommen darfst.«

Er fuhr den Wagen in die Garage und schloß Ricki die Tür auf.

»Wegen der Pferde?« fragte er, während er sie vorangehen ließ.

»Nein«, sagte Ricki. »Wegen Robert. Heute nachmittag habe ich mir überlegt, daß du der einzige bist, mit dem ich darüber sprechen kann.«

»Geh schon 'rein«, sagte Edmund, während er seinen Mantel aufhängte. Dann wusch er sich die Hände. Ricki behielt ihren Mantel an und saß schon, die Hände in seine Taschen geschoben, auf der Polsterbank, als er das Zimmer betrat.

»Was hatte Mama eigentlich gegen Robert?« fragte sie, und Edmund war so verblüfft, daß er das brennende Feuerzeug einige Sekunden in der Hand hielt, ehe er antwortete.

»Du willst es aber genau wissen«, sagte er dann und hielt die Flamme an die Zigarette.

»Gib mir auch eine«, sagte Ricki. Er hielt ihr das Etui hin und gab ihr Feuer. Sie stieß den Rauch aus.

»Du rauchst in letzter Zeit mehr, Ricki«, sagte Edmund.

»Ach, laß das«, sagte Ricki. »Sieh mal, seitdem ich mit Robert befreundet bin, habe ich einen Widerstand bei Mama gespürt, der sich bis zur Hysterie steigern konnte. Und er tat es auch, als ich ihr sagte, daß ich Robert heiraten würde.«

»Ich weiß«, sagte Edmund. »Und bei Papa?« Er sah Ricki in einer sonderbaren Art forschend ins Gesicht. Ricki hob die Schultern.

»Bei Papa eben nicht. Es kam zwar wegen Robert und mir zu fürchterlichen Krächen, auch zwischen Mama und Papa, aber irgendwie dachte Papa bis vor kurzen anders über Robert. Er fand ihn nett, erkannte seine Erfolge an und schätzte seinen Ruf. Bei Mama war das alles ganz anders. Sie ließ über Robert nicht einmal ruhig mit sich reden. Und seit einiger Zeit begann sie eben auch Papa mit ihrer Hysterie zu beeinflussen. Das war es.«

»So«, sagte Edmund nachdenklich und sah Ricki wieder in der sonderbaren Art wie vorhin an.

»Was hast du denn?« fragte Ricki beunruhigt.

»Nichts«, sagte Edmund. »Und sie hat dir niemals gesagt, warum?«

»Nein. Das ist es ja gerade. Ich habe ihr immer gesagt, wenn sie ihre Starrheit nicht begründen kann, dann kann ich auch keine Rücksicht darauf nehmen. Schließlich dreht es sich um mein Leben und nicht um ihres.«

Edmund antwortete lange nichts.

»Sonst hat sie nichts gesagt?«

Ricki schüttelte den Kopf.

»Ich weiß auch nichts darüber, Ricki.«

Das Mädchen sah Edmund einige Sekunden an.

»Du lügst«, sagte es kühl. »Irgend etwas gibt es da, was nur Mama und du wissen. Etwas, das so in die Sphäre der Freeseschen Familie gehört, daß sie es nicht einmal Papa gesagt hat. Du kanntest ja Mama in ihrer tötenden, bornierten Dickköpfigkeit.«

Sie hob wie in einem leichten Schaudern die Schultern.

»Du irrst dich, Ricki«, sagte Edmund fest. »Ich schwöre dir, daß ich nicht die geringste Ahnung habe, was Nora ernsthaft gegen Robert eingenommen haben könnte.«

»Schwörst du wirklich?«

»Ja.«

Ricki stand auf.

»Na, dann ist ja alles gut«, sagte sie. »Aber ich kann dir sagen, es war furchtbar.«

»Wann hast du eigentlich mit Mama den letzten Krach deswegen gehabt?« fragte Edmund, während er hinter Ricki stehen blieb.

Ricki wendete sich um.

»Am Abend, bevor sie starb. Am Morgen war sie tot. Aber wir hatten solche Szenen mindestens viermal die Woche.«

In ihrem Tonfall war jetzt etwas, was Edmund veranlaßte, ihr eine sonderbare Frage zu stellen.

»Hast du Gewissensbisse, Ricki?«

Sie starrte ihn an.

»Oder tut es dir leid? Ich meine... Du hast Mama doch große Sorgen gemacht.«

»Leid tun?« sagte Ricki endlich. »Mir? Nein, ich kann nur hoffen, daß es ihr leid tut. Wenn es einen Himmel gibt oder so was.«

»Du fühlst dich also völlig im Recht?«

»Natürlich«, sagte Ricki. »Sonst täte es mir vielleicht doch leid. Deswegen bin ich ja hier. Vielleicht verstehst du das endlich.«

»Ich frage mich nur manchmal, was du eigentlich mit Robert willst?« fragte Edmund Freese nachdenklich. »Er ist fünfundzwanzig Jahre älter als du, fantasielos und ein Arbeitstier. Liebst du ihn wirklich so?«

»Du glaubst nicht, wie ich beneidet werde«, sagte Ricki. »Alle wundern sich, wie ich das fertiggebracht habe, einen so distinguierten, erfolgreichen und vermögenden Mann für mich zu interessieren.«

»Dazu kann ich dir etwas sagen«, murmelte Edmund Freese. »Auch Robert ist sehr stolz darauf, daß alle ihn bewundern und sich fragen, wie er es fertiggebracht hat, ein so junges, hübsches, attraktives und intelligentes Mädchen für sich zu interessieren. Ich weiß nicht, ob ich das für eine sehr glückliche Basis halten soll.«

Ricki kniff die Augen zusammen.

»Du willst doch nicht jetzt etwa auch in das gleiche Horn stoßen wie Mama?« sagte sie und hielt den Kopf dabei ein wenig schief. »Natürlich geht es dich gar nichts an, aber wenn ich dich jetzt fragen würde, ob es dir recht ist, daß Robert und ich heiraten, was würdest du antworten? Ja oder nein?«

»Sie mal, Ricki...«, begann Edmund Freese.

»Du brauchst nur ja oder nein zu sagen«, beharrte das Mädchen.

»Ich weiß nicht«, sagte Edmund. »Der Altersunterschied...«

»Der Altersunterschied«, sagte Ricki hohnvoll. »Das war schon Mamas Leier. Das ist doch Blödsinn. Und außerdem wirst du doch nicht bestreiten, daß Robert eine großartige Partie ist. Mit seiner bekannten Praxis. Er hat die Finger in der ganzen Industrie, sitzt in soundsovielen Aufsichtsräten. Was ist heutzutage schon eine Apothekerstochter. Ich bin sehr stolz darauf, daß er mir das alles bieten will.«

Edmund seufzte.

»Du hast ihn dir also in den Kopf gesetzt?«

»Ja, das habe ich. Und ich bin sehr froh, von dir zu hören, daß Mamas Widerstand wirklich nur hysterisch war. Papa bringe ich schon wieder herum.«

»Dann wirst du vielleicht auch besser aussehen.«

»Wie meinst du das?«

»Na«, sagte Edmund, »Noras Tod hat dich mehr mitgenommen, als du zugeben willst. Seit damals siehst du aus wie dein eigenes Gespenst. Trotz deines kaltschnäuzigen Geredes. Schau mal in den Spiegel.«

Ricki warf Edmund einen Blick zu, in dem Zorn funkelte.

»Das ist meine Sache«, sagte sie. »Laß mich damit zufrieden.«

Edmund begleitete sie hinaus in die Halle.

»Und sag Papa, es bliebe für heute abend dabei. Wie für vorgestern ausgemacht. Er ist ja wieder wohlauf, nicht war?«

»Ja«, sagte Ricki und legte die Hand auf den Griff der Haustür. »Ich möchte nur wissen, was ihr beide nachts um elf für Heimlichkeiten in der Fabrik habt?«

»Nachlaßangelegenheiten«, sagte Edmund Freese. »Alfred hat mich um meinen Rat gebeten. Und die Unterlagen sind nun mal im Tresor in der Fabrik.«

»So«, sagte Ricki. »Und das soll ich euch glauben?«

Edmund Freese zuckte mit den Achseln und schloß die Haustür hinter dem Mädchen. Er löschte das Licht in der Halle, sah auf seine Armbanduhr und ging dann zurück ins Zimmer, wo er sich seufzend neben den Kamin auf die breite Couch warf. Mit weit geöffneten Augen zählte er immer wieder die dunklen Eichenbalken an der Zimmerdecke. Es waren elf. Aber er zählte sie mit quälender Hartnäckigkeit immer wieder, bis er einschlief.

Er erwachte von dem Schrillen der Türklingel und richtete sich auf. Schlaftrunken taumelte er hinaus in die Halle. Es mußte schon mehrmals geläutet haben, ehe er davon aufgewacht war, denn gerade in dem Augenblick, da er das Licht in der Halle einschaltete, verlor draußen der Postbote die Geduld und schob ein Telegramm durch den Briefkastenschlitz. Edmund Freese hob es auf und ging damit ins Wohnzimmer. Unter dem Lichtkegel der Stehlampe riß er die Umhüllung auf und faltete das Formular auseinander. Das Telegramm kam aus Wellington in Neuseeland und war nur kurz. Aber sein Inhalt brachte Edmund Freese so weit, daß er ernsthaft um die Zuverlässigkeit seiner Knie fürchtete.

Schwankend ging er zu seinem Schreibtisch und las den Text noch einmal. Er ließ das Papier auf die Platte sinken, ging hinüber zur Hausbar und zerrte die Whiskyflasche hervor.

Er war soeben dabei, stehend das zweite Glas hinunterzustürzen, als wieder die Türklingel anschlug. Edmund Freese erschrak so heftig, daß das Glas aus seiner Hand auf den Boden glitt. Steif und stelzend begab er sich hinaus in die Halle und öffnete, ohne das Licht einzuschalten, die Tür.

Nachdem er den Anwalt in den dunklen Vorraum gezogen hatte, legte er hastig und doch mit übertriebener Sorgfalt den Sperriegel vor. Ohne seinem Besucher Gelegenheit zu geben, Hut und Mantel abzulegen, schob er ihn mit hektischen Bewegungen seiner rechten Hand in das große Zimmer. Dort überzeugte er sich, ob Gardinen und Jalousie vollständig geschlossen waren, ehe er den Anwalt fragte:

»Wo hast du den Wagen gelassen?«

»Draußen«, sagte Robert Kensy. »Vor der Tür.«

Er nahm jetzt endlich den Hut ab.

»Bist du verrückt, Robert. Bring den Wagen weg. Schnell. Fahr ihn hinauf in den Wald. Dort kommt kein Mensch hin. Hat dich jemand gesehen? Hier, trink das. Und dann fahr den Wagen weg.«

Er hielt seinem Besucher das Whiskyglas hin, zog es aber zurück, als der Anwalt murmelte:

»Das ist nicht nötig, Edmund. Das ist wirklich gar nicht nötig.«

Zuerst schien Edmund gar nicht zu verstehen.

»So«, sagte er dann und wurde plötzlich totenbleich. »So, es ist gar nicht nötig.« Dann schwankte er zu seinem Schreibtisch und griff nach dem Telegramm. »Jetzt kannst du sehen, was du angerichtet hast, du... du...«

Er hielt Robert Kensy das Telegramm vor das Gesicht.

»Du Feigling, wolltest du wohl gerade sagen, Edmund?«

Robert Kensy nahm das Papier, aber er hob es nicht einmal an die Augen.

»Sie öffnete ihre Handtasche schon, als ich anhielt, um nur mit ihr zu reden«, sagte er. »Sie zog einen Revolver heraus und behielt ihn in der Hand. ›Ich weiß genau, was für ein Spiel ich spiele, Herr Doktor‹, sagte sie. ›Ich habe mich vorgesehen.‹ Ich nahm die Straße durch den Königsteiner Forst, weißt du, und das hat sie wahrscheinlich mißtrauisch gemacht. Ich stieg dann aus und tat so als ob... na ja, nur um meine Nerven wieder unter Kontrolle zu bringen. Dann stieg ich ein und versuchte sie zu beruhigen. Ich weiß nicht, ob sie mir geglaubt hat. Den Revolver behielt sie jedenfalls bis zum Bahnhof in der Hand. Es war auch gar nicht mit ihr zu reden. Sie setzt alles auf eine Karte, sage ich dir. Die weiß so genau, was sie will, daß ich glaubte, einen Marmorklotz neben mir zu haben. Sie hat mir alles auseinandergesetzt. Wie ein Mann. Mit eisernen Nerven. Und immer den Revolver in der Hand. ›Am besten ist, Sie sagen Edmund, er soll sich das alles noch einmal genau überlegen‹, sagte sie. ›Und er soll nicht vergessen, daß ich alle seine Gedanken kenne. Und zum Bahnsteig brauchen Sie nicht mitzukommen, Herr Doktor. Vielen Dank für die Fahrt.‹ Dann schob sie den Revolver in die Handtasche und rief nach einem Träger. So, und jetzt kannst du mir sagen, was du an meiner Stelle getan hättest, Edmund.«

Schwer atmend ließ sich Robert Kensy in einen Sessel sinken, öffnete den Mantel und lockerte seinen Schal.

»Sie muß pathologisch sein«, murmelte Edmund Freese und wischte sich mit der Hand über die Stirn. »Ich habe diesen Verdacht schon seit vorgestern. Sie ist einfach nicht normal. Sie ist irr.«

»Aber nicht so irr, daß sie ein Einweisungsfall wäre«, sagte Dr. Kensy sachlich. »Das würde die Angelegenheit natürlich erheblich vereinfachen. Aber sie ist keineswegs so irr, daß ihr die Leute nicht glauben würden.«

»Du redest, wie du über einen beliebigen Strafrechtsfall aus deiner Praxis sprichst, Robert«, sagte Edmund Freese. »Lies das Telegramm, damit du merkst, daß es sich um etwas anderes handelt.«

Robert Kensy hob das Blatt jetzt endlich vor die Augen.

»Fliege morgen früh. Halte mich unterwegs noch auf. Ich drahte genaue Ankunft Flughafen Wahn. Grüße, Tina«, las er mechanisch ab. Dann ließ er das Papier sinken.

»So«, sagte er. »Und was soll das heißen?«

»Das heißt«, keuchte Edmund Freese, »daß Tina auf der Heimreise ist. Schneller, als irgend jemand erwarten konnte. Das heißt, daß sie von der Kotelecky als erstes erfährt, daß Daniéle seit vorgestern hier ist. Das heißt, daß die Kotelecky alle ihre Karten ausspielen wird, wenn wir nicht schleunigst irgend etwas tun, um sie daran zu hindern. Sollen wir denn warten, bis sie einen Mord begeht oder uns ins Unglück gebracht hat? Tina macht mit der

Scheidung ernst, wenn uns das nicht gelingt. Und das heißt auch, daß wir allerhöchstens noch ein paar Tage Zeit haben, um es uns zu überlegen.«

Er starrte auf den Anwalt hinunter, der wie willenlos in seinem Sessel hing und dann unruhig den Körper hin und her schob.

»Gib mir auch einen Whisky«, sagte er endlich und streckte schlaff die Hand aus. Er raffte sich auf, als Edmund ihm das Glas hinhielt. Als er es in der Hand hatte, schüttelte er den Kopf.

»So geht es nicht, Edmund«, murmelte er. »Deine Gedanken sind ungleich gefährlicher als alles, was wir zu erwarten haben. Du bist wahnsinnig, an so etwas überhaupt im Ernst zu denken.«

Edmund Freese stützte sich mit beiden Händen auf die Armlehnen des Sessels und beugte sich zu seinem Gast hinunter.

»Hast du nicht auch daran gedacht? Denkst du nicht noch immer daran? Hast du nach heute abend noch immer nicht begriffen, daß mit gutem Zureden oder mit Geld nichts zu wollen ist? Die Kotelecky hat dir ins Gesicht gelacht, und Tina wird mir ins Gesicht lachen. So gut kenne ich Tina. Sie wird mich mit Freuden am Spieß braten lassen. Und dich auch. Ich weiß nämlich, was du denkst, Robert. Du denkst jetzt, in der Hauptsache betrifft das ja alles Edmund. Was geht es mich schließlich an, wenn Tina sich von ihm scheiden läßt. Soll er doch sehen, wo er bleibt. Und aus der Meineidaffäre werde ich mich schon irgendwie herausmogeln. Mit Geschick und Taktik. Du schiebst es von dir weg, daran zu denken, was es heißt, wenn der große Kensy eine Ehescheidung erreicht hat, indem er wissentlich einen Meineid in das Verfahren lanciert hat, und nicht nur wissentlich, sondern auch noch für Geld. Denn deine Stellung als mein Hausanwalt für eine hübsche Summe Geld hast du seit damals. Glaubst du, daß das alles nicht herauskommt? Wenn die Kotelecky den Mund aufmacht, kannst du von vorn anfangen. Wenn man dich überhaupt läßt. Nimm es nicht zu leicht.«

Edmund Freese richtete sich auf.

»Darüber mußt du noch einmal genau nachdenken, Robert.«

Auch der Anwalt stand auf.

»Ich muß jetzt vor allem schlafen, Edmund«, murmelte er undeutlich. »Es war ein abscheulicher Tag für mich.«

»Ja«, sagte Edmund sarkastisch. »Für mich war es auch einer der schönsten meines Lebens. Nimm ein Schlafpulver, du Illusionist.«

»Edmund«, stammelte Robert Kensy.

»Schon gut«, sagte Edmund und begleitete ihn hinaus. »Ruf mich morgen an. Wir haben keine Zeit zu verlieren. Und denk mal daran, ob du mit Alfred wegen Ricki leichteres Spiel haben wirst als mit Nora, wenn das alles unter die Leute kommt. Und an Ricki liegt dir doch viel, nicht war?«

Robert Kensy antwortete nichts mehr. Er war froh, als sich die Haustür hinter ihm schloß, und genoß einen Augenblick lang die kühle, feuchte, ein wenig neblige Nachtluft, ehe er seinen Wagen wendete und den holprigen Weg hinabfuhr.

Edmund Freese versperrte das Haus ebenso sorgfältig wie vorher. Vor dem Kamin ließ er sich, das gefüllte Whiskyglas in der Hand, in einen Sessel sinken. Ich errate alle deine Gedanken... es wäre vielleicht gar nicht so schwer... wenn sie in Wahn ankäme...? Er würde sie abholen... sie mußten durch unbebautes Gelände fahren... Vielleicht war es Nacht? Vielleicht sah sie wirklich niemand? Er könnte versuchen, es so einzurichten... Vielleicht würde er auch Zeit haben, sie zu fragen, wo sie sich aufgehalten... ob sie jemand ans Flugzeug gebracht hatte... Tina war sprunghaft... Die ganze Stadt sprach davon, daß sie vielleicht drüben... Es war doch möglich... Und dann konnte er Daniéle den Brief vielleicht schon bald schreiben... ehe es zu spät war.

Er mußte Daniéle noch einmal sprechen. Er mußte ihre Stimme hören. Wenn er Daniéle hörte, wußte er, warum er alle diese furchtbaren Dinge dachte.

Er wählte die Nummer und verlangte Zimmer zwölf.

»Aber wissen Sie denn nicht«, sagte die betuliche blonde Frau, »die gnädige Frau ist doch abgereist.«

»Natürlich«, sagte Edmund Freese. »Natürlich weiß ich das. Ich möchte nur gerne hören, welchen Zug sie genommen hat.«

»Ach so«, sagte die Stimme am anderen Ende der Leitung. »Wir haben ihr Karten besorgt für zweiundzwanzig Uhr vierzig Richtung Basel.«

»Danke«, sagte Edmund Freese heiter, und in seinen Ohren brauste es. Er ließ den Hörer zwischen die Knie sinken, vernahm noch einmal lächerlich flüsternd die Stimme der Frau, sah leer hinunter auf die Muschel und hörte das Klicken, als sie einhängte.

Als er den Hörer in die Gabel legte, glitt die Manschette des

Hemdes von seiner Uhr. Sie zeigte Punkt elf. Der Zug um zweiundzwanzig Uhr vierzig nach Basel fuhr rechtsrheinisch. Er mußte ziemlich genau um diese Zeit die ausgedehnten Anlagen des Rangierbahnhofs und die kleine Station passieren. Und er würde das mit einer Geschwindigkeit von hundertzwanzig Stundenkilometern tun. Es gab nicht die geringste Möglichkeit ihn anzuhalten.

Und vor dem Tor der Fabrik wartete wahrscheinlich Rickis Vater.

15. Oktober

Dort, wo sich die Straße unter den Bahnanlagen hindurchzog, war sie von gewaltigen, düsteren Bogenwölbungen überspannt, acht, zehn oder zwölf hintereinander, aus deren Zwischenräumen graues Oktoberlicht hereinbrach wie in einen Gefängnishof. Wenn man nach oben blickte, sah man weißen oder schwärzlichen Rauch in einem schnellen Wind quer über die Öffnungen treiben, und unablässig erklang das Rumpeln, Stoßen und Quietschen der endlosen Güterzüge, die dort oben rangiert wurden.

»Hier ist es wohl«, sagte der Kommissar, heftig atmend, denn sie waren rasch gegangen. Er deutete auf eine rußige, unscheinbare Granittreppe, die zwischen zwei der Bogenwölbungen nach oben führte, und auf ein nur schwer lesbares Blechschild mit der Aufschrift ›Rangierbahnhof Gremberg‹.

Günther Sperling nickte, und sie stiegen die Treppe aufwärts.

Oben lag vor ihnen ein graues, tristes, zweistöckiges Gebäude, eines von denen, wie sie am Ende des Ersten Weltkrieges erbaut worden waren, das ihnen die Schmalseite mit einer abgestoßenen Flügeltür zeigte. Rechts und links zogen sich Gleisstränge vorbei, auf denen von Zeit zu Zeit, aus dem Nebel auftauchend, langsam Teile von Güterzügen vorüberrollten, die oben auf dem Scheitelpunkt des Ablaufberges gespenstisch ihre Geschwindigkeit erhöhten, um über das elektronisch gesteuerte ausgedehnte Weichensystem auf das eine der unzähligen Gleise gelenkt zu werden, auf das sie gehörten.

»Kommen Sie«, sagte Günther Sperling zu Ketterle. »Ich bin hier schon oft gewesen. Das letzte Mal am 25. September. Vor noch nicht vier Wochen.«

Er stieß die Flügeltür auf, und sie betraten einen langen, mit braunem Linoleum belegten Flur. Sie durchschritten eine zweite Flügeltür, dann ging es links eine Steintreppe nach oben und noch einmal um die Ecke. Dann betraten sie das Dienstzimmer des Vorstehers. Es mußte so groß sein, weil sonst die langgestreckte Übersichtskarte über die verschlungenen Gleisanlagen, die eine ganze Wand einnahm, keinen Platz gefunden hätte. Sie war fünf Meter lang.

»Der Bahnhof hat eine Längenausdehnung von sieben Kilometern und ist fast einen Kilometer breit«, sagte Sperling zu Ketterle. »Guten Abend, Herr Groetsch.«

»Guten Abend, Herr Oberrat«, sagte der Mann, der sich hinter einem sich in dem riesigen Raum winzig ausnehmenden Schreibtisch erhob, an dem er gearbeitet hatte.

»Ich habe Sie schon oft gebeten, den Oberrat im Schrank zu lassen, Herr Groetsch«, sagte Sperling. Er wußte genau, daß dieser untersetzte, schwarzhaarige Mann, dessen fleischiges Gesicht sich etwas Jungenhaftes bewahrt hatte, obwohl er einen geringeren Rang besaß, eine weit schwerere praktische Verantwortung trug als er selbst, der sich zwar in großem Maßstab, aber doch nur theoretisch mit Wagenzahlen, Achslasten, Gütervolumen und Waggontypen beschäftigte.

»Herr Oberamtmann Groetsch, Kriminalhauptkommissar Ketterle von der Kriminalpolizei Hamburg«, stellte er die Herren einander vor. »Sie erinnern sich an meinen letzten Besuch, Herr Groetsch, wegen des Versuchs, die Wagenzettel beim Einlaufen mit Fernsehkameras abzutasten...?«

Der Oberamtmann nickte. »Sie erinnern sich sicher auch an mein Reiseerlebnis, von dem ich Ihnen erzählte?«

»Mit der Französin, Herr Sperling?«

Er lächelte, aber er tat es keineswegs respektlos.

»Ja«, sagte Sperling und zog für den Kommissar einen zweiten Stuhl vor den Schreibtisch. Sie setzten sich.

»Die Französin war eine Belgierin, und wegen dieser Belgierin sind wir hier.«

»Mit der Kriminalpolizei?« fragte Groetsch.

»Hören Sie zu«, sagte Sperling. »Seit dem 7. Oktober sind an fünf verschiedenen Stellen des Bundesgebiets auf ungedeckten ›Omm‹- und ›OOt‹-Waggons Plakate mit Körperteilen einer unbekannten Toten aufgefunden worden. Wir haben, nachdem gestern abend die Fundangaben vollständig waren, heute nacht die gesamten Zugläufe rekonstruiert. Ich konnte es, weil ich weder Wagenzettel noch Frachtbriefe hatte, nur anhand des Kursbuches tun. Der genaue Vorgang wird zur Zeit nachgeholt. Immerhin aber spricht einiges für das Ergebnis, zu dem wir kamen. Es heißt Gremberg.«

Der Oberamtmann griff sich an den Hinterkopf und strich sich über die kräftigen, dunklen Haare. Dabei verzog er das Gesicht.

»Sind Sie da ganz sicher, Herr Sperling?«

»Ja. Für dieses Ergebnis spricht, daß sämtliche Leitungswegziffern für diese Waggons haargenau über hier führen, und, was noch wichtiger ist, der Buchfahrplan weist aus, daß alle Züge, mit denen die Waggons vermutlich gelaufen sind, während der Nachtstunden hier ein- oder ausfuhren. Und zwar alle zwischen acht Uhr abends und ein Uhr morgens.«

»Du lieber Himmel«, sagte der Oberamtmann. »Wir wickeln hier täglich neuntausend Güterwagen und ungefähr dreihundertfünfzig Züge nach allen Richtungen ab. Fast die Hälfte davon während der Stunden, die Sie nennen. Ich weiß wirklich nicht, was ich dazu sagen soll.«

»Weiter gar nichts, Herr Groetsch«, sagte Ketterle, »als ob Sie eine Vorstellung haben, wie die Pakete innerhalb Ihrer Anlagen auf die Waggons gekommen sein könnten.«

Er sah den Beamten gespannt an.

»Mit Sicherheit kann ich Ihnen nur eines sagen, ein Eisenbahner war es nicht, wenn er so vorgegangen ist. Denn wir haben ja drüben auf dem Oststrang regelmäßig die durchgehenden Kokszüge aus dem Ruhrgebiet für das französische Erzrevier, die direkt in die Hochöfen entladen werden. Ein Eisenbahner würde sich diese Chance nicht entgehen lassen.«

Der Kommissar warf Günther Sperling einen Blick zu.

»Aha«, sagte er. »Das habe ich mir gedacht. Was ein Eisenbahner mit vollem Bedacht ausgenützt hätte, ist unserem Mann durch reinen Zufall gelungen. Habe ich Ihnen nicht gesagt, daß wir froh sein müssen, wenigstens fünf Pakete in die Hand bekommen zu haben?«

»Diese Züge bestehen durchgehend aus OOt-Wagen, nicht wahr?«

»Ja, durchwegs. Bis zu dreißig Wagen je Zug.«

»Die werden von unten entladen, wissen Sie?« sagte Sperling zu dem Kommissar, und Ketterle nickte.

»Können Sie mir nicht einen knappen Überblick über Ihren Betrieb geben?« sagte er, halb zu dem Vorsteher und halb zu Günther Sperling gewendet.

Groetsch erhob sich.

»Wenn Sie einen Blick auf den Gleisplan werfen wollen?«

Sie standen vor der riesigen Karte, die mit auf den ersten Blick unverständlichen Bündeln, Fächern und Knoten kunstvoll ineinander verschlungener Linien bedeckt war.

»Sehen Sie«, sagte Groetsch. »Wir haben ein sogenanntes Nord-Süd-System und ein Süd-Nord-System. Aus beiden Richtungen laufen die Züge zuerst in die jeweilige Einfahrgleisgruppe ein. Dort bleiben sie stehen, werden registriert und entkuppelt und dann über den Ablaufberg gedrückt, von wo aus die Waggons nach einem elektronisch gesteuerten Weichenplan auf die für sie zuständigen Gleise der sogenannten Richtungsgruppe rollen, wo die Züge in die Anschlußrichtungen gebildet werden. Ist ein Zug vollständig, wird er weiter vorne in die Ausfahrgruppe gebracht, wo er gekuppelt und für die Weiterfahrt fertig gemacht wird. Von dort aus geht er dann laut Fahrplan wieder auf die Strecke. Und, wohlgemerkt, das alles geschieht in zwei Richtungen, einmal von Süd nach Nord und einmal umgekehrt.«

»Und wie lange dauert es«, fragte Ketterle, den die Leistungen der Technik schon immer beeindruckt hatten, »bis ein eingelaufener Waggon auf der anderen Seite wieder ausläuft?«

»Zwischen vier und sechs Stunden«, sagte der Vorsteher.

Der Kommissar wendete sich zu Sperling.

»Zeit genug, um ein Paket auf einen geeigneten Wagen zu werfen. Nur...«, er wendete sich wieder dem Gleisbild zu, »...ich sehe auf dem ganzen Plan nirgends eine Brücke.«

»Brücke?« sagte der Oberamtmann, »Brücken haben wir in Gremberg keine. Die ganze Anlage wird von vier Straßentunnels unterfahren. Die Gleise laufen also nicht unter, sondern über den Straßen her.«

Einige Sekunden schwiegen die drei Männer. Der Kommissar war an eines der vier Fenster getreten, von wo aus man einen Blick über die verwirrenden, sich im Nebel verlierenden Gleisanlagen hatte. Vier gewaltige Flutlichtstrahler reckten sich hoch in den milchigen Dunst und übergossen das ganze Gelände mit einem scharfen und gleichzeitig geisterhaften Licht. Die Dämmerung war schon beinahe in Dunkelheit übergegangen.

»Dann war meine Vision also doch falsch«, sagte der Kommissar, wendete sich um und stützte sich mit den Händen nach rückwärts auf die Fensterbank. »Ob wir uns auf der falschen Fährte befinden, Sperling?«

»Ausgeschlossen«, sagte der Oberrat. »Es paßt alles so gut zusammen, daß ein Irrtum fast ausgeschlossen ist.«

»Man muß zweifeln können«, sagte der Kommissar. »Ein wichtiger Grundsatz der Kriminalistik. Schließlich sind es alles nur Hypothesen, die wir aufgestellt haben, lockere Gedankenverbindungen, vage zusammengehalten durch ein paar Gleisstränge, ein Kursbuch und Ihr Herz, Sperling.«

Wieder schwiegen sie.

»Sie haben doch die Karte vom Genfer See gesehen, die sie schrieb«, fuhr Ketterle fort, »und ihr sogar einen Umschlag dafür gegeben? Konnten Sie denn wirklich gar nichts lesen? Keinen Namen? Keine Adresse? Nichts?«

»Mein Gott, ich habe mich ohnehin schon auffallend genug für sie interessiert. Ich konnte ja ihre Korrespondenz nicht auch noch lesen.«

»Wären Sie nur weniger taktvoll gewesen«, murmelte Ketterle. »Dann wären wir schon einen Schritt weiter.«

Günther Sperling hob die Schultern.

»Wo ist denn überhaupt die nächste Brücke über die Anlagen, Herr Groetsch?« fragte er den Vorsteher.

»Nach Norden zu weiß ich überhaupt keine. Nach Süden, in Richtung Porz, gibt es eine Straßenbrücke in sechs Kilometer Entfernung. Aber da zweigt der Strang nach Troisdorf-Betzdorf schon vorher links ab. Und dazwischen – ja, doch, Sie haben recht. Die hätte ich beinahe vergessen, weil sie noch im Bau ist...«

Ketterle fuhr herum. »Noch im Bau, sagen Sie?«

»Ja«, sagte Groetsch. »Dort wird die Berger-Straße über die Bahnanlagen geleitet. Die Brücke liegt in der Gemeindemarkung Porz-Urbach.«

»Wie weit von hier weg?« fragte der Kommissar ein zweites Mal.

Sie wendeten sich wieder dem Gleisplan zu. Groetsch fischte einen Bleistift aus seiner Brusttasche.

»Hier sehen Sie die Personenstrecke nach Köln-Deutz. Daneben die direkte Güterumgehungsstrecke zum Ruhrgebiet und zur Rheinbrücke Süd. Hier mündet der Auslaufstrang der Ausfahrgruppe Süd in dieses Gleissystem ein. Und hier, direkt hinter der Einmündung, wird die Brücke gebaut.«

Der Bleistift machte dort, wo die ausgedehnten Gleisanlagen zu einem schmalen Bündel zusammenschrumpften, zwei feine Querstriche.

»Hier muß das ungefähr sein.«

»Wie weit von hier weg?« fragte der Kommissar noch einmal.

»Zwei Kilometer«, sagte der Oberamtmann abwägend. »Nicht mehr.«

»Sagen Sie mal, Herr Groetsch«, Günther Sperling beugte sich zu dem Punkt vor, den der Bleistift Groetschs markiert hatte, »wenn ich mir das so recht ansehe, dann laufen unter diesen Brücken doch alle Züge durch, die aus Richtung Süden in die Einfahrgruppe Süd kommen und auch alle, die aus der Ausfahrgruppe Süd nach Süden auslaufen.« Er richtete sich auf. »Also praktisch alle?«

»Alle, ja«, sagte der Beamte. »Bis auf den Eckverkehr Nord. Der Eckverkehr Süd läuft dagegen zweimal durch die Brücke.«

»Eckverkehr«, erläuterte Günther Sperling dem Kommissar, »nennt man es, wenn ein Waggon aus Norden kommt und wieder nach Norden auslaufen muß. Genauso in Richtung Süden. Wieviel des Gesamtaufkommens an Waggons ist das, Groetsch?«

»Der gesamte Eckverkehr beträgt ungefähr zwei Prozent. Wenn Sie also nur den Eckverkehr Nord abziehen wollen, etwa ein Prozent.«

Sperling und der Kommissar sahen sich an.

»Dann laufen also unter dieser Brücke neunundneunzig Prozent sämtlicher hier abgefertigter Güterwagen durch?« sagte Ketterle. »Damit besteht immerhin eine reale Chance, daß das der Punkt ist, den wir suchen.«

»Aber was wollen Sie mit einer im Bau befindlichen Brücke?« fragte der Bahnhofsvorsteher. »Sie ist noch nicht für den Verkehr freigegeben. Man kann sie nicht befahren.«

»Noch nicht befahren?« sagte Ketterle und sah Sperling wieder an. »Alle diese Pakete sind eine längere Strecke in der Hand getragen worden. Das würde nur für die Brücke sprechen. Was ich mit dieser Brücke will, Herr Groetsch? Ich will mir diese Brücke ansehen. Und zwar möglichst sofort.«

»Wenn Sie glauben, daß Sie bei Nacht etwas beurteilen können«, sagte Groetsch, »ich begleite Sie gerne.«

Er ging zu seinem Schrank und zog einen einfachen bläulichen Regenmantel hervor. Der Kommissar und Sperling setzten ihre Hüte auf.

Wenige Minuten später verließen sie das Gebäude und stapften zuerst zwischen den nahezu endlosen Güterzugreihen der Einfahrgruppe Süd entlang. Wo sich deren Gleise zu dem fächerartigen Weichensystem verengten, stiegen sie über zahllose Schienenstränge, wobei Groetsch sie warnte, wenn von irgendwoher aus der Dunkelheit eine Lokomotive oder ein Zug heranklirrte. Endlich befanden sie sich auf einem Damm, auf welchem fünf verschiedene Gleise nebeneinander herliefen.

»Das Ausfahrgleis Süd«, Groetsch deutete nach rechts auf eine sanfte Gleiskurve, die sich in der Dunkelheit zu ihnen herüberbog. »Da vorne ist die Brücke.«

Undeutlich abgehoben gegen eine Ansammlung verstreuter Lichter schwang sich in elegantem, modernem Bogen eine freitragende Brücke über die schnurgeraden Schienen, so als habe man nur eben, da wo die Bahn lief, die Straße ein wenig angehoben. Als sie näher heran kamen, sahen sie, daß das Geländer noch mennigerot war und daß oben auf der Wölbung drei oder vier schwarze Ungetüme standen, wie man sie zum Asphaltieren von Fahrbahnen verwendet.

Sie hörten das blecherne Schlagen eines Läutewerks.

»Der Verkehr läuft noch schienengleich über die Gleise«, sagte Groetsch. »Rechts und links zwischen den Häusern sind Schranken. Dort drüben ist das Stellwerk. Wenn Sie von dort aus einen Blick auf die Brücke werfen wollen?«

Wenig später stiegen sie die ausgetretenen Stufen des altmodischen Stellwerks nach oben. Mit kurzen Worten setzte Groetsch den Schrankenwärter ins Bild. Dann starrten sie aus dem erkerartigen Vorbau fast in gleicher Höhe hinüber auf die Schwingungen der Brücke. Hinter ihnen drehte der Schrankenwärter die Kurbel, und auf beiden Seiten der Gleise, zwischen den Reihen der unansehnlichen, zweistöckigen Häuser, schnitten die Schranken den ohnehin spärlichen Verkehr ab. Nur ein paar Radfahrer stiegen von ihren Rädern, und ein Lieferwagen hielt auf der Seite, auf der sie selbst sich befanden, an. Von der anderen Seite der Brücke her näherte sich ein Zug. Seine drei Scheinwerfer waren deutlich zu erkennen und warfen Lichtreflexe auf die feuchten Schienen. Endlich erschien der Rumpf der Lokomotive unter der Bogenwölbung. Weiße, wattige Qualmwolken hüllten die Brücke ein, hell angestrahlt von einer dahinter befindlichen Bogenlampe.

Plötzlich umklammerte Kommissar Gottfried Cäsar Ketterle den Oberarm Günther Sperlings.

»Sperling«, keuchte er, und sein Griff wurde schmerzhaft, »Sperling, sehen Sie...«

Vor dem sich nur langsam verziehenden Qualm hob sich, auf gleicher Höhe mit ihnen selbst, die Silhouette eines Mannes ab, der in Hut und Mantel auf der Brücke stand und sich über das Geländer beugte.

»Sperling«, keuchte Ketterle noch einmal, als das Paket, das der Mann zwischen den Händen gehalten hatte, plötzlich verschwunden war. Dann hatte sich der Rauch verzogen, und die gespenstische Vision war wie ausgelöscht.

»Sie haben es doch auch gesehen, Sperling?« sagte der Kommissar und richtete sich aus seiner angespannten, gebeugten Stellung auf. »Oder habe ich Halluzinationen?«

»Stellen Sie den Zug fest«, rief Günther Sperling dem Vorsteher noch zu, dann stürmte er hinter dem Kommissar die Treppe nach unten.

»Er hat sich nach drüben umgedreht«, schnaufte Ketterle, »ich habe es deutlich gesehen.«

Mit quälender Langsamkeit knirschten die Wagen des Güterzuges an ihnen vorüber. Dicht hinter dem letzten Pufferpaar stolperten sie über die Gleise. Ein Strang, der zweite.

»Vorsicht«, schrie Sperling plötzlich und riß den Kommissar an der Schulter zurück. Der Luftdruck des aus der Gegenrichtung vorüberdonnernden Schnellzuges warf sie beinahe um. Er war so stark, daß sie sich die Hüte festhalten mußten. Es dauerte zwar nur wenige Sekunden, bis er vorüber war, aber beide wußten instinktiv, daß die Minute, die vielleicht insgesamt versäumt war, entschieden hatte.

Dennoch stolperten sie über die restlichen Gleise und keuchten drüben durch die spärlich beleuchteten Straßen, spähten in verlotterte Gärten und platschten durch riesige Pfützen. Als sie endlich an eine stark belebte Hauptverkehrsstraße kamen, blieben sie stehen. Menschen drängten sich vor erleuchteten Schaufenstern, und eine Ampelanlage steuerte Rudel von Autos. Einer dieser Männer, die über die Fahrbahn hasteten, oder einer von denen, die in den langsam fahrenden Autos saßen, war ihr Mann. Aber sie brauchten kein Wort miteinander zu reden, um sich darüber einig zu sein, daß es völlig unmöglich war, ihn hier noch zu identifizieren.

Oben im Stellwerk telefonierte unterdessen Oberamtmann Groetsch mit der Sprechfunk- und Fernschreibstelle seines Dienstgebäudes.

»Der 6497 ist soeben in Einfahrgruppe Süd eingelaufen. Sämtliche ›o‹-Waggons müssen sofort mit Stablampen abgesucht werden. Auf einem von ihnen liegt ein Paket. Das Paket darf nur mit Handschuhen berührt und muß unverzüglich in mein Dienstzimmer gebracht werden.«

Zwanzig Minuten später standen die drei Männer wieder um den Schreibtisch Groetschs. Auch dieses Mal lag vor ihnen ein Karton der Margarinefabrik Rôdieux in Limoges, vierfach mit Spagat verschnürt und verschlossen mittels eines Bundknotens und durchgezogener Doppelschleife.

16. Oktober

Der Kommissar und Sperling hatten ihr Hauptquartier in einem kleinen Gasthof namens ›Hotel Joppe‹ aufgeschlagen, der an der Straße von Porz nach Troisdorf lag. Schon am nächsten Vormittag war Ketterle nach Köln gefahren, um sich bei der dortigen Kriminalpolizei zu melden und um Unterstützung zu bitten. Günther Sperling hatte den Vormittag dazu benutzt, um sich anhand eines Meßtischblattes und des persönlichen Augenscheins ein Bild von der gesamten Umgebung zu machen. Er saß bereits im Gastraum, als Ketterle gegen halb zwei Uhr aus der Straßenbahn stieg und das Hotel betrat.

»Heute abend geht es los«, sagte er, während er den Hut an einen Haken hängte und den Schal vom Hals zog. Sperling half ihm aus dem Mantel.

»Danke«, schnaufte der Kommissar, setzte sich und begann die Speisekarte zu studieren. Nachdem er sich für ein Schweinekotelett mit Röstkartoffeln und Salat für vier Deutsche Mark und achtzig entschieden hatte, sah er seinem freiwilligen Mitarbeiter ins Gesicht.

»Insgesamt neunzehn Beamte der Kölner Kriminalpolizei werden ab heute abend als harmlose Reisende, Versicherungsagenten oder Kaufleute nichts weiter tun, als in allen Kneipen sitzen, die hier in der Umgebung liegen, und die Ohren aufmachen. In Orten wie diesem gibt es nichts, worüber nicht geredet und vor allem ständig geredet wird. In immer neuen Versionen, immer neuen Ausschmückungen. Wenn hier ein Mann eine Frau aus Belgien kennt, weiß man es, Sperling. Und irgend jemand wird darüber reden. Haben Sie sich die in Frage kommenden Kneipen aufnotiert?«

»Ja«, sagte Sperling und zog einen Stoß Papier aus der Brusttasche. »Ich habe insgesamt vierundzwanzig herausgefunden. Ich schlage vor, den Kreis nicht allzu eng zu ziehen. Die Brücke an der Berger-Straße liegt für den Zweck unseres Mannes besonders günstig. Gerade deshalb muß er aber nicht unbedingt dort in der Nähe wohnen. Weil sie so günstig liegt, wird er vielleicht auch einen längeren Weg nicht scheuen, um sich ihrer Vorzüge zu bedienen. Andererseits ist die Frau in Porz-Urbach ausgestiegen. Das ist ein sehr kleiner Personenbahnhof, was vermuten läßt, daß der Mann, den sie besuchte, im Bereich dieses Bahnhofs wohnt. Ich denke deshalb insgesamt an dieses Gebiet hier...«

Sperling nahm das Meßtischblatt vom Stuhl und breitete es auf dem Tisch aus. Mit Rotstift hatte er ein Oval auf die Karte gemalt, das im Norden die Bahnhofsanlagen von Gremberg und im Süden die Gemeindemarkung Porz-Urbach bis dahin einschloß, wo sie an die Gemeindemarkung Wahn grenzte. Der Kommissar vertiefte sich in die Karte.

»Ja«, sagte er, »das halte ich auch für richtig. Und in diesem Bereich gibt es vierundzwanzig Kneipen?«

»Abendkneipen«, korrigierte Sperling. »Also Kneipen, in denen es nach sieben Stammtischklatsch gibt. Die größeren Hotels und Gasthöfe sind dabei noch nicht mitgerechnet.«

»Die Beamten aus Köln«, sagte Ketterle, »werden den ganzen morgigen Tag dazu benutzen, in jeder einzelnen Absteigemöglichkeit nachzuforschen, ob dort am fünfundzwanzigsten September eine Dame mit französischem Akzent und der von Ihnen gegebenen Personenbeschreibung gewohnt hat. Das wird natürlich ein Schlag ins Wasser, wenn sie privat untergekommen ist. Aber wir müssen es versuchen. Außerdem stehen heute abend ab Dunkelwerden zwei weitere Beamte bewaffnet an der Brücke. Eine Blitzlichtlampe wird ebenfalls auf der Brücke und eine Kamera mit Teleobjektiv im Stellwerk montiert. Die Männer von der Kölner KTU sind schon dort. Aber es ist natürlich denkbar, daß der Mann seine Pakete nicht regelmäßig jeden Abend abwirft. Das erste Paket wurde am 7. Oktober in Freilassing gefunden. Heute haben wir den 16. Oktober. Das sind neun Tage, aber nur sechs Pakete. Andererseits ist es auch denkbar, daß der Mann gestern zum letztenmal auf der Brücke war.«

Ein junges Mädchen mit zu altem Gesichtsausdruck und kleinen spitzen Brüsten brachte mürrisch das Essen.

»Mit das Wichtigste wird es sein«, fuhr Ketterle fort, nachdem er seine Serviette ausgebreitet hatte, »daß Sie die beiden Beamten der Bahnpolizei Köln herausfinden, die Sie damals am 25. September so sinnig am Bahnhof Porz-Urbach festgenommen haben. Vielleicht können sie doch etwas über den Mann aussagen, der das Mädchen vom Zug abholte. Könnten Sie sich darum heute nachmittag kümmern?«

»Du lieber Gott«, sagte Sperling. »Hätte ich das alles nur damals ahnen können. Es ist ein abscheuliches Gefühl, daß man mit einem Wort und ein bißchen Entschlossenheit vieles hätte verhindern können. Und das Schlimmste ist, daß ich so etwas geahnt habe. Sonst hätte ich mich nicht so intensiv für ihr Fahrtziel interessiert. Aber wer konnte schon wissen, daß es dasselbe war wie meines.«

»Aber das taten Sie doch, weil... weil sie...«

»Weil sie mir gefiel. Ja, natürlich. Aber ihre Heimlichkeit mit der Karte vom Genfer See und ihr Versteckspiel damit, daß sie doch in Frankfurt ausstieg, obwohl sie es vorher bestritt, das alles reizte meine Kriminalromanader. Es war mir durchaus gegenwärtig, daß so etwas gefährlich ist. Aber daß dieses Gefühl in so schrecklicher Weise Wirklichkeit werden könnte, daran habe ich nicht im geringsten gedacht. Man nimmt immer die wichtigsten Sachen nicht ernst genug. Das ist es.«

Der Kommissar sah seinen Begleiter mit einem Ausdruck von Mitgefühl an. Dann hob er die Schulter.

»Wir müssen beim Nächstliegenden bleiben«, sagte er. »Am besten ist, Sie fahren jetzt nach Köln zur Bahnpolizei, und heute abend werden wir in zwei weiteren Kneipen die neunzehn Beamten der Kölner Kriminalpolizei verstärken. Oder wollen Sie sich lieber an die Brücke stellen?«

»Wenn Sie mich schon so direkt fragen, ich hätte die größte Lust dazu. Und es wäre mir eine tiefe Befriedigung, den Burschen mit bloßen Händen zu erwürgen und ihn dann auf offene Güterwagen zu verteilen.«

»Das müßte ich Ihnen ganz entschieden verwehren«, sagte Ketterle. Nach einer Pause fügte er hinzu: »Aber ich kann es verstehen. Man sagt ohnehin, daß zum Polizeidienst nur Leute taugen, die das Verbrechen so gut verstehen, daß sie es genausogut selbst begehen könnten, wenn sie nicht zufällig bei der Polizei wären.«

Sie zahlten. Dann bestieg Günther Sperling draußen die Straßenbahn nach Köln, während der Kommissar sich zur Brücke begab, um die Montage des Erkennungsgerätes zu beobachten und den Leuten, die in der Umgebung der Brücke wohnten, ein paar Fragen zu stellen. Große Hoffnung, daß er dabei etwas erfahren würde, hatte er allerdings nicht.

Als es Abend wurde und sich die Kneipen und Gasthäuser langsam füllten, saßen zwischen den lärmenden, lachenden und polternden Männern, die Skat spielten, tranken oder sich Witze erzählten, einundzwanzig andere Männer mit der Absicht, sich kein Wort entgehen zu lassen, das so laut gesprochen wurde, daß man es unauffällig hören konnte.

In der Glaskanzel des Stellwerks hockte ein Obersekretär der KTU aus Köln hinter einer schwenkbar montierten Telekamera, den Finger am Auslöserknopf der Elektronenblitzanlage, welche die ganze Brücke beliebig oft in blendend weißes Licht tauchen konnte.

Über dreißig Männer in dem Städtchen Porz-Urbach warteten bis zum äußersten angespannt, ob der Brückenmörder in die so sorgsam aufgebaut Falle gehen würde.

Er tat es nicht.

Weder an diesem, noch am nächsten und auch nicht am übernächsten Abend ereignete sich irgend etwas Besonderes an der Brücke. Jeden Morgen saßen Ketterle und Sperling schon vor dem Frühstück im Gastraum des ›Hotel Jopp‹ und sichteten und sortierten sorgsam, angespannt und gewissenhaft die manchmal nur schwer leserlichen Notizen, welche von Kriminalbeamten über Gespräche, die sie mit angehört hatte, gefertigt worden waren. Und auch das waren nur Auszüge aus dem Berg von Klatsch, den sie über sich hatten ergehen lassen müssen. Die Notizen über Gesprächsfetzen häuften sich zu Stößen, und nicht immer hatten die Männer in ihrem Eifer und ihrer Gewissenhaftigkeit nur das Wichtigste ausgewählt.

So erfuhren Ketterle und Sperling auf diese Weise, daß dem Farbenladen Mehlke das zweite Lehrmädchen innerhalb von drei Monaten weggelaufen war. Wahrscheinlich sei der alte Mehlke... Blinzeln... Bei Jupproth hatte die Bank ganz plötzlich der Schwiegertochter die erste Hypothek gekündigt. Offenbar sei doch alles nicht so rosig... Daß die Mutter des Beerdingsunternehmers Herbst so plötzlich verstorben sei, sei ja schließlich keine Überraschung. Mit vierundachtzig... du lieber Gott, wir müssen ja alle mal... Bei den Reisers am Kapellenweg stimme es ja auch nicht ganz... die Frau sei eben zu jung und der Reiser krank. Menschlich, allzu menschlich... Die geht ihm eines Tages noch durch, sage ich euch. Dem Freese ist so plötzlich sein schöner Schäferhund eingegangen... na, der wird ihn schon in seine Fleischkonserven verarbeiten, hahahaha... Warum eigentlich an dem neuen Haus von Stempel-Haas gar nicht weitergearbeitet wird? Da hat wohl die Schwiegermutter ihr Geld 'rausgezogen... Haben Sie schon gehört, Lampen-Schuppe will sich ein zweites Pferd kaufen. Na, der hat's ja...

Verzweifelt und ratlos saßen der Kommissar und Sperling Morgen für Morgen über Bergen von Zetteln und lernten nach und nach das Leben dieses Städtchens kennen. Ledige Kinder, Ehebrüche, Familienkräche wie zum Beispiel bei dem Apotheker Georgi in der Jönkenstraße. Da habe ja schon die Mutter selig nicht gewollt, daß die Göre mit kaum achtzehn Jahren den dreiundvierzigjährigen Robert Kensy... hahahaha, zugegangen muß es da sein. Und der alte Georgi ist ja viel zu schlapp, um für das Gör die richtigen Zügel parat zu haben... Vergleichsverfahren, mißratene Kinder, bestandene Examen, Krankheit, die soll ja auch Krebs haben, das arme Wurm... geplatzte Wechsel, Verkehrsunfälle, Kündigungen... die ganze in perverse Sensationsgier umgeformte Last des Alltags, wie in jeder anderen Stadt.

Nur keiner, der vermißt wurde. Keine belgische Freundin. Nichts auch nur im mindesten Geheimnisvolles. Immer mehr sank ihre Hoffnung, daß sie sich auf dem richtigen Weg befanden. Und immer mehr verstärkte sich die Befürchtung, daß der Mann das, was er getan hatte, tatsächlich vollkommen geheimgehalten hatte. Es war zum Wahnsinnigwerden.

Bis am übernächsten Morgen Günther Sperling plötzlich beim Lesen einer der zahllosen Notizen, die Ketterle ihm hinübergeschoben hatte, stutzte.

»Dem Freese seine Frau soll ja auch gar nicht mehr aus Neuseeland zurückkommen«, las er. »Das ist ja auch ihr Geld, das beim Freese in der Fabrik steckt. Daß der sich keine andere anlacht, kann man ja kaum glauben. So ein stattlicher Mensch. Der machte es heimlich, sage ich euch... so weit draußen, wie der wohnt... da kommt ja nie einer dahinter.«

Günther Sperling sah hoch.

»Freese«, sagte er zu Ketterle. »Der Name war doch schon einmal da. Der Mann ist Fabrikant. So wie ich das Mädchen einschätze, sind das die Kreise, in die sie hineinpaßt. Ich kann mich natürlich täuschen, aber...«

Hartnäckig wühlten sie die Stöße der Zettel noch einmal von vorne bis hinten durch und fanden endlich die Notiz über den Tod von Edmund Freeses Hund.

»Wenn ich ganz ehrlich bin«, sagte Günther Sperling, »dann ist es das Wörtchen heimlich, das mich aufhorchen läßt. ›Heimlich‹, das ist es ja, wonach wir suchen. Und hier ist zum erstenmal einer, von dem die Leute glauben, daß er etwas heimlich tut.«

Schweigend hielt Ketterle die beiden Notizen nebeneinander vor sich hin.

»Und wenn ich ganz ehrlich bin, dann fasziniert es mich, daß dieser Name als einziger zweimal erscheint. Natürlich braucht ein eingegangener Hund mit einer Frau, die nicht aus Neuseeland zurückkommt, nicht unbedingt etwas zu tun haben. Und trotzdem. Sie haben recht. Es ist die erste von allen diesen Geschichten, an der etwas Besonderes ist. Welches ist die Kneipe, in der von diesem Freese gesprochen wurde?«

Sperling wühlte in den Zetteln.

»Der ›Grüne Jäger‹ in der Rösrather Straße«, sagte er.

Ketterle dachte nach.

»Wenn Sie Lust haben, Sperling«, sagte er nach einer Pause, »dann werden wir beide den heutigen Abend im ›Grünen Jäger‹ verbringen. Vielleicht gibt es dort einen Spielautomaten. Ich versuche so gerne mein Glück, wenn es nicht mehr als einen Groschen kostet.«

16. Oktober

Natürlich rechneten sie nicht im entferntesten damit, daß sie im ›Grünen Jäger‹ eine konkrete Spur finden würden. Es war eher ein gewissenhaftes Abtasten aller Möglichkeiten, ein unbedingt notwendiges Sondieren da, wo es in diesem trivialen Städtchen irgend etwas zu geben schien, das aus dem Rahmen fiel und etwas Besonderes, einen Schimmer von Geheimnis an sich hatte.

Der Kommissar wußte sehr genau, daß die Oberfläche der

Wohlanständigkeit reflektierte und daß man irgendwo in die Substanz eindringen mußte, um in den unsichtbaren Katakomben, die es überall gab, weiterzutasten. Edmund Freese mit seiner Frau, die nicht aus Neuseeland wiederkam, schien ihm vorerst nichts weiter als ein geeignetes Loch, um in diese Katakomben einzutauchen.

Die Kneipe war neu hergerichtet, aber in einem behaglich altertümlichen Stil. Die Fenster zeigten butzenförmige Antikglasscheiben, der Gastraum war holzgetäfelt und hüfthoch in Nischen unterteilt, zwischen denen sich Grünzeug rankte. Die Theke war mit Spirituosen wohlversorgt, und der Wirt in weißen Hemdsärmeln und roter Weste rieb sicherlich schon zum hundertstenmal an diesem Abend ihre spiegelnde Platte blank. Die beiden Männer nahmen einen Tisch, der ziemlich zentral stand, bestellten ein Bier und harrten der Dinge, die da kommen sollten. Nach und nach füllte sich der Gastraum. Oben im ›Grünen Jäger‹ gab es auch Zimmer, in denen offenbar neben Fernfahrern und Reisenden auch Pärchen nächtigten. Man konnte diese Logiergäste gut von den hier Ansässigen unterscheiden, die jetzt in kleinen Gruppen an Ecktischen saßen oder auf den Barstühlen hockten. Jemand warf eine Münze in die Musik-Box, und ein Schlager dröhnte los. Die Gespräche wurden um so lauter, je kräftiger der Alkoholkonsum stieg.

Der Kommissar und sein Begleiter redeten kein einziges Wort miteinander und nahmen nur die Fetzen der Gespräche, die sie umschwirrten, mit ihren Gehirnnerven auf, in der Hoffnung, irgendwo werde der Name Freese fallen. Aber dieser Name fiel nirgends. Später zog Sperling noch einmal den Zettel mit seinen Notizen aus der Rocktasche, um sich zu überzeugen, daß sie in der richtigen Kneipe saßen. Aber es gab keinen Zweifel. Ratlos sahen sie umher.

Endlich erhob sich der Kommissar und ging hinüber zur Theke. Nachdem er sich auf einen der Hocker geschoben hatte, bestellte er sich einen Scharfen. Der Wirt in der roten Weste würde ihn weder so kameradschaftlich angesprochen, noch sich seinen etwas zu plumpen Scherz erlaubt haben, wenn er gewußt hätte, daß der bescheidene, zurückhaltende Gast mit den eisgrauen Augen der Leiter der Ersten Ständigen Mordkommission einer Millionenstadt war.

»Hören Sie«, sagte dieser Gast, nachdem er sein Glas geleert hatte. »Ich suche einen Mann namens Freese. Das muß doch hier in der Nähe irgendwo sein. Kennen Sie den?«

»Freese«, sagte der Wirt. »Edmund Freese, meinen Sie wahrscheinlich. Fleischkonserven. Es gibt noch einen Freese. Otto Freese.« Ein prüfender Blick traf den Kommissar. »Aber zu dem werden Sie nicht wollen.«

Er goß dem Kommissar, der ihm sein Glas hinübergeschoben hatte, noch einmal ein.

»Um was geht es denn?«

Auf diese direkte Frage war der Kommissar, der seine Menschenkenntnis nicht im Rheinland, sondern in dem steifen und zurückhaltenden Hamburg erworben hatte, nicht gefaßt.

»Fleischkonserven, ja«, sagte er. »Das ist der, den ich meine.«

Er suchte verzweifelt nach einer passenden Antwort auf die Frage des Wirtes. Endlich kam ihm eine Eingebung. Zu oft war in den vergangenen Tagen schon von Versicherungsagenten die Rede gewesen, als daß er sich jetzt nicht daran erinnert hätte.

»Versicherungen«, sagte er, geheimnisvoll nach vorne gebeugt. »Größere Lebensversicherung.«

Der Wirt hob die Brauen und goß einem anderen Gast aus der Nippelflasche ein.

»Ach so. Na das kann er auch, der Freese. Was der so verdient. Und ganz klein angefangen. Aber sehen Sie sich mal jetzt den Betrieb an. Es steckt zwar das Kapital von seiner Frau drin, aber nicht jeder kriegt so etwas auf die Beine, selbst wenn er Geld hat. Jetzt ist sie ja in Neuseeland. Schon seit Monaten. Und wie die Leute so reden, will sie auch drüben bleiben.«

»So«, sagte Ketterle. »Warum denn? Sie hat doch hier wahrscheinlich alles, was sie braucht.«

Der Wirt hob, während er ein paar Gläser in den Spülbottich tauchte, die Schultern.

»Und ob«, sagte er. »Aber das Geld und der Luxus alleine tun es ja auch nicht, wissen Sie.«

»Natürlich«, sagte Ketterle. »Geben Sie mir noch einen. Geht er fremd?«

»Wer geht nicht fremd, wenn er kann?« sagte der Wirt und lachte.

Ketterle lachte auch und griff nach dem dritten Glas, das der Wirt ihm hinstellte.

»Aber hier sehen Sie ihn nie?«

»Hier? Nein. Hier ist er noch nie gewesen. Der hat ein Haus, wissen Sie, in Richtung aufs Bergische zu. Da kann er genau machen, was er will, ohne daß es jemals einer merkt.«

In den Worten klang ein gewisses Bedauern mit, daß es niemals einer merkte. Das paßte eigentlich nicht zu einer Stadt wie dieser, in der die Leute mehr oder weniger davon leben, daß jeder alles merkt.

»Aber zuzutrauen ist es ihm?«

»Zeigen Sie mir einen, dem es nicht zuzutrauen ist. Und gerade jetzt, wo die Alte so lange weg ist.«

»Wie lange ist sie eigentlich schon weg?«

»Na«, sagte der Wirt, »so gegen vier Monate. Sie hat aus erster Ehe eine Tochter dort verheiratet. Und sie ist ein unruhiger Charakter, wissen Sie.«

»Ja, ich merke schon. Aus erster Ehe, sagen Sie?«

»Na«, sagte der Wirt. »Das war auch so eine Sache. Vor zehn, zwölf Jahren so was war das. Sie war damals verheiratet mit einem Steinbruchbesitzer, und der Freese hat sie sich direkt eingebildet. Wie das manchmal so ist. Na, sie war ja auch eine charmante Person, die Tina Breisig, die hätte sich mancher eingebildet. Und das Polster noch dazu... Es soll ja auch noch ein Ehebruch mitgespielt haben. Jedenfalls wurde sie von dem Breisig geschieden, und ein Jahr darauf hat sie den Freese geheiratet.«

»Na ja«, sagte Ketterle. »Bei Ehebruch darf sie das ja auch nicht eher.«

»Nein, nein«, lachte der Wirt. »Nicht wie Sie meinen. Das würde die Tina Freese niemals machen. Der Breisig soll den Ehebruch begangen haben. Mit einer Frau, die jetzt dem Freese seine Sekretärin ist. Was sagen Sie dazu? Komisch, was? Das findet jeder.«

Der Wirt holte gespülte Gläser aus dem Bottich, stellte sie nebeneinander und schlug sich das Wasser von den Unterarmen. Dann trocknete er sich die Hände mit einem Tuch, das er anschließend in ein Fach unter die Theke warf. Ketterle zuckte mit den Schultern. »Also doch«, sagte er.

»Nein, mit der hat er nichts«, meinte der Wirt. »Das sagen alle.

Der wird sich auch schön hüten, seiner Alten einen Scheidungsgrund zu liefern, wissen Sie ...«

Der Wirt zwinkerte und machte mit Daumen und Zeigefinger die Bewegung des Geldzählens.

»Ach so«, murmelte der Kommissar. »Tja, da hat er Pech gehabt. In so einem Fall gibt's nur Geld und Frau. Geld oder Frau geht nicht.«

Der Wirt bracht bei diesen Worten in ein lautes Lachen aus und klopfte Ketterle auf die Schulter.

»Sie haben es genau erfaßt. Genau das sagen die Leute auch.«

»Wie meinen Sie das?« fragte Ketterle, ebenfalls lachend.

Aber der Wirt hob nur die Schultern.

»Deswegen meinen sie ja auch, daß er es heimlich macht«, sagte er schließlich, nachdem er einem Gast am anderen Ende der Theke ein Bier hingestellt hatte. »In so einem Fall ist es gefährlich, wenn die Alte etwas spitzkriegt. Na ja, solange sie fort ist, wird er sich für dieses Pech schon schadlos halten. Aber das soll meine Sorge nicht sein. Ich habe mit meiner Alten genug am Hals. Und für Ihre Versicherung kann es sich ja auch gleichbleiben. Sind Sie auch von der ›Niederrheinischen‹?«

»Wie kommen Sie darauf?« fragte der Kommissar.

»Na, weil er alle seine Versicherungen bei der ›Niederrheinischen‹ untergebracht hat.«

»Nein«, sagte Ketterle. »Ich bin nicht von der ›Niederrheinischen‹.«

»Aha«, sagte der Wirt geheimnisvoll. »Sehen Sie?«

»Wieso?« fragte Ketterle.

»Nichts«, sagte der Wirt. »Drei dreißig, wenn es recht ist.«

Ketterle zahlte.

»Geben Sie mir ein paar Groschen«, sagte er, als der Wirt in den Kassenschub griff. Dann begab er sich in die Ecke und setzte den Spielautomaten in Tätigkeit. Das tat er, wenn er in einer Kneipe war und nachdenken wollte, oft.

Mit halb zugekniffenen Augen starrte er in das unruhige Rotieren der bunten Scheibe. Geld klickerte in den Münzenauswurf. Der Kommissar gehörte in die Gewinnerkategorie, die von den Wirten mit Mißtrauen beäugt wird.

Erst als sich eine kleine Gruppe Schaulustiger um ihn sammelte, hörte er auf zu spielen, wog die gewonnenen Groschen in seiner Hand und ging hinüber zu dem Tisch, an dem Günther Sperling mit wachsender Ungeduld auf ihn wartete. Dort schob er sich auf seinen Platz.

»Nun«, fragte Günther Sperling, »was haben Sie herausgefunden?«

Die Antwort Ketterles überraschte ihn. Der Kommissar formte nämlich aus den gewonnenen Münzen ein Türmchen über dem nichtssagenden Gesicht der Titelblattschönheit einer Illustrierten, die auf dem Tisch lag.

»Geld oder Frau«, sagte er. »Toll, was?«

Günther Sperling schüttelte den Kopf.

»Uns sonst?«

»Solange sie fort ist, wird er sich für dieses Pech schon schadlos halten«, murmelte der Kommissar.

»Was soll das heißen, Ketterle?« fragte Günther Sperling ungeduldig.

Der Kommissar sah hoch.

»Daß ich diesen Herrn, der eine Fleischkonservenfabrik betreibt, gerne kennenlernen möchte.«

17. Oktober

Es war ein glücklicher Umstand, daß der redselige Wirt dem Kommissar die Versicherungsverhältnisse Edmund Freeses so offen auseinandergelegt hatte. Denn das brachte ihn auf einen Gedanken, der es ihm ermöglichte, in die näheren Umstände einzudringen, ohne sich schon von vornherein durch das Odium einer amtlichen polizeilichen Untersuchung alle Chancen zu verbauen, die es unter Umständen jetzt noch gab.

Er hatte am Abend auf dem Heimweg diesen Gedanken mit Günther Sperling eingehend erörtert und alle Bedenken, die dagegen sprachen – und das waren viele – gewissenhaft geprüft. Schließlich waren sie zu der Überzeugung gelangt, daß er diese Gelegenheit, die sich ihm bot, im Interesse der Sache ausnützen müsse, selbst wenn es ein ungewöhnlicher Weg war, den er einschlug.

Allerdings wollte er ihn nicht ohne das Einverständnis der zuständigen Kölner Polizeidienststellen gehen und fuhr deshalb am nächsten Vormittag noch einmal in die Stadt. Es gelang ihm in einer langen und eingehenden Unterredung, die Herren für seinen Plan einzunehmen. Um den Mann festzunehmen, sagte er, fehle es an jedem handfesten Anhaltspunkt. Es sei nichts, als eine vage Vermutung, die er habe, und das wichtigste sei, diese Vermutung entweder zum Verdacht zu erhärten oder aber zu entkräften, und das sei am besten mit dem Plan, den er soeben vorgeschlagen habe, zu erreichen.

Sie hatten die Durchführung dieses Plans soweit es ging vorbereitet und sich durch einen Anruf bei dem zuständigen Einwohnermeldeamt die genauen Personalien von Edmund und Tina Freese verschafft. Anschließend hatten sie notdürftig einige Aktenvermerke und Schriftstücke verfertigt, so daß wenigstens andeutungsweise der Eindruck eines geschäftlichen Vorgangs erweckt werden konnte, wenn Ketterle den säuberlich beschrifteten Schnellhefter, der sie enthielt, in der Hand hatte.

Schließlich hatten sie bei der ›Edmund Freese KG‹ angerufen und für heute nachmittag um fünf den Besuch eines der Herrn der ›Niederrheinischen‹ angekündigt.

»Ich hoffe, ich kann es bei dem Besuch vermeiden, daß er persönlich Einblick in die Akten nehmen will«, sagte der Kommissar.

»Wenn es dazu kommt, müssen Sie sich eben ausweisen«, sagte sein Kölner Kollege.

»Dann ist wahrscheinlich alles umsonst«, sagte Ketterle. »Drükken Sie die Daumen.«

Teils mit skeptischen Ermahnungen und teils mit wohlmeinenden Ratschlägen versehen, stieg Ketterle gegen zwölf Uhr wieder in die Straßenbahn nach Porz, wo er sich wie in den Tagen vorher mit Günther Sperling im Gastraum des ›Hotel Joppe‹ zum Mittagessen traf.

Er sah Sperling an, daß sich sein frühes Aufstehen heute morgen gelohnt hatte.

»Na?« sagte er, während er seinen Mantel an den Garderobenständer hängte und sich dann niederließ.

»Ich habe ihn mir genau angesehen«, sagte Sperling. »Ich stand oben unter den Buchen am Waldrand und hatte das Haus und die Garage aus hundertfünfzig Meter Entfernung vor dem Okular. Ein vorzügliches Instrument übrigens, das Glas des Hoteliers.«

»Und?« fragte Ketterle, während er die Speisekarte zu sich heranzog.

Sperling beugte sich nach vorn. »Er ist es«, sagte er fast unhörbar, aber mit unverkennbarer Erregung in der Stimme. »Er kam gegen halb neun aus der Haustür. Im schwarzen Homburg und dunkelgrauen Mohairmantel. Von vorne konnte ich natürlich nichts mit ihm anfangen, denn ich hatte ihn ja nur von hinten gesehen. Aber als er zu seiner Garage ging und das Tor aufschloß, sah ich ihn genauso, wie ich ihn damals auf dem Bahnhof auch gesehen hatte. Nur daß er heute keine schwarzen, sondern mittelgraue Hosen unter dem Mantel trug. Ich würde jeden Eid darauf leisten, daß er der Mann ist, der sie damals in Porz unten vom Zug abholte.«

»Seien Sie vorsichtig mit Eiden, Sperling. Damit kann man sogar hereinfallen, wenn man seinen Mann von vorne gesehen hat. Kennen Sie den Fall Beck? 1907 in London? Nein? Nun, acht Frauen haben vor Gericht geschworen, daß er der Betrüger sie, der sie um ihre kümmerlichen Ersparnisse gebracht hatte. Der Mann saß sieben Jahre im Zuchthaus.«

»Na und?« sagte Sperling.

»Es war ein anderer«, sagte der Kommissar trocken. »Seien Sie vorsichtig mit Eiden. Wollen Sie sich den Mann nicht noch einmal anschauen?«

»Dazu wird keine Gelegenheit mehr sein«, sagte Sperling. »Die Zeit, während der ich Ihnen helfen konnte, ist vorüber. Heute habe ich noch Urlaub. Aber Sie wissen ja, morgen muß ich weg.«

Der Kommissar schwieg ein paar Sekunden.

»Ich habe mich so an Sie gewöhnt, daß ich es vergessen habe«, sagte er dann.

In diesem Augenblick kam das mürrische Mädchen mit dem Essen.

»Nur eines ist mir unklar«, sagte Günther Sperling anstelle einer Antwort und goß Maggi in seine Suppe. »Warum bringt er ein so entzückendes Geschöpf um, wenn sie schon seine Geliebte ist?«

»Erstens wissen wir noch gar nicht, ob sie seine Geliebte war.

Zweitens wissen wir noch nicht, ob er der Mann war, der sie abholte. Und drittens wissen wir noch nicht, ob er sie umgebracht hat«, murmelte der Kommissar. »Phänomenologie. Was wir wissen, ist bisher nur, daß dieser Herr eine Frau hat, die seit nunmehr vier Monaten verreist ist ohne zurückzukommen, daß er es aus bestimmten Gründen auf eine Scheidung von ihr nicht ankommen lassen kann und daß er in einem Haus wohnt, in dem er ziemlich unbeobachtet tun und lassen kann, was er will. Das ist nicht viel, aber etwas. Hoffentlich höre ich heute abend mehr. Um fünf bin ich bei ihm angemeldet. Wenn Sie wissen wollen, was ich erfahren habe, müssen Sie auf mich warten.«

Nach dem Mittagessen tat Ketterle etwas, was er nicht mehr getan hatte, seitdem er sich mit diesem mysteriösen Fall beschäftigte. Er zog sich nämlich auf sein Zimmer zurück, um zwei Stunden zu schlafen. Und er wußte dabei nicht, wie nützlich ihm dieser Entschluß für die kommende Nacht sein würde.

Um kurz vor fünf Uhr näherte er sich zu Fuß den Fabrikationsgebäuden. Der Himmel war bedeckt, und es begann bereits zu dämmern. Auf dem Dach des Hauptgebäudes flimmerte die heitere bläuliche Leuchtschrift. Der Mann am Tor schickte ihn direkt in den zweiten Stock des Verwaltungsgebäudes, wo die Räume der Geschäftsleitung lagen. Ketterle klopfte an eine Tür, an der ein Schildchen mit der Aufschrift ›Edmund Freese, Anmeldung‹ bemerkte. Ein blondes, unscheinbares Mädchen erhob sich hinter dem Maschinentischchen und verschwand, nachdem Ketterle seinen Namen, seinen wirklichen übrigens, genannt hatte, im Nebenzimmer. Als sie wieder zurückkam, bat sie ihn, abzulegen.

Sekunden später saß der Kommissar dem Mann, dessen Frau nicht aus Neuseeland wiederkam, gegenüber und öffnete seine Aktentasche.

»Was kann ich für Sie tun?« hatte Edmund Freese höflich gefragt und Ketterle die Zigarettendose hinübergereicht. Aber der Kommissar hatte gedankt.

»Nun, Herr Freese«, sagte er. »Es ist eine etwas ungewöhnliche Angelegenheit, in der ich Ihren Rat brauche.«

Er kramte umständlich auf seinem Schoß mit den Papieren.

»Achtung«, sagte Edmund Freese, »nehmen Sie das hier.«

Er betätigte irgendeinen Hebel. Eine Platte schob sich aus seinem

Schreibtisch vor, auf welcher Ketterle aufatmend seine Dokumente deponierte.

»Danke«, murmelte er. »Ja, es geht um die Lebensversicherung, die Ihre Frau bei uns abgeschlossen hat.«

»Meine Frau?« fragte Edmund Freese und rückte sich in seinem Stuhl zurecht. »Ich habe eine Reihe von Lebensversicherungen zugunsten meiner Frau abgeschlossen. Aber daß meine Frau selbst... Davon weiß ich nichts.«

»Tina Freese, geborene Retzlaw, geschiedene Breisig, geboren am 24. September 1923 in Aachen. Das ist doch Ihre Gattin, nicht wahr?« sagte Ketterle.

»Ja«, sagte Edmund Freese. »Daran gibt es keinen Zweifel. Aber von dieser Versicherung weiß ich nichts.«

»Nun«, sagte Ketterle, »dann ist es ja auch erklärlich, daß Sie Ihre Ansprüche noch nicht bei uns geltend gemacht haben. Wir haben uns nämlich, offen gestanden, etwas gewundert, daß der ungewöhnlich hohe Betrag, der beim Tode Ihrer Frau fällig geworden ist, noch nicht bei uns reklamiert...«

Edmund Freese beugte sich vor.

»Wiederholen Sie das noch einmal«, sagte er. »Habe ich Sie recht verstanden?«

»Natürlich«, sagte Ketterle. »Beim Ableben Ihrer Gattin am 21. September dieses Jahres stand Ihnen ein Anspruch über fünfhunderttausend Mark gegen unsere Gesellschaft zu. Und Ansprüche in dieser Höhe werden gewöhnlich sehr schnell... Sie verstehen?«

Edmund Freese antwortete eine Weile nichts.

»Nein, ich verstehe nicht«, sagte er dann. »Von wem haben Sie die Nachricht vom Ableben meiner Frau, wenn ich fragen darf?«

»Nun«, sagte Ketterle etwas zögernd. »Wir haben einen gut funktionierenden Ermittlungsdienst, der uns zum Beispiel auch von Krankheiten eines Versicherungsnehmers Kenntnis gibt, die er uns verschweigt. Daran ist nichts Besonderes. Überrascht hat uns eher, daß Sie selbst bisher uns gegenüber diese Mitteilung noch nicht gemacht haben.«

Er blätterte angelegentlich in den Akten und sah den Fabrikanten dann aufmerksam an.

Edmund Freese lehnte sich wieder zurück.

»Das habe ich deshalb nicht getan, weil ich bisher von dem angeblichen Tod meiner Frau selbst noch nichts weiß.«

Es gelang Ketterle, ein vor Verblüffung fast idiotisches Gesicht zu machen. Dabei starrte er auf Edmund Freeses schwarze Krawatte.

»Ach so«, sagte Edmund Freese, »deshalb meinen Sie. Nein, das betrifft meine Schwester, die übrigens am 21. September verstorben ist. Und eine gewisse Zeit ist man in einer Kleinstadt auch bei einer Schwester seinen Mitbürgern die schwarze Krawatte einfach schuldig.«

»Verzeihen Sie«, sagte Ketterle betreten. »Dann darf ich also vermuten, daß es sich um einen Irrtum handelt und daß Ihre Gattin wohlauf zu Hause ist und daß ich Ihnen, ohne es zu wollen, einen tüchtigen Schrecken eingejagt habe.«

Ketterle bemerkte plötzlich die unruhige Wachsamkeit in Edmunds Freeses Gesichtsausdruck. Er wußte, daß er einen Fehler gemacht hatte. Aber auch der Mann ihm gegenüber hatte einen Fehler gemacht. Nur mit dem Unterschied, daß er es nicht wußte.

»Nein«, sagte dieser Mann. »Theoretisch wäre es durchaus möglich. Meine Frau ist ein unruhiger Geist, wissen Sie. Sie ist seit vier Monaten bei ihrer Tochter aus erster Ehe in Neuseeland. Sie schreibt selten. Sie treibt sich viel in der Welt herum. Theoretisch wäre es durchaus möglich.«

»Aber dann würden Sie doch sicher von Ihrer Stieftochter eine Nachricht erhalten haben, Herr Freese?«

Wieder schwieg der Fabrikant und sah seinen Besucher mit abwägenden Blicken an.

»Das müßte nicht sein«, sagte er schließlich. »Sehen Sie, sie ist nämlich am 27. September von dort abgeflogen und bisher noch nicht hier eingetroffen.«

Ketterle richtete den Oberkörper hoch.

»Wie?« sagte er.

Edmund Freese zuckte mit den Schultern.

»Das muß aber nichts zu sagen haben. Sie ist exzentrisch. Sie kann genausogut nach Bombay gereist sein, um das Tadsch Mahal zu besichtigen. Sie hat Freunde in Johannesburg, in Nairobi und weiß Gott wo. Sie kann überall auf der Welt stecken und morgen kerngesund in Wahn ankommen. Ich mache mir deshalb keine

Sorgen. Sie hat das schon öfter getan. Und daß wir uns im übrigen nicht mißverstehen, ich möchte, daß Sie meine Bezugsberechtigung aus dieser Versicherung streichen. Ich habe keine Veranlassung, aus einer Lebensversicherung meiner Frau eine derart hohe Summe in Empfang zu nehmen. Die Prämie ist ja auch nicht aus meinen Mitteln bezahlt, sondern ganz offensichtlich aus ihren.«

»Gut«, sagte Gottfried Cäsar Ketterle, der sich bisher mit dem Recht der Lebensversicherung noch nicht beschäftigt hatte. »Wir werden Ihnen entsprechende Vorschläge unterbreiten. Allerdings wird es dazu eines Antrags Ihrer Frau bedürfen, welche die Versicherung abgeschlossen hat. Die Police haben Sie nicht zur Hand?«

»Nein«, sagte Edmund Freese. »Ich sagte Ihnen schon, daß ich davon nichts weiß. Meine langjährige Sekretärin ist im Schwarzwald auf Urlaub, aber sie wird auch nichts davon wissen. Die einzige Möglichkeit besteht noch bei Dr. Kensy. Er ist seit vielen Jahren ein Freund meiner Frau und hat auch ihre Scheidung von ihrem ersten Mann betrieben. Vielleicht hat er etwas bei seinen Akten.«

Kensy, dachte Ketterle, den Namen habe ich hier doch auch schon gehört. War das nicht die achtzehnjährige Tochter des Apothekers Georgi, die diesen Robert Kensy heiraten wollte und von ihrer verstorbenen Mutter daran gehindert werden sollte? Wie diese Romanze jetzt wohl weiterging? Der Vater sei zu schwach für das Mädchen, hatte es geheißen. Ketterle hatte nichts dagegen, diesen Anwalt persönlich kennenzulernen.

Der Fabrikant notierte auf einen Zettel Adresse und Telefonnummer Robert Kensys und gab ihn Ketterle, der damit beschäftigt war, seine Akten wieder zusammenzupacken.

»Sie könnten mit Dr. Kensy auch gleich darüber sprechen, ob man diese anonyme Mitteilung vom Tod meiner Frau nicht der Polizei übergeben sollte.«

Ketterle nickte.

»Aber selbstverständlich, Herr Freese. Wenn ich im übrigen«, fügte er hinzu, »noch eine Bitte äußern dürfte: Wir haben ja Ihre Fabrik auch gegen Feuer versichert. Die Besichtigung hat damals ein anderer unserer Herren gemacht. Aber ich persönlich habe noch nie eine Konservenfabrik gesehen. Wenn es sich ermöglichen ließe...?«

»Sie wollen durch den Betrieb gehen?« Edmund Freese sah auf seine Armbanduhr. »Es ist schon ein bißchen spät. In einer halben Stunde schließen wir. Aber wenn Ihnen soviel daran liegt...?«

Er griff zum Telefon und bat einen Mann, dessen Namen Ketterle nicht verstand, in sein Sekretariat herauf zu kommen.

»Wenn Sie sich einen Augenblick draußen gedulden wollen«, sagte er dann zu Ketterle, und der Kommissar erhob sich.

»Entschuldigen Sie die Unannehmlichkeiten, die ich Ihnen bereitet habe...«, murmelte er und verbeugte sich, als er Edmund Freeses »Aber das ist doch schließlich Ihr Beruf« hörte.

Draußen war er soeben dabei, seinen Mantel anzuziehen, als ein Mann im weißen Kittel das Sekretariat betrat, der sich ihm als Betriebsassistent vorstellte und ihn höflich bat, ihm zu einem kurzen Rundgang zu folgen.

Freundlich erklärte der junge Mann dem Kommissar alle Räume, Säle und Hallen, die sie durchschritten. Von der Anlieferung über die Zubereitung bis zur Zurichtung, Lagerung und Fleischerei.

»Natürlich können wir nicht immer schlachtfrisches Fleisch verarbeiten. Manche Sorten müssen abgehangen konserviert werden. Bisweilen kommt auch eine Verarbeitung der Anlieferung nicht nach, wenn ein besonders günstiger Einkaufsabschluß getätigt wurde. Daher liegt Herrn Freeses Augenmerk auf einer hochmodernen, ausgedehnten Kühlanlage.«

Der Mann deutete auf eine Reihe von sechs oder sieben Türen aus blitzendem Metall, die in eine weißgeflieste Wand eingelassen waren.

»Wir haben sieben Tiefkühlbunker, die insgesamt...«

Er griff nach dem Hebelverschluß einer der Türen und wollte sie öffnen. Aber sie ließ sich nicht aufziehen.

»Abgeschlossen«, sagte der Mann verdutzt. »Ach richtig, den Schlüssel hat Herr Freese selbst.«

Er ging zur nächsten Tür, und Ketterle folgte ihm. Interessiert sah er bei dem automatisch aufleuchtenden hellen Licht in eine blinkende Kühlanlage von äußerster Hygiene. Eiskalte Luft schlug ihm entgegen.

»Sehr interessant«, sagte er, als der Mann die Tür wieder verriegelte. Er folgte ihm weiter durch die Presserei, die Verlötung und die Verpackung bis zum Versand. Auf dem Rückweg benutzten sie die Kellerflure.

»Die Heizzentrale«, sagte der Mann und deutete durch eine offenstehende Tür in einen Raum, in dem man die wuchtigen Klötze von Kesselanlagen erkennen konnte. »Vor ein paar Jahren haben wir auf Öl umgestellt. Aber Herr Freese hat die Kokskessel stehen lassen. Für alle Fälle.«

Als sie wieder im Verwaltungstrakt ankamen, hatte die Besichtigung über eine Stunde gedauert.

»Ich will mich noch von Herrn Freese verabschieden«, sagte Ketterle. »Bitte bemühen Sie sich nicht weiter und vielen Dank für Ihre Führung.«

»Nichts zu danken«, sagte der Mann. »Sie wissen ja Bescheid.«

Er deutete auf die Treppe und verschwand nach rückwärts.

Nachdenklich stieg der Kommissar die Treppe nach oben. Auf dem Flur im zweiten Stock brannte kein Licht mehr. Ketterle schritt ihn im Dunkeln entlang. Er klopfte an die Tür mit dem Schild, das Edmund Freeses Namen trug. Er hörte niemanden antworten und öffnete sie. Das Büro war dunkel. Durch das Fenster sah der Kommissar die Angehörigen der Belegschaft einzeln oder in Gruppen das Werkstor passieren. Er bemerkte, daß die Tür zum Sekretariat halb offenstand. Auch dort war es dunkel und still.

Einen Augenblick lang schwankte Gottfried Cäsar Ketterle, dann schloß er die Tür hinter sich, nahm seinen Hut ab, öffnete den Mantel und ließ sich in einem der Sessel nieder, die um den eleganten flachen Couchtisch standen. Dort saß er eine lange Weile und musterte in dem dämmrigen Licht, das von draußen hereinfiel, die Einrichtung.

War es die Atmosphäre des Zimmers oder die Ausstrahlung des selbstsicheren Mannes, die noch immer im Raum hing, jedenfalls ging dem Kommissar unwillkürlich die Unterhaltung, die er mit ihm geführt hatte, noch einmal durch den Kopf.

Deutlich erinnerte er sich an das erstaunte Aufhorchen, das der Mann bei der Erwähnung des Ablebens seiner Frau zeigte. Ketterle hätte schwören mögen, daß keinerlei Schreck dabeigewesen war. Wenn aber kein Schreck dabeigewesen war, dann konnte das zwei Gründe haben. Entweder hatte der Mann nicht viel dagegen einzuwenden, wenn seiner Frau etwas Menschliches passierte, oder...

Nachdenklich ließ Ketterle die Enden seines Schals durch die Hände gleiten. Seine Gedanken tasteten weiter.

Da war doch noch etwas gewesen? Was war es denn? Richtig. Hatte er nicht gesagt, er habe bei der ›Niederrheinischen‹ keinen Auszahlungsantrag gestellt, weil er von dem Tod seiner Frau noch gar nichts wisse? Nein. Er hatte gesagt ›noch‹ nichts wisse. Noch. Was hatte dieses ›noch‹ zu bedeuten? Vielleicht war es ein ganz bedeutungsloses ›noch‹. Und trotzdem. Ein Mann, der ganz plötzlich vom Tode seiner Frau verständigt wird, reagiert anders. Er sagt nicht ›noch‹.

Und warum soll ein Mann, der aus einer hohen Lebensversicherungssumme seiner Frau begünstigt ist, diese Summe nicht annehmen? Edelmut war selten. Vor allem bei der Industrie. Und Ketterle glaubte aus Prinzip nicht, daß ein Mann wie Freese eine halbe Million einfach in den Wind schlug, ohne sehr konkrete Gründe dafür zu haben. Aber was für Gründe konnten das sein?

Langsam stemmte er sich aus dem Sessel hoch und ging hinüber ans Fenster.

Die Uhr auf dem Werkshof zeigte jetzt wenige Minuten vor halb acht. Die Fabrik war wie ausgestorben. Das breite Rolltor verschloß mit seinen Gitterstäben die Einfahrt. Auch die Pförtnerloge war dunkel.

Wenn eine Lebensversicherungsgesellschaft eine halbe Million auszahlen soll, dann überzeugte sie sich in der Regel sehr genau von dem Tod und den Todesursachen ihres Versicherten. Manchmal kam es sogar zu Autopsien. Das alles konnte der Mann vermeiden, wenn er die Annahme der Summe einfach ausschlug. Oder?

Der Zeiger der Uhr sprang jetzt auf halb acht.

Was aber war, wenn es keinen Leichnam gab, welcher der Gesellschaft zur Verfügung stehen konnte? Blieb nicht dann dem Mann schließlich gar nichts anderes übrig, als den Riesenbetrag auszuschlagen, um diese Tatsache zu verheimlichen? Wieder zog Ketterle einen Umkehrschluß. Und hier, in diesem stillen Zimmer, abgeschlossen von der Außenwelt, konnte er es sogar tun, ohne daß jemand darüber lachte. Wenn also ein Mann auf eine halbe Million einfach verzichtet, dann hat er ein brennendes Interesse daran, daß niemand auf den Gedanken kommt, den Todesursachen des Versicherten nachzuspüren. Und ein solches Interesse kann er nur in einem einzigen, ganz bestimmten, und für ihn höchst gefährlichen Fall haben.

Der Kommissar atmete einmal tief auf und sah sich dann im Raum um. Sein Blick fiel auf den großen, bräunlich schimmernden Schreibtisch Edmund Freeses. Dicht vor ihm stand das Telefon. Der Kommissar wußte nicht, ob es eine Vermittlung gab, oder ob der Apparat vielleicht nachts zur Wohnung des Fabrikanten durchgesteckt war. Dennoch versuchte er es. Als er den Hörer abhob, blieb der Apparat stumm. Aber als er dann den Knopf mit der Aufschrift ›Amt‹ drückte, kam das Freizeichen. Er wählte die Nummer des ›Hotel Joppe‹ und ließ Günther Sperling ans Telefon bitten.

»Ich kann Ihnen Hoffnungen machen, Sperling«, sagte er leise. »Wenn hier etwas nicht stimmt, dann mit der Frau. Wie? Ich bin hier im Büro von Freese. Ja, allein. Das erzähle ich Ihnen später. Ich werde die Gelegenheit benutzen, mich noch näher umzusehen. Wie ich darauf komme? Offen gestanden kam ich schon gestern im ›Grünen Jäger‹ darauf. Geld oder Frau. Sie erinnern sich doch. Das ist des Rätsels Lösung. Nur ein Beweis fehlt mir noch. Der Mann ist aalglatt. Wann ich komme, kann ich Ihnen nicht sagen. Vorerst weiß ich noch gar nicht, wie ich hier überhaupt wieder 'rauskomme. Falls ich Sie nicht mehr treffe, wünsche ich Ihnen eine gute Reise, Sperling. Und ich möchte Sie in Hamburg gerne einmal sehen. Ich weiß eine gemütliche Kneipe. Denken Sie daran? Gut. Dann auf Wiedersehen.«

Er legte auf, zog sein Schlüsselbund aus der Tasche und ließ sich auf Edmund Freeses Schreibtischsessel nieder. An seinem Schlüsselbund befand sich eine winzige Lampe, die ihm seine Schwester einmal zum Geburtstag geschenkt hatte, weil sie der Ansicht war, ein Detektiv müsse einfach eine Minilampe haben. Jetzt ließ er sie aufflammen und leuchtete mit ihr die Schlösser am Schreibtisch Edmund Freeses ab. Zur Probe zog er an einer der Schubladen. Sie war zu seiner großen Überraschung offen. Vielleicht war dieser Umstand der Tatsache zu verdanken, daß die reguläre Sekretärin in Urlaub war. Jedenfalls machte es sich der Kommissar zunutze und begann sorgfältig, den Inhalt der Schübe und der Seitenfächer einer eingehenden Untersuchung zu unterziehen.

Das erste, was ihm dabei in die Hand fiel, war ein merkwürdig geformter Schlüssel, an dem eine Blechmarke befestigt war, auf der er eine ›7‹ eingeprägt sah. Einen Augenblick lang wog er den Schlüssel in der Hand, ehe er ihn in seine Rocktasche gleiten ließ. Geduldig sichtete er dann im Schein seiner kleinen Lampe persönliche Notizen, Berichte über Verbandstagungen, Steuerakten und Privatrechnungen, alles, was sich so im Lauf der Zeit in den Schubladen eines vielbeschäftigten Mannes ansammelt.

Fast alles konnte er als bedeutungslos wieder an seinen Platz legen, bis er plötzlich ganz unten und hinten in einem der Seitenschränke auf etwas stieß, das sein Interesse erweckte.

Er zog das angebrochene Paket mit einem Stoß von Todesanzeigen hervor. Zuoberst lag einer der schwarzgeränderten Umschläge, der bereits adressiert und frankiert war. Die Anschrift lautete: ›Mrs. Tina Freese, c/o Peter Craig, 87 Cecil-Rhodes-Street, Wellington, Neuseeland.‹ Neugierig öffnete er den Umschlag und starrte auf die Nachricht vom Tode des Mannes, mit dem er morgen die Frage zu klären hatte, ob man nicht die anonyme Mitteilung an die Versicherung der Polizei übergeben solle. Kopfschüttelnd prüfte Ketterle den übrigen Inhalt des Päckchens. Er bestand aus neunundvierzig kuvertierten weiteren Todesanzeigen, von denen keine frankiert oder mit einer Adresse versehen war. Dr. Robert Kensy, so erinnerte sich Ketterle, war seit vielen Jahren mit Tina Freese befreundet. Aber so sehr er auch grübelte, es erschien ihm unmöglich, aus dem Brief, den er in der Hand hielt, einen Schluß zu ziehen, der zu dieser Tatsache paßte. Am 26. September sollte Dr. Robert Kensy verstorben sein. Der Kalender auf dem Schreibtisch des Fabrikanten zeigte unverkennbar den 17. Oktober. Noch einmal schüttelte Ketterle den Kopf, dann schob er den Umschlag in seine Brusttasche, stand auf und fuhr in den Mantel. Ein Blick auf die Uhr im Werkshof zeigte ihm, daß es mittlerweile kurz vor zehn geworden war. Er legte den Schal um den Hals und setzte seinen Hut auf.

Vorsichtig und lautlos verließ er das Zimmer und tastete sich in dem dunklen Treppenhaus abwärts. Er erinnerte sich an die Tür, durch die er mit dem Mann, der ihm den Betrieb gezeigt hatte, die Kellerflure verlassen hatte. Es gelang ihm, sie wiederzufinden, und auch sie war unversperrt. Er glaubte, daß die Kühlräume durch den Kellerflur eher zu erreichen sein würden, als oben herum, wo es über Höfe ging und die Türen sicherlich verschlossen waren. Vorsichtig mit seinem Lämpchen leuchtend, stieg er die Betonstufen abwärts. Er bog in den finsteren Korridor ein, der nach rechts führte.

Einen Augenblick lang blieb er stehen, denn er glaubte, irgendwoher aus den verzweigten Tiefen des Kellers Stimmen und Lärm gehört zu haben. Aber als er selbst keine Bewegung mehr machte und nur das Geräusch seines eigenen Atems vernahm, war es still wie zuvor. Nachdem er um eine Ecke gebogen war, glaubte er wieder Stimmen zu vernehmen. Wieder blieb er stehen, und dieses Mal hatte er sich nicht getäuscht. Langsam schlich er weiter und gelangte an eine zweite Ecke. Er spähte in den kreuzenden Flur und sah die mächtigen Heiz- und Druckrohre, die an seiner Decke entlangliefen, weiter vorne von Flammenschein erleuchtet. Der Schein kam aus der Heizzentrale. Ketterle machte kein Geräusch, als er jetzt an der Wand entlangglitt und die Tür erreichte. Der Anblick, der sich ihm bot, als er die Heizzentrale überblicken konnte, ließ ihn wie angewurzelt stehen bleiben. Einer der beiden großen Kokskessel war angeheizt. Aus dem geöffneten Feuerloch strahlte eine flackernde Helligkeit und beschien gespenstisch Edmund Freese, der, in Hemdsärmeln, eine lange eiserne Schürstange in der Hand, in die Glut starrte, und eine überschlanke junge Frau mit langen unordentlichen Haaren.

Aber am meisten überraschte den Kommissar das, was die beiden taten. Sie verbrannten nämlich in dem Kessel einen daneben aufgeschichteten großen Stoß Pappkartons der Margarinefabrik Rôdieux in Limoges.

Lange stand der Kommissar, die Hände in die Taschen seines Mantels geschoben, unter der Tür und sah Edmund Freese und der Kotelecky zu, ehe sie ihn bemerkten. Die Kotelecky sah ihn zuerst und ließ einen gellenden, weithin durch die Kellerflure hallenden Schrei hervor, während sie mit einer Hand auf den schweigsamen Mann im Türrahmen zeigte. Edmund Freese fuhr herum und starrte, noch gebückt, die Schürstange in beiden Händen, auf den Kommissar. Es sah einen Moment lang so aus, als habe er die Absicht, sich auf ihn zu stürzen. Aber dann richtete er sich langsam auf.

»Verbrennen Sie nicht alle, Freese«, sagte der Kommissar. »Einen brauche ich. Als Beweis.«

»Ich habe schon heute nachmittag geahnt, daß mit Ihnen etwas nicht stimmt«, murmelte Edmund Freese.

»Ganz meinerseits«, sagte Ketterle und zog die ovale Blechmarke aus der Tasche, mit der er sich bei Freese auswies.

»Wer ist die Dame?«

»Meine Sekretärin.«

»Die, die im Schwarzwald ist?«

»Sie ist heute abend zurückgekommen.«

»Waren Sie an dem Mord beteiligt« fragte der Kommissar die Kotelecky.

Über ihr Gesicht glitt eine entsetzliche Blässe. Sie antwortete nichts.

»Reden Sie«, sagte der Kommissar.

»Du sprichst kein einziges Wort, ehe nicht Dr. Kensy hier ist«, sagte Edmund Freese.

»Na gut«, sagte der Kommissar, »wenn Sie es so wollen?«

Er zog den Schlüssel mit der Nummer sieben aus der Tasche und hielt ihn Edmund Freese hin.

»Sie brauchen auch gar nicht ohne Anwalt zu reden. Sie brauchen mir nur den Kühlbunker Nummer sieben aufzuschließen. Vorwärts. Legen Sie die Stange weg und ziehen Sie Ihr Jackett an.«

Der Kommissar sprach so energisch, weil er keine Waffe hatte, und dieser Mann, der jetzt zu seiner Erleichterung die schwere Schürstange auf den Boden fallen ließ, schien ihm gefährlich. Langsam zog Edmund Freese sein Jackett an.

»Machen Sie keine unbedachte Bewegung«, sagte Ketterle, »und gehen Sie voraus.«

Sie schritten zu dritt den langen Kellerflur entlang, und an jedem Lichtschalter, den sie passierten, schaltete der Fabrikant die Beleuchtung ein, so daß sie einen lampengesäumten Tunnel hinter sich ließen, während sie nach vorn in die Dunkelheit schritten.

Endlich erreichten sie das Kühlhaus. Nervös vibrierend flammte die Neonbeleuchtung auf. Vor der Metalltür von Nummer sieben blieben sie stehen. Edmund Freese wendete sich um.

»Schließen Sie auf«, sagte Ketterle. »Kopf und Rumpf fehlten noch.«

Edmund Freese schob den Schlüssel in das Schloß. Langsam und mit einem saugenden Geräusch öffnete sich die schwere Tür, und die automatische Beleuchtung schaltete sich ein. Eiskalt wehte es dem Kommissar aus dem kachelblitzenden Gelaß entgegen.

Aber Nummer sieben war vollständig leer.

18. Oktober

Es war regnerisch, und große langgestreckte Pfützen füllten die Fahrspuren des Wagens, der zu Edmund Freeses Haus hinaufführte. Der Fahrer des Wagens versuchte sie zu vermeiden, aber immer wieder glitten die Räder in das aufplatschende Wasser.

»Ist das Ihr Haus?« fragte der Kommissar, der neben dem Fahrer saß, und deutete, während er sich umwendete, nach vorn. Edmund Freese und die Kotelecky hatten den Rücksitz eingenommen.

»Ja«, sagte Edmund Freese einsilbig.

Weiß und langgestreckt zeichnete sich das einstöckige Gebäude vor der schiefergrauen Kulisse des herbstlichen Buchenwaldes ab. Der Fahrer hielt vor dem Gartentor an. Edmund Freese im grauen Mohairmantel, den Hut in der Hand, ging voraus, um aufzuschließen. In der Halle kam den Männern eine gemütlich aussehende, ältliche Frau entgegen, die gerade etwas zu Edmund Freese sagen wollte, als sie den Kommissar und draußen vor dem Gartentor den wartenden Polizeiwagen bemerkte. Sie begann zu stottern.

»Um Himmels willen, Herr Freese... Was ist denn...? Ist irgend etwas geschehen?«

»Ich erkläre Ihnen alles nachher«, sagte Edmund Freese. »Gehen Sie jetzt in die Küche und verhalten Sie sich ruhig. Verschwinden Sie...«, fügte er hinzu, als die Frau noch einmal Anstalten machte, etwas zu sagen. »Ich kann verstehen, daß Sie besorgt waren, als ich heute morgen nicht zu Hause war. Aber Sie sehen ja, ich bin gesund.«

Mit einem unterdrückten Schluchzen verschwand die Frau in der Küche.

»Wo wollen Sie sich niederlassen?« fragte Edmund Freese. »Im Wohnzimmer?«

Er öffnete die Tür zu dem behaglichen Raum, und die Männer betraten ihn, ohne abzulegen.

Ketterle sah sich interessiert und aufmerksam um. Er legte den Hut auf das Kaminsims.

»War das Ihre Haushälterin?« fragte er Edmund Freese.

»Ja«, sagte der Mann. »Sie heißt Pausch.«

»Ich werde ihr anschließend ein paar Fragen stellen.«

»Ich mache Sie jetzt schon aufmerksam«, sagte Edmund Freese, »daß sie bis vorigen Montag bei ihrer kranken Mutter auf Urlaub war. Bitte nehmen Sie Platz.«

»Hören Sie«, sagte der Kommissar, ohne der Aufforderung Folge zu leisten, »haben Sie eigentlich alle Ihre Angestellten zur gleichen Zeit in Urlaub geschickt?«

»Wollen Sie mir daraus auch einen Vorwurf machen?« fragte Edmund Freese und ließ sich auf der langgestreckten Polsterbank nieder.

Die Kotelecky stand wie eine düster wirkende Statuette neben dem Kamin. Später versuchte sie ihr Haar in Ordnung zu bringen.

»Nein«, sagte Ketterle. »Daraus allein nicht. Ebensowenig wie daraus, daß Sie Margarinekartons verbrannt haben.«

Er setzte sich jetzt endlich mit geöffnetem Mantel Edmund Freese gegenüber.

»Wollen Sie mir nicht etwas von Ihrer Ehe erzählen, Freese?« sagte er. »Warum ist Ihre Frau so oft und so lange von zu Hause fort? Ist sie nicht glücklich?«

Edmund Freese seufzte.

»Ich weiß nicht, was Sie mit dieser Frage bezwecken. Warum fragen Sie zuerst danach, ob sie glücklich ist? Eigentlich müßte es Sie doch eher interessieren, ob ich es bin. Ich habe nie darüber nachgedacht, ob sie es ist.«

»So«, sagte der Kommissar. »Und da hat sie wahrscheinlich ihr Heil in der Flucht gesucht.«

»In der Flucht ins Erleben, ja. Sie hat ja zu Hause alles, was sie braucht. Wenn ihr das nicht genügt...?«

»Frauen verlangen immer mehr, als das, ›was sie brauchen‹, Freese. Wissen Sie das noch nicht?«

Edmund Freese hob die Schultern.

»Dazu habe ich nie die Zeit gehabt«, murmelte er.

»Also lieben Sie Ihre Frau nicht mehr?«

»Nein.«

»Und das geben Sie so offen zu?«

»Jeder weiß es. Sie brauchen doch nur den Krämer unten an der Straße zu fragen, die Wäscherei oder auch meine Sekretärin.«

Er deutete auf die Kotelecky, die immer noch regungslos neben dem Kamin stand.

»Haben Sie sie geliebt?«

Edmund Freese zögerte mit der Antwort.

»Oder waren die Mittel, die sie mit in die Ehe brachte, die Veranlassung, diese Verbindung einzugehen? Haben Sie sie geliebt, Freese?«

»Ich habe es vielleicht geglaubt«, sagte Edmund Freese endlich. »Aber vielleicht habe ich es mir auch eingebildet. Warum wollen Sie das alles so genau wissen?«

»Geld oder Frau«, murmelte der Kommissar. »Ich halte es für wichtig.«

Er warf der Kotelecky einen Blick zu, den sie mit unbewegtem, verschlossenem Gesicht erwiderte.

»Wollen Sie sich nicht setzen?«

Die Kotelecky schüttelte wortlos den Kopf. Dabei fielen ihr wieder schwarze Haarsträhnen ins Gesicht, die sie mit einer müden Bewegung der zerbrechlichen Hand zurückstrich.

»Sie haben viel dafür in Kauf genommen, um Ihre Frau aus ihrer ersten Ehe zu lösen und sie zu heiraten, Freese. War nicht Ihre Sekretärin der Scheidungsgrund für Ihre Frau?«

»Woher wissen Sie das?« fragte die Kotelecky tonlos.

Ketterle hob die Schultern.

»Es stimmt doch. Oder?«

Er erhielt keine Antwort. Deshalb sprach er weiter:

»Würden Sie mir sagen, warum Sie diese Dame zu Ihrer Sekretärin gemacht haben? Das ist doch ungewöhnlich, nicht wahr?«

Edmund Freese richtete sich im Sitzen aus seiner vornübergeneigten Stellung auf.

»Sie ist eine außergewöhnlich gute Sekretärin.«

Ketterle nickte.

»Sogar eine so gute, daß Sie sie in Ihre tiefsten Geheimnisse einweihen. Oder...«, er wendete sich an die Kotelecky, »haben Sie sich bei dem Verbrennen der Margarinekartons wirklich gar nichts gedacht?«

Die Kotelecky schwieg.

»Nein«, fuhr der Kommissar fort, »Sie beide verbindet mehr miteinander, als nur die Eigenschaften einer ungewöhnlich guten Sekretärin. Es liegt in der Luft. Finden Sie das nicht selbst? Warum haben Sie sich gestern abend in der Fabrik mit ihm getroffen, um Kartons zu verbrennen?«

Er sah die Kotelecky an. Sie veränderte ihre Haltung und verschränkte die Arme hinter dem Rücken, während sie sich an die Wand lehnte. »Ich habe mich nicht mit ihm getroffen«, sagte sie zuerst noch leise und mechanisch. »Er war seit Wochen nachts in der Fabrik«, brach es dann plötzlich bitter aus ihr heraus. »Er hatte Heimlichkeiten, die mich wahnsinnig machten. Ich wollte wissen, was er dort trieb. Ich konnte nicht ahnen, daß er Kartons verbrannte.«

Der Kommissar bemerkte das Zucken ihrer Mundwinkel und ihr fast völlig unterdrücktes Schluchzen. Er sah sie einige lange Sekunden aufmerksam an.

»Ich habe dir gesagt, du sollst kein Wort reden, ehe nicht Dr. Kensy hier ist«, fuhr Edmund Freese sie an.

»Ja, Edmund«, sagte die Frau mit einer Fügsamkeit, die den Kommissar nach ihrem leidenschaftlichen Ausbruch überraschte. Er schwieg einige Sekunden.

»Nun«, sagte er schließlich. »Von wann stammt die letzte Nachricht Ihrer Frau?«

»Vom 27. September«, sagte Edmund Freese. »Sie telegrafierte aus Wellington, daß sie am nächsten Morgen abfliegen wollte und sich unterwegs noch aufhalte. Den genauen Ankunftstermin würde sie mir mitteilen.«

»Und das ist bisher noch nicht geschehen?«

»Nein.«

Die Kotelecky gab einen Laut von sich, der den Kommissar veranlaßte, wieder zu ihr hinüber zu sehen. Er klang wie ein mit äußerster Willenskraft unterdrückter Ausruf, wie ein halb ersticktes »Edmund«.

Auch Edmund Freese sah zu ihr hinüber.

»Warum hast du mir von diesem Telegramm nichts gesagt, Edmund?« murmelte sie jetzt mit klarer Stimme.

»Es kam am Tag deiner Abreise«, sagte der Mann.

Der Kommissar sah aufmerksam von einem zum anderen.

»Kann ich das Telegramm sehen?« fragte er schließlich.

»Natürlich«, sagte Edmund Freese, erhob sich und ging hinüber zu seinem Schreibtisch, wo er begann die Papiere zu durchwühlen, die ihn bedeckten.

»Nein«, murmelte er schließlich betreten, »doch nicht. Es ist bei Dr. Kensy. Ich gab es ihm zum Lesen, und er muß es mitgenommen haben.«

»Können Sie Dr. Kensy erreichen?« fragte der Kommissar.

»Natürlich.«

»Dann bitten Sie ihn, hierherzukommen und das Telegramm mitzubringen.«

Während Edmund Freese mit dem Anwalt telefonierte, stand der Kommissar auf und betrachtete interessiert die Bücher in den breiten Regalen.

»Eine ganze Menge Kultur«, murmelte er, halb zu Ida Kotelecky gewendet. »Man findet das selten.«

»Er hat sie«, sagte die Kotelecky.

»Was?«

»Kultur.«

Der Kommissar wendete sich zu ihr um und sah sie an.

»Sie lieben ihn, nicht wahr?«

Eine deutlich sichtbare Rötung überzog das bleiche Gesicht der Frau.

»Aber er liebt Sie nicht. Er liebt eine andere. Und das verzehrt Sie?«

Er sah, wie die blasse, schlanke Frau mit ihren Zähnen die Unterlippe einfing, als müsse sie sich mit großer Anspannung davon abhalten, ihm zu antworten.

»Und diese andere ist nicht seine eigene Frau. Er hat selbst gesagt, Sie wüßten, daß er sie nicht liebt. Wer ist es, Fräulein Kotelecky? Sagen Sie es mir. Ist es eine Dame aus Belgien?«

Die Röte auf dem Gesicht der Kotelecky wechselte mit erschrekkender Schnelligkeit über in eine tödliche Blässe. Sie starrte den Kommissar an.

»Nein«, stieß sie dann hervor. »Nein, Sie täuschen sich.«

In diesem Augenblick war Edmund Freese mit seinem Gespräch fertig.

»Er befindet sich auf dem Weg zu mir. Es ist mir ohnehin angenehmer, wenn er als mein Anwalt anwesend ist.«

Edmund Freese kam quer durch das Zimmer. Sie ließen sich wieder nieder.

Aber noch bevor Ketterle mit seinen Fragen fortfahren konnte, klopfte es an der Tür. Frau Pausch schob verwirrt den Kopf durch die Spalte.

»Herr Georgi und Fräulein Ricki sind hier, Herr Freese, und wollten Sie sprechen. Ich habe Herrn Georgi gesagt...«

Der Kommissar hob den Kopf, als Edmund ungeduldig abwinkte.

»Nein, nein«, sagte er, »lassen Sie die Herrschaften doch bitte hereinkommen. Es ist doch Ihr Schwager, nicht wahr?« fuhr er zu Edmund Freese gewendet fort.

»Ja«, sagte Edmund Freese gequält. »Von mir aus. Sie werden mich wieder um Rat fragen wollen.«

Er seufzte.

»Warum?« wollte Ketterle wissen.

»Das Mädel hat sich Dr. Kensy in den Kopf gesetzt, und es war der Wunsch meiner verstorbenen Schwester, daß diese Verbindung nicht zustande kommt«, sagte Edmund Freese bitter. »Und jetzt wird Alfred mit dem Kind nicht fertig, und ich habe diese Geschichte auch noch am Hals. Zu allem anderen.«

»Ach ja, richtig«, sagte der Kommissar. »Ich weiß.«

Edmund Freese sah hoch.

»Woher?«

Ketterle zuckte mit den Schultern.

»Die Leute reden eben«, sagte er gerade in dem Augenblick, da der Apotheker und Ricki das Zimmer betraten. Alfred Georgi sah mit dem im eigenen, ängstlichen Ausdruck von einem zum anderen.. Ricki zog ihre Handschuhe aus und nahm das verwirrend hübsche schwarze Hütchen ab.

»Ein Freund von dir?« sagte sie und deutete auf den Kommissar.

»Das kann man nicht gerade sagen«, murmelte ihr Patenonkel.

Da Edmund Freese keinerlei Anstalten traf, irgend jemand vorzustellen, ließ sich Alfred Georgi in einer Ecke nieder, während sich Ricki in einen der Kaminsessel setzte und die Beine übereinanderschlug. Es berührte den Kommissar merkwürdig, in was für einer selbstsicheren Art sie ihre Handtasche öffnete und eine Zigarettenpackung hervorholte. Edmund Freese gab ihr Feuer.

»Was beratet ihr denn so eifrig?« fragte Ricki und stieß den Rauch aus.

»Wir versuchen gerade, uns darüber klarzuwerden, was aus Tina Freese geworden ist«, sagte der Kommissar. »Wissen Sie etwas darüber?«

»Ich?« sagte Ricki. »Ich bin heilfroh, wenn ich endlich weiß, was aus mir selber wird.«

»Ricki«, murmelte Alfred Georgi vorwurfsvoll.

»Aber deswegen sind wir doch hierhergefahren, Papa. Ich bin überzeugt, daß Edmund auf meiner Seite steht. Robert ist ja schließlich sein Freund.«

Edmund Freese versuchte ein Lächeln. Aber es fiel gequält aus. »Mein Anwalt, meinst du, Ricki.«

»Nicht, ich meine dein Freund. Der Anwalt alleine würde mir gar nichts nützen. Du kennst ihn durch und durch, und du mußt Papa jetzt endlich einmal sagen, was du wirklich von ihm hältst. Sonst feiern Mamas Vorurteile fröhliche Auferstehung.«

»Ricki«, sagte Edmund Freese streng und gleichzeitig beschwörend. »Überlege dir doch bitte, was du sagst.«

»Na ja«, sagte Ricki. »Es ist doch so. Und ich bin auch so. Wenn sich auch Papa verzweifelte Mühe gibt, mir beizubringen, daß es ein schlechter Charakterzug ist, wenn man sagt, was man denkt.«

»Du verstehst mich immer falsch, Ricki«, sagte der Apotheker. »Mit Charakter hat das nichts zu tun. Es ist nur... Es ist eben...«

»Was?« sagte Ricki.

»Unbequem für die Umwelt, nicht wahr?« sagte der Kommissar, der Ricki und ihren Vater mit steigendem Interesse beobachtet hatte. Wirklich, dieser Mann war auf keinen Fall in der Lage, mit einem solchen Mädchen fertig zu werden. Und man sah ihm an, daß es eine große Sorge für ihn war.

Das Klingeln der Haustür enthob ihn einer Antwort auf Ketterles Feststellung. Alert und geschäftig, eine flache Aktentasche unter dem Arm, betrat Dr. Robert Kensy den Raum, aber seine Selbstsicherheit geriet etwas ins Stocken, als er sah, wer hier alles versammelt war.

»Guten Tag, Edmund«, sagte er, nachdem er sich im Zimmer

umgesehen hatte. »Tag, Alfred. Tag, Ricki.« Dann wendete er sich an Ketterle.

»Sind Sie der Herr von der Polizei?«

Der Kommissar bejahte.

»Kensy«, murmelte der Anwalt, öffnete seine Aktentasche und entnahm ihr das Telegramm. Er hielt es unschlüssig in der ausgestreckten Hand. Der Kommissar griff danach und begann es zu lesen.

»Setz dich doch, Robert«, sagte Edmund Freese, denn auch die anderen hatten ihre Plätze wieder eingenommen. Aber Robert Kensy blieb stehen, lehnte seine Aktentasche gegen ein Stuhlbein und verschränkte die Arme vor der Brust. Er wußte von seinem Auftreten vor Gericht, daß er am besten im Stehen wirkte.

»Was werfen Sie nun Herrn Freese vor?« fragte er, und der Kommissar hob den Blick von dem Telegrammformular. Auch er hatte sich noch nicht wieder gesetzt. Er ließ das Blatt sinken.

»Ich werfe ihm gar nichts vor. Sonst hätte ich ihn nämlich längst verhaftet. Aber ich habe die Vermutung, daß er seine Frau ermordet, zerstückelt und in Kartons verpackt auf offene Güterwagen verteilt hat.«

Einen Augenblick lang herrschte tiefe Stille.

»Er ist verrückt«, vernahmen sie dann Rickis sachliche und beherrschte Stimme. Die Kotelecky gab einen Laut von sich, dessen Bedeutung niemand verstehen konnte. Aber das wirre Durcheinanderreden, die Empörung und Vorwürfe, die der Kommissar im Anschluß an das Schweigen erwartete hatte, blieben aus.

»Nun«, sagte er endlich. »So völlig abwegig, so absolut ungeheuerlich scheint dieser Vorwurf ja niemand von den Herren vorzukommen.«

»Hören Sie mal«, protestierte Dr. Kensy schwächlich und unsicher. »Was wollen Sie damit...?«

»Was?« fragte Ketterle freundlich.

»Haben Sie irgendwelche Beweise?« fragte der Anwalt hastig.

»Nein«, sagte der Kommissar. »Aber ich werde sie bekommen.« Dann wendete er sich an Edmund Freese.

»Gestern nachmittag, Freese, als ich Ihnen von dem Bestehen einer Versicherung über eine halbe Million Mark auf das Leben Ihrer Frau Mitteilung machte, hatten Sie nichts Eiligeres zu tun, als diese enorme Summe in Sekundenschnelle auszuschlagen. Können Sie mir eine Begründung dafür geben?«

Edmund Freese richtete sich kerzengerade auf.

»Ich wollte das nicht«, sagte er. »Mein Stolz...«

»Nein«, sagte der Kommissar hart. »Nicht Ihr Stolz. Ein Mann, der seine Frau um ihres Vermögens willen geheiratet hat, besitzt diesbezüglich keinen Stolz. Es war nicht Ihr Stolz, sondern Ihre Angst. Ihre Angst, daß die Versicherungsgesellschaft den Wunsch haben könnte, sich Gewißheit über die näheren Umstände des Todes Ihrer Frau zu verschaffen.«

»Nein«, stammelte Edmund Freese kreidebleich. »Nein, Sie täuschen sich. Es war anders. Es war...«

»Eine halbe Million? Edmund, bist du denn normal?« sagte Ricki plötzlich.

»Normal ist, wer lieben und arbeiten kann, formuliert es Freud. Er kann arbeiten, aber nicht lieben.«

Seltsamerweise wußte der Kommissar sofort, daß die Stimme, mit der diese Worte gesprochen waren, Tina Freese gehörte. Sie stand unter der halbgeöffneten Tür, in einen langen altrosa Morgenrock gehüllt, frisch frisiert, eine Zigarette in der Hand und kam ganz in das Zimmer, als sie ihren Mann sah, der im Mantel aus seinem Sessel hochtaumelte und sie anblickte wie ein Gespenst.

Noch als er bereits stand, tastete die Hand nach der Armstütze des Sessels, aus dem er aufgestanden war. Er sagte kein Wort. Er ging nur langsam und stelzend auf sie zu und starrte ihr ins Gesicht. Als er dicht vor ihr war, machte er eine seltsame, eckige Bewegung mit den Schultern, umklammerte ihren Oberkörper und preßte sein Gesicht auf ihre Schulter. Tina Freese sah auf seinen Kopf herunter.

»Aber vielleicht lernt er es noch«, sagte sie. »Was ist nur mit dir vorgefallen, Edmund? Ich glaube, ich war zu lange fort.«

Erst nach einigen Sekunden löste sich die Erstarrung. Erleichterung machte sich bemerkbar. Es war ja alles in Ordnung. Nichts war geschehen.

»Na, sehen Sie«, sagte Dr. Kensy.

»Verrücktheit«, sagte Ricki. »Wie kann man so etwas nur im Ernst glauben. Wann bist du zurückgekommen, Tina?«

Edmund Freese hatte den Kopf gehoben und sah über die Schulter seiner Frau hinweg unmittelbar in Ketterles eisengraue Augen. Tina löste sich aus der Umklammerung ihres Mannes.

»Gestern abend um zehn«, sagte sie. »Aber dieser Mensch war ja die ganze Nacht nicht da. Ich habe die Nachricht von Noras Tod erst in Kairo bekommen und wollte natürlich sofort nach Hause. Ich dachte nicht, daß ich euch alle so früh am Morgen...«

Sie brach ab und lächelte. Dann hob sie die Schultern.

»Ich muß mit Ihnen sprechen, Herr Freese.«

Der Kommissar hatte sich nicht bewegt.

»Und Sie wissen, warum.«

Tina sah von einem zum anderen.

»Willst du mir nicht erzählen, Alfred«, sagte sie dann. »Komm, Ricki, lassen wir die Herren unter sich. Es muß ja während der paar Monate eine Menge geschehen sein.«

Sie zog das Mädchen, den Arm um ihre Schulter gelegt, zur Tür, und der Apotheker folgte ihnen.

»Ich glaube, Sie können sehr froh sein, daß ich hierher gekommen bin, Herr Freese«, sagte der Kommissar, als sie zu dritt allein waren. Er stand an dem großen Schiebefenster und sah in den Garten hinaus. Dabei wendete er Edmund Freese und dem Anwalt den Rücken zu. Aus der Halle klangen die Stimmen Tinas und Rickis herein.

»Vielleicht hatten Sie den vagen Gedanken, Ihre Frau ums Leben zu bringen, schon seit langem. Vielleicht haben Sie das Gerücht, daß sie bei ihrer Tochter in Wellington bleiben würde, selbst ausgestreut, vielleicht hatte Ihre Frau auch wirklich die Absicht. Ich weiß es nicht. Mit dieser Reise Ihrer Frau verdichtete sich jedenfalls zum erstenmal für Sie die Möglichkeit zur Gelegenheit. Dennoch hatten Sie am 26. September noch nicht den Vorsatz zur Tat. An diesem Tage rechneten Sie damit, daß Ihre Frau noch lange am Leben sein würde. Denn an diesem Tag wollten Sie ihr eine Nachricht übermitteln, die Ihre Frau davon abhalten sollte, die Verbindung mit ihrem langjährigen Freund und Berater, Dr. Kensy, weiter aufrechtzuerhalten.«

Der Kommissar wendete sich um und zog die adressierte Todesanzeige aus der Brusttasche. Edmund Freese saß nach vorne gerückt in einem der Sessel und starrte zwischen seinen Knien auf den Teppich. Der Kommissar ließ den Umschlag zwischen zwei Fingern wippen.

»Sie werden vermutlich davon gar nichts wissen, Herr Dr. Kensy, aber für Frau Tina sollten Sie ab 26. September nicht mehr unter den Lebenden sein. Nur für sie allein, wohlgemerkt. Warum? Welchen Grund hatte Herr Freese für seinen Wunsch, die Verbindung zu unterbrechen? Es muß schwerwiegend gewesen sein.«

Der Anwalt, der mit verschränkten Armen neben der Tür an der Wand lehnte, schwieg.

»Haben Sie nicht für Frau Tina die Scheidung von ihrem ersten Mann betrieben?« fuhr der Kommissar fort. »Hat sie sich jetzt wegen einer Scheidung von Herrn Freese an Sie gewendet?«

Immer noch schwieg Robert Kensy.

Edmund Freese hob den Kopf.

»Sag es ihm, Robert. Ich weiß, worauf er hinauswill. Ja...«, sagte er dann nach einigen Sekunden selbst. »Sie hat ihn nach der rechtlichen Situation gefragt, und er hat es mir mitgeteilt. Ich wollte nicht, daß sie weiter mit ihm korrespondiert. Das ist alles.«

»Nein«, sagte der Kommissar. »Das ist nicht alles, Herr Freese. Denn schon am nächsten Morgen hatten sie Ihre eigenen Pläne geändert. Sie haben die Nachricht dann nämlich gar nicht abgeschickt, obwohl das Telegramm Ihrer Frau erst am 27. spät nachts zugestellt wurde. Was ist an diesem 27. geschehen, das Ihre Gedanken in eine völlig andere und sehr gefährliche Richtung brachte?«

Der Kommissar stand jetzt dicht vor Edmund Freese und sah auf ihn herunter.

»Aber es ist doch gar kein Mord verübt worden«, sagte Robert Kensy. »Ich verstehe Sie gar nicht?«

»Doch«, sagte der Kommissar und hob das Gesicht zu Dr. Robert Kensy. »Doch, Herr Rechtsanwalt, es ist ein Mord verübt worden. Antworten Sie, Herr Freese. Ihre Frau nimmt das Leben und die Ehe ernst. Ernster als Sie. Ein Ehebruch würde sie empfindlich treffen. Hat sich an diesem 26. oder 27. eine Situation ergeben, die in Ihnen die Besorgnis weckte, daß Ihre Frau von einem Ehebruch Kenntnis erhalten könnte?«

Ein langes Schweigen trat ein.

»Herr Freese«, sagte der Kommissar schließlich. »Sie haben noch gestern nachmittag mit dem Gedanken gespielt, Ihre Frau bei ihrer Rückkehr ums Leben zu bringen. Sie glaubten, damit allen Schwierigkeiten aus dem Weg gehen zu können, die sich aus einem Scheidungswunsch Ihrer Frau ergeben würden. Sie haben den Besuch Ihrer belgischen Freundin sehr geheimgehalten. Hat sie an diesem 26. doch jemand gesehen? Jemand, der Sie vielleicht damit erpressen konnte? Wo ist Ihre belgische Freundin, Herr Freese? Antworten Sie.«

Langsam und stumpf hob Edmund Freese den Kopf.

»Sie müssen ein Erzengel sein«, sagte er heiser.

»Mit mittelmäßiger Besoldung«, sagte Ketterle. »Reden Sie. Wo ist das Mädchen?«

Erst in diesem Augenblick schien es Edmund Freese voll bewußt zu werden, um was es ging. »Um Gottes willen«, stammelte er, »da müssen Sie ... Sie müssen ...«

Unwillkürlich blickten alle auf die Stelle neben dem Kamin, wo noch vor kurzem Ida Kotelecky gestanden hatte. Aber diese Stelle war leer.

In diesem Augenblick öffnete Tina Freese die Tür.

»Seid ihr noch nicht fertig?« sagte sie. »Wir wollen alle einen Drink. Zum Aufwärmen.«

Sie ließ die Tür offen und ging zum Telefon, das auf seinem niederen Tischchen diskret zu läuten begann.

»Tina Freese«, hörten sie ihre Stimme. Dann noch einmal langsamer und deutlicher: »Tina Freese, ja.«

Sie hielt dem Kommissar den Hörer hin.

»Es ist anscheinend für Sie«, sagte sie. »Ein Mann namens Sperling.«

18. Oktober

Günther Sperling hatte den Zug nicht gerade leichten Herzens bestiegen. Es war ihm schwergefallen, den Kommissar in dem entscheidenden Stadium dieses Falles allein zu lassen, mit dem ihn ein so sonderbarer Zufall in Berührung gebracht hatte. Aber er hatte seine Pflichten. Er war als einer der versiertesten Fachleute von der Hauptverwaltung der Bundesbahn zu der Kommission für den internationalen Güterfernverkehr der EWG nach Brüssel abgeordnet und verbrachte einen weit größeren Teil seiner Zeit anstatt in seinem Hamburger Dienstzimmer, in den internationalen Fernzügen, auf dem Hauptwagenamt in Frankfurt oder in seinem Brüsseler Hotel.

Er war schon gegen halb zehn in Frankfurt gewesen, und die Besprechung hatte nur kurz gedauert. Die Maschine flog um elf. In seinem unscheinbaren Regenmantel aus bräunlichem Changeant und seinem stilisierten Trachtenhut, Aktentasche und Koffer in der Hand, zwängte er sich zwischen den anderen Reisenden durch die Flugsteigbarriere. Die Maschine der ›Swissair‹ von Rom über Turin, Genf und Frankfurt nach Brüssel stand schon bereit. Günther Sperling bestieg die Gangway nach oben und wurde von einer allzu flotten Stewardeß mit gelackten, starren Haaren unter dem Käppi auf seinen Platz gewiesen. Er zog den Mantel aus und den Schal vom Hals und richtete sich ein. Aufatmend ließ er sich in den bequemen Fauteuil sinken. Eine Weile sah er nachdenklich zum Fenster hinaus auf die aluminiumschimmernde Ausdehnung der gewaltigen Tragfläche.

Dann ließ er den Blick durch das Innere der Kabine schweifen.

Nein, es war doch ganz ausgeschlossen. Es war doch einfach ganz unmöglich, daß die Erinnerung an seinen letzten Flug vor vier Wochen sich so verkörperlichte. Über dem Kopfwulst eines der Sitze weit vor ihm in der Kabine sah er die Kontur eines Hutes, der sich komisch und abstrakt hin und her bewegte. Anscheinend aß die Trägerin Pralinen. Manchmal verschwand der Hut, wenn sie den Kopf senkte, und dann wartete Günther Sperling mit klopfendem Herzen, bis er wieder auftauchte. Er hatte einfach nicht die Courage, sich zu erheben, durch den Korridor nach vorne zu gehen und sich zu überzeugen. Er hatte Angst, daß er sich täuschte.

Als die Stewardeß vorüberkam, bestellte er sich einen Kognak. Er trank ihn in einem Zug aus. Erst dann faßte er einen Entschluß und balancierte durch den Mittelgang nach vorne. Er mußte anderen Fluggästen ausweichen, sich zur Seite quetschen, Entschuldigungen stammeln.

Aber als er die Sitzgruppe erreichte, bei der er den Hut bemerkt hatte, sah er direkt in ihr Gesicht.

Im ersten Augenblick schien sie sich gar nicht zu erinnern. Aber dann zog sie ihre Brauen mißbilligend zusammen.

»Ach, Sie sind das schon wieder?«

Der Sitz neben ihrem war frei. Günther Sperling ließ sich in die Polster fallen.

»Sagen Sie mir um aller Heiligen willen, wie Sie heißen, Madame«, murmelte er heiser. »Damit mir das nicht noch einmal passiert.«

»Sie sind immer noch aufdringlich, Herr Sperling«, sagte sie ernsthaft. »Wozu wollen Sie das wissen?«

»Madame«, sagte Günther Sperling. »Wir haben eine und eine halbe Stunde Zeit. Ich werde Ihnen das erklären. Aber sagen Sie mir bitte, wo Sie jetzt herkommen.«

Daniéle Bontoux schüttelte den Kopf.

»Ich sehe nicht ein, wozu Sie das wissen wollen. Aber wenn es Sie so interessiert, ich war für vier Wochen auf Urlaub bei einer Freundin am Genfer See.«

»Am Genfer See«, sagt Günther Sperling. »Ich hoffe, Sie haben sich gut erholt. Ja, es stimmt. Es sind genau vier Wochen seit damals. Nur vier Wochen. Wie seltsam.«

Er wischte sich mit dem Handrücken am Haaransatz entlang.

»Ist Ihnen nicht wohl?« fragte Daniéle. »Darf ich Ihnen mit Eau de Cologne aushelfen?«

Günther Sperling sah, wie sie ein Fläschchen aus ihrer Handtasche kramte und ihr Taschentuch befeuchtete. Er nahm es, ohne es zu benützen. Statt dessen sah er sie an.

»Fast scheint es, als wüßten Sie, welche Angst ich um Sie ausgestanden habe«, murmelte er.

»Angst?« sagte Daniéle. »Das hätte ich gar nicht von Ihnen gedacht.«

Sie deutete auf das Taschentuch in seiner Hand und dann auf seine Stirn. Mechanisch wischte er sich über die Schläfen.

»Wenn Sie ein Märchen hören wollen, Madame«, sagte er dann, »von einer verschwundenen Prinzessin, dem bösen Zauberer und dem armen Lokomotivführer, dann halten Sie mir diesen Platz hier frei.«

»Ich weiß nicht recht«, sagte sie. »Sie werden mich doch nicht wieder begleiten wollen?«

»Doch«, sagte Günther Sperling. »Und vielleicht erlauben Sie es mir dieses Mal sogar. Aber jetzt muß ich noch schnell telefonieren, bevor er mir den Falschen verhaftet.«

Daniéle Bontoux sah ihm kopfschüttelnd nach, als er den Korridor zurück balancierte.

18. Oktober

Alle sahen Kommissar Gottfried Cäsar Ketterle an, als er den Hörer wieder auflegte. Und der Kommissar sah alle, die im Zimmer versammelt waren, auch seinerseits an. Und sehr nachdenklich.

»Nun, Herr Rechtsanwalt«, sagte er schließlich. »Zu Ihrer Wahl darf man Sie beglückwünschen.«

Der Anwalt lächelte geschmeichelt.

»Ich glaube ja.«

»Aber es ging wohl nicht ganz ohne Widerstände ab, nicht wahr?«

Nach dem Auftauchen Tina Freeses hatte das Gespräch einen persönlichen, fast heiteren Ton angenommen.

»Nun ja«, sagte der Anwalt. »Meine zukünftige Schwiegermutter hatte schon einige Bedenken. Wegen des Altersunterschiedes. Mein Gott...« Er hob die Schultern. »Mit den Augen einer Mutter? Was wollen Sie...«

»So«, sagte der Kommissar. »Wegen des Altersunterschiedes.«

»Nein«, sagte Tina Freese plötzlich in die entstandene Stille hinein. »Nicht wegen des Altersunterschiedes.«

Alle sahen sie an.

»Tina«, sagte der Anwalt. »Was redest du da?«

»Robert«, sagte Tina Freese, »es gibt keinen Zweifel, daß du ein vorzüglicher und erfolgreicher Anwalt bist. Aber sieh mal, Edmund und ich, wir werden alle Hände voll zu tun haben, um eine schwierige und verpfuschte Ehe wieder unter dem Schutt der Jahre herauszuschaufeln. Und ich möchte nicht, daß es Ricki eines Tages genauso geht. Ricki wünscht sich im Grunde ein Lebensglück. Vielleicht weiß sie es nicht. Aber es ist so. Es ist bei allen jungen Mädchen so. Und was daraus werden wird, ist eine Staffage. Du bist ganz und gar nicht in der Lage, Ricki so zu lieben, wie sie es braucht, wenn etwas aus ihr werden soll. Meine Schwägerin«, sagte sie zu Ketterle gewendet, »kannte den Charakter von Dr. Kensy sehr genau. Ebenso wie ich.«

»Und wußte Dr. Kensy das?« fragte der Kommissar.

Tina Freese hob die Schultern.

»Ich nehme es an«, sagte sie und sah zu, wie der Kommissar den Mantel zurückschlug und aus der Brusttasche seines Jacketts eine Zigarre hervorzog. Er betrachtete sie angelegentlich und sah dann den Anwalt an.

»Glaubten Sie denn, den Widerstand Ihrer zukünftigen Schwiegermutter jemals brechen zu können, Herr Rechtsanwalt?«

»Was redet ihr da für dummes Zeug?« sagte Ricki plötzlich. »Edmund, ich habe dich doch erst vor ein paar Wochen auf Herz und Nieren gefragt. Und du hast mir geschworen...«

Unsicher geworden schwieg sie.

»Antworten Sie mir bitte auf meine Frage«, sagte der Kommissar und hielt ein Streichholz an das Ende seiner Zigarre.

»Ich weiß nicht...«, sagte Dr. Kensy, »ich weiß nicht recht, was Sie mit diesen persönlichen Dingen...«

»Es ist doch eine ganz einfache Antwort, Herr Dr. Kensy. Entweder Sie sagen ›ja‹...«

»Niemals«, sagte Alfred Georgi. »Niemals wäre ihm das gelungen.«

»Nun«, sagte der Kommissar, »oder Sie sagen ›nein‹...«

Während er noch auf eine Antwort wartete, nahm er wahr, daß Ricki sich zu ihrem Vater hinüberbeugte und flüsternd etwas zu ihm sagte. Alfred Georgi blickte auf seinen Schuh, dessen Schnürband sich gelockert hatte. Er beugte sich nach unten, um es festzubinden.

Nur langsam vollzog sich im Gehirn des Kommissars, der ihm dabei zusah, die merkwürdige Erkenntnis, daß dieser Mann, der dort, keine zwei Meter von ihm entfernt, ahnungslos sein Schuhband befestigte, einen Bundknoten mit durchgezogener Doppelschleife knüpfte. Wie durch einen Nebel hindurch sah Ketterle die Bewegung der Finger und erinnerte sich an die Bewegung der Finger eines Mannes im weißen Mantel, der ihm erst vor wenigen Tagen an dem Schreibtisch in seinem Hamburger Büro gegenübergesessen und den gleichen Knoten geknüpft hatte.

»Ich glaube wirklich nicht, daß es mir jemals gelungen wäre, ihre Zustimmung zu erreichen«, hörte er jetzt endlich wie von weit her Dr. Kensy sagen. Aber die Worte glitten an ihm ab. Zu sehr faszinierte ihn das sorgfältige Festziehen der Doppelschleife und das leichte, prüfende Zerren, mit dem der Apotheker jetzt die Haltbarkeit der Schleife probierte. Dann richtete er sich auf und sah genau in Ketterles Augen.

»Herr Georgi«, sagte der Kommissar von dem Platz aus, an dem er stand. »Erlauben Sie mir eine Frage. Was würden wir im Sarg Ihrer Frau finden, wenn ich anordnen würde, daß er exhumiert wird?«

Der Apotheker richtete sich ächzend hoch und sah mit den Augen eines traurigen Hundes zu dem Kommissar empor. Die Finger zwischen den Knien zerpflückten nervös ein imaginäres Knäuel.

»Ich habe es gewußt«, flüsterte er und schien irgend etwas hinunterzuschlucken, daß ihm in der Kehle saß. »Ich habe es schon gewußt, als ich merkte, wer Sie sind.«

»Ist es eigentlich noch nicht genug?« sagte Ricki tonlos. Dann wurde ihre beherrschte Stimme plötzlich laut und gereizt. »Wollen Sie uns eigentlich alle hier des Mordes verdächtigen? Was gibt Ihnen denn eigentlich das Recht...?«

»Was würden wir also in dem Sarg finden?« wiederholte der Kommissar seine Frage. Er stand jetzt dicht vor dem Apotheker, den Mantel geöffnet, die Hände in die Taschen seiner Hose geschoben. Er folgte mit den Augen dem Blick des völlig zusammengebrochenen Mannes. Und dieser Blick traf Ricki.

»Eine fremde Frau, die am gleichen Tag starb«, sagte Alfred Georgi leise und ohne den Blick von dem Mädchen zu wenden.

Ricki fuhr hoch und starrte ihren Vater an.

»Papa«, rief sie in dem gleichen Augenblick, in welchem auch Tina ein entsetztes »Alfred« stammelte. Ricki stand jetzt ebenfalls dicht vor ihrem Vater und sah auf ihn herunter. »Papa, du bist außer dir. Nimm dich zusammen. Mein Gott, ist denn das ein Irrenhaus hier?« Ihr Gesichtsausdruck hatte etwas Gehetztes. »Seid Ihr denn alle verrückt?«

»Sie geben es also zu, Georgi?« sagte der Kommissar trocken und zog die Hände aus den Taschen seiner Hose. Dann nahm er seine

Zigarre aus dem Aschenbecher. Der Apotheker raffte sich zusammen.

»Sei still, Ricki«, sagte er. »Ja, ich gebe es zu. Ja.«

Ein tiefer Atemzug begleitete das letzte ›ja‹.

»Womit haben Sie es getan, Georgi?«

»Getan?« Der Mann sprach langsam, fast wie mechanisch. »Mit Arsenik habe ich es getan. Arsen, wenn Sie wissen, was das ist. Ein metallisches Toxikum.«

Ricki krampfte die Hände ineinander, sie waren feucht.

»Papa«, keuchte sie. »Du bist verrückt. Nichts davon ist wahr. Glauben Sie mir. Sie müssen mir glauben, nicht ihm. Er ist einfach wahnsinnig geworden. Niemals hätte er...«

Ein Schluchzen erschütterte plötzlich ihre Stimme.

»Sie müssen mir glauben, bitte.«

Sie sah Ketterle hilfesuchend an und hatte in diesem Augenblick nichts mehr von ihrer früheren Selbstsicherheit.

»Nun«, sagte der Kommissar. »Beruhigen Sie sich. Ich glaube es Ihnen ja.«

»Was sagen Sie da?« fragte der Apotheker, als habe er Mühe, richtig zu verstehen.

»Ich glaube Ihrer Tochter«, sagte der Kommissar, und es schien eine Zehntelsekunde lang, als verzöge er den Mund zu einem leichten, kaum sichtbaren Schmunzeln.

»Das einzige, was wir nämlich im Körper der Toten mit Sicherheit ausschließen konnten, was Arsenik. Die Tote, die wir fanden, ist nicht vergiftet worden.«

»Sagen Sie das noch einmal«, stammelte der schmächtige Mann mit dem buschigen Schnurrbart und raffte sich hoch, bis er stand. »Noch mal«, keuchte er und starrte dem Kommissar ins Gesicht.

»Wir haben keine Spuren von Arsenik gefunden«, wiederholte Ketterle geduldig. »Und wir hätten sie gefunden, da dürfen Sie sicher sein. Ich denke, das wird Sie beruhigen.«

Einen Moment lang schien die schmächtige Gestalt des Apothekers zu schwanken. Er streckte die Arme zu Ricki aus und ließ sie wieder sinken. Dann hob er beide Hände und betrachtete sie.

»Was habe ich getan?« murmelte er. »Mein Gott, was habe ich getan?«

Er starrte wieder auf den Kommissar.

»Sie lieben Ihr Kind, nicht wahr?« sagte Ketterle nach einer langen Pause.

»Ja«, sagte Alfred Georgi. »Ja, ich habe niemand mehr außer ihr.«

»Und Sie hatten gefürchtet, Ricki hätte ihre Mutter vergiftet?«

»Ja«, sagte der Apotheker noch einmal. »Gott sei mir gnädig, ja. Meine Frau war unerbittlich in bezug auf Dr. Kensy, und es kam zu Szenen, die kaum noch auszuhalten waren. Es steigerte sich von Woche zu Woche. Beide Frauen kamen völlig herunter. Dann fehlte mir eines Tages eine namhafte Menge Arsenik. Ein paar Wochen darauf war Nora tot. Gestorben unter den Symptomen, die auch bei Arsenvergiftungen auftreten. Was hätte ich tun sollen? Sollte ich Ricki dem allem aussetzen? Untersuchungen, Polizei, Gericht, Gefängnis, verstehen Sie? Ricki ist doch noch ein Kind.«

»Und da wollten Sie alle denkbaren Indizien aus der Welt schaffen, indem Sie den Leichnam Ihrer Frau beseitigten? Selbst wenn man einen Verdacht gehabt hätte, meinten Sie, ohne die Tote war nichts zu beweisen.«

Der Apotheker nickte.

»Es muß furchtbar für Sie gewesen sein«, murmelte Ketterle nach einer Pause. »Sie sind nicht der stärkste.«

»Edmund ist stark«, sagte der Apotheker. »Er half mir dabei, das Fürchterliche zu tun. Wir taten es Rickis wegen. Edmund auch.«

Alfred Georgi schwieg einen Augenblick.

»Wir nahmen Kartons aus Edmunds Fabrik...«

»Ich weiß«, unterbrach ihn der Kommissar. »Sie brauchen mir keine Einzelheiten mehr zu erzählen. Ich kenne sie zur Genüge. Und wer kam auf den Gedanken mit den Güterwagen?«

»Edmund«, sagte der Apotheker. »Er glaubte, niemand würde jemals herausfinden, was geschehen ist.«

»Nun«, sagte der Kommissar, »Sie sehen, daß das ein Irrtum war.«

Er suchte nach seinem Hut und sah ihn auf dem Kaminsims liegen.

»Es ist also gar kein Mord geschehen, nicht wahr«, sagte er, während er ihn umständlich aufsetzte. »Das glauben Sie doch alle auch?«

Die anderen schwiegen.

»Nun«, sagte Ketterle, »wir sollten alle darüber nachdenken, ob wirklich kein Mord geschehen ist. Das Verbrechen ist in uns allen. Verschieden ist nur, was uns daran hindert, es zu begehen.« Er wendete sich direkt an Edmund Freese. »In den wenigsten Fällen ist das die Moral. Eine erschreckende Tatsache, nicht wahr? Wir sollten wirklich darüber nachdenken.«

Tina Freese hatte sich gefaßt.

»Ihr seid wie die großen, dummen, gefährlichen Jungen«, sagte sie. »Kein vernünftiger Mensch hätte Ricki das jemals zugetraut. Daran werdet ihr noch lange zu kauen haben. Und du solltest endlich daran denken, daß du auch noch andere Pflichten hast als deine Fabrik, Edmund. Zu wem soll Ricki denn nun eigentlich noch Vertrauen haben? Ihr wißt, glaube ich, gar nicht, was ihr angerichtet habt.«

Ricki hatte mit großen geweiteten Augen von einem zum anderen gesehen. Sie weinte nicht, aber es war ihr anzumerken, daß Tina Freese mit jedem Wort, das sie sagte, recht hatte.

»Komm, Ricki«, sagte Tina Freese, »deck uns den Tisch. Du weißt ja Bescheid. Und vergiß nicht die Suppentassen.«

Während Ricki das Zimmer verließ, zündete sich Tina Freese aus Edmunds Dose eine Zigarette an.

Erst später, als sie sich an den Kommissar erinnerte, um ihn zu fragen, ob er zu Mittag bliebe, merkten sie, daß er bereits gegangen war.

22. Oktober

Waldarbeiter fanden die Kotolecky erst vier Tage später. Sie mußte, als ihr die Einsicht kam, daß die Ereignisse ihren Händen entglitten waren, das Haus verlassen haben und hatte sich nicht allzu weit entfernt, in dem Buchenwald, der den Hang krönte, mit ihrer eigenen kleinen Pistole erschossen.

Aber was wirklich in ihr vorgegangen war, wußte niemand, denn sie hatte keinerlei Nachricht hinterlassen.

Vorsicht – Jaczek schießt sofort

Wenn Jaczek ein Ausbruch geglückt wäre – das wäre etwas anderes gewesen. Wenn er zum Beispiel in den ausgedehnten Wäldern des Taunus oder in der Gegend von Lich untergetaucht wäre, wo es so abgelegene Täler gab, daß sogar die Nazi-Armee dort ihrem Führer ein unterirdisches Hauptquartier errichtet hatte. Dort troff heute das Wasser von rissigen Betonwänden. Das hatte Jaczek selbst gesehen, als sie von der Anstalt aus zu Aufräumungs- und Instandhaltungsarbeiten eingesetzt worden waren. Wenn Jaczek ein Ausbruch geglückt wäre, hätte jeder geschworen, daß er sich dort oder in der Nähe verborgen halten müsse, und die Polizei hätte im Morgengrauen mit Hunden und Sprechfunkgeräten, Maschinenpistolen unter dem Arm, kugelsicheren Westen um den Bauch, zu langen Kordons auseinandergezogen, das Gelände durchsucht. Wenn Jaczek ausgebrochen wäre, dann wäre den Leuten alles, was danach geschah, noch einigermaßen verständlich gewesen. Statt dessen wurde er entlassen. Das war weniger spektakulär, aber ebenso gefährlich. Und entlassen, oder richtiger, vorzeitig entlassen, wurde Jaczek wegen guter Führung. Es begann also alles vollkommen legal.

»Vorname?«

»Franz.«

»Geboren?«

»4. Februar 1932.«

»Wo, will ich wissen«, sagte der Wachtmeister.

»In Linz«, murmelte Jaczek. »Mein Vater war dort arbeitslos.«

Den Polizisten reizte das breite niederösterreichische Idiom seines Gegenübers und auch das, was er sagte. Beamte reagieren empfindlich, wenn sie daran erinnert werden, daß es Situationen gibt, in die sie nicht kommen können.

»Sie haben nur auf das zu antworten, was Sie gefragt werden. Arbeitslos. Wen interessiert das heute schon?«

Den Richter hatte es immerhin interessiert, der Franz Jaczek damals zu sechs Jahren verurteilt hatte. Alles hatte den Richter interessiert: der Vater, die Mutter, die Geschwister, das Einkommen, die politische Einstellung, die häuslichen Verhältnisse. Die Kindheit, die Kriegszeit, der Beruf – der Richter hatte sich für alles interessiert.

Es war Jaczek so vorgekommen, als habe sich der Richter auf die Art ein Bild machen wollen, ob er, Jaczek, vielleicht von Haus aus einer von denen sei, denen man einen Mord anhängen kann – obwohl sie es in diesem speziellen Fall nicht geschafft hatten. Obwohl er, nach dem ganzen Lebenslauf, den er dem Gericht geschildert hatte, auf jeden Fall so einer war.

Man müsse so einen Fall auch psychologisch betrachten, hatte der Vorsitzende den Geschworenen auseinandergesetzt. Zugegeben, der Staatsanwalt habe zwar keine Beweise, aber doch handfeste Indizien dafür, daß Jaczek es gewesen sei, der Matthias Wallner erschossen habe. Und wenn handfeste Indizien dazukämen, dürfe man den Hintergrund eines Menschen nicht außer acht lassen, um sein Handeln zu beurteilen.

Wirklich sprach alles dafür, daß man in Franz Jaczek einen gewalttätigen und zu allem entschlossenen Menschen vor sich habe, der die Sache mit der Offenbacher Sparkasse in den Vorweihnachtstagen nicht nur durchgeführt, sondern auch geplant habe. Es sei natürlich klar, daß sie den Vater aus den Stahlwerken gefeuert hätten, damals in Linz, nachdem er zu den Unzufriedenen und ewigen Revoluzzern gehört habe, die im Jahr 1934 den blutigen Aufstand gegen Recht und Ordnung angezettelt hätten, der schließlich eines Tages dann auch zum Ende der Demokratie in Österreich geführt habe.

Auf den Einwand des Verteidigers, daß Jaczek zu diesem Zeitpunkt erst zwei Jahre alt gewesen sei, hatte der Vorsitzende erklärt, auf die Atmosphäre komme es an, in der so einer aufwachse. Der sei schon von frühester Jugend an zum Trotz, zum Widerstand und zur Gewalt erzogen worden. Und damit sei die ganze Litanei ja auch schon losgegangen: Betrug, Hehlerei, nochmals Betrug, Autodiebstahl, räuberische Erpressung, unerlaubter Waffenbesitz. Geregelte Arbeit jedenfalls keine – die Akten hatten minutenlang geraschelt – nein, keine. Tja, was solle man da noch sagen? Achselzucken.

Eine hauchdünne Mehrheit der Geschworenen hatte Jaczek vor dem lebenslangen Zuchthaus bewahrt. Die Indizien gegen Jaczek waren handfest, aber gerechterweise mußte man die Möglichkeit in Betracht ziehen, daß Jaczek die Wahrheit gesagt hatte, nämlich daß es Hans Saur gewesen war, der den Matthias Wallner umgelötet hatte. Weil er der einzige gewesen wäre, der, wenn alles gutgegangen wäre, Jaczek und Saur hätte identifizieren können. Möglich, daß es Hans Saur getan hatte. Und Hans Saur, der mit Jaczek zusammen das Ding gedreht hatte, war tot.

Den hatten die heranstürmenden Polizisten zwischen triefendem Gebüsch und nassem Gras mit sechs Schüssen niedergestreckt, als er ihnen im Morgengrauen mit der Beretta fuchtelnd entgegenkam, nachdem sie den Fluchtwagen in einem Waldstück umstellt hatten. Sie hatten ihn erschossen, bevor irgend jemand sagen konnte, ob er es gewesen war, der Matthias Wallner umgelegt hatte, oder Franz Jaczek, und warum das geschehen war.

Und Jaczek selbst hatte wohlweislich auf den dringenden Rat seines Verteidigers hin geschwiegen. Der Anwalt hatte klar die Chance seines Klienten erkannt: »Wenn es noch ein anderer gewesen sein kann, auch wenn dieser nicht mehr aussagen kann, genügen eben Indizien nicht, verstehen Sie? Dann müssen die Ihnen die Tat nachweisen.« Und das konnten sie nicht. So wurde Franz Jaczek von der Anklage des Mordes an Matthias Wallner mangels Beweise freigesprochen.

»Wann geboren?« fragte der Beamte.

»Hab' ich Ihnen doch schon gesagt«, knurrte Jaczek. »4. Februar 1932. Wozu brauchen S' das denn eigentlich? Das müssen S' doch alles schon ein dutzendmal haben – na, was sag ich – drei dutzendmal...«

»Es schadet Ihnen ja nicht, Jaczek...« Der Wachtmeister betonte den Namen ironisch, denn bisher hatte er den Häftling entweder gar nicht oder nur mit seiner Nummer angeredet, obwohl das aus humanitären Gründen verboten war.

Jaczek war das egal. Er nahm entgegen, was ihm der zweite Beamte wortlos über die Barriere reichte: seinen Vulkanfiberkoffer mittlerer Größe, drei einfache, abgewetzte Krawatten, einen Schuhlöffel, drei oder vier Kleiderbügel, ein zweites Paar Schuhe, noch verhältnismäßig wenig getragen, eine Strickweste und einige Handtücher, die Jaczek in diesen vier Jahren nicht gebraucht hatte, da der Staat seinen Gefangenen solche zur Verfügung stellte.

Jaczek unterschrieb eine Quittung, warf alles in den Koffer und zog ihn von der Barriere. Er war leicht. Der Hut war ihm zu eng geworden. Flüchtig sah Jaczek sich im Spiegel im Innern einer Spindtür, die der Beamte öffnete, um seinen Regenmantel herauszuholen. Nur wenige Sekunden sah Jaczek sich so stehen, den schäbigen Koffer in der Hand, in dem zu langen, unmodernen Mantel und dem zu kleinen, unmodernen Hut. Um Haaresbreite wäre das alles anders gekommen, mußte Jaczek denken, um eines Haares Breite.

Herrgott im Himmel, sie hatten es nicht glauben wollen, daß nur einer in dem gepanzerten Geldtransporter gesessen hatte, der vor fünf Jahren im Morgengrauen jenes 20. Dezember aus der bestimmten Seitenstraße kommend an dem Stoppschild vor der Hauptstraße gehalten hatte. Der sonst übliche Begleiter war krank, hatte Urlaub, weiß der Teufel was, sie hatten Wallner nicht danach gefragt.

Jaczek glaubte wieder das rauhspannende Gewebe des Strumpfs vor Nase, Kinn und Wange zu fühlen. Sie hatten die Maske mit einem Griff unter dem Hut hervor über die Gesichter ziehen können. In den weiten Mänteln mit den hochgeschlagenen Kragen hatten sie bis zu dieser Sekunde ausgesehen wie eben jene Gestalten aussehen, die morgens um sieben, die Hände in die Manteltaschen geschoben, darauf warteten, daß die Stehbierhallen oder Kaffeestuben öffneten. Solchen schaut man nicht ins Gesicht. Die schaut man am besten gar nicht an.

Alles war ganz mechanisch gegangen. Jaczek hatte auf des Wappen an der blauen Panzertür gestarrt, das plötzlich unmittelbar in seinem Blickfeld war. Mit der Rechten an den Türgriff, mit der Linken die Strumpfmaske herunter. Als die Tür aufflog, hatte Hans Saur schon die MP im Anschlag. Das war alles tausendmal geübt. Der Kerl, der hinter dem Steuer saß, erstarrte und hob die Hände über den Kopf.

»Flossen runter!« hatte Jaczek gekeucht.

Er hatte sich neben den Fahrer geschoben, die eigene MP auf den Knien, als Saur einstieg und die Tür zuschlug. Der Mann hatte nicht gewußt, was er tun sollte.

»Fürs Heldenspielen wirst du nicht bezahlt«, hatte Jaczek gesagt, und dabei das Herz in den Halsschlagadern pochen gespürt.

»Fahr los, als wär nichts passiert, ganz normal, wir haben nichts zu verlieren, mein Kumpel und ich. Lebenslänglich haben wir sowieso schon, verstehst du? Auf einmal mehr kommt's uns nicht an. Also fahr schon!«

Und Matthias Wallner, die Berettamündung an der Flanke, war losgefahren. Jaczek hatte ihm die Richtung angewiesen. Hans Saur behielt den rechten Außenspiegel im Auge. Er war mißtrauisch, und der Außenspiegel war beschlagen.

»Was schaust?«

»Ich glaube, es folgt uns einer; ich kann mich aber auch irren.«

»Was für einer ist es?« wollte Jaczek wissen.

Saur starrte in den Spiegel. Wallner durchfuhr eine Kurve.

»Nu was ist?« fragte Jaczek und gleich darauf: »Du schaust geradeaus, Freund«, als er feststellte, daß auch Wallner in den Rückspiegel sah. »Das fehlt uns noch, daß wir wegen deiner Neugier einen Unfall bauen. Kommt er?«

Er kam. Ob es ein Polizeiwagen war, einer von der Sparkasse, ein Wichtigmacher oder jemand, der rein zufällig denselben Weg hatte, konnten sie nicht feststellen. Aber der Wagen lag immer noch hinter ihnen. An der nächsten Kreuzung bog Wallner wieder links ab. Saur starrte in den Spiegel. Jaczek brauchte gar nicht erst zu fragen, er las die Antwort in Saurs Gesicht ab. Sie fuhren durch eine morgendliche Straße. Leichter Schneefall verwischte alle Konturen und ließ die Dimensionen schrumpfen. Die Blicke von Jaczek und Saur begegneten sich. Eine winzige Kopfbewegung von Jaczek. Saur beugte sich zum Fenster hinaus, das Gesicht nach hinten, die MP im Anschlag.

Sie ratterte wie ein Preßlufthammer gegen seine Armbeuge, als er den Abzug durchdrückte. Funken spritzten vom Pflaster hoch und Querschläger pfiffen häßlich. Wallner fuhr zusammen und verriß das Steuer.

»Idiot!« schrie Jaczek. »Dir passiert doch nichts.«

»Und der?« fragte Wallner mit krächzender Stimme.

»Dem auch nicht. Meinst du, daß wir so blöd sind?« knurrte Jaczek.

Dann sah er zu Saur hinüber, der seinen Oberkörper wieder durch das Fenster hereinholte.

»Ziemlich prompt stehengeblieben«, sagte Saur undeutlich und gedämpft durch die Maschen der Strumpfmaske. »Wer stirbt schon gern vier Tage vor Weihnachten?«

Er lud die Beretta durch.

»Wenn das einer von der Sparkasse war, der was gemerkt hat und und gefolgt ist...« Saur schwieg.

»Wenn es ein Offizieller war, hat er gefunkt«, murmelte Jaczek fast unverständlich unter der Strumpfmaske. »Wenn nicht, hat er noch keine Zeit zum Telefonieren gehabt. Das hat er jetzt erledigt...«

Jaczek verstummte. Der Plan sah vor, daß sie die beiden Insassen des Wagens an einer geeigneten Stelle ins Freie setzten und allein mit dem Gepanzerten weiterfuhren. Erzählen hätten die Leute nicht viel können. Ihre Gesichter waren unter den Masken grotesk und grauenerregend zugleich verzerrt, wie die Gesichter Aussätziger oder zwergenhafter Krüppel. Ihre Hände steckten in Handschuhen, ihre Anzüge waren Dutzendware und ihre Stimmen verstellt. Nur die Mundart hätten sie vielleicht beschreiben können. Österreicher. Aber was hieß das schon? Österreicher gab es Zehntausende in der Bundesrepublik.

Nachdem sie es nur mit einem zu tun hatten, war alles noch wesentlich einfacher geworden.

Aber da war etwas: Jaczek hatte die Nase gehoben wie ein witternder Hund. Es war kurz vor halb acht und es wurde langsam hell. Bis jetzt waren sie neun Minuten unterwegs. Laut Plan sollten die Männer nach zehn Minuten abgesetzt werden. Bloß hatten sie die dafür vorgesehene Stelle noch nicht erreicht; wegen des Kerls, der ihnen nachgefahren war, hatten sie Wallner ein paar Kurven drehen lassen müssen. Außerdem war da noch was: bedrohlich auf und ab schwellend, wenn auch noch ziemlich weit entfernt...

Auf das *noch* kam es Jaczek an. War es *noch* weit entfernt, dann galt es ihnen. War es einfach weit entfernt, dann konnte es genausogut ein beliebiges Zweiklanghorn sein: Krankenwagen, Feuerwehr, Notdienst, irgendwas. Jetzt hatte auch Saur die Sirenen gehört und sah zu Jaczek hinüber. Sie kam deutlich näher. Franz Jaczek kniff die Mundwinkel ein. Und dieses Einkneifen der Mundwinkel kostete Matthias Wallner das Leben. Aber das wußte in diesem Augenblick weder Matthias Wallner noch Jaczek selbst.

»Na los, Mensch!« hörte Jaczek die Stimme des Wachtmeisters sagen. Der Beamte hielt mit der einen Hand die Tür auf, in der anderen schwenkte er gleichzeitig das Schlüsselbund. Der Kammerbulle schlug verdrossen die Kladde zu.

»Na, Wiedersehen«, fuhr er Jaczek an, der ihn anstarrte.

»Mich seht ihr nicht wieder«, murmelte Jaczek. »Mich nicht.«

Der Kammerbulle hob das Kinn, aber Jaczek hatte die Stube schon verlassen und schritt hinter dem anderen her, den Korridor entlang.

Weiter rückwärts, in der Tiefe des Gefängnisses, knallten jetzt die Eßklappen an den Türen nach unten. Jaczek roch förmlich den Kohl und die in Dampf gewärmten Kartoffeln. Es würgte ihm im Hals. Der Bulle führte ihn durch den Vorweg. Das Gefängnis stammte aus den neunziger Jahren. Manchmal öffnete sich sein großes Tor, um einen kleinen, und manchmal die unauffällige kleine Pforte, um einen großen Verbrecher in die Freiheit zu entlassen.

So war es auch heute. Die Pforte schwang zurück.

»Halten Sie sich ordentlich, Herr Jaczek«, sagte der Beamte. Das war üblich so. Jaczek nahm den Koffer in die andere Hand. Die Freiheit roch vorerst kalt. Später nach Benzin und Nebel. Ein paar Sekunden lang sah der Wachmann dem entlassenen Sträfling nach. Dann schlug er die Tür zu.

Niemand weiter interessierte sich für den Tag, an dem Franz Jaczek die Zuchthausmauern wieder von außen sah. Außer einem: Das war Paul Jochner, 57 Jahre alt, Bezirkskommissar und Leiter des 1. Kommissariats der Kriminalpolizei in der Mainmetropole. Denn Jochner kannte Franz Jaczek zu gut, um sich einzubilden, daß er nach vier Jahren Freiheitsentzug seine kriminielle Laufbahn aufgegeben haben würde.

Der Anruf aus Butzbach erreichte Paul Jochner kurz vor Dienstschluß. Paul Jochner hatte auf diesen Anruf keinerlei dienstlichen Anspruch. Die Sache war für die Polizei und für die Öffentlichkeit erledigt. Mit dem letzten Blick des entlassenden Wachtmeisters und dem Schließen der Pforte war der Fall Jaczek ausgestanden.

Nein, nicht ganz. Oben im Büro zog der Schreibstubenhengst das Kärtchen mit Franz Jaczeks Namen aus dem Kunststoffrähmchen mit der Nummer 1027, und die Karte mit seinen weiteren Personalien verschwand aus der aktiven Karthotek.

Die Beute des Raubüberfalls war sichergestellt worden, der zweite Mann war tot, die Strafe verbüßt. Es war also alles geregelt, und der Schreibstubenhengst hätte beinahe den dünnen Bleistiftvermerk übersehen, der sich, schon etwas verwischt vom häufigen Herausziehen und Hineinschieben, auf der Karte befand und der den entlassenden Beamten daran erinnerte, bei einer Frankfurter Behörde anzurufen.

Die Dienststellenbezeichnung sagte dem Schreibstubenhengst, daß da die Kripo drinhing. Obschon es ein ganz anderer Schreibstubenhengst gewesen war, der damals vor etwas mehr als vier Jahren den dünnen Bleistiftvermerk auf die Karte gekritzelt hatte, der Vorgänger oder dessen Vorgänger vielleicht schon, und obwohl sich der Schreibstubenhengst nicht vorstellen konnte, wieso die in Frankfurt sich für die Entlassung eines Mannes interessierten, der vor fünf Jahren einen Raubüberfall begangen hatte, hatte er doch Manschetten, den Vermerk zu übergehen. Also rief er in Frankfurt an, wo sich inzwischen auch die Fernsprechnummern mehrfach geändert hatten.

Paul Jochner hatte sich in den vergangenen fünf Jahren keinesfalls ausschließlich mit dem Gedanken an Franz Jaczek beschäftigt. Dafür war die Gewaltkriminalität zu stark angewachsen, und sie mußten ihre ganze Energie darauf verwenden, mit den aktiven Fällen halbwegs fertig zu werden. Trotzdem wußte Jochner sofort, um was es sich handelte, als er im Hörer vernahm, daß die Verwaltung des Zuchthauses ihn sprechen wollte.

»Jochner, Bezirkskommissar«, meldete er sich. »Ihr habt euch wohl den Jaczek durch die Lappen gehen lassen, was?«

»Der ist heute entlassen worden«, sagte der Schreibstubenhengst.

»Entlassen?« Jochner rechnete schnell. »Der hatte doch mindestens sechs Jahre.«

»Er hat Führung gekriegt«, sagte der Schreibstubenhengst.

»Führung, soso«, sagte Jochner, aber in einem anderen Tonfall. »Wie lange war er denn bei euch?«

Der Mann im Büro des Zuchthauses brauchte nicht lange zu forschen. Auf der Karte stand alles genau verzeichnet:

»Vier Jahre, ein Monat und zwei Tage«, sagte er. »Kann ich die Notiz streichen?«

»Das können Sie«, sagte Jochner. »Aber Sie können mir auch noch einen persönlichen Gefallen tun. Dienstlich kann ich das nicht von euch verlangen.«

»Was denn?« fragte der Mann in Butzbach. »Wenn ich kann, schon.«

»Der ist doch polizeilich bei euch da oben gemeldet?«

»Für die letzten vier Jahre«, grinste der Beamte. Was die für Sorgen hatten. »Das ist Vorschrift.«

»Dann muß er sich doch von Rechts wegen jetzt auch abmelden. Kriegt ihr das zu sehen, wenn er das tut?«

»Ich kann mich darum kümmern. Warum?«

»Weil ich gerne wissen möchte, welchen neuen Wohnort er angibt«, sagte Jochner.

»Das kann ich erledigen«, sagte der Mann in Butzbach. »Ich rufe Sie dann wieder an.«

»Schön«, sagte Jochner. »Danke.« Damit legte er auf.

Mit dem Gesicht zum Fenster gewendet sah er den Oberrat stehen. Dr. Kärrner hatte dem Gespräch zugehört. Jetzt wendete er sich um, als er das Knacken des Hörers auf der Gabel vernahm. Er holte eine Zigarettenpackung aus der Tasche, bot sie Jochner aber nicht an, da ihm bekannt war, daß der Bezirkskommissar nicht rauchte. Er litt an Asthma. Und es war in den letzten Monaten schlimmer geworden.

»Der hat die Schnauze bestimmt voll«, sagte der Kriminaloberrat, als seine Zigarette brannte und er genußvoll den Rauch ausstieß. »Was wollen Sie denn noch von dem? Haarscharf um Lebenslänglich herumgekommen, der Kumpel erschossen, vier volle Jahre auf dem Buckel. Der ist erledigt.«

Jochner sah seinen Besucher an. Jünger als er selber. Beneidenswert jünger. Vierzig vielleicht oder achtunddreißig. Einer von den Studierten, die vom wirklichen Leben keine Ahnung hatten, alles auf die leichte Schulter nahmen, und deren Gedanken sich in ausgefahrenen Gleisen bewegten.

»Außerdem muß er doch jetzt schon... warten Sie mal...«

»Geboren am 4. Februar 1932. Er muß also schon über vierzig sein, wollten Sie sagen. Da wird man müde und resigniert.«

»Eben«, sagte der Oberrat. »Genau das wollte ich sagen. Warum kümmern Sie sich überhaupt noch um den?«

Paul Jochner kam um den Schreibtisch herum. Man konnte jetzt sehen, daß ihm sein verkürztes Bein Schwierigkeiten machte. Er hinkte zum Fenster, um es zu öffnen, denn das asthmatische Herzflackern näherte sich immer bedrohlich, wenn Kärrner – oder sonstwer – in seinem Büro rauchte. Einen Augenblick lang sog Jochner die kühle, frische Luft in die Lungen. Dann wendete er sich zu Kärrner um.

»Das will ich Ihnen sagen. Das ist gar nicht so schwer. Der ist jetzt Anfang Vierzig und hat nichts gelernt. Andere haben sich bis dahin etwas aufgebaut, der nicht. Damals hat er mit einem Frauenzimmer zusammengewohnt, die schon drei uneheliche Kinder hatte. Aber die soff; daraus ist auch nichts geworden. Mit 35 Jahren die große Chance. Die ihm auch beinahe geglückt wäre. Dann vier Jahre Knast. Was würden Sie denn in dieser Situation tun?«

»Arbeiten«, sagte der Kriminaloberrat trocken, und Jochner sah ihn verächtlich an.

»Als Hilfsarbeiter vielleicht? Am Bau oder so? Dazu ist der zu intelligent. Und selbst, wenn er wollte – mit vierzig ist man in dem Alter, in dem einen keiner mehr will, wenn man nicht irgendwas vorzuweisen hat, verstehen Sie? Was anderes als Kenntnis im Umgang mit Maschinenpistolen.«

»Jochner«, sagte der Kriminaloberrat, »es geht Ihnen um das Bein. Sie können nicht vergessen, daß er Ihnen den Knochen zerschossen hat. Das verbittert Sie.«

Aber Jochner schüttelte den Kopf. »Das ist es nicht. Nein, wirklich nicht. Sie haben mich vorhin gefragt, warum ich mich noch um den kümmere: Weil dem gar nichts anderes übrigbleibt, als noch mal aktiv zu werden, wenn er überhaupt noch zu was kommen will. Der muß, verstehen Sie? Der hat jetzt Erfahrungen gesammelt, der weiß, wie man es nicht machen darf, und im Knast hat er Zeit gehabt, nachzudenken...«

Jochner machte eine Pause, in der er schwer atmete.

Sein Besucher starrte ihn an.

»Und der geht aufs Ganze. Das ist das einzige, was mit dem Bein etwas zu tun hat.« Jochner machte wieder eine Pause, um dann fortzufahren: »Sie haben vom Waldrand aus geschossen. Ich weiß bis heute nicht, wer es gewesen war. Der oder der andere. Aber ich habe ihn verhört. 188 Stunden lang. Und ich weiß, daß der zu allem fähig ist. Von dem anderen weiß ich es nicht. Den kenne ich nicht. Vielleicht war der auch dazu fähig. Wäre möglich. Aber von Jaczek weiß ich es.«

Diese Tage hatten sich in Jochners Erinnerung festgefressen. Ein Mann hatte ihn gleich am Morgen angerufen, an dem es passiert war. Sein Name war Dieter Kellermann, er war Prokurist in einer Aschaffenburger Holzverarbeitungsfirma und wie jeden Morgen auf dem Weg in sein Büro gewesen. Er sei ganz harmlos hinter einem ziemlich verdreckten Lastwagen hergefahren, hatte er berichtet, ja, bei näherem Nachdenken könne es schon sein, daß es ein Geldtransporter gewesen sei. Die beiden Heckfenster seien jedenfalls vergittert gewesen. Und plötzlich, wie aus heiterem Himmel, sei er in einem Geschoßhagel gewesen. Er kenne das. Er habe das nämlich ein paar Jahre lang mitgemacht. Passiert sei gottlob nichts, weder ihm noch den anderen. Er hatte dann sofort telefoniert und war mit Jochner verbunden worden, der zu diesem Zeitpunkt schon die Meldung vorliegen hatte, daß der Geldtransporter, den die Sparkasse erwartete, überfällig war.

Zwei Männer – denn wenn einer nach rückwärts aus dem fahrenden Wagen schießen kann, muß ein anderer den Fahrer in Schach halten; es mußten also zwei gewesen sein, von denen mindestens einer mit einer Schnellfeuerwaffe ausgerüstet war – zwei Männer hatten irgendwo in der morgendlichen Stadt den Transporter angehalten, waren eingestiegen wie zwei gute alte Freunde und mit 890000 in bar davongefahren, als handle es sich um eine Ladung Brötchen.

Zwanzig Minuten nach dem Anruf des Prokuristen war die ganze Gegend dort draußen schon abgesperrt gewesen, um den Verbrechern den Weg nach Süden in die Wälder von Heusenstamm und Ditzenbach abzuschneiden, die sie offenbar anstrebten. Aber zu spät; der Geldtransporter war verschwunden. Und sein Fahrer auch. Der Beifahrer, der an diesem nebligen Montagmorgen eine Nacht mit Fieber und Brechdurchfall hinter sich hatte, pries sich glücklich. Jochner hatte gestaunt, als er davon gehört hatte. Das hatten die Verbrecher am Morgen um sechs nicht wissen können, daß ein Beifahrer Brechdurchfall gehabt hatte. Der Coup war also auf einen Transport mit zwei Begleitpersonen angelegt gewesen. Daß es dann nur einer war, mußte den Burschen wie eine unerwartete Erbschaft vorgekommen sein. Und sie würden die leicht erworbene Beute mit Zähnen und Klauen verteidigen. Es würde nicht leicht sein, sie zu fassen.

Dazu kam der quälende Gedanke an das Schicksal des Fahrers. Die Frau hatte schon angerufen, aber er hatte ihr nichts sagen können. Wenn der Coup auf zwei Begleiter abgestellt war, hatte er überlegt, dann mußten die Täter diese beiden irgendwann wieder loswerden. Damals hatte er überhaupt nicht mit der Möglichkeit gerechnet, daß die beiden in Lebensgefahr sein könnten. Daß er sie gefesselt, in irgendeinen Straßengraben oder einem Waldstück wiederfinden würde, das ja.

Bei nur einem war das etwas anderes. Und der Anblick der blutigen Leiche Matthias Wallners im Innern des Transporters hatte später Jochners schlimmste Befürchtung bestätigt. Seit diesem Augenblick wußte er, daß es Ernst war.

»Können Sie sich vorstellen – da verhören Sie einen 188 Stunden lang, das sind die aufaddierten Stunden eines ganzen Monats, und zum Schluß sind Sie um nichts klüger. Zwei Leute sind tot... und Sie wissen nichts.«

Von dem Augenblick des Anrufs von Prokurist Kellermann an war das Panzerfahrzeug nämlich für fast vierzehn Stunden wie vom Erdboden verschluckt gewesen. Die Polizei des ganzen Landes, unterstützt von Bundesgrenzschutz und Hubschrauberstaffeln, hatte das Gebiet südlich des Mains systematisch abgesucht, bis dahin, wo es in den Odenwald übergeht. Diese Suche hatte nicht den geringsten Erfolg gezeitigt. Trotzdem hatten sie nicht aufgegeben und gewartet.

Am 20., gegen zehn Uhr abends, war eine Familie in der Gegend von Modau nordwärts gefahren. Die Familie hatte im Odenwald einen Weihnachtsbaum ›organisiert‹ und war auf der Heimfahrt nach Darmstadt. Diese Familie war dem vermißten Geldtransporter begegnet. Aber sie hatte es wegen des gestohlenen Christbaums nicht gewagt, bei einer Gendarmeriestation anzuhalten, sondern hatte erst von zu Hause aus die Polizei angerufen. Da war es natürlich zu spät gewesen, und zudem Nacht.

Aber sie hatten wenigstens die Gegend gewußt, in der gesucht werden mußte. Und Jochner war dann auch nicht weiter überrascht gewesen, als in den Vormittagsstunden des 21. Dezember ein Hubschrauber der Bereitschaftspolizei den Transporter in der Nähe von Obermossau entdeckt hatte, gerade als zwei Männer zu einer verlassenen Kiesgrube unterwegs waren, um ihn in den dort entstandenen Baggersee zu versenken. Letzteres erfuhr Jochner natürlich erst später.

Der Hubschrauber hatte sofort zu landen versucht, aber einer der beiden Männer hatte eine Beretta gehoben und ihm ein volles Magazin entgegengefeuert. Der Pilot hatte die Maschine außer Reichweite gebracht, war über dem Schauplatz geblieben und hatte gefunkt. Wenn es den beiden Verbrechern geglückt wäre, die Kiesgrube noch während der Dunkelheit zu finden, dann hätte sich ihre Festnahme entscheidend verzögert. Vielleicht wäre ihnen sogar die Flucht geglückt.

Von nun an blieb das aufgefundene Fahrzeug unter ständiger Beobachtung. Offenbar hatten sich die beiden Verbrecher jetzt dafür entschieden, die Flucht im Schutz der Panzerung des Fahrzeugs fortzusetzen. Von dem Fahrer war vom Hubschrauber aus auch mit dem Feldstecher nichts wahrzunehmen.

Sie blieben mit dem Hubschrauber ständig über dem Panzerfahrzeug. In weniger als einer Stunde war Jochner mit Blaulicht und Doppeltonhorn im Operationsbereich eingetroffen. Eine motorisierte Hundertschaft des Bundesgrenzschutzes hatte sich in Marsch gesetzt. Hundestaffeln und Funktrupps ergänzten den Aufwand. Etwa zur Zeit der Ankunft von Paul Jochner war der Geldtransporter in ein ausgedehntes Waldstück westnordwestlich von Eberbach eingetaucht. Der Hubschrauber hatte das Fahrzeug verloren, das wahrscheinlich irgendwo im Dickicht stand, während die Männer auf den frühen Einbruch der Dunkelheit hofften.

Aber das war auch der Zwang, unter dem Jochners Entscheidungen standen. Er forderte noch einen zweiten Hubschrauber an und ließ beide so hoch über dem Wald stehen, daß sie das ganze Terrain überwachen konnten.

Gegen eins hatte er dann den Befehl gegeben, das Waldstück zu durchkämmen. Er mußte handeln, solange noch Tageslicht herrschte, sonst riskierte er, daß ihm die Burschen möglicherweise noch entwischten.

Er sah in dem dämmerigen Büro den Kriminaloberrat wie eine Silhouette vor dem Fenster stehen.

»Verstehen Sie, wir wußten zu dem Zeitpunkt ja nicht einmal, mit wem wir es zu tun hatten. Wenn die uns durch die Lappen gegangen wären, die Automatische unter dem Lumberjack, und mit genügend Geld in den Taschen, hätten wir nicht einmal eine Fahndung rausgeben können. So war das doch. Also sind wir rein in den Busch. Von oben das Geknatter von den Hubschraubern. Und plötzlich, wir kommen gerade über 'ne kleine Lichtung, knattert's noch ein bißchen mehr, und ich denke, ich habe mir das Bein angeschlagen oder so... Aber dann begreife ich, daß die geschossen haben, die Idioten. Damit wußten wir, wo sie saßen. Die vom Grenzschutz haben das Versteck dann umstellt. Dann folgte die übliche Aufforderung, sich zu ergeben, Sie wissen ja, über den Handlautsprecher... Alles wie gelähmt vor Spannung... Und da kommt der eine aus dem Gebüsch, die MP in den Händen... er macht eine blöde Bewegung, die mißverstehen das... es ist ja schon geschossen worden... und ballern los. Und der läßt den Schießprügel fallen, stolpert und bleibt mit dem Gesicht auf dem Waldweg liegen. Der andere hat sich dann ergeben. Mit 890000 in bar, einem Panzerwagen und einem Toten darin. Mich haben sie schon verbunden und auf der Tragbahre gehabt, da habe ich mir das alles angesehen. Wie sie die Tür von dem Wagen hinten aufgezogen haben, ist der Wallner da drin gelegen...« Jochner stockte. »Ich habe allerhand Typen erlebt«, fuhr er fort, »aber diesen Kerl hab' ich zum erstenmal gesehen – der Kopf wie ein umgedrehtes Ei, die Spitze nach oben... und schon beim ersten Wort fängt der an zu lügen, in diesem windelweichen Jargon. Zum in die Fresse schlagen, sage ich Ihnen. Als ich wieder einigermaßen auf dem Damm war, hab' ich mir nicht nehmen lassen, den zu verhören. Zusammengerechnet ganze 188 Stunden lang. Und erfahren habe ich nichts. Der Kumpel lag ja mit dem Gesicht im Dreck und konnte nichts mehr sagen. Und der Wallner auch nicht. Und Jaczek machte sich das zunutze und hielt die Fresse. Und wenn er sie aufmachte, dann nur, um zu lügen. Da lernt man Selbstbeherrschung, sage ich Ihnen!«

»Na, schließlich ist er ja doch verurteilt worden«, sagte der Kriminaloberrat, der die Geschichte schon so oft gehört hatte, aber noch nie so drastisch wie an diesem Tag, an dem man Franz Jaczek entlassen hatte.

»Aber geklärt ist die Sache immer noch nicht«, knurrte Paul Jochner.

»Ich verstehe nicht...?«

»Mir fehlen vierzehn Stunden«, sagte Jochner. »Die vierzehn Stunden zwischen dem Anruf des Prokuristen Kellermann und dem Zeitpunkt, wo die Leute aus Darmstadt das Fahrzeug gesichtet haben. Jaczek wollte mir weismachen, daß sie vierzehn Stunden in der Gegend herumkutschiert und im Wald gestanden sind. Aber das kann er mir nicht erzählen; ich habe schließlich den Einsatz geleitet. Und ich weiß, daß es in diesen vierzehn Stunden kein Durchkommen für sie gegeben hätte, wenn sie nicht einen Schlupfwinkel gehabt hätten. Und dieser Schlupfwinkel...« Wieder stockte Jochner; er drehte sich um und nahm den Krückstock von der Schreibtischkante.

»Das kann Ihnen doch jetzt egal sein... wo alles vorbei ist...«, hörte er den Kriminaloberrat sagen.

»Ich kriege Beklemmungen, Kärrner«, murmelte er, »wenn ich daran denke, daß der seit zwei Stunden frei herumläuft.«

Schorsch Kofler war ein Mann von Anfang bis Mitte Dreißig. Auch er stammte aus der Gegend von Linz. Aber im Gegensatz zu Franz Jaczek hatte Schorsch Kofler etwas gelernt. Das lag vielleicht weniger an seiner eigenen Ausdauer und Leistungskraft als vielmehr an der unermüdlichen Ausdauer seines Vaters, der sich in den Kopf gesetzt hatte, Georg durch die Schule und dann durch eine Lehre zu bringen.

So gedrängt, hatte sich Schorsch für den aussichtsreichen Beruf eines Autolackierers entschlossen und es hierin sogar bis zur Selbständigkeit gebracht. Vor fünf Jahren hatte er sich ein Grundstück am Rand der Rosenhöhe gemietet, dort, wo es hinüber zur Autobahn und weiter nach Gravenbruch ging. Das Grundstück grenzte unmittelbar an die umfangreichen Waldgebiete südlich der Stadt. Wenn man einen Teil des Maschendrahtzauns aushob, konnte man von Koflers Grundstück aus unmittelbar in den Wald gelangen.

Es war vorwiegend die günstige Lage des Grundstücks gewesen, die Jaczek veranlaßt hatte, gerade Schorsch Kofler mit in die Sache hereinzunehmen. Zudem hatte Kofler auch in anderer Hinsicht seinen Anforderungen genügt, und mindestens in einer hatte Schorsch Kofler gehalten, was er versprochen hatte: nämlich bis heute tatsächlich das Maul.

Schorsch Kofler hob den Deckel über den Sicherungskasten eines MG, der in seiner kleinen Werkstatt stand, und sah nach der Uhr. Halb fünf. Es wurde früh dunkel jetzt. Vor den Fenstern war schon die Nacht, und es schneite leicht.

Kofler klappte die Motorhaube zu. Ganz ähnlich wie damals, dachte er. Es war die gleiche Jahreszeit gewesen, und es hatte etwas geschneit. Er hatte eine höllische Angst gehabt, man könne auf diese Weise die Reifenspuren des Geldtransporters verfolgen.

Noch immer sah er sich an diesem aufregenden Wintermorgen hinter dem Werkstattor stehen, halb gebückt, den Eisenwinkel des Riegels zwischen den klammen Fingern, auf jedes Geräusch von draußen horchend und vor Kälte und Anspannung zitternd.

Auch er hatte das entfernte Aufundabschwellen des Doppeltonhorns gehört und hatte sich genau wie die anderen die Frage vorgelegt, ob sie wegen des Panzerwagens unterwegs waren oder aus irgendeinem anderen Grund. Die Hand nicht eine Sekunde vom Riegel lassend, hatte er nach der Uhr gesehen und festgestellt, daß es hell zu werden begann.

Wenn sie innerhalb der nächsten fünf Minuten nicht da waren, war etwas schiefgegangen, hatte er gedacht. Wenn sie aber kamen, dann bestand eine reelle Chance, daß der Coup glückte. Jaczek hatte wirklich nachgedacht. Zum Teufel, das hatte er – und Schorsch Kofler hatte immer wieder den Kopf geschüttelt über die unzähligen Einzelheiten, Varianten und Eventualfälle, die in Jaczeks Kopf Gestalt gewannen und sich verdichteten zu einem Mosaik, das der Möglichkeit und der Wahrscheinlichkeit gleich viel Platz einräumte.

Der Gedanke, daß ein ganzes Geldtransportfahrzeug einfach aus dem Verkehr gezogen werden sollte, bis Gras über die Sache gewachsen war, um dann, Monate später, des Nachts und insgeheim in dem Baggersee einer aufgelassenen Kiesgrube zu verschwinden, bis Sporttaucher oder badende Kinder es durch Zufall entdeckten, war für Schorsch Kofler schon deswegen bestechend gewesen, weil er selbst niemals fähig gewesen wäre, ihn zu entwickeln.

Dies alles war so solide und zuverlässig konstruiert, daß alles gutgehen mußte – es sei denn, das Fahrzeug hatte eine Panne, und dieses Risiko mußten sie eben eingehen.

Schorsch Kofler hatte deshalb erleichtert die angestaute Luft ausgestoßen, als der Geldtransporter auf das Grundstück rollte. Absprachegemäß stand das Einfahrtstor zum Gelände offen. Es hatte seit Wochen offengestanden, damit es an diesem Morgen nicht auffiel, und es würde auch die nächsten acht oder zehn Tage noch offenstehen. Absprachegemäß hatte Franz Jaczek die Lichter gelöscht, als sie in den holperigen Sandweg eingebogen waren, an dem Schorsch Koflers Werkstatt lag, und absprachegemäß zog Schorsch Kofler jetzt das Werkstattor so auseinander, daß das Fahrzeug in den Innenraum gefahren werden konnte, ohne auf dem Grundstück auch nur für eine einzige Sekunde anhalten zu müssen.

Atemlos vor Aufregung schob Schorsch Kofler das Tor wieder zusammen und legte den Riegel vor. Dann preßte er das Ohr gegen das Holz der Torfüllung. Jaczek schaltete die Zündung aus, öffnete die Tür und kam zu Schorsch Kofler.

»Auch gehört?«

»Klar, Mensch. Galt das euch?«

Achselzucken. Die Männer lauschten. Durch die Löcher der Strumpfmaske glänzten Jaczeks weiße Augäpfel, als er sie verdrehte. Es war so still, daß sie das Knacken hörten, als der Motor anfing kalt zu werden. Schorsch Kofler drehte das Gesicht.

»Na, red schon, Mensch. Ist was gewesen?«

»Die Lampe.«

»Du wirst doch jetzt kein Licht...«

»Die Taschenlampe meine ich, du Idiot.«

Schorsch Kofler hatte sie absprachegemäß in der rechten Schenkeltasche der Überhose, die er trug, und holte sie heraus. Franz Jaczek richtete den Lichtkegel auf die Rückseite des Wagens und stellte mit einer gewissen Befriedigung fest, daß das Kennzeichen infolge des wässerigen Schneematches, der in den letzten Tagen die Straßen verschmiert hatte, ziemlich dreckig war. Er grunzte.

»Die Nummer hat er jedenfalls nicht erkennen können.«

»Dann ist euch also doch einer gefolgt?« fragte Schorsch Kofler.

»Keine Ahnung«, schnaufte Jaczek. »Wahrscheinlich war's 'n Zufall. Der Hans hat sicherheitshalber geschossen, da hat er abgedreht. Hätte ich auch, wenn ich der gewesen wäre. Spritzt ganz schön um sich, das Ding da.«

»So ein Arschloch«, sagte Schorsch Kofler. »Von dem Moment an hat der doch alles gewußt.«

»Natürlich. Hat er. Aber wie hätten wir da vorn in der Kabine entscheiden können, ob der nicht vorher auch schon alles gewußt hat? Wie hättest du das denn wissen können, hä?«

Jetzt kletterte Hans Saur aus der rechten Tür des Panzerfahrzeugs. »Aber wir haben ihn abgehängt. Oder hätten wir vielleicht zulassen sollen, daß der uns in aller Gemütlichkeit nachfährt? Wär dir das lieber gewesen?«

»Was macht'n der überhaupt?« wollte Franz Jaczek wissen und deutete in der halben Dämmerung mit dem Kopf in Richtung auf das Fahrerhaus.

»Die Schlüssel habe ich jedenfalls hier«, sagte Saur. »Nicht daß der mit der Karre – krach durch das Tor und so...« Hans Saur klimperte bedeutungsvoll mit den Schlüsseln.

»Wer?« fragte Schorsch Kofler. »Von wem redet ihr denn eigentlich?«

»Ach so«, sagte Jaczek, »hab' ich ganz vergessen. Wir haben da vorn einen Gast drin.«

»Was habt ihr?« Schorsch Kofler machte einen oder zwei Schritte. »Wen habt ihr da vorn drin?«

Jaczeks Griff um Schorsch Koflers Schulter war härter, als man es ihm bei seiner etwas schwammigen Fülle zugetraut hätte. Er zog Kofler zurück und drehte ihn gleichzeitig herum. »Schorsch«, sagte er friedfertig, aber mit einem leicht drohenden Unterton in der Stimme, »nun spiel bloß nicht verrückt. Da vorn sitzt der Fahrer von der Gesellschaft drin. Wir haben ihn nicht rausschmeißen können.«

»Und der zweite?« fragte Kofler. »Wo ist der? Den habt ihr also rausgeschmissen?«

»Ein zweiter war gar nicht dabei«, sagte Hans Saur. »Ob du's glaubst oder nicht, der war allein.«

»Und den habt ihr nicht rausschmeißen können? Einen allein? Und den habt ihr nicht rausgeschmissen?«

»Ging nicht.« Jaczek antwortete an Saurs Stelle.

»So, das ging nicht«, fauchte Schorsch Kofler. »Aber es ging, daß der jetzt da vorn in der Karre drinsitzt. Der weiß doch jetzt alles. Der kennt doch eure Anzüge, eure Stimmen, die Knarren. Und der weiß doch genau, wo er jetzt ist.«

»Hab' ich's nicht gleich gesagt?« Saur drehte sich zu Jaczek um. »Mit dem kriegen wir noch Scherereien.«

»Das hättet ihr euch vorher überlegen sollen.«

»Nicht mit dem Fahrer. Mit dir«, sagte Saur.

»Hör zu«, sagte Jaczek zu Schorsch Kofler, »wir wußten ja nicht, ober der noch hinter uns her war, den der Hans verzischt hat. Dann kamen sie mit der Sirene. Die hast du ja auch gehört, oder? Na also. Was hätten wir denn tun sollen? Wenn wir ihn da noch rausgeschmissen hätten, oder wenn wir noch einen Umweg gemacht hätten, wäre es womöglich noch völlig hell geworden. Und wenn die den aufgelesen hätten und der hätte denen gesagt, da und da sind die hingefahren, und das ist noch keine fünf Minuten her... und dann wäre die Karre nicht mehr gesehen worden, was meinst du, was die gemacht hätten? Die hätten einen Zirkel genommen und einen Kreis um die Stelle gezogen, und hätten jeden Schuppen in diesem Umkreis durchsucht.«

»Und was glaubst du denn, was die jetzt machen?« sagte Schorsch Kofler. »Die machen jetzt eben ihren Kreis um die Stelle, wo ihr geschossen habt.«

»Da haben wir in dem Moment nicht daran gedacht«, sagte Saur. »Und das hättest du auch nicht. Jetzt haben wir wenigstens noch den Finger drauf.«

»Auf was?«

»Auf dem«, sagte Jaczek. »Da hat der Hans recht. Was der aussagt, bestimmen wir.«

Es trat ein Schweigen ein.

»Ihr seid ja total bescheuert«, sagte Schorsch Kofler endlich.

»Ich könnte jetzt 'n Kaffee vertragen«, meinte Hans Saur.

Der Kaffee kochte auf dem Herd. Auch das war abgemacht.

»Und was macht ihr mit dem solange?«

»Hol ihn raus«, sagte Jaczek zu Saur. »Und hinten rein mit ihm. Wozu ist die Karre gepanzert.«

Hans Saur ging zur Seitentür und ließ Matthias Wallner aussteigen. »Los, rein zu deiner Sore«, sagte er, und Wallner kletterte in den Frachtraum.

»Was habt ihr mit mir vor?« fragte er, bevor er sich hochschwang.

»Vorerst passen wir auf, daß du nicht Leine ziehst«, knurrte Saur. »Los, mach schon. Ich bring dir dann ein Frühstück.«

»Ich halt das Maul. Bestimmt. Da könnt ihr euch drauf verlassen«, sagte Wallner.

»Ja, das tun wir auch«, sagte Jaczek, und Saur verriegelte hinter Wallner die Tür.

»Ausgerechnet auf den...«, sagte Saur.

Dann zogen sie sich die Masken von den Gesichtern.

»Wieviel ist denn eigentlich drin?« fragte Schorsch Kofler.

»Da brauchst du nur heute mittag die Radionachrichten hören. Die sagen dir das auf Heller und Pfennig. Und schneller als wir hier zählen können.«

Jaczek ging voraus. Als sie beim Kaffee saßen, fragte Schorsch Kofler: »Was willst du denn jetzt mit dem machen? Der kann uns doch alle auffliegen lassen.«

Jaczek schwieg. Hans Saur auch, denn Hans Saur verstand Jaczeks Schweigen durchaus richtig. Aber an eine solche Möglichkeit hatte Schorsch Kofler überhaupt noch nicht gedacht.

»Vielleicht hält er das Maul, wenn wir ihm ein paar Tausender abgeben«, meinte er, und Jaczek rückte auf seinem Platz hin und her.

»Kann er jetzt nicht mehr. Wenn wir ihn rausgeschmissen hätten, wäre er schon längst gefunden. Das kann er denen nicht mehr vormachen. Und wenn er mit uns untergetaucht war, muß er wissen, wo. Die setzen ihm schon so zu, daß er sich erinnert. Selbst wenn er angibt, man hätte ihm die Augen verbunden.«

»Und das stimmt noch nicht mal«, stellte Saur fest.

»Ihr seid Arschlöcher«, ergänzte Schorsch Kofler. Aber dann dämmerte es ihm allmählich, was das alles wirklich bedeutete: »Mensch, seid ihr Arschlöcher...«

Jaczek zuckte die Achseln. »Wenn der das Maul halten soll, müssen wir ihm schon eine Existenz garantieren. Und wer weiß denn überhaupt, ob das für uns alle drin ist? Schalt doch mal den Kasten ein«, fügte er, zu Saur gewendet, hinzu. »Aber leise.«

Hans Saur griff zum Wandbord hoch und schaltete das Radio ein. Man sendete die landwirtschaftliche Viertelstunde.

»Und dann?« forschte Schorsch Kofler.

»Es gibt im Leben Situationen...«, sagte Franz Jaczek gedehnt, und Schorsch Kofler begriff, was Hans Saur schon lange begriffen hatte und was für Jaczek selbst schon feststand, seitdem er beim Getöse des entfernten Doppeltonhorns die Mundwinkel eingekniffen hatte.

»Mensch, das könnt ihr doch nicht machen...«, stotterte Kofler nach ein paar Sekunden und sah in Franz Jaczeks kleine, glitzernde Augen.

»Warum nicht?« fragte Jaczek und machte sich auf moralische Einwendungen gefaßt. Schorsch Kofler spürte das. Er wußte genau, was ihm Jaczek sagen würde, wenn er mit Gewissen kam: Bürgersöhnchen. Großes Geld und keine Courage. Fehlen eben die Nerven für so was. Besser die Finger davon gelassen, das Muttersöhnchen. Groß eingestiegen und jetzt Schiß in der Hose. Das würde Franz Jaczek sagen.

»Und dann?« sagte Schorsch Kofler deshalb. »Wo wollt ihr denn hin mit dem? Wenn die ihn finden, hängen wir doch auch noch wegen Mord drin.«

»Red keinen Stuß«, sagte Jaczek und trank einen Schluck von seinem Kaffee. »Meinst du, mir macht das Spaß? Keinem macht das Spaß, so was. Aber es gehört zum Risiko. Das mußt du richtig sehen, Schorsch. Ich hab' dir das von Anfang an gesagt. Wir hätten auch einen Laden ausräumen können, sechs- oder siebentausend und ein paar Zerquetschte. Dafür geht man kein Risiko ein. Da hast...«

»Woher weißt du denn eigentlich, ob sich das ganze Risiko lohnt?« sagte Schorsch Kofler.

»Das werden wir schon hören«, sagte Hans Saur. »Wir fragen ihn eben. Die wissen doch, wieviel sie transportieren. Und wenn nicht, zählen wir. Wir haben ja Zeit.«

Hans Saur erhob sich, aber Franz Jaczek war rascher.

»Laß nur, Hans«, sagte er und schob sich hinter dem Tisch heraus. »Ich mach das schon.«

Langsam ging er hinüber zur Tür, die MP schlenkerte am Riemen in seiner rechten Hand, mit der linken fuhr er in die Schenkeltasche, und Schorsch Kofler wußte, daß er nach dem Schalldämpfer angelte. Er sah Saurs MP neben der Eckbank an der Wand lehnen, und ehe Jaczek die Tür erreichte und Hans Saur begriffen hatte, was geschah, hatte er sie gepackt, entsichert, durchgeladen und angeschlagen. Das satte Knacken ließ Jaczek stehenbleiben.

»Nicht bei mir«, sagte Schorsch Kofler. »Nicht solange ihr hier bei mir seid. Ihr könnt abhauen und mich draußen lassen, das könnt ihr. Dann könnt ihr machen, was ihr wollt. Aber nicht, solange ihr hier bei mir seid, verstanden?«

Jaczek drehte sich langsam um, und Schorsch Kofler hob die Mündung der Waffe ein wenig höher. Jaczek lächelte.

»Denk doch einmal in deinem Leben nach«, sagte er. »Wenn du jetzt losknallst, hängst du bestimmt drin. Und wenn der plaudern kann, hängst du auch mit drin. Also mußt du froh sein, wenn er nicht...« Jaczek schwieg, denn in diesem Augenblick brachten sie im Radio die erste Meldung von dem Überfall: Dreister Coup. Schwerbewaffnete Banditen. Feuern sofort. Bevölkerung aufgefordert, armeegrünen Geldtransporter sofort bei der nächsten Polizeidienststelle... Beute von rund 886000 DM...

Hans Saur drosch vor Freude auf das Radio, daß es verstummte.

»Idiot«, sagte Jaczek. Dann zu Schorsch Kofler: »Das sollen wir also alles sausen lassen, wenn es nach dir geht. Aber es geht nicht nach dir. Und wenn hier einer ins Gras beißt, dann besser der, als einer von uns... hast mich?«

»886000«, murmelte Schorsch Kofler andächtig und einen Augenblick lang wie gelähmt.

»Das ist fast eine Million«, sagte Hans Saur. Mit einer ruhigen Bewegung nahm er Kofler die MP aus der Hand und stellte sie weg.

Dann kam der Augenblick, der Schorsch Kofler noch oft die Hände an die Ohren pressen ließ, wenn er sich nur daran erinnerte, und der ihn begreifen gelehrt hatte, warum die Dinge, mit denen sie umgingen, »Knarren« hießen. Es war, als ob einer im Nebenzimmer eine Fastnachtsknarre gedreht hätte. Kurz, sachlich und trocken. Zweimal. »Raus hier, ihr Idioten! Raus, sofort! Keine Sekunde bleibt der Tote hier in meiner Werkstatt. Keine Sekunde, hört ihr... ihr Scheißkerle...!«

Franz Jaczek war unter der Tür zum Schuppen erschienen, bleich und angeschlagen.

»Bis heute nacht wirst du dich gedulden müssen«, hatte er gesagt. »Und jetzt halt das Maul und überlaß den Erwachsenen die Arbeit. Sonst muß ich deinen Anteil runtersetzen.«

»Und das wirst doch nicht wollen«, hatte Hans Saur hinzugefügt.

Schorsch Kofler atmete tief auf und sah sich in dem von öden Kohlenfadenlampen und einer länglichen Neonleuchte erhellten Werkstattraum um. Immer würde die Erinnerung daran hier drinhängen. Und immer würde er es besonders dann empfinden, wenn es dämmerig wurde. Er hörte dann wieder die Geräusche von damals, das trockene Knarren der MP, das Stampfen von Jaczeks Schritten auf dem Dielenboden, roch den faden, süßlichen Geruch von auftrocknendem Blut, der den Schuppen erfüllt hatte, bis Saur und Jaczek abends gegen neun den Wagen ins Freie gefahren hatten, um zu versuchen, irgendwie durchzukommen. Den Toten hatten sie mitgenommen.

Das Geld übrigens auch. Alles. Er, Kofler, hatte sogar darauf bestanden. Wenn man sie erwischt – und das war wahrscheinlich –, mußten sie die Sore bis auf den letzten Hundert-Mark-Schein bei sich haben, weil sie sonst nachweisen mußten, wo sie das fehlende Geld gelassen hatten, und dann hing er auch mit drin.

Und nun war Saur schon beinahe fünf Jahre tot. Jaczek hatte das Maul gehalten, und er, Kofler, natürlich auch. So war es bis heute geblieben. Schorsch Kofler wollte an diesem Tag nicht allein sein. Er machte den Wagen halbwegs fertig, schmiß den Deckel zu und war versucht, einen schweren Schraubenschlüssel direkt auf den spiegelnden Lack zu knallen.

Aber er unterließ es, als er daran dachte, daß das zu überflüssigen Scherereien mit der Versicherung führen würde und daß er eigentlich mit dem grünen MG das Mädchen in die Stadt fahren könnte. Sicher wollte sie vorher tanzen oder ins Kino gehen oder sonst in einen Bums. Er kannte sie in dieser Beziehung. Aber es war gut, daß es sie gab.

Schorsch Kofler hängte sich ans Telefon. Sie war selbst am Apparat.

»Kommst du heute rum, Irmi?« fragte er. Sie zögerte ihm eine Sekunde zu lange. Er war es gewöhnt, daß sie immer sofort zustimmte.

»Ist was?« sagte er deshalb. »Läßt dich der Alte nicht gehen? Er hat was gegen mich, oder?«

»Es ist wegen der Mama«, sagte das Mädchen. »Was wollen wir denn machen?«

»Na, was schon?«, sagte Schorsch Kofler. »Oder soll ich dich abholen?«

»Sie schaut mich immer so komisch an, wenn du mit dem Wagen kommst. Es ist ihr unheimlich, daß es immer andere sind.«

»Wenn das alles ist...?«

»Mit was fahren wir denn heute?«, fragte das Mädchen. »Mit einem grünen MG«, sagte Schorsch Kofler. »Weißt du was, hol du mich ab. Dann brauchst du dir das Gesicht nicht anzuschauen, und ich brauch mich nicht so zu eilen. Wann kommst du denn?«

»Um sieben«, sagte das Mädchen.

»Gut«, sagte Schorsch Kofler. »Um sieben.«

Nach dem Gespräch räumte Kofler die Werkstatt auf und ging hinüber zum Haus. Bis sieben hatte er noch eine Stunde Zeit, in der sich seine Stimmung merklich besserte. Er legte einen Anzug zurecht, Hemd, Krawatte, Wäsche, und ging unter die Brause.

Das warme Wasser sprudelte über seinen schon ein wenig schwammigen Körper. Er empfand es wohlig, und als er an den festen, kernigen Mädchenleib nachher im Bett dachte, begann er erst vor sich hin zu summen und dann zu pfeifen.

Nur undeutlich hörte er durch das Geräusch des Wassers und seines Pfeifens hindurch die Türglocke.

Sieben ist es bestimmt noch nicht, dachte er, als er, ohne die Brause abzustellen, aus der Kabine stieg und sich ein Handtuch um die Hüften schlug. Sie mußte sich ja mächtig beeilt haben. Er zog die Haustür auf.

»Komm rein«, sagte er. »Ich dusche gerade. Du kannst solange warten.«

»Ich dusche nachher auch, wenn's dir recht ist«, sagte Franz Jaczek und zog gewissenhaft die Tür hinter sich zu. »In Butzbach findet das nur montags statt, und das ist schon vier Tage her. Da hast du was versäumt, Schorsch, das kann ich dir sagen.«

»Bist du verrückt?« sagte Schorsch Kofler, nachdem er den Schock verarbeitet hatte. »Fällt dir nichts Besseres ein, als hierherzukommen? Daß sie dich überhaupt schon rausgelassen haben.«

»Führung«, sagte Jaczek. »Du mußt nur brav sein, dann geht das alles.« Er sah sich im Halbdunkel des Flurs um und legte den altmodischen Hut auf die Konsole. »Mein Besuch ist übrigens mit keinem Risiko verbunden«, fuhr er fort. »Erst wenn ich polizeilich gemeldet bin, überwachen sie mich; später müssen wir natürlich vorsichtig sein.«

»Und was willst du?« fragte Schorsch Kofler. »Ich kriege Besuch.«

»Macht nichts«, sagte Jaczek. »Ich störe euch nicht. Mir genügt eine Matratze in der Werkstatt.« Er bückte sich zum Telefon und las die Nummer ab. »Auch eine andere«, sagte er und memorierte die Ziffern. Dann richtete er sich auf und sah Kofler an. »Von dir hat niemand was gewollt?« erkundigte er sich.

»Niemand.« Schorsch Kofler schüttelte den Kopf. Jaczek begleitete ihn ins Bad. Kofler stieg wieder unter die Brause. »Und du?« fragte er von dort. »Wie geht's dir?«

Jaczek setzte sich. »Vier Jahre sind eine verflucht lange Zeit«, sagte er und sah auf die dicklichen Finger zwischen seinen Knien.

»Und dabei haben sie dich wegen der Sache mit Wallner gar nicht mal rangekriegt«, gurgelte Kofler unter der Brause.

»Du hast das Maul gehalten«, sagte Jaczek. »Das ist allerhand.«

Kofler antwortete nicht. Vielleicht lag es daran, daß sich Franz Jaczek in diesem Augenblick zum erstenmal darüber klar wurde, daß der Mensch, dessen verschwommene Umrisse schlangenartige Bewegungen hinter dem Plastikvorhang vollführten, der einzige war, der etwas von der Sache mit Matthias Wallner wußte.

Es war ein Tag im Frühsommer des Jahres, das auf diese Ereignisse folgte. Schorsch Kofler hatte sich nach den ersten vorsichtigen Kontakten, die Franz Jaczek mit ihm aufgenommen hatte, nur widerstrebend zurückhalten lassen. Aber Jaczek hatte ihn schließlich davon überzeugt, daß Kofler für den Supercoup, den er plante, die lange Dunkelheit und die kurzen, nebligen Tage der Zeit des Jahreswechsels brauchte und daß deshalb der große Schlag erst Ende des Jahres erfolgen könne. Wieder um die Weihnachtszeit. Aber das sei gut, hatte Jaczek gemeint. Aus verschiedenen Gründen

Franz Jaczek hatte seine Überlegungen bereits ziemlich weit

vorangetrieben. In diesen Überlegungen spielten Fritz und Martina Quass eine bedeutende Rolle. Und für beide war heute ein wichtiger Tag.

Es war für Martina selbst eine sonderbare Entdeckung, wie intensiv sie trotz allem an den Sorgen und Schwierigkeiten ihres Mannes teilnahm. Wahrscheinlich lag es daran, daß sie die wichtigsten Jahre des Lebens, die Jahre des Kämpfens und des Erfolgs, gemeinsam verbracht hatten. Aber jetzt hatte sich etwas verändert; schon seit Wochen war Fritz noch schweigsamer als sonst. Er war zwar immer, seitdem das Wetter besser geworden war, nach Bad Homburg hinüber zum Golf gefahren, aber er hatte dort nicht gespielt, sondern fast regelmäßig ausgedehnte Wanderungen unternommen, von denen er verschmutzt und erschöpft zurückkam. Freunde hatten Martina davon am Telefon erzählt, da man sich allgemein über Fritz' Verhalten gewundert hatte.

Seit zwei Tagen wußte Martina nun, daß es mit der Firma zusammenhing. Und das beruhigte sie. Denn obschon in ihrer Ehe eine Entfremdung eingetreten war, hätte es sie geschmerzt, wenn auch Fritz das so stark empfunden und sein Verhalten darum geändert hätte.

Er lebte mit der Firma und für die Firma. Martina wußte natürlich sehr wohl, daß dies nur ein äußerer Anschein war, denn in Wirklichkeit lebte ihr Mann durch seine Firma nur für den eigenen Erfolg. Aber sie scheute sich, an dieses Thema zu rühren. Es wird schon gutgehen, Fritz«, sagte sie. »Und heute abend kannst du endlich wieder an etwas anderes denken, wenn alles vorbei ist. Sie werden deinen Kopf schon nicht fordern.«

Sie wohnten in Sachsenhausen in der Städelstraße, einer der stillen Straßen, die dort parallel zum Main verlaufen. Die Sonne schien, und sie frühstückten auf der Terrasse. Nur schwach drang der Verkehrslärm herüber.

»Aber irgendwas führt Nossing im Schilde. Nach allem, was mir Mühlhauffe vertraulich mitgeteilt hat. Und die sitzen natürlich jetzt an der Schraube. Wer Geld gibt, sitzt immer an der Schraube.«

»Ich denke, ihr habt Garantien von denen«, sagte Martina.

»Natürlich, aber nicht für alles. Mich quält der Gedanke, daß wir etwas vergessen oder übersehen haben. Das beschäftigt mich, seitdem Nossing den Vorsitz im Aufsichtsrat übernommen hat. Nossing denkt nur an sich. An seinen Erfolg und an sein Geld.«

»Tätest du das nicht auch an seiner Stelle?«, sagte Martina. Eigentlich hatte sie hinzufügen wollen: Tut ihr denn das nicht alle in euren Positionen? Geht das denn überhaupt anders? Aber sie wußte genau, was Fritz ihr dann geantwortet hätte, nämlich daß man mit Frauen im allgemeinen und mit ihr im ganz besonderen nicht sachlich über Männerangelegenheiten sprechen könne. Schon mit der vorsichtigen Bemerkung von eben hatte sie seinen Unwillen herausgefordert. Er stand auf.

»Lebst du nicht ganz gut, Martina?« sagte er. »Hast du nicht alles, was du brauchst? Und mehr?«

»Doch Fritz«, sagte Martina Quass. »Ich bin zufrieden.«

»Na also, das kann man nur auf diese Weise erreichen. Das ist das große Spiel, das wir alle spielen. Der eine mit höherem und der andere mit kleinerem Einsatz. Natürlich täte ich es auch –« er wendete ihr den Rücken zu und starrte in das wiegende Laubwerk einer Akazie –»an seiner Stelle...« Und eigentlich tue ich sogar an meiner Stelle eine ganze Menge, dachte er nach einer weiteren Pause, als er schon dabei war, das Garagentor aufzuschließen.

Er fuhr zuerst bei Findteissen vorbei. Findteissens Wagen war beim Service, und sie hatten verabredet, zusammen hinüber zur Landeszentralbank zu fahren, wo Nossing die Sitzung anberaumt hatte, an einem neutralen Platz, weder in seinem eigenem Geschäftsbereich noch in dem von Quass und Findteissen. Es war sommerlich warm, und die Herren waren in hellem Anzug. Findteissen hatte einen leichten Staubmantel über dem Arm und warf diesen mit der Aktentasche nach hinten, bevor er vorn neben Quass einstieg und den Gurt über die Schulter zog.

»Na, dann wollen wir mal«, sagte Findteissen nach der knappen Begrüßung. »Ausgeschlafen?«

»Das schon«, sagte Quass. »Aber darauf kommt es nicht an. Wenn ich wüßte, worauf er hinauswill, wäre mit wohler. Auch unausgeschlafen.«

»Er will Ihren Vertrag nicht verlängern«, sagte Findteissen. »Ich war gestern abend mit Jahn noch einen heben, und gegen zwei hat er ausgepackt.«

Jahn, der Leiter der Münchener Niederlassung des Unternehmens, war zweiter Vertreter der Arbeitnehmer im Aufsichtsrat.

»So, Jahn hat ausgepackt«, sagte Quass mechanisch.»Warum hat dann Mühlhauffe nicht ausgepackt, als ich mit ihm vor drei Tagen einen heben war? Unsere drei Leute aus der Firma habe ich bis heute für loyal gehalten.«

»Das sind sie auch, Herr Quass. Aber Mühlhauffe ist eben vorsichtig und sagt lieber ein Wort zuwenig als zuviel. Bei der Abstimmung im Aufsichtsrat können Sie sich auf Mühlhauffe ebenso verlassen wie auf Jahn und Loffels.«

»Ihr Wort in Gottes Ohr«, sagte Quass. »Das wären wenigstens drei von neun. Und die anderen sechs?«

»Sagen wir fünf«, sagte Findteissen. »Denn von Herrn von Nossing wissen wir ja schließlich , was er denkt.«

»Und worauf er hinauswill«, murmelte Quass bitter.

»Wir haben heute den 23. Juni«, sagte Findteissen. »Ich denke mir Nossings Schlachtplan folgendermaßen: Ihre Verträge laufen Ende Dezember aus. Er wird das Thema heute außerhalb der Tagesordnung diskutieren und Ihnen Zeit lassen bis zur nächsten Aufsichtsratssitzung. Die muß nach der Geschäftsordnung spätestens am 22. Dezember stattfinden.«

»Zwei Tage vor Weihnachten, ein genial gewähltes Datum.«

»Und wenn schon«, entgegnete Findteissen. »Auf dieser Sitzung wird er abstimmen lassen, und bis dahin werden Sie doch eine Mehrheit für sich finden, Herr Quass.«

Quass mußte an die enormen Sorgen denken, welche die Zusammensetzung des Aufsichtsrats ihm gemacht hatte. Jahn war ein charakterfester Mensch, der ihm, Quass, zuviel verdankte, um ihm persönlich in den Rücken zu fallen. Mühlhauffe und Loffels saß das Hemd entschieden näher als der Frack. Und das war – verdammt noch mal – menschlich.

»Wissen Sie, Findteissen, wenn ich mir so überlege, von was Jahn, Mühlhauffe und Loffels ihre Entscheidungen abhängig machen müssen... Für einen Apfel und ein Ei müssen solche Leute sich verkaufen.«

»Und wir?« sagte Findteissen.

»Bei uns geht es wenigstens um ein Stück Torte. Dafür fahren wir mit in diesem Karussell.«

»Das sind Anwandlungen, Herr Quass. Das geht vorüber«, sagte Findteissen und wußte nicht, wie schnell sich seine Voraussage erfüllen würde, denn in diesem Augenblick waren sie angekommen.

Der Vormittag verlief für Martina Quass weniger dramatisch als für ihren Mann. Für Kinder hatte sie noch nicht zu sorgen, also rauchte sie in Ruhe noch eine Zigarette am Frühstückstisch und räumte dann das Geschirr weg. Sie ließ es in der Küche stehen, denn gegen zehn kam eine Frau, die ihr das Haus aufräumte und später, ehe sie wieder ging, für den Abend vorkochte.

Martina packte ihre Badesachen zusammen. Sie schob das Fahrrad durch das noch offenstehende Garagentor und klappte den Flügel nach unten. Radfahren an einem frischen, sonnigen Frühsommermorgen wie diesem machte ihr Spaß. Die Hauptverkehrsstunde war vorüber, und in der Zeit zwischen neun und halb zehn war es in den Straßen verhältnismäßig ruhig und im Bad noch leer.

Die Frau in der Garderobe kannte sie schon und begrüßte sie. Martina kleidete sich um und trat dann hinaus auf die Holzbohlen, welche vor der Kabinenreihe entlanglief. Das von der Sonne gewärmte Holz war angenehm an den Fußsohlen. Sie spürte die trockene Wärme wohlig an der Haut, als sie ins Freie trat und die Liegewiese überblickte.

Sie gestand sich ein, daß es kein Zufall war, daß sie hierher gekommen war. Genaugenommen war es sogar eine Art von Verabredung, denn es war Mittwoch, und Mittwoch war Johns freier Tag. Wenigstens war er das letztes Jahr gewesen, und im September hatte er sich mit den Worten von ihr getrennt: »Dann bis zum nächsten Jahr.«

Mit John war es eine sonderbare Sache. Sie hatte ihn schon lange gekannt, bevor sie ihm begegnet war – nämlich vom Fernsehschirm her, wo der Meteorologe Dr. John Glett ihr ein- bis zweimal pro Woche höchstpersönlich und regelmäßig vorausgesagt hatte, ob es heiteres bis wolkenloses Wetter geben oder sich ein Tief von den Britischen Inseln her nähern würde.

Sie hatte ihn im vorigen Jahr sofort erkannt, als sie ihn kennenlernte – und zwar auf eine sehr alltägliche Weise: Ihr war, als sie sich schon abgetrocknet hatte, die Bademütze ins Schwimmbecken gefallen, und John hatte sie ihr herausgereicht. Er hatte sie dann zu ihrem Sonnenplatz begeleitet, und sie hatte nichts dagegen einzuwenden gehabt, daß er ein häßliches lila Badetuch ausbreitete und sich neben sie legte.

Für John war der Beginn ihrer Bekanntschaft bald zum Beginn einer echten und beständigen Liebe geworden, die sie spürte und die ihr wohl tat, vor allem, da er keine Forderungen an sie stellte. Sie mochte ihn, und sie entdeckte, daß Meteorologen keineswegs so langweilig waren, wie sie geglaubt hatte, wenn sie mit ihren Iso- und Millibaren auf dem Fernsehschirm jonglierten. Er hatte zu vielen Dingen des Lebens ganz persönliche Ansichten, die von den üblichen Klischeevorstellungen abwichen und sie aus diesem Grund interessierten.

Er gehörte vor allem zu denjenigen, die nicht dazu neigten, zuerst die Wünsche und Vorstellungen in den Raum zu stellen und danach zu versuchen, die Wirklichkeit nach diesen Vorstellungen umzuformen, sondern zu denen, die zuerst die Wirklichkeit sehen, wie sie ist, um dann ihre Wünschen und Vorstellungen dieser Wirklichkeit anzupassen.

Einen Sommer lang hatten sie sich fast regelmäßig mittwochs, wenn schönes Wetter war, in der Badeanstalt getroffen. »Was versprechen Sie sich eigentlich von dem allem?« hatte Martina ihn eines Tages gefragt, und John hatte ihr klar und ehrlich geantwortet.

»Ich kann warten«, hatte er gesagt. »Mit 45 Jahren ist man nicht mehr so ungeduldig, um nicht auf eine Frau warten zu können. Und ich werde es tun. Entweder sind Sie die Frau, die ich in Ihnen sehe, dann wird der Augenblick kommen, wo Ihnen der Luxus und das gesellschaftliche Leben zum Hals heraushängen und Sie sich nach dem richtigen Leben sehnen – ohne Partys, Bilanzen und Aufsichtsrat. Oder Sie sind es nicht, dann wird sich das in absehbarer Zeit herausstellen. Aber dann haben wir wenigstens eine schöne Zeit miteinander verbracht.«

Martina hatte nachdenklich eine Weile geschwiegen.

»Ich liebe meinen Mann.«

»Das machen Sie sich vor. Sie halten zu ihm, weil er Ihnen ein scheinbar angenehmes Dasein bietet. Aber Sie lieben ihn nicht, und er liebt Sie auch nicht.«

»Er betrügt mich nicht«, hatte Martina gesagt, »er sorgt für mich, er verehrt mich; was will ich mehr?«

»Aber er liebt Sie nicht.«

»Lieben Sie mich denn?«

Der Mann hatte sich halb aufgerichtet, und auf sie hinuntergesehen. »Mir geht es um Sie, Martina, nicht um mich. Das sollen Sie ruhig wissen.«

So hatte der letzte Sommer geendet. Er war für ein halbes Jahr nach Amerika gegangen, und sie hatten nichts voneinander gehört. Aber dann war er plötzlich wieder auf dem Bildschirm zu sehen gewesen. Und nun war es wieder Mittwoch, und sie war zum Baden gefahren...

Doch es hatte sich in der Zwischenzeit etwas Entscheidendes ereignet. John bemerkte sofort die Spuren der Spannung in Martinas Gesicht, als er vor ihr stand und auf sie hinabsah. Sie hatte die Augen geschlossen. Sie merkte genau, daß er sie ansah.

»Haben Sie den Winter gut überstanden?« hörte sie ihn sagen.

»Es geht, John«, sagte sie, »es geht. Nicht allzu gut.« Martina schlug die Augen auf.

Er breitete das häßliche lila Badetuch neben ihr auf dem Rasen aus und legte sich neben sie. Er beobachtete, wie sie ihre Zigarette rauchte und sie dann im Gras neben sich ausdrückte.

»Schön, daß Sie wiedergekommen sind«, sagte Martina.

»Wir hatten es doch ausgemacht.«

»Trotzdem. Sie hätten ja auch die Lust verlieren oder eine andere finden können.«

»Freut es Sie, daß es nicht so ist?«

Martina Quass verschränkte die Hände unter dem Nacken und starrte in die frühlingshaften Gebilde weißer Wolken, die über der Stadt dahintrieben. Schließlich drehte sie den Kopf.

»Sie haben recht gehabt. Mein Lebensstil hängt mir zum Hals raus.«

»Endlich!« sagte John Glett.

»Sie haben mich nicht ausreden lassen«, murmelte Martina. »Ich werde ihn trotzdem beibehalten müssen, weil...

»Weil...?« wiederholte er gespannt.

»Weil ich ein Kind erwarte«, sagte sie hart und drehte ihm das Gesicht zu.

»Du lieber Gott«, stammelte John fassungslos.

»Daran haben Sie nicht gedacht, daß so was in einer modernen

Ehe auch mal passieren kann, was? Aber es passiert eben. Und es verändert alles, wenn es passiert.«

»Wie hat er es denn aufgenommen?«

»Er weiß es noch gar nicht«, gestand Martina. »Ich weiß es selbst erst seit vorgestern.«

»Und?« fragte der Mann.

»Was heißt ›und‹?« sagte Martina, obschon sie genau wußte, wie John diese knappe Frage gemeint hatte.

»Und? Wollen Sie es haben?«

»Hören Sie, John«, sagte Martina. »Ich bekomme ein Kind von einem Mann, mit dem ich nun einmal verheiratet bin. Eine Abtreibung kommt für mich nicht in Frage. Eines Tages wird es ohnehin vielleicht das einzige sein, was ich vom Leben habe.«

»Martina«, sagte John und legte seine Hand auf ihre.

»So ist es eben, John. Es gibt kein großes Glück. Sie meinen es gut und haben manches durchschaut. Aber dieses Baby verändert vieles, verstehen Sie? Es ist nicht mein Kind allein. Es ist auch seines. Ich habe keinen Grund, ihn zu verlassen, und keinen, ihm sein Kind zu nehmen. Es war ein Spiel, das wir getrieben haben. Ein Spiel mit Wünschen, Gedanken und Träumen. Ein schönes Spiel.«

»Für mich nicht«, sagte John. »Für mich war es Ernst, Martina. Und daran hat sich nichts geändert.« Aber er spürte genau, daß dieses Kind ein ganz neues Bewußtsein in Martina hervorgebracht hatte. Mit diesem Bewußtsein war bei Martina nicht einmal mehr ein harmloses Spiel möglich. Auch nicht mit Träumen.

»Sie haben sich also entschieden, Martina?«

»Ja, John«, sagte sie. »Ich mußte mich entscheiden, und ich habe mich entschieden.«

Er saß neben ihr, die Hände um die hochgezogenen Knie verschränkt, und sah vor sich hin.

»Hören Sie, Martina«, sagte er nach einer Weile, »was ich jetzt sage, ist mein voller Ernst. Sie können immer und zu jeder Zeit zu mir kommen, wenn Sie mich brauchen. Sie und auch Ihr Kind. Bitte sagen Sie mir, daß Sie das tun werden, wenn es einmal nötig werden sollte. Dabei hoffe ich um Ihretwillen, daß es nie dazu kommt.«

»Ich glaube, Sie lieben mich wirklich«, sagte Martina Quass

nachdenklich. Sie schloß die Augen. »Gut, ich verspreche es Ihnen. Und jetzt küssen Sie mich bitte, bevor Sie gehen.«

John Glett tat es. Dann stand er auf, schlug das lila Badetuch um die Schultern und verließ sie.

Alfred von Nossing setzte zum gleichen Zeitpunkt das geleerte Wasserglas auf die Tischplatte zurück, und das war, als habe er ein Gesetz erlassen. Es war allen im Raum absolut klar, daß schon die zweite Sitzung des neuen Aufsichtsrats deutlich gezeigt hatte, daß Nossing in den verflochtenen Unternehmungen tatsächlich die Gesetze erließ. Findteissen war blaß, und Fritz Quass' Stirn unter dem schwarzgrauen Haaransatz zeigte glitzernde Schweißperlen.

Es war weitaus schlimmer verlaufen, als beide erwartet hatten. Nach einigen Routinepunkten und einer Abstimmung über die Ernennung eines neuen Prokuristen war Nossing zur Sache gekommen:

»Tja, Quass«, hatte er begonnen, »die Kredite haben wir neu geordnet, die Organisation haben wir neu geordnet, die Betriebstechnik haben wir neu geordnet, die Buchhaltung ist gottlob rationalisiert. Die Kosten stagnieren, der Umsatz steigt...«

Schon hatten Findteissen und Quass befriedigte Blicke getauscht, und Fritz Quass hatte sich für ein paar Sekunden trügerischen Hoffnungen hingegeben, die Mitteilung Findteissens vorhin im Wagen sei verfrüht oder ein Irrtum gewesen, als Nossing abbrach und eine Handbewegung hinüber zu Steinfeldt machte. »Also, Steinfeldt, sagen Sie den Herren, was wir meinen.«

Steinfeldt nahm ein Blatt Papier vom Tisch. »Herr von Nossing ist der Ansicht, daß es unter diesen Umständen straffer Rationalisierung untragbar ist, Vorstandsverträge in einem Volumen abzuschließen, das die Vorstandsverträge der Kreditgeberin erheblich übersteigt. Mit der Beendigung der jeweiligen Vorstandsverträge und der Bestellung neuer Vorstandsmitglieder...«

»Entschuldigen Sie...«, unterbrach Fritz Quass heiser.

Steinfeldt brach ab und sah hoch. »Bitte?«

»Sagten Sie neuer Vorstandsmitglieder?«

»Gewiß«, sagte Steinfeldt. »Warum?«

Nossing schaltete sich ein. »Neue Mitglieder muß nicht heißen andere Mitglieder, Quass«, sagte er.

»Nicht unbedingt«, murmelte Findteissen, »na, hören Sie mal.«

»Ich verstehe Sie nicht«, sagte Steinfeldt kalt. »Hören Sie sich die Auffassung von Herrn von Nossing doch erst mal an. Daß Sie anderer Ansicht sind, wissen wir ohnedies.«

Quass und Findteissen schwiegen notgedrungen. Findteissen lehnte sich aufsässig zurück, als ginge ihn das Ganze nichts mehr an.

»... werden wir sehr viel effektiver arbeiten können«, fuhr Steinfeldt fort. »Dabei ist Herr von Nossing der Ansicht, daß diese Verträge unseren Prinzipien angepaßt werden sollen.«

»Sollen oder können?« fragte Quass gepreßt.

Steinfeldt sah hoch. »Sollen«, entgegnete er trocken.

»Und was soll das alles heißen?« fragte der blasse Dr. Sommer, der offensichtlich zu denjenigen Herren gehörte, die von Nossing nicht vorher informiert worden waren. »Was geschieht, wenn sie nicht mitmachen?«

»Sie können ohne weiteres gehen«, sagte Nossing. »Niemand wird einen Vorstand zu halten versuchen, der eine bessere Position findet.«

Alle schwiegen. Dann kam ein Murmeln auf. Einige Dialogfetzen flogen über den Tisch, und aus der Richtung Findteissens war ein Wort zu hören, das wie ›Erpressung‹ klang.

»Würden Sie das bitte noch einmal wiederholen, Findteissen?« sagte Nossing scharf.

Findteissen räusperte sich. »In den Verhandlungen zwischen Ihnen und uns wurde festgelegt, daß Herr Quass und mir die Weiterbeschäftigung für zehn Jahre garantiert wird. Ihre jetzigen Vorschläge entsprechen nicht dieser Vereinbarung.«

»Ist das auch Ihre Meinung, Quass?«

Quass wischte sich Schweiß von der Stirn. »Findteissen und ich sind in allen Punkten einer Meinung. Wir erwarten, daß unsere Arbeit und ihr Erfolg honoriert werden. Ich gehe davon aus, daß Sie sich nicht mit fünf Millionen an einem schlecht geführten Unternehmen beteiligten hätten. Ist das richtig?«

»Da haben Sie natürlich recht, Quass«, sagte Nossing. »Aber wir können Sie für Ihren Umsatz von 47 Millionen nicht bezahlen wie die Nabobs. Findteissen hat ja noch was vor sich. Aber Sie sind mit Ihren 48 Jahren schon auf dem absteigenden Ast, das müssen Sie doch einsehen. Wir wollen Sie ja auch weiterbeschäftigen, Sie und Herrn Findteissen. Nur Ihre Aufstiegsvorstellungen können wir nicht befriedigen, Quass. Ich schlage vor, Sie lesen sich meinen Entwurf einmal in Ruhe durch und sprechen mit Ihrer Frau darüber...«

Steinfeldt kramte aus einer ledernen Schreibmappe eine Klarsichthülle mit dem Vertragsentwurf. Er reichte ihn über den Tisch, und Quass nahm ihn entgegen.

»Ich schlage weiter vor«, fuhr Nossing fort, »daß wir uns wieder treffen, wenn Quass einen Standpunkt bezogen hat. Sie können das jederzeit anregen, Quass. Am 28. November haben wir ordnungsgemäße Turnussitzung. An diesem Tag werden wir uns schlüssig. Wie ich hoffe, einstimmig. Und mit Ihrer Zustimmung.«

»Und wenn nicht?« sagte Fritz Quass matt.

Nossing spreizte die Hände. »Na, dann stimmen wir eben ab.«

»Und wenn ich meine Zustimmung nicht gebe?«

»Dann suchen Sie sich eben etwas anderes.«

»Falls die Mehrheit gegen mich entscheiden sollte«, sagte Quass.

»Darauf wollen wir es ankommen lassen«, sagte Nossing und legte die Hand um Steinfeldts Oberarm. »Kommen Sie, Steinfeldt, ich habe Hunger.«

»Wir werden kämpfen müssen, Findteissen«, sagte Quass wenige Minuten später. Er hatte Findteissen gebeten, den Wagen zu fahren, um neben ihn sitzend die Vertragsvorstellungen Nossings zu überfliegen. »Es geht ebenso um Sie wie um mich. Glauben Sie bloß nicht, daß er Ihre Bestallung nächstes Jahr unangetastet läßt. Seien Sie sich darüber klar, daß wir nur gemeinsam aus dieser Sache noch mit einem blauen Auge herauskommen. Das geht nicht gegen mich allein. Das ist Prinzip.«

»Das berühmte Nossing-Prinzip: Treten, ohne getreten zu werden«, murmelte Findteissen.

»Treten werden wir nicht können«, sagte Quass. »Aber wir können die Bremse ziehen. Arrangieren Sie doch in der nächsten Woche einen intimen Grillabend irgendwo draußen im Taunus. Teilnehmer: Sie, ich, Mühlhauffe, Jahn, Loffels, Sommer und Claquier. Mal hören, was diese fünf von der Sache halten.«

Von Findteissen selbst versprach Quass sich volle Unterstützung. Es machte sich bezahlt, daß er den jungen Mann so ausgewählt hatte, daß er ihm nicht gefährlich werden konnte. Er war fleißig, organisatorisch begabt und ehrgeizig. Aber ihm fehlte das Einfühlungsvermögen und das Fingerspitzengefühl für Menschenführung. Das wußte auch Nossing. Leider.

Nachdem Findteissen den Wagen abgestellt hatte, fuhr Quass mit unbewegtem Gesicht in sein Büro hinauf, das im fünften Stock lag. Jedermann im Hause wußte, daß eine kritische Aufsichtsratssitzung gewesen war, und niemand durfte ihm anmerken, daß sie ihn Nerven gekostet hatte. In seinem Zimmer sah Quass flüchtig die Post durch. Es war nichts Wichtiges dabei. Danach diktierte er in Hemdsärmeln und mit gelockertem Binder einen Vermerk über den Verlauf der Sitzung, bestellte zwei Kopien und murmelte abschließend »Streng vertraulich« in den Recorder. Das offizielle Protokoll ging ihn nichts an. Das war Sache Dr. Sommers.

Nachdem alles erledigt war, starrte er ein par Sekunden vor sich hin und zog schließlich das Telefon zu sich herüber. Die Nummer von Felizitas Wangenheim wußte er seit elf Monaten auswendig.

»Ich bin's, Fee«, sagte Quass.

»So früh? Wie war's denn ? Alles gutgegangen?«

»Eine Katastrophe«, sagte Quass. »Ich bin völlig fertig und brauche einen Platz, wo ich mich erholen kann.«

»Du weißt doch, wo der ist.«

»In einer Stunde also. Mach mir einen Whisky zurecht. Bis gleich.«

»Bis gleich, Fritz.«

Quass legte auf, rückte sich den Schlips zurecht, zog das Jackett über, nahm die Mappe mit dem Vertragsentwurf vom Schreibtisch und verschloß sie im Safe. Durch die Sprechanlage meldete er sich im Sekretariat ab und verließ das Zimmer. Im dritten Stock hielt ihn der Registraturchef auf.

»Ich habe den neuen Mann hier, Herr Quass.«

»Welchen Mann?«

»Den Mann für die Archivpflege, Herr Quass... Sie wissen doch? Sie wollen doch die neuen Leute sehen.«

»Ach so, für die Archivpflege«, sagte Quass. »Wo ist er denn?«

Der Mann öffnete die Tür zu seinem Büro, und Fritz Quass betrat den Raum. Franz Jaczek erhob sich in bescheidener Haltung von seinem Stuhl. Fritz Quass reichte ihm die Hand.

»So, Sie wollen also bei uns anfangen?«

»Jawohl, Herr Direktor«, sagte Franz Jaczek.

Quass sah den Registraturchef an. »Direktor gibt's bei uns nicht; Herr Quass genügt. Schon in der Branche gewesen?«

»In der Branche nicht, aber im Fach«, entgegnete Jaczek.

»Na ja, das reicht«, sagte Quass angenehm berührt. »Einarbeiten muß man sich überall. Wo waren Sie denn tätig?«

Jaczek zögerte mit der Antwort. Der Registraturchef näherte das Gesicht Quass' Ohr, um ihm zuzuflüstern, daß Franz Jaczek zweieinhalb Jahre lang das Aktenarchiv der Strafanstalt Butzbach betreut und dafür gute Führung erhalten habe, als Findteissen die Tür aufriß und Quass zurief, daß er ihn noch wegen eines Fehlers in der elektronischen Buchhaltung sprechen müsse.

Es war typisch für Quass, daß er sprunghaft von einer Situation zur anderen wechseln konnte.

»Na schön«, rief er jungenhaft, »Sie werden es schon schaffen.«

Ein flüchtiger Händedruck, und schon war er mit einem Problem beschäftigt, das für seine Firma nur scheinbar wichtiger war als die Einstellung eines Registranten.

»Irgendwo muß man ja schließlich wieder anfangen«, sagte drinnen Franz Jaczek zu seinem neuen Chef.

»Na klar, Mann. Außerdem sind Sie zum 1. Juli eingestellt. Mehr als sagen kann ich es ihm ja schließlich nicht. Unsere Kräfte sind knapp.«

Es war wirklich ein Glück, daß der Mann nicht im entferntesten ahnte, was Franz Jaczek in diesem Augenblick dachte. Und für Fritz Quass wäre es ein zweifelhaftes Glück gewesen, wenn er gewußt hätte, daß seine gegenwärtigen Sorgen schon in naher Zukunft seine geringsten sein würden.

Er versprach Findteissen, das Buchhaltungsproblem am nächsten Morgen mit ihm zu diskutieren, und war eine Stunde später in Bad Homburg bei Felizitas Wangenheim. Wie er das seit fast einem Jahr regelmäßig ein- bis zweimal pro Woche war. Und das war auch der Grund für die Veränderung, die Martina gespürt hatte, ohne aber die Ursache zu ahnen.

Fee Wangenheim bewohnte die ausgebaute Dachetage einer heiteren Jugendstilvilla in der Nähe der Spielbank. Es war so heiß, daß Quass schon im Wagen das Jackett ausgezogen hatte. Er hatte es auch nicht wieder angezogen, als er die Treppe hinaufstürmte. Er brauchte nicht zu läuten; Felizitas hatte ihn kommen sehen, und außerdem kannte sie mittlerweile das Geräusch, wenn er seinen Wagenschlag zuwarf.

Die verliebten Begrüßungen hatten sie bereits hinter sich. Auch die Zeit der Blumen.

»Ich hätte dir gern...«

»Ich weiß, Fritz, aber wann hättest du schon...«

»Man kann ja nirgendwo anhalten, und mir war es wichtiger, rasch herzukommen.«

»Macht doch nichts«, sagte sie. »Hauptsache, du bist da.«

Im Wohnzimmer warf er das Jackett auf einen Sessel, ließ sich in einen anderen fallen und schob die Hemdsärmel nach oben. »Verfluchte Hitze heute. Den ganzen Vormittag schon. Aber glaubst du, der Kerl läßt sich beeindrucken? Über Sechzig, der Bursche, und hält durch wie ein Vierzigjähriger.«

»Das macht er auch nicht mehr ewig.« Sie kam mit zwei Whiskygläsern. Er nahm eines und trank es in einem Zuge aus.

»Darauf kann ich nicht warten, Fee. Der degradiert uns zu Statisten, Findteissen und mich, wenn wir nicht zur Novembersitzung eine Mehrheit zusammenzaubern, die ihm drastisch auf die Finger klopft.«

»Nun erzähl schon, was los war.« Die Frau kauerte sich auf die Polsterbank. Sie hatte das dunkle Haar straff in einem Knoten nach oben gebunden. Es stand ihr besser, wenn es lang um ihr Gesicht fiel. Es machte sie fraulicher und aufregender. Aber bei ihrer Arbeit konnte er sie sich nicht mit offenem Haar vorstellen. Auch nicht, wenn er mit ihr über geschäftliche Dinge sprach. Ihre Augen waren groß und direkt auf ihn gerichtet. Sie war an seinem Bericht wirklich interessiert. Sie konnte wunderbar zuhören. Sie war überhaupt wunderbar: Unabhängig, unsentimental, zielbewußt und lebenshungrig. Quass gab ihr eine genaue Schilderung der Ereignisse und Strömungen der vormittäglichen Sitzung.

Als er geendet hatte, spürte er seinen Körper von feinem Schweiß überzogen, wie von einer klebrigen Schicht. Er stand auf und trat an die Balkontür. Am Himmel stand eine blaugraue Wolkenwand, bisweilen von flackernden Blitzen durchleuchtet. Kein Lufthauch regte sich, und die Blätter hingen lasch und reglos an den Bäumen. Quass starrte über die Dächer, als er hinter sich ein Geräusch vernahm.

»Kein Licht machen«, sagte er. »Laß es so, wie es ist. Es ist herrlich.«

»Hast du schon mal an Geld gedacht?« hörte er Felizitas sagen.

»Du meinst, ich soll Stimmen kaufen? Das müßte sich schon in Summen bewegen, die ich nicht aufbringen kann, und nicht mal dann würde ich es wagen.«

»Und wieso nicht, Fritz?«

»Weil die von Haus aus genügend haben. Oder kannst du dir vorstellen, daß die Inter-Bank Leute in den Aufsichtsrat bringt, die finanziellen Verlockungen unterliegen könnten? Die denken schon an so was, weißt du.«

»Warum habt ihr euch denn eigentlich auf das Ganze eingelassen?« fragte die Frau hinter ihm.

»Sie haben eine Fairnesserklärung abgegeben.«

»Und auf die habt ihr euch verlassen?«

»Anders wäre es nicht gegangen, Fee. Wir mußten froh sein, die Verflechtungen überhaupt damals durchzukriegen. Heute würde die Inter es schon nicht mehr tun. Sie lassen uns ja machen, weißt du. Sie schmeißen uns ja nicht mal raus. Aber für mich heißt das, vielleicht noch zehn oder zwölf Jahre auf halber Flamme, und dann Schluß. Der Durchstoß nach ganz oben ist mir mißglückt, wenn Nossing den Vertrag durchbringt.«

»Er darf ihn eben nicht durchbringen, Fritz.« Felizitas schmiegte sich an ihn und legte das Kinn auf seine Schulter. »Er darf es nicht. Du mußt nach ganz oben! Dort gehörst du hin.«

»Und du mit mir, nicht wahr?«

»Wenn du oben bist, gehe ich mit dir, wohin du willst. Wir sind nicht für halbe Flamme geschaffen, Fritz. Wir wären uns sonst auch nicht begegnet.«

Draußen begann schwer und rauschend ein senkrechter Regen herabzustürzen.

»Das ist der Unterschied zwischen dir und Martina«, murmelte Quass. »Martina würde sagen: Sei doch froh, daß du überhaupt über Wasser bleibst. Wir werden schon durchkommen und so... verstehst du?«

Felizitas nickte, das Kinn immer noch auf seiner Schulter.

»Aber das Verfluchte ist, daß der Kerl recht hat. Ich bin in zwei Jahren fünfzig. Ich muß bleiben, wo ich bin, und vielleicht wirklich froh sein, wenn sie mich wursteln lassen.«

Er spürte plötzlich wieder quälend den Schweißfilm auf seinem Körper und empfand die Kühle, die der auf die Terrasse niederströmende Regen durch die Tür schickte. Und plötzlich hatte er das Bedürfnis, sich das ganze Elend dieses Tages vom Regen von der Haut waschen zu lassen. Er zog das Hemd über den Kopf, dann Schuhe und Hose aus und trat hinaus auf die Terrasse.

Dort stand eine geschwungene Liege, die weiß in der halben Dunkelheit glänzte. Er ließ sich auf das Holz fallen und schloß die Augen. Die Polsterstücke lagen auf dem Geländer und wurden naß. Nässe trommelte auch warm und gleichmäßig auf seinen Körper. Er wußte nicht, was Felizitas drinnen im Zimmer tat. Aber es wäre unbeschreiblich, wenn sie jetzt zu ihm käme, mit nichts auf der Haut, genau wie er selbst... nackt und naß. Und später würden sie zusammen essen gehen.

Paul Jochner hatte Franz Jaczeks Spuren wieder aufgenommen, als man ihm bald nach Jaczeks Entlassung von der Anstalt aus die Mitteilung hatte zukommen lassen, daß Jaczek sich im Bereich des Einwohnermeldeamtes der Stadt Frankfurt niedergelassen habe.

Weder das Kommissariat in amtlicher Eigenschaft noch Paul Jochner persönlich hatten eine konkrete Veranlassung, Franz Jaczek auf Staatskosten regelrecht überwachen zu lassen. Aber das, was Jochner dem Kriminaloberrat gesagt hatte, als Jaczek vor sechs Monaten aus Butzbach entlassen worden war, galt für Jochner auch jetzt noch. Alles, was er jetzt unternahm, konnte ihm später Arbeit ersparen, wenn Jaczek nämlich wieder aktiv zu werden gedachte und das innerhalb des Zuständigkeitsbereiches der Kriminalpolizei der Mainmetropole geschah.

Er hatte sich deshalb an einen vor wenigen Jahren pensionierten Kollegen erinnert, dem es Spaß machte, für ein geringes Entgelt die eine oder andere außerdienstliche Recherche durchzuführen. Dieser Mann hieß Asmus Winkler. Zwar hatte Asmus Winkler den Nachteil, seine Ermittlungen so plump und ungeschickt durchzuführen, daß seinem jeweiligen Opfer diese Bemühungen auf keinen Fall verborgen bleiben konnten, vor allem dann, wenn es

Anlaß hatte, mit einer solchen Überwachung zu rechnen. Andererseits würde es sich Franz Jaczek vielleicht zweimal überlegen, ob er wieder straffällig werden sollte.

Auf diese Weise ergab sich ein Dreivierteljahr später für Paul Jochner folgendes Bild: Unmittelbar nach seiner Entlassung im vergangenen Dezember hatte Franz Jaczek in der Schlüterstraße in Bockenheim ein möbliertes Zimmer gemietet und sich dort polizeilich angemeldet. Die Vermieterin hieß Margarete Vietz. Anschließend hatte Jaczek sich beim zuständigen Arbeitsamt gemeldet und war den Winter über mit Gelegenheitsarbeiten auf dem Verlade- und Schneeräumungssektor beschäftigt worden. Von Februar bis April war er nach Abklingen des starken Frostwetters beim Ausschachten für ein neues Hallenbad im Südosten eingesetzt worden, hatte dann ein paar Monate von Arbeitslosenunterstützung gelebt und zum 1. Juli eine Stellung als Registrant bei einer Finanzierungsbank angenommen, die vor einiger Zeit einen Kredit- und Verflechtungsvertrag mit der Inter-Bank AG abgeschlossen hatte.

Über letzteren Punkt hatte sich Jochner seine eigenen Gedanken gemacht. Er hatte hin und her überlegt, ob es Zufall war, daß Jaczek ausgerechnet bei einer Bank angefangen hatte. Und schließlich hatte es ihm keine Ruhe gelassen. Er hatte bei der Finanz- und Darlehensbank angerufen, sich den Personalchef geben lassen, Rang und Dienststelle genannt, um Rückruf gebeten und sich erkundigt, ob die Personalakten über Franz Jaczek vollständig seien.

»Ach, Sie meinen die Sache mit der Vorstrafe? Ja, das ist uns bekannt. Auch unserem Herrn Quass. Fragen Sie aus einem besonderen Grund?«

»Nur eine Routinefrage«, hatte er geantwortet. Was hätte er auch anderes sagen können? Dann sei es ja gut, hatte der Personalchef gesagt, das sei schon alles in Ordnung. Man wisse von der Sache, habe Jaczek entsprechend eingesetzt und im übrigen ein Auge auf ihn. Jochner hatte aufgelegt. Aber beruhigt war nur sein Gewissen. Er selbst nicht. Und das mit Recht.

Die ersten Kontakte mit Kofler hatten etwa einen Monat nach seiner Entlassung stattgefunden. Jaczek hatte geduldig gewartet, bis er Jochners Mann abgehängt hatte, und war dann mit der Bahn und dem Omnibus hinausgefahren in Richtung Usingen, Weilburg, und hatte sich irgendwo weitab vom Verkehr mit Kofler getroffen. Es kam alles darauf an, daß Jochner nicht herausfand, daß er Kontakt mit Kofler hatte, ja, daß es einen Mann namens Schorsch Kofler überhaupt gab.

Auf ausgedehnten Spaziergängen durch winterlich graubraune Buchenwälder, auf kalt knirschenden Höhenwegen und in rauchigen ländlichen Gaststuben hatten Jaczek und Kofler ihre gegenseitigen Standpunkte abgeklärt.

»Du warst ganz schön überrascht, Schorsch, wie ich da reingekommen bin bei dir. Du hast deine Kleine erwartet, und ich bin dagestanden.« Jaczek hatte gelacht und dem Jüngeren auf die Schulter geklopft. »Schreck in der Abendstunde, was?«

»Ich habe dich schon erwartet. Nur nicht so früh. Nicht vor Weihnachten.«

Kofler zog eine Zigarettenpackung aus der Tasche und steckte sich eine Zigarette in den Mund. Dann hielt er Jaczek das Päckchen hin.

»Ich hab' das Rauchen aufgesteckt«, sagte Jaczek. »Das nimmt die Nerven mit.«

»Blödsinn«, entgegnete Kofler. »Für was lebt man denn sonst?«

Jaczek sah zu, wie Kofler die Zigarette in Brand setzte und den Rauch, vermischt mit Atemhauch, zurück in die kalte Winterluft stieß. »Rauchen, Saufen und Weiber womöglich. Wenn du für nichts anderes lebst...«

Kofler lachte. »Du Spinner, für was lebst du denn?«

»Für Gleichberechtigung«, sagte Jaczek. »Dafür, daß nicht jeder seine Füße an einem abtritt wie an einem Putzlumpen. Daß man Herr Jaczek zu mir sagt, wenn ich reinkomme, und mir den Mantel abnimmt. Dafür, daß man mit sechzig nicht vor einem Obersekretär um Unterstützung steht. Für Sicherheit und Reputation. Aber das verstehst du nicht.«

»Nein«, sagte Schorsch Kofler. »Für mich muß der Rubel rollen. Was später wird, ist mir egal, hörst du.«

Sie gingen weiter und kamen in ein Waldstück, das sie schon dämmerig umgab. Es wurde Abend.

»Du hast die achthundertneunzigtausend damals sausen lassen müssen«, fuhr Kofler fort. »Ein Jammer war das, als man das in der

Zeitung hat lesen müssen. Mit Bildern. Wie der Saur dagelegen ist, mit einem Mantel über dem Kopf...«

»Du bereust wohl, daß ich das Geld nicht bei dir gelassen habe«, sagte Jaczek. »Aber erinnere dich – du hast es selbst so gewollt.«

»Ich weiß«, sagte Kofler. »So meine ich es auch nicht. Ich meine nur... wenn man so über alles nachdenkt... das hätte doch hinhauen können. Andererseits – was hätten wir schon groß davon gehabt?«

Jaczek sah forschend zu Kofler hinüber, sah in der halben Dämmerung die geschwungene Nase und die gebogene Stirn mit den scharf zurückgekämmten dunklen Haaren. Sah gut aus, der Bursche. Nur schade, daß er nicht genau wußte, was er wollte. Aber vielleicht war gerade das die große Chance.

»Wie verstehe ich denn das, Schorsch?« fragte Jaczek.

»Na, wie denn schon? Was sind denn heute schon neunhunderttausend? Und die noch durch drei?«

»Na hör mal, ein Pappenstiel ist das ja schließlich nicht.«

»Hast du dir mal die Zinsen von dreihunderttausend ausgerechnet? So rechnest du doch. Da kannst du genausogut arbeiten.«

»Ah, du meinst also...« Schweigend stapfte Franz Jaczek eine Weile neben Schorsch Kofler einher. »Also so meinst du das«, murmelte er schließlich. »Wenn wir noch mal ein Risiko eingehen, dann muß sich das wenigstens rentieren, was?«

»So ähnlich«, sagte Kofler.

»Und?« knurrte Jaczek. »Würdest du noch mal eines eingehen?«

»Ich schon, Franz. Aber dann müßte...«

»Woher weißt du, daß ich noch mal eines eingehe?«

»Weil du mußt, Franz«, sagte Kofler. »Oder willst du dein Leben beim Schneeräumen beenden? Ich hab' wenigstens meinen Schuppen. Aber du?«

»Ich hab' die Schnauze voll«, sagte Franz Jaczek. Dann schwieg er. »So unrecht hast du nicht«, fuhr er nach einer Weile fort und wischte mit der Hand Schnee von einem tiefhängenden Zweig, den er in einer silbrigen Kaskade träge zu Boden stäubte. »Aber ich halte meinen Kopf nicht mehr hin. Es macht schon einen Unterschied, ob ich die nächsten zwanzig Jahre auf der Straße Schnee schippe oder im Zuchthaus sitze.«

»Du bist ein richtiger Scheißkerl geworden«, sagte Schorsch

Kofler. Aber das war ein Fehler gewesen: Jaczek, ein wenig untersetzt, wie er war, blieb auf dem Weg stehen, zog Kofler an der linken Schulter zu sich herum und knallte ihm die rechte Faust mitten ins Gesicht.

»Du hast schon einmal Scheißkerl zu mir gesagt«, murmelte er und wischte sich mit der Hand am Mantel entlang. »Das war fürs zweite Mal. Und das dritte Mal überlebst du nicht, verstehst du, Bürschchen. Wenn du vier Jahre in Butzbach gesessen hast, wirst du empfindlich in diesen Dingen. Vergiß das nicht, Freunderl!«

Schorsch Kofler machte nur eine schwache Bewegung, einen winzigen Ansatz zur Gegenwehr, aber noch bevor sich überhaupt eine Aktion entwickelt hatte, schob er die Hände in die Manteltaschen und schnippte mit der Fußspitze Schnee über die Zigarette, die ihm bei Jaczeks Schlag aus dem Mund gefallen war. Die Geste deutete an, daß Kofler es nicht nötig hatte, körperlich zu reagieren. Seine Reaktion kam auf andere Weise.

»Und du sollst auch etwas nicht vergessen«, sagte er und sah Jaczeks Gesicht in der jetzt rasch hereinbrechenden Dunkelheit vor sich wie eine weiße, verschwommene Scheibe. »Nämlich, daß ich dich ein zweites Mal dorthin bringen kann. Und doppelt so lange – wenn ich auspacke, was mit dem Wallner passiert ist.«

»Mit dem Wallner, soso...«, sagte Franz Jaczek, der in diesem Augenblick ein heftiges Bedürfnis nach einer Zigarette verspürte, es aber unterdrückte. »Aha, mit dem Wallner also. Das würdest du tun, Schorsch, mich hinhängen mit dem Wallner?«

Kofler zuckte die Achseln und scheuerte die Schuhe im Schnee. »Ich lasse mir keine reinschlagen, verstehst du, von dir nicht und von keinem anderen.«

»Das hast du doch schon«, sagte Jaczek.

»Ungestraft, meine ich«, entgegnete Schorsch Kofler.

»Also würdest du das tun«, murmelte Jaczek noch einmal, eher bestätigend als fragend. »Na, dann werde ich ja wohl müssen.«

»Was?« sagte Kofler. »Was wirst du müssen?«

»Noch mal mitmachen«, sagte Jaczek nachdenklich.

Sie blieben stehen, denn sie hatten in diesem Augenblick den Waldrand erreicht. Vor ihnen lag eine flache Talmulde und darinnen das Dorf. Verstreute Lichter brannten und zauberten zart verschneite Dächer aus der Dunkelheit. Ein Bauer mit einem

Schubkarren kam ihnen entgegen und grüßte. Hier oben war die Welt noch heil. Sie näherten sich dem Bahnhof. In der Nähe stand Koflers Wagen.

»Magst wirklich nicht mit mir zurückfahren?«

»Nein«, sagte Jaczek. »Das fehlte gerade noch. Und du rührst dich nicht und machst deine Arbeit. Ich lasse von mir hören.«

»Okay«, sagte Kofler. »Dann Servus.«

»Servus«, sagte Franz Jaczek.

Er ging hinüber zum Bahnsteig. Die roten Lichter brannten reglos in der Dunkelheit. Eines von ihnen bewegte sich klappernd. Die Diesellok schnaufte die Steigung herauf. Franz Jaczek war der einzige Fahrgast, der hier den Zug bestieg.

Aber niemand sah ihm nach.

Ende September waren sie ein erhebliches Stück weiter. In groben Umrissen stand der Plan fest. Schorsch Kofler hatte Jaczek den erforderlichen Dritten vorgeschlagen: Willi Mattfeldt, einen Mann ohne kriminelle Vergangenheit, 37 Jahre alt, Autoschlosser, bis zum Ende Caporal in der Fremdenlegion, skrupellos, grausam und in den Untergrundkämpfen des französischen Algerien-Krieges ausgezeichnet. Ein Mann, der mit Maschinenpistolen umzugehen verstand, der aber weder in Deutschland noch in Frankreich gesucht wurde und über ausreichende französische Sprachkenntnisse verfügte, die sie brauchten, um die ins Auge gefaßten zwölf Millionen über die Westgrenze in Sicherheit bringen zu können.

Schorsch Kofler hatte Jaczek insgesamt drei Anwärter vorgeschlagen, ohne daß diese davon etwas wußten, überhaupt für eine solche Sache in Betracht gezogen worden zu sein, und Jaczek war auf Anhieb auf Willi Mattfeldt eingestiegen, dessen Zuschnitt ihm für die erforderlichen Leistungen als am meisten, ja fast als ideal geeignet erschienen war.

Mattfeldt seinerseits hatte sich sofort an den Namen Franz Jaczek erinnert, und dieser Name hatte ihm die Garantie dafür geboten, sich mit einer Sache zu befassen, die von Jaczek intellektuell geplant und mit den Erfahrungen des letzten Fehlschlags ausgestattet war. Anlage und Durchführung der Sache von damals hatte Mattfeldt schon seinerzeit beeindruckt, nur...

»Es war das schlechteste, den Mann umzulegen«, sagte Mattfeldt und warf den Bleistift auf den Tisch, daß er über die dort ausgebreiteten Karten und den Stadtplan rollte, die mit Reißnägeln auf der Platte befestigt waren.

»Das hab' ich euch gleich gesagt, damals schon«, schnaufte Kofler.

»Stimmt«, sagte Jaczek, »aber aus Schiß, nicht aus Grips. Und eines mußt du dir merken: Mit dir mache ich die Sache überhaupt nur darum noch mal, weil du den Willi angebracht hast. Mit dir allein hätte ich mir das dreimal überlegt. Dreimal, sage ich dir! Denn wegen Anstiftung bin ich allemal mit drin, wenn es schiefgeht und einer von euch zu singen anfängt.«

»Ich habe das Maul gehalten«, murrte Kofler.

»Weil dich keiner gefragt hat«, gab Jaczek verächtlich zurück.

»Ich weiß nicht... wenn dich einer 188 Stunden in der Mache hätte, wie mich der Jochner... ob du dann auch noch die Nerven hättest, das Maul zu halten... na, lassen wir das«, fügte er hinzu, nachdem er den Bleistift aufgenommen, mit der Spitze ein paarmal rhythmisch auf die Karte getippt und Kofler einige Sekunden forschend angeblickt hatte. »Bei Willi weiß ich genau, daß er das Maul hält, auch wenn ihn einer dreihundert Stunden durch die Mangel dreht.« Jaczek betrachtete die drei oder vier unregelmäßig verteilten und unauffälligen Narben auf Mattfeldts Gesicht. Eine davon saß am rechten Nasenflügel.

»Keine Pockennarben, was?«

Willi Mattfeldt lächelte. »Zigarettenglut«, sagte er. »Mich können sie tausend Stunden verhören.«

»Aber auch nur, wenn's um Geld geht, was? Oder um den Kopf. Nicht, wenn es um einen Menschen geht... um einen Kumpel... oder...?« Jaczek lachte, dann stand er auf und klopfte Mattfeldt auf die Schulter. »Macht nichts, Willi, jeder ist sich selbst der nächste. Das gilt für mich genauso.« Er wendete sich um. »Und für den Schorsch auch. Nicht wahr, Schorsch?« Eine Zeitlang starrte er Kofler an. Dann trank er wortlos seinen Schnaps aus.

Das Gespräch fand in Koflers Wohnung statt. Jaczek betrat das Grundstück regelmäßig von der Waldseite her durch das ausgehängte Stück Maschendrahtzaun, im Anschluß an ausgedehnte Wanderungen, nachdem er sich vergewissert hatte, daß Asmus

Winkler ihm nicht folgte. Jaczek hatte Winkler allerdings lange nicht mehr festgestellt. Fast schien es, als hätte Jochner seine Aufmerksamkeit von ihm abgezogen, seitdem er vor drei Monaten als Registrant in die Finanz- und Darlehensbank eingetreten war. Was sollte Jochner auch sonst tun, hatte Jaczek überlegt. Er konnte nicht bis ans Ende aller Tage in einem Fall herumstochern, der für ihn amtlich erledigt war. Das kostete Nerven und Geld, und wenigstens das letztere besaß Paul Jochner nicht. Im übrigen täuschte sich auch Jaczek über die Motive von Paul Jochners Interesse. Jaczek war der Ansicht, es gehe Jochner um das Bein und um primitive Vergeltungsgefühle; daß Jochner in Wirklichkeit viel sachlicher dachte, daß es ihm spätere Arbeit ersparte, wenn er die Augen aufhielt – auf den Gedanken kam Jaczek nicht.

Sein Boß hatte Jaczek lachend von dem Anruf des Beamten erzählt und ihm auch von seiner Antwort darauf berichtet. Seit diesem Erlebnis hatte Jaczek Asmus Winkler nicht mehr gesehen und war mit Recht der Meinung, daß Jochner aufgegeben hatte.

»Wer hat den eigentlich nun wirklich umgenagelt, den Wallner?« hörte Jaczek Willi Mattfeldt fragen. Langsam wandte er sich um und begegnete dabei Koflers Blick. Eine Sekunde lang hielten seine Augen ihn fest, fraßen sich in ihn hinein, und in dieser Sekunde begriff Schorsch Kofler, wie gefährlich es für ihn war, daß er damals in dem winterlichen Waldstück die Sache mit Matthias Wallner zur Sprache gebracht hatte. Er schwieg, und Jaczeks Augen wanderten weiter zu Willi Mattfeldt. Sie waren klein und stechend und schwärzlich glänzend wie die Augen eines Spitzes. Nur weniger seelenvoll. Mattfeldt hatte seine Frage wie beiläufig gestellt, und das gab Jaczek die Möglichkeit, ihm wie beiläufig und vor allem ruhig zu antworten.

»Du kennst ja den Prozeß, Willi, oder...? Du hast die Zeitungen gelesen. Man hat mir nichts anhängen können. Das genügt.«

»Aber zugetraut haben sie's dir, was?«

»Vorsicht – Jaczek schießt sofort, haben sie geschrien – damals in dem Wald, bevor sie mich gekascht haben. Das stimmt. Sie haben's mir zugetraut. Und das bringt euch jetzt zehn Millionen ein. Ich mache den Plan, und ihr braucht ihn nur noch auszuführen. Dafür kriege ich zwei, und ihr teilt euch die restlichen zehn. Ein reelles Geschäft, oder? Ich brauche meinen Kopf nicht hinzuhalten, und der Schorsch darf vorübergehend als Franz Jaczek auftreten–« Jaczek lachte breit – »der sofort schießt.«

Er wendete sich Kofler zu, griff nach seiner Schulter, wie er es bisweilen zu tun pflegte, und drehte den Jüngeren zu sich herum. »Da geh her, Schorsch, schaun wir mal zu, was dir zu einem Jaczek fehlt.«

Er zog Kofler dicht an sich heran und stellte sich neben ihn. Dann sah er zu Mattfeldt hinüber. Dieser trat ein paar Schritte zurück und verglich.

»Einen Zentimeter kleiner ist der Schorsch und ein bißchen schmaler.«

»Gut«, sagte Jaczek. »Also ein Stiefel mit dicker Sohle und ein bißchen mehr Unterzeug. Ein Kampfanzug vom Barras vielleicht. Da sieht man keine Figur, und Winter ist außerdem. Da könnt ihr das ohnehin brauchen. Übrigens ... schreib auf ...«

Mattfeldt nahm ein Notizheft vom Wandbord neben dem Radio und einen Kugelschreiber.

»Warme Sachen für die Geiseln besorgen. Was habt ihr davon, wenn die euch erfrieren. Die Sache ist verschissen, wenn einer etwas passiert, solange ihr noch in Reichweite seid. Also, Decken und Mäntel und außerdem was zu essen.«

Mattfeldt notierte alles und legte den Stift in das Heft.

»Jetzt zu den Gesichtsmasken«, fuhr Jaczek fort. »Ich schlage irgendwas Wolliges vor, das wärmt noch ein bißchen.«

»Ich hab' 'n Haufen alter Wollstrümpfe«, sagte Kofler.

»Her damit«, befahl Jaczek, und Kofler holte unauffällige dunkelgraue Wollstrümpfe aus dem Nebenzimmer und warf sie auf die Karte. Jaczek schnitt die Füße ab und zog einen davon Kofler und den anderen Mattfeldt über den Kopf. Oben schlang er einen Knoten.

»Sieht aus wie mein Eierkopf«, sagte er. »Da brauchst du selbst gar keinen zu haben. Der Willi muß noch eine Kappe überziehen, du bleibst so. Da fällt das noch mehr auf. Vorsicht ...« Jaczek näherte sich mit der Schere und schnitt Augenlöcher in die Wolle. Er freute sich. »Da krieg sogar ich Schiß, wenn ich euch so ansehe. Und jetzt sag was, Schorsch.«

Willi Mattfeldt zog die Maske über die Ohren nach oben, damit er hören konnte.

»Achtung«, sagte Kofler durch die Maske hindurch, »alles gut herhören! Wir haben hier zwei Geiseln in unserer Gewalt. Beide leben. Es sind zwei Frauen...«

Mattfeldt schlug sich auf die Schenkel vor Lachen. »Und jetzt stell dir das noch durchs Telefon vor! Das haut hin. Das haut erstklassig hin. Dieses beknackte Österreichisch... das kann gar nicht schiefgehen...«

Jaczek warf Mattfeldt einen schrägen Blick zu. In bezug auf seine Nationalität war er empfindlich.

»Da gibt's nichts zum Lachen«, sagte er. »Dieses beknackte Österreichisch bringt dir ein paar Millionen ein. Und du, vergiß nicht«, setzte er zu Kofler gewendet hinzu, »du hast 188 Stunden mit dem Jochner verbracht. Der kennt jede Redewendung, jede Betonung, jedes Räuspern von dir. Wenn der Jochner drauf kommt, daß unter dem Wollstrumpf eine andere Visage steckt, ist eure Sache verschissen. Aber ich werde dir noch Sprachunterricht geben.«

»Ich bin ja auch noch da«, sagte Mattfeldt. »Er braucht ja nicht die ganze Zeit zu reden.«

»Es geht nicht nur ums Reden, Willi. Zwei Kaltblütige müssen das sein, die so was machen. Zwei, hörst du. Das habe ich mit dem Saur damals begriffen. Das war einer.«

»Mit 'ner Spritze unter dem Arm«, sagte Kofler und zog die Strumpfmaske hoch, »mit 'ner Spritze unter dem Arm ist das was anderes. Da kommt das ganz von selbst.«

»Er hat recht«, bestätigte Mattfeldt. »Ich kenne das von Afrika her. Das gibt einem ein Gefühl der Sicherheit.«

»Die anderen haben auch Spritzen«, knurrte Jaczek.

»Soweit darf es gar nicht erst kommen, daß die in Aktion treten«, sagte Kofler, und Jaczek erwiderte: »Das war das Gescheiteste, was du bis jetzt von dir gegeben hast, Schorsch. Und mit meinem Namen und Renommee im Kreuz könnt ihr das auch erreichen. Das Heft, Willi.«

Mattfeldt reichte Jaczek das Notizheft über den Tisch, und Jaczek hakte die Position Masken ab und setzte die Position Mütze für Willi neu hinzu.

»Was willst du denn mit dem Geld machen, Willi?« fragte Jaczek.

»Ich? Wozu willst du das wissen?«

»Das ist wichtig«, sagte Jaczek. »So, wie einer sein Geld anlegen will, so führt er auch seinen Coup durch. Ein Schlamper wird einen schlampigen Coup machen. Nur ein Könner macht einen gekonnten.«

Mattfeldt lachte. »Ich will arbeiten«, sagte er, »nur nicht schuften. Ich kauf mir ein Hotel oder so was, was immer geht.«

»Und du?« wandte sich Jaczek an Kofler.

»Ich hau die Zinsen auf den Kopf, und wenn es sein muß, das Ganze«, sagte Kofler. »Und im übrigen geht dich das nichts an.«

Jaczek zuckte die Achseln. »Wir werden ja sehen, wie du deine Sache machst, was, Willi?«

Jaczek hatte zu Mattfeldt eine sonderbare Zuneigung gefaßt. Das kam daher, daß der Caporal von Natur aus alles zu haben schien, was Jaczek sich mühsam hatte aneignen müssen.

»Gebt mal einen Kalender her«, sagte Jaczek. »Jetzt müssen wir uns über den Tag unterhalten.«

Mattfeldt hatte einen in der Tasche.

»Der 26. November ist ein Montag«, sagte Jaczek, nachdem er den Kalender eine Zeitlang studiert hatte. »Ein Montag ist auf alle Fälle gut, denn da habt ihr keinen Rückfluteverkehr hinüber ins Pfälzische. Und ihr müßt ja am nächsten Tag mit der Dunkelheit über die Rheinbrücken. Der Rückstau ist am Dienstag in der Gegenrichtung geringer, auf der Autobahn gar nicht. Ich habe das beobachtet.«

»Warum bei Dunkelheit?« erkundigte sich Kofler.

»Wegen der Hubschrauber«, erklärte Mattfeldt an Jaczeks Stelle, und Jaczek warf ihm einen anerkennenden Blick zu.

»Klar. Glaubst du, die versuchen nicht alles, um wieder zu ihren zwölf Mios zu kommen?«

»Fünfzehn«, sagte Kofler.

»Zwölf«, beharrte Jaczek. »Aber über die Summe sprechen wir später. Die dürfen nicht glauben, daß sie es mit Verrückten zu tun haben. Sonst gehen die ganz anders vor, verstehst du?«

»Und warum gerade am 26.?« fragte Mattfeldt.

Jaczek verzog die Mundwinkel. »Nach dem 26. November zahlen alle Firmen aus. Auch die dreizehnten Gehälter. An diesem Tag platzen die Banken vor Geld. Rund doppelt soviel wie sonst liegt in den Stahlkellern. Ihr könnt auf sofortige Zahlung bestehen, dann bleibt denen keine Zeit, die Seriennummern zu notieren.«

»Und wenn sie nicht darauf eingehen?« Das kam von Kofler.

»Ihr habt ja zwei Geiseln«, bemerkte Jaczek, wobei er die zwei betonte.

»Und du meinst wirklich, daß eine deinen Bonzen von der Bank zwölf Millionen wert ist?« fragte Mattfeldt skeptisch.

»Wert? Das bestimmt nicht, Willi, das ist klar. Aber eine Großbank kann sich nicht erlauben, am schnöden Mammon zu kleben und das Leben auch nur einer Geisel aufs Spiel zu setzen. Das wäre schlecht für die Reputation und damit fürs Geschäft. *Schissko-jenno*, die paar Millionen können wir verschmerzen. Denen ist der Ruf ihrer verheuchelten Menschlichkeit wichtiger als zwölf Millionen, die ihnen sowieso nicht gehören.« Hoffentlich, dachte er bei sich. »Vor allem müßt ihr zu allem entschlossen wirken«, fuhr er fort. »Solange noch kein Schuß gefallen ist, weiß keiner, wie weit ihr zu gehen bereit seid. Wenn ihr geschossen habt, weiß man es vielleicht zu genau. In dem Zwielicht dazwischen liegt eure Chance. Das ist Nervensache. Das kann euch keiner abnehmen. Ich auch nicht.« Jaczek schwieg erschöpft.

»Und der Geldtransporter?« sagte Kofler in das Schweigen hinein. »Hast du darüber auch schon nachgedacht?«

»Hab' ich«, sagte Jaczek. »Die Finanz- und Darlehensbank AG – in diesem Fall meine Wenigkeit – hat sich neulich telefonisch bei der Armoured-Car-Corporation Ltd. erkundigt. So was kannst du mieten. Revolver darfst du keinen haben, aber einen Panzerwagen kannst du mieten für 300 DM pro Tag. Ohne Fahrer.«

»Das ist wirklich Demokratie«, sagte Mattfeldt anerkennend. »Allen Respekt vor der bürgerlichen Freiheit.«

»Ein Schreiben mit dem Briefkopf meiner Firma kann ich für diesen Zweck beschaffen«, sagte Jaczek. »Der Wagen ist das einfachste. Wichtig ist, daß du Spritzpistole, Farbe und Schablone da hast, Schorsch. Was willst du spritzen?«

»Belgischer Militär-Sanka. Rotes Kreuz, weißer Grund, erdbrauner Anstrich. Ich hab' das fotografiert. Die nächste belgische Garnison ist in Bergisch-Gladbach. Kein Mensch achtet auf so eine Karre, wenn sie am Dienstagabend in Richtung Mainz über die Autobahn fährt.«

»Das glaube ich auch. Und die Nummernschilder?«

»Die besorge ich. Abmontierte aus der Werkstatt von einem Freund«, sagte Mattfeldt. »Und die Spritzen auch. Habe ich im Koffer. FN mit Rahmenmagazin und 38 Schuß. Leicht wie ein Spielzeuggewehr. Die kannst du mit 'ner Strippe um die Taille tragen, dann hast du die Pfoten frei.«

»Okay«, sagte Franz Jaczek, angelte mit dem Lineal nach dem Kalender und zog ihn über die Landkarte zu sich herüber. »Wir haben heute den 28. September«, sagte er. »In vier, fünf Wochen sind die mit den Kartoffeln fertig.«

»Was hat das mit den Kartoffeln zu tun?« knurrte Mattfeldt, und Jaczek sah ihn mißbilligend an.

»Dann ist keiner aus den Dörfern mehr da oben, wo ich euch hin haben will mit den Geiseln und dem Geld.«

»An was du auch alles denkst«, sagte Mattfeldt.

»Bringt dir vier Millionen ein, Willi. Daran mußt du immer denken. Wenn die also die Kartoffeln raushaben, können wir uns in aller Gemütsruhe dort umsehen. Den Weg und die Bunker und wie das alles so läuft da oben, verstehst du?« Er beugte sich über die Karte und zeichnete mit dem Kopf des Streichholzes, an dem er gekaut hatte, eine Straße nach.

»Kennt ihr Pirmasens?« fragte er.

»Vom Hörensagen«, murmelte Mattfeldt.

»Noch nie dagewesen«, sagte Kofler und beugte sich über die Karte.

»Wenn man von Landau aus reinkommt, ist links eine Tankstelle und gleich danach eine Eckkneipe. Namen hab' ich vergessen. Die Tür ist schräg über der Ecke und darüber ein gelbes Schild. Dort treffen wir uns. An der Theke. Keiner kennt den anderen. Jeder zahlt für sich. Wir gehen in Abständen. Ich habe einen Leihwagen, mit dem fahren wir weiter. Zeit: Zehn Uhr vormittags.«

»Und wann?« fragte Schorsch Kofler.

»Am 2. November«, sagte Franz Jaczek. »Einen Tag nach Allerheiligen. Da ist dort oben alles friedlich und still. Und das brauchen wir.«

»Ich möchte nur wissen, warum wir uns in einer Kneipe treffen sollen und nicht da oben in der Landschaft, wo wir sowieso hinwollen«, murmelte Willi Mattfeldt.

»Wenn drei in einer Kneipe saufen«, erklärte Jaczek, »ist das was ganz Normales. An die erinnert sich keiner, selbst wenn er sie zweimal sieht. Wenn drei in einem Auto in einem Waldweg parken, ist das was Ungewöhnliches. An die erinnert sich jeder, selbst wenn er sie nur einmal sieht. Und wenn das dann im Radio kommt, daß der Fluchtwagen in Richtung Frankreich unterwegs ist, kann ihm das wieder einfallen, und er ruft die Polizei an. Und die erwartet euch schon, gerade wenn ihr glaubt, in Sicherheit zu sein. Kapiert?«

Auch Willi Mattfeldt mußte in seinem Innern uneingeschränkt zugeben, daß Jaczeks Intelligenz und Umsicht die seine bei weitem übertraf. Er brachte seine Nerven in das Geschäft mit ein, seine Energie und die Sprachkenntnisse. Schorsch Kofler sein ideales Grundstück am Waldrand. Aber Jaczek besaß den logischen Geist und die Phantasie. Und noch etwas. Aber das konnte Mattfeldt nicht präzisieren.

Als Willi Mattfeldt später bei sich zu Hause darüber nachgrübelte, wurde er unruhig. Er stand noch einmal auf, zog sich an und verließ das Haus. Ein paar Ecken weiter betrat er eine einsame nächtliche Telefonzelle. Von dort aus läutete er bei Kofler an.

»Ja?« meldete sich schließlich die verschlafene Stimme seines Komplicen.

»Schorsch, ich bin's«, sagte Mattfeldt. »Mir ist da gerade etwas eingefallen.«

»Jetzt, mitten in der Nacht?«

»Schorsch, hör zu. Ich hab' über Jaczek nachgedacht. Der Kerl ist Dynamit. Eiskalt ist der. Wie er das alles geplant hat, verstehst du?«

»Na und«, knurrte Kofler und sah auf seinen Wecker; es war kurz nach zwei Uhr nachts. »Ohne das ginge es doch gar nicht.«

»Das sag ich mir ja auch, Schorsch. Aber jetzt mal 'ne Frage: Hast du irgendwas mit ihm? Differenz? Krach? Alte Sachen?«

Schorsch Kofler zögerte; er mußte plötzlich an das Gespräch auf dem abendlichen Waldweg denken, als Jaczek ihn geohrfeigt hatte. Aber das war ja längst vorbei.

»Nichts«, murmelte er. »... eine Kleinigkeit von früher. Aber das ist längst geklärt.«

»Wirklich nur eine Kleinigkeit?« forschte der Caporal.

»Willi«, sagte Schorsch Kofler, »ich muß morgen zehn Stunden arbeiten. Wenn du Schiß hast, kannst du ja aussteigen, aber jetzt laß mich schlafen.«

Aber Mattfeldt ließ sich nicht beeindrucken. »Hat er dich in der Hand, mit irgendwas?«

»Der mich? Daß ich nicht lache. Eher umgekehrt, Willi. Eher umgekehrt. Der mich? Da würde ich doch nie bei so was mitmachen. Und jetzt gute Nacht.«

Nachdenklich hängte der Caporal den Hörer ein und trat auf die Straße hinaus. Sie war nächtlich und still. Seine Intelligenz reichte nicht aus, um sich klar vor Augen zu halten, was das bedeutete, daß Schorsch Kofler den Franz Jaczek in der Hand hatte. ›Da würde ich doch nie bei so was mitmachen‹, hatte Kofler gesagt. Die logische Frage wäre nun gewesen, warum dann Jaczek mitmachte, wenn Kofler ihn tatsächlich in der Hand hatte. Aber auf diese Frage kam Mattfeldt eben nicht. Und auf die Antwort wäre er schon gar nicht gekommen.

Während Schorsch Kofler in dem beruhigenden Bewußtsein wieder einschlief, daß er Jaczek ein zweites Mal nach Butzbach bringen konnte, wenn dieser nicht spurte, machte Mattfeldt einen entscheidenden Fehler, indem er nicht bedachte, daß die Rechnung nur dann aufging, wenn es der Stärkere war, der den Schwächeren in der Hand hatte. Was im umgekehrten Fall daraus erwuchs, vermochte er sich nicht vorzustellen.

Die Wende vom Oktober zum November wurde auch für diejenigen, die Jaczek in seine Pläne miteinbezogen hatte, von Bedeutung. Fritz Quass war es durch harte Arbeit den Sommer über gelungen, nochmals eine Umsatzsteigerung zu erzwingen, obwohl die Konjunkturwoge schon überschwappte. »3,9 Prozent mehr als im Vorjahr und 2,8 mehr als die Konkurrenz«, triumphierte er und schlug mit der flachen Hand auf das Schriftstück vor sich, daß es ein flappendes Geräusch machte. »Da können wir doch immerhin mit was aufwarten. Eine Sprache, die auch Nossing versteht. Die einzige Sprache, die Nossing versteht. Oder finden Sie nicht, Findteissen?«

Seit der explosiven Aufsichtsratssitzung im Juni hatte Quass nicht mehr mit Findteissen über diese Dinge gesprochen. Aber Findteissen spürte, daß Quass die wenn auch schwache, so doch unbestreitbare Expansion des Unternehmens in einen direkten Zusammenhang mit der kommenden entscheidenden Sitzung im November brachte. Quass schien die Gedanken Findteissens zu erraten.

»Wenn einer die Brause aufdreht, kommt es immer darauf an, wieviel Luft der andere hat, der daruntersteht, Findteissen«, fuhr er fort, kehrte an den Schreibtisch zurück und zündete sich gegen seine Gewohnheit eine Zigarette an.

»Und Sie halten 3,9 für viel Luft?«

Quass hielt das brennende Streichholz in der erhobenen Hand, sah Findteissen an und fächelte es dann aus. »Jedenfalls genügend, um nicht zu kapitulieren.«

»Aber auch nicht für ausreichend, um den Aufsichtsrat im Sturm zu nehmen«, bemerkte Findteissen.

Quass inhalierte tief den ersten Zug der Zigarette. Nein, er hatte wirklich keinen Vollidioten angestellt mit diesem jungen Mann da. »Womit Sie den Nagel genau auf den Kopf getroffen haben, Findteissen«, sagte er.

»Und was werden Sie tun?« wollte Findteissen wissen.

»Das weiß ich noch nicht. Aber auf keinen Fall stillhalten. Haben wir noch was für heute?« Er sah auf die Uhr. Es war kurz nach sechs und draußen bereits dunkel.

»Nichts, was nicht bis nächste Woche Zeit hätte«, sagte Findteissen. »Wenn Sie noch fort wollen...«

Das wollte Fritz Quass, obwohl er das Gefühl hatte, irgend etwas vergessen zu haben. Er grübelte darüber nach, während er seinen Wagen in der Tiefgarage aufschloß, aber es fiel ihm nicht ein. Wie alle Menschen glaubte er deshalb, daß es nichts Wichtiges gewesen sein könne. Was in diesem Fall aber ein Irrtum war.

Martina hatte für ihr kleines Coupé einen Parkplatz schräg gegenüber gefunden. Im Rückspiegel beobachtete sie die Frontseite des Gebäudes. Sie sah den Wagen ihres Mannes aus der Einfahrt zur Tiefgarage kommen und fortfahren.

An der nächsten Ampel holte sie ihn ein. Sie hatte schon den linken Blinker gesetzt und war gerade im Begriff, sich durch ein kurzes Hupen bemerkbar zu machen, als sie sah, daß am Wagen ihres Mannes das rechte Blinklicht in Tätigkeit war. Nach rechts verließ man den Stadtbereich in Richtung Norden.

Wenn Fritz vergessen hatte, daß sie sich um sechs verabredet hatten, nun, im Drange der Geschäfte, in der Hitze einer Konferenz – das konnte schon mal passieren. Martina hätte es schließlich auch noch verstanden, wenn er jetzt den Weg nach Hause eingeschlagen hätte, sogar noch, wenn er die Richtung in die City genommen hätte, um sich dort mit einem Geschäftsfreund zu treffen. Aber nach Norden hinaus? Sie wollte sich einreden, daß er vielleicht zu einer Tankstelle wollte, in eine Werkstatt... Aber in der Tiefe ihres Unterbewußtseins ahnte sie, daß sein Fahrziel etwas mit dem merkwürdig veränderten Zustand zu tun haben mußte, den sie seit über einem Jahr an ihm beobachtete und dem sie hilflos gegenüberstand. Es verlangte Mut vor sich selbst, das zu tun, was ihr durch den Kopf schoß. Aber sie hatte ihn.

Martina nahm die Hand wieder vom Signalring, auf dem sie schon gelegen hatte, und griff nach dem Hebel des Richtungsblinkers, den sie jetzt auch nach rechts stellte. Von da an folgte sie Fritz Quass, bis er den Wagen vor einer Altbauvilla in Bad Homburg parkte.

Felizitas erwartete ihn mit Whisky, Tee und Schnittchen.

Fritz Quass seufzte, als er sich in einen der bequemen Sessel fallen ließ.

»Sorgen?«

»Hast du das Gefühl, ich komme immer nur mit Sorgen?«

»Alle Männer kommen zu ihren Geliebten mit Sorgen. Zu Hause mögt ihr doch nicht darüber reden. Wo sollt ihr also hin mit euren Sorgen? Zum Psychiater oder zur Freundin.«

»Es sind keine Sorgen«, sagte er. »Ich brauche dich.«

Sie lachte. »Das ist genau dasselbe.«

Er wartete, bis sie den Teetisch fertig gedeckt hatte und verzehrte in dieser Zeit ein Schnittchen.

»Ich brauche dich übrigens auch«, sagte sie, als sie schließlich neben ihm saß und die Beine übereinanderschlug.

»Welches Kompliment in der Abendstunde!«

Sie lachte. »Fritz«, sagte sie, »hast du schon mal daran gedacht, daß wir uns jetzt seit mehr als einem Jahr kennen? Und du bist glücklich gewesen in dieser Zeit. Was kann es für einen Mann auch schon Schöneres geben: Immer nur die Schokoladenseite einer Frau. Wenn er kommt, ist sie hübsch, ist sie lieb, ist sie fit. Ihr Geld verdient sie selbst, ihre Krankenkasse zahlt sie auch selbst, ihren Keller räumt der Nachbar auf, und wenn eine Steckdose kaputt ist, ruft sie den Elektriker und nicht ihren Freund.«

Fritz sah sie ein paar Sekunden lang belustigt an. »Na, raus damit – was soll's denn sein?«

Er dachte an Schmuck, einen Pelz, eine Krokotasche oder sonst ein Stück, wie es Frauen sich manchmal wünschen.

»Ich hab' Differenzen mit der Aufhäuser«, sagte sie. Erna Aufhäuser war die Inhaberin des Modesalons, in dem Felizitas als Direktrice angestellt war. »Sie bevormundet mich mehr und mehr, nörgelt herum und zahlt zu wenig. Sie hat einen Kerl, den sie mit reinnehmen möchte, und da bin ich ihr im Weg.«

»Und was kann ich dabei tun?« fragte Quass etwas unbehaglich.

Felizitas zog die Beine unter und kauerte sich bequem in die Ecke. Während sie sprach, spielte sie mit der Quaste eines Kissens. »Da ist eine Boutique«, sagte sie. »*Angelica*, in der besten Lage und enorm sortiert. Exklusiv, verstehst du, allerbeste Kundschaft. Rund fünfzigtausend Umsatz im Monat.«

»Garantiert?« fragte Quass.

»Garantiert«, bestätigte Felizitas. »Für drei Monate. Bei weniger Konventionalstrafe.«

»Und die ist zu haben?«

»Der Inhaber ist mit dem Auto verunglückt. Die Erben verkaufen.«

»Das ist deine Chance, Fee, was?«

Sie nickte. »Ja, und deine auch.«

»Meine?« sagte er erstaunt.

Sie nickte wieder. »Sieh mal, ich will die dreißigtausend ja nicht geschenkt. Die Hälfte, die würde ich mit Dank annehmen. Die restlichen fünfzehntausend zahle ich dir in drei Jahren zurück, und diese drei Jahre bleibe ich bei dir. Das ist doch ein Wort. Und mit fünftausend Schulden pro Jahr bin ich dir doch sicher, findest du nicht?«

Fritz Quass verschlug es die Sprache. »Wenn die nicht mein Nachfolger ablöst«, sagte er, als er sich von seiner Überraschung erholt hatte. Beide lachten. Aber bei Fritz Quass klang es nicht ganz echt.

»Ja«, sagte Felizitas, »und während der drei Jahre kannst du optieren. Wenn du dich in dieser Zeit scheiden läßt, heirate ich dich, vorausgesetzt, du schaffst es bei deiner Firma. Sonst bin ich frei.«

Felizitas sah, daß sein Glas leer war und schenkte ihm neu ein. Quass ließ zwei Eiswürfel dazugleiten.

»Das ist ein klares Konzept«, sagte er anerkennend.

»Ein Jahr Romantik ist genug«, sagte Felizitas. »Eine Frau in meinem Alter muß an ihre Zukunft denken. Wenn es ihr Freund schon nicht tut.«

Quass stand auf. Mit dem Glas in der Hand wanderte er durch das Zimmer. »Und wenn ich ablehne?« Er blieb stehen und sah sie an.

»Das wirst du nicht.«

»Aber wenn?«

»Dann ist Schluß.«

»Felizitas«, sagte er, »du wirst mir für so ein Angebot doch eine Bedenkzeit geben?«

»Nein, Fritz«, entgegnete sie ruhig, »so etwas verträgt keine Bedenkzeit. Und ich will, bevor du gehst, nicht nur eine Antwort, sondern auch einen Scheck.« Sie nahm ihm das Glas ab, setzte es auf den Tisch und zog ihn neben sich auf die Polsterbank. »So ein Angebot kann eine Frau nur einem Mann machen, den sie mag. Verstehst du das wenigstens?«

Für eine Weile legte sie den Kopf an seine Schulter. Aber sie spürte, daß er an etwas anderes dachte. Schließlich machte er sich von ihr frei, schob vier Finger jeder Hand in die Westentasche und sah sie an.

»Gut«, sagte er, »aber die Weiche, ob ich es bei meiner Firma schaffe, stellst du mit.«

»Wie soll ich das machen?«

»Du wirst mir jetzt einen Rat geben, wie ich mich bei der Sitzung am 28. November verhalten soll. Und wenn er gut ist, bekommst du deinen Scheck, und wir gehen zusammen essen.«

»Na schön«, sagte sie, »dann schieß schon los.«

Fritz Quass schilderte ihr die Situation, wie er sie am Nachmittag mit Findteissen besprochen hatte. »Was wir erreicht haben, ist zuviel, um zu kapitulieren, und zuwenig, um den Aufsichtsrat im Sturm zu nehmen«, schloß er mit Findteissens Worten. »Entweder die überfahren mich oder ich sie. Etwas anderes ist nicht mehr drin.«

»Du willst also den Spieß umdrehen«, stellte Felizitas sachlich fest. »Das finde ich gut. Nossing weiß natürlich, daß das va banque ist. Der durchschaut deine Lage brutal und realistisch. Aber das wird er den anderen nicht beibringen können, meinst du, und damit hast du wahrscheinlich sogar recht.«

»Genau«, unterbrach sie Fritz Quass. »Du bist eine einmalige Frau. Du hast ein Gespür für Dinge, die in der Luft liegen. Ich sollte wirklich für dich optieren, wie du es nennst. Wenn ich denen suggerieren kann, daß sie so schnell keinen Besseren kriegen, die nicht von Nossing abhängig sind. Oder irre ich mich da?«

»Das ist eine Sache der Courage, Fritz. Es kommt auf die Leute an und auf die Wirkung, die du bei ihnen erzielst. Und wenn ich dich so ansehe... optimistisch, aktiv, voller Ideen –« sie zuckte die Achseln – »warum nicht?«

Fritz Quass näherte sich ihr, stützte die Arme rechts und links von ihr auf die Sofalehnen und starrte in ihr Gesicht. »Also würdest du es riskieren?«

»Du mußt es riskieren«, sagte Felizitas Wangenheim, »weil du sonst für den Rest deines Lebens Nossings Stiefelputzer bist.«

Quass richtete sich auf und stieß die Hände in die Hosentaschen. »Einmal möchte ich es diesen eingebildeten Akademikern zeigen«, sagte er. »Diese Arroganz solltest du sehen, von Nossing angefangen bis zu seinem juristischen Intimus. Studiert haben sie mit Vaters Geld, aber wissen tun sie nichts. Und von denen soll ich mich schurigeln lassen? Nach dreißig Jahren Plackerei, bis ich da war, wo ich jetzt bin?«

»Also findest du meinen Rat gut.«

Felizitas streckte spielerisch die Hand aus. Nur eine Sekunde sah Quass sie an, dann holte er das Scheckbuch aus der Innentasche seines Jacketts und schrieb, über den Tisch gebeugt, den Scheck aus, den sie haben wollte.

»Ein Vertrag«, sagte sie, als er ihn ihr gab. »Ich danke dir.«

Während sie sich umzog, schaltete Quass das Fernsehgerät ein und sah eine Sportsendung. Nach einer Viertelstunde war sie fertig: Kostüm, breitrandiger Hut, elegant wie aus einem Journal ihrer Branche. Mancher hätte viel dafür bezahlt, um mit einer Frau wie ihr ausgehen zu können, wenn auch vielleicht nicht so viel wie Fritz Quass. Er sagte es ihr, und sie quittierte lachend die Bemerkung. Der Eingang der Villa befand sich an der Seite des Hauses, und es fiel Fritz Quass unverzüglich ein, was er am Nachmittag vergessen hatte, als er das meergrüne Coupé seiner Frau auf der anderen Seite der Straße stehen sah. Es blieben ihm genau zehn Sekunden, die Zeit, die sie zum Durchqueren des Vorgartens brauchen würden, um sich auf die Situation einzustellen. In seinen Schläfen hämmerte das Blut. Aber er war ehrlich genug, sich selbst Vorwürfe zu machen und nicht Martina. Es war nicht verwunderlich, daß eine Frau ihrem Mann nachspürte, wenn er vergaß, daß er sich mit ihr verabredet hatte und dann auch noch die Stadt verließ, anstatt nach Hause zu fahren. Er dachte an ihre Hilflosigkeit, an ihren guten Willen, alles richtig zu machen, und dann an das Baby.

»Fee«, sagte er deshalb knapp und ohne den Kopf zu wenden, während er die wenigen Meter bis zur Gartenpforte neben ihr herging, und es war ihm, als habe er eine Schlacht verloren, »da drüben in dem grünen Coupé sitzt Martina. Wir waren verabredet, und das hab' ich total vergessen. Ich kann sie hier auf der Straße nicht abhalftern. Nicht jetzt, verstehst du? Bitte geh ganz förmlich weiter. Nach links, ich geh zum Wagen. Bitte.«

Felizitas zog die Handschuhe an. Er wußte nicht, was sie dachte, als sie ihm die Hand hinhielt, die er flüchtig drückte. Er wußte es erst, als er in ihre Augen sah. Sie hatte sie ein wenig zusammengezogen und lächelte. Männer, die sich sofort, spontan und endgültig entschieden, waren selten. Aber Felizitas hatte einen praktischen Verstand, und wenn sich der Mann, der ihr vor einen halben Stunde zur Selbständigkeit verholfen hatte, eben für seine Frau entschieden hatte, mußte sie es hinnehmen.

Sie machte ihre Sache glänzend. Er hörte, wie sich ihre Schritte entfernten, sah ihr scheinbar gleichgültig noch eine Sekunde nach, warf dann den Mantel über den anderen Arm, wie um den Autoschlüssel aus der Hosentasche zu kramen, und wartete dabei ständig auf Martinas kurzes, drängendes Hupen.

Was kam, war wesentlich unangenehmer, als er befürchtet hatte. Er schlug ihr vor, mit ihm zusammen nach Frankfurt zurückzufahren und das Coupé stehen zu lassen, wo es war; irgend jemand von der Firma würde es am nächsten Tag abholen. Aber Martina bestand starren Gesichts darauf, allein nach Hause zu fahren. Sie hatte ihm bei dem kurzen Gespräch, zu dem er sich neben sie in den Wagen gesetzt hatte, kein einziges Wort geglaubt. Seine Ausreden und Erklärungen hatten alles nur noch schlimmer gemacht, und schließlich hatte Martina gesagt: »Du kannst dir bis Frankfurt überlegen, ob du über diese Sache wie ein Mann mit mir reden willst oder wie ein Schuljunge. Im letzteren Fall verzichte ich auf jedes weitere Wort.«

Er hatte mit einer gewissen Erleichterung konstatiert, daß sie nicht beabsichtigte, ihm eine Szene zu machen. Aber möglicherweise war das noch schlimmer; denn wenn eine Frau eine Szene machte, setzt sie sich oft selber ins Unrecht und gibt dem Mann die Möglichkeit, den Gekränkten zu spielen. Mit düsteren Gedanken fuhr er nach Frankfurt zurück.

Sie bestand darauf, die Dinge noch am selben Abend zu klären. Er mußte bald zugeben, daß Felizitas Wangenheim nicht die Frau eines Geschäftsfreundes war, den er wegen einer wichtigen Sache hatte sprechen müssen. Martina hatte zu alldem nur eine Handbewegung gemacht und ihn gebeten, wenn er schon nicht ehrlich sei, so doch wenigstens seriös zu bleiben. Fritz machte eine verblüffte Bemerkung über ihre Fassung.

»Wir wollen uns doch nichts vormachen«, sagte sie. »Wenn ich auch den Grund nicht gekannt habe, habe ich doch schließlich gemerkt, daß wir uns auseinandergelebt haben. Leider.«

»Woran das liegt, darüber hast du aber nie nachgedacht?«

»Ich habe es auf deine Schwierigkeiten in der Firma geschoben«, sagte sie und brach ab.

»Das ist es ja auch«, sagte Quass eifrig. »Im Grunde hängt das alles damit zusammen. Du hast mir noch nie einen brauchbaren Rat geben können, wenn ich vor schwierigen Entscheidungen stand. Du stärkst mir nicht den Rücken, du durchschaust die Probleme nicht, schätzt die Leute falsch ein und kannst einfach nicht begreifen, daß ein Mann mehr braucht als ein gemütliches Zuhause. Du hast eben einfach nicht... nicht –« er suchte nach dem richtigen Wort, schließlich fiel es ihm ein – »einfach nicht das Format für so was.«

Martina sah ihn an. »Aber dafür bin ich bereit, alles mit dir zu teilen, Fritz. Auch wenn es wenig ist. Ist die andere das auch?«

Damit hatte sie den Finger auf den wunden Punkt gelegt, gestand sich Fritz Quass ein. Fee würde nie bescheiden sein. Sie wollte ihn an der Spitze haben. Aber natürlich nur, um damit selbst an die Spitze zu gelangen.

Mit ihrem Mann damals hatte sie es vorübergehend geschafft. Noch vor vier Jahren war Alfred Wangenheim *der* Baulöwe im Frankfurter Raum gewesen – ein Großbauunternehmer, der dann betrügerischen Bankrott gemacht und sich schließlich, als er keinen Ausweg mehr sah, das Leben genommen hatte. Die Sache hatte wochenlang Schlagzeilen gemacht, und Fees Bild war oft genug in den Zeitungen erschienen – die schöne, trauernde Witwe, die er mittellos zurückgelassen hatte. Ja, Fee hatte den Wert des Geldes schätzen gelernt, und wenn er es nicht schaffte, würde sie ihn verlassen. Im Gegensatz zu Martina. Quass seufzte.

»Was bist du eigentlich für ein Mensch?« fuhr Martina fort. »Da hast du eine Frau, die du vor sechs Jahren geheiratet hast, weil du sie geliebt hast. Die kriegt jetzt ein Kind von dir, doch wohl auch, weil du sie geliebt hast. Aber das scheint alles nicht für dich zu zählen. Das einzige, was dir wichtig ist, ist deine Karriere und die äußere Lebensstellung.«

Quass wollte etwas sagen, aber Martina kam ihm zuvor. »Ich weiß schon, was du sagen willst: Dein Vater hat Gemüse ausgefahren und deine Mutter Kragen genäht. Und für so einen Mann ist es das wichtigste, daß er nicht Gemüse ausfahren und seine Frau keine Kragen nähen muß.«

»Stimmt«, sagte Fritz Quass. »Ist das etwas Schlechtes?«

»Nein«, murmelte Martina, »aber schlecht ist, daß du meinst, wenn du deiner Familie das ersparst, könntest du dir alles leisten, was dir gerade Spaß macht.«

»Spaß macht...«, wiederholte Quass und wußte selbst nicht genau, ob der Unterton, der in den zwei Worten mitschwang, Resignation, Staunen oder Ärger verriet.

»Ja, was denn sonst? Oder macht es dir etwa keinen?«

Und hierauf gab es für Quass nur eine einzige Antwort: »Ich liebe diese Frau, Martina. Ich kann nichts dafür, aber es ist so.«

Und diese Antwort sollte in etwas mehr als vier Wochen große Bedeutung erhalten. Aber das konnten weder er noch Martina vorausahnen. Sie schwieg eine Weile bestürzt. Dann sagte sie:

»Ein Mann in deinem Alter und deiner Lebensstellung hat seine persönlichen Gefühle unter Kontrolle zu haben. Sonst nützt der ganze äußere Rahmen nichts. Ein Mann von Fünfzig hat seiner Umgebung gegenüber mehr Pflichten als Rechte. Wenn du das nicht verstehst, dann gehörst du nicht zu der Klasse, zu der du gerne gehören möchtest.« Sie schwieg wieder eine ganze Weile. Dann stand sie auf. »Gut«, sagte sie schließlich, »wenn du diese Frau liebst, dann ist alles Weitere zwecklos. Ich kann dich nicht zwingen, mich zu lieben, aber ich kann verlangen, daß du mich respektierst. Möchtest du Bedenkzeit oder möchtest du, daß ich die Scheidungsklage einreiche?«

Martina war absolut entschlossen, keinerlei Kompromißsituation bestehen zu lassen. Das spürte Quass.

»Gib mir Bedenkzeit, Martina«, bat er.

»Bis Weihnachten«, sagte Martina. »Das ist eine Menge Zeit, um sich zwischen einem Luxusartikel und einem Menschen zu entscheiden.«

Damit verließ sie das Zimmer und ging nach oben, ohne sich noch einmal umgewendet zu haben. Quass wußte, daß es keinen Zweck hatte, ihr nachzugehen, sie zu besänftigen, noch ein paar Worte mit ihr zu reden. Martinas Selbstachtung war im Gegensatz zu seiner eigenen außerordentlich hoch.

Fritz Quass erhob sich. Er hatte das Bedürfnis, etwas zu trinken. Aber nicht zivilisiert ein Gläschen und noch eins... Fritz Quass ertappte sich bei dem Bedürfnis, sich zu besaufen, und das erschreckte ihn, denn er empfand dieses Bedürfnis zum erstenmal.

Er nahm in der Flurgarderobe Mantel und Hut und verließ das Haus. Rechts ragte der Block der Landesversicherungsanstalt in den Nachthimmel. Die Fenster waren dunkel und abweisend. Dahinter floß der Main. Fritz Quass bog um zwei Ecken, überquerte den Kai und stützte sich auf das eiserne Geländer. Drüben waren die Lichter der Stadt. Angestrahlte Bankpaläste, unter ihnen derjenige der Inter-Bank. Quass dachte an Nossing. Der trieb sich jetzt sicher nicht mit einer Scheidungsdrohung im Genick nervös am Schaumainkai herum, sondern saß im Familienkreis am Fernseher, spielte Bridge oder hatte Gäste. Ein luxuriöses, nach allen Seiten hin abgesichertes, erfolgreiches Leben. Und was das tollste war, bisweilen waren solche Burschen auch noch persönlich durchaus glücklich.

Quass starrte über den Fluß. Es war eine Stadt, angefüllt mit Ehrgeiz, Lebensgier, Egoismus, Opportunismus und Unmenschlichkeit. Wehe dem, der sich in ihr nicht behauptete. Das ist alles egal, dachte Quass, der ganze Blödsinn mit Martina. Das trat alles zurück, wenn es ihm gelang, am 28. November den Aufsichtsrat auf seine Seite zu bringen und seine Pläne durchzudrücken. Wenn das glückte, konnte es ihm gleichgültig sein, ob Martina bei ihm blieb oder nicht. Zu dem ungeborenen Kind hatte er sowieso keine Beziehung. Wenn ihm aber dieser geschäftliche Erfolg gelang... Fritz Quass stieß sich vom Eisengeländer hoch und sah jetzt alles viel rosiger als vor einer Stunde... wenn ihm dieser geschäftliche Erfolg gelang, konnte alles andere gar nicht mehr so schlimm sein.

Der Tag nach Allerheiligen war friedlich und still, wie Franz Jaczek sich das gewünscht hatte. Die Luft war feucht und diesig und die Sicht schlecht, im Weichbild der Städte benzingeschwängert und ungesund. Die Eckkneipe mit dem gelben Transparent über der Tür, deren Namen Jaczek vergessen hatte, hieß *Köhlerhaus*, und an ihrer Theke trafen zwischen neun und zehn Uhr vormittags Willi Mattfeldt, Schorsch Kofler und Franz Jaczek zusammen. Willi Mattfeldt kam als erster und Schorsch Kofler als letzter. Sie bestellten Bier und Schnäpse und redeten kein Wort miteinander und auch nicht mit den Wirtsleuten, die an der Theke bedienten.

Nur Franz Jaczek fragte, als sie alle da waren, wo er denn die Stammstraße finden könne, und jeder der beiden anderen begriff sofort, daß dort der Wagen stand, mit dem sie weiterfahren wollten. Sie achteten deshalb auf die Beschreibung der Wirtsfrau und starrten in ihre Gläser, als Jaczek zahlte, sich vom Hocker schob und an der Mütze rückte, die seinen auffallenden Eierkopf verbarg.

Die beiden anderen blieben noch zehn Minuten und verließen das Lokal dann in verschiedenen Richtungen. Die Wirtsleute verschwendeten keine weiteren Gedanken an die drei schweigsamen und mürrischen Kunden.

Die Stammstraße war keine fünfzig Meter lang. Dort wartete Franz Jaczek am Steuer eines schmutzbespritzten Diesels mit Landauer Kennzeichen, wie ihn sonst Bauern und Jagdpächter fahren.

Kofler und Mattfeldt stiegen ein. Kofler hinten. Die Türen flogen zu. Jaczek startete den Wagen. Sie verließen die Stadt Pirmasens in südöstlicher Richtung. Sie kamen über Lemberg nach Langmühle und bogen dort nach Süden ins Buchbachtal ein.

Es war eine schwermütige, waldreiche Landschaft mit Nadelforsten und tiefeingeschnittenen Tälern. Ab und zu noch eine Lichtung oder Weide, die sich an einem Berghang hinaufzog, ein einzelnes Gehöft darauf oder ein Weiler. Später wurde es noch einsamer.

»Von hier an bis zu unserem Ziel kommen wir durch kein Dorf mehr und kaum noch an einem Hof vorbei«, sagte Jaczek unvermittelt. »Übrigens, wie ist es mit den belgischen Nummernschildern, Willi, hast du die schon?«

»Was glaubst du wohl, was ich hier in der Mappe mit mir herumschleppe? Schuhe zum Wechseln?« grinste Mattfeldt. Sie hatten sich seit jenem Tag Ende September nicht mehr gesehen, als sie die großen Linien des Jobs ausgearbeitet und die Rollen und Risiken verteilt hatten.

»Bravo«, sagte Jaczek, »soviel Voraussicht hätte ich dir gar nicht zugetraut.«

»Du hast schließlich den Verstand nicht gepachtet«, maulte von hinten Schorsch Kofler, und Jaczek lächelte tückisch.

»Hast du denn deine Farben und deine Spritzpistole?« fragte er und suchte Koflers Gesicht im Rückblickspiegel. Er fand es, und Schorsch Koflers Züge wirkten verzerrt und gleichgültig, wie alle Gesichter wirken, die man im Rückspiegel sieht. Gelangweilt schien er zum Fenster hinauszusehen, die rechte Hand in der Schlaufe, die bei Kurven als Halt dient.

»Alles da«, sagte er, »und was nicht da ist, kommt in den nächsten Tagen. Wie weit hast du eigentlich die Linie aufgebaut, Willi?« Er hatte sich mit den letzten Worten an Mattfeldt gewendet.

»Die steht bis Marseille«, sagte der Caporal. »Ich muß nur noch wissen, wo mein Kumpel den Wagen hinbringen soll. Einen französischen Wagen.«

»Aber um Himmels willen keinen aufwendigen Schlitten«, warnte Jaczek. »Am besten einen kleinen Renault oder Simca, wie ihn drüben Zehntausende von Studenten und Angestellten fahren, einen, der an jeder Straßenecke herumstehen kann, ohne aufzufallen. Wo willst du ihn überhaupt hinstellen lassen?«

»Weißenburg«, sagte Willi Mattfeldt, »da gibt's einen *marché des fleurs*. Der Blumenmarkt findet aber nur freitags statt. An den übrigen Wochentagen steht der ganze Platz voller Autos. Da fällt er überhaupt nicht auf.«

»Und wie wollt ihr nach Weißenburg kommen?«

»Per Bus, Bahn oder zu Fuß«, sagte Mattfeldt. »Kommt ganz darauf an, wo wir rübergehen sollen.«

Franz Jaczek nickte und hielt den Wagen an der Einmündung eines Waldweges an. Er breitete die Generalkarte über dem Steuer aus, und die beiden anderen beugten sich zu ihm.

»Wir sind jetzt hier«, sagte Jaczek und zeigte mit dem Ende eines Streichholzes auf eine Stelle der Karte. »Etwas weiter kommt die Glashütte, und dann noch ein Haus, der *Stephanshof*, und dann nichts mehr. Auf die Grenzstraße von Eppenbrunn nach Fischbach stoßen wir schon östlich von Eppenbrunn, so daß wir das Dorf überhaupt nicht berühren. Könnt ihr euch das merken?«

Die beiden Mitfahrer nickten, und beiden schoß es bei Jaczeks letzten Worten durch den Kopf, daß sie in etwas mehr als drei Wochen diese Strecke fahren würden, bei völliger Dunkelheit, mit einem als belgisches Sanitätsfahrzeug umgespritzten Geldtransporter, in dem sich außer zwölf Millionen Mark noch zwei weibliche Geiseln befinden würden. Mattfeldt, der den Wagen steuern würde, musterte den Verlauf der Straße noch aufmerksamer und intensiver als bisher.

»Die Fahrtroute ist also klar. Von Frankfurt nehmt ihr die Autobahn über Mannheim und die Rheinbrücke und dann weiter bis Kaiserslautern. Dort auf die 270 direkt nach Pirmasens. Übrigens, je länger ihr auf der Autobahn bleibt, desto besser. Kein Mensch, der dort mit hundertfünfzig Sachen die langsam rechts Fahrenden überholt, achtet darauf, was das für Wagen sind. Beim nächsten hat er den vorigen schon längst vergessen.«

»Und was ist mit Polizeisperren?« fragte Kofler.

»Ihr habt freien Abzug«, sagte Franz Jaczek. »Ihr habt euch alle Polizeisperren in den Ländern Hessen, Bayern, Rheinland-Pfalz und Baden Württemberg verbeten. Vergeßt nie, ihr führt eine Unternehmung von Franz Jaczek durch, der angeblich einen wehrlosen Wachmann kaltblütig niedergeschossen hat und folglich zu allem fähig ist. Zu allem, Schorsch! Und diesen Eindruck mußt du durch deine Stimme unbedingt vermitteln. Du mußt dich in die Rolle hineinversetzen. Du mußt fest entschlossen sein, auch das zu tun, was du androhst, verstehst du? Sonst zieht das nicht. Die wittern das. Wenn nur einer von denen, mit denen ihr's zu tun haben werdet, an eurer Entschlossenheit zweifelt, habt ihr verspielt.«

Eine Weile schwiegen die drei Männer. Ein Holzfuhrwerk bog, aus dem Waldweg kommend, auf die Straße ein und kurz danach noch ein Arbeiter auf einem Moped, der höflich die Mütze zog. Als sie verschwunden waren, zeigte Jaczek auf einen langgestreckten, waldigen Bergzug, hinter dem sich ein etwas höherer erhob.

»Der Große Stephansberg und der Hohe Kopf«, sagte er. »Die Straße führt dahinter herum, genau der Grenze entlang. Und hier, wo die Straße diese Schleife nach Süden macht, liegt die Grenze nur einen knappen Kilometer entfernt. Von da aus müßt ihr rüber.«

Der ehemalige Caporal der Fremdenlegion begutachtete die Karte. »Der Maßstab ist zu groß«, sagte er dann trocken. »Da muß ein Meßtischblatt her.«

Er sah hoch und begegnete Jaczeks Blick. Der grinste und griff ins Handschuhfach, zog das Meßtischblatt der Gegend heraus. Darauf waren jede Hundehütte zu sehen und jeder Grenzstein und jeder Versorgungsweg zu einem Bunkersystem, auch wenn sie für den öffentlichen Verkehr gesperrt waren. Jaczek hatte an alles gedacht.

Fast unmerklich hatte er bei der letzten Besprechung die Rollen für die Vorbereitung verteilt, so daß jeder wußte, was er zu tun hatte. Jaczek hatte die Idee geliefert, er war für die Beschaffung des Geldtransporters und die Linie in der Bundesrepublik verantwortlich. Mattfeldt hatte für die Bewaffnung, die Ausrüstung und die Fluchtlinie in Frankreich zu sorgen, und Kofler für Untertauchen, Verpflegung und Bekleidung wie die Tarnung und Umarmierung des Fahrzeugs. Es war an alles gedacht, und an diesem Tag liefen hier oben zwischen den Berghängen des südlichen Pfälzerwaldes die Fäden zusammen zu einer letzten entscheidenden Besprechung.

Jaczek hatte den Wagen wieder gestartet. Langsam rollte er auf schmaler Straße zwischen den waldigen Hängen hindurch.

»Zwei Komplexe sind noch offen«, sagte Jaczek, »die heute geklärt werden müssen.«

»Und die wären?« fragte Schorsch Kofler.

»Na klar«, sagte Mattfeldt, »wen schnappen wir uns als Geiseln....«

»Richtig«, murmelte Jaczek. »Aber darüber unterhalten wir uns später. Jetzt denke ich an etwas anderes.«

Keiner der beiden sagte ein Wort.

»Welche Bedingungen ihr der Polizei stellen werdet...« Jaczek wendete sich während des Fahrens fast ausschließlich an Mattfeldt. »Wenn ich mal zurückdenke, was bisher auf diesem Gebiet gelaufen ist, dann ist es jedesmal an zwei Punkten gescheitert: Daß die Jungs letztlich Zweifel haben aufkommen lassen, ob sie Ernst machen, und daß sie unklare Forderungen gestellt haben. Gegen das erste schützt euch, daß die Sache unter meinem Namen läuft. Der bürgt für Qualität, und Jochner weiß das. Und gegen das zweite schützt euch genaues Nachdenken. Ich greife mir an den Kopf, wenn ich daran denke, daß sich der Vicenis 36 Stunden lang von einer Meute von Presse und Polizei hat hetzen lassen, bis er schließlich hat aufgeben müssen, der Idiot, ganz einfach, weil er keinen Spielraum mehr gehabt hat, um die Geiseln loszuwerden und selbst zu verschwinden. An so was muß man vorher denken und nicht erst, wenn es zu spät ist. Also, fassen wir einmal zusammen«, fuhr Jaczek fort. »Straffreiheit könnt ihr nicht fordern, da bringt ihr den Staatsanwalt in Schwierigkeiten. Das darf er nicht zusichern, und wenn er es tut, wird er widerrufen. Das ist schließlich Erpressung. Aber freien Abzug könnt ihr verlangen. Einen Vorsprung von 36 Stunden. Das wird man euch gewähren und auch einhalten. Ihr verbietet alle Polizeisperren und Polizeiaktionen. Droht mit dem Tod einer Geisel, wenn ihr aufgehalten oder verfolgt werdet. Ihr habt nichts zu verlieren, versteht ihr? Jeder weiß, daß ich auch das letzte Mal geschossen habe, als ich geglaubt habe, daß uns einer verfolgt. Daran könnt ihr erinnern. Ihr verbittet euch auch jede Beschreibung des Fahrzeugs in Rundfunk, Fernsehen und Presse. Und vor allem – nicht verhandeln, sondern fordern, versteht ihr. Dann, gegen vier oder fünf, im dichten Abendverkehr, ab und in die Wälder von Gravenbruch. Nach acht, wenn alles am Fernsehen hockt, von hinten her rein in die Werkstatt vom Schorsch. Es müßte mit dem Teufel zugehen, wenn das nicht klappen würde.«

»Und was ist mit den Geiseln, ich meine, wo bringen wir die unter? Hinten zusammen im Wagen, oder was meinst du?« erkundigte sich Mattfeldt.

»Meinetwegen auch zusammen, darauf kommt's nicht so an, wichtig ist bloß, daß *ihr* nicht zusammen seid. Von euch muß sich immer einer bei den Geiseln befinden.« Jaczek wendete sich jetzt auch an Kofler, der schräg hinter ihm saß. »Immer, hört ihr! Wenn der eine von euch mit der Polizei verhandelt, wagt niemand ihn abzuknallen, weil der andere dann die Geiseln umlegt, versteht ihr? Denkt an München. In dem Panzerwagen kann euch nichts passieren. So lange da eine MP und eine Geisel drin sind, sitzt ihr am längeren Hebelarm.«

Mattfeldt und Kofler nickten verständnisvoll. Was Jaczek gesagt hatte, leuchtete ihnen ein. Überhaupt wirkte der ganze Plan so durchdacht, daß nichts schiefgehen konnte.

»Und die Geiseln?« sagte Mattfeldt, nachdem sie alle drei eine Weile geschwiegen hatten.

»Ja, also die Geiseln«, wiederholte Franz Jaczek nachdenklich. »Darüber habe ich mir lange den Kopf zerbrochen. Wir können uns natürlich irgend jemand greifen. Irgendeine staatliche Stelle wird schon blechen. Aber besser ist es, wir nehmen Frauen, da zerschmilzt dann die Öffentlichkeit vor Mitleid, und der Druck wird größer. Und noch besser ist eine, die direkten Druck ausüben kann, nämlich auf die Bank.«

Und als er die fragenden Blicke seiner beiden Begleiter mehr fühlte als sah, fuhr er fort: »Der Leiter vom Laden, wo ich arbeite, heißt Quass. Der hat dicke Beziehungen zur Inter-Bank, sitzt mit im Aufsichtsrat...«

»Ich verstehe nicht«, unterbrach Kofler ihn. »Du hast doch eben gesagt, du wolltest Frauen haben, und jetzt willst du diesen Quass schnappen?«

»Vielleicht läßt du mich erst mal ausreden«, sagte Jaczek scharf. »Hab' ich gesagt, wir wollten Quass entführen? Na also! Aber Quass hat eine Frau, und eine Freundin hat er auch. Ich hab's durch Zufall rausgekriegt, das hält er natürlich mächtig geheim.«

»Du meinst also – eine von den beiden?« überlegte Mattfeldt. »Na, dann die Frau, für die wird er sich ja wohl anstrengen, um die Piepen auf die Beine zu stellen.«

»Wenn du seine Freundin gesehen hättest – das ist so eine Modetante aus Bad Homburg –, dann würdest du vielleicht anders denken«, gab Jaczek zurück.

»Dann fändest du die Freundin besser?« stellte Kofler fest. »Und wie kommt man an die ran? Unauffällig und ohne daß sie kreischt?«

»Das dürfte nicht schwer sein«, sagte Jaczek. »Ich hab' mir das Terrain angesehen. Die Frau wohnt in einer Altbauvilla mit Vorgarten. Da könnt ihr den Wagen rückwärts reinfahren und sie greifen, wenn sie um Viertel nach acht das Haus verläßt. Völlig risikolos. Wenn ihr sie habt, ruft Schorsch bei der Bank als Jaczek an, läßt sich den Quass geben. Dem sagt er, daß wir seine Puppe haben und er sie gegen zwölf Mios wieder zurückhaben kann. Der Quass wird sich sofort mit der Polizei in Verbindung setzen und landet schließlich bei Jochner – und dann sind wir da, wo wir hinwollen.«

Er begeisterte sich wieder von neuem an seinem phantastischen Plan, und es gelang ihm, diese Begeisterung auch auf seine Partner zu übertragen.

»Und woran erkennen wir die Frau?« wollte Mattfeldt wissen.

»Na, ihr fragt sie«, sagte Jaczek, »fragt, ob sie Frau Wangenheim ist. Bad Homburg, Schöllerstraße 11 ist die Adresse.«

»Und wenn eine andere aus dem Haus kommt?« erkundigte sich Kofler, der seine Bedenken hatte.

Es war Mattfeldt, der antwortete. »Die lassen wir weitergehen. Bis dahin ist ja noch gar nichts passiert. Warum soll morgens um acht nicht irgendwo ein Geldtransporter stehen? Und wir sind doch sehr freundliche Burschen.«

Jaczek lachte. »Richtig. Du hast das begriffen, Willi. Du hast begriffen, wie das geht. Ihr müßt euch ganz offen bewegen. Ihr habt ja Spritzen und Geiseln in der Hand. Euch kann ja keiner. Ganz bombensicher muß das aussehen.«

»Die Frage der einen Geisel wäre also erledigt«, sagte Mattfeldt, der jetzt wieder sachlich geworden war. »Und wen nehmen wir als zweite?«

Ehe Jaczek darauf antworten konnte, beugte sich Schorsch Kofler von seinem Rücksitz vor. »Ich hab' mir da was überlegt«, sagte er eifrig. »Warum sollen wir uns noch mit so 'ner Zicke belasten, die uns nur Ärger macht. Wir können doch die Irmi nehmen. Die spielt mit und kann gleichzeitig auf diese – wie heißt sie noch? – diese Wangendorf aufpassen.«

»Wangenheim«, verbesserte Mattfeldt mechanisch.

»Irmi? Welche Irmi?« fragte Jaczek verwundert. Aber dann hatte er begriffen. »Irmi? Du meinst diese Freundin von dir, mit der du damals verabredet warst, als ich zu dir kam?«

Er ließ den Wagen am Straßenrand ausrollen. Sein Gesicht hatte sich mit einem Schlag verändert. Jede Freundlichkeit war daraus gewichen; jetzt funkelten seine Augen vor Wut, und selbst sein sonst beinahe gemütlich klingendes Österreichisch wirkte hart und drohend, als er fortfuhr: »Bist du wahnsinnig geworden? Hast du der was von unserem Plan erzählt? Los, antworte gefälligst!« Mit beiden Händen packte er Kofler an den Jackenaufschlägen und schüttelte ihn. »Raus mit der Sprache! Hast du das schon mit der besprochen!«

Schorsch Kofler versuchte sich loszumachen. »Blödsinn, natürlich nicht. Für was haltet ihr mich denn? Ich hab' doch nur gedacht...«

»Wenn der die Schnauze nicht gehalten hat...«, begann Mattfeldt drohend.

»Mein Gott, es war doch nur ein Vorschlag!« Koflers Stimme klang etwas schrill. »Schließlich bin ich es doch, oder vielmehr sind es der Willi und ich, die den Kopf hinhalten. Das Geld ist dasselbe, ob wir eine oder zwei Geiseln haben, und die Irmi könnte uns ganz nützlich sein.« Er schwieg; er wußte nicht mehr weiter.

»Soll ich den Kerl auseinandernehmen?« erbot sich Mattfeldt. »Ein Viertelstündchen privat mit mir, und der spuckt nicht nur seine Zähne aus. So was hab' ich in Algerien gelernt. Die haben schließlich alle gesungen, wenn wir sie in die Mangel genommen haben.«

»Ihr werdet doch nicht...« Kofler kreischte beinahe. »Ich schwör euch, ich hab' ihr kein Wort gesagt. Ehrenwort! So was würde ich...« Der Rest war nur ein Gestammel.

Jaczek hatte ihn losgelassen und blickte jetzt wieder geradeaus. Seine Miene verriet nichts, als er sagte: »Wenn du ihn zusammenschlägst, landet er im Krankenhaus, und wir können einpakken. Denn wir brauchen ihn, schon wegen der Sprache. Und vielleicht ist die Idee mit der Irmi gar nicht so schlecht, sie hat manches für sich. Und hat er wirklich gequatscht, dann wird das damit wieder hingebogen.« Er schwieg eine Weile, dann fuhr er in sachlichem Ton zu Kofler gewandt fort: »Also gut, dann ist es entschieden: Wir nehmen Irmi. Sollte durch ihre Dämlichkeit etwas schiefgehen, verlierst du mehr als ich. Und das ist das einzige Argument, was mich wirklich überzeugt. Du wirst dem Mädchen seine Rolle erklären, mehr aber nicht, verstehst du?«

»Natürlich, Franz«, beeilte sich Kofler zu versichern. »Ich mache das schon. Verlaß dich da ganz auf mich.«

Willi Mattfeldt hatte das Gespräch mit gemischten Gefühlen verfolgt. Irgendwie, fand er, wollte es schlecht zu Franz Jaczek passen, daß dieser sich so anstandslos einer Abänderung seines Planes fügte, denn schließlich mußte er sich selber doch auch konkrete Gedanken über die Person der zweiten Geisel gemacht haben. Und vor allem, wo der Gedanke von Kofler gekommen war. Er, Mattfeldt, hatte eigentlich sogar eher gedacht, daß keine zu große Liebe zwischen den beiden verloren gewesen sei. Irgendwo, tief in seinem Innern, meldete sich ein Unbehagen, das er nicht in Worte fassen konnte.

»Wo wirst du eigentlich während der ganzen Aktion sein?« erkundigte er sich schließlich bei Jaczek.

»In meiner neuen Bude«, sagte Jaczek, »in der Grothstraße 44 bei Hirsch.« Er nannte die Telefonnummer. »Merkt euch die. Nicht aufschreiben, ihr müßt sie euch merken. Da bin ich während jeder Phase zu erreichen. Sehen tun wir uns das letzte Mal, wenn ich euch den Wagen übergebe. Den habe ich bestellt und hole ihn ab. Die Übergabe passiert um Punkt 7 Uhr 15 Ecke Mirow- und Fritz-Tarnow-Straße. Von dort aus könnt ihr in einer halben Stunde in Bad Homburg sein.«

»Und wo treffen wir uns, wo willst du dein Geld in Empfang nehmen?« fragte Mattfeldt noch immer nachdenklich und an einer einzigen, nicht beruhigten Stelle seines Herzens auch mißtrauisch.

Jaczek wendete ihm kurz das Gesicht zu. »Da fahren wir jetzt hin. Sperr die Augen gut auf, denn diese Strecke mußt du in drei Wochen bei Nacht fahren.«

Er ließ den Motor an und lenkte den Wagen auf die Fahrbahn

zurück. Alle drei schwiegen; alle drei richteten ihre ganze Aufmerksamkeit auf die Straße.

Sie passierten das geschlossene Hotel *Stephanshof* und folgten der Chaussee, die in südwestlicher Richtung verlief. Es begegnete ihnen in der Tat nicht ein einziges Fahrzeug, und Mattfeldt konnte sich vorstellen, wie einsam es hier oben drei Wochen später im Jahr und bei Dunkelheit sein mußte.

Plötzlich machte die Straße überraschend eine scharfe Biegung nach rechts, folgte einem tiefen, schluchtartigen Einschnitt und begann anzusteigen. Drüben, auf der anderen Seite des Tals, konnte man sie zurückkommen sehen. Irgendwo da vorne mußte es eine Haarnadelkehre geben. Und dort wollte Jaczek hin. Nach wenigen Minuten erreichte er die Stelle. Er hielt den Wagen an und parkte ihn zwischen Tannen. Von der Kehre aus führten zwei unbefestigte Wege bergauf, tiefer in die waldigen Höhenzüge hinein. Beide waren durch Verbotsschilder gesperrt und nur für den Forstbetrieb freigegeben. Jaczek deutete auf den rechten.

»Den da mußt du nehmen. Der linke kommt nachher beim Forsthaus Ludwigswinkel wieder auf die Hauptstraße zurück.«

Sie stiegen aus, Jaczek schloß den Wagen ab, und zu Fuß gingen sie den Waldweg hinauf. Nach einiger Zeit öffnete sich vor ihnen ein flaches Hochtal, auf dessen Sohle der Wald lichter stand. An seiner Südseite war der Hang mit einem gewaltigen System von Betonwangen abgestützt, in deren Mitte, unter einem meterdikken, bewachsenen Betonklotz verborgen, ein ebenso gewaltiges, stumpf gewordenes Stahltor in den Berg hineinführte. Sie blieben stehen.

»Die Mummelskopffestung«, sagte Jaczek. »Geht quer durch den ganzen Berg. Von den Feuerstellungen aus war drüben das gesamte Gebiet von Sturzelbronn und Bitche zu beherrschen.«

Willi Mattfeldt als gedienter Soldat sah sich fasziniert um und bemerkte jetzt, halb verfallen und schachtelartig in den gegenüberliegenden Waldhang versenkt, die Schießscharten der kleineren Werke, die wiederum den Eingang der Hauptfestung beherrschten.

»Früher nannte man das Kehlgrabenkoffer«, sagte er fachmännisch. »Raffiniert angelegt, das muß man sagen.«

»Hier treffen wir uns«, sagte Jaczek stolz und ging voran in den überdachten Wangeneinschnitt vor der Einfahrt zur Festung. Rostige Haken von enormen Ausmaßen ragten nach oben. Jaczeks Stimme hallte von den Betonwänden wider: »Da haben sie früher die Tarnnetze eingehängt«, erklärte er, »dann war auch aus der Luft nichts mehr zu sehen. Unter der Abdeckung hier kann der Wagen stehen. Habt ihr für hier oben noch Fragen?«

»Findest du auch bestimmt hier rauf mit dem Wagen?« wollte Kofler als einziges wissen, und Mattfeldt nickte.

»Ich habe bei Nacht zweitausend Kilometer durch die Sahara gefunden. Nur mit einem Kompaß. Du bist bei mir in den allerbesten Händen, mein Sohn.«

Jaczek lachte und schlug Mattfeldt auf die Schulter.

»Du bist richtig, Kumpel. Schade, daß ich nicht ein paar Jahre jünger bin. Da würde ich allerhand mit dir aufstellen.«

Sie warfen noch einen Blick auf die abenteuerliche Szenerie des Platzes, dann machten sie sich auf den Rückweg.

Wieder im Wagen, auf dem Rückweg nach Pirmasens, wurde wenig gesprochen. Jeder hing seinen Gedanken nach – sehr unterschiedlichen Gedanken.

Am Bahnhof von Pirmasens setzte Franz Jaczek seine beiden Begleiter ab. Er brachte den Wagen nach Landau zurück und bestieg dort unauffällig einen Omnibus.

Etwa zur gleichen Zeit fuhr der Zug ab, der Mattfeldt und Kofler nach Frankfurt bringen sollte. Die beiden saßen allein in einem Abteil. Nachdem der Schaffner die Fahrkarten kontrolliert hatte, begann Kofler zögernd: »Und dein Kumpel in Aix-les-Bains ist in Ordnung? Bei dem können wir eine Zeitlang untertauchen?«

»Das hab' ich doch schon -zigmal gesagt. Der ist mir zu Dank verpflichtet, verstehst du.«

»Und die Irmi kann ich auch mitbringen? Macht das nichts aus, wenn es eine Person mehr ist?«

»Na ja, die räumlichen Verhältnisse bei dem kenne ich nicht. Zur Not mußt du eben mit Irmi in einem Bett schlafen«, sagte Mattfeldt grinsend.

Aber Kofler ging nicht auf den Scherz ein. »Und wenn der Franz nicht mitkäme?«

»Keine Sorge, mein Kumpel hat bestimmt Platz für uns alle.«

»Aber drei wären bestimmt besser als vier«, beharrte Kofler.

Der Blick, den Mattfeldt ihm zuwarf, war auf einmal scharf und prüfend. Er hatte etwas Lauerndes.

»Was soll das alles? Raus mit der Sprache. Du hast doch da was Bestimmtes im Sinn.«

»Wie kommst du darauf?« wollte Schorsch Kofler ausweichen, aber der Blick war so zwingend, daß er schließlich unbehaglich sagte: »Du mußt mich nicht mißverstehen – ich will den Franz nicht abhängen. Ich hab' nur mal so gedacht, daß es ja sein könnte. Bei Nacht – und in der Aufregung. Und...«

»Und...«, half Mattfeldt nach.

»Ach, nichts weiter.« Kofler verstummte.

»Mit Andeutungen kannst du bei mir nicht kommen«, sagte Mattfeldt brutal. »Wenn ich dich richtig verstanden habe, willst du also ohne Jaczek mit dem Zaster abhauen, ja?«

»Es geht mir gar nicht so um den Zaster«, murmelte Kofler.

»Um was denn? Bist du sauer, weil er dich heute so angenommen hat? Oder ist da noch was? Ich hab' dich schon mal gefragt, ob du Zores mit dem Franz hast. Ist da was zwischen euch?«

Wieder mußte Kofler an den Spaziergang damals im Wald denken, an seine – gefährliche – Bemerkung und Jaczeks Reaktion. »Nicht direkt«, wich er aus.

Aber trotzdem hatte Willi Mattfeldt begriffen. Er stieß einen leisen Pfiff aus. »So ist das also«, sagte er langsam. »Du hast auf einmal Manschetten gekriegt, weil du weißt, daß der Franz den Wallner umgenietet hat, und der weiß, daß du das weißt, und nun glaubst du, der Franz könnte sich, wenn er erst mal sein Geld hat, überlegen, ob ein toter Zeuge nicht besser wäre. Hm...« Mattfeldt dachte angestrengt nach. Und wieder meldete sich dieses unbehagliche Gefühl, das er schon einmal an diesem Tag gehabt hatte. Wenn es Kofler, der die Weisheit bestimmt nicht mit Löffeln gefressen hatte, mulmig zumute war, durfte man das nicht so einfach beiseite wischen. Da konnte sehr gut was dran sein an dem Gedanken. Wenn er's sich recht überlegte, konnte das sogar die Erklärung sein für den beinahe lächerlich geringen Anteil, den Jaczek von der Beute gefordert hatte.

»Laß mich nachdenken«, fauchte er, als Kofler Anstalten machte, etwas zu sagen.

Die Sache bedurfte tatsächlich konzentrierten Nachdenkens.

Wenn Koflers Verdacht zutraf, hatte sich auch seine, Willi Mattfeldts, Lage grundlegend geändert. Und zwar mußte er Stellung beziehen, sich für einen der beiden entscheiden...

Auf den ersten Anhieb würde er zu Jaczek tendieren. Sie waren trotz des Altersunterschieds verwandte Naturen, was Jaczek offensichtlich auch empfand, wenn man nach seinen gelegentlichen Bemerkungen schließen wollte.

Doch es gab da ein Aber – und dieses Aber wog schwer: Wenn Jaczek wirklich so brutal, so eiskalt und so gerissen war, daß er einen Kumpel die Arbeit tun lassen und ihn dann kaltblütig als unerwünschten Zeugen umnieten würde – was hatte er, Willi Mattfeldt, dann von ihm zu erwarten? Dann war *er* Zeuge eines Mordes geworden, der bei nächster Gelegenheit aus dem Weg geräumt werden mußte. Oder sofort mit Kofler zusammen. Sozusagen im Ramsch mit erledigt! Der Caporal hatte den lammfellbesetzten Kragen seiner Lederjacke hochgeschlagen, die Hände in die Hosentaschen geschoben und die ausgestreckten Beine übereinandergelegt. Er sah Kofler an.

»Du meinst, es wäre möglich, daß man sich da oben in der Dunkelheit verfehlen könnte. Das wäre natürlich möglich – aber nicht ratsam. Der weiß doch, wo wir hinwollen. Der findet uns und macht uns fertig. Darum...« Mattfeldt schwieg bedeutsam.

»Darum – was?« drängte Kofler.

»Darum müssen wir ihn treffen«, sagte Mattfeldt. Obwohl er das ›müssen‹ betont hatte, begriff Schorsch Kofler nicht gleich. Der Caporal half ihm geduldig nach: »Du weißt doch, daß er den Wallner aus den Socken geschossen hat, oder?«

»Ja, weiß ich.«

»Na schön. Und der weiß, daß du das weißt?«

»Weiß er«, bestätigte Kofler.

»Na also. Dann mußt du doch auch wissen, daß er die Sache nicht überleben darf?«

Kofler starrte ihm ins Gesicht. »So habe ich das noch nie gesehen«, stotterte er.

»So mußt du das aber sehen. Oder willst du dein ganzes Leben lang Schiß vor dem haben?« Daß ihm vielleicht gar kein langes Leben dazu Zeit blieb, das brauchte Kofler nicht zu wissen, sonst drehte er vielleicht noch durch.

»So habe ich das überhaupt noch nie gesehen«, wiederholte Kofler, und der Caporal zuckte die Achseln.

Kofler stand auf, ging ans Fenster und zog es bis auf Schulterhöhe herunter. Der Fahrtwind strich durch sein langes, glattes Haar. In diesem Moment spürte Schorsch Kofler etwas von der kalten Mitleidlosigkeit des Raums, in den er sich begeben hatte. Wenn Mattfeldt so etwas überhaupt in Betracht zog, konnte er auch ebensogut auf den Gedanken kommen, sich auch seiner und des Mädchens zu entledigen, wenn es ihm in den Kram paßte. Wenn! Und dieses ›wenn‹ war wie der Einsatz beim Pokern. Mattfeldt stand plötzlich neben Kofler, schob das Fenster nach oben und legte die Hand zu Koflers Schulter.

»Mach keinen Scheiß, Schorsch.« Er war ganz der zuverlässige, selbstsichere Kumpel, wie man ihn sich vorstellt, wenn man an Vorgesetzte denkt, vertrauenswürdig und gelassen.

Kofler starrte auf die Zigarette, die Mattfeldt ihm anbot. Er hatte sich geirrt, es mußten die Nerven gewesen sein. Es hatte keinen Zweck, sich kopfscheu machen zu lassen.

Schorsch Kofler griff zu, und der Legionär gab ihm Feuer.

Um 9 Uhr 05 explodierte Jaczeks Bombe. Ihr Zünder war die Taste, mit welcher die Telefonistin Anneliese Kohlhäuser in der Vermittlung der Finanz- und Darlehensbank das Gespräch zu Fritz Quass durchstellte, den sie vor wenigen Minuten hatte nach oben fahren sehen und der, noch im Stehen, die erste Morgenpost durchsah. Quass hob ab. »Ja?«

»Sie werden verlangt, Herr Quass.«

»Von wem?« sagte Quass.

Das Mädchen zögerte. »Der Mann hat seinen Namen nicht genannt. Aber wenn ich mir erlauben darf, Herr Quass...«

»Na, was denn«, sagte Quass. »Reden Sie schon.«

»Die Stimme klang mir nach Herrn Jaczek.«

»Welcher Jaczek?« fragte Quass konsterniert.

»Herr Jaczek aus der Registratur«, sagte das Mädchen und quittierte mit einem Achselzucken den erwarteten Anpfiff.

»Und der ruft mich an?« sagte Quass ungläubig.

»Ja, von auswärts«, sagte das Mädchen, »und er läßt ausrichten, es sei sehr wichtig.«

»Von auswärts?« wiederholte Quass. Er hatte verflucht keine Lust, sich von seinem kleinsten Angestellten von auswärts anrufen und bei der Morgenpost stören zu lassen. Aber irgend etwas konnte ja sein.

»Stellen Sie durch«, sagte er und gehorsam drückte Anneliese Kohlhäuser die zweite Taste des Zünders.

Eine kurze Weile war Schweigen im Hörer. Dann vernahm Fritz Quass das oberösterreichische Idiom, das im Hause nur Franz Jaczek sprach. Und in diesem Idiom sagte der Anrufer etwas geradezu Empörendes:

»Herr Quass, ich muß Sie fragen, ob Sie sitzen.«

»Sind Sie...«, verrückt, wollte Quass gerade dazwischenfahren, aber sein Gesprächspartner hatte eben das erwartet.

»Verrückt? Nein«, sagte er. »Ich bitte Sie nur, sich hinzusetzen und sich auf etwas Unerwartetes gefaßt zu machen.«

»Sagen Sie mal...«, schnaufte Fritz Quass und war schon fast entschlossen, den Hörer ohne weiteres zurück in die Gabel zu legen. Der andere in seiner Telefonzelle draußen in Bockenheim spürte das.

»Wenn Sie auflegen, dann werde ich bei der Landeszentralbank anrufen oder bei Herrn von Nossing von der Inter-Bank, wenn Ihnen das lieber ist. Auf jeden Fall werden wir uns Gehör verschaffen, Herr Quass!«

»Wir? Wer sind wir?« sagte Quass und spürte den Augenblick genau, da sich an seinem Haaransatz Schweißperlen zu bilden begannen.

»Wir, das sind zwei zu allem entschlossene Männer, Herr Quass.«

»Augenblick mal«, fuhr Quass dazwischen und drückte den Summer für sein Vorzimmer. Frau Fürst öffnete die Tür. Quass hielt die Hand über die Muschel. Er zischte: »Lassen Sie sofort feststellen, ob Jaczek im Dienst ist. Wenn ja, nicken; wenn nein, kopfschütteln.«

Die Frau verschwand. Inzwischen hatte es im Telefon weitergeredet. »Sie dürfen gern das Tonbandgerät einschalten, Herr Quass, daß nachher keine Zweifel auftauchen.«

»Ich habe kein Tonbandgerät«, sagte Quass. »Was wollen Sie?«

»Hören Sie gut zu: Wir haben hier zwei Damen als Gäste. Diese beiden Damen, die wohlauf und ausreichend versorgt sind, können Sie wohlbehalten zurückhaben, wenn wir bis heute nachmittag 17 Uhr im Besitz von zwölf Millionen Mark sind.«

»Zwölf Millionen Mark«, wiederholte Quass erschüttert und zog sein Taschentuch, »zwölf Millionen...«

Frau Fürst erschien in der Tür und schüttelte den Kopf. »Zwölf Millionen, Jaczek, das sind doch Sie, oder irre ich mich?«

»Ist ja egal, Herr Quass. Die zwölf Millionen hängen nicht davon ab, wer hier spricht.«

»Zwölf Millionen habe ich überhaupt nicht in bar zu liegen. Außerdem – warum wenden Sie sich an mich? Sie sind an der falschen Adresse.«

»Weiß ich. Ich weiß, was Sie sagen wollen. Aber die Inter-Bank hat sie. Die hat heute sogar mehr. Das Fünffache – was sage ich – Sechsfache, Achtfache. Wir sind ja bescheiden. Wir wollen niemanden ruinieren, auch nicht die Inter-Bank. Aber wir haben hier Felizitas Wangenheim...«

»Wen?« sagte Quass und ließ sich jetzt doch auf seinen Schreibtischsessel fallen, während er erneut den Summer betätigte. Frau Fürst erschien. Aber Quass hatte es sich anders überlegt und winkte ab. Frau Fürst schloß die Tür. »Jaczek«, sagte Quass, »können Sie gleich noch mal anrufen, von da aus, wo Sie sind?«

»Kann ich. Warum?«

»Merken Sie sich die Nummer, die ich Ihnen gebe. Da kann meine Vermittlung nicht mithören.«

Er nannte eine Nummer. In der Leitung knackte es. Quass legte auf und preßte das Taschentuch an die Stirn, wie einen Eisbeutel. Das war doch völlig ausgeschlossen. Dieser halb unbeholfene und halb gutmütige Mensch da unten... in Verbindung mit Maschinenpistolen und Strumpfmasken. Und dann Fee? Fritz Quass wählte die Vermittlung und wies Anneliese Kohlhäuser an, daß er in der nächsten Stunde nicht gestört werden wolle. Flüchtig erwog er, ob er Findteissen ins Vertrauen ziehen solle, aber dafür schien es ihm noch zu früh. Kurz entschlossen wählte er die Nummer der Boutique *Angelica*. »Frau Wangenheim ist heute morgen nicht im Geschäft erschienen. Aber sie hat vor zwanzig Minuten angerufen, daß sie dringend verhindert sei«, teilte ihm die Verkäuferin auf seine Frage mit.

»So«, sagte Quass, »soso. Vielen Dank.« Damit legte er auf. Unmittelbar darauf läutete das Telefon.

Quass hob den anderen Hörer ab. Es war dieselbe Stimme, mit der gesprochen wurde.

»Hören Sie zu, Jaczek«, sagte Quass, »und merken Sie sich jedes Wort: Was immer Sie tun wollen, was immer Sie vorhaben ... wenn irgend jemand erfährt, daß eine der beiden Frauen, die Sie bei sich haben, in, äh ... einer Beziehung zu mir steht, ist Ihr Spiel verloren. Ich kann Ihnen das nicht so schnell erklären. Aber für Felizitas Wangenheim kriegen Sie von der Inter-Bank keinen lumpigen Heller, verstehen Sie?« Schweigen im Hörer. Quass vernahm Atmen und die Geräusche des Straßenverkehrs vor der Zelle, in der Kofler telefonierte. Er stieß nach: »Jaczek, ich stelle Ihnen zwanzigtausend aus meinem privaten Vermögen zur Verfügung, und Sie blasen die Sache ab. Abgemacht?«

Erneut verstrichen Sekunden. Endlich sagte der andere: »Meine Bedingungen kennen Sie: Zwölf Millionen bis heute nachmittag 17 Uhr. Zur Hälfte in Tausend-Mark-Scheinen und der Rest in Tausend-Dollar-Noten. Und ich habe einen erstklassigen Spezialisten dabei, der die prüft. Blüten oder Zeitungspapierpackungen gibt's nicht. Es ist jetzt 9 Uhr 20. Ich rufe um 11 Uhr wieder bei Ihnen an. Inzwischen können Sie alles veranlassen. Sie können mit der Inter-Bank sprechen und auch mit der Polizei. Die werden Sie ohnehin brauchen. Und merken Sie sich: Wir sind absolut unverwundbar. Es hat keinen Zweck, uns nachzuforschen. Sobald wir verfolgt werden, stirbt eine der Frauen. Verstehen wir uns?«

»Zum Donnerwetter«, sagte Quass, »wenn Sie es auf die Spitze treiben wollen ...«

»Das wollen wir, Herr Quass. Deswegen haben wir die Sache organisiert.«

»Und ein Gewissen? So was gibt's wohl nicht bei Ihresgleichen?«

»Gibt's das bei Ihresgleichen? Darüber können Sie mal bis elf nachdenken. Das sind noch 95 Minuten.«

Es klickte. Die Leitung war tot.

Fritz Quass machte sich in aller Deutlichkeit klar, daß es irgendwo in dieser Stadt ein Auto gab, in dem schwerbewaffnete Männer zwei Frauen gefangenhielten, deren Leben wahrscheinlich davon abhing, daß jemand den Entschluß faßte, ausführte und verantwortete, den Männern ein Vermögen zur Verfügung zu stellen, das mehr als doppelt so groß war als das, mit dessen Hilfe sich die Inter-Bank bei der Finanz- und Darlehensbank engagiert hatte. Und eine der beiden Frauen war Fee. Sich Einzelheiten auszumalen, schob Quass von sich fort. Er redete sich ein, er müsse ganz sachlich bleiben. Er griff zum Telefon und bat jetzt doch Findteissen zu sich herüber.

»Um Himmels willen, wie sehen Sie denn aus?« sagte Findteissen, als er das Zimmer betrat und sich dem Schreibtisch näherte, hinter dem Quass immer noch saß und sich die Stirn wischte.

»Setzen Sie sich«, sagte Quass ohne Einleitung.

Der Ton zwang Findteissen, sich auf einem der zwei Besuchersessel vor dem Schreibtisch niederzulassen.

»Wir werden erpreßt, Findteissen. Um zwölf Millionen. Einer der Täter ist Jaczek. Der aus der Registratur da unten, Sie wissen schon. Sie halten zwei Frauen fest. Eine davon ist... zu einer von ihnen stehe ich in persönlichen Beziehungen. Um elf ruft er noch mal an. Bis dahin sollen wir mit der Inter gesprochen haben und mit der Polizei, sagt er. Ich mußte Ihnen die Sache mitteilen, sonst verhalten wir uns falsch. Also, was würden Sie tun?«

»Woher haben Sie das denn?« fragte Findteissen erschüttert.

»Er hat gerade angerufen. Ich habe zehn Minuten mit ihm gesprochen. Er hat sich sehr klar ausgedrückt, zum Teufel.«

»Übermorgen ist die Aufsichtsratssitzung«, murmelte Findteissen vor sich hin, aber Quass hatte es gehört.

»Zum Donnerwetter, wem sagen Sie das?« schrie er los. Er sprang auf und hieb beide Fäuste auf die Schreibtischplatte, daß Papiere stoben. »Das ist doch abgekartet! Da steckt doch etwas anderes dahinter als dieser subalterne Angestellte. Genau in diesem Augenblick, in dem nicht die leiseste Unregelmäßigkeit passieren dürfte, passiert so eine Sauerei.«

Findteissen sammelte die Papiere auf und legte sie auf den Schreibtisch. »Ich würde an Ihrer Stelle die Polizei anrufen, ganz ordnungsgemäß den Vorfall melden. Die werden irgendwas tun. Allein entscheiden können wir so was ohnehin nicht.«

»Das hat er auch gemeint – die werden Sie ohnehin brauchen, hat er gesagt.« Quass machte eine Pause. »Soweit sind wir also, daß die Erpresser selber die Einschaltung der Polizei verlangen.«

»Weil nur die Polizei dafür garantieren kann, daß die auch wirklich ihr Geld kriegen und damit wegkommen«, sagte Findteissen trocken. »In einer Demokratie wie der unseren rangiert das Einzelinteresse allemal vor der Staatsraison. Bis sich das geändert hat, nützen solche Burschen ihre Chance. Herr Quass«, setzte Findteissen nach einigen Sekunden Überlegung plötzlich hinzu, »wenn irgend jemand erfährt, daß die Verbrecher eine Frau geschnappt haben, zu der Sie in persönlichen Beziehungen stehen, geht die Rechnung nicht mehr auf. Sind Sie sich darüber klar?«

»Was meinen Sie wohl, warum ich Sie zu mir gebeten habe«, stöhnte Quass. »Ich glaube, das habe ich sogar dem Mann klarmachen können. Er hat wohl gedacht, gerade damit Druck auf mich ausüben zu können, aber den Zahn hab' ich ihm gezogen, und er hat auch kapiert.«

»Im Moment besteht also noch eine Chance für uns«, sagte Findteissen. »Und wenn diese Burschen intelligent sind, auch für die Frauen.«

»Hoffentlich«, murmelte Quass und drückte auf die Summertaste. »Frau Fürst, eine Verbindung mit der Kriminalpolizei«, sagte er, als Frau Fürst unter der Tür erschien. Dann wartete er, bis das Telefon leise und diskret surrte.

Paul Jochner begriff in den ersten drei Sekunden, um was es ging. Das war die Stunde, auf die er in seinem Unterbewußtsein seit einem Jahr gewartet hatte. Paul Jochner war noch zu Hause, aber er besaß eine Dienstleitung in seiner Wohnung, und es hatte keine drei oder vier Minuten gedauert, bis man Quass zu ihm durchgestellt hatte.

»Wer ist da? Haben wir nicht schon mal...? Doch, doch... wie heißt die Bank...? Sie haben doch eben eine Bank genannt, einen Namen? Ihre Bank, ja, natürlich. Warten Sie einen Moment...« Jochner kramte aus seiner Rocktasche das Notizbuch und schlug es mühsam mit einer Hand auf. »Finanz- und Darlehensbank, jawohl, ganz recht. Und Sie sind da der Direktor? Ist ja egal, jedenfalls einer davon... Woher? Ich habe am 26. Juni mit Ihrem Herrn Schütz telefoniert. Schütz, ja, den haben Sie doch? Es ging um einem Mann namens Jaczek. Den haben Sie damals eingestellt... Ich habe Herrn Schütz vor diesem Mann gewarnt... Na ja, das... das nützt nun auch nichts mehr, wenn Sie den jetzt rausschmeißen. Der hätte damals auf uns hören sollen.«

Eine Weile war Schweigen. Dann: »Wundert mich gar nicht, überhaupt nicht. Nicht eine Sekunde. Und was wollen die? Zwölf? Nicht gerade bescheiden. Und sonst?«

Ingeborg Jochner sah durch die Tür, wie ihr Mann den Rockärmel mit einer Handbewegung zurückschleuderte, um auf die Armbanduhr sehen zu können. »... das sind noch eineinviertel Stunden. Wie groß ist Ihr Büro? Das genügt. Sie lassen jeden ungehindert rein, der jetzt kommt, und lassen sie machen, was sie wollen. Um elf muß alles stehen, sonst kriegen wir die Sache nicht in den Griff... gar nichts... im Augenblick gar nichts... alles erst, wenn der noch mal angerufen hat. Und eines kann ich Ihnen jetzt schon sagen: Das Geld ist Nebensache. Hauptsache sind die Frauen. Und der Staat und das Recht bilden das Schlußlicht. Nein, nein, warten Sie, bis ich komme.«

Es knackte, und Ingeborg Jochner biß in ihr Frühstücksbrötchen.

»Ich danke meinem Schöpfer, daß ich noch angerufen habe bei denen«, hörte sie ihren Mann sagen, während er neu wählte. »Was meinst du, was die mir heute sagen... ja? Jochner. Sie bleiben in der Leitung und hören mit und geben mir nacheinander jeden, den ich verlange. Zuerst Oberrat Kärrner, ich warte... was die mir heute sagen würden, wenn ich das gewußt und nichts unternommen... Herr Kärrner? 'n Morgen... Sie müssen einen Krisenstab bilden. Und der muß um elf Uhr im Vorstandsbüro der Finanz- und Darlehensbank in der Hoftorstraße sein. Die werden erpreßt. Um zwölf Millionen. Zwei Geiseln, ja. Frauen. Nein, um elf ruft er noch mal im Büro von dem Direktor dort an und stellt seine Bedingungen. Und noch was: Die haben die zwölf Millionen nicht. Sie müssen jemand rankriegen, der über so 'ne Summe entscheiden kann. Landeszentralbank oder so. Regierung vielleicht. Die Sache ist nicht privatwirtschaftlich zu regeln. Die ist zu groß. Und nehmen Sie einen Staatsanwalt mit rein in den Krisenstab, der entscheiden kann, ob geschossen wird oder nicht... wie? Kennziffer 44 alarmiere ich selbst. Wie bitte... Herr Kärrner... ich kenne den Mann, der da seine Finger drin hat, und Sie kennen ihn auch. Erzähle ich Ihnen später... Fräulein, die Technik jetzt, Obermeister Kleinschmidt, ja, ich warte... Hallo, Hans... Hans, hör zu:

Um Viertel vor elf im Vorstandsbüro der Finanz- und Darlehensbank in der Hoftorstraße ein Krisenstab. Nee, dauert jetzt zu lange. Wir brauchen einen Telefonverstärker, ein erstklassiges Tonbandgerät und fünf, sechs Fernsprechgeräte, konferenzgeschaltet. Ja, nebeneinander. Die müssen alle gleichzeitig reden können. Jeder muß alles mithören und das Band muß alles aufzeichnen. Als Beweis für später, verstehst du. Hast du alles aufgeschrieben? Gegen elf muß das alles stehen bei denen, sonst fliegen wir auf mit der Sache. Schön, Hans, Servus... Hallo, Fräulein, Kennziffer 44 jetzt, ja 44, machen Sie schnell... ich warte... 44, n' Morgen, 44. Jawohl, so ist es. Nur dann ruft man Sie an. Wir werden euch brauchen. Noch nichts Näheres. Nein. Mindestens eine oder zwei Geiseln. Bedingungen und Einzelheiten durch Anruf um elf. Direktionsbüro der Finanz- und Darlehensbank in der Hoftor... ah, da haben Sie Ihren Wagen finanziert, na, dann ist es ja kein Wunder, daß die die zwölf Millionen nicht haben... hahaha... Nein, noch nichts Näheres. Um elf werden Sie alles selbst hören. Ja, da tritt ein Krisenstab zusammen. Schön, bis nachher, 44... Fräulein, sind Sie noch... ja, danke, jetzt 2. Kommissariat, Hauptkommissar Jaenisch. Ich warte... hallo... nicht da? Dann Obermeister Große... ich warte... hallo, Große, Jochner hier. Große, hören Sie... ich brauche zwei Vermißte, die möglicherweise als Geiseln genommen sind... heute früh, ja... Frauen. Es kann sein, es kann aber auch nicht sein. Alles, was Sie reinkriegen, melden Sie sofort an den Krisenstab. Der sitzt in der Finanz- und Darlehensbank. Warten Sie, die Nummer –« Jochner nannte die Nummer – »ans Direktionssekretariat. Da sitzt einer von uns und nimmt alles entgegen. Wir müssen möglichst tiefen Einblick kriegen, wer die Leute sind und womit wir rechnen müssen. Nein, keine Ahnung. Die können die Frauen einfach geschnappt haben, von der Straße weg oder gezielt, verstehen Sie? Wenn die gezielt gekidnappt haben, wäre das in vieler Hinsicht einfacher. Aber ich kann mich täuschen. Na ja, das werden wir sehen...« Jochner schwieg ein paar Sekunden und memorierte alles, was er angeordnet hatte. »Hol mir den Lift rauf, Inge«, rief er dann seiner Frau in der Küche zu.

»Wie meinen Sie?« fragte das Mädchen in der Vermittlung des Polizeipräsidiums. »Ist noch was?«

»Nein«, sagte Paul Jochner. »Ich glaube, wir haben an alles gedacht.«

Er legte den Hörer auf und trank die Tasse Kaffee leer, die seine Frau ihm in den Flur gebracht hatte. Er wußte in diesem Augenblick nicht, daß es volle 48 Stunden dauern würde, bis er zu seiner nächsten Tasse Kaffee kam.

Es war ein komisches Gefühl, wie in einem Käfig in der Stahlkarre zu hocken. Willi Mattfeldt und die zwei Frauen ödeten sich an. Keine der Frauen wußte auch nur im entferntesten, wo sie sich befanden. Licht fiel durch die Zylinderwände einer ebenfalls stählernen Deckenkuppel herein, die man vom Fahrerhaus aus, ebenso wie auch die Hecktür des Wagens, elektrisch bedienen konnte. Die Männer hatten sich darum gekümmert, daß es den Frauen nicht allzu schlecht ging. Für Luft sorgte eine Zirkulation, die sogar gasdicht ausgelegt war. Zwei Luftmatratzen lagen auf dem Boden. Decken darauf. Messer und Gabeln aus Plastik auf einem Campingtisch aus Mattfeldts Privatbesitz zwischen den Matratzen. Sogar an einen Kübel hatte der Caporal gedacht. Zwar hatte Felizitas Wangenheim sofort protestiert, als sie den Eimer gesehen und seinen Zweck erraten hatte. Aber Mattfeldt hatte trocken erwidert: »Dann machen Sie eben in die Hose, Fräulein. Für die nächsten paar Tage müssen Sie sich schon nach der Decke strecken.«

Fee hatte den Caporal ein Scheusal genannt, und Mattfeldt hatte gelacht und sehnsüchtig an die sanften braunhäutigen und anspruchslosen Berbermädchen aus dem Rif gedacht. Dann hatte er geduldig und energisch versucht, den Frauen klarzumachen, daß es überhaupt nichts nütze, wenn sie herumschrien und Krach machten.

»Wir sind immer irgendwo, wo das niemand hören kann, verstehen Sie, entweder weil draußen keiner ist oder weil draußen soviel Krach ist, daß euch keiner hört. Und wenn es zu laut wird, muß ich euch eins über den Schnabel hauen oder ein Bündel Zeug reinstopfen.«

Während der Wagen jetzt auf dem Autohof stand und von draußen der Lärm hereindrang, hockte Mattfeldt mit gekreuzten Beinen an die Wand gelehnt, den Lauf der FN nach oben gerichtet. Er hörte Felizitas zu.

»Das hat überhaupt keinen Sinn, verstehen Sie doch! Quass rührt wegen mir keinen Finger. Das kann er gar nicht, weil er sonst übermorgen seine Stellung los ist, seine Karriere und alles...«

»Karriere«, gluckerte der Caporal. »Meine Karriere fängt heute nachmittag um fünf an. Und die Karriere von Ihrem Freund ist mir scheißegal.«

»Aber Sie verstehen mich nicht«, beharrte Felizitas. »Er kann nicht. Kann, habe ich gesagt.«

»Er muß«, sagte Mattfeldt. »Muß, habe ich gesagt. Und wenn er nicht kann, dann können andere. Und jetzt schonen Sie endlich Ihre Nerven, hauen Sie sich aufs Ohr und schlafen Sie. Heute nachmittag geht's rund. Da wird es noch spannend genug. Nehmen Sie sich ein Beispiel an der da...« Er zeigte mit der Mündung der MP auf Irmi Kettner, die zusammengerollt auf der Matratze lag und tat, als ob sie schliefe. Nachdem sie pflichtgemäß eine halbe Stunde getobt und geschimpft hatte, wirkte sie jetzt erschöpft.

»Und vorher beten Sie noch, daß nichts schiefgeht«, riet Mattfeldt und stand auf, weil er hörte, wie Schorsch Kofler den Schlüssel ins Schloß schob. Die Tür öffnete sich einen Spalt breit.

»Alles okay?«

»Alles okay.« Mattfeldt schlug die MP an und stieg rückwärts aus der Tür. Sofort warf er sie hinter sich zu, und Kofler drehte den Schlüssel um.

»Noch alles friedlich«, sagte er. »Spannend wird's erst ab fünf. Das sind –« er sah auf die Armbanduhr – »noch genau sechsdreiviertel Stunden.«

Einträchtig nebeneinander gingen sie nach vorn und schoben sich ins Fahrerhaus. Zuerst Mattfeldt, dann Kofler. Schorsch Kofler zog eine Zigarettenpackung aus der Tasche. Mattfeldt beobachtete, wie seine Hand beim Anzünden der Zigarette leicht, aber unverkennbar zitterte.

»Nervös?«

»Quatsch.« Kofler ließ das Feuerzeug zuschnappen. Als er es in die Tasche stecken wollte, kollerte es auf den Boden.

»Also doch nervös«, stellte Mattfeldt fest. »Hör zu, Schorsch, die haben bis jetzt doch keine Ahnung, mit wem sie es überhaupt zu tun haben. Ich meine in Wirklichkeit. Wenn sie wirklich einen suchen, dann nur den Jaczek. Wir sind völlig außen vor.«

»Bis wir heute nachmittag auf der Brücke sind.«

»Bis dahin hast du noch eine Menge Zeit, deine Nerven in den Griff zu kriegen. Du sollst mal sehen, wie reibungslos das abläuft. Und auf der Brücke übernehme ich das Reden, das bin ich gewöhnt. Ich habe oft Stunden vor den Oasen mit den Arabern palavert, und die sind mit ihren Flinten oben in den Palmwedeln dagehockt, und keiner von uns hat gewußt, ob es denen einfällt zu schießen. Laß man...«

Im Frachtraum des Wagens verließ Fee Wangenheim ihren Platz unterhalb der Luftklappe an der Frontseite, wohin sie gekrochen war, um etwas von dem Gespräch der Männer aufzuschnappen. Das Wichtigste, was sie mitbekommen hatte, war der Name, den Mattfeldt genannt hatte. Felizitas bückte sich und rüttelte Irmi Kettner an den Schultern. »Wachen Sie auf! Aufwachen, sage ich!«

Irmi Kettner wälzte sich herum und richtete sich auf. »Was haben Sie denn?«

»Wissen Sie, wer da vorn drinsitzt?« flüsterte Fee Wangenheim von Furcht geschüttelt dem verdutzten Mädchen zu.

»Nee. Woher denn?«

»Der Jaczek, oder wie der heißt. Wissen Sie, was das bedeutet?« Fee rüttelte das Mädchen härter an den Schultern.

»Nee«, sagte Irmi. »Was bedeutet das denn?«

»Das ist doch der, der vor ein paar Jahren den Geldtransporter entführt hat. Genau so einen wie den da, in dem wir hier sitzen. Und der hat kaltblütig einen Mann niedergeschossen und einen zweiten schwer verletzt. Ich kann mich genau erinnern. Es war kurz vor Weihnachten. Genau wie heute.«

Felizitas starrte das Mädchen an. Irmi zuckte nur die Achseln.

»Was soll ich denn da dran machen?«

»Ja, begreifen Sie denn gar nicht, in was für einer Gefahr wir uns befinden? Das ist ein ganz rücksichtsloser Verbrecher! Wenn es nicht nach seinem Willen geht, bringt der uns beide ohne Wimpernzucken um.«

»Ach, die werden schon blechen«, meinte Irmi Kettner. »Sie haben doch gute Beziehungen zu der Bank. Gefahr besteht nur, wenn die sich weigern. Und das tun die bestimmt nicht.«

»Für mich rühren die keinen Finger«, stöhnte Felizitas. »Die bilden sich ein, das wäre ein abgekartetes Spiel. Mein Gott, diese Idioten da vorne...«

In diesem Augenblick gingen Felizitas Wangenheim zum erstenmal an diesem Tag die Nerven durch. Sie trommelte mit den bloßen Fäusten von innen an die Stirnwand des Wagens und schrie: »Aufmachen... aufmachen... aufmachen, lassen Sie uns raus hier... ich halte das nicht aus... aufmachen!«

Sie hatte die Vorstellung, irgendwo da draußen müsse doch ein Polizeiwagen stehen, und ein breiter, zuverlässiger Wachtmeister müsse gleich auf den Transporter zugehen und die Männer fragen: »Was ist eigentlich bei euch da hinten drin los, he?« Und in wenigen Sekunden würden sich die Flügel der Hecktür öffnen...

Aber nichts von alldem geschah. Nur vorn im Fahrerhaus unterbrachen die beiden Männer ihr Gespräch. Kofler warf seine Zigarette aus dem Fenster.

»Los, fahr los, Schorsch, starte die Maschine und fahr los. Raus auf den Zubringer«, sagte Mattfeldt.

Kofler drehte den Zündschlüssel. Schwerfällig holpernd verließ der Panzerwagen den Autohof und fädelte sich auf den Autobahnzubringer ein.

Hier auf dieser Straße wurde nur gefahren. Hier gab es keine aufmerksam beobachtenden Rentner und keine Mütter mit Kinderwagen. Hier gab es nur Autos, die in vier Spuren ihre dreckverschmierten Bordwände nebeneinander schoben. Es fiel ein feiner Sprühregen, der die gesamte Szenerie in nasses, tristes Grau tauchte. An vielen der Fahrzeuge waren die Scheinwerfer eingeschaltet. Hier konnte niemand etwas hören, was hinten in dem Wagen vorging.

»Die beruhigt sich bald wieder«, sagte Willi Mattfeldt. »Bleib in diesem Verkehr.« Er sah auf die Uhr. »Noch 29 Minuten, bis du anrufen mußt«, setzte er dann hinzu, »die werden wir auch noch rumkriegen.«

Zu diesem Zeitpunkt war in der Vorstandsetage der Finanz- und Darlehensbank bereits der Teufel los.

»Dalli, dalli«, hatte Paul Jochner die Männer von der Technik angetrieben, die zusammen mit Leuten einer Telefonbaufirma Quass' Zimmer und das danebenliegende Sekretariat in eine Art Gefechtsstand umwandelten: »Los, sonst reicht uns die Zeit nicht.«

»Bis elf muß das stehen. Ich an seiner Stelle würde ohnehin ein paar Minuten früher anrufen, um das alles zu unterlaufen«, bemerkte Oberrat Kärrner, der zusammen mit Jochner angekommen war.

»Ich nicht«, sagte Jochner. »Er rechnet mit uns. Der braucht uns. Und der hat gar nichts zu verstecken. Der Jaczek arbeitet brutal und direkt. So, und jetzt möchte ich mir mal seinen Arbeitsplatz ansehen.«

Jochner folgte Findteissen durch das Treppenhaus nach unten. Auf der Treppe begegneten sie dem Polizeipräsidenten Dr. Oberbrückner mit seinem persönlichen Referenten. Jochner tippte an den Hut. »Dritter Stock«, sagte er. »Herr Kärrner ist oben.« Dann flappte schon die gläserne Schwingtür hinter ihm und Findteissen zu.

An Jaczeks Arbeitstisch hatte ein weiterer Beamter alles, was er darin gefunden hatte, auf einer grünen Kunststoffschreibunterlage angeordnet, von einer rostigen Nagelzange bis zu den Reklamestreichholzmäppchen einer stadtbekannten Brauerei. Ein trauriges und nichtssagendes Sammelsurium gleichgültigen Krimskrams, wie er sich in den Frühstücksschubladen Zehntausender von Büros und Amtsstuben ansammelt. Jochner stocherte darin herum. Neugierig sahen ihm die Angestellten zu. »Hat er irgendwas gesagt? Angedeutet?« Jochner richtete sich hoch und sah rundum den Leuten ins Gesicht. Einige schüttelten den Kopf. Andere hoben die Schultern.

»Hat er sich krankgemeldet, abgemeldet, irgendwas? Nichts?«

»Nein«, sagte der Leiter des Archivs, ein grauhaariger Mann mit randloser Brille, der im Büro immer Sandalen trug. »Es war alles wie sonst. Nur heute morgen ist er nicht erschienen.«

»Und was ist, wenn einer nicht kommt?«

Findteissen sagte: »Drei Tage kann er fehlen, dann braucht er ein Attest.«

»Hat er schon mal gefehlt?«

»Hat er, ja«, sagte der Grauhaarige, »aber nie drei Tage, und immer ganz ordentlich auf Urlaub. Nie krank. Jaczek ist ein zuverlässiger Mitarbeiter.«

»Also würden Sie ihm so was nie zutrauen, was?«

Die Leute schüttelten den Kopf. Sie waren sprachlos. Wer hätte auch an so etwas denken wollen, als Jaczek am vergangenen Abend wie immer seine schäbige Aktentasche unter den Arm geklemmt hatte und nach Hause gegangen war. Und jetzt...? Aus dem Nebenzimmer klang Fritz Quass' schreiende Stimme herüber: »So was hätten Sie mir unter allen Umständen mitteilen müssen, Mann! Da stellen Sie den gefährlichsten Verbrecher von Frankfurt in meiner Bank ein, und der Kriminalbeamte ruft Sie auch noch an und sagt Ihnen das. Und was machen Sie? Nichts! Sie sagen nichts, Sie melden nichts. Sie kriegen noch drei Monatsgehälter und dann können Sie gehen. Sie sind entlassen.«

Die Tür öffnete sich, und hintereinander stürmten Schütz, blaß und mit vor Wut zitternden Lippen, und Quass mit hochrotem Kopf durch die Registratur.

Jochner sah auf die Uhr. »Elf vor elf«, murmelte er, »hoffentlich sind die da oben soweit.«

Er humpelte nach draußen. Der Aufzug hielt. Jochner stieg ein und schloß die Innentüren. Als er sich umwendete, sah er den Oberstaatsanwalt Kurz und zwei weitere Herren, die er nicht kannte. Kurz schüttelte ihm die Hand.

»Verfluchte Sache«, sagte Kurz.

»Kann man wohl sagen«, knurrte Jochner, »das wird ein heißer Montag heute. Die ganzen Banken voller Geld bis unters Dach. Und wenn der Kerl noch mal erhöht, können wir auch nichts machen.«

Der Aufzug hielt. Die Männer stiegen aus und gingen in das Direktionszimmer. Dort nahmen sie an den U-förmig zusammengeschobenen Tischen Platz. Jochner, der hinter Fritz Quass saß, wollte gerade etwas sagen, als im Hintergrund ein Telefon klingelte. Atemlose Stille trat ein. Aber es war ein Nebenapparat. Paul Jochner wurde verlangt. Am anderen Ende der Leitung war ein Mann, den Jochner zu Franz Jaczeks Wohnung gehetzt hatte.

»Ausgezogen«, berichtete der Mann, »vor drei Wochen. Miete bis ultimo bezahlt.«

»Hat er was dagelassen? Vergessen? Nichts?«

»Einen Kleiderbügel und ein Paar Schuhspanner. Das ist alles.«

»Und wo bist du jetzt?«

»Auf dem Postamt. Ich habe wegen Nachsendeantrag gefragt. Nichts vorgemerkt. Beim Revier auch nichts.«

»Hätte ich auch nicht anders erwartet«, knurrte Jochner. »In Ordnung, du kannst zurück ins Präsidium, zum Dienst.«

Paul Jochner legte den Hörer auf und schob sich auf seinen Platz. Jeder sah, wie er sein Bein nachzog.

»Sie wissen, mit wem wir es zu tun haben«, sagte er, bevor er sich setzte, und stützte sich schwer auf die Tischplatte. »Der Mann hat vier Jahre in Butzbach Zeit gehabt, die Sache vorzubereiten. Der weiß, wovon er redet, wenn er jetzt gleich anruft. Und vergessen Sie in keiner Phase des Geschehens: Herr Jaczek schießt sofort! Schnell und tödlich. Übrigens, wenn er mit Herrn Quass gesprochen hat, wird er nach mir verlangen. Ich mache dann demjenigen der Herren ein Zeichen, der sich einschalten soll.«

Jochner ließ sich langsam nieder. Seine breiten Hände lagen vor ihm auf der Tischplatte. Er sah sie an und bezähmte seine Ungeduld. Es ging auf elf. Fast alle starrten auf ihre Uhren.

Ein Mann im Hintergrund mit einem breitrandigen schwarzen Hut, Sonnenbrille und Koteletten vor den Ohren, zündete sich eine Zigarette an. Das war Kennziffer 44, der Chef der Scharfschützeneinheit, von dem keiner wußte, wie er hieß, und kaum einer, wie er aussah. Ein Mann im Rang eines Regierungsdirektors, aber ohne Laufbahnvoraussetzungen und Dienstjahre. Dafür ein Mann, der seine Gruppe mit den modernsten israelischen Zielfernrohren, mit Infrarotzielgeräten von Zeiss aus der DDR und mit 65-PS-Honda-Krädern ausgerüstet hatte. Ein Mann, dem der Zweck über alles ging und der nichts anderes tat als das, was derjenige ihm sagte, der dazu befugt war. Und das war ausschließlich der Polizeipräsident der Stadt.

In dem Moment, in dem Paul Jochner all dies durch den Kopf ging, schrillte überlaut das Telefon am Schaltpult, und die Aktion lief an. Es war 11 Uhr 03. Das Mädchen aus der Vermittlung hob den Hörer. Ihre Stimme klang ganz normal: »Finanz- und Darlehensbank, guten Morgen.«

Das oberösterreichische Idiom füllte über Lautsprecher den ganzen Raum aus. »Herrn Quass bitte! Hat er nicht gesagt, daß er durchverbunden werden möchte?«

Die Stimme hörte sich ruhig an und ein wenig quengelig. Paul Jochner hatte die Augen geschlossen und horchte sich in diese Stimme hinein.

»Nein. Einen Moment bitte. Ich werde sehen, ob er da ist.«

»Er ist da«, hörte man den Anrufer. Er betonte das ›ist‹.

Das Mädchen steckte durch und sah zu Quass herüber. Vor Quass läutete das Telefon. Quass hob ab und nickte. Das Mädchen verließ den Raum.

»Quass.«

Zuerst war nur ein Räuspern im Lautsprecher. Auch diesmal hörte man die Geräusche des Straßenverkehrs außerhalb der Telefonkabine, aus welcher der Anrufer sprach. Dann war plötzlich die Stimme da:

»Haben Sie meine Anweisungen befolgt?«

»Ist das wirklich Ihr Ernst?« fragte Quass. »Wissen Sie überhaupt, was zwölf Millionen sind?«

»Sie können froh sein, daß wir so bescheiden sind. Der Jumbo in Kuwait war euch zwanzig Mios wert, die Kleine in München zwei, die drei Hausfrauen in Hamburg sechs. Menschenleben sind ja mit Geld nicht aufzuwiegen, oder?«

»Ja«, sagte Quass schwitzend.

»Der ist verrückt«, murmelte Staatssekretär Mackert.

»Keineswegs«, sagte Jochner, »der hat hundertprozentig recht.«

»Und jetzt hören Sie gut zu«, fuhr der Anrufer fort: »Um Punkt 17 Uhr 55 lassen Sie schlagartig die Untermainbrücke von beiden Seiten für den Verkehr sperren.«

Oberbrückner und Kennziffer 44 hatten Blocks vor sich liegen und kritzelten eifrig.

»Haben Sie? Haben Sie, Quass, oder –« die Stimme wurde ungeduldig – »ist denn da niemand, der das entscheiden kann? Haben Sie die Polizei nicht verständigt?«

Paul Jochner nahm den Hörer hoch. Quass legte seinen erleichtert auf und lehnte sich schlaff zurück. Für ihn war die Sache wenigstens vorerst erledigt. Er schloß die Augen und preßte die Hand vor die Stirn.

»Doch«, sagte Jochner, »das hat er. Tag, Jaczek.«

Im Lautsprecher war Schweigen. Lauernd und nach vorn geneigt saß Jochner da. Wenn der Anrufer wirklich Franz Jaczek war, dann mußte er jetzt Jochners Namen nennen. Dann mußten auch ihm, genau wie seinem damaligen Gesprächspartner in diesem Augenblick die 188 Stunden wieder vor Augen stehen, als es um die vierzehn Stunden gegangen war, in denen Matthias Wallner starb. 188 Stunden, in denen eine Art Verwandtschaft zwischen dem Verbrecher und seinem Inquisitor entstanden waren, die sich in Haß und Respekt gleichzeitig niederschlug. Es konnte Überraschung, Taktik und Unsicherheit sein, daß der Anrufer um ein Wimpernzucken zu lange zögerte, um Jochner völlig zu überzeugen. Aber die Worte kamen:

»Habe die Ehre, Herr Jochner. Endlich ein Mensch, mit dem man reden kann...« Ein breites, selbstgefälliges Lachen. »Fein, daß Sie die Sache in die Hand genommen haben. Da sparen wir Zeit. – Also in beiden Richtungen... haben Sie?«

»Ja«, sagte Jochner, »aber wir können nicht die Untermain...«

»Ihr könnt!«

»Und der Verkehr? Um sechs ist Stoßzeit. Waren Sie mal...«

»Eben, Jochner, eben weil ich das weiß. Die einzigen, die dann mit einem Fahrzeug auf der Brücke stehen bleiben, sind wir. Wir blenden die Scheinwerfer einmal aus und wieder ein. Das sind wir, verstehen sie?«

»Ja. Und dann?«

»Dann geht von der Cityseite her ein Mann auf unser Scheinwerferlicht zu. Das werden Sie sein, Jochner. Sie bringen den Koffer mit dem Geld. Sie werden eine Sonnenbrille aufhaben, damit Sie nicht allzuviel sehen müssen. Von dem Wagen und so. Genau zehn Meter vor dem Wagen stellen Sie den Koffer ab und gehen zurück. Mein Kumpel holt ihn dann rein. Dann lassen Sie den Verkehr wieder durch, und wir fädeln uns ein, irgendwann, verstehen Sie, wann es uns Spaß macht. Nach welcher Seite wir rausfahren, lassen wir offen. Und wenn uns einer länger als fünf Minuten verfolgt, wird rücksichtslos geschossen, das wissen Sie ja.«

Paul Jochner wußte es.

»Alles klar?«

»Jaczek«, sagte Jochner, »wen habt ihr da bei euch? Wer ist das? Wer sind die Frauen? Sind sie unverletzt?«

»Die sind pro Stück sechs Mios wert, Jochner. Denen fehlt gar nichts. Die Nerven ein bißchen, aber sonst nichts.«

»Ich will mit ihnen sprechen, Jaczek. Holen Sie die Frauen an die Strippe. Sonst muß ich annehmen, daß Sie bluffen.«

Der andere zögerte. »Jetzt doch nicht«, sagte er dann. »Mitten bei hellem Tageslicht? Mit der MP? Wie sieht denn das aus? Das geht nicht, Jochner. Das müßten Sie selbst wissen, bei Ihrer Erfahrung.«

»Aber ich will mit ihnen sprechen«, beharrte Paul Jochner, »sonst geht nichts.«

»Aha, verschenken wollt ihr auch nichts. Also gut, um sechs, wenn ihr das Geld übergebt, dann können Sie eine Minute lang mit jeder sprechen, okay?«

»Nicht okay. Das können zwei Komplicinnen von Ihnen sein. Für wie dumm halten Sie mich denn? Nein, nein, Sie müssen mir schon einen Namen nennen. Dann überprüfen wir, ob die Frau abgängig ist, und dann läuft die Sache.«

Im Raum herrschte atemlose Stille. Es war so still, daß Fritz Quass fürchtete, die anderen könnten seinen Herzschlag hören.

»Also, Jaczek«, drängte Jochner. »Wenigstens einen Namen, oder Ihr schöner Plan geht baden.«

Ein Räuspern ertönte im Lautsprecher. Dann sagte die Stimme: »Na gut. Die eine heißt Felizitas Wangenheim.«

»Adresse?« fragte Jochner scharf.

»Bad Homburg, Schöllerstraße 11. Besitzerin einer Modeboutique *Angelica*. Zufrieden?«

»Ja«, sagte Jochner gepreßt. Wenn er noch die winzige Hoffnung gehabt hatte, daß die Gangster bluffen, dann war die jetzt dahin. Jaczek würde nie einen Namen genannt haben, wenn er nicht ... Er riß sich zusammen.

»Wann werdet ihr die Frauen rauslassen?« fragte er.

»Wir verlangen von heute 18 Uhr an einen Vorsprung von 36 Stunden. Übermorgen früh so gegen sechs sind die Frauen frei. Ihr müßt dann nur ein bißchen suchen.«

Wieder trat ein lastendes Schweigen ein. Keiner der Herren rund um den hufeisenförmigen Tisch bewegte sich. Asche stäubte von starr gehaltenen Zigaretten.

»Und wer garantiert mir, daß die Frauen noch leben?«

»Denken Sie doch mal logisch«, war die Antwort. »Sie wissen sowieso, mit wem Sie es zu tun haben. Unser Aussehen verändern wir ohnehin. Es geht also nur darum, wohin wir uns absetzen werden. Das binden wir den Frauen nicht auf die Nase. Die wissen von uns keinen Deut mehr als ihr. Warum sollen wir sie also umlegen, wenn ihr vernünftig seid?«

Man hörte im Lautsprecher das Atmen des Verbrechers.

»Jochner, eine von den Weibern stirbt, und die schmeißen wir euch direkt auf die Straße vor die Füße, wenn auch nur eine von unseren Bedingungen mißachtet wird. Ihr könnt euch dann überlegen, was euch die andere noch wert ist. Die Bedingungen sind: Es folgt uns keiner, auch wenn wir erkannt werden. Um sechs ist die Brücke gesperrt. Nur Sie allein kommen auf die Brücke, und es wird nicht geschossen. Ist das klar? Wir wollen mit dem Geld raus, sonst nichts. Sie wissen, daß wir nichts zu verlieren haben. Wenigstens von mir wissen Sie das. Und bei meinem Kumpel ist es dasselbe. Also um 18 Uhr...«

»Halt, Jaczek!« rief Jochner. »Das alles ist komplizierter, als Sie meinen. Eine Brücke kann nur die Verkehrspolizei sperren. Freien Abzug zusagen kann nur der Staatsanwalt...«

»... und noch etwas –« wurde Paul Jochner von der Stimme aus dem Lautsprecher unterbrochen – »zwischen heute 12 Uhr mittag und übermorgen nacht 24 Uhr finden in den Ländern Hessen, Rheinland-Pfalz, Baden-Württemberg und Bayern keinerlei Verkehrskontrollen statt, verstehen Sie? Nicht, daß wir in eine Promillesperre hineinfahren oder in eine Radarkontrolle, wegen Geschwindigkeitsüberschreitung.«

»Sehen Sie«, sagte Jochner, »da brauchen wir noch vier Innenminister dazu. Wie stellen Sie sich denn das vor?«

»Das ist euer Bier und nicht meins«, sagte der Mann am Telefon.

»Aber Sie wollen Ihr Geld kriegen und damit durchkommen«, fuhr Jochner hoch. »Sie müssen dem Staat Bedenkzeit geben, wenn Sie ihn schon erpressen.«

»Jochner«, sagte der Mann am Telefon, »so kommen wir nicht weiter. Sie sollten sich lieber beeilen, um das Geld ranzuschaffen. Hören Sie mal zu...« Die Stimme brach ab, und überlaut metallisch knackend hörte jedermann im Raum, wie eine Maschinenpistole durchgeladen wurde. »Die bleibt so, bis wir das Geld haben und damit fort sind. In genau 20 Minuten, um Punkt 12 rufe ich noch mal an. Dann haben Sie noch sechs Stunden Zeit, bis 18 Uhr. Verdammt knapp für zwölf Millionen, verdammt knapp. Aber Sie wollen es ja so. Na schön. In 20 Minuten.«

Das Einhängen des Hörers wurde von der Lautsprecheranlage so dröhnend wiedergegeben, daß alle zusammenzuckten.

Zu den wenigen Leuten, die in Quass' sonst so seriösem Direktionszimmer überhaupt noch auf ihren Stühlen saßen, gehörten Oberstaatsanwalt Kurz, Fritz Quass und Paul Jochner.

Jochner hatte bereits einen anderen Telefonhörer in der Hand und gab Anweisung, den Verbleib einer Frau Felizitas Wangenheim, Bad Homburg, Schöllerstraße 11, Inhaberin einer Modeboutique *Angelica*, ebenfalls Bad Homburg, zu überprüfen. Die Antwort darauf wußte er im voraus, aber das genügte nicht.

Fritz Quass' Gedanken arbeiteten fieberhaft. Offenbar hatte Jaczek begriffen gehabt. Den Namen Fees hatte er sich nur widerstrebend herauslocken lassen; über die Beziehung zu ihm, Quass, hatte er wohlweislich geschwiegen. Fritz Quass dankte innerlich seinem Schöpfer auf Knien, daß er bei Erhalt des ersten Anrufs seiner Sekretärin nicht auch noch gebeten hatte, in der Boutique anzurufen, wie er es spontan eigentlich vorgehabt hatte. Nur seine Diskretion hatte ihn zurückgehalten, und das konnte jetzt die Rettung bedeuten. Wie hätte er Jochner klarmachen sollen, daß er den Namen der einen Geisel längst gewußt, aber nicht erwähnt hatte? Frau Fürst um Schweigen zu bitten, wäre ausgeschlossen gewesen, und die hätte es viel zu aufregend gefunden, um nicht allen brühwarm davon zu berichten. Auf Findteissen konnte er sich verlassen, der saß mit ihm in einem Boot.

Seine Überlegungen wurden von Oberstaatsanwalt Kurz' Stimme unterbrochen.

»Wangenheim«, murmelte er. »Wangenheim... Moment mal, war das nicht dieser Baumensch, der sich vor einigen Jahren umgebracht hat? Doch, das muß er sein. In den Zeitungen hat irgendwas davon gestanden, daß die Witwe aus der Modebranche...«

Dr. Oberbrückner fiel ihm ins Wort. »Das ist im Augenblick nicht so wichtig. Meine Herren, darf ich bitten. Zwanzig Minuten sind kurz. Ich bitte, doch Platz zu nehmen.«

Allmählich trat etwas mehr Ruhe ein. Stühle scharrten, jemand öffnete ein Fenster.

Jochner wendete sich an Quass: »Sagten Sie nicht vorhin etwas von einer Andeutung, die der Mann gemacht hat? Das geht mir nicht aus dem Kopf... unverletzlich oder so...«

»Er sagte: ›Wir sind absolut unverwundbar‹. Und das sollte ich der Polizei ausrichten.«

Absolut unverwundbar! Vor Paul Jochners innerem Auge stand wieder der Augenblick, als er in jenem Waldstück im Odenwald mit zerschossenem Bein auf einer behelfsmäßigen Bahre an den Panzerwagen herangetragen worden war und in dessen Inneres geblickt hatte, wo als blutiges Bündel die zersiebte Leiche von Matthias Wallner gelegen hatte. Und in dem Moment, in dem er sich an diesen Augenblick erinnerte, gingen ihm die Zusammenhänge auf zwischen der Selbstsicherheit der Verbrecher, der Kühnheit, die Übergabe auf eine der Mainbrücken zu verlagern und die Tatsache, daß bis jetzt noch niemand auf sie aufmerksam geworden war. Er winkte einen der Beamten heran. Es mußte so sein, und darüber würde er in wenigen Minuten Gewißheit haben.

»Lortz, rufen Sie die beiden Armoured-Car-Gesellschaften an, die hier tätig sind, ob sie Wagen für heute vermietet haben und an wen.«

Der Beamte verschwand nach draußen, um das Gespräch im Sekretariat zu erledigen.

Die Leitung des Krisenstabes lag beim dem Vertreter des Innenministers. Das war Staatssekretär Mackert, ein bulliger Sozialdemokrat mit feststehenden Vorstellungen von Recht und Moral, bisher noch in keinen Korruptionsskandal verwickelt. Er sprach Jochner jetzt an: »Sind Sie sicher, daß wir es mit Jaczek zu tun haben?« Der Name Franz Jaczek war dem Staatssekretär von damals her noch ein Begriff.

»So sicher, wie man am Telefon sein kann«, sagte Jochner. »Das Kribbeln in den Fingern habe ich nicht gespürt, das ich sonst habe, wenn ich ihm gegenübersitze. Das kann am Telefon liegen. Aber wenn wir es mit ihm zu tun haben, ist es keine Spielerei. Ich habe damals die Leichen gesehen. Den Komplicen, mit dem Gesicht am Boden, und den Fahrer, zusammengeschossen hinten drin im Wagen. Der hat keine Angst vor Blut, das kann ich Ihnen sagen!«

Der Staatssekretär dachte nach. »Es sind noch keine Zusagen gemacht«, sagte er zögernd.

»Wir sind uns darüber einig«, sagte Dr. Oberbrückner, »daß wir als Behörde Erpressern gegenüber keine moralischen Pflichten haben können, meine Herren. Wir verantworten, wie Sie wissen, jeden Wortbruch, jede List, jeden Trick. Das muß grundsätzlich klar sein.«

»Soweit Sie auch die Folgen verantworten wollen«, bemerkte Oberstaatsanwalt Kurz in leicht verärgertem Ton.

Lortz kam aus dem Sekretariat und gab Jochner einen Zettel. Jochner überflog den Inhalt und ließ die Hand sinken. Die Aufmerksamkeit konzentrierte sich wieder auf ihn.

»Das habe ich mir gedacht, meine Herren: Die Geiseln befinden sich höchstwahrscheinlich zusammen mit mindestens einem bewaffneten Verbrecher in einem gepanzerten Transportwagen der Armoured-Car-Corporation mit dem polizeilichen Kennzeichen F – SH 489. Dieser Wagen wurde heute morgen für die Finanz- und Darlehensbank angemietet und von einem Mann abgeholt, auf den die Beschreibung Franz Jaczeks paßt. Dieser Wagen bewegt sich irgendwo im Verkehr und fällt überhaupt nicht auf, weil solche Wagen heute zum üblichen Stadtbild gehören. Jaczek hat damals einen Coup auf einen Geldtransporter versucht, und das muß ihn auf den Gedanken gebracht haben, so einen Wagen für einen Geiselraub zu benutzen. Ich habe jetzt keinen Zweifel mehr: Er ist es!«

Ziemlich unbemerkt hatte, zusammen mit Dr. Sommer, auch Nossing den Raum betreten, den man aus seinem Jagdhaus im Hunsrück herantelefoniert hatte. Er hatte die letzten Sätze Jochners mitangehört.

»Für die Finanz- und Darlehensbank angemietet«, sagte er, »wie soll ich das verstehen, meine Herren?«

Quass gab Nossing einen kurzen Überblick über die Ereignisse. Nossing setzte sich, die schmale Aktentasche auf die Knie gestellt.

»Zwölf Millionen«, sagte Nossing. »Eigentlich sollte ich Ihnen die zwölf Millionen pumpen, Quass, und dann den Laden liquidieren, denn bei Ihnen fängt der Saustall an, wenn Sie Gewaltverbrecher in Ihrem Haus beschäftigen!«

»Der verantwortliche Mitarbeiter ist bereits fristlos entlassen«, sagte Quass.

»Der verantwortliche Mitarbeiter sitzt neben mir«, sagte Nossing kalt und wendete sich dann an die Runde: »Also, was ist, meine

Herren? Soll gezahlt werden oder wollen Sie Widerstand leisten? Wer sind die Geiseln?«

»Bei der einen handelt es sich um eine Frau Wangenheim«, sagte Oberbrückner.

»Und die andere?«

»Wissen wir nicht«, sagte Jochner. »Und selbst wenn es diese zweite gar nicht geben sollte – diese Frau Wangenheim haben sie. Das heißt, es wird im Augenblick noch überprüft, aber ich habe keinen Zweifel, daß es stimmt.«

»Das bedeutet, daß wir uns auf 18 Uhr Untermainbrücke einlassen müssen«, murmelte der Polizeipräsident. »Und dann?«

Die Augen der meisten richteten sich auf Kennziffer 44.

»Dann ist Sense«, sagte Kennziffer 44 und klaubte die Zigarette – die fünfte – aus dem Mundwinkel. »Bei der Entfernung – es müssen etwa zweihundert Meter sein – ist schon bei Tageslicht kein sicherer Schuß möglich. Und bei Straßenbeleuchtung ist es für Infrarot zu hell und für Direktschuß zu dunkel. War der mal Soldat, Ihr Jaczek?«

»Nein«, sagte Jochner. »Jahrgang 32. Die sind drumrum gekommen. Aber vielleicht hat er einen Kumpel, der Soldat gewesen ist.«

»Eben«, sagte Kennziffer 44, »der Bursche ist gewitzt. Einer bleibt mit der anderen Geisel im Panzerschutz, der zweite, der agiert, drückt die andere an sich, als Schild. In Hamburg haben wir es gerade noch vertuschen können, daß die eine Frau von uns erschossen wurde. Aber hier würde es auf der Hand liegen, wenn wir aus zweihundert Metern feuern und die Geisel getroffen wird, die außerhalb des Panzerschutzes ist.« Und dann kam der Satz, den alle kannten, die öfter mit Kennziffer 44 zusammengearbeitet hatten: »Ich möchte nicht in meiner Haut stecken«, sagte der Beamte, und jeder wußte, daß er damit die Situation als aussichtslos ansah.

»Das bedeutet, daß wir uns auf die Zeit nach der Untermainbrücke einrichten müssen«, sagte Oberbrückner.

»Die Lücke«, sagte Jochner plötzlich.

»Was soll das heißen?« fragte Oberstaatsanwalt Kurz.

»Der ist das letzte Mal mitsamt seiner Karre für vierzehn Stunden untergetaucht, und ich weiß bis heute noch nicht, wo. Und wenn das damals bei einem Kumpel war, den wir nicht geschnappt haben, dann rutschen die uns diesmal wieder durch die Finger.«

»Ja, aber...« Oberstaatsanwalt Kurz stotterte beinahe. »Wenn Sie das für aussichtslos halten, Kennziffer 44 aber paßt – was sollen wir dann tun?«

»Zahlen«, murmelte Direktor Fleinshöfer von der Landeszentralbank trocken.

»Also wieder mal kuschen«, murmelte Kurz.

»Ich habe noch das Projektil von dem im Oberschenkelhalsknochen«, sagte Jochner. »Sie können ja versuchen, ihn aufs Kreuz zu legen. Aber Sie können sich Ihre Presse vorstellen, wenn den Frauen etwas passiert.«

»Für die Presse machen wir es immer verkehrt«, bemerkte Nossing, »ganz gleich, was wir tun. Die wissen es immer besser.«

»Weil sie nicht die Entscheidungen zu treffen und die Risiken abzuwägen haben«, sagte Kurz. »Bei denen genügt allgemeines Geschwätz.«

»Wenn das Schule macht«, sagte Präsident Oberbrückner, »dann können wir für diese Zwecke gleich ein paar Milliarden drucken lassen.«

»Aber die haben wir noch nicht«, sagte Nossing. »Woher sollen wir also die zwölf Millionen nehmen?«

»Sind wir eigentlich nicht versichert?« fragte jemand.

»Erpressung wird von keiner Versicherung gedeckt«, warf Nossing ein.

»Die kämen ja auch aus dem Blechen nicht mehr heraus, wenn man sich so umsieht«, sagte Jochner, und Direktor Fleinshöfer fügte hinzu: »Und außerdem bleibt sich das gleich. Geschädigt ist bei solchen Größenordnungen immer die Volkswirtschaft, egal, wen es direkt trifft.«

»Das ist noch nicht alles, was geschädigt wird«, sagte der Staatssekretär. »Es kommen noch ein paar Kleinigkeiten hinzu: Zum Beispiel die allgemeine Rechtssicherheit, das Vertrauen der Bevölkerung in die Schutzkräfte der Demokratie und in die Wirksamkeit der Rechtssprechung. Denken Sie nur daran, was passiert, wenn solche Burschen anfangen, auf diese Weise Kapitalverbrecher aus den Haftanstalten herauszuholen. Und außerdem die Staatsraison an sich. Der Egoismus des einzelnen ist schon in unserer Verfassung etabliert. Wenn er jetzt auch noch mit Gewalt durchgesetzt wird... und das schrankenlos...«

»Was wollen Sie damit sagen?« fragte Dr. Oberbrückner. »Denken Sie etwa an eine Opferung der Geiseln?«

Es gab kaum ein Augenpaar im Raum, das in diesem Moment nicht auf Staatssekretär Mackerts Gesicht gerichtet war.

»Die Frage kann ich Ihnen klar beantworten. Wenn ich in dem ersten dieser Fälle die Entscheidung zu treffen gehabt hätte, hätte ich der Liste, die ich eben aufgezählt habe, den Vorrang vor dem Einzelopfer eingeräumt. Ich hätte damals nicht nachgegeben, jawohl. Und ich wage zu behaupten, wenn das damals geschehen wäre, säßen wir jetzt nicht hier. Aber heute –« der Sprecher unterbrach sich und musterte die Runde – »heute ist es dafür zu spät, meine Herren. Und außerdem bin ich Beamter. Und das ist eine politische Entscheidung. Wenn bis heute politisch nichts geschehen ist, sehe ich keinerlei Grund, mein Gewissen mit Menschenleben zu belasten. Wenn also der Fachmann mir auf Treu und Glauben versichert, daß auf der Brücke nicht beide Verbrecher zusammen sofort und wirksam ausgeschaltet werden können, dann werden wir auf der Brücke eben diesen beiden Verbrechern die zwölf Millionen aushändigen müssen und uns noch glücklich preisen, daß sie nicht hundert fordern.«

»Tja«, sagte Kärrner, »dann darf ich um Angabe bitten, wann, wie und wo das Geld zur Verfügung gestellt werden soll.«

»Angesprochen waren Sie«, sagte Fleinshöfer zu Nossing, »bei Ihnen hat er angerufen, wenigstens indirekt über Herrn Quass.«

»Womit wir also wieder beim Thema wären.« Nossing räusperte sich. »Mein bester Fleinshöfer, wir sind ein Privatunternehmen, wir haben Bilanzierungsvorschriften, eine Aufsichtsbehörde und einen Aufsichtsrat, dem ich für die Geschäftsführung verantwortlich bin. Gesetzt den Fall, ich hätte das Geld, was meinen Sie, wie ich die zwölf Millionen verbuchen soll? Allgemeine Unkosten? Soziale Aufwendungen? Rechnungsabgrenzungsposten? Was meinen Sie, was die mir sagen, wenn ich mit irgendsowas in der Gewinn- und Verlustrechnung komme? Die feuern mich bei der nächsten Sitzung. Einstimmig!«

Polizeipräsident Oberbrückner schaltete sich ein: »Wir haben noch sieben Minuten, meine Herren. Wir sollten die Geiseln nicht deshalb gefährden, weil wir das Lösegeld nicht verbuchen können. Gibt es da keine Möglichkeiten?«

»Verbucht muß das Geld immer werden«, sagte Fleinshöfer, »ganz gleich, wo es herkommt. Es geht nur darum, wer das verantwortet. Das kann nur mein Minister.«

»Dann hätten Sie Ihren Minister mitbringen müssen, Herr Fleinshöfer«, sagte Oberbrückner. »Was soll also geschehen?«

»Meine Herren, es geht doch nicht, daß jetzt keine Entscheidung getroffen werden kann, nur weil um die Zuständigkeit gestritten wird«, schaltete sich der Staatssekretär ein. »Die kann in sieben –« er sah auf die Uhr – »nein, in sechs Minuten auch nicht mehr hergestellt werden. Kann die Landeszentralbank die zwölf Millionen in der geforderten Valuta bis 18 Uhr zur Verfügung stellen, oder nicht?«

»Das kann sie, Herr Staatssekretär.«

»Dann bitte ich, die entsprechenden Anweisungen zu geben. Ob und wie eine Verrechnung mit der Inter-Bank stattfinden soll, wird Thema einer späteren Verhandlung sein.«

»Also ein Teildarlehen?« sagte Fleinshöfer.

»Und mit wieviel soll ich dabei im Risiko sein?« wollte Nossing wissen. »Und mit wieviel der Quass? So geht das auch nicht.«

»Wieso denn ich?« fuhr Quass hoch.

»Na, Sie haben das doch im Grunde verbockt«, entgegnete Nossing. »Und jetzt schieben Sie es weg, wie? Mit wieviel also?«

»Ruinieren sollen Sie sich nicht damit«, sagte Mackert, »das garantiere ich Ihnen.«

»Schön«, sagte der Oberstaatsanwalt, »das wäre also das Verfahren bis einschließlich Brücke. Und was kommt dann?«

»Was dann kommt«, sagte Mackert, »ist Sache der Polizei. Wir stellen das Geld, und die Polizei soll es wieder herbeischaffen. Wie sie das anfängt, ist ihre Sache. Ich werde mit den vier betroffenen Innenministern reden, daß in den nächsten 40 Stunden jede Verkehrskontrolle unterbleibt. Für alles andere sind Sie verantwortlich.«

Paul Jochner wollte gerade etwas sagen, als das Telefon klingelte.

Das Mädchen hob ab. Das österreichische Idiom füllte den Raum bis in den letzten Winkel aus.

»Mit dem Herrn Quass möchte ich sprechen, oder mit dem Herrn Jochner. Noch besser mit dem Herrn Jochner.«

Das Mädchen blickte herüber. Jochner übernahm.

»Jaczek«, sagte er, »hören Sie, Jaczek...

Um 17 Uhr 40 hatte Mattfeldt den Wagen in die Metzlerstraße gefahren und dort gewendet. Die Metzlerstraße war eine Sackgasse, die von der Schweizer Straße nach Osten abzweigte und zwischen niederen Begrenzungsmauern und Gärten nach etwa hundertfünfzig Metern endete. Hier gab es zu dieser Zeit Parkplätze, weil die Leute, die dort arbeiteten, schon fort, und die, die dort wohnten, noch nicht zu Hause waren.

Mattfeldt befand sich allein im Fahrerhaus. Kofler war bei den Frauen hinten im Transportraum. Die Frauen verhielten sich ruhig. Die beiden Männer sprachen durch die geöffnete Luftklappe miteinander.

»Ich schau mich mal um«, flüsterte Mattfeldt. »Mal sehen, ob die Wort gehalten haben. Wenn nicht, können wir die Sache jetzt noch abblasen.«

Er stieg aus, schlug die Fahrertür zu und verschloß sie vorsichtshalber. Dann stellte er den Kragen des Lumberjacks hoch und schob die Mütze in die Stirn. Vorn auf der Schweizer Straße flutete starker Verkehr. Als Mattfeldt die Ecke erreichte, konnte er sehen, daß die Polizei Vorbereitungen getroffen hatte. Schon an den Einmündungen zur Kennedy-Allee standen Abweiserblenden in Bereitschaft auf den Bürgersteigen und wartende Beamte mit weißen Kunststoffhelmen. Offenbar wollte man an dieser Stelle den Verkehr nach Westen ablenken und über die Friedensbrücke dirigieren.

Mattfeldt wendete sich nach rechts. Nach einer kurzen Strecke konnte er die Brücke sehen, welche den Fluß bogenförmig überspannte. Vorn am Schaumainkai standen Mannschaftsfahrzeuge. Auch hier an den Ecken und Übergängen überall Polizisten mit weißen Helmen und weißem Koppelzeug. Einige blickten gespannt auf ihre Armbanduhren. Funksprechgeräte waren quäkend in Tätigkeit.

Auf jeden Fall hatte die Polizei auf die Anweisungen, die Kofler ihr übermittelt hatte, reagiert. Damit war natürlich noch nicht gesagt, ob da nicht ein Trick oder eine Falle dahintersteckte. Soweit Mattfeldt sehen konnte, befanden sich auf der Brücke selbst keine Polizisten. Er näherte sich der Ecke zum Schaumainkai hin und sprach einen der Beamten an, die hier von einem Fuß auf den anderen traten: »Was is'n da los, Mann?«

»Noch gar nichts«, antwortete der Polizist. »Aber wenn Sie hier rüber wollen, müssen Sie sich beeilen. In ein paar Minuten wird die Brücke gesperrt.«

»Warum denn das?« wollte Mattfeldt wissen.

»Anordnung von oben«, entgegnete der Polizist.

In diesem Moment ließ ein anderer Beamter sein Sprechfunkgerät sinken. »Sperren Sie jetzt für Fußgänger. Und in genau zehn Minuten für den Fahrverkehr!«

Der Polizist wendete sich dem Caporal zu. »Da haben Sie's. Jetzt muß ich Sie drüben über den eisernen Steg schicken. Und alles wegen so ein paar Ganoven, die auf die Schnelle reich werden wollen.«

Er und einige Beamte begannen, die rot-weiß-reflektierenden Abweiserbalken quer über die Gehsteige zu zerren. Der Caporal wandte sich ab und ging zurück zum Wagen. Auf dem Weg beobachtete er, daß auch an der Kreuzung Kennedy-Allee Anstalten getroffen wurden, den Verkehr nach Westen umzuleiten. Offenbar nahmen sie es mit dem Zeitplan ernst. Demnach wurde es jetzt auch für ihn ernst.

»Alles okay«, rief er, als er den Wagen erreicht hatte und in die Fahrerkabine eingestiegen war, durch die Luftklappe nach hinten. »Alles okay, Schorsch. Die spuren großartig. So, dann wäre der große Moment jetzt gekommen. Bei euch alles in Ordnung da hinten?«

»Klar«, sagte Schorsch Kofler und zog sich die Strumpfmaske über. »Maul halten!« fuhr er die Frauen an, die zu schluchzen begonnen hatten. »Hier drinnen kann euch gar nichts passieren.«

Das Schluchzen wurde lauter.

»Reißt euch zusammen! Gleich könnt ihr raus auf die Brücke und mit denen reden. Bloß nicht zuviel, sonst gibt's eine in die Fresse. Danach könnt ihr auspennen, so lange ihr wollt. So, jetzt die Kapuzen über...« Er warf in dem ungewissen Dämmerlicht, das durch die Dachkuppel fiel, den Frauen die Sackleinwandkapuzen mit den mandelförmigen Augenschlitzen zu.

Irmi Kettner zog die ihre gehorsam über den Kopf.

Felizitas Wangenheim bewegte sich nicht.

»Mal zu«, sagte Kofler, »oder muß ich dir Dampf machen?«

Vorne startete Mattfeldt den Motor und holperte von der Bordsteinkante, auf die er hinaufgefahren war. Das Schütteln des Wagens drängte Schorsch Kofler gegen Felizitas Wangenheims Körper. Männerschweiß und der strenge Geruch von Stahl drang ihr in die Nase. Die Waffe steckte im Sisalhalfter.

»Nein«, schrie sie.

»Himmelherrgott«, fluchte Kofler, »zieh das Ding über!«

Felizitas preßte die Hände vors Gesicht. Kofler riß sie herunter und zog ihr die Kapuze über den Kopf. Dann bog er ihr die Hände auf den Rücken und knotete einen Gürtelriemen um die Gelenke. Der Wagen schwankte und schüttelte. Irmi Kettner wehrte sich nicht, als Kofler ihr die Hände zusammenband.

»Hinsetzen«, befahl Kofler, als das beendet war. Er nahm die MP in die Rechte und hielt sich mit der Linken an der Stange fest, die sich durch die Länge des Transportraums zog. In dieser Stellung blieb er angespannt sitzen.

Mattfeldt hatte Mühe, aus der Metzlerstraße in die Schweizer Straße einzubiegen. Einen Wagen, dessen Fahrer ihm das ermöglichen wollte, ließ er vorbeifahren, weil es ihm noch um eine Minute zu früh vorkam. Um genau sieben Minuten vor sechs versuchte er es zum zweitenmal. Diesmal mußte er sich rücksichtslos in den Verkehrsstrom drängen. Es kam zu Flüchen und einem Hupkonzert. Aber er mußte die Brücke erreicht haben, ehe die Zufahrt abgeriegelt war, und zwar mußte er unter den letzten Fahrzeugen sein, welche die Sperre passieren durften. Es gelang ihm auch. Auf der Brücke herrschte ein Stau, der drüben in der City verkehrsbedingt auflief und nichts mit ihrer Angelegenheit zu tun hatte. Völlig unbeachtet rollte der Wagen an den Polizisten vorbei, die schon die Hände an den Sperrbalken hatten, um sie quer über die Fahrbahn zu ziehen. Von rückwärts kamen kaum noch Fahrzeuge. Sie hatten die Schweizer Straße bereits abgeriegelt. Ebenso den Schaumainkai in beiden Richtungen. Mattfeldt schloß an den Stau auf. Als er seiner Schätzung nach die Mitte der Brücke erreicht hatte, fuhr er den Wagen rechts auf den Bordstein des Gehweges. Ein paar Wagen überholten noch von rückwärts. Die Fahrer tippten sich an die Stirn, hupten oder gaben auf andere Weise ihre Mißbilligung über den Idioten kund, der mitten auf der Brücke anhielt, anstatt weiterzufahren.

Die Luft war voller Feuchtigkeit. Die Scheibenwischer arbeiteten quietschend. Mit Befriedigung sah Mattfeldt, daß auch aus der Gegenrichtung kaum noch Fahrzeuge kamen. Drüben zuckten hektisch ein paar Blaulichtkuppeln. Mattfeldt steuerte den Wagen vom Bordstein und fuhr ihn auf die Fahrbahn.

Jede seiner Bewegungen wurde durch die Okulare der Feldstecher beobachtet, die Zielfernrohre auf den Gewehren der Angehörigen der Spezialeinheit von Kennziffer 44, die dieser in den Fenstern und Dachluken der nächstliegenden Häuser am Untermainkai postiert hatte, sowie die Objektive der Fernsehkameras.

»Da ist er«, sagte Oberbrückner, ohne den Feldstecher von den Augen zu nehmen, als er die Scheinwerfer auf der Brückenwölbung bemerkte. Die Scheinwerfer blendeten auf, ab, und wieder auf und blieben so.

»Man sieht kaum was«, sagte Kennziffer 44, »nur Licht und Spiegelung. Halt, jetzt steigt vorn einer aus dem Fahrerhaus.«

»Ist er allein?«

»Er ist allein, ja. Aber er hat etwas in der Hand.«

Das, was Willi Mattfeldt in der Hand hatte, war ein Transistormegafon. Er setzte es an den Mund, und seine Stimme überbrückte jetzt erstaunlich laut die Distanz zwischen dem einsamen Wagen auf der Brückenmitte und den Männern, die sich drüben am Untermainkai postiert hatten. »Jochner, sind Sie da drüben?«

Paul Jochner ließ sich ein Megafon bringen. »Ich bin hier, ja.«

»Haben Sie alles befolgt, Jochner?«

»Das Geld ist hier, wenn Sie das meinen. Wo ist Jaczek?«

»Der paßt auf die Frauen auf, Jochner. Der hat jetzt keine 188 Stunden mehr Zeit für Sie. So, und nun noch einmal eine Warnung: Der kleinste Zwischenfall löst eine Katastrophe aus. Vergessen Sie das nicht! Und nun tun Sie, was ich Ihnen sage: Eine Hand brauchen Sie für Ihren Stock. Haben Sie den Koffer mit den zwölf Millionen in der anderen?«

»Das ist gegen die Abmachung«, rief Jochner. »Erst wenn ich mit den Geiseln gesprochen habe. Das hat Jaczek zugesagt.«

Eine Zeitlang herrschte Schweigen drüben auf der Brückenmitte. »Schön«, krächzte es dann, weil Mattfeldt das Megafon zu nahe an den Mund hielt. Er korrigierte das sofort. »Dann gehen Sie los, direkt auf die Scheinwerfer zu. Machen Sie keine schnelle Bewegung und bleiben Sie stehen, wenn ich es sage.«

Paul Jochner schlurfte los. Mitten hinein in eine kalte, gleißende Wand aus Licht und Nässe. Die ungewohnte Sonnenbrille machte alles noch schlimmer. Sie verminderte zwar die Blendwirkung, aber sie vertiefte auch die Schwärze ringsumher. Der Kerl hatte wirklich an alles gedacht. Auf einmal kam er sich sehr verlassen vor, und er spürte wieder den Druck in der Magengegend, wie damals, als sie in den Wald eingedrungen waren...

Aber diesmal ratterte keine MP los. Das einzige Geräusch war das rhythmische Tappen, mit dem sein Stock auf dem Pflaster aufsetzte. Sonst war es still, abgesehen von dem Verkehrslärm, der als gleichmäßiges Brausen herüberdrang, und dem Tuckern eines Dieselfrachtschiffs, das mit friedlich flimmernden Positionslichtern mainaufwärts unter der Brücke hindurchzog.

Genau in diesem Augenblick hörte Jochner die Stimme von ziemlich nah und nicht mehr verzerrt durch die elektrischen Schwingungen des Megafons:

»Halt, stehenbleiben, Jochner!«

Jochner blieb stehen, die eine Hand auf den Stock gestützt, die andere locker an der Seite herabhängend. Gebannt starrten die Männer durch ihre Feldstecher und Zielfernrohre. Zur gleichen Zeit sahen Millionen von Fernsehzuschauern auf ihren Bildschirmen die Gestalt, verschwommen zwar und schwärzlich grau verschattet, weil die Kameras im Gegenlicht der Scheinwerfer arbeiten mußten, aber sie sahen sie, und das Bild des klobigen Mannes mit seinem Krückstock in der Lichtflut der Autoscheinwerfer würde noch lange in ihrem Gedächtnis haften bleiben.

Mit ein paar Schritten war Mattfeldt an der Heckseite des Wagens. Schorsch Kofler hatte die Panzertür schon geöffnet.

»Schnell, raus mit der Flennenden«, zischte Mattfeldt, und Kofler stieß Felizitas Wangenheim nach rückwärts aus dem Wagen. Sie stolperte und stürzte. Mattfeldt fing sie auf und ergriff sie am Knoten des Gürtels, der ihre Hände zusammenhielt. So führte er sie nach vorn.

»So«, sagte er, als sie im Scheinwerferlicht den Mann auf der Brücke stehen sah, »sagen Sie ihm, was er tun soll. Der hat praktisch über Ihr Schicksal zu entscheiden.«

Felizitas schluchzte, und wiederum gelang der Livespot des Fernsehens. Sekundenlang ging das Bild der hilflosen Frauengestalt mit den gefesselten Händen und der Kapuze über dem Kopf, brutal festgehalten von dem Verbrecher, dem die Maschinenpistole in der anderen Hand baumelte, um die Welt. Und Millionen dachten, was die Frau auf der Brücke sagte:

»Tun Sie, was die verlangen. Bitte, machen Sie, was diese Männer sagen. Ich halte es nicht länger aus... ständig vor einer Gewehrmündung... Tun Sie, was die wollen...«

»Wie heißen Sie?« rief Jochner. »Sind Sie unverletzt?«

»Das ist die Wangenheim«, schrie Mattfeldt dazwischen und hob den Kolben der MP. »Aber für Privatgespräche fehlt uns die Zeit. Sie sollen sich nur überzeugen, daß denen nichts fehlt und daß die raus wollen aus dem Risiko. Mehr nicht, klar?«

»Tun Sie, was diese Männer sagen«, stieß Felizitas noch einmal hervor, dann zerrte der Caporal sie zurück zur Hecktür, wo schon Irmi Kettner wartete.

Diesmal hielt sich Paul Jochner an die Spielregeln. Er stellte dem Mädchen, das ihm von Mattfeldt genauso brutal an den nach rückwärts gedrehten und gefesselten Handgelenken entgegengeschoben wurde, keine Fragen. Das Mädchen schien ihm gefaßter zu sein als die vorige. Aber auch sie flehte, sich den Gangstern nicht zu widersetzen. Eine Minute hatte Kofler am Vormittag zugesagt, und der Caporal hielt diese kurze Zeit auf die Sekunde genau ein.

»Schluß jetzt«, sagte er, als der Sekundenzeiger einmal seine Runde um das Ziffernblatt gemacht hatte. »Rein mit dir.« Er riß das Mädchen zurück. Dann befahl er Jochner: »Rühren Sie sich nicht von der Stelle. Ich knalle Sie vor der ganzen Bande da drüben ab, wenn Sie eine falsche Bewegung machen!«

»Jochner«, hörte man jetzt getragen die Stimme des Polizeipräsidenten Oberbrückner, »Jochner, was ist mit Ihnen? Alles in Ordnung? Jochner, melden Sie sich.«

Mit zwei, drei katzenartigen Schritten war Mattfeldt wieder neben Jochner und hielt ihm das Megafon hin. »Hier, sagen Sie, daß alles in Ordnung ist. Beim Sprechen die Taste drücken.«

Jochner nahm das Megafon in die freie Hand und hob es an den Mund. »Alles in Ordnung. Ich verhandle noch. Gedulden Sie sich.«

»Gut«, sagte der Caporal, »und jetzt das Geld.«

Jochner ließ das Megafon sinken und drehte sich zu ihm um.

»Nicht, bevor ich mit Jaczek gesprochen habe«, sagte er. »Holen Sie ihn raus.«

»Sie sind verrückt, Mann.«

»Ich bestehe darauf«, sagte Paul Jochner. »Und wenn Sie mich umlegen.«

»Der kommt nicht raus«, sagte der Caporal, für Sekunden aus dem Konzept gebracht, was Paul Jochner nicht entging. »Das brauche ich ihm gar nicht erst zu sagen.«

»Das ist meine Bedingung für die Übergabe der zwölf Millionen«, beharrte Jochner. »Wir haben alle Ihre Bedingungen erfüllt. Das ist meine.«

»Wir lassen uns auf gar nichts ein«, sagte Mattfeldt, »wir...« Er brach ab.

»Ich weiß, was Sie denken«, sagte Jochner. »Das gleiche würde ich an Ihrer Stelle auch denken. Wenn ich denen nachgebe, denken Sie, und wenn es auch nur einen Fingerbreit ist, dann haben die Spielraum, dann haben die den Fuß in der Tür. Dann machen die uns mit der Salamitechnik fertig... Aber ich sage Ihnen, so wahr ich hier als Paul Jochner stehe, sobald ich mit dem Franz Jaczek gesprochen habe, werde ich denen da drüben empfehlen, das Geld auszuzahlen und freien Abzug zu geben. Vorher nicht.«

Eine Weile war Schweigen auf der Brücke.

»Und wenn ich jetzt eine von denen umlege?«

»Das machen Sie nicht«, sagte Jochner ruhig. »Dann sind Sie auch noch wegen Mordes dran.«

»Dem Jaczek ist das egal.«

»Deswegen will ich mit ihm sprechen. Holen Sie ihn raus. Ich warte.«

Schweigend näherte sich Mattfeldt dem Beamten. »Mantel auf«, befahl er, und Paul Jochner öffnete den Lodenmantel. Routiniert tastete Mattfeldt seinen Körper ab und zog sich wieder zurück. An der Rückseite des Wagens gab es ein hektisches Geflüster:

»Der will mit Jaczek sprechen«, zischte Mattfeldt unter der Maske, »du mußt jetzt ran, sonst geht alles schief.«

»Das schaffe ich nicht«, flüsterte drinnen Schorsch Kofler zurück. »Es war ausgemacht, daß ich nicht direkt mit ihm rede.«

»Du mußt«, drängte Mattfeldt. »Er steht zehn Meter vor dem Wagen. Schieb eine von den Weibern vor dir her, ich bleibe hinten bei der anderen. Los jetzt! Von dir hängt alles ab!« Mit einem energischen Ruck zerrte der Caporal ihn aus dem Wageninnern und Irmi Kettner hinterher.

»Du hältst das Maul und sagst kein Wort«, fuhr Schorsch Kofler das Mädchen an, als er sie wie vorher Mattfeldt an den zusammengebundenen Handgelenken vor sich her schob, Jochner entgegen, den er im Scheinwerferlicht stehen sah. In der Höhe des Kotflügels hielt Kofler an.

Paul Jochner versuchte, mit den durch die Sonnenbrille verborgenen Augen die Dunkelheit und Nässe zu durchdringen. Aber er konnte nichts anderes sehen als die Umrisse eines untersetzten Mannes mittlerer Größe, dessen Kopf durch eine Wollmaske verborgen war und der mit der einen Hand eine Geisel vor sich her stieß und mit der anderen die MP umklammerte.

»Nimm die Maske ab, Jaczek«, sagte Jochner.

»Jochner«, kam es dumpf unter der Maske hervor, »machen S' keinen Schmäh. Dafür hab' ich keine Zeit. Was wollen S' von mir?«

»Ich will dich sehen, Jaczek. Ich muß wissen, mit wem ich's zu tun habe.«

Ein halbes Lachen klang durch die Maske. »Meine Stimme sollten S' doch kennen, wir haben uns ja lang genug unterhalten. Also, was ist? Sie haben mit mir gesprochen und jetzt her mit dem Geld. Oder soll ich...« Der Mann hob drohend die Maschinenpistole, als wolle er feuern.

Paul Jochner erschrak. »Runter mit dem Ding. Das gibt eine Katastrophe, überall sind Scharfschützen... die Spritze runter!«

Mit einem einzigen enormen Sprung zog sich der Maskierte, das stolpernde Mädchen hinter sich her ziehend, in den Schutz des Wagens zurück. »So«, rief er von dort aus, »so halten Sie also Ihr Wort! Der Herr Staatssekretär, der Herr Polizeipräsident, der Herr Staatsanwalt, der Herr Jochner. Das ist gut, daß ich das weiß...« Dann mit verändertem Tonfall: »In fünf Minuten ist der Koffer mit dem Geld hier, verstehen S' mich, Herr Jochner? Wird genau fünf Meter von der Stelle abgestellt, wo Sie jetzt stehen. Mein Kumpel hält seine Spritze auf den Bauch von dem Überbringer – und ich meine auf eine von den Frauen... Und wenn ihr uns irgendwie bescheißt, dann könnt ihr eure Geiseln zersiebt irgendwo von der Straße auflesen. Sie bleiben hier, bis das alles erledigt ist... Und jetzt nehmen Sie das Megafon.«

Bezirkskommissar Paul Jochner gestand sich ein, daß er einen Fehler gemacht hatte. Es war gefährlich, Franz Jaczek identifizieren zu wollen, wenn er es war, der sich unter der Maske verbarg. War das der Fall, dann paßte die Reaktion durchaus zu Jaczeks Persönlichkeit. Nur, warum dann diese Geheimnistuerei? War der Mann unter der Maske aber nicht Jaczek, dann hatte ihm der zufällige Griff zur MP aus der Klemme geholfen. Jedenfalls lag das Gesetz des Handelns wieder bei den Gangstern.

Ein zweiter Sprung hatte Kofler an die Rückseite des Wagens gebracht. Beide Frauen heulten jetzt vor Kälte, Anspannung und Angst. Mattfeldt half Kofler hinauf ins Innere des Panzerwagens, stieg selber aus, warf die Tür zu und ging nach vorn. Jetzt war wieder die Stimme des Polizeipräsidenten zu hören:

»Jochner, was ist los? Antworten Sie, Jochner.«

Mattfeldt stand schon neben Jochner, die MP an Jochners Hüfte, und gab ihm das Megafon.

»Jemand soll das Geld bringen«, rief Jochner hallend über die Brücke. »Einer allein, und er muß langsam gehen. Fünf Meter vor mir den Koffer abstellen. Dann langsam zurückgehen. Ich komme nach, wenn alles in Ordnung ist.«

Für eine verhältnismäßig kurze Zeit rührte sich nichts dort drüben, wo der Brückendamm den Untermainkai kreuzte, und Paul Jochner realisierte mit Erstaunen, daß sich eine Menge Schaulustiger angesammelt hatte, die das Flußufer säumten. Endlich bemerkte Jochner Bewegung. Aus der Menschengruppe in der Nähe der Polizeiwagen löste sich eine Person in hellem Mantel, mit Sonnenbrille und schwarzem Hut. In dem mittelgroßen schwarzledernen Handkoffer trug Kennziffer 44 zwölf Millionen Mark, in der vereinbarten Stückelung von Tausend-Mark-Scheinen und Tausend-Dollar-Noten, auf die Brücke. Vor sich sah er im Gegenlicht der Scheinwerfer den Kollegen, bewacht von dem Mann mit der Maske, der Jochner noch immer die MP an den Bauch hielt. Gespannt beobachtete der Mann die sich langsam nähernde Gestalt, und seine Kommandos kamen knapp und trocken.

»Halt!«

Kennziffer 44 blieb stehen.

»Koffer abstellen!«

Kennziffer 44 stellte den Koffer neben sich auf das nasse Pflaster.

»Öffnen!«

Kennziffer 44 kauerte sich nieder, löste die Schlösser und öffnete den Koffer. Die Scheinwerfer bestrahlten Bündel von Papiergeld.

»Oberste Schicht hochheben!«

Kennziffer 44 hob mit gespreizten Händen locker und geschickt Bündel um Bündel hoch, um zu demonstrieren, daß kein Sprengkörper in dem Koffer und zwischen den Banknoten verpackt war. Mattfeldt grunzte zufrieden.

»Zumachen, Koffer aufstellen und langsam zurückgehen!«

Kennziffer 44 ging den gleichen Weg zurück, den er mit dem Geldkoffer gegangen war. Jochner konnte sich gut vorstellen, wie ihm zumute sein mußte: Gott mochte diesen Burschen gnaden, wenn er sie einmal vor die Flinte bekam.

»Und jetzt zu Ihnen«, wandte sich Mattfeldt an Paul Jochner, als Kennziffer 44 das Ufer erreicht hatte. »Denken Sie daran: Keine Polizeisperren, keine Überwachung, keiner verfolgt uns. Und das gilt für 36 Stunden von jetzt an; also bis übermorgen früh halb sieben. Bis jetzt ist alles okay. Hoffentlich bleibt es so. Wenn Sie drüben sind, lassen Sie den Verkehr freigeben. Alles andere ergibt sich von selbst. Übermorgen früh könnt ihr die Häschen unversehrt in Empfang nehmen.«

»Eben«, sagte Jochner, »und aushorchen. Wer garantiert mir, daß die Frauen übermorgen früh immer noch unversehrt sind? Geben Sie die Frauen jetzt raus, und wir halten unser Wort.«

»Und wer garantiert mir, daß ihr euer Wort haltet?« fragte Mattfeldt. »Von Scharfschützen und Polizeiaufmarsch hier auf der Brücke war heute morgen auch nicht die Rede. Bedaure, wir glauben euch nicht.«

»Aber wir sollen Ihnen glauben, was?«

Der Mann vor Paul Jochner zuckte jetzt die Achseln. »Das ist euer Bier. Also, gehen Sie jetzt.«

Genau wie vor ihm der Österreicher machte auch Willi Mattfeldt jetzt eine unbeherrschte Bewegung mit der Maschinenpistole, und genau wie vorhin bei Kofler erschrak Jochner auch diesmal. Zwölf Männer von 44 hockten dort drüben irgendwo hinter Dachluken und Fenstern und warteten nur auf die Anweisung, das Feuer zu eröffnen. Es war Befehl, daß dies nur geschehen durfte, wenn mindestens vier der paarweise eingesetzten Schützen eindeutig beide Verbrecher zur gleichen Zeit erkennen konnten oder wenn etwas Außergewöhnliches geschah.

Als etwas Außergewöhnliches konnte es jederzeit angesehen werden, wenn der Mann da vor ihm eine Garbe in die Luft jagte und man drüben ihn, Paul Jochner, für gefährdet hielt. Es war eine bittere Erkenntnis, daß die Polizei sich in ihrem eigenen Aufwand verstrickt und in diesem Netz bewegungsunfähig gemacht hatte. Um nicht eine Katastrophe auszulösen, gab es hier und in diesem Moment keine andere Möglichkeit, als zu tun, was der Mann sagte.

»Runter das Ding«, keuchte Jochner noch einmal, und Mattfeldt senkte die Waffe.

»Schön«, sagte Jochner, »wir tun, was Sie verlangen. Aber wenn einer von den Frauen etwas passiert...«

»Keine Drohungen, Jochner«, sagte Mattfeldt. »Und jetzt gehen Sie langsam und ohne sich umzusehen zurück und geben den Verkehr wieder frei, daß wir von hier fortkommen. Wir fahren drüben raus. Lassen Sie Ihre Leute dort abziehen, ich will keinen von denen sehen, wenn wir von der Brücke runterfahren.«

Langsam schritt jetzt auch Paul Jochner über die Brücke zurück und näherte sich der abgesonderten Gruppe, die sich als Einsatzstab um den Befehlswagen des Polizeipräsidenten gebildet hatte. Er hatte noch nicht die Hälfte der Entfernung abgeschritten, da war in seinem Rücken an dem gepanzerten Wagen der einsame Koffer von der Straßenmitte verschwunden. Kurz darauf wendete der Caporal das Fahrzeug und fuhr es seitlich auf den Bordstein. Dann wartete er darauf, sich in den fließenden Verkehr einzuordnen, der, wenn Jochner Wort hielt, in wenigen Minuten wieder über die Brücke brausen würde.

Jochner wurde mit einer Flut von Fragen überschüttet.

»Sind die Geiseln wohlauf?«

»Was sind es für Geiseln?«

»Wissen Sie Namen?«

»Welchen Eindruck machen die Gangster?«

»Ist das Kennzeichen des Wagens geändert?«

»Meinen Sie, die machen Ernst?«

Und immer wieder die eine Frage: »Ist Franz Jaczek einer von den Gangstern?«

»Ich weiß es nicht«, gestand Jochner und starrte in die erschöpften und schon unrasiert wirkenden Gesichter von Oberbrückner und Kurz. »Ich weiß es nicht. Er hat die Maske nicht abgenommen. Wir müssen uns so verhalten, als wäre er es. Alles andere wäre leichtsinnig.«

Dr. Oberbrückner atmete tief durch. Der Beamte am Funkgerät sah zu ihm herüber. Der Polizeipräsident hob die Schultern. »Also, dann lassen Sie die Sperren aufheben«, sagte er resigniert und müde. »Kennziffer 44, holen Sie Ihre Männer rein.«

»Ich würde noch eine Maßnahme empfehlen«, sagte Jochner.

Und kurz darauf ging über alle Sender des Hörfunks und des Fernsehens der Aufruf: »Die Verbrecher befinden sich jetzt mit ihren Geiseln in einem gepanzerten Fahrzeug mit dem polizeilichen Kennzeichen F – SH 489. Diesem Fahrzeug beabsichtigt oder unbeabsichtigt zu folgen ist lebensgefährlich und gefährdet die Geiseln. Es wird dringend empfohlen, das genannte Fahrzeug zu meiden. Achtung! Wir wiederholen eine wichtige Durchsage der Kriminalpolizei ...«

Auch Willi Mattfeldt hörte diese Mitteilung und wischte sich den Schweiß vom Gesicht, das er von der Maske befreit hatte. Man schenkte dem Geldtransporter, den er steuerte, weit weniger Aufmerksamkeit, als er befürchtet hatte. Kaum ein Fahrer eines der Fahrzeuge, in deren Strom er sich eingeschleust hatte, schien die Durchsage gehört zu haben oder auf sie oder sein Fahrzeug besonders zu achten. Niemand folgte ihnen direkt, und es bildete sich auch kein leerer Raum. Kofler hatte die Szene durch das Rückfenster im Auge und Mattfeldt im Außenspiegel. Alles lief wie am Schnürchen, bis zwanzig Minuten später das Fahrzeug unbeachtet von einer der südlichen Ausfallstraßen in die feuchten und finsteren Wälder eintauchte und darin fürs erste aus den Blicken der Öffentlichkeit verschwand.

Für Paul Jochner war dieser Tag erst um Mitternacht zu Ende. Bis er alle Maßnahmen getroffen, alle Berichte diktiert, die Fragen aller Journalisten beantwortet hatte, waren Stunden vergangen. Bei den abschließenden Gesprächen im Einsatzstab war auch deutlich geworden, daß Paul Jochner in der Paniksituation auf der Brücke versäumt hatte, nämlich danach zu fragen, wo man übermorgen früh um halb sieben die Geiseln in Empfang nehmen könne. Andererseits war es sehr fraglich, ob man ihm darauf wahrheitsgemäß geantwortet hätte. Zu diesem Zeitpunkt ahnte er noch nicht, daß sich dieses Problem in Kürze von selbst erledigen würde.

Seine Frau war noch wach, als er nach Hause kam. Heißer Kaffee stand im Backrohr des Ofens. Frau Jochner hatte die Ereignisse am Fernseher verfolgt und wußte, was in ihrem Mann vorging. Sie ließ ihn in Ruhe, bis er im Pyjama ins Schlafzimmer kam.

»Da hat einer für dich angerufen, Paul. Du sollst zurückrufen. Dort auf dem Nachttisch liegt die Nummer. Du kannst ihn Tag und Nacht anrufen, sagt er. Je eher, desto besser.«

Paul Jochner studierte die ihm unbekannte Telefonnummer. »Wer war es denn?« fragte er.

»Seinen Namen hat er nicht genannt«, sagte Frau Jochner und gähnte. »Er hat Österreichisch gesprochen, das klingt so charmant, findest du nicht?«

»Ingeborg«, sagte Paul Jochner, beugte sich zu seiner Frau über das Bett und stützte sich mit beiden Armen auf, »weißt du, mit wem du telefoniert hast?«

»Nein, keine Ahnung.«

»Mit Franz Jaczek«, sagte ihr Mann.

»Das gibt's doch nicht, Paul. Ich dachte, der...«

»Das dachte ich auch«, sagte Jochner, »aber ich habe mich geirrt.« Er richtete sich mühsam wieder auf.

»Doch nicht jetzt, Paul, mitten in der Nacht«, wollte Inge Jochner ihm noch in den Flur nachrufen. Sie unterdrückte es, weil sie bereits das Schnurren der Wählscheibe vernahm.

Martina Quass hatte Mühe, nach Hause zu kommen, weil sie überall auf dem Weg in die Innenstadt auf Polizeisperren stieß. Schließlich gelang es ihr, einem breitschultigen Wachtmeister mit dunklem Vollbart begreiflich zu machen, daß sie innerhalb des Sperrgebiets wohnte. Eigentlich hatte sie noch hinzufügen wollen, daß ihr Mann sie erwartete. Aber sie wußte, das Fritz in den seltensten Fällen schon kurz vor sechs zu Hause war, und an einem Tag wie diesem war es noch viel unwahrscheinlicher.

Sie hatte versucht, nachdem die Sache mit den Geiseln bekannt geworden, ihn telefonisch zu erreichen, war aber in der Bank nicht durchgedrungen. Dann hatte sie nach Hause fahren wollen, aber ihre Freundin Barbara hatte gemeint, sie könne in einer solchen Lage doch nichts für ihn tun, sie solle bleiben und dafür abends früher nach Frankfurt zurückfahren, das würde Fritz mehr nützen. Also war Martina in Schloßborn bei Barbara geblieben und hatte mit ihr die Gardinen für ihr Kinderzimmer genäht. Das hatte sie Barbara schon im August versprochen, und Barbara wollte in den nächsten Wochen das gleiche bei Martina tun.

In den späten Vormittagsstunden hatte sich das Wort ›Krisenstab‹ durch die Türritzen und aus den Fernsprechvermittlungen geschlichen. Im Präsidium, bei der Inter-Bank, im Ministerium und anderswo hatte sich das Ereignis nicht geheimhalten lassen; ein paar Telefongespräche, ein paar aufgeschreckte Manager und Beamte, eine alarmierte Polizeibehörde... das war alles, und dennoch hatte sich vor der Pressestelle im Präsidium wie auch in der Empfangshalle der Finanz- und Darlehensbank eine Traube von Zeitungs-, Funk- und Fernseh-Leuten gebildet. In den Häusern gegenüber hatten Mieter für bare Münze die Postierung von Reportern mit Präzisionskameras und aufgeschraubten Teleobjektiven erlaubt. Von hier aus waren Aufnahmen in Fritz Quass' Arbeitszimmer geschossen worden, als man dort nach dem dritten Anruf die Fenster erneut geöffnet hatte und Personen sichtbar geworden waren. Auch hatte man Bilder des Staatssekretärs gebracht, des Oberstaatsanwalts, der Bankleute und Polizeichefs, als sie die Bank verließen.

»Da, schau mal«, hatte Barbara zu Martina in die Küche hinübergerufen, als diese Bilder zu Beginn des Nachmittagsprogramms über die Sender gingen, »schau mal, ist das nicht bei euch?«

Auf diese Weise hatte Martina von der Sache erfahren, hatte ein- oder zweimal Fritz' abgespanntes Gesicht erkennen können und sich aufgeregt. In den weiteren Nachrichten über den Vorfall war allerdings die Finanz- und Darlehensbank in den Hintergrund gerückt. Die Sache habe größere Dimensionen angenommen. Staatliche Stellen seien eingeschaltet worden, der zuständige Innenminister habe persönlich an einer weiteren Besprechung teilgenommen. Da die Verbrecher nicht Straffreiheit, sondern nur freien

Abzug verlangt hätten, habe man sich entschlossen, ihre Forderungen zu erfüllen, um das Leben der beiden Geiseln nicht zu gefährden.

Mehrfach war der Name Franz Jaczek gefallen, der Martina aber nichts sagte. Außerdem war sie gerade im Aufbruch begriffen und hatte nach ihren Handschuhen gesucht, die sie irgendwo verlegt hatte.

In den fünfzig Minuten, die sie zurück nach Frankfurt gebraucht hatte, war bekannt geworden, wo sich die Übergabe des Lösegelds an die Verbrecher vollziehen würde und daß das Fernsehen diesen Vorgang unmittelbar übertragen würde. Da sie kein Radio im Wagen hatte, wußte Martina nichts davon, als sie an die Absperrungen geriet. Der bärtige Wachtmeister hatte sie dann als eine der letzten durchgelassen.

Zu Hause in der Städelstraße angekommen, stellte sie fest, daß Gittertor und Garage geöffnet waren. Fritz war schon da. Er hatte den Wagen achtlos mit der Kühlerseite voran hineingefahren, obwohl er das sonst nie tat. Ein weiterer Blick zeigte Martina, nachdem sie das Coupé auf die Plattenspuren in den Vorgarten gesteuert hatte, daß Fritz den Wagen nicht einmal abgeschlossen hatte. Alle Sperrknöpfe an den vier Türen standen deutlich sichtbar nach oben. Martina schloß die Garage und die Flügel des Gittertors. Während sie das tat, bemerkte sie vorne an der Kennedy-Allee das Anlaufen der Polizeimaßnahmen zur Sperrung der Brücke. Sie schüttelte beunruhigt den Kopf und betrat das Haus.

Zigarettendunst kam ihr entgegen, und aus dem Wohnzimmer klang der Ton des Fernsehgeräts. Es brannte dort nur eine einzige gedämpfte Lampe. Fritz hatte sie nicht kommen hören. Als sie durch die halbgeöffnete Tür ins Zimmer sah, saß er nach vorn gerückt auf der Polsterbank, das Whiskyglas zwischen den Händen, die Ellbogen auf die Knie gestützt, und starrte auf den Bildschirm. Ein Sprecher gab Nachrichten durch. In wenigen Minuten werde man unmittelbar zum Schauplatz der Geldübergabe umschalten. Fritz Quass schrak zusammen, als seine Frau den Raum betrat.

»Mach bitte wieder aus«, sagte er, als sie das Licht einschaltete.

Martina knipste es aus. »Daß du zu Hause bist?« sagte sie erstaunt. »Gibt es was Neues?«

»Hast du alles mitgekriegt?« fragte Fritz.

»Das meiste. Wie steht es denn jetzt?«

»In ein paar Minuten werden sie das Geld übergeben. Vorn an der Untermainbrücke. Eine bodenlose Frechheit ist das.«

»Und da brauchen sie dich nicht?«

Quass schüttelte den Kopf. »Das machen die Polizei und die Leute vom Ministerium.«

»Dann ist es ja auch nicht euer Geld«, sagte Martina erleichert.

»Nein«, murmelte Fritz Quass. »Die Sache hat nur bei uns angefangen. Aber schon das ist schlimm genug. Ein Mann aus meinem Archiv...« Fritz Quass trank das Glas aus und goß sich neu ein.

»Dieser Jaczek?«

»Ja, der. Ein ehemaliger Sträfling – ausgerechnet bei uns!«

»Ja, aber – warum habt ihr so einen Mann denn eingestellt? Habt ihr denn nichts davon gewußt?«

Quass starrte seiner Frau ein paar Sekunden lang mit leerem Blick ins Gesicht. »Ich habe den Namen von dem Kerl heute zum erstenmal mit Bewußtsein gehört. Solche Leute, die mal ein paar Monate bei einem arbeiten und dann wieder woanders... so was geht zum einen Ohr rein und zum anderen raus.«

»Das ist aber gefährlich, Fritz.«

Quass trank einen Schluck. »Das meint Nossing auch«, sagte er, stellte das Glas auf den Tisch und zündete sich eine Zigarette an. Die Reste zahlreicher anderer füllten bereits den Aschenbecher.

»Da, jetzt geht's los.« Nach vorn gebeugt starrte er auf den Bildschirm.

Undeutlich rückte das Bild hin und her, verschattet und unscharf. Eine Straße war zu erkennen, zahlreiche Autoscheinwerfer, nein, eine Brücke war das... dazu die Stimme eines Sprechers, die das Geschehen kommentierte und ankündigte, daß in wenigen Sekunden die Brücke abgeriegelt werde. Auf dem Bildschirm vollzog sich alles, was der Sprecher erläuterte, optisch. Mit Millionen anderer Fernsehzuschauer verfolgten Fritz und Martina Quass im abgedunkelten Wohnraum ihres Hauses den Verlauf der wenigen Minuten, in denen der Wagen auf der jetzt leeren Brücke anhielt und seine Scheinwerfer auf-, ab- und wieder aufblendete.

Bilder des Einsatzstabes folgten, nervöse Beamte, Dr. Oberbrückner im Trachtenhut, andere in Uniform.

»Die Polizei hat sich bereit erklärt, das Lösegeld den Gangstern auszuhändigen, aber nicht, ehe sich nicht ein Beamter der Kriminalpolizei Frankfurt vom Wohlergehen der Frauen überzeugt hat.«

Auf dem Bildschirm erschien jetzt undeutlich die Gestalt eines einzelnen Mannes, der offenbar auf einen Stock gestützt auf die Scheinwerfer des Wagens zuging. »Der war heute früh auch dabei«, sagte Quass, »der kennt den Jaczek von dessen letzter Sache her, glaube ich.«

Im Scheinwerferlicht angelangt erschien die Figur Jochners jetzt deutlicher auf dem Bildschirm. Er blieb stehen und wartete. Und dann trat eine bewaffnete und maskierte Gestalt ins Licht. Es war deutlich zu erkennen, daß die beiden Männer miteinander redeten. Mit Paul Jochner erschraken kurz darauf Millionen Zuschauer, als Mattfeldt die FN drohend hob und für wenige Sekunden unklar blieb, ob jetzt eine Katastrophe eintreten würde oder nicht.

»Unfaßbar«, murmelte Quass.

»Wenn man sich überlegt, daß das alles da drüben passiert, keine zweihundert Meter weg, und man kann gar nichts tun«, sagte Martina.

Dann war plötzlich der Gangster verschwunden, und kurz danach bot sich für eine Minute jenes Bild, das viele Zuschauer so bald nicht wieder aus seinem Bann lassen sollte. Aus dem dunkleren Hintergrund tauchte der Gangster wieder auf und schob vor sich her eine an den nach rückwärts gedrehten und offenbar gefesselten Handgelenken festgehaltene Frauengestalt mit einer Kapuze über dem Kopf in das Scheinwerferlicht des Wagens. Die Zoomlinse der Kamera fuhr nah heran. Die Gestalt wurde größer und undeutlicher.

»Wie wir gehört haben, soll es sich bei der einen Geisel um eine Frau Wangenheim aus Bad Homburg handeln«, sagte die Stimme des Kommentators.

»Diese Schweine!« keuchte Fritz Quass unterdrückt.

Martina starrte ihn an. Schlagartig begriff sie die Zusammenhänge. »Fritz!«

Ihr Mann schien nicht zu hören.

»Fritz, das ist sie doch? Das ist doch deine Freundin, oder?«

Beide hielten wie gebannt den Blick auf den Bildschirm gerichtet. Man sah deutlich, wie die Frauengestalt schwankte, und spürte, daß sie schluchzte. Hören konnte man es nicht.

»Also das ist der Grund, warum die sich an deine Bank gewandt haben. Jetzt verstehe ich...« Martinas Stimme klang tonlos. »Da habt ihr natürlich zahlen müssen.«

»Wir? Bist du verrückt?« fuhr Fritz Quass sie an. »Da könnte ich ja gleich den Laden dichtmachen.«

»Ja, aber... Nossing wird sich deine Freundin doch wohl kaum eine solche Summe kosten lassen.«

»Der hat doch keine Ahnung davon. Wenn der etwas davon erfährt, dann... Du weißt ja nicht, was ich ausgestanden habe, Martina. Als der Mann heute morgen angerufen hat, habe ich ihm klarzumachen versucht, daß er keinen Pfennig zu erwarten hat, wenn etwas von meinen Beziehungen zu – na ja, zu Felizitas Wangenheim durchsickert. Das hat er Gott sei Dank begriffen. Nossing tobt sowieso schon, sagt, ich wäre der Hauptverantwortliche, weil wir diesen Jaczek eingestellt hätten. Ich weiß überhaupt nicht mehr, wo mir der Kopf steht. Meine Position übermorgen bei der Aufsichtsratssitzung ist noch viel schlechter geworden. Wenn Nossing...«

»Ich höre immer nur Nossing«, unterbrach Martina ihn. »Das Schicksal dieser Frau Wangenheim sollte dir eigentlich doch viel wichtiger sein.«

»Herrgott, so begreife doch! Die Gangster haben doch, was sie wollen – das Geld. Sie werden die Frauen laufen lassen, und Fee wird den Schock schon bald überwinden. Aber ich habe den Ärger und kann sehen, wie ich das mit Nossing wieder einrenke.«

Beide hatten in ihrer Erregung die Geschehnisse auf dem Bildschirm nicht mehr verfolgt. Als sie jetzt wieder hinblickten, war gerade zu sehen, wie Jochner langsam die Brücke verließ. Die Geldübergabe hatte stattgefunden.

»Auf Findteissen kann ich mich verlassen, der hält den Mund«, fuhr Fritz Quass nervös fort. »Für den hängt ebenfalls alles davon ab, daß niemand etwas von der dummen Sache erfährt.«

»Der dummen Sache?« Martina hatte sich erhoben und starrte ihren Mann an, als sehe sie ihn zum erstenmal. »Dumme Sache nennst du das, wenn die Frau, die du liebst – und du liebst sie doch, das hast du mir ja selber versichert –, sich in den Händen von Schwerverbrechern befindet und es sehr fraglich ist, ob sie das alles lebend übersteht? Was die Frau jetzt im Moment durchmacht, daran verschwendest du keinen Gedanken? Was bist du eigentlich für ein Mensch? Mir liegt diese Frau Wangenheim bestimmt nicht sehr am Herzen, aber ich zittere, wenn ich daran denke, wie der zumute sein muß.«

»Martina, es ist doch nichts damit gewonnen, wenn wir jetzt dramatisch werden. Bleiben wir doch auf dem Teppich: Das Geld ist übergeben; die werden sie schon loslassen, das haben sie ja zugesagt, und wenn wir Glück haben, kommen wir mit heiler Haut aus der Affäre.«

»Deine heile Haut – nur darum geht es dir«, sagte Martina. Ihre Stimme hatte einen fast hysterischen Ton angenommen. »Wenn das deine ganze Anteilnahme an dem Schicksal einer Frau ist, die du liebst – was wirst du dann für eine Frau tun, der gegenüber du nur Verpflichtungen hast? Und für ein Kind?«

»Martina, so sei doch vernünftig«, beschwor Quass sie. »Das hat doch mit Anteilnahme nichts zu tun. Ich kann ihr doch nicht helfen, selbst wenn ich es wollte. Es ist schlimm genug, daß ich jetzt mit dieser Sache belastet werde, wo diese wichtige Aufsichtsratssitzung bevorsteht. Ich habe nicht dreißig Jahre geschuftet, um jetzt über eine Affäre zu stolpern.«

»Affäre«, wiederholte Martina, »soso.«

»Ich habe das damals nur so dahergeredet, daß ich sie liebe«, sagte Quass. »Das stimmt gar nicht.«

»Soso«, murmelte Martina, »das stimmt gar nicht...«

Noch einmal sah Martina Quass ihrem Mann ins Gesicht. Dann wendete sie sich zum Telefon und wählte die Nummer von John Glett.

»John«, sagte sie, als er sich meldete, »John, erinnern Sie sich an den Junitag im Südbad?«

John erinnerte sich. Auch an das, was er ihr gesagt hatte.

»Stehen Sie noch dazu?«

»Martina, wie können Sie so etwas fragen?«

»Dann kommen Sie und holen Sie mich ab«, sagte Martina. Dann legte sie auf.

»Das kannst du nicht machen«, sagte ihr Mann, als habe er

soeben erst begriffen, um was es ging. »Martina, hör zu, das ist überstürzt. Wir können doch über alles noch einmal sprechen.« Er legte die Hände um ihre Oberarme, aber Martina schüttelte sie ab.

»Es ist zu spät, Fritz«, sagte sie. »Du hast es endgültig geschafft.«

Sie wendete sich um und ging nach oben. Auf der Empore blieb sie stehen. Erst als sie die Haustür hinter ihrem Mann ins Schloß fallen hörte, betrat sie ihr Zimmer, um ihre Sachen zusammenzupacken. In dem leeren Wohnraum strahlte das Fernsehgerät das Drama auf der Untermainbrücke ohne Zuschauer aus bis zum Ende.

Auch Franz Jaczek hatte die Ereignisse in Frau Hirschs Wohnzimmer an einem Portable verfolgt, den er sich eigens für diesen Tag angeschafft hatte. Er tat es allerdings nicht in einer Stimmung von Furcht oder Entsetzen, sondern mit dem wissenschaftlichen Interesse, das ein Gelehrter dem Ablauf einer Versuchsreihe entgegenbringt, an dem er nichts mehr ändern kann. Er hatte die Füße auf das speckige Kissen eines alten Korbsessels gelegt und genoß es – wohl als einziger unter den Millionen von Zuschauern –, die Anatomie des Geschehens zu erkennen, das vor ihm abrollte.

Spätestens von dem Augenblick an, da Mattfeldt zum erstenmal mit der FN gedroht hatte, gab es für ihn kaum noch einen Zweifel, daß es zu der Übergabe des Geldes auf der Brücke kommen würde. Von der Gefahrensituation, als Paul Jochner ihn persönlich zu sprechen wünschte, hatte er nichts mitbekommen, da es ja von diesem Gespräch keine Tonübertragung gab. Befriedigt hatte er beobachtet, wie Jochner sich wieder zum Untermainkai zurückbegeben und wie schließlich Willi Mattfeldt das Geld eingepackt hatte. Eine gewisse Spannung hatte sich seiner noch bemächtigt, als die wichtige Durchsage der Polizei angekündigt wurde, aber diese Spannung hatte sich gelöst, als die Polizei nicht zur Verfolgung der Flüchtigen aufforderte oder ermunterte, sondern im Gegenteil davor warnte. In diesem Augenblick war Franz Jaczek sich seines Sieges sicher; er schob ein restliches Stück Kuchen in den Mund, rieb die Hände aneinander, um sie vom Zucker zu säubern, und griff kauend zum Telefon.

Als erstes rief er eine internationale Fluggesellschaft an und buchte einen Flug für die erste Klasse von Hamburg-Fuhlsbüttel nach London für die Mittagsmaschine des übernächsten Tages, des 28. November, einem Mittwoch. England hatte es ihm angetan. Erstens konnte er ein wenig Englisch von einer vorübergehenden Tätigkeit bei der amerikanischen Besatzungsmacht her, und zweitens liebte er Nebel, Kaminfeuer und disziplinierte Menschen in seiner Umgebung. Und wenn schließlich ein seriöser und wohlhabender Mann wie er das Land verließ, dann ging er nicht wie ein kleiner Gauner nach Guatemala oder Argentinien, sondern auf Grund einer Abmachung mit der Regierung nach London.

Sollte etwas nicht in Ordnung gehen, ob man dann zurückrufen könne, fragte die Angestellte, und so sicher war Franz Jaczek seiner Sache, daß er dem Mädchen die gewünschte Nummer gab. Als er das getan hatte, rief er bei Paul Jochner an.

Erst spät nachts hatte sein Widersacher angerufen. In diesem nächtlichen Gespräch mit Paul Jochner war bis in die Einzelheiten vereinbart worden, was sich jetzt, gute vierzehn Stunden nach den Ereignissen auf der Untermainbrücke, in Jaczeks Wohnung vollzog.

Franz Jaczek stand am Fenster, hatte die Gardinen beiseite gezogen und sah Paul Jochner ankommen. Jochner kam allein und zu Fuß, den Aktenkoffer mit der halben Million Dollar in der Hand, genau wie Jaczek verlangt hatte. Auch Jaczek war allein in der Wohnung. Die Wirtin hatte er weggeschickt. Die Wohnungstür war angelehnt, und in welches Zimmer Jochner gehen sollte, das hatte Jaczek ihm bei dem nächtlichen Telefongespräch beschrieben.

Als Jochner den Raum betrat, saß Jaczek im Hintergrund im Fernsehsessel, den Lauf einer großkalibrigen Smith & Wesson unmittelbar auf die Tür gerichtet. Zwischen ihm und der Tür stand der Tisch und vor dem Tisch der Sessel, den Jaczek für Jochner bestimmt hatte. Wie ausgemacht zog Jochner Mantel und Jackett aus und hängte beides an einen Haken hinter der Zimmertür. Jaczeks Blick tasteten seinen Oberkörper ab. Als er keine Waffe entdeckte, sagte er:

»Den Koffer auf den Tisch stellen und öffnen!«

Jochner tat, was Jaczek verlangte. Auf den ersten Blick waren Bündel von deutlich gebrauchten, also echten Tausend-Dollar-Scheinen zu erkennen. Flüchtig hob Jaczek mit der freien Hand einige Bündel hoch und grunzte befriedigt. Er ließ den Kofferdeckel zuklappen und lehnte sich, den Revolver noch immer auf seinen Besucher gerichtet, im Sessel zurück.

»Setzen Sie sich, Jochner.«

Der Beamte ließ sich nieder und behielt Jaczek im Auge. Eine ganze Weile saßen sie die Männer schweigend gegenüber. Jaczek ließ dem Beamten Zeit, die Situation abzuschätzen. Endlich rückte sich Paul Jochner im Sessel zurecht.

»Ich hätte auf meinen Urin hören sollen«, sagte er, »ich hätte darauf hören sollen.«

»Wovon reden Sie, Jochner?«

»Von meinem Urin«, sagte Jochner, »der mir geflüstert hat, daß das keine so glatte Sauerei von dir war, wie die alle geglaubt haben.«

»Ich habe nichts mit der Sache zu tun.«

Jochner verzog die Mundwinkel. »Natürlich nicht. Du bist unschuldig wie immer. Ich weiß, ich weiß.«

»Mich können Sie wegen dieser Sache nicht drankriegen. Nicht mal wegen Anstiftung. Ich hab' die Sache hier im Fernsehen beobachtet, wie alle anderen auch... Mich können Sie nicht drankriegen, Jochner.«

»Warum hältst du dann die Spritze dauernd auf meinen Bauch gerichtet, Jaczek? Tu sie doch weg, wenn ich dich ohnehin nicht drankriegen kann.«

»Das ist wegen dem Mißtrauen, Jochner. Sie sind nachtragend, vom letztenmal her. Das beunruhigt mich.«

»Jaczek«, sagte Jochner, »wenn ich Sie kriege, dann nur auf gesetzliche Weise. Nehmen Sie das Ding weg. Ich gehe hier genauso wieder raus, wie ich reingekommen bin, nämlich allein. Und jetzt sagen Sie mir, was Sie von mir wollen.«

»Das ist mit einem Satz gesagt: Morgen früh um sieben sind die beiden Frauen tot. Deshalb habe ich Sie hergerufen.«

Jochner starrte Jaczek an und wußte in diesem Augenblick endlich, warum er gestern vormittag am Telefon und abends auf der Untermainbrücke das Kribbeln in den Fingerspitzen nicht gespürt hatte. Der Mann, mit dem er geredet hatte, hatte zwar die gleiche Mundart gesprochen wie Franz Jaczek, aber nicht die gleiche Sprache. Er hatte nur den Zyniker gespielt. Der Mann, der ihm jetzt in der beigefarbenen Strickweste und mit geöffnetem

Hemdkragen gegenübersaß, war wirklich einer. Das war der Unterschied. Und deshalb spürte Paul Jochner jetzt wieder das Kribbeln.

»Darauf sind Sie also aus«, keuchte er. »Ich sitze hier vor Ihnen und kann gar nichts tun, und Sie sagen mir in aller Ruhe, daß die Frauen morgen tot sein werden. Jetzt triumphieren Sie, was? Das ist Ihre Art von Spaß?«

»Seien Sie kein Esel«, entgegnete Jaczek. »So einen Spaß hätte ich mir verkneifen können. So kindisch bin ich nicht.«

»Was also dann?«

»Lassen Sie mich erst mal zur Sache kommen«, sagte Jaczek. »Seit den Bildern von der Brücke und seit bekannt ist, daß einer von denen Österreichisch spricht, weiß ich, wer die beiden sind. Und weil ich das weiß, weiß ich auch, daß die die Frauen nicht am Leben lassen können. Die sind mit denen fast 48 Stunden zusammen. Die Frauen kennen jede Bartstoppel und jede Gesichtsfalte von denen. Und reden müssen die ja auch mal. Wenn die so weit sind, daß sie die Frauen rauslassen könnten aus der Geschichte, haben die so viel mitgekriegt, daß...« Jaczek brach ab, hob die Schultern und spreizte bedeutungsvoll die Hände.

»Genau das hab' ich gestern früh vorausgesagt«, murmelte Jochner.

»Sie hätten ja auch Ihren Beruf verfehlt, wenn Sie das nicht vorausgesehen hätten«, entgegnete Jaczek. »Nur haben Sie halt gar nichts machen können.«

Wieder kochte es in Paul Jochners Innerem und hatte er dieses Kribbeln in den Fingerspitzen. »Und Sie wissen, wo die jetzt sind, wo man sie schnappen kann?«

»Auf'm silbernen Tablett kann ich sie Ihnen nicht servieren. Ich vermute es nur. Woher, ist meine Sache und geht Sie nichts an. Aber es sprechen achtzig Prozent dafür, daß ich mich nicht irre. Deswegen habe ich Sie nur die Hälfte von dem Geld mitbringen lassen. Die zweite ist fällig, wenn die Sache erledigt ist. Ich bin mit einer Million Dollar zufrieden und mit freiem Abzug ins Ausland. Sie sparen also knapp zehn Millionen Mark und kriegen die Frauen. Aber wie ich die Jungens einschätze, müssen Sie schießen. Sofort und tödlich.«

Jochner starrte Jaczek ins Gesicht. Seine Blicke fraßen sich durch jede Einzelheit, von den flaumigen Haaren auf dem umgekehrten Eierkopf bis hin zu dem breiten, fleischigen Mund mit den feuchten Lippen. »Ein beschissener Handel«, sagte er.

»Was wollen Sie machen?« sagte Jaczek. »Ich will endlich raus hier und in Frieden leben, und Sie wollen lebendige Frauen und Ihr Geld. Der Handel ist nicht beschissener als mancher andere.«

»Sie – und in Frieden leben«, sagte Jochner.

»Sie meinen, ich kann das nicht? Ich kann das besser als Sie. Sie treibt Ihr Ehrgeiz. Sie würden Verbrecher jagen, auch wenn Sie Millionen hätten. Ich schüre mir dann nur ein Kaminfeuer. Das war schon immer mein Traum. Ich bin im Grunde friedliebender als Sie, Jochner. Also...« Jaczek sah auf die Armbanduhr. »Entschieden Sie sich. Wenn Sie einwilligen, telefoniere ich Ihnen das Verfahren mit Ort und Zeit durch.«

»Garantieren Sie für den Erfolg?«

»Was nennen Sie Erfolg?«

»Das Leben der Frauen.«

»Das kommt darauf an, wie Ihre Leute schießen. Sie müssen beide gleichzeitig treffen, und sie müssen sie töten. Der kleinere ist der gefährlichere.«

»Der, der telefoniert hat?« fragte Jochner. »Der Österreichisch spricht?«

»Ich weiß nicht, wer von denen telefoniert hat. Aber Österreichisch spricht er. Und –« setzte Jaczek nach einer Pause hinzu – »glauben Sie ja nicht, daß Sie die auch so kriegen, ohne meine Hilfe. Das Ding ist bombensicher. Sie werden staunen.«

Eine lange Weile war Schweigen im Zimmer. Man vernahm das schwerfällige Ticken der altmodischen Standuhr draußen im Flur. Jochner hatte die Zähne zusammengebissen und starrte Jaczek ins Gesicht.

»Jaczek«, stieß er schließlich hervor, »geben Sie doch zu, daß der Plan von Ihnen stammt. Daß Sie das alles ausgeheckt haben.«

»Die Sache gefällt Ihnen?« Jaczeks primitive, ungekünstelte Selbstzufriedenheit war aufreizend.

»Daß Sie ein Mistkerl sind, weiß ich, Jaczek, aber nicht so ein Mistkerl...«

Jaczek bewegte die Hand mit dem Revolver. »Maul halten, Jochner, oder ich drücke ab.«

»... aber nicht so ein Mistkerl, sage ich, daß Sie Ihre Kumpel wegen ein bißchen Geld ausliefern«, fuhr Jochner ungerührt fort. »Warum sollen wir unbedingt schießen? Warum sollen die unbedingt draufgehen? Doch nicht, weil Sie Mitleid mit den Geiseln haben. Doch nicht, weil Sie dem Staat wieder zu seinem Geld verhelfen wollen. Das können Sie mir nicht erzählen. Mir nicht, Jaczek! Ich kenne Sie.«

»Das gehört alles nicht hierher, Mann«, keuchte Jaczek. »Nehmen Sie an oder nicht?«

Jochner ließ sich nicht beirren. »Die beiden, das sind Ihre Kumpel vom vorigen Mal, nicht wahr? Das sind die, die wissen, wie Sie das gemacht haben, damals? Die wissen, wo Sie die vierzehn Stunden waren, die mir in meiner Rechnung fehlen, und wissen, wer in diesen vierzehn Stunden den Wallner umgebracht hat. Die wissen, daß Sie das waren und nicht der Saur, der nichts mehr sagen konnte. Und diese Zeugen sollen jetzt sterben.«

»Sie spinnen, Jochner.« Jaczeks Atem ging hart und stoßweise. »Und wir vergeuden kostbare Zeit. Wie ist es – nehmen Sie an oder nicht?«

»Ich denke nicht daran«, sagte Jochner. »So ein Angebot ist für mich unannehmbar.«

»Na schön«, sagte Jaczek nach einer Weile mit kaum merklich bebender Stimme. »Na schön, dann nehmen Sie Ihren Koffer und verschwinden Sie. Wenn Sie das verantworten können.«

Aber der Kommissar bewegte sich nicht. »Etwas stimmt doch nicht an der Geschichte. Wo wollen Sie raus? Aus der Sache von damals oder aus der von jetzt? Wegen damals sind Sie freigesprochen, und wegen jetzt kann man Ihnen nichts nachweisen. Wo wollen Sie raus?«

»Aus der Armut will ich raus«, keuchte Franz Jaczek, »aus diesem verfluchten Land will ich raus, aus diesem Kommissarstaat und aus Ihrer Nähe. Genügt Ihnen das?«

»Nein«, sagte Jochner, »denn du bist nicht sentimental, Jaczek. Der Kommissarstaat interessiert dich einen Dreck, solange er dich in Ruhe läßt. Aber das tut er nur so lange, als keine neuen Beweismittel für deinen Mord an Wallner auftauchen. Du warst in Butzbach der eifrigste Entleiher juristischer Fachliteratur. Du weißt genau Bescheid, Jaczek. Aber ich auch.« Jochner heftete seine kalten Augen auf den Geldkoffer. »Ich lasse dir das Geld hier, Jaczek, denn ich will von dir wissen, was du weißt. Die Frauen sind uns die halbe Million Dollar wert. Kommen sie heil durch, kriegst du die zweite Rate. Tauchen neue Beweismittel auf, verhafte ich dich. Das sind die Spielregeln.«

»Daß ich nicht lache, Jochner. Denn dann würde ich den Mund halten.«

»Nein, dafür bis du zu geldgierig, da hast du vorhin recht gehabt. Da –« Jochner schob mit der Krücke des Stocks den Geldkoffer weiter zu Franz Jaczek hinüber – »nein, nein, Jaczek, dafür geht es bei dir um zuviel. Und das Risiko ist fair verteilt. Wenn es nach 44 geht, beißen die beiden ins Gras, das ist für den so eine Art berufliche Ehrensache. Wenn es nach mir geht, bleiben sie am Leben, denn ich brauche sie als Zeugen gegen dich. Und wer sich durchsetzt und wie die Situation ist, weiß keiner von uns. Also...?«

»Sie erfahren, was Sie wissen wollen, wenn mir die schriftliche Zusicherung vorliegt, daß ich außer Verfolgung bin und ausreisen kann. Danach rufe ich Sie an und sage Ihnen das Nähere.«

»Schön«, sagte Paul Jochner und stand schwerfällig auf. »Du weißt ja, wo du mich erreichen kannst.«

Jaczek sah zu, wie Jochner das Jackett anzog und in den Mantel fuhr. Er saß noch immer so da wie bisher, den schweren Revolver auf die Zimmertür gerichtet, als er draußen die Flurtür klappen hörte.

Aber dann kam plötzlich Bewegung in ihn. Er ließ die Waffe auf den Tisch poltern, stand auf und öffnete das Fenster.

»Jochner«, rief er auf die Straße hinunter, als er den Beamten den Gehsteig überqueren sah.

Jochner blieb stehen und blickte hoch.

»Jochner«, wiederholte Jaczek, »euer Schrieb muß bis elf hier sein, sonst wird es verdammt knapp für euch.«

Paul Jochner machte nur eine schwenkende Bewegung mit seinem Stock, aber Jaczek wußte, daß er verstanden hatte.

Nachdem Jaczek das Fenster geschlossen hatte, stand er noch eine ganze Weile da und starrte vor sich hin, während er das Gespräch mit Jochner noch einmal überdachte. Also hatte sein genialer Plan doch an der entscheidenden Stelle ein Loch. Und die entscheidende Stelle war, daß er Jochners Einfühlungsvermögen und Menschenkenntnis unterschätzt hatte. Jochner hatte herausgefunden, daß Jaczek ein Intrigant und kein Killer war. Und damit war Jochner klar, daß es ihm nicht nur um das Geld, sondern in der Hauptsache um den Zeugen ging. Und gerade das ließ es Jaczek, je länger er darüber nachdachte, um so gleichgültiger erscheinen, was heute nacht zwischen den Bergfestungen des südlichen Pfälzerwaldes geschehen würde.

Er überlegte nur wenige Minuten, nachdem er Jochner aus den Augen verloren hatte, und rief dann nochmals bei der Fluggesellschaft an. Für heute sei alles ausgebucht, sagte das Mädchen, morgen die erste Maschine, 7 Uhr 15, früher ginge es beim besten Willen nicht. Jaczek sagte zu. Aber dann hatte er es auf einmal eilig. Hektisch durchwühlte er seine wenigen Habseligkeiten, packte einiges zusammen, einiges zerriß er und verbrannte die Reste im Ofen. Gegen zehn Uhr begann er seine Kleider zurechtzulegen, die er sich für die Ausreise eigens gekauft hatte: einen dunkelblauen Anzug mit Nadelstreifen, ein gestreiftes Hemd, dezent gemusterte Krawatte, dunkelblaue Socken und schwarze Schuhe. Dazu einen schwarzen Mantel, einen schwarzen, breitrandigen Hut und Handschuhe aus schwarzem Nappaleder.

Als er damit fertig war, ließ er sich in einen Sessel fallen und wartete.

Sie überquerten den Rhein kurz nach 23 Uhr. Es war, wie sie gehofft hatten, diesig. In dieser Gegend war es fast immer diesig. Die Reifen der vorausfahrenden und überholenden Kraftwagen schleuderten Kaskaden von schmierigem Dreck gegen die Windschutzscheibe und Scheinwerfer. Die Wischer kamen nur mühsam gegen die klebrige Schicht an und fraßen mit knirschendem Geräusch durchsichtige Sektoren aus dem zähen Grau, das die Scheibe bedeckte. Durch diese Sektoren starrte Willi Mattfeldt, der den Wagen steuerte, nach vorn. Die Straße war dunkel vor Nässe. Manchmal schlug ein Regenschauer prasselnd gegen das Glas, dann arbeiteten die Wischer für kurze Zeit leichter und freier.

Der Caporal spürte, daß die ungeheure Anspannung der letzten Tage und Stunden an seinen Kräften zerrte, die er bisher für unerschöpflich gehalten hatte. Seine Augenlider zuckten, und er rauchte maßlos. Auch für Kofler bedeutete die Fahrt eine Strapaze, da der Österreicher den Tag und einen großen Teil der vergangenen Nacht damit verbracht hatte, das Fahrzeug so umzuspritzen, daß es jetzt, versehen mit dem dunkelgrünen Tarnanstrich und dem großen Roten Kreuz im weißen Feld, auf allen Seiten nur noch von Kennern für einen ehemaligen Geldtransporter gehalten werden konnte. Kofler hatte von den letzten 36 Stunden nur zweieinhalb geschlafen. Und jetzt hatte er wachzubleiben, damit ihnen nicht im letzten Augenblick etwas dazwischenkam.

Gewohnheitsmäßig behielten die beiden Männer die Rückspiegel rechts und links im Auge; doch wenn Scheinwerfer hinter ihnen auftauchten, gehörten sie stets zu Fahrzeugen, die zu überholen beabsichtigten. Keiner schenkte ihnen besondere Aufmerksamkeit. Im Dienste der Nächstenliebe rollte ein Armeesanitätskraftwagen der NATO-Streitkräfte durch die Nacht nach Südwesten, genau wie Jaczek es vorausgesagt hatte. Kofler war für ein paar Minuten eingenickt. Als Mattfeldt bremste, schrak er hoch.

»Wo sind wir?«

»Kaiserslautern-Vogelweh«, sagte der Caporal. »Hier ist Schluß mit der Autobahn. Jetzt bist du dran. Ich kann nicht mehr.«

Beide horchten nach hinten in den Frachtraum. Aber die Frauen schienen zu schlafen. Die Männer wechselten die Plätze. Kofler umfuhr Pirmasens auf Nebenwegen. Er hatte sich die Karte und die Ortsnamen zu Hause eingeprägt, so daß er sie auswendig konnte. Bei Erlenbrunn tauchten sie in die Wälder ein.

Mattfeldt hatte zu schlafen versucht, aber es war ihm nicht gelungen. So saß er neben Kofler, rauchte eine Zigarette nach der andern und warf seinem Kumpel nur gelegentlich einen Blick zu, halb fragend, halb prüfend.

Seit der Bahnfahrt damals hatten beide, wie verabredet, vermieden, noch einmal auf ihr Gespräch zurückzukommen. Aber Mattfeldt war sicher, daß auch Kofler es nicht vergessen hatte. Und jetzt, wo jede Räderumdrehung sie näher an den mit Jaczek verabredeten Treffpunkt brachte, stand das Gesagte beinahe greifbar im Raum.

Kofler schien ähnlich zu empfinden. Er räusperte sich mehrmals. Schließlich drehte er den Kopf zu Mattfeldt hinüber und sagte wie nebenbei: »Ob er schon da ist?«

»Frage ich mich auch die ganze Zeit.«

»Eigentlich sind wir voll anstaltsreif«, bemerkte Kofler nach einer Weile, »daß wir genau da hinfahren, wo der uns erwartet, um einen Haufen Geld zu kassieren...«

»... und mindestens einen von uns umzulegen, wenn nicht alle beide«, vollendete Mattfeldt den Satz. »Da hast du recht, Schorsch. Ich an deiner Stelle...«

»Was willst du damit sagen, Willi?«

»Na ja, ich meine ja nur...«, sagte Mattfeldt und brach ab.

»Was meinst du nur?« wollte Schorsch Kofler wissen und registrierte in seinem übermüdeten Gehirn, daß sie in diesem Augenblick die Stelle passierten, wo die Sache mit Irmi aufgekommen war, wo Jaczek ihn gepackt und Mattfeldt sich erboten hatte, die Wahrheit aus ihm herauszuprügeln. »Vielleicht daß du an meiner Stelle den Jaczek umlegen würdest? Klar, du bist der große Zampano, der die anderen verprügelt, nur weil du das in Afrika auch gemacht hast. Und wie kommt's, daß wir jetzt hier fahren, genau nach Programm? Hinten drin die Millionen und die Weiber, und vor uns die Freiheit und den Reichtum? Hast du das allein geschafft? Oder ist das vielleicht Teamwork?« Für eine Sekunde ließ Schorsch Kofler die Fahrbahn aus den Augen und sah zu Mattfeldt hinüber.

»Paß auf die Straße auf, du Arschloch«, fauchte Mattfeldt. »Teamwork, so ein Quatsch! Bei diesem Job ist mehr als ein Mitwisser zuviel im Team. Woher weiß denn der zum Beispiel, ob du mir nicht alles erzählt hast? Hast du ja auch, oder?«

»Du bist doch kein Zeuge.«

»Das macht doch nichts. Jeder von uns kann dem sein ganzes Leben lang in den Topf spucken. Glaubst du, da gewöhnt der sich daran? Daß jeden Morgen, den Allah werden läßt, die Bullen vor seinem Bett stehen können: He, Sie da, Sie haben doch damals anno soundsoviel... Und Ihr feiner Freund, der damals dabei war, hat jetzt gesungen. Nie gewöhnt der sich daran, nie!«

Mattfeldts Worte hatten fast mehr wie ein Selbstgespräch geklungen, aber dennoch spürte Schorsch Kofler, wie ihm die Hände naß von Schweiß wurden. Das Fahrzeug dröhnte an einem ausgedehnten Kahlschlag vorüber.

Mattfeldt sprach weiter: »Der muß dich loswerden, wenn er

logisch denkt – der muß einfach. Denn der weiß genau, was passiert, wenn du deinen Anteil versoffen, verspielt und verhurt hast.«

»So«, sagte Kofler gepreßt. »Was passiert denn dann?«

»Dann wirst du dich an deinen Kumpel Jaczek erinnern und wirst den Bullen für ein paar Tausend oder Zehntausend verraten, wer den Wallner erschossen hat.« Mattfeldt schwieg.

»Und was kratzt dich das?« fragte Kofler schließlich. »Das ist doch mein Problem.«

»Irrtum«, gab der Caporal zurück. »Mann, wir haben das doch damals schon alles durchgekaut. Wenn wir den Jaczek nicht umlegen, legt er dich um – aus den bekannten Gründen –, und mich auch, weil ich ja dann wieder ein Zeuge gegen ihn bin, in der Sache mit dir. Du siehst, Schorsch«, fuhr er fort, es bleibt uns gar nichts anderes übrig.«

Schorsch Kofler umklammerte das Steuerrad, daß seine Knöchel weiß hervortraten.

»Und was dann? Was wird mit dem Wagen, meine ich? Und den Weibern?«

Mattfeldt dachte nach. »Am liebsten würde ich die Karre in einen See fahren. Genau wie die damals das auch wollten. Es gibt ein paar kleine noch auf deutscher Seite. Der bei Haspelschiedt wäre größer und darum besser. Aber der ist schon drüben. Ein Weg führt hinüber. Ich weiß nur nicht, ob er befahrbar ist.«

Kofler glaubte auf einmal wieder jenes Geräusch zu hören, das ihn nicht mehr in Ruhe gelassen hatte, seitdem er es vor fünf Jahren zum erstenmal vernommen hatte: Das Geräusch, das sich wie das matte Knattern einer Fastnachtsratsche im Nebenzimmer anhörte.

»Ich will damit nichts zu tun haben, Willi. Ich kann das nicht. Ich habe noch nie einen umgelegt.«

»Du machst es dir zu einfach«, sagte der Caporal. »Das Risiko wird gleichmäßig verteilt. Genau wie das Geld.« Mattfeldt sah zu Kofler hinüber. »Glaubst du, ich erledige für dich die Schmutzarbeit, damit ich dann ein Leben lang vor dir zittern muß? Nee, mein Lieber, die rote Arbeit wird genauso zusammen gemacht wie die goldene.«

Kofler streifte Mattfeldt mit einem Blick. Er konnte nur sein

Profil sehen, aber es war nicht schwer, sich die Augen vorzustellen, kalt, unerbittlich, eisgrau und nach vorn gerichtet. »Willi...«, begann Kofler. Aber der Rest des Satzes ging in dem Aufschrei aus dem Frachtraum unter. Es war Felizitas, die geschrien hatte und jetzt noch immer weiter schrie.

Anfangs hatten die Frauen noch zu schlafen versucht, es aber aufgegeben, als die Kurven enger und die Steigungen steiler wurden. Hinter Pirmasens hatte das Gespräch dann begonnen, in dessen Verlauf Felizitas allmählich begriffen hatte, daß ihre vermeintliche Schicksalsgenossin mit einem der Männer da vorne liiert war.

»Mich nehmen sie schon mit hinüber«, hatte Irmi unvorsichtigerweise bemerkt, als sich Felizitas wieder einmal angstvoll ihrer beider Schicksal ausgemalt hatte.

»Wieso Sie? Und was geschieht mit mir? Oh, jetzt geht mir ein Licht auf! Jetzt verstehe ich auch, warum Sie sich überhaupt nicht gewehrt und dauernd die Gelassene gespielt haben. Sie stecken mit denen unter einer Decke! Sie sind mit von der Partie! Geben Sie's doch zu, daß Sie alles wissen, Sie... Sie...«

»Und wenn schon«, sagte Irmi, »das ändert doch gar nichts.«

»Doch«, schrie Felizitas, »denn dann müssen sie nicht zwei beseitigen, sondern nur eine, und das bin ich!«

Als Irmi Kettner in der Dunkelheit nicht wußte, was sie sagen sollte, und schwieg, hatte Felizitas in plötzlicher Panik den Schrei ausgestoßen, mit dem sie Kofler unterbrach. Und jetzt schrie sie in dem gepanzerten Transportraum immer weiter um Hilfe.

»Halt an«, sagte Mattfeldt.

»Nicht hier«, sagte Kofler. »Die macht alle verrückt, wenn wir hier halten. Da braucht nur durch Zufall jemand vorbeikommen.«

»Halt an«, wiederholte der Caporal, »auf der Stelle. Der stopfe ich das Maul – für immer. Ob jetzt oder später ist schließlich egal.«

Aber anstatt auf die Bremse trat Schorsch Kofler jetzt auf das Gaspedal. Er schaltete, und das Motorengedröhn nahm zu. Der Wagen bog in die Hangschlucht zur Haarnadelkehre ein. »Ich denke nicht daran«, keuchte er. Er wußte, daß er fast sicher war, solange der Wagen sich in Bewegung befand. »Ich weiß schon, was du denkst: Entweder ich mache mir jetzt mit dir zusammen die Finger dreckig an den Frauen, dann hast du mich in der Hand, oder ich mach das nicht, dann bin ich auch noch dran. Und vielleicht bin ich das sowieso...«

»Du bist ja verrückt, Schorsch, halt an, sag ich, anhalten!«

»Mehr als einer ist ein Mitwisser zuviel im Team. Ich weiß genau, was du vorhast. Ganz genau weiß ich das...«

Jochner hatte die Gruppe über Dahn, Rumbach und Fischbach herangeführt, so daß nach den Beschreibungen Jaczeks eine Begegnung mit den Verbrechern ausgeschlossen war. Dort, östlich der Haarnadelkehre, standen im Hofraum eines verdeckten Gehöfts auch die Fahrzeuge, mit denen sie gekommen waren. Die Fahrer saßen im Forsthaus oder in der Wirtschaft, spielten Karten und warteten auf ihren Abruf. Oben hatten Jochner, Kärrner, der Oberstaatsanwalt und Kennziffer 44 gerade noch bei Tageslicht das Gelände erkundet und einen Einsatzplan ausgearbeitet. Sie waren glitschige Hänge hinaufgestapft und in finsteren, nassen Bunkerresten herumgekrochen. Es hatte die Dispositionen von Kennziffer 44 erschwert, daß er nicht genau wußte, wo die Verbrecher den Wagen anhalten würden. Es sprach zwar vieles dafür, daß dies in der Wageneinfahrt des Hauptbunkers geschehen würde, wie Jaczek es angedeutet hatte, aber sicher war es nicht. Also mußte 44 seine acht Schützenpaare so verteilen, daß das ganze Hochtal erfaßt werden konnte, von der Stelle an, wo der Weg aus dem Wald trat, bis zur Bunkereinfahrt. Sie bauten sich provisorische Hochsitze in den Bäumen, benützten die noch intakten Schießscharten der Hangbunker und installierten darin, gut getarnt, die starken Batteriescheinwerfer. Die einzigen Fahrzeuge in nicht allzu weiter Entfernung waren zwei Ambulanzen mit zwei Ärzten und chirurgischem Hilfspersonal. Ein Hubschrauber stand auf einer Lichtung bereit. Man war mit allen Vorbereitungen knapp vor Dunkelwerden fertig geworden.

Die Sitzung des Krisenstabes jedoch war kurz und präzise verlaufen. Jochner vertrat seine Ansicht, daß Jaczek mit diesem hinterhältigen Coup die letzten Mitwisser aus der alten Affäre beseitigen wollte und drängte darauf, daß man die beiden Verbrecher lebend bekommen müsse.

»Ich glaube, Sie haben sich da in etwas verbohrt, Jochner«, hatte Oberbrückner quer über den Tisch gerufen. »Jaczek hat sich doch rausgekauft aus der Sache, dem ist es gleich, ob da noch einer gegen ihn aussagt oder nicht. Nee, der will einfach sein Geld und raus. Deswegen brauchen wir nichts zu riskieren.«

»Er hat sich aus der Sache von gestern und heute rausgekauft, nicht aus der von damals. Damals wurde er freigesprochen. Für ein Wiederaufnahmeverfahren sind neue Beweise nötig. Das weiß der ganz genau. Die Kumpel von damals sind solche Beweise. Und die sollen von Ihren Leuten in ein paar Stunden dort oben erschossen werden, 44. Das wollte ich Ihnen nur noch einmal vor Augen führen.«

»Sind Sie denn wenigstens sicher, daß Ihnen der Kerl nicht durch die Lappen rutscht?« fragte der Polizeipräsident.

Jochner faltete sorgsam einen Zettel zusammen und drehte ihn zwischen den Fingern. »Sicher?« wiederholte er. »Für ein gesetzlich zulässiges Wiederaufnahmeverfahren wegen Mordes gibt es keine Regierung der Welt, die mir den nicht ausliefert, das schwöre ich Ihnen. Wenn Sie mir die Kronzeugen aufheben, bringe ich Ihnen den Mörder hinter Gitter.«

Dr. Oberbrückner wendete sich Kennziffer 44 zu.

»Den Mörder hinter Gitter«, sagte 44, »oder zwei Frauen ins Leichenschauhaus. Das können Sie sich aussuchen.«

»Das ist nicht die einzige Alternative«, sagte Jochner.

»Na schön, 44, tun Sie Ihr Möglichstes«, sagte Oberbrückner. »Aber im Konfliktfall haben die Geiseln Vorrang.«

Da es nichts weiter zu sagen gab, schickte man gegen Mittag einen Kurier mit einem Schreiben zu Jaczek, an das sich die Behörde ebensowenig zu halten beabsichtigte wie Franz Jaczek nach eingehenden Überlegungen beabsichtigte, die zweite Hälfte der Million wie auch den Augenblick abzuwarten, da sein Intimfeind Kofler möglicherweise von den Scharfschützen von Kennziffer 44 erschossen werden würde.

Nach etlichen Schwierigkeiten, die Jaczek bereitet hatte, war die Aktion angelaufen. Seit 20 Uhr 30 lagen sie, sechzehn ausgebildete Präzisionsschützen und ihr Chef, drei Beleuchter, drei leitende Beamte und zwei Ärzte mit ihrem Hilfspersonal, in ihren Positionen und warteten. Ein Posten befand sich unten in der Nähe der Haarnadelkurve, von wo aus er signalisieren sollte, wenn der Wagen die Kehre passierte. Es war eine außerordentliche Nervenbelastung für jeden der Beteiligten, nur durch eine Zeltplane gegen die Nässe geschützt, nahezu bewegungslos und ohne zu rauchen die dreieinhalb Stunden zu warten, die es schließlich dauerte, bis der Wagen kam.

Die letzten Viertelstunden des 27. November schlichen vorbei. Schon überlegten einige der Beamten, ob irgend etwas schiefgegangen war, die Verbrecher Lunte gerochen hatten oder Jaczek eine neue Wendung in die Sache hineingezaubert hatte, als endlich Kennziffer 44 klar, deutlich und leise die Stimme des Mannes an der Haarnadelkehre vernahm: »Eins an 44, eins an 44... Der Wagen kommt die Straße herauf. Tatsächlich getarnt als Sanitätskraftwagen. Er fährt sehr schnell. Der Wagen fährt sehr schnell. Bin nicht sicher, ob er hier in den Waldweg einbiegen wird.«

Im Fahrerhaus des Geldtransporters war der Teufel los. Schorsch Kofler trat verbissen auf das Gaspedal. Berghänge und Waldränder warfen das sonore Brummen der schweren Maschine zurück, in dem Felizitas' Schreie fast untergingen. Mattfeldts Gedanken überschlugen sich. Wenn der Idiot sich in seiner Angst in die Hose machte, dachte der Caporal, und nicht in den Forstweg einbog, sondern um die Kehre und die Straße entlang weiter fuhr, war alles umsonst gewesen. Schorsch Kofler würde ein Tempo vorlegen, das jeden Eingriff in die Fahrweise lebensgefährlich werden ließ. Mattfeldt hätte sich ohrfeigen können, daß er sich nicht beherrscht und Kofler in Panik versetzt hatte. Aber auch er hatte seine Nerven nicht mehr unter Kontrolle.

»Du sollst anhalten, du Rotzkerl«, keuchte er, aber Koflers einzige Reaktion war noch mehr Gas. Der Junge war völlig außer sich, und er, Willi Mattfeldt, war daran schuld. Wenn er den schweren Wagen nicht in die Einmündung zum Forstweg brachte, war alles zu Ende. Kofler würde das Fahrzeug erst vor der nächsten Försterei oder dem nächsten Polizeiposten anhalten, wo er sich in Sicherheit wähnte. Der Caporal stemmte sich hoch, die MP verklemmte sich krachend. Mattfeldt riß sie los, richtete sie auf Kofler. Aber der benahm sich wie ein Stier vor dem Schlachten. Mattfeldt griff ins Steuer. Die Scheinwerfer streiften die Einmündung des Forstwegs. »Da hinauf, du Idiot!« keuchte der Caporal und zerrte mit seinem gesamten Körpergewicht am Steuerrad, das Kofler nach links in die Kurve drehen wollte. Mit vor Angst gesteigerten Körperkräften holte Kofler mit dem rechten Ellbogen aus und traf Mattfeldt schräg an der Nase. Instinktiv wich Mattfeldt zurück. Der frei werdende Zug nach links ließ das Fahrzeug schwanken. Das linke Vorderrad scheuerte gegen die Leitplanke, rieb sich bei Vollgas sechs, sieben, zehn Meter funkensprühend daran entlang. Dann endete die Planke. Das Rad griff ins Leere. Sonderbar langsam und fast torkelnd wälzte sich die Welt um Willi Mattfeldt. Baumwipfel und angestrahltes Fichtengeäst drehten sich krachend über ihn hinweg, und knirschend verschob sich der deformierte Aufbau in seinen Fugen. Das letzte, was der Caporal dachte, war, daß die berstende Talfahrt der dreieinhalb Tonnen Stahl scheinbar nie mehr ein Ende nehmen würde. Immer neue Stämme brachen und splitterten vor dem unaufhaltsamen Gewicht. Und dabei hatte der Caporal sich stets gewünscht, nie in einem Panzer sterben zu müssen. Aber jetzt, da es soweit war, erschien es ihm schwerelos und fast leicht.

Innerhalb von zwanzig Minuten hatten sie den Standort gewechselt und die Schneise ausgeleuchtet, welche der Stahlkoloß durch den Wald gedroschen hatte. Kabel zogen sich von der Straße herab über Baumstümpfe und umgestürzte Stämme bis zu der Stelle, wo der Geldtransporter auf der Seite liegengeblieben war. Die Roten Kreuze im weißen Feld leuchteten gespenstisch. Mattfeldts Oberkörper hing aus dem nach oben gekehrten Fenster. Was mit den Frauen war, wußte niemand, denn die Hecktüren waren nicht aufgesprungen. Jochner und der Oberstaatsanwalt stapften mühsam im gleißenden, regendurchzogenen Licht über niedergewalztes Geäst. Bei Mattfeldts Anblick blieben sie stehen.

»Der ist hin«, sagte der Oberstaatsanwalt, »und dafür kann keiner von uns verantwortlich gemacht werden.« Er nahm erleichtert den Hut ab und wischte sich die Stirn. Dann rief er nach oben: »Ärzte hierher und Schneidbrenner. Aber rasch.«

»Der Transportraum ist intakt«, sagte Jochner. »Vielleicht nur Brüche und Prellungen.« Er stapfte auf das Fahrzeug zu. Auf dem Weg dorthin sah er im Licht der Scheinwerfer zwischen Gestrüpp und Farnen Blut glänzen. Erst auf den zweiten Blick erkannte er, daß dort ein Mann lag. Wenige Meter vor dem ausgestreckten Arm klemmte die Maschinenpistole im Geäst. Aber was Jochner viel mehr interessierte, war eine fast unmerkliche Bewegung des Mannes mit dem Kopf und den blutbeschmierten Fingern. Jochner wendete sich um und legte die Hände als Trichter um den Mund: »Hierher den Arzt«, rief er zur Straße hinauf, wo sich eine Kolonne von Einsatzfahrzeugen gebildet hatte. »Hierher!« Der Oberstaatsanwalt kletterte zu Jochner herüber und starrte auf den auf seinem Gesicht liegenden Mann.

»Der ist auch hin«, sagte er. »Ein voller Erfolg. Und die Klamaukpresse kann wirklich keinem von uns etwas anhängen.«

»Ich würde lieber den einen richtigen im Dreck liegen sehen als vier falsche«, knurrte Paul Jochner müde.

»Wieso vier?« fragte Kurz konsterniert.

»Ich habe die zwei vom vorigen Mal noch nicht vergessen«, sagte Jochner und sah dem Arzt entgegen, der mit zwei Krankenträgern den Abhang herabgeklettert kam. »Hierher!« rief er und schwenkte den Hut.

Auf irgendeine Weise hatten sie den Transportraum geöffnet und die Frauen herausgehoben. Die eine war bewußtlos und die andere verletzt. Keine von ihnen war ansprechbar, aber beide lebten. In Decken gehüllt trug man sie hinab zu einem Krankenwagen. Jemand hob die Waffen auf und wischte sie ab. Ein anderer fischte den mittelgroßen Handkoffer aus dem Fahrerhaus und brachte ihn hinauf zur Straße. Beamte versuchten die Leiche Mattfeldts freizubekommen. Der Polizeiarzt drehte den vor Jochner auf dem Boden liegenden Kofler auf den Rücken.

»Was ist mit dem Mann?« drängte Jochner. »Kommt er durch?«

»Der hat Glück, wenn er bis da hinaufkommt.« Das Kinn des Arztes zeigte zur Straße. Dann sagte er zu den Trägern: »Los, los, Beeilung. Und gleich an die Infusion.« Er drehte sich noch einmal zu Jochner um, während zwei Sanitäter Kofler auf die Trage schnallten und hochnahmen. »Was Persönliches oder so?«

»Schon möglich«, sagte Jochner. »Hängt davon ab, ob er durchkommt.«

Franz Jaczek hatte das vom Polizeipräsidenten unterzeichnete Papier an der Wohnungstür in Empfang genommen. Da er ohnehin nicht mehr die Absicht hatte, es darauf ankommen zu lassen, hatte er auch darauf verzichtet, zu überprüfen, ob die einfache Unterschrift eines Polizeipräsidenten überhaupt genügte, um so weitreichende Zusagen zu machen wie die Außer-Verfolgung-Setzung eines Kapitalverbrechers. Jaczek ging es in diesem Moment nur noch darum, zwischen Jochners Finger durchzuschlüpfen, ehe dieser Zeit und Gelegenheit hatte, sich auf ihn zu konzentrieren. Und auch dafür hatte Jaczek schon einen Plan. Kurz danach hatte er den vereinbarten Anruf bei Jochner durchgeführt. Da seinen Erfahrungen nach im Umgang mit der Polizei aber Mißtrauen angebracht war, hatte er Wahrheiten und Lügen offensichtlich gemischt, daß Jochner im Präsidium von allen Seiten mit Vorwürfen eingedeckt wurde. Dieses Gespräch wurde aus Beweis- und Dokumentationsgründen von der zentralen Abhörstelle des Präsidiums mitgeschnitten, ebenso wie alle anderen Gespräche, die an diesem Tag und in der kommenden Nacht über diesen Anschluß liefen. Eine Routinemaßnahme, die Jaczek erwartet hatte und grinsend kommentierte:

»Jochner«, hatte er gesagt, »sparen S' sich das, mit dem Abhörtrick kriegen S' mich nicht.« Dann hatte er aufgelegt. Sofort danach hatte sich Jaczek sorgfältig umgekleidet und die Wohnung verlassen, nachdem er den schwarzen Aktenkoffer mittels der eigens hierfür erworbenen Stahlkette an das linke Handgelenk geschlossen und die schwere Pistole in die rechte Manteltasche versenkt hatte, wo seine Hand den Kolben umschloß.

Auf der Straße blickte er suchend um sich. Und wirklich, er entdeckte den Mann, den Jochner ihm angehängt hatte, kaum daß die Haustür hinter ihm zugefallen war. Jaczek lächelte genauso wie vorhin, als er die Überwachung des Telefons bemerkt hatte. Er lotste den Mann, der ihm beharrlich und pflichteifrig folgte, um ein paar Ecken und betrat eine Kneipe. Von dort aus rief er erneut das Präsidium an. Den Mann konnte er durch das Fenster auf der anderen Straßenseite sehen.

»Jochner, es war nicht ausgemacht, daß Sie mir einen Schnüffler anhängen. Jetzt passen S' auf, ich sag Ihnen was: Sie geben jetzt dem Mann da draußen durch, er soll das sein lassen. Zum Zeichen dafür soll er seinen Mantel ausziehen und über den Arm hängen. Wenn sich eine Viertelstunde nichts mehr tut, rufe ich Sie wieder an und gebe Ihnen die Wahrheit durch, verstehen S' mich?«

»Und wer garantiert mir das?«

»Das ist Vertrauenssache, Jochner«, sagte Jaczek. »Nachdem Sie die Abmachungen brechen, können Sie nur noch hoffen. Lassen Sie den Mann abziehen da draußen. Der nuschelt ohnehin hinter seiner Zeitung dauernd in einen Funk rein.«

Nach kurzer Zeit, in der Jaczek einen Scotch trank, zog draußen wirklich der Mann seinen Mantel aus und hängte ihn über den Arm. Dann verschwand er aus Jaczeks Gesichtsfeld. Jaczek lächelte noch einmal, zahlte und trat auf die Straße. Jetzt war er sicher, daß er nicht mehr beobachtet wurde. Für die Chance, die Frauen unverletzt rauszukriegen, mußten die, wenigstens bis sie wußten, wo und wie sie sie kriegen würden, so ziemlich alles tun. Nach Ablauf einer Viertelstunde betrat er eine ausreichend frei stehende Telefonzelle und rief zum drittenmal den Krisenstab an. Und diesmal wußten die Beamten nicht mehr, woher der Anruf kam. Aber dafür erfuhren sie jetzt die volle Wahrheit. Das spürten sie alle in den Fingerspitzen, denn schließlich war jeder von ihnen ein Profi. Und das, was Jaczek ihnen jetzt erzählte, konnte sich keiner aus den Fingern saugen.

»Jaczek«, sagte Jochner am Ende des Gesprächs, »wann und wo soll ich Ihnen die restliche Geldsumme überbringen?«

»Die schenke ich Ihnen», sagte Jaczek. »Ich ziehe Leine, Herr Jochner. Und das können Sie mir nicht verübeln. Sie haben was Persönliches gegen mich. Da kann ich nichts dagegenhalten.«

»Wenn neue Beweismittel auftauchen, erwische ich dich überall, vergiß das nicht, Jaczek.«

Beide hatten eingehängt, Jaczek hatte zu Fuß seinen Weg fortgesetzt. An der Hauptwache tauchte er in die Untergrundanlagen der S-Bahnstation ein. Als er später irgendwo wieder ins Tageslicht trat, war es in der Nähe einer der großen Autoverleihfirmen, deren Wagen an sämtlichen Zielorten abgeliefert werden können. Es war Jaczek gleichgültig, welche Marke er erhielt, aber er bestand auf einem leistungsfähigen Rundfunkempfänger. Für lange Nachtfahrten könne man das verstehen, meinte der Angestellte. Das könne er noch nicht so genau sagen, meinte Jaczek, und ob er das Fahrzeug überall zurückgeben könne. Überall, wo die Firma eine Niederlassung habe, meinte der Angestellte. Und das stehe in dieser Broschüre. Führerschein, Leihvertrag, Hinterlegungsbetrag, Quittung. Schließlich verließ Franz Jaczek in einer stattlichen und nicht einmal besonders auffallenden Limousine die Stadt.

Er schloß sich dem nach Norden fließenden Feierabendverkehr an und vermied die Autobahn. Gemächlich steuerte er das Fahrzeug nordwärts. Er genoß die Landschaft und aß in einem Nest in der Gegend von Northeim zu Abend. Ein Stück weiter nordwärts schlief er ein paar Stunden auf dem zurückgekippten Liegesitz und setzte seine Fahrt gegen ein Uhr nachts ausgeruht und in guter Stimmung fort. Um kurz vor vier schaltete er das Radio ein. Der Nachtsender gab zu jeder vollen Stunde Nachrichten durch. Um vier kam nichts. Kurz danach erreichte Jaczek bei Hildesheim die Autobahn. Er passierte das Autobahnkreuz Hannover. Um fünf Uhr, als sie es brachten, durchfuhr er eine ausgedehnte und romantische Heidelandschaft, von der er zwar in der morgendlichen Dunkelheit wenig erkannte. Der Text der Durchsage hinterließ bei ihm ein tiefes Gefühl der Genugtuung.

»Zur Stunde hat im südlichen Pfälzerwald eine Polizeiaktion ihr erfolgreiches Ende gefunden. Gefahndet wurde nach den zwei Verbrechern, die vorgestern in der Frankfurter Innenstadt unter Androhung eines Geiselmordes zwölf Millionen Mark erpreßt hatten und seither in einem gepanzerten Geldtransporter flüchtig waren. Das Geld konnte sichergestellt werden, die Geiseln wurden verletzt geborgen. Beide Gangster kamen auf der Flucht ums Leben.«

Jaczek schaltete das Gerät ab. Mehr brauchte er nicht zu wissen. Neben ihm auf dem Beifahrersitz lag der flache Koffer. Weiter hatte er kein Gepäck. Keine persönlichen Gegenstände, keine Erinnerungen, keine Dokumente, keine Akten, nichts. Nicht einmal eine Zahnbürste oder einen Schlafanzug. Denn von heute mittag an, wenn die Maschine in London ausgerollt war, würde er, Franz Jaczek, sich fortan alles kaufen können, was er brauchte, wenn es nicht gerade eine Segelyacht war. Und die würde er gar nicht begehren, denn er war ein besonnener Mensch. Er hatte bereits konkrete Vorstellungen von seiner künftigen Existenz. Er würde einiges dafür verwenden, sich in einem ordentlichen Londoner Vorort ein Häuschen, und sei es auch nur ein Reihenhäuschen, mit einem offenen Kamin zu kaufen. Etwas würde für Garderobe draufgehen, um aus ihm, Franz Jaczek, mit seinen knapp einssiebzig, seinen kurzen Beinen und dem Eierkopf mit dem lächerlichen Haarflaum darauf endlich einen wirklichen Menschen zu machen. Verhältnismäßig wenig würde ein Wagen verschlingen, es mußte ja nicht ein Bentley oder ein Jaguar sein, und außerdem jährlich noch eine oder zwei Reisen. Weiber würde er keine aushalten. Dazu war das Geld, das er besaß, schließlich zu hart verdient. Wenn er eine Frau traf, die passabel war, etwas mitbrachte und ihn mochte, würde er sie heiraten. Und auf das Übliche war er nicht scharf. Aber niemand würde ihn mehr wegen seines breiten, fleischigen Mundes auslachen, denn von den Zinsen des Restes würde er leben und damit weit besser gestellt sein als die Mehrzahl derer, die lachten. Vor allem aber würde nun bald die Hetze vorüber sein, das ewige Jagen nach Lebensunterhalt und Existenz, das ihn jahrzehntelang aufgezehrt hatte. Franz Jaczek, 42; aus Linz an der Donau gebürtig, sehnte sich nach seinem abenteuerlichen Leben nach Ruhe.

Das Gitterwerk der massigen Elbbrücken war geheimnisvoll angestrahlt. Morgenverkehr drängte in die Stadt. Auch hier fiel die seriöse Limousine mit dem seriösen Mann am Steuer nicht auf. Ein Prokurist, vielleicht ein bißchen früh aufgestanden für seine Position, ein Makler, ein Viehhändler oder Schrottaufkäufer, der wie alle anderen bremste, wenn die Kolonne bremste, wieder beschleunigte und wieder bremste, und sich geduldig in Richtung Flugplatz bewegte, den er gegen 6 Uhr 55 erreichte.

Die Rückgabe des Wagens nahm nur kurze Zeit in Anspruch. Jaczek vollzog sie ordentlich und gewissenhaft, denn er wollte auch hier keineswegs auffallen, in Listen erscheinen oder durch Computer geschleust werden und Spuren in den Mahnkarteien hinterlassen. Am Hauptportal herrschte schon reger Betrieb. In langer Reihe hielten Taxis an, und ihre Insassen zahlten und stiegen aus. Hunderte strömten durch die lichtschleusengesteuerten Türen. Jaczek war einer von ihnen. Auch sein Koffer sah fast so aus wie die der anderen. Er ging durch die Halle. Niemand achtete auf ihn. Er sah sich sorgfältig um. Dann betrat er eine kachelschimmernde Toilette. In einer Ecke stand eine Nickeltonne mit Plastikeinsatz für Abfälle. Dort deponierte Jaczek seine Smith & Wesson, mit der er die Abfertigung nicht hätte passieren können, nachdem er sie gewissenhaft entladen und die Patronen in ein Taschentuch gewikkelt hatte. Schließlich verließ er den Raum und ging nach vorn zum

Schalter der Fluglinie. Das Mädchen nahm das Ticket aus einem Fach und sah hoch: »Sie müssen sich beeilen«, sagte es, »wir haben Sie umgebucht auf 6 Uhr 50. Hat man Ihnen das nicht ausgerichtet?«

»Ausgerichtet?« sagte Jaczek. »Wer?«

»Wir haben bei Ihnen zurückrufen lassen«, sagte das Mädchen.

»Zurückrufen lassen, wann?« sagte Jaczek.

Das Mädchen sah auf einen Zettel. »Gestern am frühen Nachmittag. Eine Frau Hirsch hat das Gespräch für Sie entgegengenommen.«

Einem spontanen Impuls folgend fuhr Jaczek herum – und starrte in die übermüdeten und unrasierten Gesichter von Jochner, Oberbrückner und eines weiteren Beamten in Zivil.

»Der Abhörtrick«, sagte Jochner. »Der Anruf ist auf unserem Band. Gönn mir das bißchen Glück, Jaczek. Und jetzt nimm die Hände hoch.«

»Das können Sie nicht machen«, sagte Jaczek. »Das ist gegen die Abmachung. Ich habe das schriftlich.«

»Die Hände rauf«, sagte der Beamte in Zivil, »machen Sie keine Schwierigkeiten.« Er tastete Jaczek ab. In der rechten Manteltasche fand er den Schlüssel und gab ihn Oberbrückner, der den Koffer von Jaczeks Handgelenk schloß.

»Das können Sie nicht, Jochner«, sagte Jaczek noch einmal. »Das ist gegen die Spielregeln. Die Banditen sind tot.«

»Kofler kommt durch«, sagte Jochner. »Und von jetzt an reden wir in der Sache Wallner wieder Deutsch miteinander.«

Sie nahmen Jaczek in die Mitte und gingen zurück zum Ausgang. Einer von ihnen hatte die Hand um Jaczeks Oberarm gelegt.

Der Vorgang hatte nur wenig Aufsehen erregt.

Der Josephson-Coup

›Im sechzehnten Jahrhundert war Machiavelli einer der ersten, der das Management als eine vom moralischen Gesetz getrennte Funktion betrachtete. Er entwickelte eine amoralische Theorie für die Führung von Organisationen.‹

Pascale/Athos: Geheimnis und Kunst des japanischen Managements, HEYNE-KOMPAKTWISSEN, Band 121, S. 21

›Die Rechner der 5. Generation, deren Schaffung das japanische Wirtschaftsministerium zum nationalen Anliegen ausgerufen und für 1990 angekündigt hat, sollen klein, robust, automatenhaft und billig sein; sie sollen lernen, assoziieren, logisch schließen, Entscheidungen treffen und Informationen wie mit den Sinnen eines Menschen erfassen können; als gesprochene Sprache, geschriebene Texte, gesehene Bilder oder Grafik. Die Autonomisierung der Apparate erreicht den Rang der Substitution menschlicher Fähigkeiten.‹

Dr. Horst Herold, Präsident (1971-1981) des Bundeskriminalamtes i. R. im Bayerischen Rundfunk am 30. März 1984

›In Tokio steht die Ausrottung der Konkurrenz auf dem Programm, die Fortsetzung des Krieges auf wirtschaftlicher Ebene.‹

Dr. Peter Niedner, Vorsitzender des Vorstandes der Triumph/ Adler AG in NÜRNBERGER ZEITUNG vom 25. März 1983

1

Hätte man jemals erfahren, was wirklich hinter ihr steckte, wäre diese Kriminalaffäre unter der Bezeichnung ›Der Josephson-Coup‹ in die Polizeigeschichte eingegangen. Sei begann an einem 29. Oktober. Dieser Tag war ein Sonntag und der letzte Tag einer bereits seit über drei Wochen anhaltenden Hochdrucklage, welche die Republik mit herbstlicher Schönheit verwöhnt hatte. Jedoch kündigte sich für die Abendstunden von den Britischen Inseln her die Kaltfront eines Regen- und Sturmtiefs an. Davon war allerdings am Morgen gegen neun Uhr noch nichts zu merken, als Marieclaire Veyth im Frühstückszimmer mit ihrem Sohn Ralph telefonierte. Sie war sechsunddreißig, eine Schönheit mit schmalem Gesicht, großen dunklen Augen und straff nach rückwärts gekämmtem, dunklem Haar, das kleine, anliegende Ohren freiließ und in der Gefahr stand, etwas strähnig zu wirken, sobald man es vernachlässigte. Ihr Blick ging während des Gesprächs über den mit weißem Porzellan und Silber gedeckten Frühstückstisch hinaus in den weitläufigen Garten, in dem ein zarter Bodennebel zwischen den Blautannen hing. Der Junge, mit dem sie sprach, war vierzehn Jahre alt und befand sich in der Telefonzelle neben dem Postzimmer im Unterhaus des Landschulheims am Solling in Holzminden an der Weser, und somit rund dreihundert Kilometer weiter nördlich.

»Mutti«, sagte er. »Mutti, stell dir vor, wir können heute fahren. Und weil in vielen Gegenden Allerheiligen dazwischenliegt, und das alles sonst für manche zu kurz und zu gedrängt würde, brauchen wir erst in einer Woche wieder hier zu sein. Eigentlich wollte ich während der Herbstferien im Heim bleiben. Wer weiter als zweihundert Kilometer weg wohnt, darf das. Aber jetzt bin ich von Stettens eingeladen worden...«

»Stettens, wer ist das?« fragte Marieclaire ihren Sohn, und Ralph warf Regin Stetten, der neben ihm stand, einen vielsagenden Blick zu. »Jetzt will sie wissen, wer ihr seid«, flüsterte er ihm zu und gab dann die mit der Hand zugehaltene Sprechmuschel wieder frei. »Regin ist eine Klasse unter mir und seit Ostern mein bester

Freund. Sie haben Steinbrüche und wohnen in Rabenau, ganz in der Nähe von Gießen. Darf ich, Mutti? Ach bitte, das wäre Spitze.«

»Gießen? Dann bist du ja ohnehin schon fast hier, Ralph. Und ist das den Eltern Stetten überhaupt recht? Wissen die denn etwas von der Einladung? Oder habt ihr das unter euch Jungens abgemacht?«

Diese Fragen verwirrten Ralph, und er übergab ohne Ankündigung den Telefonhörer unmittelbar an seinen Freund. Regin, ein vifer Junge, mit klaren blauen Augen und blondem Haar im Pagenschnitt, verhandelte mit Ralphs Mutter weiter.

»Na klar, Frau Gersheim...«, Ralph stieß seinem Freund in die Seite, »Veyth heißt sie, du Niete«, zischte er. »Ich heiße Gersheim und mein Vater auch.«

»Tschuldigung, Frau Veyth«, sagte der Junge. »Ralph hat mir das natürlich erzählt, aber ich hab's vergessen. Also, Frau Veyth, ich habe gestern abend mit meinen Eltern gesprochen, und es ist ihnen recht. Bis heute in einer Woche. Wir haben ein prima Fremdenzimmer unter dem Dach, und wenn Ralph etwas braucht, kann er es von mir kriegen, okay?«

»Und wie kommt ihr dorthin?« fragte Marieclaire. »Gib mir Ralph noch mal, Regin.«

Der Junge gab den Hörer zurück an seinen Freund und sagte, während er das tat: »Jetzt will sie noch wissen, wie wir zu uns kommen. Ist die alte Dame aber umständlich, Mann.«

»Mutti«, sagte Ralph in die Sprechmuschel. »Hör mal, Mutti, dem Regin sein Bruder Edzard, Ed heißt der sozusagen, der ist in der Abschlußklasse. Der ist neunzehn, und die haben gerade ihr Abi schriftlich hinter sich. Der hat schon seinen Führerschein und einen Käfer, der nimmt uns mit und bringt uns auch wieder her, einverstanden?«

Ralphs Mutter zögerte. »Neunzehn und seinen Führerschein – wenn das gut geht... Paß mal auf, Ralph, gib mir Stettens Telefonnummer. Ich spreche mit Onkel Franz und ruf' euch dann noch mal an. Was ist denn das für ein Krach bei euch?«

Draußen vor der Telefonzelle drängelten sich andere Schüler, die auch darauf warteten, mit ihren Eltern die plötzlich notwendig gewordene Ferienregelung abzusprechen. Ralph gab noch einmal den Hörer an Regin und hielt die Tür zu, während Regin seiner Mutter die Telefonnummer der Eltern Stetten durchgab. Als das geschehen war, hängte Regin den Hörer ein, Ralph gab die Tür frei, und das nächste Team stürmte laut schimpfend die Telefonzelle.

In Bad Homburg-Oberstedten war Dr. Franz Veyth aus dem Oberstock, in welchem die Schlafzimmer lagen, nach unten gekommen und hatte das Frühstückszimmer in dem Augenblick betreten, da seine Frau den Hörer des Telefons in die Gabel zurückgelegt hatte.

»Mit wem hast du gesprochen, Liebling? Sonntag morgen, neun Uhr. Ziemlich außergewöhnlich.«

Veyth kam herüber zu seiner Frau und küßte sie, erst auf die Stirn und dann aufs Haar. Marieclaire stand auf. »Ralph hat aus dem Landschulheim angerufen«, sagte sie. »Setz dich, Franz, ich bringe den Kaffee und lege die Eier ein.«

Marieclaire verschwand nach nebenan in die Küche, und Franz Veyth setzte sich zum Frühstückstisch und schob Brotscheiben in die Schlitze des Toasters.

»Es ärgert mich jedesmal, wenn ich dich für den Haushalt arbeiten sehe«, sagte er, als Marieclaire mit einem Tablett aus der Küche kam, auf dem die Kaffeekanne stand. Marieclaire setzte sie ab, während ihr Mann fortfuhr: »Als ob ich dir nicht eine volle Bedienung zur Verfügung stellen könnte.«

Marieclaire schenkte ihrem Mann Kaffee ein, danach sich selbst, und setzte sich.

»Ich finde es sehr gut, daß wir niemand ständig im Haus haben. Lieber mache ich wirklich mal am Wochenende was zurecht, als daß ich jede Nacht darauf achten muß, ob jemand im Haus herumschleicht und womöglich durch Schlüssellöcher schaut oder an Türen lauscht. Wenn Frau Braun von Montagfrüh bis Freitagabend jeden Tag zwölf Stunden hier herumschnüffelt, genügt das, findest du nicht auch?«

Der Toaster schnappte, Franz Veyth zog eine Scheibe heraus, reichte sie seiner Frau über den Tisch und lachte. Marieclaire begann sich das Brot zu streichen. »Und außerdem müssen wir auf den Knien danken, daß wir eine ehrliche Person haben, bei dem, was hier alles so herumsteht. Bei Diebstahl von innen versagt jede Alarmanlage, vergiß das nicht. Ich kann nicht jeden Tag deine goldenen Bestecke und deine silbernen Platzteller nachzählen.« Sie biß in das Brot.

»Deine goldenen Bestecke und deine silbernen Platzteller, Marieclaire. Du solltest unser gemeinschaftliches Testament nicht vergessen und wenigstens ›unser‹ sagen. Was wollte der Junge?«

»Ralph läßt dich grüßen. Sie haben ein paar Tage Ferien, und er möchte mit zu den Eltern von einem Freund fahren. Stetten oder so ähnlich heißen die Leute. In der Nähe von Gießen. Sie sollen Steinbrüche haben.«

»Steinbrüche, so«, sagte Franz. »Wie kommt er denn dorthin, zu den Leuten mit den Steinbrüchen?«

Das Unbehagen, das Marieclaire bei dem Telefongespräch mit Ralph durchfahren hatte, spürte sie erneut, als sie zu ihrem Mann sagte: »Ralphs Freund hat einen neunzehnjährigen Bruder in Holzminden. Der wartet noch auf das mündliche Abitur. Mit dessen Wagen wollen die drei Jungen fahren.«

Franz Veyth blickte hoch und sah seine Frau an. »Neunzehn? Und mit dessen Wagen? Was sind denn das für Leute, die ihrem Neunzehnjährigen ein eigenes Auto kaufen, bevor er irgendwas auf die Waage gebracht hat? Noch nicht einmal das Abitur.«

Marieclaire kannte den konsequenten Grundton in der konservativen Einstellung ihres Mannes nur allzu gut. Sie konnte das selbst nicht nachvollziehen und litt deshalb darunter. Etwas gequält sagte sie: »Das tun doch heute fast alle, wenn sie das Geld dazu haben, Franz.«

»Ich habe das Geld dazu ganz gewiß, Marieclaire, sogar für einen Bentley oder einen Maserati. Aber ich schwöre dir, seinen Führerschein und seinen ersten Wagen bezahlt der Junge sich selbst. Ob er spart oder ob er arbeitet dafür, ist mir egal. Wenn er später mal in die Firma will, muß er ohnehin beides können: sparen und arbeiten.« Franz Veyth machte eine Pause und schüttelte dann den Kopf. »Und erst neunzehn«, fuhr er fort. »Das gefällt mir ganz und gar nicht. Die fahren ja alle wie die Irren, heute.«

»Du wirst doch dem Jungen nicht den Spaß verderben wollen, Franz?« sagte Marieclaire, als ihr Mann das Telefon zu sich herüberzog.

»Nein«, sagte Franz Veyth. »Der Junge ist mir wie ein eigener. Wenn ich Verantwortung habe, habe ich auch Pflichten. Wie ist doch wieder die Nummer?«

Marieclaire wußte sie auswendig und sagte sie ihrem Mann.

Franz Veyth wählte und verlangte, als am anderen Ende der Leitung abgehoben wurde, nach seinem Stiefsohn. Er mußte eine Weile warten, und dann hörte Marieclaire ihn fragen: »Wie?« und hinzufügen: »Wann war das?« Nachdem Veyth die Antwort auf diese Frage erhalten hatte, sah er mechanisch auf die Armbanduhr und legte den Hörer in die Kontaktmulden zurück. »Die Jungen sind vor zehn Minuten losgefahren«, sagte er.

»Und ich habe Ralph ausdrücklich gesagt, daß sie warten sollen, bis ich zurückgerufen habe«, antwortete die Frau.

Franz Veyth stand auf. »Du weißt doch, was sie alles in den Wind schlagen«, sagte er. »Jetzt können wir nur noch hoffen, daß das gutgeht, unzuverlässig wie die sind.«

»Er ist doch nun erst mal vierzehn«, sagte Marieclaire. »Vielleicht warst du mit vierzehn auch noch nicht so zuverlässig wie jetzt.«

Dr. Franz Veyth gab darauf keine Antwort. Er trat ans Fenster und blickte durch die riesige, isolierte Scheibe nach draußen in den Garten, wo eine goldene Schicht herabgefallenen Laubes den allmählich welkenden Rasen bedeckte. »Leiman sollte morgen kommen und das in Ordnung bringen«, sagte er.

»Leiman haben sie die Fenster eingeschmissen. Und seine beiden Kinder werden fast täglich auf dem Heimweg von der Schule blutig geprügelt«, antwortete Marieclaire. »Er wohnt in einer Gegend, wo fast nur Deutsche wohnen. Es wäre besser für ihn, wenn er in die Nähe von anderen Türken ziehen würde, da können sie sich gegenseitig helfen. Dieser Ausländerhaß kocht hoch wie Milch auf dem Feuer, und man kann gar nichts dagegen tun.«

Franz Veyth seufzte. Fast ein Fünftel der Belegschaft in der ›Kältetechnik‹ bestand aus Ausländern. Er hatte es kommen sehen, als in der Gier nach immer mehr Wohlstand die Regierungen jeder Schattierung undurchdachte und später aus dem Ruder laufende Ausländergesetze verabschiedet hatten, die Illusionen weckten und zum Mißbrauch herausforderten. Es war unvermeidlich, daß sich in der Bevölkerung Ressentiments bildeten, die sich anstatt gegen die Urheber, gegen die Opfer richteten, sobald es erforderlich wurde, sich wieder nach der Decke zu strecken. Und jetzt schob die Regierung, wie mit Blindheit geschlagen, der Bevölkerung eine Schuld zu, die sie primär selber traf. Franz Veyth wandte sich um. »Nein«, sagte er, »man kann gar nichts dagegen tun.« Er beugte sich zu seiner Frau und küßte sie auf beide Wangen.

»Du fährst zum Golfplatz?« fragte sie.

»Ich spiele eine Partie«, sagte ihr Mann. »Zum Mittagessen bin ich wieder zurück.«

Er verließ das Zimmer. Marieclaire sah ihn später draußen über den Rasen zum Garteneingang der Garage gehen. Er trug lange, helle Hosen, einen karierten, reichlich fallenden Sportpullover, einen hellen Wollschal und eine helle englische Schirmmütze. Eine gute und auffallende Erscheinung. Von seiner Krankheit, die ihm zu schaffen machte, sah man ihm wahrhaftig nichts an. Marieclaire wußte, daß ihr Mann das Golf-Kabriolett nehmen würde, nicht wegen der Namensassoziation zwischen dem Spiel und dem Wagentyp, sondern weil sein persönlicher Stolz sein persönliches Understatement war. Es gehörte zu seinem Ehrgeiz, daß unter den protzigen Statuskarossen, mit denen andere Mitglieder des Klubs sich großtaten, sein Wagen der kleinste und unscheinbarste war. Denn jedermann wußte dennoch, daß Franz Veyths Konto, und auch das seines Vaters und Großvaters, schon für große Wagen gereicht hatten, als die anderen, die sie jetzt vorzeigten, noch Schubkarren geschoben hatten oder mit dem Fahrrad gestrampelt waren.

Er steuerte das kleine Gefährt rückwärts aus der Garage und funkte dem Tor, daß es sich zu schließen habe. Er durchfuhr die stille Villenstraße, in der er wohnte.

Wie seit vielen Wochen wartete Bernd Hassmeyer in einem Fahrzeug, welches die Parade der Wohlstandskutschen auf dem Parkplatz des Sachsenhausener Golfklubs keineswegs zu scheuen brauchte, da, wo Veyth zum erstenmal rechts einbiegen mußte. Er hatte den Wagen in einem nach links führenden Ast der Straße abgestellt, wohin Veyth beim Abbiegen niemals zu blicken hatte, weil die Vorfahrt anders verlief. Und in der Tat hatte Veyth das Fahrzeug, das ihm folgte, bisher noch nie bemerkt.

Hassmeyer lächelte befriedigt, als er seinen Wagen vom Bordstein steuerte und mit der Präzision eines Computers registrierte, daß es auch diesmal das gleiche war. Veyth nahm die Autobahn an der Auffahrt Bad Homburg-Nord. Hassmeyer folgte ihm bis hinunter zum Bad Homburger Kreuz.

»Wenn er jetzt rechts fährt, ist es heute soweit«, knurrte Hassmeyer seinem Beifahrer Alfred Mardorf zu und sah durch den Schleier des feinen Nebels gespannt nach vorne, wo alsbald an dem Kabriolett des Franz Veyth das rechte Blinklicht eingeschaltet wurde. Auch Hassmeyer blinkte und folgte in angemessener Entfernung dem weißen Kabrio hinüber auf die A5, auf der sie in Kürze das Nordwestkreuz und das Westkreuz passierten, bis an der Kelsterbacher Ausfahrt das weiße Kabriolett die Autobahn verließ und in Richtung auf den Frankfurter Süden einbog. Jetzt gab es nach Hassmeyers gewissenhaften Beobachtungen nur noch zwei Möglichkeiten. Entweder Veyth fuhr zu seinem Werkslabor, das in einem Gewerbegebiet von Niederrad lag, oder zum Sachsenhausener Golfklub, worauf seine Kleidung und die Tatsache hindeuteten, daß heute ein Sonntag war. Eine gewisse Enttäuschung bemächtigte sich Hassmeyers, als Franz Veyths Kabrio sich tatsächlich in Richtung Niederrad aus der Schnellstraße ausfädelte und sich durch das Gewirr schmalerer Straßen bis zu dem Grundstück in der Nähe eines lokalen Fußballplatzes wand, auf dem sich das Labor befand.

»Scheiße«, knurrte Mardorf, als Dr. Veyth das Kabrio vor dem Gittertor anhielt und ausstieg.

»Der holt bloß was«, sagte Hassmeyer. »Schau ihn doch an, so fährt man nicht ins Labor. Und die Lichter läßt er auch brennen.«

»Sollen wir?« fragte Mardorf nach einigen Sekunden der Überlegung.

»Natürlich«, sagte Hassmeyer, schlug gleichzeitig die Räder ein und wendete den Wagen, um, wie es hundertmal überlegt und mehrmals geprobt worden war, noch vor Dr. Veyth auf dem weitläufigen Waldparkplatz des Sachsenhausener Golfplatzes zu sein. Dies gelang.

Schien auf den Taunusbergen heute eine zwar etwas blasse aber strahlende Spätherbstsonne, und war noch auf der Höhe von Oberursel und Bad Homburg der Dunst licht und durchsichtig, so war es doch hier unten in der Mainniederung ein grauer und feuchter Nebel, der sich, wenn überhaupt, erst am späten Vor- oder frühen Nachmittag verflüchtigen würde. Und das war für die Ausführung von Bernd Hassmeyers Konzept ideal.

Er erreichte mit seiner großen Limousine den sich zwischen alten Nadelbaumbestand hineinziehenden Parkplatz des in die Wälder südlich von Sachsenhausen eingebetteten Golfplatzes, wo alles noch in feiertäglicher Ruhe dalag. An einer Stelle, von wo aus sie gut beobachten konnten, wendete er die Limousine und fuhr sie rückwärts zwischen die Stämme. Durch die Frontscheibe spähend, konnten sie alles überblicken. Auf dem weitläufigen Parkplatz standen bis jetzt nicht mehr als acht oder zehn Fahrzeuge, die, verwaschen und feucht glänzend, durch das Grau zu sehen waren. Franz Veyth kam mit dem Kabriolett etwa zwanzig Minuten später. Er hatte die Scheinwerfer noch immer eingeschaltet, verhielt etwas das Tempo und suchte sich dann einen Platz drüben in der Nähe der anderen Fahrzeuge, wo auch die Gebäude des Klubheimes unter hochgewachsenen Fichten zu sehen waren. Dort löschte er die Lichter, stieg aus und versperrte den Wagen. Während er, als er das getan hatte, das Schlüsseletui spielerisch in der einen Hand schlenkerte, schob er die andere in die Tasche der Hose und blickte prüfend in den grauen, nur nach oben etwas heller und durchsichtiger werdenden Nebel. Schließlich gab er sich einen Ruck und schritt trotz des schlechten Ergebnisses seiner Prüfung hinüber zu dem Eingang der Klubgebäude, wo er in der Tür des etwas zurückliegenden Flachbaus verschwand. In der halb versteckten Limousine sahen Bernd Hassmeyer und Alfred Mardorf einander in die von dunklen Bärten eingerahmten Gesichter.

»Heute könnte es klappen«, knurrte Mardorf. Hassmeyer ließ den Motor anspringen. Langsam und sehr leise glitt die Limousine, hie und da mit den Reifen durch eine flache Pfütze platschend, quer über den weitläufigen Platz, wurde noch einmal gewendet und stieß dann rückwärts auf die freie Stelle neben der linken Seite von Franz Veyths Kabriolett, wo dieser, wenn er zurückkam, um nach Hause zu fahren, einsteigen mußte.

Die beiden Männer dachten in diesem Augenblick an das gleiche. Bereits zweimal war das Unternehmen mißglückt. Einmal weil kein Operationsspielraum neben Franz Veyths Fahrzeug zur Verfügung gestanden war, und ein zweitesmal, weil in letzter Sekunde eine Störung durch ein ankommendes Fahrzeug und dessen Insassen eingetreten war. Diesmal würde es gelingen. Die Zeit bis zu dieser Sekunde überbrückten die beiden Männer schweigend und gegen ihre Nervosität ankämpfend. Zu den vereinbarten Maßnahmen gehörte, daß Mardorf, als der kleinere und geschicktere, sich in den Fond des Wagens begab und die Chloroformkapuze vorbereitete, die sich in einer luftdichten, mit einem Schraubverschluß versehenen Plastikdose griffbereit befand, während Hassmeyer, als der körperlich stärkere, den rechten Vordersitz einnahm, um für den schwierigsten Part zur Verfügung zu stehen. Als alles das geschehen war, warteten die Männer. Die Scheiben der aufwendigen Limousine waren grünlich bedampft und ließen bei der ohnehin geringen Tageshelligkeit nur einen minimalen Einblick in das Wageninnere zu.

Die Geduld der beiden Männer in diesem Fahrzeug wurde nicht auf eine sehr lange Probe gestellt. Allgemein waren bei dem nebligen Wetter die Partien aufgegeben oder auf den Nachmittag verschoben worden. Franz Veyth begrüßte im Foyer der Klubräume einige Bekannte, lehnte angebotene Drinks ab, nahm aber bei der dunkelhaarigen und hübschen Frau Gärtner am Büfett das obligate Käsebrot zu sich, das sie für zehn Uhr dreißig vorbereitet hielt, und auf welches Veyth angewiesen war, wenn er nicht seiner Gesundheit schweren Schaden zufügen wollte. Um dreizehn Uhr fünfzehn wollte – und aus dem gleichen Grunde mußte – er zurück bei Marieclaire beim Mittagessen sein. Da er sich ungern Eventualitäten aussetzte, und dazu gehörte das an Feiertagen gegen Mittag einsetzende unbeherrschbare Fahrzeugchaos an den neuralgischen Straßenpunkten, bezahlte er gegen elf Uhr fünfzehn bei Frau Gärtner seinen Imbiß, wechselte mit dem einen oder anderen Klubfreund noch ein Wort, verabschiedete sich hier und dort und trat kurz danach aus der Eingangstür wieder hinaus auf den noch immer in diffusem Nebel liegenden Parkplatz, wo er einem soeben angekommenen Ehepaar aus Neu-Isenburg begegnete, das ihm vom Sehen bekannt war. Dr. Franz Veyth grüßte und hielt diesem Ehepaar höflich die Tür. Dies war das letzte, was vorerst die Öffentlichkeit von ihm hörte oder sah. Anschließend schlenderte er quer über den Parkplatz, erreichte sein Kabriolett und trat auf der linken Seite neben den Wagen, um die Tür aufzuschließen.

Dies war der berechnete und in unzähligen Versuchen erprobte Augenblick, da sich hinter seinem Rücken die beiden rechten Türen der meergrünen Limousine öffneten, und Bernd Hassmeyer hinter ihn trat, um mit einem ebenfalls lange und intensiv eingeübten Judogriff Franz Veyths Arme so nach rückwärts zu biegen, daß es einfach war, den völlig überrumpelten Mann wehrlos zu machen und mit dem Kopf zuerst durch die ebenfalls geöffnete hintere Tür in den Fond der Limousine zu stoßen, wo Mardorf bereits mit der geöffneten Chloroformkapuze wartete und sie dem Mann über den Kopf zog. Das alles dauerte keine zehn Sekunden. Als Franz Veyths letzte instinktive Abwehrversuche erloschen, zerrte Mardorf den Körper zu sich nach innen, wo er unter der ebenfalls bereitgehaltenen Wolldecke verschwand, während Hassmeyer bereits wieder hinter dem Steuer saß und den Motor gestartet hatte. Gespannt beobachtete er abwechselnd durch die Frontscheibe die Szenerie rings umher und im Rückspiegel die Aktivitäten seines Komplizen. Es war programmiert, daß Mardorf jetzt Veyth den Wagenschlüssel abnehmen, das Kabriolett aufschließen und mit diesem zu dem verabredeten Versteck fahren sollte, so daß die Öffentlichkeit für einen Zeitraum, dessen Dauer die Entführer völlig unter Kontrolle hatten, über das, was wirklich geschehen war, gänzlich im unklaren blieb, und sie damit eine erhebliche Vorgabe an Handlungsfreiheit behielten. Hassmeyer mußte immer wieder zugeben, daß die Planung dieser Sache überzeugend war. Jedoch schien das gleiche für ihre Durchführung nicht zu gelten. »Na, was ist denn mit dem Schlüssel, verdammt noch mal?« drängelte er ungeduldig und nervös.

»Ich finde keinen«, sagte Mardorf. »Hinüber ist er, aber er hat keine Autoschlüssel dabei.«

»Das gibt's nicht, such die Taschen durch, rasch – rasch, Mann...«

Hassmeyer hörte vom Rücksitz her die Geräusche, als der andere Franz Veyths Taschen durchwühlte. Eine Geldbörse flog auf den Rücksitz, ein Taschentuch, eine Pillenschachtel, die Hausschlüssel.

»Nichts«, keuchte Mardorf. Beide spähten durch die Seitenfenster des Wagens nach draußen, um festzustellen, ob Veyth der Schlüssel vielleicht unmittelbar vor dem Aufschließen der Wagentür entglitten und zu Boden gefallen war. Aber die Stelle zwischen den beiden Autos war vollkommen leer. Um sich schlüssig zu werden, was weiterhin zu tun war, hatten sie nur ganz wenige Sekunden Zeit. Hassmeyer sah nämlich in der Eingangstür des

Klubgebäudes eine junge Frau auftauchen und suchend über den weitläufigen Parkplatz blicken. Er konnte das zwar nicht in allen Einzelheiten erkennen, aber aus der Haltung ihrer Hände schloß er, daß sie in einer von ihnen die Wagenschlüssel Franz Veyths hielt. Veyth mußte sie auf irgendeine Weise dort drin verloren oder vielleicht auch liegengelassen haben, und diese Frau hielt nun nach ihm Ausschau, um sie ihm zu bringen. Aber sie konnte ihn nirgends bemerken. Denn Dr. Franz Veyth lag im Fond ihres Wagens unter einer Wolldecke verborgen, im Chloroformrausch, der zwanzig, vielleicht auch fünfundzwanzig Minuten anhalten konnte. Und in dieser Zeit mußte er dort angelangt sein, wo der Aufenthalt für ihn vorbereitet war, und wo sie auch selbst unterschlüpfen konnten. Das nächste würde sein, daß diese penetrante Person da drüben die Treppen herunterstöckeln und unter lauten Rufen nach Dr. Veyth quer über den Platz herüberkommen würde.

»Leg dich flach«, keuchte er deshalb seinem Komplizen zu. »Verschwinde aus dem Gesichtsfeld. Wir müssen ohne das Kabrio weg. Dieses Suppenhuhn da drüben kann uns das ganze Konzept kosten.«

Fast gleichzeitig legte er den Gang ein, beschleunigte maßvoll und sehr unauffällig und bog so harmlos wie möglich in Richtung auf die Ausfahrt zu, die hinaus zur Straße führte. Beide wußten, daß sie von diesem Augenblick an mit dem gesamten Projekt von dieser jungen Frau abhängig waren, als die Limousine jetzt das Golfplatzgelände verließ und in Richtung Südosten einbog.

»Was heißt das für uns?« fragte Mardorf nach einer Weile von hinten her, aber Hassmeyer fuhr ihn an: »Ruhig, du Idiot, was weißt du denn, wann der wach wird? Und je weniger er weiß oder erraten kann, desto besser.«

Also schwiegen sie, bis sie nach etwas mehr als zwanzig Minuten Fahrzeit, während welcher Franz Veyth keinerlei Lebenszeichen von sich gegeben hatte, den Ort Dietzenbach erreichten.

Dietzenbach ist eine jener synthetischen Siedlungen, wie sie aus den Wunschträumen zahlloser sogenannter Besserverdienender entstanden waren, denen man in den vergangenen Jahren eingetrichtert hatte, daß es nunmehr ›in‹ sei, im Grünen zu wohnen. Es waren aber dann so viele Besserverdienende geworden, daß nichts anderes übriggeblieben war, als auch diese Wunschträume mit

Wohnanlagen aus Sichtbeton und öden, mit Zweitwagen zugeparkten und nachts von langweiligen Peitschenlampen erhellten Asphaltstraßen zuzukleistern. Hallenbad, Kaufzentrum, Sportplatz und Tennishalle, Griechenrestaurant, Italiener, Jugoslawe, Kunsteisbahn und Autovertretung, ebenfalls alles aus Fertigbauteilen in Sichtbeton, hoben die Lebensqualität der Bewohner. Behausungen in Dietzenbach wurden in Frankfurter Tageszeitungen angeboten, etwa wie folgt: ›Luxusbungalow, voll unterkellert, Atriumbauweise, zwei Garagen, herrliche, unverbaubare waldnahe Wohnlage, nur fünfzehn Autominuten vom Stadtzentrum Frankfurt‹, und so weiter und so weiter...

In eines dieser Grundstücke bog Hassmeyer nunmehr mit der Limousine und ihrer brisanten Fracht ein. Das Haus stand in Hanglage. Eine große Doppelgarage ging über in eine Garçonnière im Souterrain, mit einem Wohnschlafzimmer und eigener sanitärer Einrichtung. Nachdem das Garagentor, das sich selbsttätig schloß, sobald ein Fahrzeug die Lichtschranke von außen nach innen durchfahren hatte, nach unten gekippt war, trugen die beiden Männer den noch immer unbeweglichen Veyth in seine neue Behausung, legten ihn dort auf ein Sofa, schoben ihm ein Kissen unter den Kopf und deckten ihn sorgsam zu. Danach schlossen und versperrten sie die gepolsterten, eisenblechbeschlagenen Sicherheitstüren und begaben sich nach oben in den eigentlichen Wohntrakt. Lisbeth war Hassmeyers Frau. Sie bemerkte die beiden Männer durch die offenstehende Küchentür und ließ es zunächst bei einem fragenden Blick bewenden. Ihr Mann hielt ihr eine Faust mit dem aufgerichteten Daumen entgegen, das genügte. Erst später erzählte er Einzelheiten.

»Nur das mit seinem Wagen hat nicht geklappt, den mußten wir stehenlassen, weil er den Schlüssel irgendwie verlegt oder verloren hatte.«

Mardorf fügte hinzu: »Und gerade als wir losfuhren, kommt das Suppenhuhn von der Theke raus auf den Parkplatz und sucht den Veyth, um ihm seine Autoschlüssel nachzutragen.«

Lisbeth Hassmeyer stellte ihrem Mann die gleiche Frage wie vorher schon sein Komplize Mardorf: »Und was heißt das alles für uns, Bernd?«

Hassmeyer erläuterte: »Das heißt, daß uns ein Trumpf verlorengeht. Anders hätten sie nach Veyth mitsamt seinem Kabriolett gesucht, und vielleicht eher an einen Unfall geglaubt als an so etwas hier. So werden sie das weiße Kabriolett demnächst finden und sich die Wahrheit zusammenreimen können.«

»Die volle Wahrheit? Oder nur die Tatsache, daß es kein Unfall war?« fragte Lisbeth Hassmeyer, und wieder empfand ihr Mann jenen Stolz auf sie, der ihn immer überkam, wenn sie in brenzligen Situationen steckten. Dann blieb Lisbeth überlegt, cool und hatte die für eine Frau überraschende Fähigkeit, sich auf das wirklich Wesentliche zu konzentrieren.

Er wendete sich an Mardorf. »Geh runter in die Garage, und bring die Kennzeichen wieder in Ordnung, daß wir das nicht vergessen.«

Sie hatten sich weder für diesen Coup in riskanter Weise Kennzeichen gestohlen, noch solche anfertigen lassen, sondern durch Aufkleben winziger Stückchen weißer Folie Buchstabengruppe und Ziffern in ihrer Aussagekraft minimal, aber höchst wirksam verändert. Das hatte den großen Vorzug, daß das äußere Bild von Zulassungsstempel und TÜV-Plakette für jeden zufälligen Betrachter aussah wie gewöhnlich. Im übrigen hatten sie mit der die Situation unserer Tage allgemein kennzeichnenden Gleichgültigkeit, Oberflächlichkeit und Trägheit der meisten Menschen und mit der immer weiter um sich greifenden Mißachtung und Geringschätzung von Details gerechnet. Ob mit Erfolg oder nicht, würde in der zu erwartenden Aussage des Suppenhuhnes zutage treten.

Die Möglichkeit einer Überprüfung durch die Polizei hatten sie bewußt vernachlässigt. Wirklich im Griff hatte die Polizei nicht einmal mehr den Massenverkehr auf den Fernstraßen. Jeder generelle Stop auf der A 5 würde Stauungen bis zurück nach Gießen und Kassel zur Folge haben, und selbstverschuldete Situationen, die eine Überprüfung herbeiführen konnten, konnte man als intelligenter Mensch - und für einen solchen hielt Bernd Hassmeyer sich mit Recht – vermeiden.

»Das wird davon abhängen, wie genau die Frau uns wirklich beobachtet hat«, antwortete er deshalb seiner Frau. »Und das werden wir in ein paar Stunden wissen, wenn wir ›Heute‹ und ›Tagesschau‹ gesehen haben.«

»Meinst du wirklich, daß die das bringen?« fragte die Frau.

»Das werden wir sehen«, antwortete ihr Mann. »Ganz gleich, ob sie es bringen oder nicht, wir werden aus allem entnehmen können, wie sie sich zu der Sache einstellen. Denn daß das Kabriolett übriggeblieben ist, werden sie bis dahin wissen.«

Danach wendete Bernd Hassmeyer sich zum Telefon, sah auf die Armbanduhr, wartete noch ein paar Sekunden, bis die vereinbarte Zeit wirklich erreicht war, und wählte dann eine Nummer. Die Person, die am anderen Ende der Leitung den Hörer abhob, sagte nichts. Das war verabredet. Hassmeyer sagte:

»Die Orchidee ist jetzt aufgeblüht. Aber die Blätter haben Flekken.«

Auch das war verabredet und war der Code dafür, daß Dr. Franz Veyth sich an seinem Aufenthaltsort befand, daß er körperlich unversehrt, daß aber ein Unsicherheitsfaktor zurückgeblieben war. Als darauf keine Antwort erfolgte, sagte Hassmeyer noch:

»Ich erwarte Ihre weiteren Weisungen, wegen Pflege, Gießen und so weiter.«

Er wartete, bis er in der Muschel das Knacken vernahm, das anzeigte, daß sein Gesprächspartner aufgelegt hatte und legte dann selbst seinen Hörer zurück auf die Kontakte.

Bernd Hassmeyer ahnte nichts davon, wann die Pläne für eine Entführung des Dr. Franz Veyth wirklich ausgearbeitet worden waren und wer hinter ihnen stand. Hätte er es gewußt, dann wäre die Ruhe, mit der er sich jetzt ein Pfeife entzündete, geheuchelt gewesen.

2

Toyotomi Naosuke trug einen hellgrauen Flanellanzug aus New York, ein elegant gestreiftes Oberhemd aus London, dazu einen dunkelblauen seidenen Strickbinder aus Paris, Schuhe aus Italien und eine goldene Armbanduhr der bekanntesten Marke aus der Schweiz. Jedoch waren seine Statur, seine Augen, sein rabenschwarzes, lackartiges, am Wirbel ein wenig widerspenstiges Haar, vor allem jedoch sein Verstand und die Kälte seines Herzens durch und durch japanisch. Wenn Toyotomi Naosuke durch die endlosen, mit dicken Teppichen belegten Korridore schritt, erstarb zunächst alles Leben. Wer immer konnte, verzog sich in einen Seitenflur, ein Zimmer oder einen Waschraum, wer nicht dieses Glück hatte, blieb stehen, machte Front und versank in einer stummen Verbeugung, bis Toyotomi Naosuke mit einem knappen Neigen seines kleinen und fast viereckigen Kopfes vorüber war. Die modernen Mätzchen, mit denen Konosuke Matsushita es erreicht hatte, *›außergewöhnliche Fähigkeiten in ganz gewöhnlichen Menschen zu entwickeln‹*, überließ der Chef der Firma Hayashi-Data-Corporation seinem mittleren Management: Kommunikation, Motivation, Feed-back, jenes ihm verhaßte Gefasel von Selbstverwirklichung, das in der Philosophie mündete; *›Wir üben natürlich Druck aus, versuchen aber immer, die Leute dazu zu bringen, auf ihre eigene Weise zu unseren Ansichten zu gelangen‹*, reizte ihn einfach zum Lachen. Toyotomi Naosuke war kein Mann des Überredens, Überzeugens oder der Menschenbehandlung. Er verkörperte die Zielvorstellung, den unbeugsamen Willen, sie durchzusetzen, die zusammengefaßte Unternehmenspolitik und geballte Autorität. Niemand hatte es den versteinerten Gesichtszügen Toyotomi Naosukes jemals angesehen, ob es etwas Unwesentliches, Wichtiges oder Entscheidendes war, das er in seiner schmalen Dokumentenmappe mit sich herumtrug, wenn er durch die Korridore schritt oder die Aufzüge benutzte.

So war es auch heute. Toyotomi Naosuke betrat den Cheflift oben in seinem Privatkontor, einem Penthouse im zweiundzwanzigsten Obergeschoß des Hayashi-Wolkenkratzers mit einem herrlichen Rundblick über die Stadt Osaka und drückte eigenhändig den Steuerknopf in den zweiten Tiefkeller, während der Liftboy noch in seiner Verbeugung verharrte. Die Teleskoptüren schlossen sich, und mit einer Geschwindigkeit, nicht weit entfernt von der des freien Falls, schoß der Aufzug nach unten. Der Liftboy wußte nicht viel von den Geheimnissen der Firmenleitung, aber soviel war ihm doch gegenwärtig, daß sich auf dieser Ebene dort unten der geheime Konferenzraum befand, der die drei unabdingbaren Voraussetzungen solcher Räume in Japan erfüllte, nämlich abhörsicher, atombombengeschützt und erdbebenfest zu sein. Wenn der Chef sich dorthin begab, war es wichtig.

Wie wichtig es in Wirklichkeit war, ahnten in diesem Augenblick allerdings weder der Liftboy noch die vier Männer, die in dem Konferenzraum bereits auf Toyotomi Naosuke warteten. In der Sicherheitsschleuse der untersten Ebene, welche der Aufzug erreichte, wartete Naka Kansantari, der Sicherheitschef des Unternehmens, bereits mit gezückter Entriegelungskarte, mit welcher er den Schlitz der Lichtschleusensicherung fütterte. Hinter der Panzertür nochmals ein Vorplatz, von wo aus es in die verschiedenen Dienstleistungsräumlichkeiten ging, in die unabhängige Kraftstation, die Nachrichtenzentrale mit Telefon, Funk und Telex, eine Teeküche und ein Krankenzimmer. Hier unten befand sich Hayashis Befehlszentrale für den Notfall, aber all dies war heute unbesetzt. Vor Kansantari und seinem Chef fuhr eine weitere metallisch schimmernde Teleskoptür auseinander und gab den Konferenzraum dem Blick frei. Dieser Raum war sinnreich so eingerichtet und eingeteilt, daß Sitze und Tische stets der Anzahl der teilnehmenden Männer angepaßt werden konnte, also immer der Eindruck einer abgerundeten Geschlossenheit herrschte. Hinter den beiden Japanern fuhr die Teleskoptür lautlos zusammen. Die vier, die bereits warteten, erhoben und verbeugten sich. Toyotomi Naosuke erwiderte die Begrüßung, während Kansantari im Hintergrund wartete. Bevor der Konzernchef Platz nahm und auch die anderen aufforderte, das wieder zu tun, reichte er Kansantari die Dokumentenmappe, die der Jüngere mit einem Spezialschlüssel öffnete und an Naosuke zurückgab. Naosuke ließ die Mappe aufspringen, hielt sie Kansantari so vor die Augen, daß dieser sich überzeugen konnte, daß nur ein einziges Blatt darin war, und zog dieses Blatt schließlich heraus. Jetzt nahmen auch Naosuke und Kansantari Platz. Aufmerksam und in sehr gerader Haltung saßen die vier anderen Männer an dem runden Tisch und sahen mit schwarzen, unbewegten Augen auf Toyotomi Naosuke. Als dieser zu sprechen begann, sprang die Minutenklappe der rötlich schimmernden Digitaluhr an der Stirnwand auf elf Uhr, den Zeitpunkt, zu dem Naosuke diese Konferenz einberufen hatte.

Von den vier Männern gehörte einer zum Aufsichtsrat des Unternehmens, der zweite war Angehöriger einer hohen Regierungsstelle, der dritte war der Verkaufsdirektor des Unternehmens für die Vereinigten Staaten von Nordamerika, und der vierte schließlich hatte die Posten für die immer noch nicht Vereinigten

Staaten von Europa inne. Toyotomi Naosuke wandte sich an Kansantari:

»Von den Dingen, die dieses Papier enthält, habe in diesem Augenblick nur ich persönlich Kenntnis, und natürlich diejenigen in Europa, die es betrifft. Alles andere ist offen. Wenn also von dem, worüber wir hier sprechen, etwas an die Öffentlichkeit gelangt, dann kann es nur aus dem hier anwesenden Kreis geschehen sein.« Die schwarzen Augen wanderten in die Runde. »Bin ich richtig verstanden worden?«

Ein gemessenes Kopfnicken der anderen Konferenzteilnehmer war die Antwort, und einer von ihnen sagte: »Sie haben von weittragender Bedeutung Ihrer Eröffnungen gesprochen, Herr Naosuke. Beginnen Sie bitte.«

Mit Rücksicht darauf, begann also Naosuke, daß Herr Konomai – das war der Vertreter des Aufsichtsrates – und Herr Tschoshi – das war der Angehörige des Ministeriums – über die unserer Fertigung zugrunde liegende Technologie nur Randkenntnisse besitzen könnten, müsse er weiter ausholen. Oder ob einem der firmenfremden Herren näheres über Josephson-Schaltungen gegenwärtig sei? Ein Blick von einem zum anderen, während die beiden überseeischen Direktoren auch ihrerseits einen Blick wechselten, aus dem hervorging, daß sie dann in großen Zügen wohl schon wüßten, worum es ging. Naosuke sah es und sagte: »Sie täuschen sich, meine Herren. Das, was ich hier in den Händen halte, würden nicht einmal Sie für möglich halten.«

Er wendete sich wieder den beiden anderen Männern zu: »Eine kommerzielle Anwendbarkeit oder auch nur im Großmaßstab herstellbare, wirtschaftliche, politische oder militärische Nutzungsmöglichkeit der Josephson-Schaltung im Großprozessorbereich würde dem Anbieter solcher Prozessoren für die nächsten zehn bis fünfzehn Jahre ein unanfechtbares Branchenmonopol und damit eine marktbeherrschende Position verschaffen. Würde diese Anwendbarkeit hier bei uns in Japan hergestellt, dann würde sie das Rennen entscheiden und die Amerikaner auf die Plätze verweisen.«

Die beiden Übersee-Direktoren nickten bestätigend. Bis hierhin wußten sie jedenfalls selbst Bescheid. Die zwei anderen Herren sahen den Hayashi-Chef erwartungsvoll und aufmerksam an. Naosuke fuhr also fort: »Schaltungen, die auf dem Josephson-Effekt basieren, werden die jetzige Halbleitertechnik revolutionieren, weil sie die bisher gewohnten Schaltzeiten um ein vielfaches unterbieten werden. Schon heute experimentiert Bell mit Schaltzeiten von gegen zwei Nanosekunden, das ist jetzt schon weit kürzer als bei modernen Halbleiterschaltkreisen.«

»Und was ist der praktische Nutzeffekt einer noch größeren Schaltzeitverkürzung?« fragte Tschoshi.

Naosuke sah ihn an: »Sie können dann«, sagte er, »über den Computer die menschliche Sprache erkennen, Bilder mit hoher Geschwindigkeit verarbeiten oder Simulationen im großen Stil herstellen. Sie können die Bilanz Ihres Unternehmens viertelstündlich, also sechsundneunzigmal täglich errichten, und die strategische Weltlage oder die meteorologische Gesamtsituation zu jeder von Ihnen gewünschten Minute des Tages abrufen. Sie können über Ernten disponieren und Warenströme umleiten, Revolutionsausgangslagen analysieren...«

»Sie können also, wenn Ihnen danach ist, die Weltherrschaft anstreben«, sagte Herr Konomai trocken.

»Der Erstbesitz einer praktikablen Josephson-Schaltung sichert dem Anbieter das Monopol in zwei Ebenen«, sagte Toyotomi Naosuke. »Das Monopol innerhalb der Computerindustrie und gleichzeitig einen beherrschenden Einfluß auf die gesamte Weltwirtschaft und Weltfinanz.«

Eine Weile war Schweigen in dem von mildem, diffusem Licht durchflossenen Raum.

»Und warum bauen Sie diese Schaltung dann nicht, Herr Naosuke?« wollte Konomai wissen.

Toyotomi Naosuke antwortete: »Der Josephson-Effekt tritt ein, wenn die winzigen Kontakte auf eine Temperatur in der Nähe des absoluten Nullpunktes von -273,150 Celsius abgekühlt und dadurch supraleitend werden, das heißt mit anderen Worten, ihren elektrischen Widerstand fast vollständig verlieren. Forschungs- und Entwicklungsziel ist daher gegenwärtig weltweit die Herstellbarkeit eines Materials, auf welches Josephson-Kontakte aufgebracht werden können, und das gleichzeitig das ständige Ausgesetztsein einer Temperatur um den absoluten Nullpunkt aushält.«

»Ich denke«, sagte Herr Tschoshi, »bei Bell arbeiten sie bereits mit diesem Effekt.«

»Die Bell-Laboratorien«, antwortete anstelle Naosukes der Direktor für Amerika, Dr. Kano Hidejoshi, »verwenden derzeit ein herkömmliches Siliciumsubstrat mit einem Niob-Isolator und einer Blei-Indium-Goldlegierung zur Beschichtung. Also eine für eine kommerzielle Verwertung unbezahlbare Einzelverarbeitung.«

»Sie sind gut informiert, Dr. Hidejoshi«, sagte Toyotomi Naosuke anerkennend. »Dann wissen Sie wahrscheinlich auch, daß das zweite Problem die Kompatibilität, also mit anderen Worten, die Verbindbarkeit der in flüssiges Helium von -269° getauchten Josephson-Schaltungen, mit anderen herkömmlichen Schaltungen ist. Gelingt sie nicht, müßten in Zukunft alle Computer, die auf Josephson-Basis arbeiten, ständig in flüssiges Helium getaucht sein.«

»Aber an diesem Problem arbeitet bereits Inman in Austin mit Aussicht auf Erfolg«, sagte Dr. Hidejoshi.

Dieser beiden Namen waren nur Tschoshi kein Begriff, und Naosuke war nicht weit davon entfernt, sich darüber zu ärgern, daß man ihm von der Regierung einen Mann schickte, der keinen Schimmer von einer Ahnung hatte, um was es eigentlich in dieser Branche ging. Jedoch ließ er sich nach außen nichts anmerken und erläuterte mit eisiger Höflichkeit: »Bobby Inman ist der frühere Chef des amerikanischen elektronischen Geheimdienstes und stellvertretender Direktor der CIA, Herr Tschoshi. Jetzt ist er Präsident von MCC, der ›Microelectronics und Computer-Technology-Corporation‹ in Austin, derjenigen amerikanischen zentralen Institution also, die unsere elektronische Überlegenheit verhindern und das elektronische Monopol in der eigenen Hand behalten soll.«

Dr. Hidejoshi nickte bestätigend mit dem Kopf. »Ganz recht, Herr Naosuke. Trotz Inmans theoretischen Erfolgen in der Entwicklung der Kompatibilitätsherstellung wird es bis zur Anwendbarkeit von Josephson-Schaltungen noch zwölf bis fünfzehn Jahre dauern.«

Toyotomi Naosuke sah triumphierend über den runden Tisch zu seinem Mitarbeiter hinüber.

»Das ist eben nicht wahr, Dr. Hidejoshi. Dieses Material ist bereits entdeckt.«

Eine Bewegung der Überraschung ging durch den Raum, die Naosuke auskostete.

»Und wo ist das geschehen?« fragte Ogata Itomura, Hayashis europäischer Direktor.

»In Deutschland«, sagte Naosuke, und wieder reagierten die Anwesenden überrascht. So sehr war man, sowohl in Amerika wie auch in Japan, daran gewöhnt, daß zu den umwälzenden Technologien aus dem alten Kontinent nicht mehr kam als Schweigen, daß die Nennung Deutschlands nur allgemeines Kopfschütteln hervorrufen konnte.

»Ausgerechnet Deutschland«, sagte Itomura.

»Ja«, sagte Naosuke. »Sehen Sie, die Substrat-Entwicklung ist an sich das Problem einer anderen Forschungsrichtung. Da geht es um Chemie. Das ist etwas für die Kunststoffindustrie, für die Glas- oder Keramik-Branche, verstehen Sie? Da gibt es also in Frankfurt...« Naosuke brachte eine Brille hervor und konsultierte das Blatt Papier, das er in der Hand hielt. »Ja, in Frankfurt«, fuhr er fort, »eine kleine bis mittelgroße Fabrik für Gefrier- und Tiefkühlanlagen, die ›Kältetechnik AG‹. Sie ist zwar eine Aktiengesellschaft, aber die Aktien befinden sich in Familienbesitz. Gründer und Motor war ein überdurchschnittlich begabter Diplomchemiker namens Dr. Franz Veyth, der jahrelang als Naturwissenschaftler den Vorsitz im Vorstand führte, und seit sechs Monaten als siebenundsechzigjähriger Pensionär dem Aufsichtsrat des Unternehmens vorsteht. Dr. Veyth hat nach seiner Verabschiedung das Privileg erhalten, ein eigenes Labor und einen kleinen Forschungs- und Entwicklungsstab auf eigene Rechnung weiterzuführen, und für die Unternehmenstechnik zu experimentieren. Das hat er getan. Im Zuge der Entwicklung immer weitergehender kältewiderstandsfähiger Materialien ist ihm die Darstellung eines Kunststoffproduktes gelungen, das auch bei –270° Celsius unter Dauerbelastung sich weder zersetzt noch bricht oder spröde wird, sondern bearbeitbar bleibt. Ich habe diesem Produkt den Entwicklungstitel ›Veythonid‹ gegeben.«

Toyotomi Naosuke brach ab und sah seine Zuhörer an.

»Das ist ja unglaublich«, ließ sich Dr. Hidejoshi vernehmen. »Ausgerechnet die Deutschen. Im Zusammenwirken mit den Erfolgen Inmans, Cray's und Rollwagens in Amerika kann das den Durchbruch zugunsten Amerikas bedeuten.«

»Die Praktizierbarkeit des Josephson-Effektes also nicht erst in zwölf bis fünfzehn Jahren, sondern bereits in zwölf bis fünfzehn Monaten, Dr. Hidejoshi«, sagte Toyotomi Naosuke bedeutungsvoll.

Konomai sagte: »Ich hoffe, Sie haben diesem Dr. Franz Veyth sofort siebenstellige Beträge für die Lizenz geboten?«

»Ich habe das nicht getan«, sagte Toyotomi Naosuke. »Und ich will Ihnen erklären, warum ich es nicht getan habe, Herr Konomai. Diese Deutschen wissen nämlich überhaupt nicht, was sie da entdeckt haben. Sie stellen Kälteapparaturen für den Haus- und Großgebrauch her, und das Äußerste, was sie praktisch verwerten können, ist Material für die Verwendung in der Tiefkühltechnik, für die sie keineswegs Widerstandsfähigkeit gegen Temperaturen um den absoluten Nullpunkt benötigen. Sie haben dieses Ergebnis der Hobbyforschung des Herrn Dr. Veyth also weder gewollt noch erwartet, und demzufolge ad acta gelegt und betrachten es als nutzloses Neben- oder Überprodukt.«

Ein erneutes Kopfschütteln fast aller Anwesenden war die Antwort auf diese Eröffnung. Naosuke fuhr fort: »Zweitens: Bei vielen, nicht nur deutschen, sondern europäischen Familienunternehmen gibt es noch heute eine eingewurzelte Ignoranz gegen moderne Unternehmensführung und einen gegen die Elektronik gerichteten, dünkelhaften Hochmut. Sie kümmern sich nicht um die Entwicklungen auf diesem Gebiet und sind in Frankfurt demnach auch nicht informiert über den Markt, der ihrem Zufallsprodukt offensteht.«

Naosukes Zuhörer hatten wie gebannt gelauscht und rückten sich jetzt, als Naosuke eine Pause eintreten ließ, in ihren Sesseln zurecht.

»Und da kann man wirklich nicht siebenstellig einsteigen?« fragte Dr. Hidejoshi, Naosukes Mann in Amerika, ungläubig.

»Nein«, antwortete Naosuke knapp. »Wenn wir siebenstellig einsteigen, würden es die Amerikaner sofort achtstellig und mehr tun, und so würde das weitergehen. Es wäre aber auch sinnlos. Es gibt in Deutschland Verrückte, welche die beginnende Normalisierung ihres Lebensstandards als ›Krise‹ bezeichnen. Trotz dieser angeblichen Krise ist die Kältetechnik AG gesund, hält ihre Umsätze und ihre Arbeitsplätze. Expandieren will dort zur Zeit niemand.«

»Und Dr. Veyth selbst«, fragte Ogata Itomura, Naosukes Mann für Europa mit Sitz in Düsseldorf. »Ich muß gestehen, daß ich diesen Namen heute zum erstenmal höre.«

»Sie brauchen sich deshalb keine Sorgen zu machen, Herr Itomura«, sagte Naosuke. »Ich ziehe daraus keine Konsequenzen. Daß ich selbst davon erfahren habe, ist reiner Zufall. Meine Antwort: Wir können auch bei Veyth persönlich mit Geld nicht ansetzen. Dr. Veyth ist für europäische Verhältnisse ein Ehrenmann. Er ist außerdem sehr wohlhabend, schon von Familie her, und auch die Führung seines Unternehmens hat ihm viel eingebracht. Er gilt im Rhein-Main-Raum als beliebter Playboy und begehrte Zielvorstellung für Frauen. Trotzdem ist er glücklich verheiratet mit einer dreißig Jahre jüngeren Schönheit. Golfspieler, Reiter, Segler, Sommerbungalow am Lago Maggiore... Nein, Herr Itomura – wenn Dr. Veyth verkauft, dann vergibt er eine Lizenz in Deutschland selbst oder nach Amerika, niemals aber nach Japan. Er scheint uns nicht sonderlich zugetan zu sein.«

Naosuke ließ das Blatt, von dem er abgelesen hatte, zurück auf die Tischplatte segeln und fuhr fort: »Es ist aber auch gar nicht notwendig, in den Besitz der Veythschen Materialien zu kommen, denn wir haben uns selbst nahe an eine Problemlösung herangearbeitet, was ich hiermit bekanntgebe. Wir werden binnen sechs oder acht Monaten wissen, ob wir damit Erfolg haben. Mein Vorschlag ist, den Deutschen für die Dauer dieses Zeitraumes daran zu hindern, sein Patent anzumelden, und damit den Markt für uns zu blockieren.«

Zum wiederholten Male breitete sich an diesem denkwürdigen Tage Überraschung in dem unterirdischen Konferenzraum aus.

»Ich denke, Veyth ahnt gar nicht, was er da entwickelt hat«, sagte nach einer Weile Herr Konomai.

»Er kann es aber ebensogut erfahren, wie ich es auch erfahren habe«, sagte Toyotomi Naosuke. »Und für diesen Fall möchte ich Vorsorge treffen.«

»Und wie wollen Sie das machen, Herr Naosuke?« fragte Tschoshi.

»Dazu wollte ich eigentlich Vorschläge von Ihnen hören, meine Herren«, sagte Naosuke und lehnte sich in seinem Sessel zurück.

»Wir können die Weltentscheidung im Elektronik-Wettbewerb

nicht von einem alternden westdeutschen Playboy und dem Zufall abhängig machen, das werden Sie einsehen.«

Naosukes Blick blieb auf dem Gesicht Naka Kansantaris haften. Und in der Tat, dies war die Stunde des Sicherheitschefs, der hoch dafür bezahlt wurde, auf solche Situationen vorbereitet zu sein und entsprechende Vorschläge zu machen. Die fünf anderen Männer sahen ihn an, als er sagte:

»Um etwas zu erreichen, was man für notwendig und unverzichtbar hält, gibt es bekanntlich schon seit dem Chinesen Sun-Tsu sieben verschiedene Wege. Erstens Überzeugung, zweitens Überredung, drittens Psychodruck, viertens Erpressung, fünftens Bestechung, sechstens List, siebentens Gewalt. Es ist Ihre Entscheidung, Herr Naosuke, welche davon von vornherein ausscheiden sollen oder müssen.«

»Ausscheiden müssen nach Lage der Dinge Überzeugung, Überredung und Bestechung. Nach meiner Meinung auch Psychodruck und Erpressung. Dr. Veyth ist als konsequenter Konservativer bekannt. Im letzten Kriege deutscher Panzerkommandeur vor Stalingrad, und die waren hart im Nehmen. Psycho zieht nicht, und irgendwas, womit er erpreßbar wäre, ist nicht zu sehen.«

Naka Kansantari zeigte lächelnd neu bekronte, blendend weiße Zähne in seinem pergamentfarbenen Gesicht. »Also verbleiben nach verbindlicher Entscheidung der Unternehmensleitung List und Gewalt.«

»Auch Gewalt sollte unterbleiben«, sagte Herr Konomai sanft und wendete sein Gesicht Naosuke zu, als dieser antwortete: »Ganz Ihrer Meinung, Herr Konomai. Die Gefahr, daß so etwas ans Tageslicht kommt, ist zu groß.«

»Also List«, sagte Tschoshi.

»Fällt Ihnen dazu irgend etwas ein?« sagte Naosuke.

Nach einer ganzen Weile antwortete Kansantari: »Dazu fällt mir etwas ein, Herr Naosuke.«

»Dann sagen Sie es«, antwortete der Firmenchef. Jedoch zögerte Kansantari.

»Ich würde es vorziehen«, sagte er, »über das, was mir dazu einfällt, zunächst mit Ihnen unter vier Augen konferieren zu dürfen. Vielleicht sollten wir später noch Herrn Itomura hinzuziehen. Aber sowohl für das Gremium des Aufsichtsrats wie auch für die

Regierung würde ich es für richtig halten, von dem Gegenstand dieser vertraulichen Unterhaltung so wenig wie möglich zu wissen. Jede höhere Ebene muß die Möglichkeit behalten, guten Glaubens die Verantwortung auf eine Ebene tiefer zu schieben, wo sie sich dann im Kompetenzwirrwarr totläuft. Denn auch List ist nicht unbedingt ein legales Mittel der Unternehmenspolitik.«

Nach kurzer Überlegung akzeptierte Toyotomi Naosuke diese Gedankengänge seines Sicherheitschefs und verabschiedete in der vollendeten Manier eiskalter japanischer Höflichkeit die Herren Konomai, Tschoshi und Dr. Hidejoshi, verbunden mit der Zusicherung, jeden von ihnen sofort über den Fortgang der Sache zu informieren, wenn etwas ihren Kompetenzbereich Berührendes geschehen würde. Ogata Itomura bat er, sich im Hause zur Verfügung zu halten, denn alles, was geschah, würde auf jeden Fall direkt sein Ressort betreffen.

Als sich die lautlosen Teleskoptüren wieder hinter den vier Männern zugeschoben hatten, kam es zwischen dem Unternehmenschef und seinem Sicherheitsberater zu jenem Gespräch, dessen Inhalt wenig später in Frankfurt am Main eine ahnungslose Familie und eine unvorbereitete Polizei vor erhebliche Probleme und einen vierzehnjährigen Jungen vor die schwersten Skrupel seines bisherigen und wahrscheinlich auch seines zukünftigen Lebens stellen sollte.

»Beginnen Sie«, sagte Toyotomi Naosuke. Und Kansantari begann: »Nachdem ich mir alle Ihre Informationen noch einmal durch den Kopf habe gehen lassen, schlage ich Ihnen vor, zu versuchen, Dr. Franz Veyth für den Zeitraum, den wir bis zur Patentreife unserer eigenen Entwicklung benötigen, vorübergehend aus dem Verkehr zu ziehen.«

»Aus dem Verkehr ziehen«, sagte Naosuke. »Das klingt ganz gut. Fahren Sie fort, Herr Kansantari.«

»Sie wissen«, sagte Kansantari, »daß man in Europa, besonders in Westdeutschland und Italien, den beiden Ländern mit der liberalsten Strafjustiz, in großem Umfang erpresserische Geiselnahmen und Entführungen hinnimmt.«

»Ich habe davon gehört, ja.«

Naosuke neigte bestätigend den Kopf, und Kansantari sprach weiter: »Einige solcher spektakulärer Entführungen haben sich über außerordentlich lange Zeiträume ausgedehnt, manche bis zu acht und zehn Monaten. Das wäre also nichts Ungewöhnliches.«

»Ich verstehe«, sagte Toyotomi Naosuke. »Nur – was wollen Sie von Dr. Veyth erpressen?«

»Nichts«, sagte Naka Kansantari trocken. »Absolut nichts. Wir werden ihn erstklassig unterbringen, hervorragend und zuvorkommend behandeln und ihn, sobald unsere Ziele erreicht haben, wohlbehalten wieder freilassen. Natürlich werden wir zum Schein gewisse Verhandlungen führen und gewisse Forderungen stellen, dann aber die Sache auf so kleiner Flamme weiterkochen lassen, daß das glückliche Ende schließlich niemanden mehr interessiert. Das ist eigentlich alles, Herr Naosuke.«

Toyotomi Naosuke war von diesem Konzept seines Sicherheitschefs aufrichtig begeistert, aber natürlich hatte er zu gewissen Details noch Fragen: »Diese Sache wird uns mithin«, sagte er, »direkt keinen einzigen Dollar einbringen, uns dafür aber einiges kosten, Herr Kansantari. Wieviel?«

»Ich werde Ihnen darüber einen Vorschlag vorlegen«, sagte der Jüngere. »Die Positionen sind folgende: Wir brauchen zwei oder drei verschwiegene und entschlossene Männer – oder noch besser, zwei Männer und eine Frau, die kochen können muß –, die alle bereit sein müssen, ins Gefängnis zu gehen und zu schweigen, ein Risiko, das wir natürlich horrend werden bezahlen müssen. Wir müssen weiterhin ein Grundstück mit einem angemessenen Haus zur Verfügung stellen und das Haus entsprechend einrichten und sichern. Wir müssen das Team auf die ganze Dauer der Unternehmung versorgen und verpflegen. Und wir müssen schließlich einen unserer eigenen Ärzte ständig für einen Flug nach Europa bereithalten, weil unser deutscher Freund, wie Sie ausführten, siebenundsechzig Jahre alt ist. Das alles ist immerhin eine ganze Menge.«

»Wieviel?«, sagte er. »Drei bis fünf Millionen.«

»Jen?« fragte Naosuke.

»Dollar«, sagte Kansantari.

Toyotomi Naosuke schnippte mit den Fingern. »Wenn uns das den Erfolg bringt, Herr Kansantari, und wenn wir dabei auch noch mit einer weißen Weste wieder herauskommen... Was für Vorstellungen haben Sie, falls mit der Geheimhaltung irgend etwas schiefgeht?«

Der junge Aufsteiger, der seinem Herrn und Meister in straffer, aufrechter Haltung gegenübersaß, wàr auch in dieser Beziehung eine Potenz und das Geld wert, das sein Unternehmen ihm zahlte.

»Das ist das geringste Problem. Von unserer europäischen Vertretung darf ohnehin nur ein einziger Mann in die Unternehmung eingeweiht sein. Ich schlage dafür Herrn Itomura vor, der seinen Sitz in Düsseldorf hat. Die westdeutsche Regierung neigt dazu, Konflikten mit Ländern, auf deren Wohlwollen sie angewiesen ist, auf elegante Weise aus dem Wege zu gehen. Sie hat erst kürzlich, indem sie sämtliche Augen zudrückte, einem persischen Haschisch-Schieber namens Tabatabai den Status eines Sonderbotschafters zuerkannt, ihn dadurch dem Zugriff ihrer eigenen Justiz entzogen und sich auf diese elegante Weise Schwierigkeiten mit ihrem Öllieferanten Khomeini vom Halse gehalten. Wenn wir Herr Itomura entsprechend aufbauen, wird er im richtigen Zeitpunkt ebenfalls Sonderbotschafter sein, Herr Naosuke.«

»Und Sie glauben, daß die westdeutsche Bundesregierung auf unser Wohlwollen angewiesen ist, Herr Kansantari?«

Der junge Mann war versucht zu lächeln, aber das durfte er sich in Anwesenheit seines unpolitischen Konzernchefs nicht leisten. Jedoch pfiffen das schließlich die Spatzen von den Dächern, daß die Deutschen in ihrem ungebremsten Wohlstandstaumel die Lohn-Stückkosten derart in die Höhe gepulvert hatten, daß ihre Produkte nicht mehr voll konkurrenzfähig waren, und ihre Würdenträger auf den Knien nach Tokio gerutscht kamen, um die Einfuhr ebenso guter, aber billigerer Ware protektionistisch zu unterbinden. Und dabei waren doch gerade sie es gewesen, die das edle Rassepferd Marktwirtschaft mit ihren maßlosen Ansprüchen so zuschanden geritten hatten, daß es jetzt einer elenden, keuchenden Mähre glich. Und daß man bei Billigeren und ebenso Guten betteln gehen mußte, anstatt selbst der Billigere und Bessere zu sein. Wenn Naka Kansantari an all das dachte, dann fiel es ihm leicht, ohne den geringsten Anflug eines Lächelns seine Antwort zu formulieren:

»Daran, daß die deutsche Bundesregierung um unser Wohlwollen bemüht ist, habe ich nicht den geringsten Zweifel, Herr Naosuke.«

Der Konzernchef nickte und sagte: »Dann bitten Sie jetzt Herrn

Itomura wieder nach unten und geben Sie im Sinne der Unterhaltung, die wir soeben geführt haben, Ihre Anweisungen.«

Das tat Naka Kansantari in einer so klaren, kurzen und präzisen Weise, daß sein Boß, der, den Ellbogen aufgestützt, die rechte Hand um das glattrasierte Kinn geschmiegt, dabei zuhörte, einmal mehr sich in dem Bewußtsein bestätigt sah, in ihm den besten Mann engagiert zu haben, den es für Aufgaben wie diese im Augenblick gab.

3

Das Suppenhuhn, wie Hassmeyer in unbegründeter Arroganz die junge und auch gar nicht so unansehnliche Frau Gärtner für den internen Sprachgebrauch getauft hatte, benahm sich normal und vollkommen natürlich. Als sie auf dem weitläufigen Parkplatz Dr. Franz Veyth nirgends entdecken konnte, nahm sie an, daß Veyth noch einen Rundgang unternommen habe, und dann, wenn er seinen Wagen aufschließen wollte, das Fehlen der Schlüssel bemerken würde. Also ging Frau Gärtner zurück zu ihrem Desk, legte die Schlüssel an eine Stelle, die sie im Auge behielt, und versah weiterhin ihre Pflichten. Wieder erinnert wurde sie an die Sache einige Stunden später, nämlich kurz vor dreizehn Uhr. Um diese Zeit fiel ihr Blick zufällig auf das noch immer unberührt daliegende Schlüsselbund, und sie dachte daran, daß Dr. Veyth auf regelmäßige Mahlzeiten angewiesen war und um diese Zeit eigentlich schon zu Hause am Mittagstisch sein sollte. Ohne daß sie zunächst konkrete Überlegungen anstellte, verspürte sie jedoch ein bohrendes, exakt nicht zu begründendes Unbehagen, das sie nach einigen Minuten des Zögern und Überlegens zum Telefon greifen ließ. Sie sprach mit Marieclaire.

»Golfclub Sachsenhausen«, sagte sie. »Hier Thilde Gärtner, ich wollte nur sicherheitshalber rückfragen, ob Ihr Mann schon zu Hause ist?«

»Nein«, antwortete Marieclaire Veyth, in diesem Augenblick noch immer völlig arglos. »Aber ich erwarte ihn jede Sekunde zum Mittagessen. Warum fragen Sie?«

»Wissen Sie zufällig, ob Ihr Mann zwei Paar Wagenschlüssel mitgenommen hat?« stellte Thilde Gärtner eine Gegenfrage.

Marieclaire wurde jetzt auch unruhig.

»Wie kommen Sie denn darauf, Frau Gärtner? Meinem Mann passiert so etwas nie. Er ist die Disziplin und die Konzentration persönlich. Warum wollen Sie das wissen?«

»Weil ich die Autoschlüssel Ihres Mannes in der Hand habe«, sagte Frau Gärtner. »Er hat sie hier am Desk verloren, als er sich vor knapp zwei Stunden verabschiedete. Ich bin ihm noch auf den Parkplatz hinaus nachgelaufen, aber ich konnte ihn nirgends mehr sehen. Da dachte ich mir, er wird sich dann schon melden, wenn er sie vermißt. Aber das hat er bis jetzt noch nicht getan.«

Es trat ein Schweigen von einigen Sekunden ein, während deren Ablauf die Sorge bei Marieclaire Einzug hielt. »Sie müssen ihn so schnell wie möglich finden«, sagte sie nach dieser Pause hastig. »Er muß jetzt essen und er muß ganz bestimmte Dinge und eine ganz bestimmte Menge essen. Steht denn sein Wagen noch dort?«

»Ich hätte schon längst nachgesehen«, sagte Frau Gärtner niedergeschlagen, »wenn ich nur wüßte, mit welchem er gekommen ist.«

»Es ist ein kleines, weißes Kabriolett mit einem Bad Homburger Kennzeichen«, sagte Marieclaire. »Bitte gehen Sie rasch, und sehen Sie nach.«

Frau Gärtner versprach es und blickte, als sie den Hörer auf das Desk legte, direkt in des Gesicht eines weiteren Mitglieds des Golfclubs, der diesem Gespräch, oder zumindest einen Teil desselben, zugehört zu haben schien. Das war Dr. Innergassner, der Polizeipräsident der Stadt. Er hörte, genau wie Dr. Veyth, auf den etwas altväterlichen Vornamen Franz und hatte aus diesem Grund zu irgendeinem Anlaß und an irgendeinem Ort in einer Sektlaune mit Dr. Franz Veyth auf du und du getrunken. Deshalb hatte ihn das Gespräch, dessen Zeuge er geworden war, aufmerksam werden lassen.

»Ist irgendwas?« fragte er die schon im Forthasten begriffene Frau Gärtner.

»Ja«, sagte sie. »Dr. Veyth ist nicht mehr hier, aber zu Hause ist er auch noch nicht.« Sie machte eine vage Geste in Richtung Telefonhörer. »Frau Veyth ist dran«, und verschwand nach drau-

Zwischen durch:

Marieclaire Veyth erwartet ihren Mann zum Mittagessen, und sie ist aufgeregt, weil er nicht kommt: „Er muß jetzt essen – und er muß ganz bestimmte Dinge und eine ganz bestimmte Menge essen."

Da haben es Leute, die nicht nach Diät leben müssen, natürlich besser. Sie können essen, wann, wieviel und wonach ihnen zumute ist. Vielleicht auch einmal nur eine Stärkung für den kleinen Appetit zwischendurch. Die Auswahl dafür ist groß genug. Man braucht nur einen Becher, heißes Wasser und...

ßen. Der Polizeipräsident nahm den Hörer hoch und meldete sich. Marieclaire Veyth spürte eine ungeheure Erleichterung, als sie seine Stimme vernahm, und berichtete ihm, was sie selbst soeben erst erfahren hatte. Sie war mit diesem Bericht noch nicht einmal ganz zu Ende, als Frau Gärtner zurückkam und ein wenig atemlos hervorstieß, daß das weiße Kabriolett mit dem Bad Homburger Kennzeichen verschlossen draußen auf dem Parkplatz stehe. Dr. Innergassner gab das an Marieclaire weiter. Er versprach ihr, sofort und umfassend alles in die Wege zu leiten, was geeignet sei, diese mysteriösen Ereignisse aufzuklären. Es war ihr ein Trost zu wissen, daß er mit ihr entweder persönlich oder über den die Ermittlungen leitenden Beamten in ständiger Verbindung bleiben würde.

Als Dr. Innergassner Frau Gärtner mitteilte, daß er mit dem Präsidium sprechen müsse, zeigte sie auf eine der Telefonkabinen im Hintergrund und meinte, es wäre wohl besser, wenn ein solches Gespräch so wenig Zuhörer wie möglich hätte. Nachdem er die Verbindung hergestellt hatte, erkundigte sich Dr. Innergassner bei der Vermittlung nach dem Kommissar vom Dienst der Kriminalpolizei. Ihm wurde der Bezirkskommissar Paul Jochner genannt, und mit diesem wurde er auch alsbald verbunden.

Jochner war der dienstälteste der Bezirkskommissare des Frankfurter Präsidiums, aber auch der zuverlässigste, ein Hüne von Gestalt, stets unauffällig gekleidet, jedoch bekannt mit seinem Krückstock, auf den er sich stützen mußte, seitdem ihm bei der ersten Festnahme im Fall Jaczek einer der Gangster die Knochen zusammengeschossen hatte. Paul Jochner war ein Verfolger aus Leidenschaft. Einer muß ja den Lumpen und Schiebern einheizen, pflegte er zu sagen, und wenn es die anderen nicht tun, dann tue ich es. Seitdem in dieser Stadt immer mehr herumgeknallt wurde, gab es für Paul Jochner kein Pardon mehr. Er machte jeden, den er erwischte, fertig, bis er kroch, und näherte sich dabei bisweilen auch den Grenzen der Legalität. Darauf angesprochen, pflegte er zu Dr. Innergassner zu sagen: »Sie haben genau zwei Möglichkeiten, Herr Präsident, entweder Sie akzeptieren meine Dienstauffassung und mein Verhältnis zu Recht und Ordnung, oder Sie versetzen mich in den vorzeitigen Ruhestand.« Davon hatte der Präsident bisher stets unter Seufzern abgesehen, weil er wußte, einen Unbequemeren konnte er nie mehr bekommen, allerdings auch keinen Besseren. Diesen Mann also hatte Innergassner jetzt am anderen Ende der Leitung, als es knackte und abgehoben wurde. Der Präsident meldete sich und fragte: »Ist Ihnen der Name Veyth ein Begriff, Jochner? Dr. Franz Veyth?«

»Natürlich«, kam die Antwort aus dem Präsidium. »Ehrenpräsident der Industrie- und Handelskammer, Vorsitz in mehreren Aufsichtsräten, Lebemann und Ehegatte der geschiedenen Gersheim. Was ist mit dem?«

»Das sollten Sie herausfinden, Jochner«, sagte Dr. Innergassner sanft. »Er ist um elf Uhr hier im Golfclub verschwunden und bis jetzt nicht zu Hause eingetroffen, obwohl er auf Diabetes-Diät angewiesen sein soll.«

»Unfall, wahrscheinlich«, knurrte der Kommissar und starrte gelangweilt auf den mit grünweißen Einsatzfahrzeugen vollgeparkten Hof, der rückwärts auf die sonntäglich-langweilige Ludwigstraße hinausging. »Warum verständigen Sie nicht die Verkehrsstaffel, Herr Präsident?«

»Weil ich Dr. Veyths Autoschlüssel hier in der Hand halte«, sagte Dr. Innergassner. »Und weil sein Wagen noch immer verschlossen draußen auf dem Parkplatz des Golfclubs steht.«

Im Präsidium an der Friedrich-Ebert-Anlage löste Paul Jochner jetzt seinen leicht angewiderten Blick von der gelblichen Fassade der trivialen Polizeigebäude, deren Trakte einen miesen und ebenso trivialen Hof einfaßten, und heftete ihn auf den riesigen und in kleinem Maßstab gehaltenen Plan von Stadt und Umgebung, der die seinem Schreibtisch gegenüberliegende Wand fast vollständig einnahm. »Können Sie mir dazu Einzelheiten liefern, Herr Präsident?«

Dr. Innergassner tat es, soweit er selbst in deren Kenntnis war, und schloß diese Mitteilung mit der Weisung: »Am besten Sie ziehen eine große Fahndung auf und verständigen die Öffentlichkeit. Irgendwo muß sich der Mann ja aufhalten. Möglicherweise hat er einen Schlaganfall erlitten oder einen Herzinfarkt und liegt hilflos irgendwo herum. Man sollte vielleicht bekanntgeben, daß er auf Diät und Medikamente angewiesen ist, und überhaupt ein bißchen Tam-Tam... Schließlich ist er eine zentrale Persönlichkeit...«

Dr. Innergassner unterbrach sich, als er gewahr wurde, daß von der Gegenseite überhaupt keine Reaktion mehr kam. Er konnte nicht wissen, daß Paul Jochners Gedanken und Überlegungen plötzlich magisch auf zwei Koordinaten festgenagelt waren: einmal den Ort, wo das alles geschehen war, was sein Chef ihm soeben geschildert hatte, und zum anderen dessen Feststellung, daß der Verschwundene immerhin eine zentrale Persönlichkeit im öffentlichen und gesellschaftlichen Leben dieser Stadt war.

»Jochner«, kam die Stimme seines Gesprächspartners. »Hören Sie noch, Jochner?«

»Ich höre noch«, sagte der Bezirkskommissar. »Aber ich muß Ihnen widersprechen, Herr Präsident. Ich habe mir eben, während ich schwieg, zwei Dinge durch den Kopf gehen lassen.«

»Und die wären?« erkundigte sich der Vorgesetzte. Anstatt einer sofortigen Antwort stellte der Bezirkskommissar eine Gegenfrage: »Gibt es dort im Golfclub irgend jemand, der Beobachtungen in der Sache gemacht hat, und sollten sie noch so bedeutungslos erscheinen?«

Der Polizeipräsident nannte dem Kommissar daraufhin den Namen der Frau Thilde Gärtner, und Jochner erwiderte jetzt: »Die Person des Dr. Veyth und der Ort, an dem das eingetreten ist, drängt mir etwas ganz anderes auf, Herr Präsident. Etwas, wobei wir mit der Öffentlichkeit außerordentlich vorsichtig sein sollten.«

»Wie sehen Sie es?« fragte der Präsident.

»Ich glaube eher an eine Entführung«, antwortete der Beamte ohne Umschweife. »An eine Geiselnahme mit Erpressung. Jedenfalls könnte es ohne weiteres so sein, und da sollten wir mit allem, was wir tun, äußerste Zurückhaltung üben.«

»Was schlagen Sie vor?« Wollte der Präsident wissen, und sein Untergebener antwortete: »Ich kann, um ganz sicher zu gehen, eine systematische Suche in der näheren Umgebung einleiten. Denn weit könnte er ja ohne seinen Wagen nicht gekommen sein. Und wenn Sie mich vom Sonntagsdienst freistellen, dann rede ich selbst mit dieser Frau, die Sie mir genannt haben, und mit Frau Veyth.«

Nichts war Dr. Innergassner lieber als das. Also beorderte Paul Jochner einen jüngeren Kollegen auf den Platz an dem langweiligen Schreibtisch mit dem tristen Ausblick auf den langweiligen Hof, telefonierte mit seiner Frau, schickte ein Dutzend Schutzpolizisten mit Suchhunden in die Wälder rings um den Golfplatz und bestellte sich schließlich bei der Fahrbereitschaft einen Wagen, um sich auch selbst dorthin zu begeben. Ingrimmig musterte er, als der Wagen den Polizeihof verließ, das kasernenmäßige Image des Gebäudekomplexes, in welchem er seine Tage verbrachte, und ärgerte sich wie jedesmal über den runden, verglasten Turm der Fernmeldezentrale mit seinen starren Antennenmasten, der ihm vorkam wie die mißlungene Kreuzung zwischen einem Leuchtturm, einem Affenkäfig und einer außer Dienst gestellten Seenot-Rettungszentrale. Es dauerte nicht viel länger als zwanzig Minuten, bis Bezirkskommissar Paul Jochner auf dem Parkplatz des Sachsenhausener Golfplatzes anlangte. Er erfuhr, daß Dr. Innergassner inzwischen, da das Wetter aufgeklart war, eine Partie angenommen hatte, aber Frau Gärtner hatte bereits auf ihn gewartet und stand ihm für seine Fragen zu Verfügung. Auf seinen Krückstock gestützt, ließ Jochner sich von der jungen Frau noch einmal jede Einzelheit des verflossenen Vormittags schildern, die mit Dr. Franz Veyth in Zusammenhang stand. Als ihr Gespräch sich dem Augenblick näherte, da Frau Gärtner Franz Veyths Autoschlüssel gefunden hatte, fragte Jochner: »Daß Veyth das Foyer verlassen hatte, war also, nachdem Sie die Schlüssel hier auf dem Desk liegen sahen, erst so kurz her, daß Sie fest glaubten, Sie müßten ihn noch auf dem Wege zu seinem Wagen oder bei seinem Wagen sehen?«

Die junge Frau nickte. »Natürlich«, sagte sie. »Ich glaubte, ihm nur nachrufen zu müssen, und er würde umkehren und die Schlüssel in Empfang nehmen.«

»Sie wußten allerdings zu diesem Zeitpunkt noch nicht, wo er seinen Wagen abgestellt hatte?«

»Nein. Aber ich muß mich eben doch in der Zeit verschätzt haben, denn als ich unter die Tür kam, konnte ich Dr. Veyth nirgends mehr sehen.«

»Würden Sie mir das einmal demonstrieren?« Fragte Paul Jochner. Beide begaben sich hinüber zur Eingangstür des Foyers und traten auf den Vorplatz. Von dort aus zeigte Frau Gärtner dem Beamten den Standplatz des weißen Kabrioletts. Paul Jochner sah eine Weile hinüber. Es war nicht weiter als knappe dreißig Meter.

»Es stimmt«, sagte er. »Sie müssen sich in der Zeit verschätzt haben. Als Sie hier aus der Tür kamen, müßte er schon längst bei seinem Wagen angelangt oder sonst auf dem großen Platz noch irgendwie zu sehen gewesen sein.«

»Und was schließen Sie daraus, daß das nicht der Fall war?« fragte Frau Gärtner ängstlich, während sie neben Jochner herging, der, auf seinen Stock gestützt, die Treppe hinabstieg, und zu dem Kabriolett hinüberschlurfte, wo er stehenblieb. Dort sagte er: »Daß ihn jemand in das Fahrzeug gezogen hat, das hier, an der Stelle dieses roten BMW stand, und mit diesem Fahrzeug und Dr. Veyth an Bord den Parkplatz verlassen hat, während Sie nach Veyth suchten.« Er wendete den Kopf und sah die Frau an. »Haben Sie irgend etwas in dieser Art beobachtet? Hat, während Sie an der Tür standen, ein Fahrzeug diesen Platz verlassen?«

Frau Gärtner wurde weiß im Gesicht und bewegte die Lippen.

»Regen Sie sich nicht auf«, sagte Jochner deshalb. »Niemand konnte von Ihnen erwarten, etwas anderes zu tun, als das, was Sie getan haben. Aber sagen Sie mir möglichst exakt, was Sie tatsächlich gesehen haben.«

Frau Gärtner gelang es, sich zu fassen. »Es ist wirklich in diesem Augenblick ein Auto weggefahren«, sagte sie. »Und jetzt, nachdem ich Dr. Veyths Wagen kenne, bin ich auch sicher, daß es von dieser Stelle aus war.«

»Sehen Sie«, sagte Jochner. »Kannten Sie diesen Wagen?«

»Nein«, antwortete Frau Gärtner. »Aber ich kenne natürlich bei weitem nicht alle Wagen unserer Klubmitglieder.«

»Was für ein Wagen war es, können Sie das sagen?«

»Es war eine große Limousine«, sagte Frau Gärtner. »Vielleicht ein Mercedes? Aber schon das möchte ich nicht mehr beschwören. Er ist auch ohne besondere Hast losgefahren, ganz gemächlich, so daß ich schon aus diesem Grunde gar nicht besonders auf ihn geachtet habe.«

»Also keine Dilettanten«, sagte Jochner. »Entweder intelligente Amateure oder erfahrene Profis. Wie viele es waren, konnten Sie nicht feststellen?«

»Nein«, sagte Frau Gärtner, durch die ruhige und überlegene Art des Mannes, mit dem sie sprach, auch selbst wieder etwas ruhiger geworden. »Ich bilde mir ein, daß es ein einziger Fahrer mit einem Vollbart war, aber ich kann mich genausogut getäuscht haben. Die Fenster waren so sonderbar dunkel, fast grünlich...«

»Bedampft«, sagte Jochner und deutete mit dem Kinn: »Wie bei diesem Mercedes, da drüben?«

Frau Gärtner nickte. »So, ja. Man konnte fast nichts erkennen.«

Wieder nickte Paul Jochner. »Farbe? Kennzeichen?« fragte er und erntete das erwartete resignierte Schulterzucken.

»Schadet nichts«, sagte er zu ihr. »Und machen Sie sich nichts draus. Schon durch das, was Sie wirklich beobachtet haben, haben Sie für mich den Täterkreis erheblich eingeengt. Und daß Ihnen aufgefallen ist, daß die Schlüssel nicht abgeholt wurden, war eine Meisterleistung von Gewissenhaftigkeit und Aufmerksamkeit.«

Er warf noch einen suchenden Blick über den Platz, auf dem sie standen, und ging dann mit Frau Gärtner zurück zu den Klubgebäuden. Er fand es, nach allem, was er hier gehört und gesehen hatte, unerläßlich, ohne jede Verzögerung mit dem Präsidenten zu sprechen, und bat Frau Gärtner, ihn vom Platz zu holen, es sei wichtig. Die Unterhaltung zwischen den beiden Männern fand in einem kleinen Raum hinter Frau Gärtners Büro statt, wo sie ihre Akten aufbewahrte.

»Wir haben es mit einer erpresserischen Geiselnahme zu tun, Herr Präsident«, begann der Bezirkskommissar das Gespräch. »Alles andere scheidet aus. Ich kann Ihnen meine Ansicht natürlich auch begründen und belegen, aber es vereinfacht die Sache, wenn Sie es mir auch so glauben.«

Dr. Innergassner nickte zustimmend. »Sie haben die Sache Jaczek in den Griff bekommen und die Sache Gerwander auch, mit den drei Lausbuben und ihrem Muschelgift. Sie sind mittlerweile zu so etwas wie einem Geiselnahme-Experten geworden. Sie werden auch den Fall Dr. Veyth in den Griff bekommen. Was schlagen Sie vor?«

»Etwas, wozu ich Ihre Zustimmung brauche, Herr Präsident. Der Aufmerksamkeit dieser jungen Frau da draußen verdanken wir es, daß wir in diesem Fall von der Tatsache einer Entführung Kenntnis haben, bevor die Geiselnehmer überhaupt damit rechnen können, daß wir es wissen. Ich schlage vor, daß wir das ausnützen.«

»Und wie wollen Sie das machen?«

»Indem wir mit unseren notwendigen Installationen den Verbrechern zuvorkommen, das heißt, unsere Abhör- und Aufzeichnungseinrichtungen montieren, bevor die Forderung gestellt wird, die Polizei aus dem Spiel zu lassen. Wir können das unauffällig tun und damit zur Beschleunigung der Sache beitragen.«

»Aber Sie dürfen keinesfalls eine Stimme veröffentlichen, bevor Frau Veyth eingewilligt hat.«

»Selbstverständlich, Herr Präsident. Ich möchte diese Stimme nur haben. Denken Sie daran, wie viele Fälle nur deswegen aus dem Ruder gelaufen sind, weil die Polizei die Stimme nicht rechtzeitig hatte, und der Verbrecher, als man sie dann brauchte, nicht mehr anrief. Und außerdem...« Paul Jochner unterbrach sich und ließ eine Pause eintreten.

»Sprechen Sie nur weiter«, ermunterte ihn sein Vorgesetzter.

»Außerdem kann ich mir aus der Stimme einen Reim auf den Täterkreis machen. Im Fall Jaczek habe ich den Mann persönlich erkannt und im Fall mit dem Polizistensohn, aus dem dann rasch so blutiger Ernst wurde, Sie erinnern sich, half sie mir entscheidend weiter.«

»Wenn diese Leute die Frau überwachen...«

»Noch in keinem bekanntgewordenen Fall war das Verbrecherteam so umfangreich, daß es sich eine direkte und persönliche Überwachung der Erpressungsopfer geleistet hat. Manchmal ist man im Telefon drin gewesen, meistens hatten sie Manschetten vor Polizeipräsenz bei der Übergabe, aber direkt...?«

Paul Jochner schüttelte den mächtigen Schädel. »Und außerdem hängt das alles vom Täterkreis und vom Motiv ab.«

»Auf was für ein Motiv tippen Sie?« fragte der Präsident, und Jochner hob die Schultern.

»Bei so einem Mann ist alles drin. Von der normalen Gelderpressung bis zu irgendeinem Verhaltenszwang. Da kann man nichts sagen. Vielleicht, wenn ich die Täterstimme habe, mehr.«

»Gut«, sagte Dr. Innergassner nach einer kleinen Weile der Überlegung. »Ich vertraue Ihnen diese Sache an, Jochner. Sprechen Sie mit der Frau. Tun Sie nichts, was der Angelegenheit schadet, oder was Sie in Konflikt mit dem Dienstaufsichtsrecht bringt. Und halten Sie mich auf dem laufenden.«

Danach begab sich Dr. Innergassner wieder an den Tee, um seine Partie an diesem, nun doch noch sonnig gewordenen Novembernachmittag zu Ende zu spielen.

Bezirkskommissar Paul Jochner jedoch ließ sich von der Fernsprechvermittlung im Präsidium den rückwärtigen Nachbarn von Dr. Veyth in Oberstedten heraussuchen, ließ anrufen und bitten, man möge Frau Veyth ausrichten, daß er in einer halben bis dreiviertel Stunde dort sein werde.

Paul Jochner ließ den ohnehin unauffälligen Dienstwagen um zwei Straßenecken herum halten und erreichte das Wohnhaus zu Fuß. Er traf Marieclaire Veyth in keinem sehr guten Zustand an. Es begann bereits dunkel zu werden, und Marieclaire hatte weder daran gedacht, Rolladen und Gardinen zu schließen, noch die behaglichen Teile der Beleuchtung einzuschalten, und so wirkten die beispiellos schönen Räume des Ehepaares, deren Fotos schon diverse auf Hochglanzpapier gedruckte Wohnkulturzeitschriften gefüllt hatten und die mit erlesenem Geschmack antik eingerichtet waren, ungemütlich und kalt. Mit starrem Gesicht schloß Marieclaire auf eine Geste Jochners hin wenigstens die Jalousien, die durch leise schnurrende Elektromotoren angetrieben wurden. Als die Rolladen mit einem satten Knacken aufsetzten, und das Schnurren der Elektromotoren erlosch, saß Marieclaire vorgerückt auf dem Rand der raumbreiten Polsterbank, vergaß sogar, dem Mann, der ihretwegen bereit war, sich auch noch den Sonntagabend um die Ohren zu schlagen, einen Schnaps anzubieten, und beantwortete seine Fragen. Die erste dieser Fragen war darauf gerichtet, ob sich schon irgend jemand in dieser Sache bei Marieclaire gemeldet habe. Marieclaire schüttelte den Kopf. »Nein, niemand«, sagte sie und sah dabei wie abwesend auf eine winzige, mit Brillanten besetzte Armbanduhr, die sie zwischen anderem teuren Schmuck am linken Handgelenk trug. Mechanisch schüttelte sie mit einer für sie sehr typischen Bewegung des Unterarms danach den Schmuck wieder zurecht und fügte hinzu: »Und jetzt ist es schon fünf.« Sie sah Jochner direkt an. »Was macht Sie so sicher, daß es ein Verbrechen ist?«

»Alles«, sagte Paul Jochner. »Die ganzen Umstände. Der Wagen stand unberührt an seinem Platz. Zu Fuß konnte Ihr Mann nicht weit kommen. Unsere Leute hätten ihn gefunden.«

»Und Sie haben gar keinen Anhaltspunkt?«

»Wir haben eine Aussage von Frau Gärtner, die den Rückschluß zuläßt, daß Ihr Mann in eine dunkelfarbige Mercedes-Limousine geschafft worden ist, die neben seinem Kabriolett geparkt hatte, und daß die Männer darin entweder Profis waren oder ziemlich erfahrene Laien. Hören Sie, Frau Veyth, wir müssen versuchen, von Ihrer Seite aus etwas weiter in die Sache einzudringen. Es gibt grundsätzlich zwei Möglichkeiten. Entweder haben völlig außenstehende Verbrecher Ihren Mann in der Gewalt, und es geht einfach um Geld. Oder es handelt sich um eine sehr genau recherchierte Sache; die Männer, die das gemacht haben, kennen Sie, Ihren Mann, Ihre Verhältnisse, und man will etwas ganz Bestimmtes, entweder von Ihnen oder von Ihrem Mann. Was halten Sie für wahrscheinlicher?«

Marieclaire sah dem Bezirkskommissar Paul Jochner eine Weile starr ins Gesicht. Danach sagte sie: »Das Schlimme ist, daß es nicht zwei, sondern drei Möglichkeiten gibt.«

»Und welches ist die dritte?« fragte der Beamte.

»Mein Mann ist krank«, antwortete Marieclaire. »Er leidet an einem Diabetes mellitus – Zucker...«, fügte sie nach einer Pause erklärend hinzu.

»Ich weiß«, sagte Jochner. »Sie brauchen mir nichts zu erläutern. Wie hochgradig ist die Erkrankung, und wer alles kennt sie?«

»Sie haben genau begriffen, was ich meine«, sagte die Frau.

»Aber, hören Sie«, antwortete Jochner, »Sie wollen sagen, daß es ebensogut weder um Geld noch um eine Verhaltensweise, sondern um seinen Kopf gehen kann.«

Es trat eine Pause ein. Marieclaire antwortete nicht. Was hätte sie auch sagen sollen. Deshalb wiederholte Paul Jochner seine Frage: »Wie hochgradig ist die Erkrankung, Frau Veyth, und wer weiß von ihr?«

Marieclaire antwortete: »Mein Mann hat die Erkrankung durch eine disziplinierte Lebensweise gut im Griff. Er treibt Sport, enthält sich in aller Regel schädlicher Genußmittel, ißt wenig und regelmäßig. Aber er braucht dennoch Insulininjektionen.«

»Wie oft?«

»Die nächste morgen früh neun Uhr.«

»Und wer weiß das?«

»Außer seinem Internisten und unseren nächsten Verwandten kaum jemand«, sagte Marieclaire. »Der Junge, aber der versteht noch nicht den Ernst, mein geschiedener Mann vielleicht, und ziemlich sicher unsere Zugehfrau. Eine solche Kenntnis kann sich aber jeder verschaffen, der beabsichtigt, sie in sein schmutziges Spiel einzubringen. Franz kann aus den verschiedensten Gründen nicht als kranker Mann in der Gesellschaft dastehen.«

»Es gibt da dann immer Leute, die so oder so mit einer solchen Kenntnis spekulieren, nicht wahr?«

Marieclaire Veyth sah ihren Besucher eine Weile an und sagte dann: »Sie scheinen wirklich ein guter Polizist zu sein. Sie treffen meist ins Schwarze.«

»Routine«, sagte Jochner. »Und Erfahrung. Bei Individualverbrechen gibt es immer Interessenlagen. Wenn man die herausgefunden hat, ist man einer Sache rasch auf der Spur. Wen rufen Sie an?«

Während Jochner gesprochen hatte, hatte Marieclaire das Telefon zu sich herangezogen und wählte eine Nummer. »Meinen geschiedenen Mann«, sagte sie. Paul Jochner vernahm das Blöken des Weckzeichens im Hörer, den sie ans Ohr hielt. Aber es meldete sich niemand. »Wir sind im guten auseinandergegangen und Freunde geblieben.«

Jochner nickte. Er wußte das. Es war allgemein bekannt. Marieclaire legte den Hörer zurück auf die Kontakte und fuhr fort: »Er ist sehr zuverlässig und lebenserfahren. Er versteht es, Aufregung zu dämpfen«, setzte sie nach einer Pause hinzu. »Und außerdem ist es gut, wenn er das weiß. Aber er scheint über das Wochenende verreist zu sein. Was soll ich tun. Wenn ich nicht heute abend oder während der Nacht den Leuten, die ihn in der Gewalt haben, sagen kann, was sie mit ihm machen müssen, wird es gefährlich für ihn.«

»Sie müssen damit warten, bis sich jemand bei Ihnen gemeldet hat, Frau Veyth«, sagte Jochner, aber Marieclaire wollte das nicht einleuchten. »Warum?« sagte sie. »Es werden doch oft polizeiliche Durchsagen im Rundfunk und im Fernsehen gemacht. Wenn Sie eine Durchsage machen, was ihm fehlt und was man dagegen tun muß, könnte das alles sehr vereinfachen.«

»Oder komplizieren«, sagte Jochner, wuchtete sich schwerfällig von dem Sofa hoch, auf dem er saß, und begann, auf seinen Krückstock gestützt, eine langsame Wanderung durch die Wohnhalle, hier und dort vor einem Bild oder einem Gegenstand in bewundernder Betrachtung stehenbleibend. Marieclaire wurde jetzt die helle Kälte der Lichter bewußt. Sie erhob sich auch und schaltete behagliche Steh-, Tisch- und Wandlampen an, die plötzlich ein warmes Licht in den weitläufigen Raum zauberten und die massige Gestalt Jochners in Schatten tauchten. Aus diesem Schatten heraus kam die Stimme des Kommissars.

»Das könnte ein Vabanque-Spiel werden, Frau Veyth. Sehen Sie, wir wissen doch überhaupt nichts. Ganz sicher ist, daß Verbrecher, die die Krankheit Ihres Mannes kennen, von einer solchen Durchsage völlig unbeeindruckt bleiben würden, weil sie sie in ihrem Konzept schon so oder so berücksichtigt haben. Deren Entschlüsse können Sie nicht mehr beeinflussen.«

Das konnte Marieclaire Veyth nicht bestreiten.

»Bleiben also Verbrecher, die diese Krankheit nicht kennen und durch die Durchsage vor völlig neue und unerwartete Tatsachen gestellt würden«, kam es aus der Dunkelheit der Ecke unter der Eichentreppe zur Galerie, wo Jochner sich befand, einen in Silber gefaßten Elefantenzahn bewundernd in der Hand drehte und wieder an seinen Platz legte. Kurz danach erschien der Beamte im Lichtkreis einer Stehlampe und fuhr fort: »Und das können sehr verschiedenartige Leute sein, Frau Veyth. Aber eines gilt für sie alle gleichermaßen: Wer auch immer dahintersteckt, er kann keinesfalls in irgendeine Apotheke gehen und Insulin kaufen, weil er dazu ein Rezept brauchen und außerdem sofort Verdacht erwecken und die Fahndung auf sich ziehen würde.«

»Wir könnten doch anbieten, den Leuten die Medikamente, die mein Mann braucht, auf dem gleichen oder einem ähnlichen Weg zu übergeben, den sie sich für eine Geldübergabe oder so etwas ausgedacht haben.«

Der Kommissar schüttelte den mächtigen Schädel und humpelte näher zu Marieclaire heran. »Sie dürfen das nicht laienhaft sehen«, sagte er, vor ihr stehenbleibend. »So etwas bedeutet eine Risikoerhöhung für die Kidnapper, die nur hochintelligente Leute oder erfahrene Profis in Kauf nehmen würden. Wir können aber nicht ausschließen, daß wir es möglicherweise auch mit primitiven und laienhaften Verbrechern zu tun haben können, die entweder von Zucker überhaupt nichts wissen oder – wenn doch – nichts davon verstehen, und vielleicht auch den Hinweis darauf für einen Bluff halten. Solche Leute würden sich bei einer Verkomplizierung der Situation zuerst selbst für gefährdet halten und entsprechend reagieren.«

»Und wie?« fragte Marieclaire. Der Riese vor ihr schwieg eine Weile. »Sie würden Ihren Mann dann erschossen oder auch an seiner Krankheit qualvoll gestorben auf irgendeiner Müllkippe finden«, sagte er schließlich. Er sah in Marieclaires Gesicht den Wechsel von Schreck zu Empörung und kam dem erwarteten Ausbruch ihrer Erbitterung zuvor, indem er bemerkte: »Ich muß Ihnen das so direkt ins Gesicht sagen, Frau Veyth, denn es entspricht unseren gesammelten Erfahrungen.«

»Um Himmels willen«, murmelte Marieclaire. Sie war blaß geworden. »Was können Sie mir denn raten?«

»In dieser Sache gar nichts«, sagte Jochner. »Wenn ich es zu entscheiden hätte, würde ich von jeder Veröffentlichung absehen. Aber ich gebe zu, daß meine Einschätzung der kriminellen Natur im Menschen einsam dasteht. Sie müssen das Für und Wider selbst abschätzen und danach handeln. Vielleicht kann Ihnen Ihr geschiedener Mann einen Rat geben. Was ich tun kann, liegt auf einem anderen Gebiet. Ich kann Ihnen sofort, und noch bevor irgend jemand es vermutet, eine Aufnahmeeinrichtung für die zu erwartende Stimme in Ihr Telefon einbauen lassen. Das kann jetzt noch völlig unbemerkt geschehen, und Sie können verbergen, daß wir uns schon eingeschaltet haben. Die Stimme eines der Männer könnte mir erheblich weiterhelfen.«

Marieclaire überlegte. »Dr. Innergassner wäre damit einverstanden«, stieß Jochner nach, in der richtigen Vermutung, daß dieser Hinweis zu der Zustimmung Marieclaires würde beitragen können. Sie nickte müde. Als Paul Jochner sich wieder zu ihr umwendete, stand Marieclaire ihm direkt gegenüber. »Warum haben die sich noch nicht gemeldet?« fragte sie.

»Das kann verschiedene Gründe haben, Frau Veyth. Nachdem das Kabriolett Ihres Mannes auf dem Golfplatz stehengeblieben ist und Ihr Mann den Schlüssel verloren hatte, könnte ich mir vorstellen, daß ursprünglich beabsichtigt war, den Wagen mitzunehmen. So stellt die Tatsache, daß er stehengeblieben ist, eine Panne dar. In diesem Fall warten die Leute ab, was die Medien darüber bringen, um daraus Rückschlüsse zu ziehen, wie die Sache von Ihnen aus angefaßt wird. Möglicherweise müssen Sie warten bis nach dem ›Heute-Journal‹ oder den ›Tagesthemen‹.«

»Um Gottes willen«, murmelte die Frau. »Wenn Franz morgen früh um neun Uhr nicht seine Insulin-Injektion hat, fängt er an zu leiden.«

In diesem Moment bedauerte Paul Jochner die Frau sehr. »Hoffen wir, daß die Entführer sich rasch melden, und wir uns ein Bild machen können, um was es überhaupt geht.«

»Wie trete ich mit Ihnen in Verbindung, wenn ich Sie brauche?« fragte Marieclaire. Paul Jochner dachte eine Weile nach, dann sagte er: »Ich bin vorhin, als ich bei Ihren Gartenanliegern anrufen ließ, dort sehr unterstützt worden. Ich werde mit Simader sprechen und bin sicher, daß man Ihnen helfen wird. Ich werde auch meine Fernmeldemechaniker auf diesem Weg unauffällig zu Ihnen schikken. Von dort aus können Sie telefonieren. Ich tue so lange nichts, bis ich konkret etwas von Ihnen persönlich höre.« Er bückte sich und schrieb seine Durchwahlnummer im Präsidium auf einen Notizblock, der neben dem Telefon auf dem Tisch lag. »Verlieren Sie ihn nicht«, sagte er noch einmal. »Und vergessen Sie nicht, ich melde mich erst, wenn Sie mich persönlich an der Strippe haben.«

Danach sprach Paul Jochner Marieclaire Mut zu, wendete sich um und ging hinaus ins Entrée. Dort blieb er noch einmal stehen: »Ich bringe das auch mit Dr. Innergassner in Ordnung, Frau Veyth. Falls Sie sich entschließen sollten, doch eine Durchsage zu machen, brauchen Sie nur von Simaders aus meine Nummer anzurufen, und wir regeln das mit den Anstalten. Normalerweise machen die so etwas nicht, ohne daß wir uns eingeschaltet haben. Das ist allgemein bekannt. Aber es gibt gewisse Tricks, daß Außenstehende das nicht merken. Und noch etwas«, fügte er hinzu, »sprechen Sie zu niemandem auf Ihrer eigenen Leitung über die installierte Aufzeichnungsanlage. Zu niemanden, haben Sie verstanden? Wir dürfen nichts außer acht lassen. Wenn die doch in Ihrer Leitung wären, würden wir eine große Chance verschenken.«

»Ich weiß gar nicht, wie ich Ihnen danken soll«, flüsterte Marieclaire, bevor Paul Jochner die Haustür aufzog.

»Gar nicht«, sagte der Beamte. »Das ist meine Leidenschaft geworden, solchen Burschen das Handwerk zu legen, seitdem man sich allgemein damit abgefunden zu haben scheint, mit ihnen zu leben. Ich lebe nicht mit denen. Für mich sind Verbrecher, die auf diese Weise Menschen quälen, Raubtiere. Entweder ich bringe sie zur Strecke...« Er schwieg einen Augenblick lang und setzte dann hinzu: »Oder sie mich.« Damit zog er die Tür auf und war kurz danach unauffällig in der jetzt stark einfallenden Dämmerung, die sich mit einem leichten Nebeldunst vermischte, verschwunden. Eine Weile schwankte Marieclaire, ob sie die Strahler der Außenbeleuchtung, die Haus und Garten auf Knopfdruck in ein Meer aus blendendem Flutlicht tauchen konnte, einschalten sollte oder nicht. Ihre Logik sagte ihr schließlich, daß es besser war, es zu unterlassen. Sie warf noch einen Blick in die Tiefe des nun dunkel daliegenden Gartens, ging dann zurück ins Haus und schloß die Tür. Von jetzt an konnte sie nichts mehr tun.

Als eine dreiviertel Stunde später die von Jochner geschickten Fernmeldetechniker wirklich, von ihrem Nachbarn geführt, von rückwärts durch den Garten kamen und an den Rolladen der Terrassentür klopften, erschrak sie. Sie ließ die Männer ein. Der ein bißchen dickliche und kurzatmige Egon Simader kam sich unverzichtbar vor und wollte anfangen, sich wichtig zu machen. Marieclaire dankte ihm, nahm zur Kenntnis, daß er das Verbindungstürchen im Zaun zwischen ihren Grundstücken geöffnet hatte und daß sie jederzeit im Hause der Simaders telefonieren könne, und schob ihn mit einem müden Lächeln zurück in den Garten. »Sehen Sie zu, daß Ihre Frau nicht so lange allein ist. Und dann, bitte unternehmen Sie nichts, absolut gar nichts, auf eigene Faust. Nach allem, was ich mit Kommissar Jochner besprochen habe, könnte das Franz und mir und der ganzen Sache nur Schaden zufügen.«

Simader versprach es und verschwand in der Dunkelheit. Den beiden Mechanikern sah Marieclaire bei ihrer Arbeit zu, aber was dort geschah, waren für sie böhmische Dörfer. Die Männer waren gutmütig. Als sie ihre Arbeit beendet hatten, packten sie ihr Werkzeug zusammen. Einer von ihnen sagte: »Wir haben den Kasten so geschaltet, daß er startet, wenn Sie das Telefon abheben und stoppt, wenn Sie wieder auflegen. Das hat zwei Vorteile: Erstens, daß Sie es nicht in der Aufregung vergessen, und zweitens, daß niemand merkt, wenn das Mitschneidegerät zugeschaltet wird. Wenn das erst während des Gesprächs geschieht, gibt es ein Knacken, das Profis deuten können. Sie können das probieren, wenn Sie möchten.« Der Mann machte eine vage Handbewegung in Richtung Telefon, und Marieclaire nahm den Hörer auf. Das einzige, was sie sah, war das unauffällige Aufleuchten eines winzigen roten Lämpchens an der Rückseite des Gerätes. Der Mechaniker nickte befriedigt und schloß seine Werkzeugtasche. »In Ordnung«, sagte er. »Jetzt können wir nur noch dreimal darauf spukken, daß es auch etwas nützt. Rühren Sie das Ding aber nicht an. Es ist kein Seriengerät. Japanischer Krimskrams. Wenn Sie falsch drücken, ist es möglich, daß Sie löschen oder den Aufnahmeknopf falsch schalten, und dann war alles umsonst. Haben Sie noch einen Anschluß im Haus?«

»Noch eine ganze Menge, aber dieser hier ist der Hauptanschluß.«

»Und was ist das für eine Strippe?« Der Mann hob mit zwei Fingern ein fast unsichtbares Schwachstromkabel hoch, das die Anschlußdose verließ und ihm schon von Anfang an als postordnungswidrig vorgekommen war.

»Ach, das ist nichts«, sagte Marieclaire und wurde rot, weil sie sich erinnerte, wie oft der überkorrekte Franz Veyth sie schon ermahnt hatte, Ralph das nicht zu erlauben. »Mein Junge hat sich da so einen Zweitanschluß zusammengebastelt. Die haben Handwerkslehre in ihrem Internat, und da ist er bei den Schwachstromtechnikern. Aber er kann damit nicht anrufen, nur mithören. Und außerdem ist er sowieso nicht da.«

»Keine Sorge, Frau Veyth«, antwortete der Mann. »Wir sind ja nicht von der Post.«

Marieclaire ließ die beiden Männer wieder nach rückwärts zum Garten hin aus dem Haus und fühlte sich, als sie die Jalousie herabgelassen hatte, für Sekunden sehr allein. Sie lehnte sich mit dem Rücken gegen die Glastür und schloß vorübergehend die Augen. Als sie sich wieder unter Kontrolle gebracht hatte, richtete sie sich hoch und zog die Gardinen vor. Als sie erneut auf ihre kostbare Armbanduhr sah, war es schon kurz vor sieben. Und immer noch schwieg die Leitung, war der Abend still und neblig, das Haus einsam, wie eine Exklave in dem Nebel, der das Villenviertel einzuhüllen begann.

Für einige Zeit betäubte Marieclaire ihre Unruhe und Angst mit Arbeiten und Tätigkeiten, die ohnehin gemacht werden mußten, aber es gelang ihr nicht für eine einzige zusammenhängende Minute, die bohrenden Gedanken, die sie bedrängten, loszuwerden. Gegen Viertel vor acht entschloß sie sich, es noch einmal mit einem Anruf bei Kurt zu versuchen. Und dieses Mal hatte sie Glück. Ihr geschiedener Mann meldete sich mit der Mischung aus leichter Blasiertheit und beißender Ironie, an die man sich gewöhnt haben mußte, um sie nicht als verletzend zu empfinden. Marieclaire hatte sich in einer zehnjährigen Ehe mit Kurt Gersheim an sie gewöhnt. Und sie konnte sie gut ertragen, wenn sie ständig mit ihm zusammen war. Wenn sie sehr lange nicht mit ihm zusammen war, oder ihn nicht gehört hatte, reizte sie seine Art. Und das war heute, wo sie ihm etwas so Wichtiges mitzuteilen hatte, ganz besonders stark der Fall. Kurt Gersheim war in fast jeder Hinsicht ein Außenseiter. Er sah beinahe alles anders als andere, und vielleicht war gerade das der Grund, warum ihm in seinem Beruf als Unternehmensberater der wirklich große Wurf nicht geglückt war. Er war mittelmäßig geblieben, und es war vielleicht diese Tatsache, die seine Stimme manchmal so zynisch werden ließ. Dieses Mal waren es aber offenbar auch seine Gedanken.

»Habt ihr denn nie daran gedacht, daß so etwas mal passieren könnte?« sagte er, anstatt Marieclaire zu bedauern. »Da trifft man doch Vorsorge.«

»Was für eine Vorsorge hätten wir denn treffen sollen, Kurt?«

»Bewachung zum Beispiel. Wenn man in solchen Verhältnissen lebt wie ihr und jeder das weiß...«

»Bewachung«, Marieclaire schnaubte verächtlich.

»Sowas weist er natürlich weit von sich, der Herr Ehrenpräsident.«

»Du magst ihn eben nicht«, sagte die Frau. »Aber du brauchst mir das nicht immer wieder unter die Nase zu reiben.«

Eine winzige Weile war Schweigen, dann sagte Kurt Gersheim: »Du magst ihn doch auch nicht. In seiner peniblen, penetranten Gewissenhaftigkeit und seinen Ehren- und Moralansichten von vorgestern, gib es doch zu. Im Vordergrund hat bei dir doch immer nur die Sicherheit gestanden.«

»Und wenn schon«, sagte Marieclaire. »Wenn es so wäre, würde das an der Situation im Augenblick gar nichts ändern. Ob ich ihn liebe, ihn bedaure oder ihn brauche, ändert gar nichts daran, was jetzt zu unternehmen ist. Nur eine einzige Gefühlshaltung könnte das, wenn ich ihn nämlich hassen würde.«

»Und weshalb?« fragte der Mann am anderen Ende der Leitung. »Weshalb würde nur das etwas ändern?«

»Weil er, so wie die Dinge jetzt liegen, in Kürze vor die Hunde geht.«

Wieder war eine Weile Stille in der Leitung, so daß Marieclaire fragte: »Hörst du noch, Kurt?«

»Ich höre«, sagte Gersheim. »Ich höre sogar sehr gut. Und ich bewundere dich eigentlich. Für so kalt und raffiniert hätte ich dich gar nicht eingeschätzt. Nicht einmal nach den zehn Jahren, die wir miteinander verbracht haben.«

»Was meinst du denn, Kurt, um Himmels willen?«

»Daß du imstande wärst, dein Problem auf diese wirkungsvolle Weise im Kurzverfahren zu lösen. Das meine ich.«

»Du bist übergeschnappt, Kurt«, sagte die Frau, nachdem sie sich mit einiger Mühe darüber klargeworden war, was Kurt Gersheim soeben wirklich gesagt hatte. »Laß so etwas nie wieder von dir hören. Manchmal gehen dir nicht nur die Pferde, sondern ganze Schwadronen von Pferden durch. Nein, halt endlich den Mund...«, fuhr sie Gersheim an, als er weitersprechen wollte. Aber Kurt Gersheim ließ sich, wie es seine ihr wohlvertraute, süffisante Art war, nicht abhalten. »Das sieht ein Blinder mit dem Krückstock, Claire. Dir kann doch überhaupt nichts passieren. Vorerbin bis du schon seit Jahren. Solange du lebst, kannst du das verwalten, was später dem Jungen zufallen soll. Das macht dich unabhängig. Und es macht dich frei. Denk dran, wenn du es überhaupt jemals vergessen haben solltest.«

Marieclaire Veyth verschlug es die Sprache. Sie mußte sich fassen und ließ sich nieder. Auf der Kante des riesigen Sofas blieb sie in aufrechter, nach vorn gerückter Haltung sitzen, als sie endlich weitersprach. »Du machst es mir leicht, das selber zu entscheiden, wozu ich dich eigentlich um Rat bitten wollte. Deswegen habe ich angerufen.«

»Und das wäre?«

»Wenn Franz nicht morgen früh um neun seine Injektion bekommt, beginnt für ihn ein schrecklicher Leidensweg. Und so hasse ich ihn doch nicht, daß ich ihm das antun würde. Das mußt du zur Kenntnis nehmen, Kurt. Ich war mir nicht sicher, ob ich der Öffentlichkeit das mitteilen soll, jetzt bin ich mir sicher. Es ist meine Pflicht.«

»Das könnte ihn umbringen, Claire.«

»Ich weiß«, sagte die Frau. »Aber es nicht zu tun, auch. Und wenn es jetzt passiert, trägst du daran die Verantwortung. Du ganz allein.«

Kurt Gersheim ließ ein Lachen hören, auch ein ganz bestimmtes Lachen, das Marieclaire sehr genau kannte, und unter gewissen Begleiterscheinungen verabscheute. Aber er sagte nichts. Also fuhr sie fort: »Nach dem, was du mir in deiner verdammten Leichtfertigkeit alles an den Kopf geworfen hast, kann ich überhaupt nicht mehr anders, als alles zu tun, was in der Öffentlichkeit eine Vermutung in dieser Richtung gar nicht erst aufkommen läßt. Du Idiot, verstehst du wenigstens soviel? Wenn sie Franz jetzt umbringen, kann ich nichts dafür. Sonst hätte ich vielleicht die Nacht noch abgewartet, ob sich jemand meldet. Aber jetzt nicht mehr.«

Sie schwieg atemlos und fuhr dann fort: »Und nun mach mir das Telefon frei. Die können schließlich jeden Augenblick anrufen, und dann will ich nicht, daß die Leitung blockiert ist. Vielleicht ruf' ich dich wieder an.«

»Wenn ich es mir recht überlege«, sagte Kurt Gersheim, »dann möchte ich dir eigentlich gar nicht mal so sehr abraten, das zu tun. Versuche es, Claire, aber versuch es so zu drehen, daß es wie ein Unfall erscheint, und du vielleicht nicht die Polizei einschalten mußt. Wo ist der Junge?«

»Die haben ein paar Tage Herbstferien, und er ist bei den Eltern von einem Freund in der Nähe von Gießen. Der Junge ist aus der Schußlinie, und das ist ein Glück. Ich wüßte überhaupt nicht, was ich machen würde, wenn ich Ralph auch noch hier hätte.«

»Schön«, sagte Gersheim nach kurzer Überlegung. »Ich werde ja dann hören, wie sie es durchgeben. Und irgendwann melde ich mich wieder.«

»Mach das lieber nicht«, sagte Marieclaire. »Ich kann mir vorstellen, daß das Telefon in einer solchen Situation zur Horrormaschine werden kann. Ich rufe bei dir an, wenn ich dich brauche.«

Damit legte sie den Hörer auf und sah, kurz bevor er die Kontakte berührte, das unauffällige rote Lämpchen an dem kleinen

Kasten, den die Männer unter dem Tisch montiert hatten. Eigentlich bemerkte sie nur das Erlöschen dieses Lämpchens, aber diese winzige Wahrnehmung durchzuckte sie mit der fast schmerzlichen Energie eines Blitzes. Sie wußte in diesem Augenblick, woran sie in der ganzen Zeit überhaupt nicht mehr gedacht hatte, daß nämlich das gesamte Gespräch mit Kurt Gersheim auf einem Tonträger mitgeschnitten worden war, der nach allem, was man ihr gesagt hatte, nur von Polizeibeamten unbeschädigt abgehört werden konnte. Sie überlegte intensiv, aber nicht lange. Sie griff nach dem Hörer des Telefons und rief noch einmal bei Kurt Gersheim an. Wenn irgendeiner, dann konnte er die Brisanz, die in diesem Kasten eingefangen war, auch wieder herausholen. Er mußte dieses Gespräch löschen, koste es, was es wolle. Als sie die Nummer angewählt hatte, war der Anschluß jedoch belegt. Sie versuchte es noch vier- oder fünfmal, immer ohne Erfolg. Als sei beim nächsten Mal durchkam, ging niemand mehr an den Apparat. Kurt Gersheim hatte eine Verabredung zum Abendessen getroffen und soeben seine Wohnung verlassen. Sie mußte es später noch einmal versuchen. Für den Augenblick war das andere das Wichtigste.

Nicht ohne ein Gefühl des Unbehagens verließ sie das Haus durch den Garten, immer in der Spannung, daß gerade während dieser wenigen Minuten ihr eigenes Telefon läuten und der Kidnapper sich melden könnte. Über die ihr von Jochner angegebene Nummer erreichte sie den Bezirkskommissar sofort und direkt. Sie unterrichtete ihn von ihrem Entschluß, die Medien um Mithilfe bei der Schonung ihres kranken Mannes zu bitten. Paul Jochner hatte für diesen Fall schon Vorarbeit im Sinn des Gespräches geleistet, das er mit Marieclaire geführt hatte. Er las ihr am Telefon den Text vor.

»Ich muß das Ihrer Erfahrung überlassen«, sagte sie. »Es klingt gut, was Sie mir vorgelesen haben.«

»Es muß nach Sorge aussehen, nach Unfall, und keinesfalls nach Polizei. Und ich glaube, das tut es auch.« Es trat eine Pause ein. »Demnach hat sich also noch immer niemand bei Ihnen gemeldet, Frau Veyth?«

»Nein«, sagte Marieclaire. »Bis jetzt nicht.« Daß sie es vermied, ausgerechnet dem Kommissar gegenüber zu erwähnen, was ihr geschiedener Mann ihr vor noch nicht ganz einer halben Stunde an den Kopf geworfen hatte, war verständlich. Jochner sagte: »Wir haben bei unserem Gespräch noch eine denkbare Variante übersehen, Frau Veyth, nämlich die, daß die Sache so gut geplant und vorbereitet ist, daß diese Leute ganz genau wissen, auf was sie sich eingelassen haben, und sich rechtzeitig um das Notwendige gekümmert und die Medikamente, die Ihr Mann braucht, bei der Hand haben. Dann wäre vielleicht alles gar nicht so schlimm.«

»Ein schwacher Trost«, sagte Marieclaire und gab dann ihrer steigenden Nervosität nach. »Ich muß rüber, Herr Jochner. Es wäre schrecklich, wenn gerade jetzt jemand anriefe, und ich wäre nicht da.«

»Schön«, antwortete der Beamte. »Ich will sehen, daß ich Ihre Durchsage noch hinter das ›Heute-Journal‹ und die ›Tagesthemen‹ hängen kann, und danach müssen wir eben abwarten.«

Marieclaire bedankte sich bei den Simaders und schlich sich durch die finsteren Gärten wieder zurück zu ihrem eigenen Haus. Dort schaltete sie die Fernsehgeräte ein und schlug die Zeit bis zu den kritischen Spätsendungen mit nebensächlichen Arbeiten tot. Endlich war es soweit. Ingeborg Wurster moderierte das ›Heute-Journal‹, und Marieclaire ließ sich einem ihrer Fernsehgeräte gegenüber auf einer Polsterbank nieder, wo sie, nach vorne gerückt, sitzenblieb. Sie ließ die ganze gewohnte tägliche Suada von Langeweile, Krampf, Verbrechen und Dummheit über sich ergehen: Fanatisierte Milizen, die niemand mehr zu entwaffnen vermochte, legten Beirut in Trümmer, Sitzdemo vor einer Kaserne, vorgezogener Altersruhestand, Fünfunddreißig-Stunden-Woche, Massengräber in Argentinien, Sacharow, Jaruzelski, die fünf sogenannten Weisen, Grüner spritzt mit Blut um sich, Schmidt für die Nachrüstung, Vogel gegen Schmidt, Kohl gegen Breit, Krause gegen Kohl, jeder gegen alles und alle für nichts. Doch endlich erschien der Moderatorin vertrauter Umriß wieder auf dem Bildschirm. Ihr Gesicht zeigte die gewohnte versteckte Mokanz über alles, was darzulegen sie auch heute wieder verpflichtet gewesen war. Jedoch änderte dieses Gesicht seinen Ausdruck, als sie ein Papier hervorbrachte und von diesem den folgenden Text ablas, auf den Marieclaire Veyth so dringend gewartet hatte:

»Wir bitten um Aufmerksamkeit für die folgende Durchsage. Im Raum Frankfurt/Bad Homburg wird seit heute mittag vermißt der

67jährige Dr. Franz Veyth, bekannt durch seine Tätigkeit in einem Unternehmen der Kältetechnik und als Ehrenpräsident der Industrie- und Handelskammer Frankfurt am Main. Dr. Veyth ist einen Meter siebenundachtzig groß, schlank, fast weißhaarig und sportlich gekleidet, mit heller Hose, kariertem Pullover, losem Halstuch und einer hellen englischen Sportmütze. Er wurde zuletzt gesehen, als er gegen elf Uhr das Gelände des Sachsenhausener Golfclubs verließ. Es ist möglich, daß Dr. Veyth einen Anfall erlitten hat oder einem Unfall zum Opfer fiel. Dr. Veyth leidet an Zucker und bedarf einer regelmäßigen medikamentösen Behandlung.«

Ingeborg Wurster hob die Augen von dem Papier und sprach jetzt direkt in das Objektiv der Kamera: »Wer immer über den Verbleib des Vermißten etwas aussagen kann, möge bitte unmittelbar die private Rufnummer...« Die Sprecherin las sie ab und gleichzeitig erschien sie in weißer Schrift auf dem Bildschirm, »...wählen und sich von dort Anweisungen für unverzüglich notwendig werdende medikamentöse Maßnahmen geben lassen. Wir wiederholen...«

Marieclaire stand auf, schaltete den Ton zurück und dachte nach. Alles war vermieden, was auf eine Einschaltung der Polizei hätte hindeuten können. Die Behörde hatte überlegt und vorausschauend gehandelt. Daß die Initiative von ihr kam, lag offen auf der Hand. Nun mußte man abwarten, was geschah. Und das würde ganz und gar von den Absichten der Männer abhängen, die Franz Veyth in ihrer Gewalt hatten. Sie konnte sich nur noch in Geduld üben. Nein, sie konnte natürlich auch noch etwas anderes tun. Sie versuchte wieder, und im späteren Verlauf der Nacht zum wiederholten Male, ihren geschiedenen Mann zu erreichen, jedoch ohne Erfolg. Kurt Gersheim schien die Sonntagnacht auf seine eigene Weise und außerhalb seiner Wohnung zu verbringen. Marieclaire Veyth wartete dennoch die Spätausgabe der Tagesschau ab, hörte dort von einem anderen Sprecher und mit einer anderen Stimme das gleiche, was sie schon zwei Stunden vorher aus Mainz gehört hatte, und ihre innere Unruhe wuchs. Nachdem auch das Programm der ARD beendet war, schaltete sie die Geräte ab. Sie wollte die Nacht nicht in ihrem, im Oberstock gelegenen, eleganten Schlaftrakt verbringen, und holte sich von dort nur ein Kopfkissen und eine Zudecke. Damit versuchte sie, es sich auf der Polsterbank, auf der sie auch gesessen hatte, so bequem wie möglich zu machen. Angezogen wie sie war – denn wenn etwas geschah, was immer es auch sein würde, mußte sie sofort und voll verfügbar sein –, legte sie sich nieder. Auf diese Weise fiel sie nach einiger Zeit in einen unruhigen und von diffusen Traumgestalten gestörten, leichten Schlaf.

Aus diesem schrak sie gegen drei Uhr nachts hoch, weil, wie sie glaubte, das Telefon geläutet hatte. Es konnte nichts anderes sein als das, worauf sie im Unterbewußtsein seit Stunden angespannt gewartet hatte. Deshalb verwirrte es sie, daß aus der Hörmuschel der gewohnte lang anhaltende Pfeifton an ihr Ohr drang, nachdem sie abgehoben hatte. Gleichzeitig nahm sie ein zweites Läuten wahr und wurde sich bewußt, daß es die Hausglocke war. Jemand befand sich an der Eingangstür und läutete genau in diesem Augenblick zum dritten Mal. Marieclaire schlug die Decke zurück, sprang auf und schaltete Lampen ein. Sie verließ die Bibliothek, durchquerte die Halle und öffnete den einen Flügel der gläsernen Doppeltür zum Entrée. Auch überall dort schaltete sie die Lichter ein, so daß derjenige, der sich draußen befand, deutlich sehen konnte, daß man im Haus auf das Läuten reagierte. Marieclaire war keine ängstliche Natur, sie war sich bewußt, sich in einer außergewöhnlichen Situation zu befinden, die Courage von ihr verlangte, und außerdem sagte ihr der logische Verstand, daß es derzeit niemanden gab, der ein Interesse daran haben könnte, ihr persönlich ein Leid zuzufügen. Es wäre unklug, sich derjenigen Person zu entledigen, dachte sie, die man wahrscheinlich zur Durchführung der gefaßten Pläne dringend brauchte. Sie schaltete also die Außenstrahler ein, betätigte die Gegensprechanlage und sagte einfach: »Ja, bitte, was wünschen Sie?«

Durch den in der schweren Eichentür angebrachten Sichtspion bemerkte sie den Mann draußen vor der hohen, schmiedeeisernen Gartentür, der ihr antwortete: »Bitte schalten Sie die Strahler ab, Frau Veyth, und öffnen Sie, aber nur, wenn Sie allein sind. Wenn Sie öffnen und nicht allein sind, gefährden Sie Ihren Mann.«

Sie sah draußen vor dem Gitter die Umrisse eines nicht sehr großen und etwas schmächtigen, ihrem Eindruck nach sehr jungen, dunkelhaarigen Mannes, der eine Art Lumberjack mit einem buschigen Kunstpelzkragen trug, und hörte eine leise, angenehme, sehr wohlerzogene und zivilisierte Stimme, die ihr keine Furcht einflößte. Vor diesem jungen und scheinbar schüchternen Menschen hatte sie keine Angst. Sie knipste deshalb vom Entrée aus die penetranten Außenstrahler wieder ab, betätigte den elektrischen Türöffner für das Gartentor und öffnete die Haustür.

Als sie den jungen Mann auf dem Plattenweg auf die Haustür zukommen sah, trug dieser plötzlich einen Strumpf über das Gesicht gezogen, und fast gleichzeitig trat der zweite Mann aus der Dunkelheit von der Seite aus hervor und zog ihr die Hände so nach rückwärts, daß der andere ihr, von hinten herankommend, Handschellen anlegen konnte. Als das geschehen war, drängten die beiden Maskierten Marieclaire rückwärts in das Haus, schlossen die Tür und schoben ihr so routiniert einen mit Stoff umwickelten Gummiknebel in den Mund, daß Marieclaire nicht einen einzigen Laut aus ihrer Kehle brachte. Voll Entsetzen verfolgte sie mit weit aufgerissenen Augen alles, was die Männer von jetzt an taten. Einer von ihnen schob sie durch die große Halle zurück in die Bibliothek und nötigte sie in einen Sessel. Der andere machte eine Runde im Haus und schaltete überall, wo Marieclaire die Lichter angeknipst hatte, diese wieder aus, bis es im Haus vollständig dunkel war, mit Ausnahme eines Streifens Straßenhelligkeit, der oben irgendwo in ein Schlafzimmer, und von da aus durch eine nicht ganz geschlossene Tür auf die Galerie und in die Tiefe der Bibliothek kroch. Als dieser Mann, von dem Marieclaire realisierte, daß er das Haus, die Lampen und deren Schalter sehr genau kannte, seinen Rundgang beendet hatte, kam er zu Marieclaire und dem anderen. Matt schimmernd sah Marieclaire eine großkalibrige, schallgedämpfte Pistole, die er vor sich auf den niedrigen Tisch legte, bevor er sagte: »Wir lassen Sie jetzt so lange gefesselt und geknebelt, Frau Veyth, bis Sie sich ohne Gegenwehr und ohne Widerspruch angehört haben, was wir von Ihnen wünschen. Danach lassen wir Ihnen soviel Bewegungsspielraum, daß Sie sich mit uns verständigen können. Sollten Sie das wollen, geschieht Ihnen gar nichts, und Sie können sich in Ihrem Haus auch wieder freier bewegen. Sollten Sie das nicht wollen...«

Der Mann brach ab, und der andere fuhr fort: »Na ja, darüber können wir dann ja auch später sprechen.«

Wer immer jetzt draußen an dem Haus der Veyths vorbeigehen

mochte, ihm würde nicht das geringste auffallen. Ein abgedunkeltes Haus, in dem seine Bewohner schliefen, friedlich, zurückhaltend, lautlos im Schatten der alten Bäume seines weitläufigen Gartens. Ein Haus, in dem nicht das geringste vorgefallen war.

4

Edzard Stetten hatte keinen Spaß an der Autobahn. Sein Käfer brachte gerade einhundertzehn auf die Waage, und damit war er auf den Fernstraßen zu langsam. Nur auf den kleineren Straßen gelang es ihm mitunter, wenn schon nicht der Schnellste, so doch wenigstens etwas schneller zu sein, und wer ist mit neunzehn nicht gerne schneller, in diesem Punkte hatte Franz Veyth durchaus recht. Also brausten an diesem, auch im Norden noch sonnigen, 29. Oktober die drei Jungen von Holzminden aus auf Nebenstraßen in Richtung Süden, passierten Höxter, umfuhren Kassel und aßen in der Nähe von Fritzlar an einem Kiosk ein Würstchen und Pommes frites. Anschließend strolchten sie auf der Suche nach einer Eisdiele noch durch die Straßen. Regin zog Ralph am Ärmel nach rückwärts, als sie an einer Straßenkreuzung standen und auf das Fußgängergrün warteten, denn in dem dämmerigen Inneren einer Zeitungsbude hatte der zwischen anderen Publikationen ein fotografiertes Gesicht gesehen, das ihm gerade heute besonders auffiel.

Es war glatt und gefällig aufgenommen, steril retuschiert, langweilig und doch aufregend, weil es das Gesicht von Ralph Gersheims Mutter war. Die beiden kehrten um, bauten sich vor der Zeitungsbude auf und spähten hinein.

»Guck mal, deine alte Dame«, sagte Regin und schob seinen Kaugummi von der einen Backe in die andere. Edzard war widerwillig umgekehrt und stand hinter den beiden jüngeren.

»Los, macht schon, ihr Kanaken«, drängte er. »Ich hab' heute abend noch was auf dem Programm. Er wird seine Alte ja kennen, oder?«

»Rück mal zwei Mark raus«, sagte Regin. »Ich will wissen, was da drinsteht.«

»Laß den Quatsch«, sagte Ralph und boxte Regin in die Seite. »Das ist doch alles wieder erstunken und erlogen.«

»Woher weißt'n das?« fragte Edzard großspurig, schob die Hände in die Taschen seiner Jeans und sah auf Ralph herunter.

»Weil Mami das sagt«, antwortete Ralph. »Und Franz auch. Und überhaupt, weil ich deswegen im LSH bin, um von dem dreckigen Geschmiere möglichst wenig mitzukriegen.«

»Das sagt wohl auch Mami«, knurrte Edzard.

»Und Franz. Und mein Vati auch«, sagte Ralph. Regin drängelte:

»Los, Ed, mach schon, kauf das Heft.«

Der Ältere brachte Geld hervor und zählte es nach. »Dann ist aber kaum noch ein Eis drin, ihr Kanaken, und mit dem Benzin wird es verdammt knapp.«

»Es reicht schon noch«, schrie Regin, riß seinem Bruder den Geldbeutel aus der Hand, wandte sich an den Verkäufer und verlangte das Blatt. Der Mann gab es nach draußen. Während er den Schein wechselte, gerieten Regin und Edzard aneinander. Für einen Neunzehnjährigen mit Reputation und eigenem Wagen, der schon das schriftliche Abitur hinter sich hatte, war es ganz ausgeschlossen, sich von seinem dreizehnjährigen Bruder überfahren zu lassen. Er ohrfeigte Regin zweimal, beutelte den Kopf des Jüngeren, daß die blonden Haare flogen und schob noch eine dumpf klingende Kopfnuß hinterher. Diese Situation nutzte Ralph aus und nahm Heft und Wechselgeld entgegen. Das Heft schob er unter seinen Blouson und zog den Reißverschluß nach oben, das Wechselgeld hielt er Edzard Stetten hin, als dieser endlich von seinem Bruder abließ. Der Kleinere ging erneut kampflustig auf Ralph los. »Her mit dem Heft. Schließlich hat Ed es bezahlt.«

Ralph weigerte sich, und Edzard trennte die beiden, weil Leute stehenblieben und mit Befriedigung feststellten, daß der Erziehungsverfall bei den Kindern ganz augenscheinlich auch schon die besseren Kreise erfaßt hatte.

Mit dem Eis wurde es an diesem Tage nichts mehr, und gegen halb fünf, als es bereits dämmrig zu werden begann, fuhr der Käfer mit den drei Jungen mit lautem Hupengetöse an dem auf einer Anhöhe gelegenen Stettenschen Wohnhaus vor. Erleichterung breitete sich aus, denn Edzard Stettens Eltern hatten zwar einen ausgedienten und abgeschriebenen Werkswagen auf den inzwischen volljährig gewordenen Sohn überschrieben, konnten sich aber ebenfalls einer gewissen Ängstlichkeit und Sorge nicht erwehren, wenn Edzard auf längere Strecke damit fuhr. Rucksäcke und Taschen wurden geschleppt, die Hunde wurden begrüßt, und es wurde nach dem Abendessen gefragt.

Das Fremdenzimmer unter dem Dach wurde Ralph zugewiesen. Der Junge schleppte sein Gepäck nach oben und versenkte sich in die Betrachtung einer Reihe von Postern, die Autorennen, Pop-Stars und Drachenflieger darstellten. Bald hatte er auch den Plattenspieler entdeckt und machte Musik. Von unten, aus dem Wohntrakt, klang die Stimme Frau Stettens, die seinen Namen rief. Ralph öffnete die Tür etwas weiter und antwortete. Frau Stetten rief nach oben, daß es um sechs Uhr Abendessen gebe, zu welchem die Hände zu waschen seien. Dazu sei die Badezelle da, die Tür sei links von seiner Zimmertür, und Handtücher habe sie schon hineingehängt.

»In Ordnung, Frau Stetten«, rief Ralph zurück. »Und schönen Dank auch, daß ich zu Ihnen kommen darf. Bei mir zu Hause ist es übrigens ganz ähnlich wie hier.«

Danach machte Ralph Gersheim sich an die Besichtigung des gesamten Dachgeschosses, inspizierte das Bad und den Boden und ging dann zurück in sein Zimmer. Als er den Reißverschluß seines gesteppten Nylonblousons öffnete, um ihn auszuziehen, rutschte das Heft der ›Lila Seiten‹ hervor, das Edzard unterwegs gekauft hatte, und an das der Junge schon lange nicht mehr dachte. Vom Teppich her lächelte seine Mutter zu ihm empor, mit einem Gesichtsausdruck, den Ralph an ihr eigentlich überhaupt nicht kannte. Langsam bückte Ralph Gersheim sich, hob das Heft auf und versuchte, mit sich ins reine zu kommen, was es mit diesem Gesichtsausdruck seiner Mutter wohl auf sich haben mochte. Das geschah ungefähr zu dem Zeitpunkt, da sich in dem Haus in Oberstetten der Bezirkskommissar Paul Jochner von Marieclaire Veyth verabschiedete und erklärte, daß man jetzt nur noch hoffen könne.

Ralph Gersheim lümmelte sich in dieser Minute auf die Schlafcouch seines Gastzimmers, knipste die Leselampe an und schlug das Heft auf.

In der Tat zählten seine Eltern und Onkel Franz, wie er seinen

Stiefvater nannte, zu den Menschen, die häufig in den Spalten der Klatsch- und Gesellschaftsblätter zu finden waren, und es stimmte auch, was er am Zeitungsstand Ed und Regin gesagt hatte, daß seine Eltern ihn nicht zuletzt in das als konsequent bekannte Internat gesteckt hatten, um ihn aus allem, was über seine Mutter und ihre spektakuläre zweite Ehe in Umlauf war, herauszuhalten. Außerdem hatte ihn das alles noch niemals sonderlich interessiert. Die Neugier packte ihn erst jetzt, da er die Fotografie seiner Mutter fast lebensgroß in der Hand hielt und mit ihr und ihrem Geheimnis bis zum Beginn des Abendessens allein war. Er schlug das Blatt auf. Irgendwo im ersten Drittel fand er, was er suchte. Eine Doppelseite mit weiteren Fotografien und dazu einen Sensationsbericht: ›Traumkarriere einer schönen Frau mit Industrie-Top-Manager, Marieclaire Gersheim und Dr. Franz Veyth heute.‹ Der Text der Reportage war nur kurz. Für Franz Veyth sei diese Ehe die Erfüllung und Krönung seines persönlichen Lebens. Ein sagenhaftes Vermögen fließe ihr und dem Jungen zu – der Junge, das war er, Ralph Gersheim selbst –, für Marieclaire sei diese zweite Ehe Sicherheit und Geborgenheit. ›Für mich bedeutet Franz die Vaterfigur, an die ich mich rückhaltlos anlehnen kann. Mein erster Mann war meine Illusion, Franz ist mein fester Boden unter den Füßen.‹

Eines der Fotos zeigte seine Mutter, Franz Veyth und seinen Vater in glänzender Stimmung auf der Terrasse des Golfclubs. Die Unterschrift orakelte, daß die Beziehung zwischen ihr und Ralphs Vater niemals ganz abgerissen seien. In vielen Lebenslagen frage sie ihren geschiedenen Mann noch heute um Rat.

»Sie pennt mit ihm, oder?«

Das war die Stimme Regins, der sich, während Ralph fasziniert mit dem Bericht beschäftigt war, hereingeschlichen hatte, und Ralph nun neugierig über die Schulter sah. Ralph brauchte eine ganze Weile, bis er begriff, was der andere gesagt hatte und was er damit meinte. Als das geschehen war, klappte er langsam die Zeitschrift zu, legte sie ebenso langsam zur Seite, stand auf und fiel über Regin Stetten her. Erst schlug er den Jungen, dann trat er ihn. Schließlich rang er mit ihm und bekam ihn nach einiger Zeit in den Schwitzkasten. In dieser Lage drosch er Regins Kopf auf den Teppichboden und keuchte: »Dafür entschuldigst du dich...

Du dreckiger kleiner Hund... Du miese kleine Ratte, mit deiner mistigen Fantasie.«

Regin versuchte, sich zu befreien, schlug und trat mit den Füßen um sich, aber Ralph ließ nicht locker. Bei dem Geraufe der beiden Jungen fielen Möbel um, zuerst eine Stehlampe, dann ein Stuhl, der Stecker der Musikanlage riß aus der Dose, und der Rock erlosch in einem Mißklang.

»Seid ihr verrückt geworden«, kam Frau Stettens Stimme von der Tür her. »Was ist denn in euch gefahren? Regin, Ralph?«

»Und das will mein bester Freund sein«, schrie Ralph und schlug erneut Regins Kopf auf den Boden. »Entschuldigst du dich, du dreckiger Hund?«

Helga Stetten sah das alles, hörte Ralphs keuchende und unbeherrschte Worte, rang einige Sekunden mit sich, weil sie das noch niemals körperlich getan hatte und griff dann mit unerwarteter Energie ein. Es gelang ihr, die Jungen auseinanderzubringen und hochzuziehen, bis sie sich, schwer atmend, wie junge Stiere mit gesenkten Hörnern gegenüberstanden, bereit, jede Sekunde wieder übereinander herzufallen.

»Wie kommst du mir vor?« sagte Frau Stetten zu Ralph. »Er ist der Jüngere, Kleinere und Schwächere. Und außerdem hat er mir gesagt, daß er dein bester Freund ist.«

»Er ist nicht mehr mein Freund«, schrie Ralph erneut los. »Er hat meine Mutti beleidigt und mich auch, und er muß sich entschuldigen, sonst...«

Helga Stetten hielt den Jungen davon ab, erneut über Regin herzustürzen.

»Beleidigt? Was hat er denn gesagt?«

Ralph Gersheim wendete sich um, ergriff die Zeitschrift, die hinter ihm auf der Schlafcouch lag, und hielt sie aufgeschlagen Regins Mutter vor das Gesicht. »Meine Mutter ist mit meinem Vater im Guten auseinandergegangen, da steht es. Und er hat gesagt, sie schläft mit ihm. Das ist eine Beleidigung.«

Helga Stetten war starr. Schließlich sagte sie: »Regin soll so was gesagt haben?«

In der entscheidenden Stille hörte sie von unten her Robert Stettens Stimme: »Helga, Regin, kommt ihr endlich zum Abendessen?«

Ohne den Fall endgültig geklärt zu haben, schickte Regins Mutter die Jungen zum Händewaschen und Kämmen, und wenig später saßen sich alle vier am Eßplatz bei kaltem, sonntäglichen Abendbrot gegenüber. Edzard war mit seinem Käfer und seiner Freundin nach Gießen in eine Disco gefahren.

»Hoffentlich betrinkt er sich nicht«, sagte Robert Stetten.

»Edzard trinkt nur Cola«, antwortete Helga.

»Kann ich bestätigen«, sagte Regin. »Du hast wirklich keine Ahnung, Pa, wie es in einer Disco zugeht.«

Regins Vater fiel die verkrampfte Atmosphäre am Abendbrottisch auf. Er sah von einem zum anderen, begegnete gesenkten Blicken, verstocktem Schweigen, und fragte schließlich nach der Ursache. Helga Stetten berichtete sie ihm.

»Ich hab' doch gar nicht gewußt, daß das so schlimm ist«, sagte Regin, nachdem der Sachverhalt aufgedeckt war. »Ich wollte ihn doch gar nicht beleidigen. Woher soll ich wissen, daß er so was so krumm nimmt?«

»Es ist aber schlimm«, sagte Regins Vater. »Warum, erkläre ich dir besser ein anderes Mal. Es ist so schlimm, daß du dich schon bei deinem Freund dafür entschuldigen mußt, Regin. Wenn ich dir alles erklärt habe, wirst du mir recht geben.«

Da Regin Stetten weder ein bösartiger noch ein nachtragender Junge war und das, was sein Vater sagte, außerdem vernünftig klang, tat er, um was seine Eltern ihn gebeten hatten. Die Stimmung lockerte sich, die Jungen erzählten aus dem Landschulheim, und als man aufstand, war der Vorfall so gut wie vergessen. Robert Stetten schlug den beiden Jungen vor, noch für eine Stunde die neue Tischtennisplatte im Trockenraum des Wäschekellers einzuweihen, anschließend könnten sie einen Film im Fernsehen anschauen. Nachdem die Jungen aus dem Zimmer gestürmt und die Kellertreppe hinabgepoltert waren, bot Robert Stetten, was selten geschah, seiner Frau eine Zigarette an.

»Nicht so schlimm«, sagte Helga Stetten, als sie auf der Terrasse standen und die ersten Züge nahmen. »Da kannst du sehen, wie weit wir gekommen sind in diesem Lande. Glaubst du, die lernen so was da oben in ihrem Landschulheim?«

»Nein«, antwortete Robert. »Das glaube ich nicht, noch nicht. Ich werde mich dort einmal näher umsehen müssen. Aber dazu braucht es doch gar kein Internat, die brauchen doch nur eine Kinoreklame anzuschauen oder einen Zeitungskiosk. Oder sie rennen in einen von diesen Videoschuppen, wo sie auf verbotenes Zeug heiß gemacht werden, oder ein zwei Jahre Älterer findet seinen Spaß daran, das zu tun. Du weißt ja gar nicht, was die alles tauschen, klauen, handeln und schieben. Da ist es bald soweit, daß sie Dinge gar nicht mehr ›so schlimm‹ finden, auf denen nunmal unser Sittenkonsens beruht.«

»Mein Gott«, sagte Helga Stetten. »Was für eine Zeit, Robert.«

Ihr Mann sah sie eine Weile an und sagte dann: »Ich weiß nicht mehr, wie oft ich dich davor gewarnt habe, diese Liberalen zu unterstützen, die das alles salonfähig gemacht und die Dämme eingerissen haben. Jetzt kannst du zusehen, wie du es deinem Dreizehnjährigen begreiflich machst, warum es schlimm ist, wenn seine Mutter mit ihrem Verflossenen schläft, nachdem es schon als fortschrittlich gilt, wenn es jeder mit jedem tut.«

»Ich hätte doch auch nichts daran ändern können, Robert, selbst wenn ich mit meiner Tätigkeit bei denen aufgehört hätte.«

»Es ist ja jetzt auch zu spät, Helga. Aber ich hätte für meine Person, verdammt noch mal, nicht gern das Gefühl, zu alledem beigetragen zu haben.«

»Sie versuchen ja jetzt, das einzudämmen, an das Verantwortungsbewußtsein der Eltern und der Händler wird eindringlich appelliert.«

»Daß ich nicht lache«, sagte Robert Stetten und schnippte verächtlich den Rest seiner Zigarette auf den Rasen unterhalb der Terrasse. »Einer steckt ein Haus in Brand und spuckt dann hinein, damit es wieder aufhört. Nein, Helga, das ist nicht mehr aufzuhalten. Und gutgläubige Idealisten wie du sind daran schuld.«

Helga Stetten fröstelte. »Glaubst du, daß sie es wirklich tut? Die geschiedene Gersheim, meine ich.«

»Was weiß ich?« sagte Robert Stetten. »Ich kümmere mich um so was nicht. Der Junge ist nett und gut zu haben, dafür daß er aus so komplizierten Verhältnissen kommt. Alles andere ist mir egal. Berichte in solchen Blättern zielen immer auf die schlüpfrige Fantasie ihrer Leser ab. Heute macht man mit so was Publicity. Wie lange soll Ralph eigentlich bleiben?«

Robert Stetten stellte diese Frage ungefähr in dem gleichen

Augenblick, als die Fernmeldemechaniker des Polizeipräsidiums Marieclaire Veyth in ihrem weitläufigen Haus an den Taunushängen mit ihren Ängsten und ihrer Ungewißheit alleine ließen.

Später holten sie die Jungen aus dem Keller und sahen sich mit ihnen einen Film an, anschließend das ›Heute-Journal‹. Aufmerksam wurden sie alle erst, als sie mehr im Unterbewußtsein Frau Wurster die Worte ›Dr. Franz Veyth‹ aussprechen und wiederholen hörten. Robert Stetten nahm die Funksteuerung des Gerätes vom Tisch und stellte den Ton lauter.

»Mein Gott«, sagte Helga Stetten, nachdem auch die Wiederholung durchgekommen war.

»Ich muß sofort zu meiner Mutter«, sagte Ralph und sprang auf. Helga Stetten sagte: »Ich glaube auch, daß er sofort zu seiner Mutter müßte, Robert.«

Robert Stetten war ein kühler und überlegter Mann. »Hör mal, Ralph«, sagte er. »Deine Mutter weiß doch, daß du bei uns bist, nicht wahr?«

»Natürlich«, sagte Ralph und wendete sich an Frau Stetten. »Sie haben doch mit ihr telefoniert, oder?«

»Ja«, sagte Helga Stetten und ihr Mann fügte hinzu: »Dann hat sie also auch unsere Nummer hier?«

Helga Stetten bestätigte das.

»Also«, sagte Regins Vater. »Deine Mutter ist in einer schwierigen Situation, Ralph. Wenn sie dich bräuchte oder gerne mit dir sprechen würde, dann würde sie hier anrufen, das siehst du doch ein, nicht wahr?«

Ralph konnte das nicht bestreiten, und dennoch gab sich irgend etwas in seinem Innern mit dieser Stimme rationaler Vernunft nicht zufrieden.

»Warum tut sie es dann nicht, Herr Stetten?«

»Weil sie andere Sorgen hat, mein Junge. Es geht um ihren Mann, deinen Stiefvater. Bei euch zu Hause läuft womöglich viel mehr ab, als sich nach außen hin erkennen läßt. Vielleicht sind Ärzte dort, Polizei, vielleicht ist deine Mutter recht froh, daß du bei uns bist, und daß sie sich um dich keine Gedanken machen muß und den Kopf frei hat für ihre größeren Sorgen.«

Ralph Gersheim sah Helga Stetten an und sagte: »Meinen Sie das auch, Frau Stetten?«

»Wenn Robert das sagt, dann stimmt es. Dann hat er recht, Ralph. Ich glaube auch, daß es so ist.«

»Aber dann kann ich doch wenigstens mal anrufen«, sagte der Junge, und Robert Stetten antwortete: »Du mußt dir das so vorstellen, Ralph, daß deine Mutter eine öffentliche Durchsage hat machen lassen. Sie wartet jetzt jede Sekunde auf einen erlösenden Anruf, und es wäre eine schwere Nervenbelastung, wenn andere Anrufe dazwischen kämen. Und außerdem wäre es besonders schlecht, wenn gerade jetzt euer Telefon zu Hause blockiert wäre, findest du nicht?«

Da Ralph so suggestiv gefragt wurde, konnte er nichts einwenden. Herr Stetten hatte recht, er mußte warten. Aber morgen mußte er nach Hause. Es ging einfach nicht, daß seine Mutter sich mit Sorgen herumquälte, während er, Ralph, sich hier, ein paar Dutzend Kilometer entfernt, mit einem Freund seiner Ferien freute, denn das war Regin wieder, seitdem er sich bei Ralph entschuldigt hatte.

Zwar bemühten sich die Eltern Stetten, ihm diese Verpflichtungsgefühle auszureden, aber ohne Erfolg. Nein, es müsse nicht jetzt sein, auch nicht heute nacht, aber morgen, wenn es hell sei und man auch etwas weitersehe, in dieser Sache, dann wolle er doch hinüber zu seiner Mutter, sonst fühle er sich nicht wohl. Regins Eltern hatten das offengelassen und die Jungen gegen zehn Uhr schlafen geschickt. Als Helga und Robert Stetten allein waren, zeigte sich, daß Stetten die Dinge doch etwas anders sah, als er sie den beiden Jungen gegenüber eingefärbt hatte.

»Es sieht nicht gut aus«, sagte er und zündete sich die zweite Zigarette an diesem Abend an. »Das war eine Aktion totaler Hilflosigkeit. Frau Veyth weiß nichts, und die Polizei wahrscheinlich auch nicht.«

»Die Polizei?« sagte Frau Stetten.

»Ich glaube, so eine Durchsage bringt man nur über die Polizei in die Medien, oder sonst über eine potente öffentliche Stelle. Überleg doch mal, da könnte jeder kommen, dem gerade irgendein Mißgeschick passiert ist, und das Fernsehen in Anspruch nehmen. Nein, die Sache liegt schlimmer als ich dem Jungen gegenüber erkennen lassen wollte. Meiner Meinung nach ist Veyth das Opfer einer Entführung. Man hat jetzt Sorge, daß er das mit seinem Diabetes nicht durchsteht, und wollte das ganze so harmlos wie möglich verpacken, um nicht merken zu lassen, daß man Bescheid weiß.«

»Mein Gott, Robert«, sagte Frau Stetten. »Was du dir da überlegst, können doch auch andere sich überlegen.«

»Eben«, antwortete Robert Stetten. »Ich sehe das alles höchst gefährlich, Helga, und es scheint mir das wichtigste zu sein, den Jungen aus der Schußlinie zu halten. Wenn sie nachher im anderen Programm die Durchsage auch bringen, dann bedeutet das zweierlei: Erstens, daß die Polizei wirklich bereits eingeschaltet ist, und zweitens, daß sich absolut noch nichts ereignet hat, das heißt, daß man den Mann entweder noch nicht gefunden hat, oder daß sich die, die wissen, wo er ist, immer noch nicht gemeldet haben.«

Nicht ohne Spannung warteten die beiden Stettens die Sendung im Parallelprogramm ab, und Robert Stetten sah sich in seinen Befürchtungen bestätigt, als der Sprecher am Ende seiner aktuellen Meldungen das ominöse gelbliche Stück Papier zur Hand nahm und von ihm den Text ablas, den nicht nur sie und Marieclaire Veyth, sondern darüber hinaus Millionen anderer in diesem Lande bereits kannten. Die Überlegungen, die das Ehepaar Stetten im Anschluß an diese zweite Durchsage anstellten, wichen nur wenig von den Überlegungen ab, die andere zu dieser Sache anstellten, unter ihnen Frankfurts Polizeipräsident, Dr. Franz Innergassner, und der verantwortliche Beamte, Bezirkskommissar Paul Jochner, in seinem trivialen Dienstzimmer am Platz der Republik.

Noch selten hatte ein Fall, mit dem er befaßt gewesen war, gleichzeitig so klar auf der Hand gelegen und so viele Rätsel enthalten und Fragen offengelassen, wie dieser. Als Innergassner ihn nach der zweiten Durchsage noch einmal anrief, um sich nach dem Stand der Dinge zu erkundigen, berichtete Jochner, was er veranlaßt hatte und weigerte sich, irgendeine Prognose aufzustellen. Das einzige, was für ihn unumstößlich war: »Wenn es ein Unfall oder eine Schwäche, ein Herzinfarkt oder Schlaganfall gewesen wäre, dann hätten wir ihn schon oder wüßten etwas davon. Dies ist ein Erpressungsfall, Herr Präsident, und ich mache mir heute Vorwürfe, nicht zur rechten Zeit vorausschauend genug gewesen zu sein, um ein Konzept für Fälle zu erarbeiten, in denen

Diabetes eine Rolle spielt. Denn daß so etwas früher oder später einmal kommt, damit hätten wir rechnen müssen. Und jetzt stehen wir da und können nur Ratespiele veranstalten, ob und wie diese Erkrankung in die Dispositionen der Verbrecher einbezogen worden ist. Von den Möglichkeiten, die es gibt, ist jede einzelne gleich gefährlich.«

Der Polizeipräsident sagte: »Die Millionen können Sie vergessen, wenn es um Geld gehen sollte. Die haben sie bei Veyths. Und wenn nicht, kriegen sie sie. Aber wenn uns Dr. Veyth durch Risikodruck bei den Verbrechern umgebracht wird und denen unter den Händen an Zucker stirbt, gnade uns Gott. Dann gibt es ein Erdbeben und anschließend – wie man so sagt – personelle Veränderungen, mich selbst eingeschlossen. Sie verstehen, was ich damit sagen will, Jochner?«

»Jawohl«, sagte Paul Jochner. »Sie haben noch fünfzehn Dienstjahre vor sich und etwas zu verlieren. Ich nur noch sechs und nichts mehr zu verlieren. Mit anderen Worten, Ihre Zukunft ist abhängig von meinem Glücksstern.«

»Und Ihrem Können«, sagte Dr. Innergassner, »Ihrer Entscheidungskraft, Ihrer Konsequenz, Erfahrung und Energie.«

Paul Jochner lachte. »Wenn es um mich allein ginge, dann hätte ich schon längst das Handtuch geworfen. Aber es geht ja jedesmal noch um andere. Diesesmal um diesen Mann, Dr. Veyth, und um die verdammte Niedertracht, mit der man den fertigmachen will und sich nachher, wenn es schiefgeht, auf den Rechtsstaat beruft. Ich weiß, wie Ihnen zumute ist, denn mir ist genauso zumute. Ich kann Ihnen nur versprechen, alles zu tun, was ich tun kann. Und ich halte Sie auf dem laufenden.«

In unausgesprochener, schwerer Sorge beendeten die beiden Männer ihr Gespräch. Einmal, weil es um einen bekannten, verdienten und beliebten Mann dieser Stadt ging, zum anderen, weil es um einen Präzedenzfall der Verbrechensbekämpfung überhaupt, und damit um ein Stück Parteipolitik, und schließlich, weil es um einen von ihnen selbst, wenn nicht sogar um sie beide ging. Abgesehen von diesem Gespräch mit seinem Vorgesetzten, schwieg die Telefonleitung des Bezirkskommissars. Jochner wußte noch nicht, daß diese Tatsache die schwerste Nervenbelastung werden würde, der er jemals ausgesetzt gewesen war. Und noch mehr Vorwürfe hätte er sich gemacht, hätte er geahnt, daß er selbst es gewesen war, der sich in dieser Sache die Hände gebunden hatte.

In Rabenau, im Hause der Stettens, war der Rest der Nacht ruhig verlaufen. Im Schlafzimmer von Regins Eltern schaltete die Zeituhr das Rundfunkgerät wie an jedem Werktag pünktlich zu den Sieben-Uhr-Nachrichten ein. In den Programmen des Hörfunks brachten sie nichts über die Ereignisse des gestrigen Tages. Trotzdem, oder vielleicht gerade deshalb, sprachen Robert und Helga Stetten zuerst wieder von den Problemen, die sich für sie daraus ergaben, daß Ralph Gersheim sich für die Dauer der Herbstferien in ihrem Hause aufhielt.

»Wir dürfen es dem Jungen auf keinen Fall erlauben, jetzt seiner Mutter auf den Pelz zu rücken«, sagte Robert Stetten, als sie sich im Badezimmer darüber unterhielten. Er wischte sich den übriggebliebenen Rasierschaum aus dem Gesicht. »Ich bleibe einfach dabei, daß Frau Veyth sich melden würde, wenn sie sich Gedanken oder Sorgen um ihn machen würde oder wenn sie ihn aus irgendeinem Grunde bräuchte. Aber wozu, um Himmels willen, soll eine Frau in dieser Lage schon einen vierzehnjährigen Bengel brauchen? Nein, nein, die ist froh, daß er aus der Schußlinie ist, und wenn sie Sehnsucht nach ihm hat, wird sie bei uns anrufen.«

Helga Stetten teilte diese Einschätzung der Dinge durch ihren Mann. »Und du hast es sogar geschafft«, sagte sie, »es ihm begreiflich zu machen. Deinen Argumenten hat er vertraut gestern abend. Du kannst ja nachher beim Frühstück noch ein wenig nachstoßen.«

In diesem Moment wurde die Tür des Badezimmers geöffnet, und Regin stand unter dem Rahmen, nur in der Schlafanzughose, eine Zahnbürste in der einen Hand, den Becher in der anderen, Zahncreme um den Mund verteilt, und Ratlosigkeit im Blick.

»Ich hab' dir schon hundertmal gesagt, du sollst anklopfen, wenn du uns schon nicht einmal im Badezimmer in Ruhe lassen kannst«, sagte Robert Stetten. Aber seine Frau kannte ihren Jungen.

»Nein, da ist etwas, Robert. Komm her, Regin...« Mit einem Handtuch säuberte Frau Stetten Regins Gesicht. »Also, was ist?«

»Ralph ist verschwunden«, sagte Regin. »Mir ist gerade beim Waschen eingefallen, daß wir heute zusammen zum Hochsitz hinausgehen könnten, um das Wild zu beobachten. Das wollte ich ihm sagen. Aber er ist nicht mehr da. Im Bad nicht und im Fremdenzimmer auch nicht. Was sollen wir nur tun?«

Auf die Frage Regins wußten seine Eltern in diesem Augenblick auch noch keine Antwort.

5

Wenn die beiden Männer miteinander redeten, taten sie es in einer fremden Sprache, die Marieclaire nicht kannte, und das verstärkte ihre Angst, zumal sie von den Gesichtern dieser Männer nicht das mindeste bemerken konnte. Die Männer vermieden es auch, einander mit Namen anzureden und beschränkten das, was sie sich zu sagen hatten, auf ein scheinbar präzise abgewogenes Mindestmaß. Entweder sie beide, oder wenigstens der eine von ihnen, schien sich außerdem im Hause der Veyths bis in jede Einzelheit auszukennen. Sie merkte das an der Sicherheit, mit der einer von ihnen sich nicht nur in den Räumen bewegte, in denen sie sich zur Zeit befanden, sondern auch im Obergeschoß und in den Wirtschaftsräumen, wo er systematisch sämtliche Lichter ausschaltete. Sie hatte dafür keine Erklärung, denn Marieclaire wußte natürlich nichts davon, mit welcher Genauigkeit und Gewissenhaftigkeit jenes Vierteljahresheft einer exklusiven Wohnkulturzeitschrift studiert und ausgewertet worden war, das unter der Überschrift ›Traumdomizil eines Spitzenmanagers an den Taunushängen‹ Einzelheiten fast jedes einzelnen Zimmers in Farbe und auf Hochglanz einer sensationshungrigen Society aufgetischt hatte. Aber dieses Heft hatten eben nicht nur ästhetisch interessierte, sondern auch fachlich geschulte Augen durchforscht und ihm fast alle Einzelheiten entnommen, die benötigt wurden, um das zu ermöglichen, was in diesem Augenblick im Haus der Veyths ablief.

Über eine Tatsache war Marieclaire sich schon ziemlich bald klar, daß nämlich alles, was die Männer taten, darauf schließen ließ, daß sie beabsichtigten, sich über einen längeren Zeitraum hinweg in diesem Haus aufzuhalten. Gefesselt und geknebelt, wie sie war, konnte sie weiter gar nichts tun, als versuchen, mit angstvoll weit geöffneten Augen alles zu erfassen, was um sie her geschah. Sie sah die beiden Männer mit ihren Masken wie zwei gesichtslose, dunkel gekleidete, eher schmächtige als unförmige Teufel. Der eine, der sich im Hause hin und her bewegte, schien eher noch etwas kleiner als der andere und hatte erstaunlich rasche und geschickte Bewegungen, wobei sich sein Gesicht wie witternd hin und her bewegte. Da Marieclaire irgendwie damit beginnen mußte, ihre Gegner einzustufen, gab sie diesem Mann den Namen ›die Ratte‹. Der andere, etwas größer und etwas weniger behende, hockte auf der Kante von Franz' Schreibtisch, kratzte sich ab und zu an irgendeiner Stelle seines Körpers und guckte durch die Schlitze der Maske, die sein Gesicht verbarg, zu ihr herüber. Nachdem Marieclaire ihn lange betrachtet und beobachtet hatte, entschloß sie sich, diesem Mann den Namen ›der Affe‹ zuzuteilen. Affe schien im übrigen der Anführer des Teams zu sein, denn er besaß ein winziges Funkgerät, das er von Zeit zu Zeit einschaltete, so daß es ein leises, von Knacken unterbrochenes Rauschen von sich gab, das bald wieder erlosch. Für Marieclaire war es im Augenblick das schlimmste, die Gesichter dieser Männer nicht erkennen zu können, aus denen sie vielleicht doch gewisse Rückschlüsse auf ihre Absichten hätte ziehen können.

Endlich kam Ratte von der Galerie über die Eichentreppe wieder nach unten und hockte sich ebenfalls ihr gegenüber, und zwar auf die Kante des Refektoriumstisches, auf dem Stöße von Zeitschriften, Zeitungen und Büchern lagen. Nach einer Weile machte er eine Bewegung mit dem Kopf. Affe ließ sich von der Schreibtischkante gleiten, kam zu ihr herüber und stellte sich hinter sie. Wenn wirklich ihr Ende kommen sollte, dachte Marieclaire, dann jetzt. Keuchend bäumte sie sich hoch, aber ihr Ende kam nicht. Statt dessen sagte Affe hinter ihr in einem fast akzentfreien Deutsch: »Sind Sie vernünftig, Frau Veyth, dann nicken Sie mit dem Kopf, damit ich Ihnen den Knebel abnehmen kann. Aber sobald Sie unvernünftig sind, muß ich Sie wieder zum Schweigen bringen.«

Marieclaire nickte mehrmals betont heftig mit dem Kopf. Sie hätte in diesem Augenblick alles getan, um aus der unerträglichen Beschränkung ihrer Freiheit herauszukommen. Fast alles. Und außerdem erschien ihr das Verhalten ihrer Besucher, nachdem sie den Schock soeben niedergekämpft hatte, im Augenblick jedenfalls tatsächlich nicht mehr als bedrohlich. Affe löste also das Tuch und schälte es vorne von ihrem Gesicht. Ratte kam heran und zog den Gummiknebel aus ihrem Mund. Jetzt, wo Luft und Sauerstoff hinzukamen, litt sie unter dem penetranten Geschmack, half mit der Zunge nach und würgte.

»Müssen Sie erbrechen?« fragte Affe, als Marieclaire hustete. In seiner eigenen Sprache setzte er etwas hinzu, und Ratte verschwand in die Küche, wo er nach wenigen Augenblicken mit einem Glas Wasser wieder erschien, das er Marieclaire hinhielt. Er hatte in diesem Augenblick nicht daran gedacht, daß Marieclaires Hände gefesselt waren und setzte ihr nach kurzen Zögern den Rand des Glases an die Lippen. Marieclaire trank gierig und stieß, als sie das getan hatte, unbeherrscht heraus: »Was wollen Sie denn eigentlich von mir? Genügt es noch nicht, daß Sie meinen kranken Mann in der Gewalt haben? Haben Sie denn überhaupt kein Gewissen?«

Sie sah mit funkelnden Augen von einem zum anderen. Affe antwortete: »Hören Sie zu, Frau Veyth, was hier geschieht, verstehen Sie nicht, und können Sie auch gar nicht verstehen. Sie versuchen es deshalb am besten auch gar nicht, denn je tiefer Sie eventuell in Hintergründe eindringen, desto schlechter, nachteiliger und gefährlicher ist es für Sie. Das könnte so weit gehen, daß wir Sie stillmachen müssen, wenn diese Hintergründe nicht verborgen bleiben. Das hängt aber ausschließlich von Ihrem eigenen Verhalten ab. Das heißt, wenn Sie nur das tun, was ich und mein Freund Ihnen sagen, wenn Sie keine Fragen stellen und nur unsere Fragen beantworten. Sind Sie dazu bereit?«

»Was soll ich sonst tun?« sagte Marieclaire. »Sie haben mein Haus besetzt. Sie sind bewaffnet und maskiert. Sie können mich zwingen. Also, fragen Sie.«

»Haben Sie in dieser Affäre mit Ihrem Mann schon von irgend jemandem etwas gehört, eine Forderung oder eine Nachricht erhalten, einen Anruf bekommen?«

Die Augen Marieclaires weiteten sich vor Verblüffung und Überraschung. »Aber, wenn Sie das nicht wissen...«

»Wir fragen«, sagte Ratte. »Haben Sie? Oder haben Sie nicht? Rasch.«

Affe, dem es nicht verborgen blieb, wie fieberhaft Marieclaires

Gehirn arbeitete, fügte hinzu: »Sehen Sie, Frau Veyth, Sie machen jetzt, ganz am Anfang schon, den Fehler, daß Sie in diese Sache eindringen wollen. Das ist nicht gut. Ersparen Sie es sich doch. Und uns auch. Sagen Sie einfach ›ja‹ oder ›nein‹. Das erleichtert das Ganze.«

Wahrscheinlich hatte dieser Mann recht. Aber es war für eine Frau wie Marieclaire Veyth, mit einem überdurchschnittlich ausgeprägten Intellekt, außerordentlich schwer, sich mit allen Überlegungen und Reaktionen vollständig einem anderen zu überlassen, von dem sie weder wußte, wie er aussah, noch wer er war, noch was er im Schilde führte. Sie zögerte lange, während die Augen der beiden Männer durch die mandelförmigen Maskenschlitze unbeweglich auf sie gerichtet waren. Endlich raffte sie sich auf. Sie hatte sich entschlossen, dem Ratschlag Affes zu folgen.

»Nein«, sagte sie, und Ratte nickte befriedigt.

»Das ist vernünftig«, sagte Affe. »Und nun beantworten Sie uns noch ein paar Fragen. Dieses Haus hat eine Sicherheits- und Alarmanlage, nicht wahr?«

Marieclaire nickte resigniert.

»Wie funktioniert sie?«

»Sie können bei herabgelassenen Rolläden durch kein Fenster und keine Tür hereinkommen, ohne daß eine Lichtflut und gleichzeitig ein Höllenlärm ausgelöst werden. Außerdem ruft sie direkt die Polizei.«

»Und warum hat sie nicht angeschlagen, als wir das Haus betreten haben?«

»Sie wird in dem Augenblick unterbrochen, wenn jemand mit dem inneren Türgriff die Haupteingangstür öffnet.«

Wieder nickte Affe. »Also ist sie jetzt eingeschaltet?«

»Ja«, sagte Marieclaire. Affe fragte: »Und wo kann man sie ausschalten?«

Marieclaire deutete mit einer Bewegung ihres Kinns. »Sehen Sie die senkrechte Reihe kleiner Holländer hinter meines Mannes Schreibtisch?«

Die Männer wandten die Gesichter, blickten wieder zurück auf Marieclaire. »Und?«

»Wenn Sie das zweite von unten abnehmen und das Blechtürchen öffnen, sehen Sie drei Knöpfe.«

Ratte erhob sich, ging um den Schreibtisch, nahm das Bild ab und öffnete das Türchen, das darunter sichtbar wurde. Er starrte auf drei Knöpfe, von denen der eine schwach leuchtete. Ratte blickte sich um. »Und dann?«

»Drücken Sie auf den Knopf, der schwach leuchtet, dann schaltet sich die Anlage aus.«

Schon hob Ratte die Hand, um zu tun, was Marieclaire ihm gesagt hatte, als ein scharfer Zuruf Affes ihn stoppte. Es folgte ein knapper Satz in der fremden Sprache. Affe beugte sich vor, nahm die Achtunddreißiger mit dem röhrenförmigen Schalldämpfer vom Tisch hoch und lud sie mit sattem, metallischem Geräusch durch. Ratte kam vom Schreibtisch herüber.

»Stehen Sie auf, Frau Veyth.«

Marieclaire tat es. Ratte drehte sie um ihre eigene Achse und schloß ihr die Fesseln von den Handgelenken. Gleichzeitig richtete Affe die Achtunddreißiger auf Marieclaires Rücken und sagte: »Sie werden jetzt dort hinübergehen, Frau Veyth, und auf den richtigen Knopf drücken, nicht den, der die Anlage in Tätigkeit setzt, sondern den, der sie ausschaltet. Sollten Sie auf den falschen drücken, sind Sie in einer Zehntelsekunde tot, und niemand wird jemals feststellen können, wer das getan hat und warum. Dies ist für Sie ein sehr gefährlicher Augenblick.«

In der Tat hatte Affe eben noch rechtzeitig erkannt, daß diese Schaltung eine von mehreren im ganzen Haus verteilten Stellen war, von denen aus mit einem Knopfdruck die Anlage ein- und ausgeschaltet werden konnte. Mit Absicht und aus gutem Grunde war auf eine Beschriftung der Schaltknöpfe verzichtet worden. Langsam und Schritt für Schritt ging Marieclaire vor Affe hinüber zum Schreibtisch ihres Mannes, umrundete ihn und stand dann vor dem geöffneten Türchen und den dahinterliegenden Knöpfen. Affe hatte in der Tat vorhin, als er Ratte zurückrief und die Pistole durchlud, einen Blick direkt in ihr Herz getan. Marieclaire hatte wirklich bei Affes Frage nach der Alarmanlage eine winzige Chance zu sehen geglaubt, diesen Spuk zu verjagen. Ein rascher Druck auf den richtigen Knopf, und mit der Tarnung dessen, was hier im Haus vorging, wäre es vorbei gewesen. Monströse optische und akustische Signale hätten die gesamte Gegend aufgeschreckt, und in wenigen Minuten wäre die Polizei aus Bad Homburg mit Sirene und Blaulicht angerückt. Der Mann mit den affenartigen Bewegungen, der ihr jetzt noch immer den Schalldämpfer der Pistole auf den Rücken drückte, mußte das geahnt haben.

»Sie werden jetzt auf den richtigen Knopf drücken, Frau Veyth. Und ich muß Ihnen sagen, daß es unsere Verhandlungsposition mit Ihnen sehr zu Ihren Ungunsten verändern würde, wenn wir nun feststellen müßten, daß Sie auf einen anderen Knopf drücken, als den, den Sie uns vorhin genannt haben.«

Marieclaire zitterten die Knie, als sie die Hand hob. Es mußte ein Schutzengel gewesen sein, der sie vorhin, in der letzten Zehntelsekunde veranlaßt hatte, die Wahrheit zu sagen, und Ratte auf den erleuchteten Knopf zu fixieren, anstatt sich dem sicheren Tod auszuliefern. Denn daß diese Männer Ernst machen würden, wenn irgend etwas ihre Kreise nachhaltig störte, daran zweifelte Marieclaire jetzt kaum noch. Sie hob die Hand und drückte mit dem Daumen den matt leuchtenden Knopf nach innen in die Wand, bis er erlosch. Einige Sekunden verrannen, ohne daß irgend etwas geschah, dann löste sich die Spannung. Marieclaire spürte, wie Affe den Pistolenlauf von ihrem Rücken nahm, vernahm das satte, metallische Knacken, als er die Waffe sicherte, und hörte die beiden Männer in ihrer unverständlichen Sprache ein paar Worte wechseln. Affe sagte: »Sie scheinen eingesehen zu haben, daß es für Sie am besten ist, mit uns zusammenzuarbeiten. Das ist sehr vernünftig. Wir richten jetzt noch ein paar praktische, technische Fragen an Sie, dann dürfen Sie schlafen, bis sagen wir...« Affe schob den Pulloverärmel von einer großformatigen Armbanduhr, »... sieben Uhr früh.«

Marieclaire und die beiden Männer nahmen ihre vorherigen Plätze wieder ein. Affe baute sich, halb auf der Tischkante sitzend, vor ihr auf, verschränkte die Arme vor der Brust und stellte seine Fragen sachlich wie ein Staatsanwalt.

»Ich nehme an, und mein Freund hat ja auch nichts anderes festgestellt, daß Sie grundsätzlich im Hause hier allein sind, wenn Dr. Veyth abwesend ist?«

Marieclaire nickte zustimmend.

»Und der Junge?« fragte Ratte von dem Sessel aus, in dem er sich niedergelassen hatte.

Marieclaire antwortete wahrheitsgemäß: »Er hat Kartoffelferien und verbringt sie bei den Eltern eines Freundes in der Nähe von Gießen.«

»Ist es möglich, daß er gestern abend die Mediendurchsagen gehört hat?« fragte Affe.

Marieclaire zuckte mit den Schultern. »Woher soll ich das wissen? Die meisten Leute werden das gesehen oder gehört haben.«

»Hat er bei Ihnen angerufen?«

»Nein«, sagte Marieclaire. »Ich nehme an, daß die Eltern seines Freundes ihn davon abgehalten haben. Ralph selbst hätte das wahrscheinlich getan, denn er ist sehr spontan.«

»Schön«, sagte Affe nach einer Weile der Überlegung. »Dann wird es morgen früh das erste sein, daß Sie dort anrufen und ihn beruhigen, damit er hier unsere Kreise nicht stört. Haben Sie eine Putzfrau?«

»Ja«, sagte Marieclaire. »Frau Braun. Sie kommt fünfmal in der Woche um acht Uhr morgens und geht abends um zwanzig Uhr.«

»Auch heute?«

Marieclaire nickte. »Auch heute.«

»Dann wird das erste nicht der Anruf bei Ihrem Sohn, sondern ein Anruf bei Frau Braun sein. Sieht Frau Braun fern?«

»Mit Sicherheit«, sagte Marieclaire. »Sie erzählt mir regelmäßig davon, bevor sie zu arbeiten beginnt.«

»Dann wird es Ihnen nicht schwerfallen, Frau Braun davon zu überzeugen, daß es unter diesen Umständen besser ist, wenn sie bis auf weiteres nicht hierherkommt.«

»Bis auf weiteres?« sagte Marieclaire tonlos. »Wie weit wollen Sie denn das alles noch treiben? Was haben Sie eigentlich vor? Was haben Sie mit dem Verschwinden meines Mannes zu tun? Wie lange wollen Sie in meinem Haus bleiben?«

Sie sah von einem der maskierten Gesichter zum anderen. Aber die Masken waren undurchdringlich und, hätte Marieclaire die Gesichter gesehen, so wären es auch diese gewesen.

»Sie versuchen schon wieder, dieser Sache auf den Grund zu kommen«, sagte Ratte. »Geben Sie das doch endlich auf. Solange wir uns in diesem Haus aufhalten, darf sich außer Ihnen niemand anderes hier befinden, weil uns sonst der Ablauf aus dem Griff rutscht. Mehr brauchen Sie nicht zu wissen.«

»Und wenn mir die Nerven durchgehen?« schluchzte Marieclaire plötzlich los. »Wenn ich das nicht durchhalte und versage? Was dann?«

»Ihnen werden die Nerven nicht durchgehen, Frau Veyth«, sagte Ratte. »Und Sie werden auch nicht versagen.«

»Woher wollen Sie das wissen?« fragte die Frau.

»Wir wissen, daß Ihnen Dr. Veyth nicht so viel bedeutet«, sagte Affe, »daß Sie ein eigenes Existenzrisiko seinetwegen auf sich nehmen würden. Das muß Ihnen zunächst genügen. Aber jetzt etwas Wichtigeres: Welche Überlegungen haben Sie wegen der Einschaltung der Polizei getroffen?«

Marieclaire schwieg eine ganze Weile, während deren Dauer sie sich darüber klar wurde, daß die Männer das Kästchen, das unter ihrem Hauptanschluß montiert war, spätestens in ein paar Stunden bemerken würden, wenn es hell wurde. Sie mußte sich wohl oder übel dazu entschließen, die Wahrheit zu sagen, gleichgültig, was daraus wurde.

»Die Polizei ist bereits eingeschaltet«, sagte sie deshalb und bemerkte, daß sie unter den Wollmasken ihrer Besucher mit dieser Mitteilung offenbar Überraschung hervorrief.

»Warum haben Sie uns das nicht schon längst gesagt?« fragte Affe.

Marieclaire antwortete: »Sie haben mich nicht danach gefragt.«

»Warum haben Sie das getan?« fragte Affe, nachdem er diese Mitteilung verarbeitet hatte.

Marieclaire antwortete gereizt: »Ich habe das gar nicht getan. Der Polizeipräsident hat es selbst getan. Er war zufällig Zeuge, als die ganze Sache aufkam, und da er mit meinem Mann befreundet ist, hat er es in die Hand genommen, einen Kommissar beauftragt, und der hat mir hier dieses Mitschneidegerät unter dem Telefon montieren lassen, um möglichst an die Stimme eines der Entführer heranzukommen. Aber das müssen Sie doch alles schon wissen, sonst hätten Sie es wohl nicht vorgezogen, persönlich hier einzudringen.«

Alles hatte Marieclaire an Reaktion erwartet, aber nicht, daß die beiden Männer sich mit einem Blick anstarrten, der sogar trotz der entstellenden Masken ein sekundenlanges Stutzen verriet. Dann kam Ratte herüber, beugte sich vor ihr nieder und sagte: »Und was haben Sie mit dem Kommissar verabredet, Frau Veyth? Wird die

Polizei sich einschalten? Wird jemand hierherkommen? Gibt es vertrauliche Abmachungen?«

Marieclaire verfluchte zum wiederholten Mal in dieser aufregenden Nacht, daß sie sich nicht im entferntesten ein Bild von Absicht und Zielen dieser Männer zu machen vermochte und demzufolge auch nicht von den Auswirkungen der Antworten, die sie auf ihre Fragen gab. Sie war einfach dazu verurteilt, auf jede dieser Fragen die Wahrheit zu sagen.

»Wir haben verabredet, daß die Polizei sich ruhig verhält, so lange, bis ich persönlich, und ausschließlich ich, den Kommissar auf seiner Dienstnummer anrufe. Ich nehme an, er geht davon aus, daß das geschehen wird, sobald einer Ihrer Leute hier angerufen hat, und die Stimme, hinter der er her ist, sich auf Band befindet. Ich nehme auch an, daß es ihn mißtrauisch machen wird, wenn das allzu lange dauert. Warum sagen Sie mir nicht endlich, was Sie wollen? Das würde alles vereinfachen und meinem Mann Leiden ersparen.«

Marieclaire registrierte, daß die beiden Männer sich erhoben hatten und sich unter der Wölbung der Treppe zur Galerie zurückzogen, wo sie in ihrer fremdartig anmutenden Sprache flüsternd ein ziemlich langes Gespräch führten. Da sie an alledem nicht das mindeste ändern konnte, lehnte sie sich in die Kissen der Polsterbank zurück und schloß die Augen, um sich auf diese Weise wenigstens etwas zu entspannen. Ihre durch Angst und Ungewißheit genährte Erschöpfung führte dazu, daß sie statt dessen tief einschlief.

Die beiden Männer, die das nach kurzer Zeit bemerkten, benutzten diesen Umstand, um auf der vereinbarten Welle ihres Sony-Funksprechgerätes an Herrn Ogata Itomura einen knappen Situationsbericht zu geben, der auf diesen in dem eleganten Apartment eines Hotels in Bad Homburg vor der Höhe bereits wartete. Sein Gerät stand auf Empfang, und es war die Stimme Affes, die ihn gegen drei Uhr fünfundvierzig aus dem Schlaf holte. Der Bericht, den Affe gab, lautete: »Wir sind seit etwa zwei Uhr fünfundvierzig im Hause der Frau Veyth. Es hat keine Komplikationen gegeben. Wir haben die Frau fest in der Hand. Sie ist im Hause allein. Frau Veyth und die Polizei glauben an eine erpresserische Entführung. Bis jetzt soll sich noch niemand gemeldet, und es soll auch noch niemand Forderungen gestellt haben. Ein Akai-Mitschneidegerät der Polizei ist am Fernsprecher montiert worden, um die Stimme eines der Erpressers einzufangen und an die Polizei zu liefern. Wie soll ich mich verhalten? Bitte kommen.«

Ogata Itomura trug einen Schlafanzug aus gelber Seide. Er hatte dem Bericht seines Agenten gelauscht, wie er erwacht war, auf dem Rücken liegend, die Hände unter dem Nacken verschränkt und mit geschlossenen Augen. Die Frage des Mannes in Veyths Haus stellte ihn vor Entscheidungen. Vor Entscheidungen, die er sofort gar nicht zu treffen vermochte und die er dennoch ganz auf sich gestellt und allein zu treffen hatte. Zwar hatte er sich, nachdem er, wie zahlreiche andere auch, die Mediendurchsage über Franz Veyths Erkrankung gehört hatte, ohne das geringste Zögern entschlossen, der Situation die Stirn zu bieten. Sie hatten das Glück, das gesamte Ergebnis der Nachforschungen und Planungen ausnutzen zu können, die er aufgrund des Konzernauftrages aus Osaka hatte treffen lassen, und die kurz vor ihrer Ausführungsreife standen, als er gestern abend zu seinem ungläubigen Erstaunen hatte hören müssen, daß ihnen anscheinend andere zuvorgekommen waren.

Toyotomi Naosuke hatte ihn, Ogata Itomura, mit dem Top-Managerposten in Europa auf ein Sprungbrett gestellt, das nur zwei Möglichkeiten offenließ. Entweder den Job ganz oben, oder den Sturz in die Versenkung. Ein Zwischending gab es nicht, einen Kompromiß noch weniger. Als Ogata Itomura nach Europa ging, hatte Toyotomi Naosuke ihm gesagt: »Wenn Sie einen ehrlichen Fehler machen, ist die Firma außerordentlich bereit dazu, diesen zu verzeihen. Man wird jedoch sehr harte Kritik an Ihnen üben, wenn Sie von den grundlegenden Prinzipien der Firma abweichen.«

Und Ogata Itomura wußte sehr wohl, daß die liberale Umschreibung mit der harten Kritik, die man üben werde, in Wirklichkeit bedeutete, daß man demjenigen Manager, der gegen die grundlegenden Prinzipien der Firma verstieß, gnadenlos entließ. Dann blieb ihm, Ogata Itomura, wahrscheinlich nur noch das Seppuku. Diese grundlegenden Prinzipien der Firmenpolitik lauteten im allgemeinen: Die Konkurrenz, vor allem die amerikanische, rücksichtslos zu überholen, die Marktanteile Havashis ebenso rücksichtslos zu erweitern, die Produktion zu steigern, sowie die Fähigkeit und Bereitschaft zu zeigen, gefaßte Pläne einzuhalten. Im besonderen hieß das, den Amerikanern die Entwicklung der Josephson-Technik abzujagen, koste es, was es wolle. Daran, ob ihm das gelang, würde Toyotomi Naosuke ihn, Ogata Itomura, messen, und an nichts anderem. Sollte es ihm mißlingen, dann würde es den Firmenchef nicht im mindesten interessieren, warum. Ogata Itomura öffnete die Augen, als er, nachdem das Sony-Gerät auf seine Weisungen gewartet hatte, durch ein von Krachen unterbrochenes, leises Rauschen und die Stimme Affes daran erinnert wurde, daß er diese Weisung noch nicht erteilt hatte. Er schaltete also das Nachttischlicht ein, drückte die Sendetaste und sagte: »Ihre Aufgabe besteht darin zu verhindern, daß Frau Veyth vorzeitig Forderungen erfüllt oder Bedingungen vereinbart, die eine rasche Erledigung dieses Erpressungsfalles herbeiführen können. Vergessen Sie dabei nicht, daß Sie im nationalen Interesse handeln und daß Sie jedes Mittel anwenden können, das Ihnen geeignet erscheint. Es stehen Ihnen auch Geldmittel in einer Höhe zur Verfügung, mit der Sie die Erpressungsforderung überbieten können, wenn Ihnen das zweckmäßiger erscheint als Druck. Sie können jederzeit mit mir über diese Welle in Verbindung treten, aber jeder Hinweis darauf, auch der kleinste, hat zu unterbleiben. Bitte kommen.«

Ogata Itomura schaltete auf Empfang und wartete auf die Stimme Affes.

»Die Krankheit Dr. Veyths gefährdet sein Leben.«

Wieder schaltete der Japaner das Gerät um und antwortete: »Davon brauchen Sie nichts zu wissen. Wenn Sie es von Frau Veyth erfahren, brauchen Sie es nicht zu glauben. Und wenn Sie es glauben wollen, können Sie es ganz in dem Sinne der Recherchen ausnützen, die wir über Frau Veyth zusammengestellt haben. Ich warte auf Ihre nächste Mitteilung ungefähr um die Mittagszeit, sagen wir zwischen dreizehn Uhr und dreizehn Uhr fünfzehn.«

Danach schaltete Ogata Itomura das Gerät wieder ab und löschte das Licht. Er blieb aber noch lange mit geöffneten Augen in der Stellung liegen, die er vor dem Gespräch eingenommen hatte, und starrte an die Zimmerdecke, an welcher die Reflexe von Leuchtschriften und die der Scheinwerfer vorüberfahrender Autos hin und her huschten.

6

Als Marieclaire erwachte, schimmerte schon eine matte Helligkeit durch die Ritzen der noch immer herabgelassenen Jalousien, und Affe hatte sich über sie gebeugt und rüttelte sie an der Schulter. Affe trug jetzt keine Wollmaske mehr über den Kopf gezogen, und so konnte Marieclaire den ostasiatischen Schnitt von Kopf und Gesicht erkennen, und einen schmallippigen Mund, von dem sie es nicht auf ihren Eid genommen hätte, ob er überhaupt schon ein einziges Mal im Leben dieses Mannes gelächelt hatte. Immerhin erschienen ihr die Eindrücke dieses Morgens nicht mehr ganz so bedrohlich wie die während der Nacht.

»Es ist halb sieben Uhr«, sagte Affe. »Wie ist der normale Ablauf Ihres Morgens an einem Wochentag?«

»Wir stehen um diese Zeit auf«, sagte Marieclaire. »Ich gehe ins Bad, dusche mich, ziehe mich an und öffne die Jalousien.«

»Dann tun Sie das«, sagte Affe. »Aber hüten Sie sich, in irgendeinem Zimmer Licht einzuschalten, sobald die Jalousien nicht mehr geschlossen sind. Die Außenwelt muß den Eindruck behalten, daß Sie in Ihrem Haus alleine sind und auf den Anruf der Entführer Ihres Mannes warten. Wann machen Sie sich Ihr Frühstück?«

»Das Frühstück macht an Wochentagen Frau Braun«, sagte Marieclaire.

»Dann wird es heute eben anders sein«, sagte Affe. »Sie kochen uns das Frühstück, wenn Sie die Zimmer soweit in Ordnung gebracht haben. Und nun machen Sie den Anruf bei Frau Braun, bevor sie ihre Wohnung verläßt.«

Affe schob Marieclaire den Telefonapparat etwas näher her und machte eine auffordernde Handbewegung.

»Sie denken daran, daß jedes Gespräch, das hier geführt wird, von dem Rekorder aufgezeichnet wird«, sagte Marieclaire, was Affe mit einem auffordernden kleinen Ruck an dem Fernsprechgerät beantwortete.

Frau Brauns Nummer wußte Marieclaire auswendig, und sie mußte eine Suada der gutmütigen Person über sich ergehen lassen, die sich schon gedacht hatte, daß sich heute etwas ändern werde. Und sie hätte selbst angerufen, wenn die gnädige Frau es nicht getan hätte. Sie solle nur die Nerven behalten und sie, Frau Braun, warte auf den Anruf der gnädigen Frau, sobald bei ihr und dem Herrn Doktor alles wieder seine gewohnte Ordnung habe. In Gedanken sei sie natürlich ganz bei Herrn Doktor und der gnädigen Frau. Als Marieclaire endlich auflegen konnte, fühlte sie sich gerädert und erschöpft. Hilfesuchend sah sie Affe an.

»Und jetzt, sehen Sie zu, daß Sie den Jungen von hier fernhalten.«

Marieclaire forschte nach der Stettenschen Nummer, die sie auf einem Block notiert hatte, und wählte. Schon aus der Stimme Helga Stettens konnte sie entnehmen, daß etwas Unerwartetes geschehen war, und an Marieclaires Antworten bemerkte es auch der Japaner und kam näher zu ihr heran.

»Und Sie haben keinerlei Anhaltspunkte?« hörte er Marieclaire fragen. Ihre Gesprächspartnerin schien das bestätigt und die Frage gestellt zu haben, ob sie von Rabenau aus die Polizei einschalten sollten, denn Marieclaire sagte fragend: »Die Polizei? Ich bin ratlos, Frau Stetten...«

Es trat eine winzige Pause ein, während der dreierlei geschah: Auch Ratte kam jetzt, aufmerksam geworden, näher zu Marieclaire heran. Affe hielt drohend die rechte Hand über die Kontakte und machte mit der linken ebenso energische wie ablehnende Bewegungen, die an die Gestik eines entschlossenen Fußballschiedsrichters erinnerten, der den Protest eines Spielers gegen die gelbe Karte zurückweist. Marieclaire sah die dunklen Augen der beiden Männer auf sich gerichtet und geriet in ein unsicheres Stottern: »Ich weiß nicht... ja... nein...« Sie sah wieder Affes drohendes, energisches Abwinken und fuhr fort: »Nein, Frau Stetten, danke sehr, ich werde das von hier aus tun.«

Affe nahm die Hand aus der Nähe der Kontaktgabel und nickte befriedigt. Auch aus Ratte wich ein wenig die Spannung. Auf eine mitfühlende Frage Helga Stettens antwortete Marieclaire, daß sich bisher in der Sache mit ihrem Mann noch nichts ereignet habe und daß sie in Sorge wegen seiner Gesundheit sei. Etwas allerdings, das Frau Stetten angedeutet hatte, verschwieg Marieclaire ihren derzeitigen Bewachern. »Mein Mann meint, die größte Wahrscheinlichkeit spräche dafür, daß der Junge auf dem Weg zu Ihnen ist.«

Marieclaire konnte nicht im mindesten abschätzen, welche

Auswirkungen diese Mitteilung auf das Verhalten der beiden Männer in ihrem Haus haben konnte.

»Wir sprechen später darüber«, sagte Affe, nachdem sie aufgelegt hatte. »Öffnen Sie jetzt die Jalousien und benehmen Sie sich so, wie Sie sich alleine unter den gegebenen Umständen benehmen würden.«

»Ich müßte mich jetzt pflegen und duschen«, sagte Marieclaire.

»Tun Sie das«, meinte der Japaner. »Ich werde Sie begleiten, und mein Freund wird sich inzwischen im Keller waschen. Anschließend machen wir das umgekehrt.«

»Sie werden mich nicht begleiten«, sagte Marieclaire. »Was erlauben Sie sich eigentlich?«

»Ich erlaube mir, das Notwendige von Ihnen zu verlangen, Frau Veyth. Und Sie werden das vernünftigerweise auch tun. Ich begleite Sie nicht ins Badezimmer, ich bleibe bei geöffneter Tür im Nebenraum. Sie können ganz unbesorgt sein.«

Schließlich ergab Marieclaire Veyth sich in das Unvermeidliche. Soviel stand für sie jetzt fest, daß ihre nächtlichen Besucher es weder auf die Reichtümer in diesem Haus abgesehen hatten, noch etwa auf sie, Marieclaire Veyth, selbst. Ihnen ging es um weit Wichtigeres als all dies, und ganz allmählich, noch sehr undeutlich, jedoch unabweisbar penetrant, begann sie zu ahnen, was das war. Und sie konnte das nicht aus ihrem Bewußtsein verdrängen, denn es beschäftigte ihren Intellekt und fraß sich fest, wie manchmal Dinge, die keine richtige Kontur haben und von denen man bemüht ist, ihnen eine solche zu geben.

Sie brachte also das Haus soweit in Ordnung, daß zunächst nach außen hin keine Unregelmäßigkeit erkennbar wurde, zog sich an und frühstückte zusammen mit ihren beiden unheimlichen Besuchern in der dämmerigen Küche. Das britische Tief vom Abend vorher hatte sich über die gesamte Republik geschoben. Es regnete in Strömen, die Wipfel der Bäume bogen sich, und es würde voraussichtlich an diesem 30. Oktober nicht einmal richtig hell.

»Im Laufe des Tages werden sich entweder die Entführer Ihres Mannes bei Ihnen melden«, sagte Affe, während er ein weiches Ei aufschlug und das Salz zu sich herüberzog. »Oder sie werden es nicht tun, weil er bereits tot ist. Denn für einen toten Franz Veyth wird nichts bezahlt, Frau Veyth. Das wissen diese Leute so gut wie wir und Sie.«

»Wollen Sie mir nicht endlich sagen, was Sie mit dieser Sache zu tun haben?« sagte Marieclaire und sah von einem zum anderen.

Ratte antwortete: »Das ist schwierig, wissen Sie. Unsere Firma und unser Land sind daran interessiert, daß Dr. Franz Veyth eine ganz bestimmte Sache nicht tut, eine ganz bestimmte Handlung nicht vornimmt, zumindest für einen gewissen Zeitraum.«

»Aber was für eine Sache? Was für eine Handlung? Was kann mein Mann mit Japan zu tun haben? Er kennt es nicht, er war niemals dort, er hatte nie Beziehungen dorthin, weder geschäftliche noch private. Ich verstehe Sie nicht. Warum haben Sie ihm das nicht selbst gesagt, warum sagen Sie es ihm nicht, wenn diese Angelegenheit hier erledigt ist? Warum sagen Sie es nicht mir?«

»Ich bemerkte doch schon«, sagte Ratte, »das ist schwierig.« Er sah zu Affe hinüber. »Meinen Sie, wir können die Karten soweit aufdecken, daß sie begreift, warum wir das alles nicht können?«

»Wir hatten ein Konzept vorgesehen und vorbereitet«, sagte Affe. »Das können Sie ruhig wissen, damit Sie klarer über alles nachdenken können. Wir waren bereit, Dr. Veyth für einen gewissen Zeitraum unter unsere Obhut zu nehmen, ihn hervorragend zu behandeln und zu versorgen. Für seine persönliche Behandlung hätten wir sogar einen eigenen Arzt eingeflogen. Wir hätten ihn nach Ablauf einer bestimmten Zeit in hervorragendem Zustand und ohne jede Einbuße entlassen, und unsere Auftraggeberin hätte ihm eine sehr bedeutende Summe als Entschädigung überwiesen.«

»Selbstverständlich anonym«, fügte Ratte hinzu. »Aber das ist ja jetzt alles gegenstandslos geworden. Wir bedauern das aufrichtig. Auch wenn Sie es uns nicht glauben werden.«

Affe fuhr fort: »Da wir unseren Auftrag jedoch auf jeden Fall erfüllen werden, haben unsere Dispositionen sich zwangsläufig geändert. Wir haben jetzt dafür zu sorgen, daß die erpresserische Entführung Ihres Mannes nicht vorzeitig endet. Vorzeitig in unserem Sinne, wenn Sie verstehen, was ich meine.«

»Und das heißt?« fragte Marieclaire tonlos und beunruhigt.

Ratte antwortete: »Das heißt, daß Sie eine ausweichende Antwort geben werden, sobald die Erpresser sich melden und Forderungen stellen. Das heißt, daß Sie keinerlei Zusagen abgeben, die

die Sache verkürzen könnten, und wir werden sehr energisch vorgehen, um das zu erreichen. Das haben Sie ja bereits gemerkt.«

»Sie wollen also den Tod meines Mannes«, sagte Marieclaire, als sie jetzt endlich begriffen hatte, wie die Dinge lagen. Und dann dachte sie an das Gespräch, das sie am gestrigen Abend mit ihrem geschiedenen Mann, Kurt Gersheim, geführt hatte, und an den aberwitzigen Verdacht, den er geäußert hatte, und der jetzt auf einem Tonband abgespeichert war, das nur von Polizeibeamten abgehört werden konnte. Da die Männer, die mit ihr am Tisch saßen und in aller Ruhe und außerdem mit sehr gepflegten Manieren ihr Frühstück verzehrten, nicht antworteten, fügte Marieclaire hinzu: »Sie sind gekommen, weil Sie gestern abend die Durchsagen gehört haben und weil Sie auf diese Weise für sich retten wollen, was zu retten ist. Sie wollen jetzt den Tod meines Mannes. Oder Sie nehmen ihn wenigstens in Kauf.«

Affe war sich darüber im klaren, daß er sich in diesem Moment in der kompliziertesten Phase des Auftrages befand, den Ogata Itomura ihm erteilt hatte. Itomura hatte in dem ebenso exakten wie kalten Kalkül seiner Rasse darauf bestanden, daß auch die strafrechtliche Seite der Unternehmung bis ins einzelne vorher durchzuchecken war, für den Fall, daß einer der Beteiligten in die Hände der bundesdeutschen Justiz fallen sollte. Die beiden Männer in Marieclaires Haus wußten, daß ihnen nach dem jetzigen Stand ihrer Mission noch nichts anderes vorgeworfen werden konnte als Hausfriedensbruch, unter ungünstigen Bedingungen und wenn es ihnen nicht gelang, die Frau auf ihre Seite zu bringen, vielleicht auch Freiheitsberaubung. Das alles waren nach der Rechtspraxis dieses Landes Lappalien. Jeder weitere Schritt voran würde allerdings unweigerlich eine Eskalation in Richtung auf Nötigung oder Erpressung herbeiführen. Affe wog deshalb die Antwort, die er Frau Veyth gab, sehr genau ab: »Wir wollen, daß Dr. Veyth etwas ganz Bestimmtes, von dem er selbst noch gar nichts weiß, nicht tut, Frau Veyth. Aus welchem Grunde oder unter welchen Umständen er es nicht tut, hat uns dabei nicht zu berühren. Hätten wir selbst mit Dr. Veyth Kontakt gehabt, dann hätten wir ihn vielleicht überzeugen oder überreden, oder ihn auf andere Weise veranlassen können, unseren Wunsch zu erfüllen. Darin sind uns jetzt die Hände gebunden. Wir müssen Ereignissen ihren Lauf lassen, die wir selbst weder verschuldet noch herbeigeführt haben. Das müssen Sie lernen einzusehen.«

Noch während Marieclaire auf diese Antwort hin Affe fassungslos anstarrte, klingelte zum erstenmal seit Paul Jochners Anruf am gestrigen Nachmittag das Telefon, und dieses einfache, und im Grund von Marieclaire und den beiden Männern jede Sekunde erwartete Geräusch, veränderte blitzartig die gesamte Szene. Plötzlich zeigten sich die beiden Männer nicht mehr als harmlose Besucher, die sich in der dämmerigen Küche ihr Frühstück schmekken ließen. Ratte stand, ohne daß Marieclaire sich darüber Rechenschaft abgeben hätte können, wie er dort hingekommen war, am Küchenapparat und hielt abwartend die Hand auf dem Hörer.

»Nicht abheben«, stammelte Marieclaire. »Sonst kann das Gespräch zusammenbrechen.«

Affe stand unter der Tür, hatte den Flügel aufgerissen, und bedeutete mit einer ruckartig auffordernden Kopfbewegung, Marieclaire, daß sie am Hauptapparat abnehmen solle. Noch zweimal schrillte das Klingeln durch das Haus, bevor Marieclaire in der Bibliothek war und dort den Hörer aufhob. Gleichzeitig bemerkte sie das Aufleuchten des Lämpchens an dem sich einschaltenden Rekorder und die auf sie gerichtete Achtunddreißiger Affes, die der Mann, mit dem ihr nun schon bekannten satten Geräusch, entsicherte. Marieclaire Veyth nannte ihren Namen und vernahm eine Männerstimme, die sagte: »Sie werden einen Anruf schon erwartet haben. Es muß Ihnen ja spätestens, als der stehengebliebene Wagen aufgefunden wurde, klargeworden sein, daß Ihr Mann weder einen Anfall erlitten hat noch das Opfer eines Unfalls wurde.«

»Nein – ja ...« stammelte die Frau, urplötzlich mit der Wirklichkeit konfrontiert. »Natürlich ... Wer sind Sie? Und was wollen Sie? Wie geht es meinem Mann?«

»Eine Menge Fragen auf einmal, Frau Veyth. Ihrem Mann geht es den Umständen entsprechend. Wer ich bin, werde ich Ihnen naturgemäß nicht verraten, und was ich will? Zunächst will ich nur wissen, ob Sie sich zu unseren Wünschen bekennen und die Person sind, mit der wir verhandeln können. Es ist selbstverständlich, daß die Polizei aus dem Spiel bleibt. Es ist besser, Sie zahlen, als daß Dr. Veyth das Zeitliche segnet.«

Eine Weile schwieg Marieclaire, dann sagte sie: »Es muß schnell gehen, wissen Sie, vielleicht haben Sie meine Durchsage von gestern abend gehört.«

»Wir haben sie gehört«, sagte der Mann. »Aber Sie beeindruckt uns nicht, Frau Veyth. Wir sind sehr wohl darüber im Bilde, daß exponierte Personen wie Sie und Ihr Mann für Fälle wie diesen Vorsorge treffen. Wir wissen, daß Sie und Ihr Mann diese Krankheit öffentlich fingieren, um uns zeitlich unter Druck zu setzen. Wir bestätigen Ihnen auch gerne, daß Dr. Veyth dieses Konzept überzeugend durchspielt. Nur, wir glauben es nicht.«

»Aber Sie müssen es glauben«, rief Marieclaire entsetzt aus und sah, wie die schallgedämpfte Pistole Affes sich wieder bedrohlich ihrem Körper näherte. Ratte stand unter der Küchentür, breitbeinig, die Daumen in den Ledergürtel gehakt, und starrte zu ihr herüber.

»Geben Sie sich keine Mühe«, klang es aus dem Hörer. »Wir sind nicht von gestern. Wollen Sie zahlen, oder nicht?«

Marieclaire war sich bewußt, daß ihre beiden Bewacher darauf warteten, endlich etwas in der von ihnen gewünschten Richtung zu hören. Jedenfalls machten sie dies durch ihr Verhalten unmißverständlich deutlich. Da fiel ihr in letzter Sekunde eine Antwort ein, die sogar der Wahrheit entsprach.

»Das ist gar nicht die Frage«, sagte sie. »Ich kann das nicht. Ich brauche dazu Vollmachten von meinem Mann. Ich kann über seine Konten und Liegenschaften nur begrenzt verfügen. Wenn Sie mit ihm gesprochen hätten, dann müßten Sie das schon wissen.« Sie machte zu den beiden Männern hin eine beruhigende Handbewegung, die ihnen anzeigen sollte, daß das, was sie sagen würde, dem nur scheinbar widersprach, was sie zu hören wünschten.

»Geben Sie mir Ort und Zeitpunkt bekannt, wie ich eine Vollmacht in Empfang nehmen kann oder senden Sie mir eine Vollmacht zu, aber ich wiederhole: Es muß schnell gehen, sonst stirbt Ihnen mein Mann unter den Händen. Ob Sie es mir glauben oder nicht. Und dann ist alles gleich Null. Sie erreichen Ihr Ziel nicht und bezahlen das mit einem Toten.«

Wieder beruhigte Marieclaire die beiden Männer mit abwiegelnden Handbewegungen, während sie auf die Antwort wartete, die einige Sekunden lang ausblieb. Anscheinend war bei ihrem Gegner Verwirrung eingetreten. Endlich hörte sie die Stimme des Anrufers wieder: »Wir werden das überprüfen, Frau Veyth. Falls Sie die Wahrheit gesagt haben, wird Ihnen eine Vollmacht, vermutlich mit der Post, zugehen. Vorausgesetzt, Sie haben die Polizei aus der Sache herausgehalten. Einer von uns wird heute abend um zwanzig Uhr wieder anrufen. Sie hören dann unsere Forderungen. Legen Sie jetzt auf, und ich wiederhole: Keine Polizei, keine Einschaltung Fremder.« Damit knackte es im Hörer, und das Gespräch war beendet.

Ihren Erfahrungen mit europäischen Frauen entsprechend, erwarteten die beiden Männer, daß Marieclaire, nachdem sie aufgelegt hatte, in Tränen ausbrechen würde. Aber zu ihrem Erstaunen geschah nichts dergleichen. Statt dessen starrte Marieclaire Affe in sein steinernes, völlig unbewegtes Gesicht und sagte mit trockener und beherrschter Stimme: »Sie glauben es nicht. Sie halten die Durchsage von gestern abend für fingiert und sind überzeugt, daß mein Mann seine Beschwerden heuchelt. Sie halten das Ganze für eine von langer Hand geplante Vorsorgemaßnahme, um eine mögliche Erpressung zu unterlaufen.«

»Und?« sagte Affe. »Ist Ihre Durchsage fingiert, Frau Veyth? Oder ist sie die Wahrheit?«

Marieclaire ließ sich resigniert auf das Sofa nieder, wo sie, starr vor sich hinblickend, aufrecht sitzenblieb. »Die Durchsage ist die reine Wahrheit.«

»Sie wissen, was es für uns, und damit auch für Sie, bedeuten würde, wenn es anders wäre?«

Marieclaire wendete das Gesicht Ratte zu, der die Frage gestellt hatte. »Seit einigen Minuten weiß ich es, ja«, antwortete sie. »Sie können Ihre wirklichen Absichten jetzt nicht mehr verbergen.«

Im entstehenden Schweigen vernahmen sie das Anschlagen der Türglocke fast überlaut. Wie auf ein unhörbares Kommando, wendeten sie die Köpfe. Marieclaire fuhr hoch. »Der Junge«, sagte sie. »Wir haben ganz den Jungen vergessen.«

»Nein«, sagte Affe. »Wir hatten nur keine Zeit mehr, darüber zu sprechen, bevor er hier war.«

Es läutete erneut. Diesmal kurz und drängend, zweimal hintereinander, wie Ralph es manchmal tat, wenn es ihm zu lange dauerte, bis geöffnet wurde.

»Was soll ich tun?« fragte Marieclaire mit jagender Unruhe in der

Stimme. »Ich kann ihn nicht draußen stehenlassen. Er weiß, daß ich hier bin. Er wird Nachbarn aufscheuchen, die Polizei...«

Ralph Gersheim läutete zum dritten Mal, nochmals eine Stufe ungeduldiger und mehrmals hintereinander. Dabei trampelte er draußen vor dem Gittertor auf dem Pflaster und schlug die Arme um den Oberkörper, denn ihn fror.

»Machen Sie ihm auf«, sagte Affe. »Irgend etwas wird uns schon einfallen, wie wir mit ihm fertig werden.«

7

Ralph war zwar, wie die Eltern Stetten das gewünscht hatten, gehorsam zur gleichen Zeit wie Regin zu Bett gegangen, aber er hatte nicht recht schlafen können. Zwar hatten ihm die vernünftigen Argumente Robert Stettens eingeleuchtet, ja sie hatten ihn sogar überzeugt, aber nicht befriedigt. Seine spontane Hilfsbereitschaft und sein ausgeprägter persönlicher Anstand hatten nach und nach in seinen Gedanken Oberhand gewonnen. Er war gegen drei Uhr nachts, als er nicht wieder hatte einschlafen können, aufgestanden, hatte sich angezogen und sich dann aus dem still daliegenden Haus davongemacht. Er hatte darauf verzichtet, jemand zu wecken, denn er hatte sehr genau gewußt, daß, mit wem auch immer er sprechen würde, derjenige ihm sein Vorhaben ausreden würde.

Sein Vorhaben war dadurch begünstigt worden, daß es der frühe Montagmorgen war, an dem die Lastzüge, die am Sonntag nicht hatten verkehren dürfen, aus ihren Ladehöfen und Unterkünften hervorkrochen und begannen, fern, schnell und gut, die Autobahnen zu verstopfen. Sie verstopften natürlich in langen Kolonnen auch die Tankstellen, und es fiel Ralph nicht schwer, einen freundlichen Mann zu finden, der ihn auf der A 5 südwärts bis zum Bad Homburger Kreuz mitnahm. Dort stand er fast eine Stunde herum, bis ihn die Angestellte einer Modeboutique in die Stadt Bad Homburg mitnahm. Von dort aus mußte er laufen.

Es war kurz nach acht, als er endlich in dem noch relativ stillen Oberstedten in die Straße einbog, in der sein elterliches Haus lag. Er blickte über die Gartenmauer. Seine Mutter mußte schon wach sein, denn überall waren die Jalousien hochgezogen, doch fiel es Ralph auf, daß trotz der nur zögernd einsetzenden Helligkeit im ganzen Haus nirgends Licht brannte. Das war gar nicht die Art seiner Mutter, die, wann immer es möglich war, behagliche, helle und gleichzeitig intim gedämpfte Beleuchtung liebte. Ralph drückte den Klingelknopf und hörte die Glocke im Inneren des Hauses anschlagen. Die Arme um den Oberkörper schlagend und fröstelnd wartete er auf die fragende Stimme seiner Mutter oder auf das Summen des Türöffners. Als nichts geschah, läutete er ein zweites Mal. Außer der Tatsache, daß er fror, hatte er, verdammt noch mal, auch Hunger. Dementsprechend ungeduldiger fiel sein drittes Läuten aus. Gerade als er überlegte, was er tun solle, wenn seine Mutter ihm nicht öffnen würde, vernahm er das blökende Knurren des elektrischen Türöffners. Er stieß das Gartentor auf, sah auch die Haustür aufschwingen, und dort, im Halbdunkel des Vorplatzes, seine Mutter stehen. Schon bevor er sie erreichte und schon bevor er das Haus betrat, kam ihm alles sonderbar vor, aber er schob es naturgemäß auf das, was er schon wußte. Deshalb wunderte es ihn auch nicht, daß die Begrüßung mit seiner Mutter ein wenig verkrampft und gehemmt ausfiel. Ralph sah sich in dem dämmrig wirkenden Entrée um und spürte ein eigentümliches Gefühl der Unruhe in sich aufsteigen.

»Warum machst du kein Licht?« fragte er und wandte sich zum Schalter. Seine Mutter machte eine fahrige Bewegung und stieß ein »Um Gottes willen, nicht, Ralph« hervor. Der Junge wandte sich ihr wieder zu. »Warum denn nicht? Hat sich schon irgendwas ereignet? Weißt du schon was von Onkel Franz? Das kann doch denen egal sein, ob hier Licht brennt, Mutti, und außerdem habe ich Hunger. Ich bin mitten in der Nacht bei Stettens durchgebrannt, weil die mich nicht zu dir lassen wollten. Herr Stetten hatte einen Haufen Argumente, aber ich dachte...«

Da seine Mutter immer noch nichts sagte, brach Ralph Gersheim ab und sah sich genauer um. »Was ist denn hier eigentlich los, verdammt noch mal?«

»Du mußt das verstehen, Ralph«, sagte Marieclaire jetzt, so wie sie es mit Affe ausgemacht hatte. »Wir sind in unserem Hause nicht mehr allein und müssen tun, was uns gesagt wird. Wir stehen unter fremder Gewalt, Ralph.«

Der Junge begriff. »Du vielleicht«, sagte er und wandte sich blitzschnell der Eingangstür wieder zu. »Aber ich nicht.«

Das war der Augenblick, den Marieclaire in den wenigen Sekunden mit Affe abgesprochen hatte, die zwischen dem zweiten und dritten Läuten Ralphs verstrichen waren. Der Japaner hatte natürlich keine Zeit gehabt, seine Überlegungen und Begründungen auszusprechen, bevor er seine Anordnungen getroffen hatte; dennoch waren diese Anordnungen wohldurchdacht.

Als Ralph sich der geschlossen Eingangstür zuwandte, um hinauszustürmen, stand dort bereits Ratte, der rechtzeitig aus der Tür der Gästetoilette getreten war. Er hatte den Wollstrumpf mit den Augenschlitzen wieder über den Kopf gezogen und Affes Achtunddreißiger auf Ralph gerichtet.

»Ich muß dich leider bitten, hier bei uns im Haus zu bleiben«, sagte er, und Ralph blieb überrascht und schockiert zunächst stehen und versuchte, sich über die Situation schlüssig zu werden. Sein Herz klopfte, und seine Stimme schwankte etwas, als er schließlich sagte: »Sie werden nicht schießen. Sie können nämlich gar nicht schießen, weil Sie sonst alles in Frage stellen, was Sie sich vorgenommen haben.« Gleichzeitig begann der Junge Schritt für Schritt rückwärts zu gehen. Er kannte das Haus und seine unterschiedlichen Möglichkeiten, es auch auf anderem Wege zu verlassen. Er hielt die Augen auf die Mündung der auf ihn zielenden Waffe gerichtet und wiederholte: »Sie werden nicht schießen. Sie können gar nicht schießen.«

Ratte war nicht einmal sehr überrascht und versuchte, den Jungen einzuschüchtern, indem er die Waffe hörbar entsicherte.

»Du hast wohl auch vorgestern abend im ersten Programm ›Roter Sturm über der Prärie‹ gesehen«, sagte er. »Aber laß dich nicht verleiten davon.«

»George Randall hat nicht geschossen, weil er nicht schießen konnte«, sagte Ralph. »Es war dumm von ihm, damit zu drohen. Er hätte dann nie mehr erfahren, wo die Urkunde versteckt war, die er suchte.«

»Aber ich bin nicht George Randall, und ich mache ernst«, sagte Ratte.

»Stecken Sie das Schießeisen weg, dann bleibe ich stehen und rede mit Ihnen.«

Zu Ralphs großem Erstaunen ließ der Mann die Pistole tatsächlich sinken. »Also schön«, sagte er. »Ich brauche sie gar nicht.«

Das Lächeln des Mannes unter der Wollmaske konnte Ralph nicht sehen. Dennoch verunsicherte ihn die Situation, vor allem die Tatsache, daß seine Mutter, anscheinend in wortlosem Schrecken, dabeistand und keinen Laut aus der Kehle brachte.

»Ich warne Sie«, sagte Ralph, verführt von der schmächtigen Gestalt Rattes. »Ich bin mit Karate schon in der Fortgeschrittenenklasse.«

»Das ist aber schön«, sagte Ratte und steckte die Pistole genau in dem Augenblick weg, als Ralph sich blitzschnell umwandte, um das Haus durch den Garten zu verlassen, und dabei direkt auf Affe traf, der in der Tür zur Bibliothek stand und mit einem geübten Judogriff Ralphs Arme so auf den Rücken drehte, daß der Junge sich nicht mehr bewegen konnte. Ratte wandte sich um, verschloß und verriegelte die Eingangstür wieder und legte die Kette ein, während Affe sagte: »Ich dachte, wenn mein Freund die Waffe wegsteckt, dann bleibst du stehen und redest mit ihm. Es steht nicht sehr gut mit dem Worthalten bei dir.«

»Lassen Sie mich los«, sagte Ralph. »Wenn ich gewußt hätte, daß Sie zu zweit sind, hätte ich nachgegeben. Ich werde tun, was Sie wollen.«

Er spürte, daß der Mann den Griff auf seinem Rücken ein wenig lockerte.

»Es ist sinnlos, Ralph«, sagte Marieclaire. »Sie sind seit drei Uhr nachts hier und haben alles vorausbedacht und geplant. Widerstand hat keinen Sinn, glaub mir. Wir müssen tun, was die wollen.«

»Und was wollen sie, Mutti?«

Marieclaire war im Begriff, Ralph zu antworten, als Ratte sie unterbrach. »Das hätten wir dir vielleicht gesagt, wenn du uns nicht schon am Anfang belogen hättest. Mein Freund und ich haben kein Vertrauen zu dir. Du wirst also tun, was wir sagen, ohne zu wissen, warum. Und wir sagen dir, genau wie deiner Mutter, daß du dieses Haus nicht zu verlassen hast, bis unsere Aufgabe gelöst ist. Mehr werden wir von dir nicht verlangen, und wenn du klug und vernünftig bist, wird weder dir noch deiner Mutter etwas geschehen.«

Diese als Beruhigung gedachten Worte waren jedoch ein schwerer Fehler gewesen. Zwar konnte Ralph sich keineswegs mit Hilfe des nüchternen Verstandes, den er durchaus besaß, darüber schlüssig werden, was sich in diesem Haus augenblicklich abspielte. Jedoch genügte ihm seine instinktive Auffassungsgabe für die Gewißheit, daß er keine kaltblütigen Mörder vor sich hatte. Wenn es sich darum gehandelt hätte, dann hätten sie seit heute nacht drei Uhr ausreichend Zeit gehabt, seine Mutter ums Leben zu bringen, und hätten sich nicht die Mühe zu machen brauchen, an seine Vernunft zu appellieren. Es mußte also etwas anderes sein.

»Darum geht es doch eigentlich gar nicht, oder? Es geht doch um Onkel Franz? Wird ihm dann auch nichts passieren?«

Marieclaire sagte ihrem Sohn genau das gleiche, was auch Affe ihr selbst während der vergangenen Nacht gesagt hatte: »Es ist für dich und uns alles um so besser, je weniger du weißt, um was es hier geht. Hast du überhaupt schon gefrühstückt?«

Ralph schüttelte den Kopf. »Das hab' ich dir doch vorhin schon gesagt.«

Gleichzeitig wurde er sich darüber schlüssig, daß er durch Gewalt und Unbedachtheiten absolut keine Chance besaß. Wenn überhaupt, dann durch Klugheit und List.

»Sagen Sie mir schon, was ich tun muß«, knurrte er mit gut gespielter Patzigkeit. »Ich will meiner Mutter keine Schwierigkeiten machen.«

Affe war zufrieden. »Das ist vernünftig«, sagte er. »Hast du in deinem Zimmer ein Radio?«

Ralph nickte. »Ein Radio und einen Kassettenrekorder.«

»Den Kassettenrekorder kannst du behalten, aber das Radio wirst du uns geben. Und dann wirst du es dir da oben unter dem Dach gemütlich machen, bis wir dich aus deinem Zimmer wieder herauslassen. Waschen...?«

Affe warf Marieclaire einen fragenden Blick zu und Ralphs Mutter sagte: »Waschen kann er sich zur Not im Zimmer.«

»Schön«, sagte Affe. »Und wenn du auf die Toilette mußt, machst du dich bemerkbar.«

Er bedeutete Ratte, mit dem Jungen nach oben zu gehen und nach dem Rechten zu sehen. Der kleinere stieg also mit Ralph hinauf in den Oberstock und inspizierte das Zimmer. Er war angenehm davon überrascht, vor dem Fenster noch den weißgestrichenen und gebauchten eisernen Stabgitterkorb vorzufinden, der vor Jahren dort angebracht worden war, um zu verhindern, daß der damals noch kleine Ralph herausfiel, wenn er auf die Fensterbank kletterte. Er bemerkte außerdem, daß das Fenster zum Garten hinausging, so daß, wollte der Junge sich durch seine Stimme bemerkbar machen, auch sie selbst es nicht überhören konnten. Ralph zog den Stecker des Rundfunkgeräts heraus und gab es Ratte.

»Kann ich Kassettenmusik machen«, fragte er, und Ratte erlaubte es. Er warf noch einen Blick rund durch den Raum, zog dann den Schlüssel von der Innenseite der Tür, schob ihn von außen ein, verließ das Zimmer, schloß die Tür und versperrte sie.

»Der Junge scheint vernünftig zu sein«, sagte er und stellte den Rundfunkempfänger in der Küche ab, wo er zu Affe und Marieclaire stieß, die ein Frühstück für Ralph zurechtmachte.

»Wie steht er zu seinem Stiefvater?« fragte Affe.

»Diese Frage ist nicht leicht zu beantworten«, sagte Marieclaire. »Mein Mann ist sehr streng mit ihm. Fast altmodisch. In manchen Dingen, vor allem mit Schulaufgaben, Aufstehen, kaltem Duschen und Sport, hat er ihn regelrecht gedrillt, bevor wir ihn im Frühjahr ins Internat gaben. Manchmal hatte ich den Eindruck, daß Ralph ihn richtig haßt.«

Affe nickte. Er fand, daß das die Sache vereinfachte, aber er sagte es nicht. Er stieg hinter Marieclaire die Treppe zur Galerie nach oben und schmiegte sich neben der Tür zu Ralphs Zimmer an die Wand, denn für ihn war es wichtig zu hören, was Ralph mit seiner Mutter redete, und wie Marieclaire reagierte.

»Lassen Sie die Tür einen Spalt offen«, flüsterte er, bevor Marieclaire aufschloß und das Zimmer ihres Sohnes betrat. Marieclaire hatte Affes Anweisung befolgt, und der Mann vor der Tür konnte hören, was im Zimmer zwischen Mutter und Sohn gesprochen wurde. Der Junge mußte sich unten bei ihnen sehr beherrscht haben, denn seine Stimme klang jetzt hektisch und in einem halben Flüstern äußerst erregt: »Was ist denn eigentlich los, Mutti? Was sind denn das für Leute? Sind das die Männer, die Onkel Franz entführt haben? Oder gehören sie zu ihnen? Und was wollen sie?«

»Das hängt alles miteinander zusammen, Ralph«, flüsterte Marieclaire. »Es ist zu kompliziert, um es dir im einzelnen zu erklären.

Sie wollen, daß Onkel Franz irgend etwas nicht tut. Was das ist, haben sie mir auch noch nicht gesagt, und deshalb kann ich überhaupt nichts machen.«

»Wo ist Onkel Franz?« wollte der Junge wissen. »Und wie geht es ihm? Sorgt jemand für seine Mahlzeiten und für seine Spritzen? Wie lange soll das alles dauern? Weiß denn die Polizei von nichts?«

»Psst, Ralph«, flüsterte die Frau und klapperte mit dem Geschirr, als sie das Frühstück vor Ralph hinstellte. »Die Polizei ist eingeschaltet, aber wir müssen abwarten, was sie tut. Das ist alles äußerst gefährlich. Ich bitte dich, verhalte dich ruhig, sonst kannst du nur Schaden anrichten. Wir können nicht so lange zusammen reden, sonst erwecken wir Verdacht.«

»Zum Kotzen«, sagte der Junge. »In seinem eigenen Haus. Und völlig machtlos.«

»Es ist nun mal so«, antwortete die Mutter. »Am besten findest du dich damit ab.«

»Wie du«, sagte Ralph vorwurfsvoll.

»Ich kann überhaupt nichts tun«, sagte Marieclaire. »Ich bin völlig in ihrer Gewalt.« Sie schien zur Tür zu kommen, und es hörte sich so an, als ob der Junge ihr folge. »Du kannst wenigstens die Tür unversperrt lassen, Mutti.«

Marieclaire öffnete die Tür und mußte sich gegen Ralph wehren, der verhindern wollte, daß sie abschloß. Ralph starrte auf Affe, der jetzt unmittelbar vor der Tür stand.

»Nein, das kann sie nicht«, sagte er und zog Marieclaire nach draußen.

»Da siehst du unsere Lage«, sagte Marieclaire. Affe schob den Jungen zurück in sein Zimmer, zog die Tür zu und verschloß sie. Als das geschehen war, sah er Marieclaire mit dem Rücken an der Wand lehnen und lautlos schluchzen.

»Die Nerven«, sagte er. »Das geht vorüber. Kommen Sie mit nach unten, wir haben noch ein paar Fragen zu klären.«

»Sie müssen schlafen«, sagte Ratte, als Affe mit der weinenden Frau zurück in die Küche kam, und Marieclaire stieß hervor: »So ziehen Sie doch endlich diese Strümpfe wieder vom Gesicht. Das macht einen ja ganz verrückt.«

Die beiden Männer warfen einander einen Blick zu, und dann

zog Affe den Strumpf nach oben über seinen Kopf. Ratte folgte seinem Beispiel. Es war etwas eingetreten, womit sogar Ogata Itomura bei der Planung dieses Coups nicht gerechnet hatte: Es hatte sich nämlich zwischen den beiden Männern und ihrer unfreiwilligen Gastgeberin so etwas wie eine Hausgemeinschaft gebildet, die geeignet war, den Schrecken ein wenig in den Hintergrund treten zu lassen, und das kam den Vorstellungen der beiden Männer entgegen.

»Wie ist es mit Ihrer Verpflegung?« fragte Affe. »Für einen oder zwei Tage werden wir noch etwas brauchen.«

»Grundnahrungsmittel haben wir in Vorrat«, sagte Marieclaire. »Fleisch, Eier, Butter, Käse müßte ich kaufen.«

»Können Sie das telefonisch bestellen, Frau Veyth? So, daß man Ihnen etwas schickt und abliefert?«

»Ich denke, das wird möglich sein«, antwortete Marieclaire.

»Dann tun Sie das, Frau Veyth. Und danach sollten Sie ein paar Stunden schlafen. Das alles ist sehr anstrengend für Sie.«

»Etwas anderes wird viel wichtiger sein«, sagte Marieclaire. »Wahrscheinlich wartet Herr Jochner jede Minute auf einen Anruf von mir.«

»Was genau ist mit ihm ausgemacht?«

»Daß er erst tätig wird, wenn ich mich melde. Und wenn ich ihm jetzt sage, daß ein Anruf da war, wird er das Band haben wollen. Aus diesem Grund hat er das Gerät montieren lassen.«

Es trat ein paar Sekunden lang ein Schweigen ein, dann näherte sich Ratte und sagte: »Sie scheinen gar nicht so begeistert davon zu sein, daß Paul Jochner das Band in die Finger bekommt? Warum eigentlich, Frau Veyth? Sollten unsere Interessen hier irgendwie parallel laufen?«

Marieclaire sagte wiederum nach einer kurzen Pause: »Weil auf diesem Band auch ein Telefongespräch zwischen mir und meinem geschiedenen Mann aufgezeichnet ist, das ich ungern in den Händen der Polizeibehörde sehen würde.«

Affe schaltete sich ein: »Um was geht es denn in diesem Gespräch, Frau Veyth?« Als Marieclaire zunächst nicht antwortete, wurde der Mann drängend. »Es ist besser, wenn Sie völlig offen sind, Frau Veyth. Das erleichtert uns allen das Geschäft.« Wieder eine kurze Pause. »Also?«

»Er traut mir in diesem Gespräch zu, die Entführung selbst inszeniert zu haben, um mich auf diese Weise meines Mannes entledigen zu wollen.«

»Und?« fragte Affe. »Wie weit ist er denn damit von der Wahrheit entfernt?«

Beide Männer beugten sich weiter nach vorn und warteten gespannt auf Marieclaires Antwort. Aber Marieclaire ging auf diese Frage nicht ein. Statt dessen fuhr sie in ihrem vorherigen Gedankengang fort: »Ich könnte Jochner durch einen Zwischenbescheid beruhigen, verstehen Sie? Aber das könnte ich nur vom Anschluß unseres Nachbarn, Dr. Simader, aus tun, sonst schöpft Jochner Verdacht. Sie müssen mir vertrauen und mich alleine zu Simader gehen lassen.«

Wieder trat eine Weile Schweigen ein. Affe rückte seinen Körper nachdenklich im Sitzen zurecht. Schließlich erwiderte er: »Für ein solches Vertrauen müßten wir zunächst eine solide Basis haben, Frau Veyth. Dazu müßten wir uns noch einmal ausführlich unterhalten.«

»Wir haben dafür nicht mehr lange Zeit«, sagte Marieclaire und sah auf die Uhr. »In diesem Augenblick müßte mein Mann seine Insulininjektion bekommen. Wenn er sie nicht bekommt, setzt ein tödlicher Abbau ein.«

»Das haben Sie ohnehin nicht mehr im Griff«, sagte Ratte. »Denken Sie daran, daß die Leute, die Ihren Mann in der Gewalt haben, sich von sich aus erst heute abend wieder melden werden. Alles, was dazwischen geschieht, entzieht sich Ihrer eigenen Verantwortung.«

»Wenn Jochner die Stimme hätte, wäre er vielleicht einen Schritt weiter.«

Affe sagte: »Wenn Jochner die Stimme hat, kann er mit ihr nur operieren, wenn er sie durch die Medien gehen läßt. Dann ist Dr. Veyth mit Sicherheit sofort ein toter Mann. Wenn Sie das wollen, Frau Veyth, dann schicken wir den Jungen mit dem Band zu Jochner.«

»Nein«, sagte Marieclaire. »Warten Sie, das Band darf auf keinen Fall zu Jochner.«

»Eben«, sagte Affe sanft. »Das meine ich doch auch. Deswegen sollten wir uns vorher über alles gründlich aussprechen. Und jetzt telefonieren Sie mit Ihrem Supermarkt, daß man uns etwas zu essen schickt.«

Als Marieclaire zögerte, fügte der Mann hinzu: »Und das können Sie ganz unbedenklich von diesem Anschluß hier tun.«

8

Im Polizeipräsidium hatte Paul Jochner eine strapaziöse Nacht verbracht. Eine von den Nächten, wie er sie haßte, ohne Möglichkeiten für eine ausreichende Hygiene, mit kaltem, ungemütlichem Essen und schließlich nur zeitweise schlafend auf einer zerlegenen und überdies zu kurzen Couch in einer Ecke. Dr. Innergassner hätte ihn gar nicht darum zu bitten brauchen, im Präsidium zu bleiben, er hätte es auch so getan. Ob aus Pflichtgefühl, Neugier oder Spannung, wußte er selbst nicht einmal zu sagen. Dr. Innergassner hätte ihm wahrscheinlich den Grund zutreffender zu erklären vermocht als er selbst, wenn Jochner ihn gefragt hätte. Es war seine anachronistische und verrannte Leidenschaft, sich mit einem Klima der Kriminalität nicht abzufinden, mit dem zu leben sich fast alle anderen inzwischen bereits entschlossen zu haben schienen, einschließlich des Präsidenten selbst. Letzten Endes war es Paul Jochners Unfähigkeit, wachsweiche Zugeständnisse einerseits und opportunistische Abstriche andererseits zu machen. Zwischen Jochner und seinem Chef bestand hierüber ein mündlich formuliertes Arrangement, das Jochner jede vertretbare Vorgehensweise, auch die politisch unbequeme und die unpopuläre, gestattete, sofern sie innerhalb der Legalität des positiven Polizeirechts erfolgte. Gewissen Gruppierungen und eine ihnen nahestehende Presse pflegten sich deshalb regelmäßig an Jochner zu reiben, aber Innergassner durfte gewiß sein, daß es niemals erforderlich werden würde, sich wegen polizeirechtlich begründeter Vorwürfe vor seinen Untergebenen zu stellen.

Gegen halb acht hatte Jochners Frau Ingeborg ihm in einer Einkaufstasche Frikadellen und Kartoffelsalat ins Präsidium gebracht, die sie für einen gemütlichen gemeinsamen Fernsehabend zu Hause vorbereitet hatte. Sie hatten das Mitgebrachte gemeinsam verzehrt, und Ingeborg hatte dann ihren Mann gefragt, ob sie wenigstens am nächsten Tag zum Frühstück mit ihm rechnen könne, nachdem er schon Sonntagsdienst gemacht habe.

»Du kannst ja Fernsehen schauen oder Radio hören, Inge«, hatte Jochner gesagt. »Nur eines darfst du nicht, du darfst nicht wieder mit mir rechnen, bevor du gehört hast, daß Veyth frei ist oder tot.«

Ingeborg Jochner hatte etwas erwidern wollen, aber just in diesem Augenblick hatte der Polizeipräsident Jochners kahles Dienstzimmer betreten.

»Wir brauchen ihn eben«, hatte Innergassner gesagt. »Es müssen ad hoc Entscheidungen getroffen werden können, und es ist doch besser, wenn dadurch nicht auch noch Ihr häuslicher Frieden in Mitleidenschaft gezogen wird.«

Außerdem hatte Frau Jochner gehört, daß außer Paul auch noch eine Reihe anderer Dezernate, technischer Dienst, Erkennungsdienst, Fahrerstaffel und Fernmeldetechniker, die Nacht über Sonderdienst machen würden, und hatte schließlich ihre Empörung zurückgestellt. Nachdem sie das Haus verlassen hatte, hatte Jochner den Präsidenten in allen Einzelheiten über das informiert, was er veranlaßt hatte. Und außerdem auch darüber, daß er noch niemals über das, was hinter einem solchen Fall steckte, so sehr im dunklen getappt war, wie bei diesem. Danach hatte Paul Jochner eine unruhige Nacht verbracht, hatte lange wachgelegen und – soweit er geschlafen hatte – war er von schweren Träumen gepeinigt gewesen. Von Stunde zu Stunde hatte er im Unterbewußtsein gehofft, daß sein Telefon anschlagen und sich in der Sache Veyth irgend etwas bewegen würde. Aber nichts war geschehen. Wenigstens nicht in dem Bereich, der seiner Beobachtung zugänglich war.

Am Montagmorgen hatte es Dr. Innergassner in Paul Jochners Dienstzimmer getrieben, unmittelbar nachdem er selbst das Gebäude am Platz der Republik betreten hatte. Es war gegen neun Uhr.

»Nichts«, sagte Jochner resigniert. Er fühlte sich unwohl, unausgeschlafen und enttäuscht. »Absolut nichts.«

»Warum ruft sie nicht wenigstens an, um einen Zwischenbescheid zu geben?« wollte Dr. Innergassner wissen.

»Weil ich mit ihr vereinbart habe, daß ihre eigene Leitung mit nichts frequentiert wird, das mit dieser Sache zusammenhängt. Ich kann nicht ausschließen, daß man ihren Anschluß angezapft hat. Meine Techniker sagen, daß das bei der lockeren Bauweise da draußen, wo die Veyths wohnen, ein Kinderspiel wäre. Und ich bin nach wie vor davon überzeugt, daß wir Veyth nur als Leiche wiederbekommen, wenn die Gegenseite davon Wind erhält, daß wir eingeschaltet sind. Es ist das Allerwichtigste, daß das nicht geschieht.«

»Aber wie soll Frau Veyth denn dann mit Ihnen Kontakt halten können?« fragte Dr. Innergassner kopfschüttelnd.

»Ich sagte Ihnen doch schon«, antwortete Jochner, »ich bin ganz gut ins Gespräch gekommen mit den rückwärtigen Nachbarn der Veyths, einer gewissen Familie Simader. Sie haben einen direkten Weg durch die Gärten aufgemacht, und von ihrem Anschluß aus kann Frau Veyth jederzeit ungehindert mit uns telefonieren.«

»Warum tut sie es dann nicht?« fragte der Präsident, und sein übernächtigter und unrasierter Bezirkskommissar hob mehr oder weniger ratlos die Schultern und sah dann auf die Armbanduhr.

»Das kann mehrere Gründe haben, Herr Präsident. Sicher ist, daß sie es getan hätte, wenn sich etwas bewegt und nichts sie an einem Anruf gehindert hätte. Das heißt mit anderen Worten: Nur um uns zu sagen, daß nichts passiert ist, würde Frau Veyth uns wahrscheinlich vom Nachbarn aus nicht anrufen.«

»Aber überlegen Sie mal, Jochner«, sagte Dr. Innergassner. »Da wird einer jungen Frau der Mann gekidnappt. Sie weiß, daß er schwerkrank ist. Sie wartet eine ganze Nacht darauf, ein Lebenszeichen zu bekommen, und es tut sich absolut nichts. Ist eine Frau nach einer solchen zermürbenden Nacht nicht so am Ende, daß sie sich mit uns in Verbindung setzen wird, koste es was es wolle? Und sei es nur, um sich Rat und womöglich auch Trost zu holen. Stellen Sie sich doch einmal diese Frau in einer solchen Situation, allein in einem einsamen, totenstillen Haus vor. Sie haben sie doch selbst kennengelernt. Glauben Sie, die stellt sich in einer solchen Lage einfach tot?«

»Sie sprechen auch meine geheime Sorge aus, Herr Präsident«, sagte Jochner. »Wenn innerhalb eines gewissen Zeitraumes ...« Jochner sah noch einmal, dieses Mal aber ein wenig mechanisch, auf seine Armbanduhr, »... sagen wir bis mittags, immer noch nichts geschehen ist, hake ich selber nach.«

»Und wie wollen Sie das machen?« fragte der Präsident, aber er bekam keine Antwort, weil die Gegensprechanlage des Bezirkskommissars in diesem Augenblick anfing, ein blökendes Geräusch von sich zu geben. Jochner betätigte einen Kipphebel und bellte ein unzufriedenes ›Ja‹ in das Mikrophon.

»Ein gewisser Dr. Zenker«, sagte die ältliche und etwas strenge Vorzimmerdame.

»Soll hereinkommen«, knurrte Jochner und schaltete das Gerät wieder aus. »Endlich«, sagte er zu Dr. Innergassner. »Der Internist, der Dr. Veyth behandelt. Ich habe das gestern abend noch eingeleitet. Dann werden wir wenigstens exakt wissen, wie hoch der Gefährdungsgrad bei Dr. Veyth wirklich ist. Alles andere sind doch nur Vermutungen.«

Das ältliche Faktotum öffnete die Tür und ließ an sich vorbei den Arzt in Paul Jochners Dienstzimmer treten. Die Männer erhoben sich, der Arzt nannte seinen Namen, und der Präsident erledigte die Vorstellung. Das Faktotum rückte noch einen Besucherstuhl heran. Dr. Zenker war ein würdiger Mittfünfziger, mit weißem, englischen Schnauzbart und Maßanzug. Modearzt, aber mit erheblichem fachlichen Tiefgang, genauso wie man sich den Mann von Dr. Veyths persönlichem Vertrauen vorzustellen hatte.

»Ihr Fräulein Tochter hat alles ausgerichtet«, eröffnete Paul Jochner das Gespräch.

»Ich fand einen ausführlichen Handzettel, ja«, sagte der Arzt, nachdem man sich wieder niedergelassen hatte. »Eigentlich sogar zwei, denn meine Tochter hatte auch die öffentlichen Durchsagen gehört, und mich schon von sich aus auf diese Sache aufmerksam gemacht, bevor Sie angerufen haben. Furchtbar...«

»Sie sehen es also als furchtbar an«, sagte Paul Jochner niedergeschlagen.

»Ja«, sagte der Arzt. »Furchtbar. Wie halten wir es mit der ärztlichen Schweigepflicht? Kann man wenigstens Frau Veyth anrufen?«

»Nein«, sagte Dr. Innergassner. »Man kann sie aus zwingenden Gründen nicht anrufen.«

»Sie müssen über den Schatten Ihres ärztlichen Gewissens springen«, fügte Jochner hinzu, »wenn Sie für Dr. Veyth irgend etwas tun wollen.«

»Haben Sie einen Anhaltspunkt?« forschte Dr. Zenker.

»Keinen«, sagte Jochner. »Für uns geht es nur darum, wie lange wir noch eine Chance haben, Dr. Veyth lebend wiederzubekommen, wenn Sie verstehen, was ich meine. Für mich sind gesetzliche Formalien deshalb nebensächlich.«

»Und wenn Sie eine entsprechende Güterabwägung vornehmen, sollten sie das auch für Sie sein«, fuhr Dr. Innergassner fort.

»Ich nehme an, daß von Ihrer Seite aus mit meinen Mitteilungen kein Mißbrauch getrieben wird«, sagte der Arzt.

Dr. Innergassner wurde frostig. »Ich würde sagen, im Gegenteil«, antwortete er. »Mir als Arzt würde der Entschluß, eine Aussage zu machen, bei der gegebenen Situation leichtfallen.«

»So war es nicht gemeint«, sagte Dr. Zenker. »Aber wenn Sie meine Erfahrungen mit Patienten, besonders mit hochgestellten, hätten, dann würden Sie meine Bedenken verstehen.«

»Was können Sie über Dr. Veyths Zustand aussagen?« fragte Jochner.

»Ich weiß nicht, was Ihnen über Diabetes bekannt ist.«

»Nicht mehr als das allgemeine«, antwortete Jochner. »Unsere Pankreas entwickelt natürliches Insulin, das erforderlich ist, um die Kohlehydrate, die wir zu uns nehmen, über eine Traubenzuckerphase in Wärme und Muskelenergie zu verwandeln.«

Der Arzt lächelte. »Eine sehr volkstümliche Darstellung, aber schließlich genügt sie für meinen Zweck, und ich kann an sie anschließen. Wenn also unsere Pankreas diesen Stoffwechselwirkstoff Insulin nicht mehr herstellt, dann wird der Stoffwechsel so nachhaltig gestört, daß es schließlich über eine Reihe chemischer Prozesse zu einer Azidose, einer Übersäuerung des Stoffwechsels kommt, in deren Folge der Tod eintritt.«

»Wie tritt der Tod ein, und wie lange dauert das?« fragte Jochner.

»Deswegen sagte ich ›furchtbar‹«, antwortete der Arzt. »Es kommt zuerst zu Atemnot und später zu tiefer Bewußtlosigkeit. Der starke Zuckeranstieg und Zuckerverlust schwemmt mit dem Harn täglich bis zu acht Liter Flüssigkeit und entsprechend viele Salze aus dem Körper. Dadurch kommt es bei fortdauerndem Insulinmangel zu einer gefährlichen Kumulation des Komas mit Blutdruckabfall und schließlich Kreislaufzusammenbruch, der zum Exitus führt. Und wie lange das dauert...?« Der Arzt ließ eine

Pause der Überlegung eintreten und fuhr dann fort: »Bei Dr. Veyth produziert die Bauchspeicheldrüse aufgrund einer Verwachsung überhaupt kein Insulin mehr. Seine Krankeit ist medizinisch schwer einstellbar, wie wir das bezeichnen. Hinzu kommt noch der wahrscheinlich völlige Bewegungsmangel, der Schock, die Nervenbelastung und die Angst... ich würde sagen, Dr. Veyth schwebt in akuter Lebensgefahr, wenn er nicht innerhalb von weiteren vierundzwanzig Stunden einer wirksamen Intensivbehandlung zugeführt werden kann.«

Auf diese Eröffnung folgte ein bedrücktes Schweigen, das so tief war, daß die alltäglichen Geräusche des Hauses plötzlich stärker hervortraten, das Klappern von Schreibmaschinen, das Öffnen und Schließen von Türen, Gesprächsfetzen von Leuten, die draußen den Flur entlangschritten.

»Hat er zu leiden?« fragte Dr. Innergassner schließlich, und Dr. Zenker antwortete: »Jemand, der einen Kranken diesem Abbau aussetzt, ist entweder ein verantwortungsloser Ignorant oder ein bewußter Sadist.«

»Das gleiche habe auch ich gestern Frau Veyth gesagt«, murmelte Paul Jochner.

»Aber diese Erkenntnis führt uns zu gar nichts«, sagte Dr. Innergassner. »Solange sich diese Leute nicht gemeldet haben und wir wenigstens einen Eindruck gewinnen, mit wem man es zu tun haben könnte.«

»Seine Leiden wird Dr. Veyth überstanden haben, sobald Bewußtlosigkeit eintritt«, sagte der Arzt. »Und das wird nach meiner Kenntnis von seiner Konstitution spätestens in der kommenden Nacht geschehen.«

Dr. Zenker sah nach der Uhr und fuhr dann fort: »Ich muß in die Klinik, meine Herren. Sie entschuldigen mich. Ich hoffe, ich konnte Ihnen weiterhelfen.«

Die Männer erhoben sich. »In diesem tragischen Sinne, ja«, sagte Dr. Innergassner, und der Arzt fügte hinzu: »Wenn Sie noch Informationen brauchen, ich stehe Ihnen in der Klinik persönlich und telefonisch jederzeit zur Verfügung.«

»Haben Sie die geringste Hoffnung, den Mann innerhalb der vierundzwanzig Stunden freizuhaben, die der Arzt uns zubilligt?« fragte Dr. Innergassner, als Dr. Zenker das Büro verlassen hatte.

»Keine«, antwortete Jochner düster. »Wenn die Entführer sich in Schweigen hüllen, nicht die geringste. Ich erledige jetzt meine Post und den Routineanfall. Ich werde Frau Veyth noch bis zum frühen Nachmittag Gelegenheit geben, sich von sich aus bei uns zu melden. Geschieht das nicht, dann werde ich über das Nachbarhaus mit ihr Verbindung aufnehmen.«

Der Polizeipräsident war einverstanden. Im Stehen erörterten die beiden Männern noch einmal die Chancen, die sich möglicherweise aus einem wiederholten, durch die Medien verbreiteten Aufruf ergeben könnten. Jochner sagte: »Beim derzeitigen Stand der Dinge könnte das nur als ein Appell an die Menschlichkeit geschehen, und davon halte ich nichts. Die Leute, die Veyth in der Gewalt haben, müssen jetzt bereits disponiert haben, was sie mit ihm vorhaben. Wenn sie menschlich wären, hätten sie ihn schon freigelassen.«

»Und wenn man es mit einer Zusicherung von Straffreiheit verbinden würde?«

Jochner hob die Schultern. »Dazu brauchen Sie den Generalstaatsanwalt, Herr Präsident. Wenn Sie das riskieren wollen? Aber so rasch, wie wir sie haben müssen, bekommen Sie bei denen ihre Entscheidung nicht. Diese Vorhersage wage ich zu machen.«

Mit sorgenvollen Gedanken verließ Dr. Franz Innergassner das Büro seines Bezirkskommissars. Jochner ließ den Rest des Vormittages so abrollen, wie er es sich vorgenommen hatte. Als er seine alltäglichen Arbeiten erledigt hatte, griff er zum Telefon und rief in Bad Homburg, im Hause Dr. Simaders, an.

Ob man bei Simaders irgend etwas aus dem Nachbarhaus gehört habe? Nein, nichts. Allerdings habe Marieclaire Veyth auch ganz ausdrücklich und wiederholt Dr. Simader selbst darum gebeten, daß nichts unternommen würde, bevor sie sich nicht persönlich gemeldet hätte. Ja, sagte Jochner, das habe er mit ihr abgesprochen, aber jetzt seien ihm doch Bedenken gekommen. Ob nicht von Simaders gelegentlich jemand nachforschen könne, was bei Veyths los sei. Das versprach die hilfsbereite Christa Simader zu tun, und Jochner vereinbarte mit ihr, daß er in einer Stunde wieder bei ihr anrufen würde. Nicht ganz so rasch, bat Frau Simader, denn im Augenblick sei sie mit einem komplizierten Vorgang für heute abend in der Küche beschäftigt.

Auf diese Weise wurde es gegen dreiviertel drei, bis Christa Simader in ihren nutriagefütterten Mantel aus sandfarbener und abgesteppter Ballonseide schlüpfte, und ihr Haus durch die rückseitig gelegene Terrassentür verließ. Sie mußte die Kapuze ihres Mantels hochschlagen, denn noch immer wurde Regen durch die Äste der Birken und Rotbuchen gepeitscht, von denen nasses und schweres, gelblich-braunes Blattwerk zu Boden klatschte. Und außerdem drohte der aufdringliche Wind, ihre gepflegte Frisur durcheinanderzubringen. Während sie die Kordel am Halsabschluß zusammenknotete, erreichte sie das Türchen im Maschendrahtzaun und betrat das Veythsche Grundstück. Von hier aus konnte man das Haus, halb hinter den Bäumen versteckt sehen, und dennoch fiel Frau Simader bereits von dieser Stelle aus auf, daß trotz des herbstlich dämmernden Wetters in dem Hause der Veyths nicht ein einziges Licht zu brennen schien. Christa Simader verzichtete darauf, um das Haus herumzugehen. Wenn sie sich nachbarlich besuchten, war es immer so, daß sie an ein Fenster oder eine der riesigen Verandatüren klopfte. Christa Simader bemerkte, daß innen die Stores vorgezogen waren. Wie sie es auch unter normalen Umständen gewohnt war, klopfte sie in einem bestimmten Rhythmus an die Scheibe. Zunächst geschah in dem dunkel und leblos daliegenden Haus gar nichts. Nach dem zweiten Klopfen meinte Christa Simader im Hintergrund das Öffnen und Schließen einer Tür bemerkt zu haben. Sie schloß das aus einer minimalen Bewegung des Stores hinter der Scheibe, durch die sie in das Innere des Hauses zu blicken versuchte, und aus dem flüchtigen Eindruck einer etwas größeren Helligkeit an der Stelle der Bibliothek, wo es ins Entrée hinausgehen mußte. Da aber auch jetzt noch nichts geschah, klopfte Christa Simader ein drittes Mal und war soeben im Begriff, sich abzuwenden und durch Wind und Regen doch um das Haus herumzustapfen und am Vordereingang zu läuten, als sich drinnen zuerst der Store bewegte und dann beiseite geschoben wurde. Durch die stark reflektierende Scheibe hindurch konnte Frau Simader Marieclaire Veyth bemerken, aber in einer Verfassung, in der sie ihre Nachbarin noch nie angetroffen hatte. Sie machte ihr ein Zeichen, und Marieclaire kam auf die Seite der Tür, hebelte sie hoch und zog sie auf. Dabei stellte sie sich so unter die Öffnung, daß es bei Christa Simader jeden Gedanken daran im

Keim erstickte, etwa das Veythsche Haus zu betreten. Marieclaire war ungeschminkt und hatte tiefe, schwarze Ringe um die Augen. Ihr sonst gepflegtes Haar hing strähnig herab, und sie trug einen offenbar soeben erst flüchtig übergeworfenen Trenchcoat, dessen Kragen hochgeschlagen war und den sie krampfhaft mit einer Hand am Hals geschlossen zu halten versuchte, während sie mit Christa Simader sprach.

»Mein Gott, Frau Veyth«, stieß die Besucherin erschrocken hervor. »Wie sehen Sie denn aus? Kann ich nicht irgend etwas für Sie tun?«

Marieclaire schüttelte den Kopf. »Nein, nichts Frau Simader. Vielen Dank. Sie müssen das verstehen, ich habe die ganze Nacht kein Auge zugetan. Und immer die Sorge...«

»Aber Sie müssen jemanden haben, der sich um Sie kümmert, Marieclaire. Das hält ja der stärkste Mann nicht aus.«

Marieclaire Veyth wehrte ab. »Nein, nein, nein, Frau Simader, vielen Dank. Ich hatte schon Ihrem Mann gesagt, daß ich mich von mir aus melden werde. Sie brauchen sich keine Sorgen zu machen, wirklich nicht...«

»Die Polizei macht sich Sorgen«, sagte Frau Simader. »Der gleiche Kommissar, der auch gestern...«

In diesem Augenblick schlug, wahrscheinlich durch das Sonderbare der Situation überlaut wahrnehmbar, die Türglocke an.

Marieclaires Nervosität steigerte sich nochmals. Hektisch rief sie Frau Simader zu: »Sagen Sie ihm, daß ich mich pflegen und ausschlafen muß. Und sagen Sie ihm, daß sich bis jetzt noch nicht das geringste ereignet hat.«

Damit schlug sie die Tür zu, hebelte sie nach unten und riß den Store vor die Scheiben. Verblüfft starrte Christa Simader in das abebbende Wiegen des Stoffes und wandte sich dann kopfschüttelnd ab. Nach ein paar Schritten allerdings begann es sie doch zu interessieren, was sich an der vorderen Eingangstür abspielte. Sie bog ab, ging um das Haus, stieg dabei über niedere Stützmauern und Strauchwerk und umrundete den in einer Plattenterrasse eingelassenen Seerosenteich, auf dem jetzt gelbe und goldfarbige Herbstblätter schwammen. Als sie um ihn herumging, hörte sie ein Geräusch. Es schien von oben zu kommen und wiederholte sich nicht. Es hatte wie das Zuschlagen eines Fensterflügels geklungen.

Sie musterte das Dach. Dort sah sie die Dachgaube, die, wie sie wußte, zum Zimmer Ralph Gersheims gehörte. Das Fenster war durch einen gebauchten Korb aus weiß gestrichenen Eisenstäben gesichert. Aber Christa Simader hätte wetten mögen, daß es gerade in diesem Augenblick erst mit einer heftigen Bewegung geschlossen worden war und daß sich hinter dem geschlossenen Flügel auch sekundenlang jemand befunden hatte. Da sie Marieclaire Veyth indessen wegen des Läutens der Türklingel am Vordereingang vermutete, näherte sie sich voller Neugier darauf, was sich an dieser Seite des Hauses abspielte. Auf der Straße stand der Kombiwagen des Supermarktes, wo auch sie, Christa Simader selbst, einkaufte, und ein Mann, den Frau Simader kannte, lud aus. Er packte eine erstaunlich große Menge von Lebensmitteln, die Marieclaire offensichtlich telefonisch bestellt hatte, aus, lud alles in einen umfangreichen Karton, nahm diesen schließlich, drückte ihn mit beiden Händen an die Brust und machte sich auf den Weg zum Haus. Nachdem er schon den Gehsteig überquert hatte, trat er mit einem Fuß das schon von innen entriegelte Gartentor auf und schritt den Plattenweg zur Haustür entlang. Aber dann geschah etwas Unerwartetes und Sonderbares. Unter der geöffneten Haustür stand Marieclaire Veyth, ebenso wie sie sich vor wenigen Minuten noch mit Christa Simader unterhalten hatte, im hellen Trenchcoat, den sie am Hals geschlossen hatte, und erwartete den Mann mit seinem Karton. Es wäre das Nächstliegende gewesen, daß Marieclaire zur Seite getreten wäre und den Mann gebeten hätte, ihr den voluminösen und schweren Karton in die Küche, den Vorratskeller oder sonst irgendwohin zu bringen, wo sie ihn gerne gehabt hätte. Jedoch geschah nichts dergleichen. Sie wies vielmehr den Mann an, den Karton vor der Schwelle auf die Platten abzustellen. Dann unterschrieb sie den Lieferschein ohne zu bezahlen, und sah dem Mann nach, bis er den Wagen bestiegen und gewendet hatte und fortfuhr. Erst als das geschehen war, bückte sich Marieclaire, ergriff mit beiden Händen die Ränder des Kartons und zerrte ihn über die Türschwelle in das Innere des Hauses. Danach fiel die Tür, wie von Geisterhand bewegt, ins Schloß. Als Christa Simader das beobachtete, wußte sie, daß Marieclaire Veyth in ihrem Hause nicht allein war. Und dieses Wissen belastete sie. Es belastete sie bereits beim Verlassen des Veythschen Grundstückes, denn nichts wünschte sie weniger, als dabei beobachtet zu werden. Sie begab sich also nicht auf dem unverfänglichsten und geradesten Weg zu der Pforte im Maschendrahtzaun, sondern schlich sich durch den südwestlichen Teil des Parkes, wie sie hoffte, verborgen von Strauchwerk und tiefhängenden Zweigen. Jedoch erwies sich das als das Ungeschickteste, was sie in dieser Lage tun konnte. Sie wurde dabei nämlich von Ratte beobachtet, der während des Gespräche Marieclaires die Bewachung von Ralph übernommen hatte, und nun von dem Fenster von Ralphs Zimmer aus die plumpen Versuche Christa Simaders, ungesehen zu bleiben, beobachtete. Eine Weile sah Ratte – wie stets, wenn sie es mit dem Jungen zu tun hatten, wieder mit übergezogener Wollmaske – den dümmlichen Versuchen der Frau in dem Mantel aus heller Ballonseide zu, von Stamm zu Stamm und von Busch zu Busch hüpfend, sich unauffällig zu bewegen. Aber gerade dies mußte sie dem Mann in Ralphs Zimmer aufs allerhöchste verdächtig machen. Als er den verwaschenen Fleck des hellen Mantels im tristen Grau des regnerischen Nachmittags nicht mehr sehen konnte, verließ er das Zimmer des Jungen und eilte ins Erdgeschoß. Affe hatte, sobald Marieclaire den Karton mit den Lebensmitteln des Supermarktes in das Innere des Hauses gezogen hatte, ihn aufgehoben und in die Nebenräume zur Küche getragen, wo Marieclaire die angelieferten Sachen in den Kühltruhen unterbrachte. Die Wollmaske vom Kopf ziehend, kam Ratte durch die Tür und sagte in japanischer Sprache: »Die Frau hat Verdacht geschöpft. Komm mit rüber in die Bibliothek, wir müssen sofort darüber beraten.«

Affe, der, mit dem Rücken an eine Arbeitsplatte gelehnt, Marieclaire bei ihrer Tätigkeit zugesehen hatte, richtete sich bei diesen Worten wie elektrisiert zu voller Größe seiner schlanken und drahtigen Figur auf und starrte den anderen an, dann Marieclaire.

»Mein Freund hat mir gerade etwas sehr Wichtiges mitgeteilt«, sagte er in deutscher Sprache. »Sie werden sich jetzt hier in diesem Raum aufhalten und sich völlig ruhig verhalten. Wenn mein Freund und ich uns schlüssig geworden sind, werden wir Ihnen sagen, was Sie zu tun haben.«

Marieclaire Veyth hatte sich in den zwölf Stunden, welche die Beschränkung ihrer persönlichen Freiheit nun schon andauerte, an deren Überraschungen und Besonderheiten gewöhnt. Sie ließ sich in ihrer Tätigkeit nicht unterbrechen und ging auf das, was Affe ihr sagte, auch nicht ein. Statt dessen fragte sie: »Möchten Sie und Ihr Freund gern eine Tasse Kaffee? Der Supermarkt hat frische Dosenmilch mitgeschickt.«

Einen Augenblick lang sah Affe Marieclaire erstaunt und etwas unschlüssig an. Dann antwortete er höflich: »Gewiß, Frau Veyth. Und auch mein Freund wird nichts dagegen einzuwenden haben.«

Damit verschwand er nach nebenan und hörte in der Küche Marieclaire mit den Gerätschaften klappern, die sie zum Kaffeekochen benötigte. In der Bibliothek setzte Ratte seinen Partner über das ins Bild, was er beobachtet hatte und vermutete.

»An der Terrassentür kann es nicht geschehen sein«, schloß er in dem raschen, die Nervosität stimulierenden Stakkato der Sprache seines Landes den Bericht. »Vielleicht hätten Sie doch den Lieferanten seinen Karton in die Küche tragen lassen sollen.«

Affe zuckte kaum wahrnehmbar mit den Schultern. »Das ist vorbei. Was ist zu tun?«

»Die Frau muß so schnell wie möglich den Anruf bei Jochner nachholen und den Verdacht bei der Besucherin von nebenan zerstreuen«, sagte Ratte. »Und zwar, bevor Frau Simader sich dazu entschlossen hat, etwas zu unternehmen. Wir müßten sie dann ins Nachbarhaus gehen lassen. Können wir das riskieren?«

Affe schwieg eine Weile und sagte schließlich: »Ich glaube, wir können es. Sie behandelt uns inzwischen wie gewohnte Hausgenossen. Gleich wird sie mit Kaffee kommen. Ich glaube, sie beginnt einzusehen, daß es ihr nichts bringt, gegen uns zu arbeiten. Vielleicht ist es nur ein kleiner Schritt, sie davon zu überzeugen, daß es ihr eine Menge bringt, wenn sie mit uns arbeitet.«

»Sie denken an das Geld, von dem Herr Itomura für den äußersten Notfall gesprochen hat?«

»An das Geld und an eine Drohung. An Zuckerbrot und Peitsche. Itomura hat uns gesagt, daß sie mit ihrem Mann auf Distanz lebt. Wenn das stimmt – und wenn Itomura es sagt, stimmt es –, kann es nicht schwer sein, sie auf unsere Seite zu bringen. Lassen Sie mich das machen...«, fügte Affe rasch hinzu, als Marieclaire jetzt die Tür zur Bibliothek aufstieß und mit einem Tablett den Raum betrat. Affe ließ seinen letzten Worten an seinen Komplizen einen bedeutungsvollen Blick folgen, als er bemerkte, daß auf diesem Tablett nicht nur zwei, sondern drei Tassen Kaffee standen. Und in der Tat konnte man aus diesem Bild durchaus den Eindruck gewinnen, als habe Marieclaire ihren Widerstand gegen die Eindringlinge aufgegeben. Aus dem Oberstock klangen die Rock-Rhythmen, die Ralph seinem Kassettenrekorder entlockte. »Ich habe es ihm erlaubt«, sagte Ratte, als er Marieclaires kritischen Blick nach oben bemerkte.

»Sie haben zu Ihrer Nachbarin bemerkt, Sie seien ungepflegt und unausgeschlafen«, sagte Affe, als sie sich alle niedergelassen hatten. Marieclaire nickte bestätigend. Affe fuhr fort: »Sie werden sich jetzt so rasch wie möglich baden, frisieren, pflegen und schminken und dann zu Simaders hinübergehen, von dort aus Paul Jochner anrufen und ihm verzweifelt mitteilen, daß sich noch gar nichts ereignet hat, daß aber Ihre Nerven in Ordnung sind und daß Sie durchhalten werden.«

»Und warum werde ich das alles tun?« fragte Marieclaire, die keine Einwände erhob und auch nicht protestierte.

Affes Stimme wurde leise, und er näherte sein Gesicht dem ihren. »Weil Sie eine intelligente junge Frau mit einer langen Lebenserwartung sind, Frau Veyth. Und weil es für Sie möglicherweise um sehr viel Geld und außerdem um Ihre persönliche Freiheit geht. Und weil wir Ihren Jungen da oben hierbehalten und ihn, wenn Sie uns täuschen oder hintergehen, als Geisel nehmen werden.«

»Inwiefern um sehr viel Geld?« fragte Marieclaire. »Um wieviel? Und aus welchem Grund?«

»Mehr brauchen Sie im Augenblick nicht zu wissen, Frau Veyth«, sagte Affe. »Wir werden über alle Einzelheiten heute abend sprechen, wenn wir zu der Überzeugung gelangt sind, daß Sie nicht mehr gegen uns spielen.«

Marieclaire schwieg eine Weile, setzte ihre Tasse zurück auf die Untertasse und diese auf das Tablett. Sie sagte: »Wie wollen Sie eigentlich jemals aus diesem Haus wieder herauskommen? Wie haben Sie sich Ihren Rückzug aus diesem Abenteuer vorgestellt? Sie werden doch verhaftet und zur Rechenschaft gezogen werden.«

»Wir werden verschwunden sein, wie frischgefallener Schnee auf zu warmem Pflaster, Frau Veyth«, sagte Affe. »Dafür ist gesorgt. Warum machen Sie sich Gedanken über unsere Belange? Machen Sie sich Gedanken über Ihre, das bringt Ihnen mehr.«

»Und vor allem, machen Sie jetzt rasch«, fügte Ratte hinzu. »Die Zeit verrinnt, und die Sache ist wichtig.«

Marieclaire erhob sich, stellte die Kaffeetassen zusammen auf das Tablett und ging mit diesem hinüber zur Tür. Dort blieb sie stehen, wendete sich noch einmal um und sagte: »Sie werden verschwunden sein wie frischgefallener Schnee auf zu warmem Pflaster? Könnte es sein, daß mit Ihnen auch das Gespräch auf diesem Tonband verschwunden sein wird?«

»Das könnte sein«, sagte Affe, nachdem er sich von seiner Verblüffung über das, was Marieclaire gesagt hatte, erholt hatte. »Wir sprechen darüber, wenn Sie zurück sind und unseren Auftrag erfüllt haben.«

Nachdem Marieclaire den Raum verlassen hatte, sahen die beiden Männer einander ins Gesicht. Keiner von ihnen machte Anstalten, ihr zu folgen, um sie unter Aufsicht zu stellen. Beide wußten, daß das nicht mehr nötig sein würde. Sie hatten Marieclaire Veyth auf eine Linie gebracht, die mit ihrer eigenen identisch war.

Als Marieclaire nach zwanzig Minuten wieder nach unten kam, hatte sich ihr Aussehen grundlegend verändert. Sie hatte Kosmetik gemacht, ihr Haar gepflegt und Schmuck angelegt. Sie trug einen weitfallenden Pelzmantel mit hochgeschlagenem, breitem Kragen. Draußen stürmte und regnete es noch immer, und eine frühe und trübe Dämmerung begann bereits hereinzubrechen. Marieclaire nahm den Weg durch das vordere Entrée, wo sie einen Regenschirm aus einem Kupferkübel zog, den sie aufspannte, als sie das Haus verließ. Affe gab ihr bis zu ihrer Rückkehr dreißig Minuten.

»Sie wissen, daß wir den Jungen in der Hand haben – und auch das Tonband«, sagte er. »Wenn Sie in dreißig Minuten nicht zurück sind, unterstellen wir, daß Sie sich gegen uns gewendet haben.«

Es hatte den Anschein, als bräuchten sie sich dieserhalb keine ernsthaften Sorgen mehr zu machen.

Auch Marieclaire nahm den Weg durch die Gärten. Die beiden Männer beobachteten sie durch den Store, der das Panoramafenster der Bibliothek zuhängte. Sie sahen sie um die Ecke des Hauses biegen und, ein wenig unsicher stöckelnd, auf hohen Absätzen zwischen den triefenden Sträuchern und Koniferen nach rückwärts in der Tiefe der Gärten verschwinden.

»Jetzt sind wir in ihrer Hand«, sagte Ratte, als sie nichts mehr von ihr sehen konnten.

»Nein«, sagte Affe, griff nach seiner Achtunddreißiger und entlud sie. »Sie in unserer.«

»Sind Sie ganz sicher?«

»Ja, ich bin ganz sicher«, sagte Affe. Von oben aus dem Zimmer des Jungen klang noch immer überlaut die Musik einer Kassette.

Für Christa Simader war die Entdeckung, die sie gemacht zu haben glaubte, ein aufwühlendes Erlebnis. Immer und immer wieder rief sie sich auf ihrem Wege durch die Gärten die Art und Reihenfolge der einzelnen Beobachtungen, die sie gemacht hatte, ins Gedächtnis zurück. Sie war sich der Bedeutung der Richtigkeit oder Unrichtigkeit ihres Verdachtes und der Tragweite für die Schicksale im Hause Veyth durchaus bewußt. Sie quälte sich mit dieser zermürbenden Verantwortung herum und entschloß sich endlich, was in jeder Hinsicht das Beruhigendste war, ihren Mann anzurufen, den sie nach einigen fehlgeschlagenen Versuchen in einer der Abteilungen der Baustoffgroßhandlung, die er betrieb, auch erreichte. Sie schilderte ihm minuziös die Entdeckungen, die sie gemacht zu haben glaubte, und brachte ihn schließlich soweit, daß er ihr das, was sie erzählte, abnahm und nicht mehr weiter ins Reich der Fantasie verwies.

»Was soll ich nur machen?« sagte sie ratlos am Telefon. »Was ich auch immer tue, es kann genau das Verkehrte sein. Daß die Leute, mit denen Veyths es zu tun haben, nicht wissen dürfen, daß die Polizei im Spiel ist, hat mir Jochner eindeutig gesagt. Andererseits, wenn ich ihn jetzt anrufe, und das erwartet er, kann ich sicher sein, daß sie sich richtig verhalten? Gerade heutzutage, wo du doch immer sagst...«

»Das Dämlichste, mit dem man rechnen kann, ist immer noch nicht dämlich genug«, sagte Egon Simader. »Und das gilt für die Polizei genauso wie für alle anderen Bereiche. Nein, nein, Christa, darauf, daß die sich richtig verhalten, entweder klug oder entschlossen, oder vielleicht sogar beides, ist absolut kein Verlaß. Ich will dir etwas sagen: Du bist überhaupt durch nichts verpflichtet, die Beobachtungen zu machen, die du gemacht hast, verstehst du? Du bist eben bekloppt, auf den Kopf gefallen und außerdem noch feige. Das darf ein mündiger Bürger alles sein. Zu etwas anderem kann ihn nämlich gar niemand verpflichten...«

»Außer das Gewissen vielleicht«, sagte Christa Simader.

»Laß mich doch gehen mit dem Gewissen«, antwortete ihr Mann. »Den Luxus, auf dein Gewissen zu hören, kannst du dir leisten, wenn du in einer Sache selbst ganz genau weißt, was falsch und was richtig ist. Sobald das vom Handeln anderer abhängt, mußt du die eigenen Finger aus der Sache herauslassen, das mußt du dir merken. Neulich hat eine Krankenkasse einen aus meinem Betrieb mit zweiunddreißigtausend Mark in Regreß genommen, weil er bei einem Unfall geholfen und den Kopf des Verletzten nach oben anstatt nach unten gelegt hat. Meinst du, der hilft noch mal einem, der am Abnippeln ist? Nein, Christa, du rufst deinen Bezirkskommissar jetzt an und sagst ihm, du hättest bei Veyths alles in Ordnung gefunden. Marieclaire sei zwar etwas mitgenommen und nervös aber gesund und hätte dir gesagt, von den Kidnappern hätte sich noch niemand gemeldet.«

»Mir ist dabei nicht wohl«, sagte Frau Simader.

»Und wenn du nichts gesehen hättest?« sagte ihr Mann. »Oder wenn du dir nicht sicher wärst, ob du dich nicht doch getäuscht hast? Mach, was ich dir sage, Christa. Diese Zeit ist nun mal so. Du weißt nie, wo du reinkommen kannst, wenn du dich in Sachen mischt, die dich nichts angehen.«

Und das hatte Christa Simader dann schweren Herzens getan. Sie hatte gleichzeitig die Erleichterung und die Enttäuschung bei dem Polizeibeamten empfunden und es fast bedauert, ihm Dinge vorenthalten und keinen weiteren Aufschluß über andere gegeben zu haben. Um so mehr spürte sie Erleichterung und Überraschung, als sie jetzt an ihrer Verandatür das Klopfen vernahm und schemenhaft draußen vor der Scheibe Marieclaire bemerkte, die soeben ihren Schirm zusammenklappte und unter einem Vordach an die Hauswand lehnte.

»Kommen Sie herein«, sagte Christa Simader und zog Marieclaire ins Zimmer, wo sie den Mantel öffnete und das Haar zurechtschüttelte.

»Ich kann Sie doch nicht auf dem Eindruck sitzenlassen, den Sie vorhin von mir mitgenommen haben«, sagte Marieclaire. »Und außerdem muß ich Herrn Jochner anrufen, denn ich habe ihm das versprochen. Wenn ich auch sicher bin, daß er gar nichts für mich tun kann.«

Christa Simader schüttelte in wirklich empfundenen Bedauern den Kopf. »Und es hat sich in der ganzen Zeit nichts getan?«

»Absolut nichts«, sagte Marieclaire. »Wir können nur warten.«

»Furchtbar«, sagte Christa Simader. »Wie halten Sie es aus?«

»Ich versuche, nicht daran zu denken. Aber es gelingt mir nicht. Vor allem, wenn man stundenlang allein ist.«

Christa Simader näherte sich vertraulich Marieclaire. »Ich bin sehr froh, daß Sie mir das sagen, Frau Veyth. Ganz unter uns, als ich vorhin bei Ihnen drüben war, glaubte ich ein paar Minuten lang, daß Sie in Ihrem Hause nicht mehr allein sind, daß Sie sich nicht frei bewegen können und vielleicht sogar unter Druck stehen.«

Marieclaire versuchte ein Lächeln. »Aber was für ein Unsinn. Sie sehen doch – könnte ich sonst ungehindert hier herüberkommen? Nein, Frau Simader, wirklich, so etwas brauchen Sie nicht zu denken.«

»Mein Gott, bin ich froh«, sagte Christa Simader. »Sie glauben gar nicht, wie mir das nachgegangen ist.«

Marieclaire schenkte Frau Simader ein dankbares Lächeln und fragte, ob sie jetzt Paul Jochner anrufen könne. Christa Simader wies mit der Hand auf den Apparat, und vom mächtigen Schreibtisch Egon Simaders, in Neo-Renaissance und mit Lederaccessoires, aus, telefonierte Marieclaire mit dem Bezirkskommissar.

»Froh, Sie zu hören«, sagte Jochner, der auch diesen ganzen Tag nicht zuletzt um Marieclaires willen im Amt zugebracht hatte. »Ich hatte schon Bedenken, weil Sie sich überhaupt nicht meldeten.«

»Aber Frau Simader wird Sie informiert haben.«

»Nur in groben Zügen. Von wo aus telefonieren Sie?«

»Von Simaders aus, Herr Jocher, wie Sie es angeordnet haben. Können Sie denn gar nichts tun?«

»Solange wir keinen Anhaltspunkt haben, nein. Ich schlage vor, daß Sie bald wieder zurück zu Ihrem eigenen Anschluß gehen, damit wir nichts versäumen. Aber ich kann Ihnen eine schlimme Nachricht nicht ersparen, Frau Veyth...«

Der Bezirkskommissar stockte, als erhoffe er eine Bestätigung, daß seine Gesprächspartnerin bereit sei, diese entgegenzunehmen. Und er bekam sie.

»Sprechen Sie«, sagte Marieclaire. »Ich bin, seitdem diese Sache angefangen hat, auf alles gefaßt.«

»Wir hatten Herrn Dr. Zenker hier, den Internisten, der Ihnen Mann behandelt. Ihr Einverständnis voraussetzend, hat er seine ärztliche Schweigepflicht gebrochen. Hat er das jemals auch Ihnen gegenüber getan?«

»Nein«, sagte Marieclaire. »Mein Mann ist in diesen Dingen sehr introvertiert und eigen. Ich kenne seinen Arzt auch nicht persönlich. Mein Mann hat mir niemals Einzelheiten mitgeteilt, um mich nicht zu beunruhigen. Was hat Dr. Zenker Ihnen gesagt?«

»Ihr Mann wird voraussichtlich den morgigen Tag nicht überleben, Frau Veyth, wenn er nicht sehr bald, innerhalb von Stunden, eine Intensivbehandlung bekommt. Dr. Zenker meint, er könne wahrscheinlich im Laufe dieser Nacht das Bewußtsein verlieren und würde dann wenigstens nicht mehr leiden.«

Paul Jochner unterbrach sich. Marieclaire schwieg. Also fuhr der Beamte fort: »Das legt mir erneut die Vermutung nahe, die Sie selbst auch schon geäußert haben, daß hier jemand agiert, dem es nicht um das Geld, sondern um den Kopf Ihres Mannes geht. Können Sie mir gar keinen Hinweis geben? Hat Ihr Mann einen Todfeind, Frau Veyth? Einen rücksichtslosen, gewissenlosen, brutalen und egoistischen Todfeind?«

»Einen Todfeind«, stammelte Marieclaire. »Einen brutalen Todfeind? Nein, einen solchen Feind hat mein Mann niemals gehabt.«

Diesmal trat das Schweigen am anderen Ende der Leitung ein. Erst nach einer ganzen Weile hörte Marieclaire die Stimme des Bezirkskommissars wieder. »Wenn Sie mir wirklich keinen Hinweis geben können, Frau Veyth, dann werden wir den Dingen ihren Lauf lassen müssen, und ich kann Ihnen jetzt schon kondolieren.«

»Nein«, wiederholte Marieclaire Veyth mechanisch, »nein, ich kann Ihnen gar keinen Hinweis geben. Keinen.«

Langsam legte sie den Hörer auf und sah Christa Simader mit einem seltsam leeren Blick an.

Das Läuten ihres eigenen Telefons hörte sie schon, als sie ihr

Haus wieder betrat und den durchnäßten Schirm aufgespannt auf das Natursteinpflaster des Vestibüls stellte. Ratte stand vor ihr und hielt die Tür zur Halle offen, während das Telefon zwei oder drei weitere Male in der Bibliothek klingelte. Ohne sich den Pelzmantel von den Schultern zu zerren, hastete Marieclaire an den Apparat. Es gab nur zwei Möglichkeiten: Da Jochner oder die Polizeibehörde es nicht sein konnten, blieben nur Leute, die sich wohlmeinend nach dem Stand der Dinge erkundigen wollten, vielleicht auch Familie, Geschäftsfreunde, Freunde, Presse. Und als zweite Möglichkeit blieb der Erpresser. Es klingelte zum vierten Mal. Bevor Marieclaire den Hörer hochhob, sagte sie zu Affe: »Was wird mit dem Tonband? Rasch.«

»Über das Tonband verhandeln wir später«, sagte Affe hastig. »Heben Sie ab.«

Es klingelte zum fünften und zum sechsten Mal. Marieclaire nahm den Hörer hoch und nannte ihren Namen. Es handelte sich um die dritte Möglichkeit, die Marieclaire überhaupt nicht bedacht gehabt hatte. Es war Kurt Gersheim, ihr geschiedener Mann.

9

Zwar hatten es sich die beiden Fremden und auch Marieclaire nach Ralphs fügsamem Verhalten eingeredet, aber in Wirklichkeit hatte der Junge sich mit dem, was er im Hause vorgefunden hatte, und mit dem, was man ihm aufgezwungen hatte, nicht im mindesten abgefunden. Er war nicht gleichgültig und auch nicht stumpf genug, um sich nicht seine eigenen Gedanken über alles zu machen. Und da fiel ihm eine Menge von Dingen auf, die er sich ganz anders vorgestellt hatte, wäre er jemals auf den Einfall gekommen, eine Situation wie diese sich theoretisch, gleichsam von außen her betrachtet, auszumalen. Er rief sich wieder das Bild seiner Mutter vor Augen, wie sie ihn in Empfang genommen und ohne Warnung in die Arme Affes hatte rennen lassen. Er dachte daran, wie sie ihm das Frühstück gebracht und dabei praktisch die beiden Eindringlinge widerstandslos gegen ihn verteidigt hatte anstatt umgekehrt. Er dachte an die Szene, wie Ratte ihm zu Mittag Brote auf sein Zimmer gebracht und ihn gleichzeitig vom offenen Fenster fortgerissen hatte, durch welches er gerade im Begriff gewesen war, sich Christa Simader bemerkbar zu machen, als sie unten um den Seerosenteich herumgestampft war. Schließlich sah er seine Mutter, so elegant wie in den friedlichsten und normalsten Zeiten, geschminkt, frisiert und auf hohen Hacken, durch den Regen hinüber zu Simaders laufen und von dort auch wieder zurückkehren, ohne daß einer der beiden Bewacher sie begleitet oder in Empfang genommen hätte. Noch während Ralph, zu den heißen Rhythmen seines Rock den Takt schlagend, versuchte, sich alles zusammenzureimen, was sich aus diesen Beobachtungen ergab, brachte ihn ein leises Ticken hinter der Gardine, die sein Sideboard abschloß, auf etwas, das er ganz vergessen hatte. Eines Tages war vor vielen Monaten das Gespräch auf die komplizierte Telefonanlage in diesem Haus gekommen. Franz Veyth hatte seiner Bewunderung für derart verfeinerte Mechanismen Ausdruck gegeben, und Ralph, der in seinem Internat den Werkkurs für Schwachstromtechniker besuchte, hatte großspurig erklärt, so etwas Einfaches könne er schließlich auch. Er war auf Widerspruch gestoßen, hatte gewettet und gewonnen, indem er einen einfachen Hausapparat, wie er zu Spiel- und Bastelzwecken verwendet wird, so an den Hausanschluß angeschlossen hatte, daß er die dort geführten Gespräche mithören, aber selbst keine Nummer wählen konnte. Er hatte seine zehn Mark erhalten, aber Franz Veyth hatte auf dem Abbau der Leitung bestanden, die er zum einem für ungesetzlich und zum anderen für indiskret hielt. Dabei war es geblieben. Während der Monate, die Ralph sich im Internat aufgehalten hatte, war die Existenz dieser Verbindung sowohl von seinen Eltern, wie auch von ihm selbst, vergessen worden. Erst das leise Klicken hinter der Gardine seines Sideboards errinnerte ihn daran, daß die Leitung noch bestand. Getrieben von der unbesiegbaren Neugier darauf, was in diesem Haus eigentlich wirklich vor sich ging, drehte er den Ton leise, schob den Vorhang zur Seite, hob den primitiven Plastikhörer von dem Gerät und vernahm ein Telefongespräch zwischen seinen Eltern. Dieses Gespräch hatte bereits begonnen, und gerade, als Ralph mithören anfing, sagte seine Mutter: »Ich halte es fast nicht mehr aus, Liebster. Es ist gut, daß du anrufst. Ich bin unendlich allein mit meinen Sorgen, Problemen und mit meinem Gewissen.«

»Hat sich denn irgend etwas ereignet, seit wir gestern abend zusammen gesprochen haben, Claire?«

»Nein, nichts«, sagte Ralphs Mutter, und dabei wußte der Junge, daß das die Unwahrheit war. Für ihn wurde alles immer rätselhafter und undurchdringlicher.

»Kann ich irgend etwas für dich tun, Liebling?« hörte er die Stimme seines Vaters. »Soll ich die Nacht über zu dir kommen, damit...«

»Nein, nein, nein,«, unterbrach Marieclaire Ralphs Vater mit einer Hektik in der Stimme, die sich zwar der Junge in seinem Dachzimmer, nicht aber Kurt Gersheim am anderen Ende der Leitung erklären konnte. »Nein, das geht nicht. Das ist ganz unmöglich, Liebster. Bleib wo du bist, und es ist am besten, wenn du auch nicht mehr anrufst.«

»Eben hast du noch gesagt, es sei gut, daß ich angerufen habe. Woran soll ich mich nun halten?«

»Ja«, stammelte Marieclaire, und wie gebannt hörte ihr Sohn, auf dem Bauch vor seinem Sideboard liegend, dem zu, was sie sagte.

»Nein...ja... nein, das ist etwas ganz anderes. Ich bitte dich zu tun, was ich dir sage. Es wird der Tag kommen, wo ich dir alles erklären kann, aber jetzt häng bitte ein und komme nicht und rufe auch nicht mehr an. Mein Gott, wenn das doch alles schon vorüber wäre.«

»Es wird bald vorüber sein«, sagte Kurt Gersheim nach einer winzigen Pause. »Behalte die Nerven.«

Mit diesen Worten beendete Ralphs Vater das Gespräch. Ralph vernahm im Hörer ein Klicken, und die Leitung schwieg. Der Junge war vorsichtig genug, nicht den Hörer auf die Kontakte zu legen, sondern vorher das Kabel mit seinem Fahrtenmesser vorsichtig zu trennen, damit auch nicht unten ein verräterisches Klicken erkennen ließ, daß er dieses Gespräch mitgehört hatte. Erst dann legte er den Hörer zurück auf den Apparat, kroch auf sein Bett, verschränkte die Hände unter dem Nacken und dachte über alles nach. Und je länger er das tat, um so dichter rannen die Tränen über sein unbewegtes Gesicht, die er, wie er da lag, weder trocknen konnte noch wollte. So lag er noch immer, als eine Viertelstunde später draußen auf der Galerie Geräusche hörbar wurden und Marieclaire ins Zimmer kam, um Jalousie und Gardine zu schließen, damit ein

Licht eingeschaltet werden konnte. Als Marieclaire das getan hatte, bemerkte sie, daß das Gesicht ihres Jungen von Tränen überströmt, und der Blick seiner Augen starr auf die schräge Deckentäfelung über seinem Bett gerichtet war. Draußen vor der Tür ahnte Ralph die Gestalt eines der beiden Japaner, der breitbeinig und mit auf dem Rücken verschränkten Händen auf der Galerie stand und beobachtete, was im Zimmer geschah.

Marieclaire beugte sich zu Ralph hinunter.

»Was ist denn mit dir, mein Junge?«

Ralph stieß seine Mutter von sich weg und trocknete sein Gesicht mit dem Bettlaken.

»Mit dir kann ich nicht reden, solange der da draußen zuhört«, sagte er. Marieclaire richtete sich auf und sah fragend auf Affe. Aber der schüttelte, ohne seine Haltung zu verändern, langsam den Kopf. »Kommt nicht in Frage, Frau Veyth. Geheimnisse können wir uns nicht leisten, solange das nicht beendet ist. Sagen Sie Ihrem Sohn gute Nacht und kommen Sie. Er wird sich schon beruhigen.«

Marieclaire wendete sich Ralph wieder zu und sagte: »Du bist überreizt, Ralph, Du hättest wirklich besser in der Schule bleiben sollen, oder wenigstens bei Stettens.«

Ralph stützte den Oberkörper hoch auf die Ellbogen und schrie Marieclaire an: »Machst du denn alles, was die wollen, Mutti? Hast du gar keinen eigenen Willen mehr? Warum gehst du nicht zur Tür, schließt sie ab und sprichst mit mir?«

Ohne ein Wort zu sagen, kam Affe ins Zimmer, zog Marieclaire energisch nach draußen, schloß die Tür und versperrte sie. Ralph beobachtete das alles, ohne seine Haltung zu verändern. Er schnief, zog die Nase hoch und schüttelte das Haar aus dem Gesicht. Sein Widerstandswille war erwacht. Er schwang sich von seiner Schlafcouch und setzte den Kassettenrekorder wieder in voller Lautstärke in Betrieb. Das würde drunten als eine verständliche Trotzreaktion auf das, was soeben geschehen war, durchgehen. Danach legte er sich noch einmal für eine Viertelstunde auf die Schlafcouch. In ihm waren ganz anders geartete Pläne erwacht. Es stand ihm, verdammt noch mal zu, in diesem Haus Gewißheit zu erlangen. Er wunderte sich nicht einmal, daß ihm der Weg, auf dem das alles möglich sein würde, erst jetzt einfiel, als es draußen dunkel und in der Umgebung ruhig wurde. Sein Blick steifte die gegenüberliegende Wand seines Zimmers. Sie bestand aus einem Ensemble eingebauter Schränke, deren äußerste Tür unter der Dachschräge naturgemäß sehr niedrig und somit fast dreiecksförmig war. Die beiden Kidnapper hatten nicht darauf geachtet, daß diese Tür in Wirklichkeit keine Schranktür mehr war. Sie führte nämlich hinaus in einen toten Winkel des Dachausbaus, wo Dinge abgestellt wurden, die man nicht mehr brauchte, die großen Kartons einer alten elektrischen Eisenbahn zum Beispiel, und manchmal auch die Koffer und Reisetaschen von Logiergästen. Und diese Kammer besaß eine Dachluke, durch die man auf das Walmdach gelangen konnte. Dort führte in nicht allzu großer Entfernung eine zweite Dachluke in den Wäscheboden. Ralph wußte, daß deren Rasterstab so locker saß, daß man ihn mit einer Messerklinge von seiner Halterung schieben und den Lukendeckel mühelos öffnen konnte. Der Wäscheraum lag im sogenannten Top-Boden. Von dort aus gab es eine hölzerne Wendeltreppe, die an einer Eichentür endete, die auf einen Winkel der Galerie führte. Diesen Weg hatte Ralph manchmal benutzt, wenn er sich ohne Wissen seiner Eltern aus dem dunklen Haus geschlichen hatte, um mit seinen Freunden Lagerfeuer zu entzünden oder in den Taunuswäldern dem nervenzerrenden Geröhre der Hirsche zu lauschen. Jedoch gab es vor dem Erfolg eine Reihe von Hindernissen. Ralph besaß für die Bohlentür zur Galerie einen Schlüssel, der irgendwo zwischen dem unergründlichen Gerümpel herumlag, das die Schubladen seines Arbeitstisches füllte, und den er nach einigen Suchen auch fand. Voraussetzung dafür, daß alles zum Erfolg führte, war allerdings, daß der richtige Schlüssel zur Bohlentür nicht von außen steckte. Früher war das nie der Fall gewesen, aber es konnte ja sein, daß es sich geändert hatte. Die Schwierigkeit Nummer zwei bestand darin, daß die Dachtraufe an die Alarmanlage des Hauses angeschlossen war und auf jede Belastung reagierte, die größer als die eines Vogels, eines Eichhörnchens oder einer Katze war. Und diese Alarmanlage war eingeschaltet. Der Junge verwünschte sich jetzt, daß er selber das getan hatte. Aber als es geschehen war, hatte er ja davon, wie die Dinge vermutlich wirklich lagen, noch nichts gewußt. Während seine Mutter im Nachbarhaus gewesen war, hatte er zur Toilette gemußt und Ratte nach oben getrommelt, der ihm aufgesperrt und ihn zum Badezimmer geführt hatte. Aus einem, Ralph für immer verborgen bleibenden Grund hatten die beiden Japaner sich nicht um die übrigen im Haus verteilten Schaltungen der Alarmanlage gekümmert. Eine von ihnen befand sich im Badezimmer seiner Eltern, damit man nicht, hatte man die Anlage einzuschalten vergessen, im Morgenrock zurück ins Erdgeschoß mußte. Ralph war es geglückt, das Kästchen zu öffnen. Er war entschlossen gewesen, den Sofortalarm auszulösen, hatte aber nicht mehr ganz genau gewußt, welcher der drei Knöpfe hierfür der Richtige war. In seiner Nervosität hatte er denjenigen erwischt, der nicht den Alarm auslöste, sondern die Anlage einschaltete. Dann war er von Ratte gestört worden. Also war die Alarmanlage in Betrieb, sobald die sich schließenden Rolläden im Erdgeschoß den Kontakt herstellten. Ralph hat gehört, daß das vor ein paar Minuten geschehen war.

Wenn Ralph auf seinem gefährlichen Weg über die Dachplatten nur ein einziges Mal ausrutschte und mit dem Fuß in die Dachrinne geriet, löste er Alarm aus. Aber Ralph Gersheim war fest entschlossen, sich nicht länger passiv den Zwängen und der Erpressung der ungebetenen Besucher aus dem Fernen Osten auszusetzen. Er würde herausfinden, was hier los war, und dann etwas dagegen unternehmen. Den Schlüssel zur Bohlentür in einer seiner Fäuste, warf er sich noch einmal auf die Schlafcouch und wartete ab, bis es halb neun Uhr war. Um diese Zeit begann für den Tagesrhythmus eines Vierzehnjährigen so etwas wie die Nacht. Es war der Zeitpunkt, wo die Erwachsenen unter normalen Umständen sich behaglich zusammensetzten. Wenn er überhaupt über das, was sich hier abspielte, etwas in Erfahrung bringen konnte, dann jetzt. Er erhob sich, kramte aus seinem Kleiderschrank seinen alten, tiefblauen Parka hervor und fuhr hinein. Er schloß ihn bis ganz oben, schaltete dann mit einem Ruck das Kassettengerät ab und huschte zur Tür, an deren Blatt er das Ohr preßte. Er konnte dumpf hören, daß unten, in der Bibliothek, gesprochen wurde, ohne daß er allerdings ein einziges Wort hätte verstehen können. Er vernahm auch, daß dieses Gespräch nach dem abrupten Ende der Musik kurz unterbrochen und dann fortgesetzt wurde. Man hatte anscheinend akzeptiert, daß er zu Bett gegangen war und schlafen wollte. Nun klappte der Junge die Kapuze seines Parkas von hinten über den Kopf, zog die Kordel so fest an, daß nur ein kleiner heller Fleck seines Gesichtes sichtbar blieb, und machte sich auf seinen gefährlichen Weg, nachdem er das Licht in seinem Zimmer gelöscht hatte. In dem benachbarten Abstellraum war er rasch und fand sich dort im Dunklen auch schnell zurecht. Er schob die Dachluke hoch und klappte sie behutsam nach hinten, so daß sie flach auf den Dachplatten auflag. Er hatte sich oft genug durch diese Luke nach draußen geschwungen, um jede einzelne Bewegung, die dazu nötig war, noch genau zu kennen. Ein Schwall von Nässe und Wind schlug ihm entgegen. Ralph versuchte, auf dem glitschigen Dach sein Gleichgewicht zu erlangen. Dann griff er nach dem gläsernen Lukendeckel, klappte ihn nach vorn und hakte den Rasterstab so ein, daß er mit der Hand noch zwischen Deckel und Lukenrand fassen und die Luke jederzeit wieder öffnen konnte. Es wäre nicht gut gewesen, wenn es so stark hereingeregnet hätte, daß sich schließlich am Plafond des darunterliegenden Raumes ein Nässefleck gebildet hätte. Als er das getan hatte, balancierte er langsam und unendlich vorsichtig über das rutschige Dach in Richtung auf die nächste, zum Wäscheboden führende Dachluke. Er hatte diese noch nicht einmal ganz erreicht, als ein besonders heftiger Windstoß über das Dach fegte, einige der Platten leise klappern und die Luke, durch die Ralph soeben nach außen geklettert war, zufallen ließ. Der Junge hörte das Geräusch, hielt an, kehrte um und versuchte mit der Klinge des Fahrtenmessers, den Deckel wieder zu heben. Aber er wußte nur zu gut, daß das bei dieser Luke nicht ging, weil sie einrastete, und daß seine Versuche Zeitverschwendung waren. Wenn er nicht in den Trockenboden gelangte oder nicht aus diesem heraus, saß er fest. Er stellte sein verzweifeltes Vorhaben ein und balancierte wieder hinüber zur nächsten Luke, wo ihm zu seiner grenzenlosen Erleichterung die Operation mit der Klinge des Fahrtenmessers wie bisher stets gelang. Er öffnete die Luke, angelte sich in den Trockenboden hinunter und blieb heftig atmend stehen, um sich zu verschnaufen. Und außerdem hatte er Angst. Denn jetzt kam der gefährlichste, schwierigste , aber auch entscheidenste Teil seines Unternehmens. Er tastete vor zur der – wie alles Hölzerne in diesem Haus – massiv eichenen Wendeltreppe und schlich nach unten. Kurz danach stand er im Dunkeln hinter der schweren Bohlentür. Nun kam es darauf an. Er bückte sich und spähte durch das Schlüsselloch. Dahinter war es finster. Aber das brauchte nichts zu besagen, denn einmal konnte – und das wünschte sich Ralph – die Galerie im Lampenschatten liegen, und außerdem besaß das Schlüsselloch von außen eine Drehklappe. Als der Junge den Schlüssel von innen in das Schlüsselloch schob, glitt er hinein, ließ sich aber nicht drehen. Erst nach einer relativ langen Weile realisierte Ralph, daß die Tür unverschlossen war. Es gelang ihm, sie mit schneckenhaft langsamer Bewegung zu einem schmalen Spalt aufzuziehen, ohne daß sie ächzte oder quietschte. Ralph spähte nach draußen auf die Galerie. Seine Vorstellung war richtig gewesen. Unten in der Bibliothek hatte man eine gedämpfte Beleuchtung eingeschaltet, und der obere Teil des Raumes samt der Galerie mit ihrem eichengedrechselten Geländer lag im Schatten. Nicht allzuweit entfernt konnte er die Tür seines eigenen Zimmers gerade noch erkennen, in deren Schloß der Schlüssel von außen steckte. Er erschrak, als er schattenhaft, diagonal über den Raum hinweg, einen der Männer die Treppe zur Galerie heraufkommen sah. Der Mann blieb vor der Tür zu seinem Zimmer stehen, lauschte, schloß auf und öffnete die Tür, lauschte noch einmal, zog dann die Tür zu und verschloß sie wieder. Als er die Treppe hinabgegangen war, hörte Ralph ihn in deutscher Sprache, so daß auch seine Mutter ihn verstand, sagte: »Es ist dunkel, und er schläft.«

Erleichtert atmete Ralph auf, denn nun konnte er sich fürs erste sicher fühlen. Er zog die Bohlentür wieder so weit auf, daß er durch ihren Spalt und durch das Drechselwerk des Galeriegeländers hindurchsehen konnte, was darunter in der Bibliothek geschah. Zum erstenmal konnte er jetzt auch eindeutig feststellen, daß es sich bei den beiden Männern, die seine Mutter bedrängten, wirklich um Japaner handelte und daß diese Männer außer über eine Achtunddreißiger, die jetzt achtlos neben dem größeren von ihnen auf der Polsterbank lag, auch über ein Taschenfunkgerät verfügten, das aus dem ledernen Lumberjack ragte, der über die Lehne eines Sessels gehängt war. Seine Mutter und die beiden Männer saßen eigentlich recht friedlich und einträchtig in einer der geschmackvollen und kostbaren Sitzgruppen beieinander, und Ralph hörte auf diese Weise ihrem Gespräch zu, das sein ganzes weiteres Leben grundlegend verändern sollte. Nur wußte er das in diesem Augenblick noch nicht. Er sah den kleineren der beiden Japaner auf die Armbanduhr blicken.

»In ein paar Minuten neun Uhr. Für wann war der zweite Anruf in Aussicht gestellt worden?«

»Für acht Uhr«, sagte Marieclaire. »Was mag es nur bedeuten, daß er nicht kommt?«

»Nervenkrieg«, sagte Ratte.

»Oder Kapitulation«, fügte Affe hinzu. »Vielleicht haben sie sich doch davon überzeugen lassen müssen, daß Ihre Durchsage auf Wahrheit beruhte, und haben es mit der Angst bekommen.«

»Dann müßten sie ihn jetzt laufen lassen und mir das mitteilen«, sagte Marieclaire.

Ratte sagte: »Damit ein am Leben bleibender Franz Veyth genaue Angaben über alles machen kann, wo er sich aufgehalten und mit wem er er zu tun gehabt hat?Nein, das können die nicht riskieren, Frau Veyth.«

»Eine ihrer Stimmen ist ohnehin schon auf dem Band«, sagte Marieclaire, und Affe antwortete: »Dieses Band wird die Polizei niemals erreichen.«

»Das wissen die aber nicht«, sagte Ratte. »Und vielleicht wollen sie gerade deshalb die Gefahr vermeiden, daß eine ihrer Stimmen doch irgendwie geortet wird.«

»Wenn Sie mich fragen«, sagte Affe, »dann liegt Dr. Veyth im Sterben oder ist schon tot.«

»Womit Ihre Absichten erfüllt wären«, sagte Marieclaire mit einem bitteren Unterton in der Stimme.

»Ihre doch auch«, antwortete der Japaner. »Ihr geschiedener Mann schätzt Ihre Lage völlig richtig ein, wenn er sagt, daß Ihnen ein solcher Ausgang der Sache nur Vorteile brächte. Was er nicht weiß, ist, daß Sie damit unsere natürliche Verbündete geworden sind.«

Hierauf trat in der Bibliothek ein langes Schweigen ein. Es mochte vielleicht eine halbe oder auch eine ganze Minute dauern, und ein solcher Zeitraum kann ungeheuer bedeutungsvoll erscheinen. Dann sagte Marieclaire: »Sie sprachen vorhin davon, daß es für mich bei dieser Sache um sehr viel Geld geht. Wie haben Sie das gemeint?«

»Nun«, sagte Affe. »In allen Blättern der Regenbogenpresse

steht doch seit Jahren zu lesen, daß Marieclaire Veyth, geschiedene Gersheim, sollte sie Witwe werden, als Vorerbin ein märchenhaftes Vermögen zu verwalten haben wird, das Dr. Veyth ihrem Sohn Ralph aus erster Ehe zugewendet hat, das stimmt doch?«

Marieclaire schien bestätigend genickt zu haben, denn nach kurzer Pause fuhr der Mann fort: »Das bedeutet natürlich Pflichten, wenn es auch für jemanden, der mit Geld umgehen kann, einiges abwerfen könnte. Unser Auftraggeber hat allerdings daran gedacht, Ihnen als Ausgleich für die Nervenbelastung, die wir Ihnen zumuten mußten, eine weitere große Summe in bar zu Ihrer eigenen persönlichen Verfügung zu stellen, wenn Sie sich – sagen wir – dem vorgezeichneten Schicksalsablauf nicht in den Weg stellen, Frau Veyth.«

»Wie groß würde diese Summe sein?«

»Das würde von Ihrem Verhalten bestimmt werden.«

»Und wie hätte dieses Verhalten auszusehen?«

Affe antwortete: »Wenn jetzt ein Anruf der Kidnapper kommt, erwarten wir, daß Sie keine Zugeständnisse machen, die die Sache beschleunigen könnten. Mehr wird von Ihnen nicht verlangt.«

»Und wenn kein Anruf mehr kommt?«

»Dann würde unser Auftraggeber die Hälfte dieser Summe für das zur Verfügung stellen, was Sie bisher auf sich genommen haben. Dieser Betrag könnte, von jetzt an gerechnet, in einer Stunde in Ihren Händen sein, steuerfrei, unkontrollierbar und ohne jedes Risiko.«

»Wie hoch würde es sein?«

»Falls Sie in der gewünschten Weise mit unerem Auftraggeber kooperieren, sind wir berechtigt, hierfür einen Betrag von einer halben Million Mark zu nennen.«

»Und wenn ich danach nicht in Ihrem Sinne handeln sollte? Ich meine, Sie werden Sicherheiten...«

»Ich sagte vorhin, als Herr Gersheim anrief, über das Tonband würden wir später verhandeln, Frau Veyth. Dieser Zeitpunkt ist gekommen. Auf dem Tonband ist auch Ihr zweites Gespräch mit Ihrem geschiedenen Mann aufgezeichnet. Sie fragten, ob das Band verschwinden könne. Das wird es, wenn Sie in unserem Sinne handeln. Sehen Sie, dieses Band darf niemals in die Hände von Bezirkskommissar Paul Jochner von der Frankfurter Polizei fallen, sagten Sie selbst. Weil aus ihm möglicherweise wichtige Rückschlüsse für die Aufklärung des Vorfalles gezogen werden können. Die Stimme des Kidnappers zum Beispiel, sogar solche, die Ihnen persönlich unangenehm sind, nicht wahr? Solange dieses Band also in unserer Hand ist, empfiehlt es sich für Sie, in unserem Sinne zu handeln.«

»Und welche Garantie geben Sie mir, daß das Band nach dem Ende der Affäre tatsächlich gelöscht wird?«

Der Japaner lächelte unergründlich. »Ausschließlich die Garantie der Vernunft, Frau Veyth. Sehen Sie, wir sind eine wirtschaftliche Weltmacht, und uns geht es lediglich um ökonomische Belange, nicht um kleinkarierte Erpressungen und um Ihr Privatleben. Ihr gesunder Menschenverstand wird Ihnen nahelegen, uns das zu glauben.«

»Und welche Sicherheit habe ich, die zweite Hälfte der Million zu erhalten?«

»Allerdings gar keine, Frau Veyth«, sagte Affe. »Das unterliegt der freien Entscheidung unseres Auftaggebers.« Er beugte sich etwas weiter zu Marieclaire hinüber, und Ralph mußte sich große Mühe geben, um zu verstehen, was er sagte: »Aber ich an Ihrer Stelle würde auch die erste Hälfte schon als sehr reizvolles Geschäft betrachten, Frau Veyth, meinen Sie nicht auch?«

In diesem Augenblick ließ sich auch Ratte vernehmen, der bisher bei dem Gespräch schweigend zugehört hatte. »Verdammt noch mal, warum wird es denn hier plötzlich so kalt?«

»Weil die Heizung um neun Uhr abschaltet«, sagte Marieclaire. »Sie können mir nachher helfen, sie auf Nachtleistung zu stellen.« Sie wendete sich wieder zu Affe. »Und was erwarten Sie jetzt von mir?«

»Ein Ja oder ein Nein zu unseren Vorschlägen, Frau Veyth. Wenn Sie ja sagen, wird mein Freund sofort damit beginnen, das Band aus dem Gerät zu nehmen. Es ist zwar plombiert, aber wir sind mit dem System vertraut.«

»Halt«, sagte Marieclaire. »Einen Moment noch. Wie soll ich der Polizei gegenüber das Verschwinden des Bandes erklären. Die sind schließlich auch nicht auf den Kopf gefallen. Und Paul Jochner schon gar nicht.«

»Sie können Jochner die ganze Geschichte genauso erzählen,

wie sie wirklich war. Sie brauchen ihm ja nicht zu sagen, daß wir Sie entschädigt haben. Er wird Ihnen glauben müssen, daß wir Sie gezwungen haben. Und außerdem haben Sie den Jungen als Zeugen. Und Frau Simader und der Lieferant haben auch Beobachtungen gemacht, die das, was Sie sagen werden, stützen können.«

»Aber man wird Sie zur Rechenschaft ziehen«, sagte Marieclaire. »Man wird Sie fragen, was hinter alldem eigentlich steckt.«

»Das wird in diesem Lande niemals ein einziger Mensch erfahren, Frau Veyth. Und uns wird auch niemand zur Rechenschaft ziehen. Wir hätten schlecht gearbeitet und würden zu Hause zur Rechenschaft gezogen, wenn so etwas möglich werden würde. In Japan herrscht insoweit das streng militärische Prinzip. Denken Sie daran, frischgefallener Schnee auf zu warmem Pflaster. Kann mein Freund das Band aus dem Rekorder nehmen?«

Wieder mußte Ralphs Mutter genickt haben, denn Ralph konnte beobachten, wie der kleinere Japaner das Telefon von dem Rekorder hob, diesen zuerst abklemmte und dann öffnete, bis er eine Kassette herausholen konnte, die er in die Innentasche des Lumberjacks gleiten ließ, der über dem Sessel hing. Aus dem gleichen Lumberjack holte Affe das Funkgerät, zog die Antenne in die Länge und rief Ogata Itomura. Mit diesem führte er ein kurzes Gespräch in japanischer Sprache, nach dessen Ende er zu Marieclaire sagte: »Mein Freund ist legitimiert worden, den versprochenen Betrag sofort in Empfang zu nehmen. Sie werden in spätestens einer Stunde in seinem Besitz sein.«

Ratte setzte den Rekorder zusammen, stellte den Telefonapparat wieder darauf und steckte sein Werkzeug weg.

In diesem Augenblick bemerkte er zum erstenmal das kaum sichtbare Schwachstromkabel, das aus dem Apparat kam. »Haben Sie hier noch einen anderen Nebenanschluß?« fragte er.

»Ach, das ist nichts«, sagte Marieclaire. »Eine Spielerei von dem Jungen.«

Affe kam näher. »Kann er damit auch nach draußen wählen?«

Marieclaire schüttelte den Kopf. »Nein, nur mithören.«

Ratte warf seinem Komplizen einen fragenden Blick zu und der andere nickte. Da kniff Ratte zur Sicherheit das Kabel mit dem Seitenschneider ab.

»Kennt einer von Ihnen sich mit der Heizung aus?« fragte

Marieclaire und stand auf. »Sie können mir behilflich sein, sie auf Nachtbetrieb zu schalten.« Wieder wechselten die beiden Männer ein paar Worte in japanischer Sprache. Dann begleiteten sie Ralphs Mutter hinaus ins Vestibül und von da aus in den Heizungskeller, wo Ralph ihre Schritte auf der Kunststeintreppe verklingen hörte.

Später behauptete Ralph Gersheim immer, es sei kein rational überlegter, noch weniger ein geplanter oder durchdachter Schritt gewesen, sondern ein rein intuitiver Impuls, der ihn hinter der Tür zur Wendeltreppe heraus in Windeseile die Galerie entlang und die Eichentreppe abwärts getrieben hatte, der ihn in fliegender Hast in die Innentasche des Lumberjacks greifen und die Bandkassette dort herausholen und zu sich stecken ließ. Keine Zehntelsekunde verließ ihn die Entschlußkraft. Er lief ins Entrée, hörte im Keller die Stimmen der beiden Männer, bildete sich ein, daß sie sich schon wieder näherten. Er sah mit einem Blick, daß der Schlüssel zur Eingangstür abgezogen war. Dort konnte er das Haus nicht verlassen. Auf der Konsole lag zwischen Handschuhen und anderen Dingen des täglichen Gebrauchs der Minisender seiner Mutter für das Garagentor, den er brauchte, wenn er sein Mofa flottmachen wollte. Ralph ergriff ihn und hörte, daß aus dem Keller die Stimmen sich wirklich der Treppe nach oben wieder näherten. Jetzt kam es darauf an. Er hatte Vorsprung, bis einer der Männer das Fehlen der Bandkassette bemerken würde. Denn eines stand für Ralph fest: Derjenige von ihnen, der einen so hohen Betrag bei der Stelle abholen würde, mit der er über Funk gesprochen hatte, würde auch das Faustpfand, das das Tonband bildete, dort mit hinnehmen und in Sicherheit bringen. Von Angst und Anspannung gejagt, hetzte der Junge zurück in die Bibliothek, wurde gewahr, daß die mächtigen Jalousien alle geschlossen waren, flog die Treppe wieder nach oben und verschwand hinter der Bohlentür genau in dem Augenblick, in dem die Stimmen Marieclaires und der beiden Männer wieder im Entrée vernehmbar wurden. Ralph gönnte sich nicht eine einzige Sekunde des Verschnaufens. Er stolperte die Wendeltreppe nach oben, schwang sich durch die Luke auf das Dach und rutschte mehr als er stieg, über die Platten nach unten zur Traufe. Dort kauerte er sich nieder, bekämpfte seine Angst und hing in der nächsten Sekunde mit beiden Händen am Rande der kupfernen Dachrinne. Diese Belastung löste die Alarmanlage aus. Mit klagendem Winseln begannen Sirenen ein nervenzerrendes Konzert. An drei verschiedenen Stellen auf dem Dach und auf der Garage zuckten im gleichen Rhythmus wie die Sirenen orangerote Leuchten auf und wie ein Wasserfall aus Licht tauchten Strahlen das ganze Haus von einem Augenblick zum anderen in eine schmerzhafte Helligkeit. Ralph ließ sich fallen, erreichte den Erdboden, taumelte und betätigte schon im Laufen den Sender für die Garagentür. Hell angestrahlt auch er, rannte Ralph zum Garagentor, bückte sich unter dem nach oben schwingenden Flügel und zerrte sein Mofa aus der Ecke. Er schob es nach draußen, schwang sich in den Sattel und begann, nach Leibeskräften zu treten, um so schnell wie möglich den Motor anspringen zu lassen und aus dem Lichtkreis zu kommen, der das Haus Dr. Veyths jetzt umgab. Zum gleichen Zeitpunkt wurde der Direktalarm in der Polizeidirektion von Bad Homburg ausgelöst. Die Beamten würden in weniger als zehn Minuten zur Stelle sein. Sie würden vor einem menschenleeren Haus stehen und sie würden sich nicht das geringste Bild machen können von den Ereignissen, die diesen Alarm ausgelöst hatten.

10

Als der Alarm losbrach, befanden sich Marieclaire und die beiden Japaner im Vestibül. Es war eine Besonderheit dieser Sicherungsanlage, daß gleichzeitig mit ihrem Wirksamwerden sämtliche Lampen im Inneren des Hauses erloschen, um nicht die Bewohner etwaigen Eindringlingen als wohlfeile Zielscheiben darzubieten und gleichzeitig diesen Eindringlingen jede Orientierung und jede Bewegung soweit wie möglich zu erschweren. Den Bewohnern indessen bot diese Schaltung die Möglichkeit, sich zweckentsprechend zu verbergen, zu bewegen, zur Wehr zu setzen, je nach Lage der Dinge. Das Losbrechen des Alarms überraschte und verstörte Marieclaire und die beiden Männer bis hin zu hektischer Nervosität. Sie schrien sich gegenseitig an, wer, wann und aus welchem Grunde die Alarmanlage denn überhaupt wieder eingeschaltet habe. Während Affe nach wenigen Sekunden in die Bibliothek stürmte, die Achtunddreißiger ergriff und durchlud, schrie Ratte die vor Schreck bebende Frau an: »So schalten Sie schon endlich die Außenbeleuchtung und diesen Lärm wieder ab, schnell, schnell.«

Er gab Marieclaire einen heftigen Stoß und trieb sie in die Bibliothek, wo sie an dem Schalter, den die beiden Männer gestern schon kennengelernt hatten, den Knopf drückte, der Rundstrahler und Sirenen außer Betrieb setzte, und die Lampen im Inneren des Hauses wieder einschaltete.

»Und was ist mit dem Polizeiruf?« schrie Affe Marieclaire an. Sie antwortete: »Wir haben keinen Einfluß von hier, die können das nur dort abstellen und fahren sofort los.«

»Wie lange brauchen sie?«

»Mindestens fünf Minuten und höchstens acht«, schrie Marieclaire zurück. In das Abschwellen der Sirenen hinein hörten sie alle für einen Augenblick das schwächer werdende Geräusch des anspringenden Mofas von der Straße herein. Affe stutzte und rief dann Ratte einige hastig herausgestoßene Worte in japanischer Sprache zu. Ratte griff nach seinem Lumberjack und bemerkte das Fehlen des Tonbandes. Wieder einige hektische Sätze in Japanisch. Aus ihrer Tonlage und der Gestik der beiden Männer konnte Marieclaire sich zusammenreimen, daß Ralph das Tonband an sich genommen, damit das Haus verlassen und bei dieser Gelegenheit den Alarm ausgelöst hatte. Wie in Trance sah Marieclaire zu, wie Affe den Schlüssel zur Haustür hervorsuchte und mit Ratte hinaus ins Vestibül stürmte. Sekunden danach hörte sie das Zuschlagen der Eingangstür durch das Haus hallen, in dem sie jetzt allein war. Die Mission der Japaner war gescheitert. Aber auch ihre eigene Lage war verzweifelt. Wie gehetzt sah sie sich in der dämmerigen Bibliothek um. Ihr Blick haftete auf dem Telefon. In fliegender Eile wählte sie die Nummer Gersheims. Dort hob niemand ab. Die Zeit verrann. In wenigen Minuten mußten die Einsatzwagen aus Bad Homburg hier sein. Marieclaire warf den Telefonhörer auf die Kontakte. Sie hatte keinerlei Zweifel mehr, wo Ralph mit dem Tonband hinzufahren beabsichtigte. Marieclaire zögerte noch einmal kurz, lief dann hinaus in das Entrée, wo sie den Pelzmantel vom Bügel zerrte und aus der Schublade der Konsole die Schlüssel zu Franz Veyths 450er Mercedes griff. Die Haustür war jetzt zu öffnen. Marieclaire stürmte ins Freie und fuhr im Laufen in den

Pelz, den sie nicht einmal schloß. Die große, viertürige Limousine stand in der Garage, deren Tor geöffnet war. Marieclaire warf sich hinein, schob den Schlüssel ins Zündschloß und drehte ihn. Der 450er war immer ein großes, gutmütiges, zuverlässiges Tier gewesen. Er war es auch heute. Als der Motor wirklich lief, atmete Marieclaire erleichtert auf, zog knallend die Fahrertür zu und ließ die Limousine aus der Garage rollen. Die Besatzungen der beiden Streifenwagen, die wenige Minuten später vor dem Grundstück der Veyths anlangten, aus den Fahrzeugen sprangen und ausschwärmten, fanden ein offenstehendes und leeres Haus vor, in dem alle Lampen brannten. Das Garagentor stand weit offen, und auch die Garage, in der helles Licht brannte, war leer.

Für Tage überbordenden Autoverkehrs gab es für die Veyths, um nach Frankfurt hineinzukommen, Schleichwege, auf denen die Autobahnen zu vermeiden waren. Marieclaire kannte sie und auch Ralph. Der Junge mußte sie außerdem benutzen, weil er sich mit seinem Mofa auf den Fernverkehrsstraßen nicht fortbewegen durfte. Diese Schleichwege führten in eine Richtung, die entgegengesetzt derjenigen lag, aus der die Polizeistreife aus Bad Homburg kam. Auf ihnen gelangte man nach Oberursel, das man auf der B 456 durchquerte. Den Jungen sah Marieclaire zum erstenmal von ferne unter der ersten der Bahnüberführungen, die die Straße überspannten. Kurz danach bekam sie Rotlicht und mußte hinter anderen Fahrzeugen anhalten. Als es weiterging, war Ralph schon aus dem Gesichtsfeld seiner Mutter verschwunden, das mochte vielleicht aber auch daher kommen, daß an seinem Mofa das Rücklicht nicht brannte. Mit viel zu hoher Geschwindigkeit fegte Marieclaire durch die Straßen von Oberursel und sah den Jungen das nächste Mal, als sie die Hauptbahnanlagen schon hinter sich hatten. Sie mußte jedoch noch einmal bei Rotlicht anhalten und konnte erst danach mit hoher Geschwindigkeit die Stadt in Richtung Niederursel, Heddernheim verlassen. Immer mehr beschleunigend, suchte sie die vor ihr liegende Straße nach dem Jungen auf seinem Mofa ab, konnte ihn aber nirgends mehr entdecken. Viel zu spät erkannte sie aus den Augenwinkeln, daß Ralph die 456 auf einem Seitenweg verlassen hatte, der ihn parallel zur Hauptstraße in Richtung Weiskirchen weiterbrachte. Den Mercedes auf der turbulent befahrenen Bundesstraße zu wenden, war völlig aussichtlos. Also beschleunigte Marieclaire erneut, um Ralph auf der direkt nach Weiskirchen hineinführenden Kommunalstraße den Weg abzuschneiden. Obschon sie auch an dieser Abzweigung auf Rotlicht traf, gelang ihr dies. Sie stoppte den Wagen an der Stelle, wo Ralph von rechts her den Ortsrand von Weiskirchen erreichen mußte, und sah ihn kommen. An seinem Mofa brannte tatsächlich kein Licht. Marieclaire war ausgestiegen und lief ihrem Sohn winkend entgegen. Ralph sah zuerst die Limousine Franz Veyths, dann sie selbst. Er machte einen schlenkernden Bogen um seine Mutter, die ihm mehrfach »Ralph, Ralph« nachrief, und fuhr weiter nach Weiskirchen hinein. Auf einer geraden Strecke holte Marieclaire ihren Sohn noch einmal ein, jedoch fuhr Ralph jetzt auf einem Radfahrweg, und zwischen ihm und dem Wagen seiner Mutter befand sich eine ununterbrochene Leitplanke. Marieclaire kurbelte das Seitenfenster nach unten und versuchte, ihrem Sohn begreiflich zu machen, daß er doch anhalten solle. Jedoch beachtete Ralph seine Mutter nicht. Er sah nicht einmal zu ihr hinüber. An der Stelle, wo die Straße nach Kalbach und Bonames über den Urselbach führt, bog er scharf ab und benutzte einen Fahrradweg durch das Urselbachtal, auf dem Marieclaire ihm nicht mehr folgen konnte. Hier verlor seine Mutter ihn endgültig aus den Augen. Sie gab den Versuch auf, ihren Sohn zu stellen, bevor er sein Ziel erreichte. Da sie sich jedoch nicht dem geringsten Zweifel über dieses Ziel hingab, entschloß sie sich, dort wenigstens zuerst anzulangen und sich dem Jungen in den Weg zu stellen.

In der Nordweststadt, in der Gegend der Gerhard-Hauptmann- und Thomas-Mann-Straße stellte ein Streifenwagen der Polizei den jugendlichen Mofafahrer ohne Licht. Das Fehlen der Beleuchtung war den beiden Beamten von rückwärts her aufgefallen. Langsam schob Roeder das Fahrzeug von hinten an den Mofafahrer heran, und Koch schwenkte die Kelle. Der Junge hielt sofort an. Koch steckte die Kelle weg, setzte die Mütze auf und stieg aus.

»So spät und ohne Licht«, sagte er, als er Ralphs jugendliches Alter erkannte. »Kannst du dich irgendwie ausweisen?«

»Nein«, sagte Ralph. »Das kann ich nicht. Es ist alles sehr schnell gegangen, wissen Sie.«

»Dann müssen wir dich mit aufs Revier nehmen, mein Junge«, sagte Koch, und auch Roeder, der das Palaver vernahm, kam aus dem Fahrzeug und hörte gerade noch, wie Ralph sagte: »Haben Sie von der Entführungssache Veyth gehört?«

Koch sah seinen Kollegen fragend an. Er hatte von dieser Sache nichts gehört, wohl aber Roeder. »Und was ist mit dieser Entführungssache?« fragte Roeder, und Ralph antwortete: »Ich bin Ralph Gersheim, der Stiefsohn von Dr. Veyth. Ich habe hier ein Tonband, das Bezirkskommissar Paul Jochner im Polizeipräsidium braucht.«

Ralph kramte die Kassette aus der Tasche seines Parkas und hielt sie den Beamten vor die Augen. »Am besten bringen Sie mich direkt dorthin. Es kann um Stunden gehen, wissen Sie, mein Stiefvater ist sehr krank. Bitte...« fügte er nach einer Pause hinzu, als er bemerkte, daß die beiden Beamten einander zweifelnd ansahen.

»Sie haben doch ein Telefon im Auto... bitte!«

»Was meinst du«, sagte Roeder zu Koch und sah wieder auf den Jungen.

»Probier's doch«, sagte Koch. »Das kostet uns nichts, außer einem Bericht.«

Roeder ließ sich noch einmal von Ralph Name und Adresse geben, schaltete im Fahrzeug die Scheinwerfer auf Standlicht, setzte sich halb auf den Beifahrerplatz und wählte das Präsidium an. Nach einigen Versuchen wurde er in der Tat mit dem Bezirkskommissar verbunden.

»Hier ist ein Junge, Ralph Gersheim heißt er angeblich, und es geht um ein Tonband, das er bei sich hat... Wie...?«

Die Antwort, die Paul Jochner ihm gab, mußte Roeder sehr beeindruckt haben. Er knallte den Hörer auf, schwang sich aus dem Auto und sagte: »Hast du für dein Mofa ein Schloß?« Ralph hatte ein Schloß. Damit sperrten sie das Mofa an eine Parkbank und stiegen in den Streifenwagen. Dann geschah etwas, wovon Ralph Gersheim schon lange geträumt hatte. Er schob das Gesicht, auf der Rückbank nach vorne gerückt, zwischen die beiden Polizisten, als Roeder das Martinshorn und das Blaulicht einschaltete und das Fahrzeug mit hundert und mehr in Richtung Innenstadt steuerte. Auf dem ganzen Zuge der Praunheimer Landstraße, Hohen Weg, Steubenstraße, Schloß-Straße, wichen die Fahrzeuge vor ihnen zur Seite, hielten an. Sie fuhren in der Mitte der Straße und sie fuhren bei Rot, denn Paul Jochner hatte zu Roeder gesagt: »In jeder

Minute, die Sie zu langsam sind, kann der Mann sterben.« Diese Antwort kannte Ralph Gersheim nicht und deshalb erwog er für Minuten, ob es nicht doch etwas unheimlich Tolles wäre, später einmal Streifenfahrer zu werden. Am Ludwig-Erhard-Kreisel stießen sie auf die Friedrich-Ebert-Anlage und bogen mit radierenden Reifen zwischen Bahnverwaltung und Matthäuskirche in die ruhig daliegende Hohenstauffenstraße ab, um rückwärts, von der Ludwigstraße her, in den Hof des Präsidiums zu fahren. Marieclaire, die für den 450er einen Platz nahe der Einfahrt gefunden hatte, hörte das sich nähernde Geräusch des Polizeihorns und sah das Fahrzeug in die Ludwigstraße einbiegen.

Aber sie bezog das alles nicht auf sich. Erst in letzter Sekunde realisierte sie, daß der junge Mensch, der nach vorne gerückt auf der Rückbank des Streifenwagens hockte, ihr Sohn Ralph war. Aber als diese Tatsache in ihr Bewußtsein drang, schloß sich bereits das stählerne Rolltor zwischen ihr und dem Polizeifahrzeug wie von unsichtbarer Hand bewegt.

Sie starrte auf das Gitterwerk der grau gestrichenen Stahlstäbe und gab ihr Spiel verloren. Unbewegten Gesichtes zündete sie sich eine Zigarette an und überlegte, was jetzt noch zu tun war.

Das geschah zur gleichen Zeit, als Ralph im Inneren des Gebäudes von einem Wachtmeister des Bereitschaftsdienstes über einige Treppenläufe und durch lange Korridore zum Dienstzimmer des Präsidenten geführt wurde, wo Dr. Franz Innergassner und Bezirkskommissar Jochner bereits auf ihn warteten. In den wenigen Viertelstunden, die seit dem Anruf Roeders aus der Nordweststadt vergangen waren, hatte Jochner den Präsidenten alarmiert und ein Abhörgerät für das Band installieren lassen, das Obermeister Roeder ihm angekündigt hatte. Die beiden Männer begrüßten Ralph mit Handschlag und nötigten ihn in die Besucherecke, wo Ralph mit zwischen den Knien zusammengelegten Händen sitzenblieb und darauf wartete, was man ihn fragte.

Paul Jochner begann damit. »Du bist also der Sohn der Frau Veyth aus erster Ehe, mein Junge?«

Ralph nickte und nannte seinen Namen.

»Und warum schickt deine Mutter dich mitten in der Nacht mit dem Tonband zu uns, anstatt selber zu kommen? Wo ist das Band überhaupt?«

Ralph zog die Kassette aus der Tasche seines Parkas, gab sie Jochner und sagte: »Meine Mutter schickt mich überhaupt nicht, Herr...« Ralph brach ab und sah unsicher von einem der Männer zum anderen, während der Beamte, der ihn hier heraufgebracht hatte, breitbeinig und abwartend, mit auf den Rücken verschränkten Händen, in der Nähe der Tür stand.

»Dies ist der Bezirkskommissar Paul Jochner, der diese Sache bearbeitet, und ich bin Dr. Innergassner, der Polizeipräsident und ein Freund deines Stiefvaters.«

»Ich weiß«, sagte Ralph. »Er hat schon ab und zu mal von Ihnen gesprochen.«

»Und wie ist das zu verstehen, daß deine Mutter dich gar nicht mit dem Band geschickt hat?« fragte Jochner.

Ralph antwortete: »Sie hat mich nicht nur nicht geschickt, sondern sie hat mich sogar mit dem Mercedes verfolgt, um es mir wieder abzunehmen. Wahrscheinlich hat sie auch das mit den Männern ausgemacht.«

»Mit was für Männern denn?« fragte Paul Jochner gedehnt, kam mit seinem Stock näher herangehumpelt, setzte sich Ralph gegenüber und starrte ihm ins Gesicht. Da erzählte Ralph Gersheim den beiden Polizeibeamten seine ganze Geschichte, angefangen bei dem Telefongespräch, das er vorgestern vormittag von der Schule aus mit seiner Mutter geführt hatte, über seine Heimfahrt und den kurzen Aufenthalt bei der Familie Stetten, bis zu seiner Anhalterreise nach Bad Homburg und seiner Ankunft am Morgen im Hause seiner Eltern, und alles, was er danach dort erlebt hatte. Als er damit fertig war, starrte er in die fast ungläubigen Gesichter zweier Männer, die das, was sie soeben gehört hatten, noch gar nicht vollständig imstande waren, zu verarbeiten.

»Und du bist sicher, daß es Ausländer waren?« fragte Dr. Innergassner den Jungen.

»Es waren zwei Japaner«, sagte Ralph. »Ich sollte sie zwar nur mit ihren Wollmasken sehen, aber ich habe sie zweimal auch ohne diese Masken gesehen und ihre Sprache gehört. Sie waren sehr höflich, wie Japaner eben sind – und knallhart.«

»Woher weißt du das, Ralph?« fragte Dr. Innergassner.

»Wir hatten zwei Wochen lang japanische Austauschschüler der Oberklassen im Heim. Ich kann das beurteilen.«

Jochner fuhr mit dem Fragen fort: »Und diese Männer setzten deine Mutter unter Druck, sagst du?«

»Anfangs mag es wohl so gewesen sein, aber dann war meine Mutter immer mehr und mehr mit ihnen einverstanden.«

»Und was wollten diese Männer genau von deiner Mutter?«

»Sie wollten von meiner Mutter, daß sie nichts tut, was die Gefangenschaft von Onkel Franz abkürzen könnte. Sie wollten, daß Onkel Franz an dieser Sache zugrunde geht.«

»Und warum wollten sie das, Ralph?«

»Das weiß ich nicht«, antwortete der Junge. »Darüber haben sie nicht ein einziges Wort verloren. Vielleicht haben sie in Japanisch darüber gesprochen. Vielleicht haben sie sich auch über ihr Funkgerät mit ihrem Auftraggeber darüber unterhalten...«

»Sie hatten ein Funkgerät?« unterbrach Dr. Innergassner den Jungen, und Ralph nickte.

»Ein Walkie-talkie von Sony mit ausziehbarer Antenne. Ich kenne diese Dinger. Und über dieses Gerät haben sie sich mit jemandem außerhalb des Hauses verständigt.«

»Und woher weiß du, daß das ein Auftraggeber war?« fragte Jochner.

»Weil sie das meiner Mutter gesagt haben, als sie mit ihr verhandelten. Am Schluß haben sie ihr sogar Geld angeboten, wenn sie mit allem einverstanden ist.«

»Geld?« fragte Dr. Innergassner perplex. »Wieviel?«

»Eine halbe Million sofort und eine halbe Million später.«

»Eine halbe Million?« Dr. Innergassner beugte sich weit zu Ralph hinüber. »Und später noch eine halbe Million? Du mußt dich verhört haben, Ralph. Denk noch einmal darüber nach. Das kann ich nicht glauben.«

»Es war aber so. Meinen Sie, ich habe das alles auf mich genommen, um Ihnen Lügengeschichten zu erzählen?«

Paul Jochner war aufgestanden und reckte sich, auf seinen Stock gestützt, wie ein wuchtiger Klotz mitten im Raum. Innergassner richtete den Oberkörper wieder hoch und sah zu seinem Bezirkskommissar empor. »Wer kann es sein, der den Tod Franz Veyths mit einer Million zu bezahlen bereit ist? Und vor allem, warum?«

Anstelle Jochners antwortete Ralph: »Dasselbe hat meine Mutter die Männer auch gefragt. Sie haben ihr geantwortet, daß das in diesem Lande niemals jemand erfahren wird. Und daß sie auch nicht zur Rechenschaft gezogen werden, höchstens bei sich zu Hause, wenn sie schlechte Arbeit gemacht hätten. Und dann haben sie noch gesagt, daß sie, wenn es an der Zeit ist, verschwinden werden.«

»Wenn das alles stimmt, was der Junge sagt«, murmelte Jochner schließlich, »dann muß der ›Auftraggeber‹ noch irgendwo sein. Mitten in der Nacht kann man nicht Hals über Kopf abreisen. Das japanische Subversionszentrum für diese Republik ist Düsseldorf. Vielleicht ist er doch irgendwo abgestiegen, wo man ihn erwischen kann.« Er wandte sich an Ralph. »Du kennst diese Sony-Geräte, sagst du? Welche Reichweite haben sie?«

»Maximal und unter guten Geländebedingungen sechs Kilometer«, antwortete Ralph, und Innergassner fragte: »Wozu wollen Sie das wissen?«

Jochner nahm vom Schreibtisch des Präsidiums ein Lineal hoch, humpelte hinüber zur Umgebungskarte, die fast eine ganze Wand einnahm, nahm am Maßstab eine Entfernung ab und legte die Null-Marke des Lineals auf einen Punkt in Bad-Homburg-Oberstedten.

»Der Auftraggeber muß sich innerhalb dieses Umkreises aufhalten, wenn er mit dem Sony-Gerät erreicht worden ist.«

Jochner wandte sich an den immer noch nahe der Tür wartenden Wachtmeister. »Hauff, veranlassen Sie das. Alle Japaner, die in irgendeinem Beherbergungsbetrieb im Umkreis von sechs Kilometern von dieser Stelle abgestiegen sind... Jemand muß da herumtelefonieren, ohne Rücksicht auf die Nachtzeit.« Jochner sah auf die Armbanduhr. »Fünf nach halb elf, da geht das sogar noch. Es muß dafür gesorgt sein, daß keiner der Gäste erfährt, daß nach ihm gefragt worden ist. Und alle Meldungen sofort an mich.«

Der Beamte, ungeheuer stolz darauf, in einer Sache von solcher Bedeutung gebraucht zu werden, verschwand nach draußen.

»Und jetzt mal sehen, was auf dem Band ist«, sagte Paul Jochner. Das Abhörgerät für die Kassette, die bei Marieclaire Veyth eingebaut gewesen war, stand auf des Präsidenten Schreibtisch. Seine Handhabung war, im Gegensatz zu der des Rekorders, einfach. Jochner legte das Band auf und schaltete das Gerät ein. Es begann zu laufen, und der Ton fing an mit einer exakten Aufzeichnung des Gespräches, das Marieclaire am gestrigen Abend gegen dreiviertel acht Uhr geführt hatte.

»Das ist mein Vater«, sagte Ralph schon nach den allerersten Worten. »Sie muß ihn angerufen haben. Aber das muß zu einer Zeit gewesen sein, zu der ich noch nicht zu Hause war, denn sonst hätte ich über meinen Bastelapparat das Gespräch mithören können.«

Paul Jochner und Franz Innergassner sahen einander vielsagend ins Gesicht, als sie die folgende Passage des Gesprächs von gestern abend wiederholt hörten: »Du magst ihn eben nicht. Aber du brauchst mir das nicht immer wieder unter die Nase zu reiben.«

»Du magst ihn doch auch nicht. In seiner peniblen, penetranten Gewissenhaftigkeit und seinen Ehr- und Moralbegriffen von vorgestern, gib es doch zu. Im Vordergrund hatte bei dir doch immer die Sicherheit gestanden.«

Jochner schaltete das Gerät auf Pause und fragte Ralph: »Stimmt das, Ralph? Hat dein Vater da recht?«

»Das können Sie doch nicht den Jungen fragen, Jochner«, fuhr Dr. Innergassner dazwischen. Er wendete sich an Ralph, der in unveränderter Haltung dasaß. »Du brauchst darauf nicht zu antworten, Ralph, wenn du nicht willst.«

»Warum soll ich nicht antworten?« erwiderte der Junge. »Ich weiß nicht, ob mein Vater da recht hat. Aber sehr gut passen meine Mutter und Onkel Franz nicht zusammen. Meine Mutter ist für Luxus und Onkel Franz ist, obwohl er sehr reich ist, für Sparsamkeit. Meine Mutter ist nachgiebig und inkonsequent, Onkel Franz ist streng, konsequent und sehr gerecht.«

»Warum stellst du dich in diesem Konflikt vor deinen Stiefvater und nicht vor deine Mutter, Ralph?« fragte der Präsident.

Der Junge sagte: »Ich mag Onkel Franz eben. Bei ihm weiß man immer, woran man ist. Und so, wie es heute ist, ist es morgen auch noch. Da kann man sich verlassen drauf. Onkel Franz verdient es einfach nicht, daß man ihn fallen läßt wie eine heiße Kartoffel. Er verdient, daß man um ihn kämpft, wenn er in Gefahr ist.«

Spätestens in diesem Augenblick wurde es den beiden Polizeibeamten bewußt, daß das alles für den vierzehnjährigen Jungen sich noch in der reinen und sauberen, idealistischen Sphäre des Gefühls abspielte. Daß er noch gar keine Ahnung von den brutalen Konsequenzen hatte, die seiner Aussage möglicherweise folgen mußten.

So etwas wie dies, was der Junge eben gesagt hatte, hatte er schon lange nicht mehr gehört, in dieser verfluchten Stadt nicht, in diesem verfluchten Beruf nicht, in diesem Land nicht, wo alles nur noch um die Maximierung von Besitz, Ansehen und Aufwand ging. Es gab einen Jungen, dem die Gerechtigkeit höher stand als Bequemlichkeit und Herzensträgheit, der es als eine Verpflichtung empfand, einem Mann zu helfen, den er ganz offenbar liebte, weil er streng mit ihm war. Ein Junge, der noch nicht einmal wußte, daß er damit möglicherweise seine eigene Mutter auf den Weg ins Gefängnis schickte. Ob das der Fall war, würde vielleicht der Rest des Tonbandes erweisen.

Jochner schaltete das Gerät ein. Es begann wieder mit Marieclaires Stimme: »Und wenn schon? Und wenn es so wäre, würde das an der Situation im Augenblick gar nichts ändern. Ob ich ihn liebe, ihn bedaure oder ihn brauche, ändert gar nichts daran, was jetzt zu unternehmen ist. Nur eine einzige Gefühlshaltung könnte das, wenn ich ihn nämlich hassen würde.«

»Und weshalb würde das etwas ändern?«

»Weil er, so wie die Dinge jetzt liegen, in Kürze stirbt.«

Jochner schaltete das Gerät erneut ab. »Es ist wahr«, sagte Dr. Innergassner. »Die Stimme unerschütterlicher Gattenliebe ist das nicht gerade. Machen Sie mal weiter, Jochner.«

Es folgte der Teil des Gespräches, in dem Marieclaire sich entschlossen hatte, die Mediendurchsage zu beantworten und ihr geschiedener Mann schließlich damit einverstanden gewesen war. Er sagte: »Das sieht doch ein Blinder mit Krückstock, Claire. Dir kann überhaupt nichts passieren. Vorerbin bist du schon seit Jahren. Solange du lebst, kannst du das verwalten, was später dem Jungen zufallen soll. Das macht dich unabhängig. Und es macht dich frei. Denk dran, wenn du es überhaupt jemals vergessen haben solltest.«

Die Pause, die jetzt in dem mitgeschnittenen Telefongespräch eintrat, war außerordentlich lang.

»Das gleiche hat heute abend einer der Japaner auch zu meiner Mutter gesagt, und sie schließlich soweit gebracht, daß sie sich Geld von ihm versprechen ließ«, sagte Ralph.

»Dann war die Bemerkung Gersheims und die lange Pause, die danach kam, offenbar der Wendepunkt in Frau Veyths Ambitionen«, sagte Jochner trocken. »Was dann geschah, war nur noch inhaltsleeres Pflichtgefühl, und den nächtlichen Besuchern ist es leichtgefallen, eine schon schwankend gewordene Position einzurennen.«

Jochner ließ das Band weiterlaufen. Es folgte das Ende des Gespräches mit Kurt Gersheim. Ein neues Gespräch führte Marieclaire mit den Eltern Regin Stettens, das nächste mit der Zugehfrau, Anna Braun. Und noch immer stand die Frage offen, wo ist Dr. Franz Veyth? Und, sollte er überhaupt noch leben, wie ist seine Verfassung? Es war inzwischen dreiundzwanzig Uhr und neun Minuten geworden. Routinemäßig ließ Paul Jochner das Band weiterlaufen. Ein erneutes Gespräch hatte den Rekorder eingeschaltet. Eine Männerstimme erklang: »Sie werden einen Anruf schon erwartet haben, Frau Veyth. Es muß Ihnen ja spätestens, als der stehengebliebene Wagen aufgefunden wurde, klargeworden sein, daß Ihr Mann weder einen Anfall erlitten hat, noch das Opfer eines Unfalls wurde.«

Eine ungeheure Spannung lag im Raum. »Das ist der Kidnapper«, sagte Jochner und stützte sich schwer auf seinen Krückstock. Er schaltete das Gerät ab, als er realisierte, daß Ralph Gersheim hochgefahren war und mitten im Zimmer stand. »Machen Sie weiter«, stieß der Junge heraus. »Diese Stimme kenne ich.« Beide Männer starrten ihn wortlos und verblüfft an.

»Du?« brachte Jochner schließlich ungläubig heraus.

»Machen Sie weiter«, sagte Ralph anstelle einer Antwort und näherte sich ebenfalls dem Gerät. Jochner schaltete die Wiedergabe erneut ein, und alle hörten mit. Die beiden Beamten starrten auf Ralph, der sich tief über den Lautsprecher beugte.

»Nein ... Ja ... natürlich. Wer sind Sie? Und was wollen Sie? Wie geht es meinem Mann?«

»Eine Menge Fragen auf einmal, Frau Veyth. Ihrem Mann geht es den Umständen entsprechend. Wer ich bin, werde ich Ihnen naturgemäß nicht verraten. Und was ich will? Zunächst will ich nur wissen, ob Sie sich zu unseren Wünschen bekennen und die Person sind, mit der wir verhandeln können. Es ist selbstverständlich, daß die Polizei aus dem Spiel bleibt. Es ist besser, Sie zahlen, als daß Dr. Veyth das Zeitliche segnet.«

»Es muß schnell gehen, wissen Sie. Vielleicht haben Sie meine Durchsage von gestern abend gehört.«

»Wir haben sie gehört, aber sie beeindruckt uns nicht, Frau Veyth. Wir sind sehr wohl darüber informiert, daß exponierte Personen wie Sie und Ihr Mann für Fälle wie diesen Vorsorge treffen...«

»Noch mal zurück«, sagte Dr. Innergassner plötzlich. »Bis zum ersten Gespräch mit Gersheim... rasch...«

Paul Jochner ließ das Band zurückspulen bis dahin, wo Kurt Gersheim gesagt hatte: »Habt ihr denn nie daran gedacht, daß so etwas mal passieren könnte? Da trifft man doch Vorsorge.«

Jochner hielt das Band an. Beide Männer starrten auf Ralph. Innergassner sagte: »Da haben wir es. Und du kennst diese Stimme. Aber die beiden sind nicht identisch, Ralph. Diese hier ist die deines Vaters. Und die andere?«

»Noch mal nach vorn«, sagte Ralph, und Jochner ließ das Band wieder an die Stelle nach vorn laufen, wo das Gespräch unterbrochen worden war.

»Wir wissen, daß Sie und Ihr Mann diese Krankheit öffentlich fingieren, um uns zeitlich unter Druck zu setzen. Wir bestätigen Ihnen auch gern, daß Dr. Veyth dieses Konzept überzeugend spielt. Aber wir glauben es nicht.«

»So ein Schwein«, knurrte Paul Jochner aus seiner rauh gewordenen Kehle hervor. »Hören Sie sich das an.«

»Aber Sie müssen es glauben«, vernahmen sie Marieclaires Stimme.

»Geben Sie sich keine Mühe. Wir sind nicht von gestern. Wollen Sie zahlen oder nicht?«

Von da an ging es bei dem Gespräch nur noch um die Technik der Zahlung, um die Vollmacht und deren Übersendung und um die Ankündigung des nächsten Gesprächs für zwanzig Uhr des gleichen, des gestrigen Abends.

»Aber an diesem Abend kam kein Gespräch mehr?« fragte Jochner den Jungen, und Ralph schüttelte erschöpft den Kopf.

»Nein. Sie haben darauf gewartet und sich darüber unterhalten, warum er nicht kommt. Die Japaner sagten, die Kidnapper hätten kalte Füße bekommen. Aber sie konnten schließlich nicht wissen, was ich wußte.«

»Und was war es, was du wußtest?« fragte Jochner, stand vor dem Jungen, wuchtig, mit seinem riesigen Schädel, auf den Krückstock gestützt, gierig auf jedes Detail, ein furchtbarer Jäger auf gefährlicher Fährte. Ralph Gersheim sah zu ihm empor.

»Ich habe es schon vorhin gesagt: Sie wollen, daß Onkel Franz an dieser Sache zugrunde geht.«

»Das wußtest du, weil du diese Stimme gehört hast?«

»Nein, ich habe das geahnt, nachdem mein Vater angerufen hatte.«

»Und diese Stimme kennst du?« fragte Jochner. »Wem gehört sie?«

Auch Ralph richtete sich wieder auf und sagte: »Ich kenne diese Stimme genau und ich habe auch gar keinen Zweifel. Aber ich weiß nicht, wem sie gehört.«

»Woher glaubst du denn, sie zu kennen?« wollte Dr. Innergassner wissen.

»Ich glaube es nicht nur, ich weiß es«, sagte Ralph störrisch. »Diese Stimme gehört einem Kunden meines Vaters. Ich habe sie gehört, als ich einmal im Büro meines Vaters im Nebenzimmer darauf wartete, daß mein Vater mich zum Zahnarzt mitnimmt. Im Zimmer nebenan verhandelte mein Vater mit dem Mann, dem diese Stimme gehört. Er ist der Inhaber einer kleineren Apparate-, Instrumenten- oder Gerätefabrik, der es nicht sehr gut ging. Ich hörte mit, als mein Vater dem Mann eröffnete, daß er ihm nicht helfen könne. Dann kam eine längere Pause, schließlich sagte mein Vater, vielleicht falle ihm zu gegebener Zeit etwas anderes ein. Ich habe nicht so genau darauf geachtet, wissen Sie, es hat mich nicht weiter interessiert.«

»Aber gesehen hast du den Mann nicht?« fragte Innergassner. Ralph Gersheim schüttelte den Kopf. »Nein, er hat das Büro durch das Schlafzimmer verlassen.«

»Und wie lange ist das her?« Es war wieder Paul Jochner, der diese Frage stellte. Ralph antwortete: »Ziemlich genau ein Vierteljahr, denn es war gegen Ende meiner Sommerferien. Mein Vater hat das Recht, daß ich ihn einmal die Woche besuche. Aber lassen Sie doch das Band weiterlaufen. Da muß noch das zweite Gespräch zwischen meinem Vater und meiner Mutter drauf sein, über das ich so erschrocken bin.«

Paul Jochner schaltete das Gerät wieder ein, und sie hörten Marieclaires Stimme im Gegensatz zu ihrem ersten Gespräch, ihren geschiedenen Mann mit ›Liebster‹ und diesen Marieclaire mit ›Liebling‹ anreden. Die Nervenbelastung und Anspannung hatten bei beiden die Haltung reduziert, und sie hatten die Masken fallen lassen. Als das Band an die Stelle kam, wo Marieclaire sagte: »Mein Gott, wenn das doch alles schon vorüber wäre«, und Kurt Gersheim antwortete: »Es wird bald vorüber sein. Behalte die Nerven«, hielt Jochner das Band zum letzten Mal an und ließ es zurücklaufen. Die Wiederholung des von Kurt Gersheim gesprochenen Satzes ließ deutlich erkennen, daß Gersheim die Betonung auf das Wort ›wird‹ gelegt gehabt hatte. Jochner starrte Dr. Innergassner an. »Haben Sie jetzt noch den geringsten Zweifel?«

»Nein«, sagte der Präsident. »Dieser Mann ist der Drahtzieher. Und den anderen hat er angestiftet und ihm eingeredet, daß die Krankheit Dr. Veyths eine systematisch und vorsorglich für solche Fälle vorbereitete Finte ist. Lassen Sie alle Maßnahmen anlaufen, Jochner.«

Der Bezirkskommissar griff zum Telefon und beorderte Beamte vom Bereitschaftsdienst, Kraftfahrer und zwei schnelle Fahrzeuge mit Funktelefon in den Präsidiumshof.

»Bleiben Sie erreichbar«, sagte er zu Innergassner. »Vielleicht müssen Sie rasch für Haftbefehle sorgen.«

Während Paul Jochner herumtelefonierte, sagte Dr. Innergassner zu Ralph: »Du warst während der Ferien bei den Eltern von einem Freund eingeladen, Ralph. Wo war das?«

Ralph Gersheim wußte Name, Adresse und Telefonnummer auswendig, und so kam es, daß Helga Stetten an diesem Abend von ihrem Fernseher weggeklingelt wurde und mit vorgehaltener Hand ihrem Mann zuflüsterte: »Der Frankfurter Polizeipräsident, Robert«, als Dr. Innergassner sich gemeldet hatte. Innergassner erklärte den Stettens, daß sich die Lage mit Ralphs Stiefvater so dramatisch zugespitzt habe, daß wahrscheinlich beide Elternteile involviert wären, und bat darum, daß der Junge mit einem Frankfurter Streifenwagen zurück zu Stettens gebracht werden und dort bleiben könne, bis weiteres über die Sache zu sagen sei.

Die Eltern Stetten stimmten, ohne eine Sekunde zu zögern, zu, und so bestellte Jochner noch einen dritten Funkwagen in den Hof, der Ralph Gersheim, sehr zu seiner Enttäuschung ohne Blaulicht und Polizeihorn, noch in derselben Nacht zurück nach Rabenau brachte.

Während im Präsidium die Vorbereitungen auf Hochtouren liefen, fragte Dr. Innergassner den Jungen: »In der ganzen Regenbogenpresse wird immer wieder behauptet, daß die Beziehungen zwischen deinen Eltern trotz der Heirat deiner Mutter mit Franz Veyth niemals ganz erloschen seien. Kannst du darüber etwas sagen?«

»Ich weiß, daß sie im Guten auseinandergegangen sind«, antwortete der Junge. »Und auch mit Onkel Franz hat mein Vater ein gutes Verhältnis. Er war auch schon auf Partys und Familienfesten bei uns eingeladen. Meine Mutter fragt ihn in manchen praktischen Dingen um Rat, und sie sehen sich oft...«

Der Junge brach ab und biß sich mit den Schneidezähnen auf die Unterlippe.

»Es gibt Gerüchte, daß deine Mutter deinen Vater wieder heiraten würde, wenn sie Witwe werden sollte«, sagte der Bezirkskommissar. »Hast du davon jemals etwas gehört?«

»Jochner«, sagte Dr. Innergassner, vorwurfsvoll mahnend.

»Veyth ist immerhin vierzig Jahre älter als seine Frau«, sagte Paul Jochner. »Die Jungen sind heute soweit, daß sie wissen, was das bedeutet. Und sie sind auch neugierig auf das gemacht worden, was ihre Eltern tun. Seien Sie nicht zu feinfühlig. Und außerdem haben Sie vorhin selbst ziemlich direkt gefragt.«

»Vorgestern habe ich mich mit meinem besten Freund geprügelt, weil er behauptet hat, meine Mutter pennt noch mit ihrem ersten Mann.« Eine lange Pause trat ein, dann fuhr Ralph fort: »Ich weiß nicht genau, ob ich mich heute auch noch dafür mit ihm prügeln würde.«

Der Wachtmeister, der Ralph mit seinem Streifenwagen aus der Stadt bringen sollte, trat ein und salutierte. Mit ihm verließ der Junge das Zimmer. Jochner und der Präsident traten ans Fenster und sahen ihn unten das Fahrzeug besteigen, das kurz danach langsam aus dem Hof gefahren wurde. Gleichzeitig bemerkten sie, daß die Vorbereitungen für Jochners eigenen Start getroffen waren. Sie traten vom Fenster zurück. Jochner sagte: »Wenn meine Vermutungen zutreffen, dann haben wir es mit dem niederträchtigsten Coup der Frankfurter Kriminalgeschichte zu tun. Und das will, wie Sie wissen, in dieser Stadt etwas heißen.«

Er sah dem Mechaniker zu, der auf seine Weisung hin das Wiedergabegerät mit dem einliegenden Tonband abklemmte, zusammenpackte und hinunter zu einem der beiden wartenden Wagen trug.

»Was ist Ihr Eindruck?« fragte Jochner, nachdem das geschehen war. Dr. Innergassner antwortete: »Mir drängt sich leider der gleiche Schluß wie Ihnen auf, Jochner. Sie müssen versuchen, an den Unbekannten heranzukommen, dessen Stimme der Junge identifiziert hat. Und Sie müssen warten, was der sagt. Aber handeln Sie dabei im Rahmen der Legalität.«

»Solange mir dafür Zeit bleibt, sage ich Ihnen das zu«, antwortete Paul Jochner. Er sah auf die Armbanduhr, nahm seinen Stock in die andere Hand und humpelte aus dem Zimmer. Kurz danach sah Dr. Innergassner ihn unten auf dem Hof in den ersten der beiden jetzt noch wartenden Wagen steigen. Aber als diese beiden Fahrzeuge den Hofraum des Präsidiums verließen und wiederum die Richtung nach Nordwesten einschlugen, taten sie es mit allen zugelassenen Vorrechtsbekundungen, mit hoher Geschwindigkeit und sehr dicht hintereinander.

Kurt Gersheim, Welt- und Lebemann, wenn auch in kleinerem Maßstab als er es selbst gern gesehen hätte, besaß, wie jedermann wußte, ein Penthouse in der Nähe des Kurfürstenplatzes. Schon als die Wagen dort einbogen, sah Jochner, daß in diesem Penthouse kein Licht brannte.

Jochner und der Mann, der ihm unmittelbar zugeteilt war, verschafften sich dennoch durch Läuten bei anderen Parteien Zutritt zum Haus und mußten sich oben vor Gersheims Wohnungstür schließlich eingestehen, daß dieses Appartement leer war.

»Und was jetzt?« fragte Jochners Begleiter. Paul Jochner erinnerte sich an das letzte, auf dem Tonband aufgezeichnete Telefongespräch und sagte: »Wir fahren nach Bad-Homburg Oberstedten.

Ich weiß, wo ich ihn dort finde. Aber lassen Sie uns die Autobahn nehmen und voll aufdrehen.«

Sie liefen nach unten, ließen sich in die Wagen fallen und knallten die Türen zu. Kreischend wurden die Fahrzeuge gewendet, und schon wenig später erreichten die beiden Fahrzeuge die Auffahrt an der Landmannstraße. Sie nahmen sofort die äußerste linke Fahrbahn ein, setzten erneut Blaulicht und Polizeisignal in Tätigkeit und fegten mit Spitzengeschwindigkeit über Nordwestkreuz und Homburger Kreuz, dem Ende der Autobahn an der Ausfahrt Oberursel-Nord zu, die sie in etwas weniger als acht Minuten auch tatsächlich erreichten. Die Fahrt zum Hause der Veyths dauerte von dieser Stelle aus noch weitere drei Minuten. Als die beiden Wagen vor dem schmiedeeisernen Gartentor hinter dem Jaguar Kurt Gersheims hielten und die Männer heraussprangen, war es genau Mitternacht. Von dem auf den Alarm hin ausgerückten Polizeiaufgebot aus Bad Homburg war nichts mehr zu sehen, jedoch brannte in dem Haus Licht. Jochner läutete selbst und nannte auf die Frage Marieclaires, die sie durch die Sprechanlage stellte, seinen Namen. Sie betraten den Garten und das Haus zu viert. Einer von ihnen trug das Abspielgerät mit dem einliegenden Tonband. Es war eine düstere und drohend wirkende Gruppe von Männern, die Kurt Gersheim eintreten sah, während er die überschlagenen Beine voneinander löste und sich aus dem tiefen Wildlederfauteuil erhob, in dem er gesessen hatte.

»Was fällt Ihnen ein?« sprach er die Männer an. »Sie haben überhaupt kein Recht...«

Jemand schaltete die strahlend helle Deckenbeleuchtung ein, und obwohl Paul Jochner ihn mit seinem kurz geschnittenen, schwarzen Borstenhaar, dem graumelierten Vollbart und der goldgeränderten Brille aus zahllosen Klatschkolumnen sehr gut kannte, fragte er, ob er Kurt Gersheim vor sich habe.

»Ja«, sagte Gersheim. »Und was wollen Sie von mir? Im übrigen haben Sie sich auszuweisen.«

Paul Jochner kramte widerwillig Ausweis und Dienstmarke hervor und hielt sie Kurt Gersheim hin.

»Alle«, sagte Gersheim. »Ich bin berechtigt, das zu verlangen.«

Auch Jochners Begleiter machten sich daran, ihre Marken und Ausweise hervorzusuchen.

»Sie können Franz Veyth natürlich auch noch durch schikanöse Querulanz umbringen, wenn er nicht schon tot ist«, sagte Jochner. »Kommen wir zur Sache.«

»Sie können doch nicht wegen ein paar dummer und unüberlegter Bemerkungen auf einem Tonband...«, versuchte Marieclaire sich einzuschalten.

»Von Ihnen will im Augenblick noch niemand etwas, Frau Veyth«, sagte Jochner. »Aber Herr Gersheim wird die Güte haben, sich sehr genau die Stimme anzuhören, die ich ihm jetzt vorspielen lasse... Sehr genau, Herr Gersheim...«

Der Mann mit dem Bandgerät suchte und fand einen Steckkontakt und schloß das Gerät an. Der Unternehmensberater plusterte sich auf. »Ich? Wie komme ich denn dazu? Hören Sie mal... Ich verlange einen Anwalt...«

Als er in Paul Jochners Gesicht sah, begegneten seine Augen Jochners Augen, die so klein, schwarz und gefühllos waren wie die eines Eisbären. Gersheim stockte. Jochner sagte: »Ob es das Gerichtsverfahren ergeben wird, weiß ich nicht. Aber was hier gespielt worden ist, werde ich Ihnen jetzt in aller Kürze sagen. Ihre geschiedene Frau hat Sie vor fünf oder sechs Jahren mit Dr. Franz Veyth betrogen, das wußte fast die ganze Republik. Ihre Frau wußte sich den alternden und einsamen Weltmann rasch hörig zu machen. Sie selbst, anspruchsvoll und nicht erfolgreich genug für die Wünsche Ihrer exzentrischen Gattin, verabredeten mit ihr die Scheidung, nachdem die Dinge so weit fortgeschritten waren, daß Dr. Veyth Ihrer Frau und Ihrem Sohn seinen ganzen Besitz letztwillig zuwenden würde. Veyth war krank, sein natürliches Ende konnte man absehen... Nein... Lassen Sie mich aussprechen. Sie können nachher reden. Und zwar die Wahrheit, und nichts als die Wahrheit. Sechs Jahre sind eine lange Zeit, Gersheim...«

»Herr Gersheim für Sie...«, fauchte der Mann.

»Eine lange Zeit, Herr Gersheim, für Ihre illegal fortbestehenden Beziehungen zu Ihrer geschiedenen Frau. Und Sie beschlossen, diesem Zustand ein intelligentes Ende zu machen, um Geld und Frau auf Ihrer Seite der Partie in die Gewinnzone zu bringen. Sie bedienten sich eines von Ihnen abhängigen Beziehers Ihrer Unternehmensberatung, um eine Entführung zu inszenieren, die tödlich enden würde, weil Sie diesem Mann einredeten, die Symptome der Zuckerkrankheit bei Dr. Veyth seien vorgetäuscht.«

»Kurt«, stammelte Marieclaire mit fast erloschener Stimme. »Um Himmels willen, Kurt, sag ihm doch endlich, daß das alles nicht wahr ist. Daß du mit dieser Sache nichts zu tun hast.«

Alle bemerkten, daß die Frau das Wort ›du‹ betont hatte.

»Sie sind verrückt, Mann«, stieß Kurt Gersheim hervor.

»Ich gebe es zu«, antwortete Jochner trocken. »Aber sagen Sie mir trotzdem, wem die Stimme gehört, die Sie hier hören.«

»Ich habe Ihnen schon gesagt, daß ich gar nicht daran denke.«

Das Gerät begann zu laufen, und im Raum war die Stimme, die sagte: »Sie werden einen Anruf schon erwartet haben, Frau Veyth. Es muß Ihnen ja spätestens, als der stehengebliebene Wagen aufgefunden wurde, klargeworden sein, daß Ihr Mann weder einen Anfall erlitten hat noch das Opfer eines Unfalles wurde.«

»Ich kenne diese Stimme nicht«, schrie Gersheim unbeherrscht los. »Ich denke nicht daran, ein einziges Wort zu sagen.«

Paul Jochner trat näher an Kurt Gersheim heran. »Doch, Sie kennen diese Stimme«, sagte er. »Ich brauche den Namen und die Adresse des Mannes, dem sie gehört, verstehen Sie mich. Dr. Veyth kann in dieser Minute gestorben sein, er kann in der nächsten sterben, oder in der übernächsten. Nun?«

»Nein.«

Jochner sagte, ohne sich umzuwenden, zu einem seiner Begleiter: »Halten Sie ihm die Arme nach rückwärts.«

Geübt und rasch waren zwei der Beamten bei Gersheim und bogen seine Arme hinter den Rücken.

»Was haben Sie vor?« schrie Gersheim und wehrte sich verzweifelt. »Sind Sie wahnsinnig? Folgen Sie doch diesem Kerl da nicht, Sie machen sich strafbar.«

»Den Namen«, sagte Jochner. »Und die Adresse. Wollen Sie die Stimme noch einmal hören?«

»Nein.«

»Ihr Junge hat die Stimme erkannt, Gersheim. Nehmen Sie doch Vernunft an.«

»Dann wissen Sie ja, wem sie gehört«, sagte Gersheim in höhnischer Arroganz. »Und außerdem, ein Kind... Was wollen Sie denn mit einem Kind?«

In ihrer Ecke schluchzte Marieclaire auf. Jochner sagte zu dem dritten Beamten: »Nehmen Sie ihm die Brille ab, zur Sicherheit.«

Der Mann trat vor Gersheim.

»Lassen Sie das«, schrie Gersheim ihn an. »Ich mache Sie alle haftbar. Wegen Erpressung und Körperverletzung.«

Der Beamte zögerte und sah Jochner an. Paul Jochner lehnte seinen Krückstock gegen den Schreibtisch. »Ausgerechnet Sie reden von Erpressung und Körperverletzung, Gersheim. Aber keine Sorge, ich mache das bei Ihnen persönlich. Und ich habe das Gesetz auf meiner Seite. Ich handle in Nothilfe für Dr. Veyth. Paragraph dreiundfünfzig Strafgesetzbuch, wenn Sie wissen, was dort steht.«

Eine oder zwei Sekunden sahen sich die beiden Männer in die Augen. Dann sagte Paul Jochner leise und zynisch: »Das habe ich mir schon lange gewünscht, einen wie Sie einmal legal zu ohrfeigen.«

Er holte mit seiner schweren Pranke aus.

Gersheim fuhr zurück: »Lassen Sie das«, schrie er zum zweiten Mal. Dann veränderte sich seine Tonlage, und die Stimme kam aus der ganzen Tiefe seines Hasses: »Das werden Sie mir büßen, Mann.«

»Möglich«, sagte Jochner. »Aber es steht mir dafür. Der Name?«

Noch einmal zögerte Kurt Gersheim und sah in Jochners gefühllose, kleine Augen. Dann kapitulierte er. »Ich beuge mich der Gewalt«, stieß er pathetisch heraus, und schließlich, fast nicht verständlich, murmelte er: »Der Mann heißt Bernd Hassmeyer.«

Jochner machte den beiden Beamten ein Zeichen, Gersheims Arme freizugeben. »Die Adresse?«

»Er wohnt in Dietzenbach, Zeppelinstraße elf.«

Jochner beobachtete mit Abscheu, daß der Mann, nachdem er losgelassen worden war, nichts Eiligeres zu tun hatte, als die Manschetten aus dem affektierten, großkarierten Jackett zu ziehen und den Binder zu ordnen. Er gab in fliegender Hast seinen Leuten die notwendigen Anweisungen: »Ortspolizei Dietzenbach verständigen. Die sollen einen Landeplatz ausleuchten. Einer ruft die Rettungszentrale und ordert einen Hubschrauber der Bundeswehr oder der Autoclubs mit Notarzt und Insulin. Eine Einsatzeinheit der Schutzpolizei und den Staatsanwalt vom Dienst nach Dietzenbach. Verständigen Sie das nächstliegende Krankenhaus mit Intensivstation. Rasch, rasch, rasch. Und ich will sofort eine Nachricht, hier auf diese Nummer.«

Einer bückte sich und las die Nummer von dem Schildchen auf dem Fernsprecher ab. Marieclaire saß auf einer Polsterbank und hatte das Gesicht in die gespreizten Hände vergraben. Gersheim zündete sich eine Zigarette an, warf das noch brennende Streichholz in einen Aschenbecher und stieß den Rauch durch die Nase. Von draußen herein hörte man die Stimmen der telefonierenden Männer, das Zuschlagen der Autotüren und das Starten der Wagen. Paul Jochner griff nach dem Telefon und rief Frankfurt. Er erreichte Dr. Innergassner noch in seinem Dienstzimmer und sagte: »Ich habe den Namen, die Sache läuft an und konzentriert sich auf Dietzenbach. Besorgen Sie mir vorsorglich Haftbefehle für Kurt Gersheim, einen Mann namens Bernd Hassmeyer in Dietzenbach und Frau Marieclaire Veyth. Sollte Veyth gestorben sein, mache ich selbst die Festnahme.«

Bei der Nennung ihres eigenen Namens schluchzte Marieclaire hektisch erneut laut auf. Innergassner mußte es gehört haben. »Hat die Frau es gewußt?« erkundigte er sich.

»Ich weiß es nicht«, sagte Jochner. »Vielleicht hat sie es erraten, wie wir auch. Um herauszubringen, was hier im Haus gelaufen ist, brauche ich die Japaner. Erst dann schließt sich der Kreis.«

Paul Jochner hörte durch die Leitung, daß sein Chef einen Zettel zur Hand nahm, von dem er ablas: »Ein Japaner namens Ogata Itomura ist in Bad Homburg im Hardtwald-Hotel abgestiegen. Er soll durch nicht alltägliches Benehmen aufgefallen sein, und die Etagenbedienung hält es für möglich, daß er ein Funkgerät bei sich hat. Er hat einen Flug nach Tokio gebucht, Nr. 421, morgen früh um zehn Uhr zehn mit der PANAM.«

»Hat man verheimlichen können, daß nach ihm gefragt wurde?«

»Ich glaube schon. Jedenfalls haben wir darum gebeten. Wann höre ich weiteres?«

»Ich weiß es nicht«, sagte Jochner. »Wir müssen warten. Ich rufe sofort, wenn ich etwas erfahre.«

Er legte auf und wandte sich dem hastig rauchenden Gersheim zu, den er einige Sekunden schweigend ansah. Schließlich sagte er: »Jetzt können Sie nur noch beten, Mann. Und wenn Gott Sie nicht erhört, wird sich dieses Mal der Rechtsstaat gegen den Verbrecher richten. Dafür stehe ich mit dem Gewicht meiner einundvierzig Dienstjahre.«

Jochner wandte sich um, humpelte schwerfällig hinüber zu der riesigen Panoramascheibe und sah schweigend hinaus in die Dunkelheit. Zu regnen hatte es aufgehört. Nach einer ganzen Weile wandte Jochner sich halb um und sagte: »Interessiert vielleicht zufällig einen von Ihnen auch, was aus Ihrem Jungen geworden ist?«

11

Der nächtliche Polizei- und Hubschraubereinsatz hatte gegen null Uhr dreißig fast ganz Dietzenbach aus dem Schlaf gerissen. Fenster waren geöffnet worden, vor den offenen Haustüren standen notdürftig in Mäntel gehüllte Neugierige und gafften. Die Polizeibeamten und der Staatsanwalt hatten wenig Federlesens gemacht. Sie hatten bei Hassmeyer geläutet, einen Haft- und einen Durchsuchungsbefehl vorgewiesen und waren, gefolgt von dem Notarzt und seinem Personal, in das Haus eingedrungen. Dort hatten sie in dem wohnfähigen Souterrain den in tiefer Bewußtlosigkeit liegenden Dr. Franz Veyth aufgefunden, ihn auf eine Trage gebunden und im Laufschritt zum Hubschrauber gebracht, der ihn in einigen wenigen entscheidenden Minuten in das Frankfurter Universitätsklinikum geflogen hatte, wo man sich seitdem mit großem Personaleinsatz um ihn bemühte. Gegen halb fünf Uhr morgens hatte man dem wartenden Beamten der Staatsanwaltschaft bekanntgeben können, daß Dr. Veyth die Krise überstanden habe und hoffen könne.

Das hatte die sofortige Haftentlassung von Bernd und Lisbeth Hassmeyer zur Folge, und außerdem, daß von einer Festnahme von Kurt Gersheim und Marieclaire Veyth abgesehen werden konnte. Was vorgefallen war, war juristisch als Versuch zu ahnden, und Flucht- oder Verdunkelungsgefahr bestand bei keinem von ihnen. Nach Albert Mardorf wurde noch gesucht.

Anders lagen die Dinge bei Herrn Ogata Itomura. Itomura war verdächtig der Erpressung oder Nötigung, und gegen ihn hatte

Innergassner in der zweiten Hälfte dieser schlaflosen Nacht ebenfalls einen Haftbefehl erlangen können, weil Itomura immerhin ein Flugticket ins fernöstliche Ausland gebucht hatte und mithin mindestens die Gefahr der Flucht bestand. Mit diesem Haftbefehl in der Brusttasche wartete Paul Jochner, unrasiert und übernächtigt wie er war, seit etwa Viertel nach neun am Schalter der PANAM, in der Hauptabfertigungshalle für Abflüge. Einen Mann seines Bereitschaftsdienstes hatte Jochner nach Bad Homburg geschickt, der ihm Itomura unauffällig zutreiben sollte, denn schließlich konnte einen Flug nach Tokio mehr als ein Japaner gebucht haben. Dieser Mann war dem Taxi, das der Japaner von Bad Homburg aus benutzt hatte, nachgefahren. Als er jetzt die Hauptabfertigungshalle betrat und Paul Jochner ihn erkannte, wußte Jochner, daß der Japaner, dem der andere folgte, derjenige war, auf den er wartete. Er trat vor, näherte sich dem Mann und sprach ihn an, während er den Haftbefehl aus der Brusttasche des Mantels zog und auseinanderfaltete.

»Ich nehme an, ich spreche mit Herrn Ogata Itomura?«

Der Japaner blieb stehen und sah sich unversehens eingerahmt von Jochner und dem zweiten Mann, der ihm von seinem Hotel aus gefolgt war. Er blickte von einem zum anderen und sagte mit vollkommener Höflichkeit, daß er Ogata Itomura sei, und mit wem er die Ehre und das Vergnügen habe.

Er habe hier einen gültigen Haftbefehl, sagte Jochner, und Herr Itomura möge ihnen doch ohne Aufhebens folgen. Schon wollten die beiden Beamten den kleineren und sehr elegant mit dunklem Hut und dunklem Mantel gekleideten Japaner in gewohnter Weise zwischen sich nehmen, als Itomura sagte: »Das wird so ohne weiteres nicht möglich sein, meine Herren. Würden Sie die übergroße Güte haben, mit mir ein paar Minuten zu sprechen. Vielleicht hier im Büro hinter dem Schalter der Fluggesellschaft?«

Jochner konnte das schlecht ablehnen. Er schickte seinen Begleiter los, um die Revierwache des Flughafens zu verständigen, während der Japaner am Schalter um die Erlaubnis bat, den Büroraum für wenige Minuten benützen zu dürfen. Mit Erstaunen sah Jochner, daß der Japaner am Schalter bereits seinen Handkoffer, sein Ticket und seine Papiere abgab, so als habe er nicht den geringsten Zweifel, daß er pünktlich mit der Maschine, in der er gebucht hatte, auch abfliegen werde. Man bat die beiden Männer durch die Barriere und nach rückwärts in das unbesetzte Büro. Keiner von ihnen ließ sich nieder. Behende und immer zu Paul Jochners Gesicht hochblickend, zog auch Itomura ein Dokument aus der Innentasche seines dunkelblauen Mantels und reichte es Jochner. Mit seiner raschen und hohen Stimme ein etwas gebrochenes Deutsch redend, erläuterte er: »Ich befinde mich zu Verhandlungen über ökonomische Fragen mit Ihrem Wirtschaftsministerium in diesem Lande, wie aus dem Dokument hervorgeht. Und wie weiter daraus hervorgeht, steht mir aufgrund bilateraler Vereinbarungen der Status eines Sonderbotschafters mit diplomatischer Immunität zu. Bitte sehr... Wenn Sie sich überzeugen würden...«

Ogata Itomura hielt das Dokument auffordernd vor Jochners Gesicht.

Jochner nahm es und las es durch. Der Japaner sah ihn abwartend und gespannt an.

»Nun?« fragte er, als Jochner zu Ende gelesen hatte, das Papier faltete und an Itomura zurückgab. »Sie werden große persönliche und politische Schwierigkeiten bekommen, wenn Sie das nicht beachten. Sie können nur etwas erreichen über das Außenministerium Ihres Landes und die Kaiserlich japanische Botschaft. Sie verstehen...«

Wortlos sah Paul Jochner den Japaner an, der das Schreiben des Bundesaußenministeriums wieder in seinem Mantel verschwinden ließ. Schließlich sagte er: »Und die beiden Herren, die sich die Nacht zu gestern und den ganzen gestrigen Tag im Hause des Ehrenpräsidenten der Industrie- und Handelskammer aufgehalten und dessen Frau erpreßt haben, waren das auch Sonderbotschafter Ihres Landes, Herr Itomura?«

»Zwei Herren... Aufgehalten... Erpreßt? Ich weiß gar nicht, wovon Sie reden.«

»Obwohl Sie mit einem Sony-Funkgerät fast sechsunddreißig Stunden mit ihnen in Verbindung standen. Sie wissen wirklich nicht, wovon ich rede?«

»Ich sagte es. Der Weg führt über das Außenministerium und die Kaiserlich japanische Botschaft. Und wenn Sie noch länger belieben, mich aufzuhalten, dann würde ich zu meiner Trauer und meinem Bedauern erwägen müssen, Sie zur Rechenschaft zu ziehen. Ich habe in meiner Heimat wichtige Aufgaben zu erfüllen. Sie gestatten ...«

Damit nahm Ogata Itomura seinen schmalen schwarzen Aktenkoffer in die Hand und verließ den Raum. Jochner folgte ihm, auf seinen Krückstock gestützt. Am Schalter nahm der Japaner in völliger Gelassenheit seine Bordkarte und seine Dokumente in Empfang. Paarweise warteten, verstreut zwischen den hin und her hastenden Menschen, einige uniformierte Polizisten. Der Flug Itomuras wurde aufgerufen, und der Japaner wendete sich um, um die Rolltreppe zu erreichen. Paul Jochner konnte nichts anderes tun als eine abwehrende Handbewegung zu machen, die Ogata Itomura freie Bahn zwischen den Polizisten verschaffte, die auf ihn gewartet hatten. Als Itomura auf der Rolltreppe nach oben fuhr, stand Jochner seitlich von ihr auf dem Estrich der Halle und rief ihm nach: »Ich freue mich, daß Sie einen so hohen diplomatischen Rang haben, Herr Itomura. Diplomaten erstreben die Verständigung zwischen den Völkern. Hoffentlich kommen Sie recht bald wieder in dieses Land. Es hat unendlich viel Nachsicht mit Ihnen und Ihresgleichen.« Er mußte seine Stimme heben, weil Itomura schon ziemlich weit nach oben gefahren war. »Und für die wichtigen Aufgagen in Ihrer Heimat wünsche ich Ihnen viel Glück... Viel Glück...«

Geschäftsleute, die nach Fernost, Großmütter, die zu ihren Enkeln nach Amerika, Mannequins, die nach Düsseldorf und aufgetakelte Starlets, die nach Berlin oder München wollten, sahen mißbilligend auf Jochner herab. Was wollte denn dieser unförmige, schlecht gekleidete Kloß mit seinem albernen Krückstock da unten eigentlich? Unrasiert und ungepflegt war er auch noch. Sollte er doch erst seinen Rausch ausschlafen, bevor er hier in der Öffentlichkeit herumkrakeelte.

Der einzige, der sich nicht mehr zu Paul Jochner umwendete, war Ogata Itomura selbst. Zu verschieden waren die Gedanken der beiden Männer. Empörte es Jochner, daß eine politische Ranküne ihn daran hinderte, seinen Fall aufzuklären, so wußte Ogata Itomura, daß er seine Aufgabe nicht erfüllt, das Vertrauen seines Unternehmens nicht gerechtfertigt hatte und die Reise in eine ungewisse Zukunft antrat. Seine Rechercheure hatten die schwere Krankheit Dr. Veyths nicht herausgefunden. Sein Plan war zwar gut, aber nicht gut genug gewesen, und die Durchführung der Aktion war mißglückt. So, wie die Dinge jetzt standen, blieben ihm nur das Zurücktauchen in die namenlose Menge der Ausgepowerten und Schlechtbezahlten oder das ehrenvolle Seppuku. Aber dafür, dachte Ogata Itomura, wollte er seines eigenen Landes Boden unter den Füßen haben. Es sei denn, so hoffte er insgeheim, während unten die Stimme seines Widersachers verklang, es sei denn, daß Toyotomi Naosuke Gnade vor Recht ergehen ließ und ihm noch einmal eine Chance gab.

Kurt Gersheim, Marieclaire Veyth, die beiden Hassmeyers und Alfred Mardorf warteten lange auf die Eröffnung ihrer Verfahren, die noch andauern. Franz Veyths Anwälte werden die Scheidung Veyths von Marieclaire reibungslos durchbringen. Den Jungen wird Franz Veyth adoptieren, denn die beiden verstehen sich ausgezeichnet. Für seine Betreuung und Erziehung wird Franz Veyth eine französische Hausdame engagieren, für deren Auswahl er fünf lange Monate verwenden wird. Der Weg Ralph Gersheims, der sich in schwieriger Lage durch Charakterstärke und Herzenswärme bewährt hat, ist vorgezeichnet.

Um was es in diesen beiden Nächten in seinem Hause Ogata Itomura und seinen Leuten gegangen ist, hat Dr. Veyth allerdings niemals erfahren, denn den Aufsatz, der am 18.11.1983 in der Zeitschrift *Computerwoche* erschienen ist, hat er nicht gelesen:

»Nachdem bereits Bell-Labs und Sperry-Univac die Josephson-Forschung eingestellt haben, hat nun auch IBM das Ziel aufgegeben, den Supra-Leiteffekt bei Temperaturen nahe dem absoluten Nullpunkt für die wirtschaftliche Halbleitertechnik zu nutzen. Die einschneidenden Kürzungen bedeuten jedoch nicht, daß die Josephson-Forschung tot ist. Alle drei Unternehmen beschäftigen sich weiterhin mit dem Josephson-Effekt. Akademische und militärische Forscher in Amerika und Japan stehen ihnen da in nichts nach.«

In diesem Roman ist alles frei erfunden, mit Ausnahme der Ausführungen zum Josephson-Effekt, den japanischen Praktiken zur Informationsbeschaffung in der Elektronik-Konkurrenz und der Art und Weise, in der Ogata Itomura in der Lage war, die Bundesrepublik Deutschland legal zu verlassen.

Stefan Murr
Pionier des deutschen Kriminalromans

Mit *»110 – Hier Mordkommission«* gab Stefan Murr 1959 sein Debüt als einer der ersten deutschsprachigen Autoren, die sich dem Genre des Kriminalromans widmeten. Daß er auch zu den erfolgreichsten gehören sollte, ließ bereits die begeisterte Aufnahme seines Erstlingswerks ahnen, das bald nach seinem Erscheinen verfilmt wurde. Es folgten zahlreiche Erzählungen, Hörspiele und spannungsvolle Kriminalromane, von denen mehrere für die Fernsehserie TATORT verfilmt wurden.

Geboren wurde Bernhard Horstmann alias Stefan Murr 1919 in München. Sein Großvater war der Schriftsteller Ludwig Ganghofer. Murr selbst wählte zunächst einen ganz anderen Beruf: den des Juristen. Nach Ende des Zweiten Weltkriegs begann er sein Studium, schloß 1957 mit der Promotion ab und arbeitete anschließend als Versicherungsjurist.

Erst 1959, im Alter von 40 Jahren, begann er, unter Pseudonym zu schreiben – aus Ärger über ein schlechtes Kriminalhörspiel. »Ich merkte, daß das Ganghofersche Erbe, die Gabe des Geschichtenerzählens, ans Licht drängte.« Als Schriftsteller machte Stefan Murr sich auf Anhieb einen Namen. Kern seiner fesselnden Kriminalromane ist meist ein tatsächlich geschehenes Verbrechen. »Die erste Anregung kommt oft aus einer Tageszeitung. Was später daraus wird, ist jedoch immer ein Werk der Fiktion und hat insofern mit dem wirklichen Geschehen, mit realen Personen nichts mehr zu tun«, sagt Murr.

Seit 1982 veröffentlicht der Autor auch spannende Romane zu Themen der Zeitgeschichte. Historische Ereignisse bilden hierbei die Grundlage für Stefan Murrs Fiktion, die durch ihre Glaubwürdigkeit besonders fasziniert. *»Affäre Nachtfrost«* (1982) war der erste dieser detailliert recherchierten Romane, die von der Kritik begeistert aufgenommen wurden.

Stefan Murr
Verzeichnis lieferbarer Titel

(Stand August 1989)

Drei Romane in einem Band:

Nummer fünf – so leid es mir tut / 2 Uhr 30 – Mord am Kai / Der Dicke und der Seltsame (02/2209)

Tödlicher Sand / Ringfahndung / Ein Toter stoppt den 6 Uhr 10 (02/2162)

Affäre Nachtfrost

Blutiger Ernst (02/2252)

Fünf Minuten Verspätung

Der Josephson-Coup (02/2108)

Die Nacht vor Barbarossa

Die Toten der Nefud

Die Bandnummern der Heyne-Taschenbücher sind jeweils in Klammern angegeben.